GN00976520

Johann Gottfried Schnabel
Die Insel Felsenburg

GRUNDRIS
der Anno 1646.
von Albert Julio
entdeckten Insul
Felsenburg,
nach dem Pro-
spect gegen
Süden zu.
Nach Vermögen
gezeichnet
von
Monsieur
Eberhard Julio.
Anno 1726.

Wunderliche

FATA

einiger

See = Fahrer,

absonderlich

ALBERTI JULII,

eines gebohrnen Sachsens,

Welcher in seinem 18den Jahre zu Schiffe
gegangen, durch Schiff-Bruch selb 4te an eine
grausame Klippe geworffen worden, nach deren Ubersteigung
das schönste Land entdeckt, sich daselbst mit seiner Gefährtin
verheyrathet, aus solcher Ehe eine Familie von mehr als
300. Seelen erzeuget, das Land vortrefflich angebauet,
durch besondere Zufälle erstaunens-würdige Schätze gesammlet, seine in Teutschland ausgekundschafften Freunde
glücklich gemacht, am Ende des 1728sten Jahres, als in
seinem Hunderten Jahre, annoch frisch und gesund gelebt,
und vermuthlich noch zu dato lebt,

entworffen

Von dessen Bruders-Sohnes-Sohnes-Sohne,

Monf. Eberhard Julio,

Curieusen Lesern aber zum vermuthlichen
Gemüths-Vergnügen ausgefertiget, auch par Commission
dem Drucke übergeben

Von

GISANDERN.

NORDHAUSEN,

Bey Johann Heinrich Groß, Buchhändlern.

Anno 1731.

Die Reihe erscheint bei SWAN Buch-Vertrieb GmbH, Kehl
Editorische Betreuung: Karl-Heinz Ebnet, München
Gestaltung: Schöllhammer & Sauter, München
Satz: WTD Wissenschaftlicher Text-Dienst/pinkuin, Berlin
Umschlagbild: »Flibustier« (Ausschnitt), aus der Sammlung Graf Raczynski

Mit einer Einleitung von
Karl-Heinz Ebnet

DIE DEUTSCHEN KLASSIKER

© 1994 SWAN Buch-Vertrieb GmbH, Kehl
Gesamtherstellung: Brodard et Taupin, La Flèche
Printed in France
ISBN: 3-89507-035-1

Band Nr. 35

DIE INSEL FELSENBURG

Johann Gottfried Schnabel –
Die Insel Felsenburg

Nach wie vor ist auf ein Buch hinzuweisen, das wie kein zweites gelesen und verschlungen und schließlich vergessen wurde – das zu seiner Zeit zu den meistgelesenen deutschen Romanen gehörte und dessen Wirkung als geradezu global bezeichnet werden muß. Und das bis heute trotz eindringlicher und enthusiastischer Fürsprache kaum über den Zirkel literarischer Experten hinaus bekannt ist.

Welchen Stellenwert es einst besaß, zeigt Arno Schmidt an: aus zwei »Groß=Büchern« bestand um 1750 die Bibliothek des Bürgers – der Bibel und der *Insel Felsenburg*. In Wielands *Bonifaz Schleicher* (1776) erfährt der Leser Ähnliches; die Frau Oberamtmännin kann sich »gar keinen Begriff davon« machen, »daß außer der Bibel, ihrem Gesang- und Kommunionbuche, dem Kalender, dem *klugen Beamten*, der *Insel Felsenburg*, und den *Gesprächen im Reich der Todten* ... noch irgend ein andres gedrucktes Buch in der Welt seyn könnte.« Und geradezu verehrungswürdig läßt Karl Philipp Moritz den elfjährigen Anton Reiser von der *Insel Felsenburg* berichten: »Die Erzählung von der Insel Felsenburg tat auf Anton eine sehr starke Wirkung, denn nun gingen eine Zeitlang seine Ideen auf nichts Geringers, als einmal eine große Rolle in der Welt zu spielen, und erst einen kleinen, dann immer größern Zirkel von Menschen um sich her zu ziehen, von welchen er der Mittelpunkt wäre: dies erstreckte sich immer weiter, und seine ausschweifende Einbildungskraft ließ ihn endlich sogar Tiere, Pflanzen, und leblose Kreaturen, kurz alles, was ihn umgab, mit in die Sphäre seines Daseins hineinzuziehen, und alles mußte sich um ihn, als den einzigen Mittelpunkt, umher bewegen, bis ihm schwindelte.

Dieses Spiel seiner Einbildungskraft machte ihm damals oft wonnevollre Stunden, als er je nachher wieder genossen hat.«

Das Buch, von dem in allen Fällen die Rede ist, die *Insel Felsenburg*, oder, wie der Beginn des barock-weitschweifigen Titels richtig heißt, die *Wunderliche Fata einiger See-Fahrer, absonderlich Alberti Julii* ... erschien 1731; bereits 1732 folgte ein zweiter, 1736 ein dritter und 1743 schließlich ein vierter Band.

Vom Verfasser ist nur mehr wenig bekannt. Johann Gottfried Schnabel wurde am 7. November 1692 als einziges Kind des Pfarrers von Sandersdorf (bei Bitterfeld) geboren; bereits im zweiten Lebensjahr verlor er die Eltern. Die Latina in Halle registrierte ihn 1702 als »auswärtigen Schüler«. Zwischen 1708 und 1712 nahm er – wahrscheinlich als Feldscher beim Stab – an drei brabantischen Feldzügen des Prinz Eugen teil. Die nächste Spur findet sich erst wieder 1724; in diesem Jahr absolvierte er als »Hofbalbier« in Stolberg den Bürgereid, später wurde er auch als Kammerdiener und Hofagent des Grafen von Stolberg bezeichnet. Bis 1742 ist er urkundlich dort nachzuweisen, ebenso fünf Kinder aus seiner Ehe mit Johanna Sophie. Sein weiteres Schicksal liegt im Dunkeln, Sterbeort und -datum sind nicht bekannt.

Ähnlich wie Defoes *Robinson Crusoe* wurde die *Insel Felsenburg* bald als Jugendlektüre eingestuft; Lessing, Herder, Goethe, Wilhelm Hauff haben sie begeistert gelesen, Johann Heinrich Voß entwarf eine Fortsetzung, die nicht erhalten ist. Und nicht lange dauerte es, da nahmen sogenannte Kinder- oder Jugendpädagogen sich des Buches an; um dem nachhaltigen Einfluß der *Insel Felsenburg* besonders auf eine »schwankende, unthätige, schon halb verdorbene Jugend, von deren krankem Zustande gewöhnlich ungezähmte Lesesucht eines der sichersten Symptome ist«, wirkungsvoll zu begegnen, verfaßte 1788/89 Christian Carl André unter dem Titel *Felsenburg* ein *sittlich-unterhaltendes Lesebuch.* Er entfernte die anstößigen Stellen des Originals, ersetzte die Liebesunterhaltungen durch die Mitteilung nützlicher Kenntnisse und belud den Text mit Klassikerzitaten – Änderungen, die, wie bereits ein Rezensent der *Allgemeinen Deutschen Bibliothek* bemerkte, wenig publikumswirksam waren.

Größeren Einfluß hatten zwei Bearbeitungen des 19. Jahrhunderts. Der dänische Dichter Adam Oehlenschläger veröffentlichte 1826 *Öyene i Sydhavet* (Die Inseln im Südmeer), das unmittelbare Vorlage für J. F. Coopers *Monikins* und E. A. Poes *Arthur Gordon Pym* wurde, zwei Jahre später erschien eine gekürzte und vor allem sprachlich geglättete Bearbeitung, der Ludwig Tieck ein Vorwort zufügte; er sanktionierte damit die, so Arno Schmidt, »böse verwischende Überarbeitung eines Ungenannten«, dessen Einheitsstil das »aparte Ragout aus derb-kräftigem Deutsch ... und dem nicht unzierlichen Gewürz der Gallicismen und Latinismen« verdrängte.

Hinzuweisen ist noch auf Achim von Arnims Novellensammlung *Der Wintergarten* (1809), die Teile der *Insel Felsenburg* aufnahm; dann allerdings geriet das Buch beim Lesepublikum in Vergessenheit.

Was die *Insel Felsenburg,* dieses, um ein weiteres Mal Arno Schmidt anzuführen, »bedeutende und immer= moderne Buch«, nach wie vor lesenswert macht, ist das sorgsam austarierte Gleichgewicht, das zwischen der

Beschreibung der sozialen Errungenschaften auf der Insel, der politischen und sozialen Utopie, und der eindringlichen Darstellung der europäischen Verhältnisse herrscht; die Spannung resultiert aus dem Kontrast zwischen dem im Südmeer gelegenen Dorado und dem ungeschminkten, bitterbösen Bild deutsch-europäischer Realität in der Zeit zwischen 1700 und 1730. Bevor Neuankömmlinge in die Gemeinschaft der Insel Felsenburg aufgenommen werden, haben sie über ihr altes Leben Rechenschaft abzulegen; die eingeschobenen Lebensläufe, die ziemlich exakt die Hälfte des Buches ausmachen, stehen in der Tradition pietistischer Seelen- und Gewissenserforschung und dienen gleichzeitig der Distanzierung vom alten Leben.

Habgier, Heuchelei und Falschheit dominieren das Leben in der Alten Welt. Bestechlichkeit der Universitätsgelehrten, Barbarei des Militärs, Geldgier der Bürger, Indolenz einer imbezilen Adelsschicht und militante Intoleranz des Klerus verdichten sich zum Bild einer korrupten, gewalttätigen, ungerechten Gesellschaft.

Anders als in *Robinson Crusoe* und den in seiner Nachfolge zahlreich entstandenen, meist zu reinen Abenteuergeschichten degenerierten Robinsonaden – von denen sich Schnabel bereits in der »Vorrede« absetzt – empfinden die Bewohner der Felsenburg ihren Aufenthalt auf der Insel niemals als aufgezwungenes Exil, dem sie sobald als möglich in die Zivilisation Europas zu entfliehen suchen – ganz bewußt wird ihr Gemeinwesen als Gegenwelt zu den gesellschaftlichen Verhältnissen in Europa entworfen, als utopischer Ort, der die als bedrückend erfahrene europäische Welt – endlich – hinter sich läßt. Allerdings erhebt dieser utopische Ort keinen Anspruch auf Vollkommenheit; gezeigt wird vielmehr der Aufbau und die Entwicklung eines Gemeinwesens, das auf bürgerlichen Tugenden und fromm-pietistischer Religiosität basiert.

Und hierin unterscheidet sich die *Insel Felsenburg* auch vom 1668 erschienenen *Simplicissimus*. Dessen *Continuatio* ist nichts anderes als Resignation vor der Welt; das zurückgezogene Leben als Einsiedler auf einer Insel, das Simplicius – abgeschieden von den Menschen und ihrem Treiben – schließlich führt, bietet dort die einzige Zuflucht vor dem Chaos der Welt, die einzige Möglichkeit, ein gottgefälliges, kontemplatives Dasein zu führen.

Schnabel dagegen hält den Neubeginn eines besseren Lebens auf dieser Welt grundsätzlich für möglich. Das irdische Paradies, das er sich dabei erträumt, trägt naturgemäß religiös-biblische Züge; trotz dieser rückwärtsgewandten Beiklänge markiert die *Insel Felsenburg* den Beginn der Neuzeit, den Punkt in der Geschichte, an dem das Denken der Aufklärung seine Rechte einzufordern beginnt.

DIE INSEL FELSENBURG

VORREDE

Geneigter Leser!

Es wird dir in folgenden Blättern eine Geschichtsbeschreibung vorgelegt, die, wo du anders kein geschworner Feind von dergleichen Sachen bist, oder dein Gehirne bei Erblickung des Titulblattes nicht schon mit widerwärtigen Praejudiciis angefüllet hast, ohnfehlbar zuweilen etwas, obgleich nicht alles, zu besonderer Gemütsergötzung überlassen, und also die geringe Mühe, so du dir mit Lesen und Durchblättern gemacht, gewissermaßen rekompensieren kann.

Mein Vorsatz ist zwar nicht, einem oder dem andern dieses Werk als einen vortrefflich begeisterten und in meinen hochteutschen Stylum eingekleideten Staatskörper anzuraisonieren; sondern ich will das Urteil von dessen Werte, dem es beliebt, überlassen, und da selbiges vor meine Partie nicht allzu vorteilhaftig klappen sollte, weiter nichts sagen, als: Haud curat Hippoclides. Auf teutsch:

Sprecht, was ihr wollt, von mir und Julio dem Sachsen,
Ich lasse mir darum kein graues Härlein wachsen.

Allein, ich höre leider! schon manchen, der nur einen Blick darauf schießen lassen, also raisonieren und fragen: Wie hält's, Landsmann! kann man sich auch darauf verlassen, daß deine Geschichte keine bloßen Gedichte, Lucianische Spaßstreiche, zusammengeraspelte Robinsonadenspäne und dergleichen sind? Denn es werfen sich immer mehr und mehr Skribenten auf, die einem neubegierigen Leser an diejenige Nase, so er doch schon selbst am Kopfe hat, noch viele kleine, mittelmäßige und große Nasen drehen wollen.

Was gehöret nicht vor ein baumstarker Glaube darzu, wenn man des Herrn von Lydio trenchierte Insul als eine Wahrheit in den Backofen seines physikalischen Gewissens schieben will? Wer muß sich nicht viel mehr über den Herrn Geschichtschreiber P. L. als über den armen Einsiedler Philipp Quarll selbst verwundern, da sich der erstere ganz besondere Mühe gibt, sein, nur den Mondsüchtigen glänzendes Märlein, unter dem Hute des Hrn. Dorrington, mit demütigst-ergebensten Flatterien, als eine brennende historische Wahrheitsfackel aufzustecken? Die Geschicht von Joris oder Georg Pines* hat seit ao. 1667 einen ziemlichen Geburts- und Beglaubigungsbrief erhalten, nachdem aber ein Anonymus dieselbe aus dem Englischen übersetzt haben will, und im Teutschen, als ein Gerichte Sauerkraut mit Stachelbeeren vermischt, aufgewärmet hat, ist ein solche Ollebutterie daraus worden, daß man kaum die ganz zu Matsche gekochten Brocken der Wahrheit, noch auf dem Grunde der langen Titsche finden kann. Woher denn kommt, daß ein jeder, der diese Geschicht nicht schon sonsten in andern Büchern gelesen, selbige vor eine lautere Fiktion hält, mithin das Kind samt dem Badewasser ausschüttet. Gedenket man ferner an die fast unzählige Zahl derer Robinsons von fast allen Nationen, sowohl als andere Lebensbeschreibungen, welche meistenteils die Beiwörter: Wahrhaftig, erstaunlich, erschrecklich, noch niemals entdeckt, unvergleichlich, unerhört, unerdenklich, wunderbar, bewundernswürdig, seltsam und dergleichen, führen, so möchte man nicht selten Herr Ulrichen, als den Vertreiber ekelhafter Sachen, rufen, zumalen wenn sich in solchen Schriften lahme Satiren, elender Wind,

---

* Die 1668 erschienene Erzählung ›Die Insel der Pines‹ von Henry Neville, welche neben Defoes ›Robinson Crusoe‹ den stärksten Einfluß auf Schnabels Werke ausgeübt hat.

zerkauete Moralia, überzuckerte Laster-Morsellen, und öfters nicht sechs rechtschaffene oder wahre historische Streiche antreffen lassen. Denn – – –

Halt inne, mein Freund! Was gehet mich dein gerechter oder ungerechter Eifer an? Meinest du, daß ich dieserwegen eine Vorrede halte! Nein, keinesweges. Laß dir aber dienen! Ohnfehlbar mußt du das von einem weltberühmten Manne herstammende Sprichwort: Viel Köpfe, viel Sinne, gehöret oder gelesen haben. Der liebe Niemand allein, kann es allen Leuten recht machen. Was dir nicht gefällt, charmiert vielleicht zehn, ja hundert und wohl noch mehr andere Menschen. Alle diejenigen, so du anitzo getadelt hast, haben wohl eine ganz besondere gute Absicht gehabt, die du und ich erstlich erraten müssen. Ich wollte zwar ein vieles zu ihrer Defension anführen, allein, wer weiß, ob mit meiner Treuherzigkeit Dank zu verdienen sei? Über dieses, da solche Autores vielleicht klüger und geschickter sind als du und ich, so werden sie sich, daferne es die Mühe belohnt, schon bei Gelegenheit selbst verantworten.

Aber mit Gunst und Permission zu fragen: Warum soll man denn dieser oder jener, eigensinniger Köpfe wegen, die sonst nichts als lauter Wahrheiten lesen mögen, nur eben lauter solche Geschichte schreiben, die auf das kleineste Jota mit einem körperlichen Eide zu bestärken wären? Warum soll denn eine geschickte Fiktion, als ein Lusus Ingenii, so gar verächtlich und verwerflich sein? Wo mir recht ist, halten ja die Herren Theologi selbst davor, daß auch in der heil. Bibel dergleichen Exempel, ja ganze Bücher, anzutreffen sind. Sapienti sat. Ich halte davor, es sei am besten getan, man lasse solchergestalt die Politikos ungehudelt, sie mögen schreiben und lesen was sie wollen, sollte es auch gleich dem gemeinen Wesen nicht eben zu ganz besondern Vorteil gereichen, genug, wenn es demselben nur keinen Nachteil und Schaden verursachet.

Allein, wo gerate ich hin? Ich sollte dir, geneigter Leser, fast die Gedanken beibringen, als ob gegenwärtige Geschichte auch nichts anders als pur lautere Fiktiones wären? Nein! dieses ist meine Meinung durchaus nicht, jedoch soll mich auch durchaus niemand dahin zwingen, einen Eid über die pur lautere Wahrheit derselben abzulegen. Vergönne, daß ich deine Gedult noch in etwas mißbrauche, so wirst du erfahren, wie diese Fata verschiedener Seefahrenden mir fato zur Beschreibung in die Hände gekommen sind:

Als ich im Anfange dieses nun fast verlaufenen Jahres in meinen eigenen Verrichtungen eine ziemlich weite Reise auf der Landkutsche zu tun genötiget war, geriet ich bei solcher Gelegenheit mit einen Literato in Kundschaft, der eine ganz besonders artige Conduite besaß. Er ließ den ganzen Tag über auf den Wagen vortrefflich mit sich reden und umgehen, sobald wir aber des Abends gespeiset, mußte man ihm gemeiniglich ein Licht alleine geben, womit er sich von der übrigen Gesellschaft ab- und an einen andern Tisch setzte, solchergestalt beständig diejenigen geschriebenen Sachen las, welche er in einem zusammengebundenen Paket selten von Abhänden kommen ließ. Sein Beutel war vortrefflich gespickt, und meine Person, deren damaliger Zustand eine genaue Wirtschaft erforderte, profitierte ungemein von dessen Generosité, welche er bei mir, als einem Feinde des Schmarotzens, sehr artig anzubringen wußte. Dannenhero geriet ich auf die Gedanken, dieser Mensch müsse entweder ein starker Kapitaliste oder gar ein Adeptus sein, indem er so viele güldene Spezies bei sich führete, auch seine besondere Liebe zur Alchimie öfters in Gesprächen verriet.

Eines Tages war dieser gute Mensch der erste, der den blasenden Postillon zu Gefallen hurtig auf den Wagen steigen wollte, da mittlerweile ich nebst zweien Frauenzimmern und soviel Kaufmannsdienern in der Tür des Gasthofs noch ein Glas Wein ausleereten. Allein, er war so unglücklich, herunterzustürzen, und da die frischen Pferde hierdurch schüchtern gemacht wurden, gingen ihm zwei Räder dermaßen schnell über den Leib und Brust, daß er sogleich halb tot zurück in das Gasthaus getragen werden mußte.

Ich ließ die Post fahren, und blieb bei diesen im größten Schmerzen liegenden Patienten, welcher, nachdem er sich um Mitternachtszeit ein wenig ermuntert hatte, alsofort nach seinem Paket Schriften fragte, und sobald man ihm dieselben gereicht, sprach er zu mir: »Mein Herr! nehmet und behaltet dieses Paket in Eurer Verwahrung, vielleicht füget Euch der Himmel hierdurch ein Glücke zu, welches ich nicht habe erleben sollen.« Hierauf begehrete er, daß man den anwesenden Geistlichen bei ihm allein lassen sollte, mit welchen er denn seine Seele wohl beraten, und gegen Morgen das Zeitliche mit dem Ewigen verwechselt hatte.

Meinen Gedanken nach hatte ich nun von diesem andern Jason das güldene Fell ererbet, und vermeinte, ein Besitzer der allersichersten alchimistischen Prozesse zu sein. Aber weit gefehlt! Denn kurz zu sagen, es fand sich sonst nichts darinnen, als Albert Julii Geschichtsbeschreibung, und was Mons. Eberhard Julius, zur Erläuterung derselben, diesem unglücklichen Passagier sonsten beigelegt und zugeschickt hatte.

Ohngeacht aber meine Hoffnung, in kurzer Zeit ein glücklicher Alchimiste und reicher Mann zu werden, sich gewaltig betrogen sahe, so fielen mir doch beim Durchlesen dieser Sachen, verschiedene Passagen in die

Augen, woran mein Gemüt eine ziemliche Belustigung fand, und da ich vollends des verunglückten Literati besonderen Briefwechsel, den er teils mit Mons. Eberhard Julio selbst, teils mit Herrn G.v.B. in Amsterdam, teils auch mit Herrn H.W.W. in Hamburg dieses Werks wegen eine Zeit her geführet, dabei antraf, entbrannte sogleich eine Begierde in mir, diese Geschichte selbst vor die Hand zu nehmen, in möglichste Ordnung zu bringen, und hernach dem Drucke zu überlassen, es möchte gleich einem oder den andern viel, wenig oder gar nichts daran gelegen sein, denn mein Gewissen riet mir, diese Sachen nicht liederlicherweise zu vertuschen.

Etliche Wochen hierauf, da mich das Glück unverhofft nach Hamburg führete, geriet ich gar bald mit dem Herrn W. in Bekanntschaft, eröffnete demselben also die ganze Begebenheit des verunglückten Passagiers, wie nicht weniger, daß mir derselbe vor seinem Ende die und die Schriften anvertrauet hätte, wurde auch alsobald von diesem ehrlichen Manne durch allerhand Vorstellungen und Persuasoria in meinem Vorhaben gestärkt, anbei der Richtigkeit dieser Geschichte, vermittelst vieler Beweistümer, vollkommen versichert, und belehret, wie ich mich bei Edierung derselben zu verhalten hätte.

Also siehest du, mein Leser, daß ich zu dieser Arbeit gekommen bin, wie jener zur Maulschelle, und merkest wohl, daß mein Gewissen von keiner Spinnewebe gewürkt ist, indem ich eine Sache, die man mir mit vielen Gründen als wahr und unfabelhaft erwiesen, dennoch niemanden anders, als solchergestalt vorlegen will, daß er darvon glauben kann, wieviel ihm beliebt. Demnach wird hoffentlich jeder mit meiner Generosité zufrieden sein können.

Von dem übrigen, was sonsten in Vorreden pflegt

angeführet zu werden, noch etwas weniges zu melden, so kann nicht leugnen, daß dieses meine erste Arbeit von solcher Art ist, welche ich in meiner herzallerliebsten teutschen Frau Muttersprache der Presse unterwerfe. Nimm also einem jungen Anfänger nicht übel, wenn er sein erstes Händewerk so frei zur Schaue darstellet, selbiges aber dennoch vor kein untadelhaftes Meisterstücke ausgibt.

An vielen Stellen hätte ich den Stylum selbst ziemlich verbessern können und wollen, allein, man forcierte mich, die Herausgabe zu beschleunigen. Zur Mundierung des Konzepts ließen mir anderweitige wichtige Verrichtungen keine Zeit übrig, selbiges einem Kopisten hinzugeben, möchte vielleicht noch mehr Händel gemacht haben. Hier und dort aber viel auszustreichen, einzuflicken, Zeichen zu machen, Zettelgen beizulegen und dergleichen, schien mir zu gefährlich, denn wie viele Flüche hätte nicht ein ungeduldiger Setzer hierbei ausstoßen können, die ich mir alle ad animum revocieren müssen.

Ich weiß, was mir Mons. Eberhard Julii kunterbunte Schreiberei quoad formam vor Mühe gemacht, ehe die vielerlei Geschichten in eine ziemliche Ordnung zu bringen gewesen. Hierbei hat mir nun allbereits ein guter Freund vorgeworfen, als hätte ich dieselben fast gar zu sehr durcheinandergeflochten, und etwa das Modell von einigen Romainenschreibern genommen, allein, es dienet zu wissen, daß Mons. Eberhard Julius selbst das Kleid auf solche Fasson zugeschnitten hat, dessen Gutbefinden mich zu widersetzen, und sein Werk ohne Ursach zu hofemeistern, ich ein billiges Bedenken getragen, vielmehr meine Schuldigkeit zu sein erachtet, dieses von ihm herstammende Werk in seiner Person und Namen zu demonstrieren. Über dieses so halte doch darvor, und bleibe darbei, daß die meisten Leser solchergestalt desto besser divertiert werden. Beugen doch die Postkutscher auch zuweilen aus, und dennoch mokiert sich kein Passagier drüber, wenn sie nur nicht gar steckenbleiben, oder umwerfen, sondern zu gehöriger Zeit fein wieder in die Gleisen kommen.

Nun sollte mich zwar bei dieser Gelegenheit auch besinnen, ob ich als ein Rekrute unter den Regimentern der Herrn Geschichtsbeschreiber, dem (s.T.p.) hochgeöhrten und wohlnaseweisen Herrn Momo, wie nicht weniger dessen Duzbruder, Herrn Zoilo, bei bevorstehender Revüe mit einer spanischen zähnfletschenden Grandezze, oder polnischen Subsubmission entgegengehen müsse? Allein, weil ich die Zeit und alles, was man dieser Konfusionarien halber anwendet, vor schändlich verdorben schätze, will ich kein Wort mehr gegen sie reden, sondern die übrigen in mente behalten.

Sollte aber, geneigter Leser! dasjenige, was ich zu diesem Werke an Mühe und Fleiße beigetragen, von dir gütig und wohl aufgenommen werden, so sei versichert, daß in meiner geringen Person ein solches Gemüt anzutreffen, welches nur den geringsten Schein einer Erkenntlichkeit mit immerwährenden Danke zu erwidern bemühet lebt. Was an der Vollständigkeit desselben annoch ermangelt, soll sobald als möglich, hinzugefügt werden, woferne nur der Himmel Leben, Gesundheit, und was sonsten darzu erfordert wird, nicht abkürzet. Ja, ich dürfte mich eher bereden, als meinen Ärmel ausreißen lassen, künftigen Sommer mit einem kurieusen Soldatenromain herauszurutschen, als wozu verschiedene brave Offiziers allbereit Materie an die Hand gegeben, auch damit zu kontinuieren versprochen. Vielleicht trifft mancher darinnen vor sich noch angenehmere Sachen an, als in Gegenwärtigen.

Von den vermutlich mit einschleichenden Druckfehlern wird man mich gütigst absolvieren, weil die Druckerei allzuweit von dem Orte, da ich mich aufhalte, entlegen ist, doch hoffe, der sonst sehr delikate Herr Verleger werde sich dieserhalb um soviel desto mehr Mühe geben, solche zu verhüten. Letztlich bitte noch, die in dieser Vorrede mit untergelaufenen Scherzworte nicht zu Polzen zu drehen, denn ich bin etwas lustigen Humeurs, aber doch nicht immer. Sonsten weiß vor dieses Mal sonderlich nichts zu erinnern, als daß ich nach Beschaffenheit der Person und Sachen jederzeit sei,

Geneigter Leser,

den 2. Dez. 1730

Dein
dienstwilliger
Gisander

Ob denenjenigen Kindern, welche um die Zeit geboren werden, da sich Sonnen- oder Mondfinsternissen am Firmamente präsentieren, mit Recht besondere Fatalitäten zu prognostizieren sein? Diese Frage will ich den gelehrten Naturkündigern zur Erörterung überlassen, und den Anfang meiner vorgenommenen Geschichtsbeschreibung damit machen: wenn ich dem geneigten Leser als etwas Merkliches vermelde: daß ich Eberhard Julius den 12. Mai 1706 eben in der Stunde das Licht dieser Welt erblickt, da die bekannte große Sonnenfinsternis ihren höchsten und fürchterlichsten Grad erreicht hatte. Mein Vater, der ein wohlbemittelter Kaufmann war, und mit meiner Mutter noch kein völliges Jahr im Ehestande gelebt, mochte wegen gedoppelter Bestürzung fast ganz außer sich selbst gewesen sein; jedoch nachdem er bald darauf das Vergnügen hat meine Mutter ziemlich frisch und munter zu sehen, mich aber als seinen erstgebornen jungen, gesunden Sohn zu küssen, hat er sich, wie mir erzählet worden, vor Freuden kaum zu bergen gewußt.

Ich trage Bedenken von denenjenigen Tändeleien viel Wesens zu machen, die zwischen meinen Eltern als jungen Eheleuten und mir als ihrer ersten Frucht der Liebe, in den ersten Kinderjahren vorgegangen. Genung! ich wurde von ihnen, wiewohl etwas zärtlich, jedoch christlich und ordentlich erzogen, weil sie mich aber von Jugend an dem Studieren gewidmet, so mußte es keinesweges an gelehrten und sonst geschickten Lehrmeistern ermangeln, deren getreue Unterweisung nebst meinen unermüdeten Fleiße so viel würkte, daß ich auf Einraten vieler erfahrner Männer, die mich examiniert hatten, in meinem siebzehnten Jahre nämlich um Ostern 1723 auf die Universität Kiel nebst einem guten Anführer reisen konnte. Ich legte mich auf die Jurisprudenz nicht sowohl aus meinem eigenen Antriebe, sondern auf Begehren meiner Mutter, welche eines vornehmen Rechtsgelehrten Tochter war. Allein ein hartes Verhängnis ließ mich die Früchte ihres über meine guten Progressen geschöpften Vergnügens nicht lange genießen, indem ein Jahr hernach die schmerzliche Zeitung bei mir einlief, daß meine getreue Mutter am 16. Apr. 1724 samt der Frucht in Kindesnöten Todes verblichen sei. Mein Vater verlangte mich zwar zu seinem Troste auf einige Wochen nach Hause, weiln, wie er schrieb, weder meine einzige Schwester, noch andere Anverwandte seinen Schmerzen einige Linderung verschaffen könnten. Doch da ich zurücke schrieb: daß um diese Zeit alle Kollegia aufs neue angingen, weswegen ich nicht allein sehr viel versäumen, sondern über dieses seine und meine Herzenswunde ehe noch weiter aufreißen, als heilen würde, erlaubte mir mein Vater, nebst Übersendung eines Wechsels von 200 Spez. Dukaten noch ein halbes Jahr in Kiel zu bleiben, nach Verfließung dessen aber sollte nach Hause kommen über Winters bei ihm zu verharren, sodann im Frühjahre das galante Leipzig zu besuchen, und meine Studia daselbst zu absolvieren.

Sein Wille war meine Richtschnur, dannenhero die noch übrige Zeit in Kiel nicht verabsäumete mich in meinen ergriffenen Studio nach Möglichkeit zu kultivieren, gegen Martini aber mit den herrlichsten Attestaten meiner Professoren versehen nach Hause reisete. Es war mir zwar eine herzliche Freude, meinen werten Vater und liebe Schwester nebst andern Anverwandten und guten Freunden in völligen Glücksstande anzutreffen; allein der Verlust der Mutter tat derselben ungemeinen Einhalt. Kurz zu sagen: es war kein einziges Divertissement, so mir von meinem Vater, sowohl auch andern

Freunden gemacht wurde, vermögend, das einwurzelende melancholische Wesen aus meinem Gehirne zu vertreiben. Derowegen nahm die Zuflucht zu den Büchern und suchte darinnen mein verlornes Vergnügen, welches sich denn nicht selten in selbigen finden ließ.

Mein Vater bezeigte teils Leid, teils Freude über meine douce Aufführung, resolvierte sich aber bald, nach meinen Verlangen mich ohne Aufseher, oder wie es zuweilen heißen muß, Hofmeister, mit 300 Fl. und einem Wechselbriefe auf 1 000 Tl. nach Leipzig zu schaffen, allwo ich den 4. Mart. 1725 glücklich ankam.

Wer die Beschaffenheit dieses in der ganzen Welt berühmten Orts nur einigermaßen weiß, wird leichtlich glauben: daß ein junger Pursche, mit so vielem baren Gelde versehen, daselbst allerhand Arten von vergnügten Zeitvertreibe zu suchen Gelegenheit findet. Jedennoch war mein Gemüte mit beständiger Schwermütigkeit angefüllet, außer wenn ich meine Kollegia frequentierte und in meinem Museo mit den Toten konversierte.

Ein Landsmann von mir, Mons. H... genannt merkte mein Malheur bald, weil er ein Mediziner war, der seine Hand allbereit mit größter Raison nach dem Doktorhute ausstreckte. Derowegen sagte er einmals sehr vertraulich: »Lieber Herr Landsmann, ich weiß ganz gewiß, daß Sie nicht die geringste Ursach haben, sich in der Welt über etwas zu chagrinieren, ausgenommen den Verlust Ihrer sel. Frau Mutter. Als ein vernünftiger Mensch aber können Sie sich dieserwegen so heftig und langwierig nicht betrüben, erstlich: weil Sie deren Seligkeit vollkommen versichert sind, vors andere: da Sie annoch einen solchen Vater haben, von dem Sie alles erwarten können, was von ihm und der Mutter zugleich zu hoffen gewesen. Anderer Motiven voritzo zu geschweigen. Ich setze aber meinen Kopf zum Pfande, daß Ihr niedergeschlagenes Wesen vielmehr von einer üblen Disposition des Geblüts herrühret, weswegen Ihnen aus guten Herzen den Gebrauch einiger Arzeneien, hiernächst die Abzapfung etlicher Unzen Gebüts rekommendiert haben will. Was gilt's?« rief er aus, »wir wollen in vierzehn Tagen aus einem andern Tone miteinander schwatzen.«

Dieser gegebene Rat schien mir nicht unvernünftig zu sein, derowegen leistete demselben behörige Folge, und fand mich in wenig Tagen weit aufgeräumter und leichtsinniger als sonsten, welches meinen guten Freunden höchst angenehm, und mir selbst am gefälligsten war. Ich wohnete ein- und anderm Schmause bei, richtete selbst einen aus, spazierte mit auf die Dörfer, kurz, ich machte alles mit, was honette Pursche ohne Prostitution vorzunehmen pflegen. Jedoch kann nicht leugnen, daß dergleichen Vergnüglichkeiten zum öftern von einem bangen Herzklopfen unterbrochen wurden. Die Ursach dessen sollte zwar noch immer einer Vollblütigkeit zugeschrieben werden, allein mein Herz wollte mich fast im voraus versichern, daß mir ein besonderes Unglück bevorstünde, welches sich auch nach Verfluß weniger Tage, und zwar in den ersten Tagen der Meßwoche, in folgenden Briefe, den ich von meinem Vater empfing, offenbarete:

Mein Sohn,

erschrecket nicht! sondern ertraget vielmehr mein und Euer unglückliches Schicksal mit großmütiger Gelassenheit, da Ihr in diesen Zeilen von mir selbst, leider! versichert werdet: daß das falsche Glück mit dreien fatalen Streichen auf einmal meine Reputation und Wohlstand, ja mein alles zu Boden geschlagen. Fraget Ihr, wie? und auf was Art: so wisset, daß mein Kompagnon einen Bankerott auf zwei Tonnen Goldes gemacht, daß auf

meine eigene Kosten ausgerüstete ostindische Schiff bei
der Retour von den Seeräubern geplündert, und letztlich
zu Komplettierung meines Ruins den Verfall der Aktien
mich allein um 50 000 Tl. spez. bringet. Ein mehreres
will hiervon nicht schreiben, weil mir im Schreiben die
Hände erstarren wollen. Lasset Euch inliegenden Wechselbrief à 2 000 Frfl. in Leipzig von Hrn. H. gleich nach
Empfang dieses bezahlen. Eure Schwester habe mit ebensoviel, und ihren besten Sachen, nach Stockholm zu ihrer
Base geschickt, ich aber gehe mit einem wenigen von hier
ab, um in Ost- oder Westindien, entweder mein verlornes
Glück, oder den Tod zu finden. In Hamburg bei Hrn. W.
habt Ihr vielleicht mit der Zeit Briefe von meinem Zustande zu finden. Lebet wohl, und bedauert das unglückliche Verhängnis Eures treugesinnten Vaters, dessen
Redlichkeit aber allzustarker Hasard und Leichtgläubig-
keit ihm und seinen frommen Kindern dieses Malheur
zugezogen. Doch in Hoffnung, Gott werde sich Eurer
und meiner nicht gänzlich entziehen, verharre

D. d. 5. Apr. 1725   Euer

bis ins Grab getreuer Vater
Franz Martin Julius

Ich fiel nach Lesung dieses Briefes, als ein vom Blitz
Gerührter, rückwärts auf mein Bette, und habe länger
als zwei Stunden ohne Empfindung gelegen. Selbigen
ganzen Tag, und die darauffolgende Nacht, wurde in
größter Desperation zugebracht, ohne das Geringste von
Speise oder Getränke zu mir zu nehmen, da aber der
Tag anbrach, beruhigte sich das ungestüme Meer meiner Gedanken einigermaßen. Ich betete mein Morgengebet mit herzlicher Andacht, sung nach einem Morgen-
liede auch dieses: Gott der wird's wohl machen etc.
schlug hernach die Bibel auf, in welcher mir sogleich der

127. Psalm Davids in die Augen fiel, welcher mich ungemein rührete. Nachdem ich nun meine andächtigen,
ungeheuchelten Penseen darüber gehabt, schlug ich die
Bibel nochmals auf, und traf unverhofft die Worte Prov.
10 der Segen des Herrn macht reich ohne Mühe etc.

Hierbei traten mir die Tränen in die Augen, mein
Mund aber brach in folgende Worte aus: »Mein Gott, ich
verlange ja eben nicht reich an zeitlichen Gütern zu sein,
ich gräme mich auch nicht mehr um die verlornen, setze
mich aber, wo es dir gefällig ist, nur in einen solchen
Stand, worinnen ich deine Ehre befördern, meinen
Nächsten nützen, mein Gewissen rein erhalten, reputierlich leben, und selig sterben kann.«

Gleich denselben Augenblick kam mir in die Gedanken umzusatteln, und anstatt der Jurisprudenz die Theo-
logie zu erwählen, weswegen ich meine Gelder einkassie-
ren, zwei Teile davon auf Zinsen legen, und mich mit
dem übrigen auf die Wittenbergische Universität begeben wollte. Allein der plötzliche Überfall eines hitzigen
Fiebers, verhinderte mein eilfertiges Vornehmen, denn
da ich kaum Zeit gehabt, meinen Wechsel bei Hrn. H. in
Empfang zu nehmen, und meine Sachen etwas in Ordnung zu bringen, so sahe mich gezwungen das Bette zu
suchen, und einen berühmten Medicum wie auch eine
Wartfrau holen zu lassen. Meine Landsleute so etwas im
Vermögen hatten, bekümmerten sich, nachdem sie den
Zufall meines Vaters vernommen, nicht das geringste
um mich, ein armer ehrlicher Studiosus aber, so ebenfalls mein Landsmann war, blieb fast Tag und Nacht bei
mir, und muß ich ihm zum Ruhme nachsagen, daß ich,
in seinen mir damals geleisteten Diensten mehr Liebe
und Treue, als Interesse gespüret. Mein Wunsch ist: ihn
dermaleins auszuforschen, und Gelegenheit zu finden,
meine Erkenntlichkeit zu zeigen.

Meine Krankheit daurete inzwischen zu damaligen großen Verdrusse, und doch noch größern Glücke, bis in die dritte Woche, worauf ich die freie Luft wiederum zu vertragen gewohnete, und derowegen mit meinem redlichen Landsmanne täglich ein paarmal in das angenehme Rosental, doch aber bald wieder nach Hause spazierete, anbei im Essen und Trinken solche Ordnung hielt, als zu völliger Wiederherstellung meiner Gesundheit, vor ratsam hielt. Denn ich war nicht gesinnet als ein halber oder ganzer Patient nach Wittenberg zu kommen.

Der Himmel aber hatte beschlossen: daß sowohl aus meinen geistl. Studieren, als aus der nach Wittenberg vorgenommenen Reise nichts werden sollte. Denn als ich etliche Tage nach meinen gehaltenen Kirchgange und erster Ausflucht mein Morgengebet annoch verrichtete; klopfte der Briefträger von der Post an meine Tür, und nach Eröffnung derselben, wurde mir von ihm ein Brief eingehändiget, welchen ich mit zitternden Händen erbrach, und also gesetzt befand:

D. d. 21. Mai 1725

Monsieur,

Ihnen werden diese Zeilen, so von einer Ihrer Familie ganz unbekannten Hand geschrieben sind, ohnfehlbar viele Verwunderung verursachen. Allein als ein Studierender, werden Sie vielleicht besser, als andere Ungelehrte, zu begreifen wissen, wie unbegreiflich zuweilen der Himmel das Schicksal der sterblichen Menschen disponieret. Ich Endesunterschriebener, bin zwar ein Teutscher von Geburt, stehe aber vor itzo als Schiffskapitän in holländischen Diensten, und bin vor wenig Tagen allhier in Ihrer Geburtsstadt angelanget, in Meinung, dero Herrn Vater anzutreffen, dem ich eine der allerprofitablesten Zeitungen von der Welt persönlich überbringen wollte; allein ich habe zu meinem allergrößten Mißvergnügen nicht allein sein gehabtes Unglück, sondern über dieses noch vernehmen müssen: daß er allbereit vor Monatsfrist zu Schiffe nach Westindien gegangen. Diesem aber ohngeachtet, verbindet mich ein geleisteter körperlicher Eid: Ihnen, Mons. Eberhard Julius, als dessen einzigen Sohne, ein solches Geheimnis anzuvertrauen, kraft dessen Sie nicht allein Ihres Herrn Vaters erlittenen Schaden mehr als gedoppelt ersetzen, und vielleicht sich und Ihre Nachkommen, bis auf späte Jahre hinaus glücklich machen können.

Ich versichere noch einmal, Monsieur, daß ich mir Ihre allerlei Gedanken bei dieser Affäre mehr als zu wohl vorstelle, allein ich bitte Sie inständig, alle Hindernisse aus dem Wege zu räumen, und sich in möglichster Geschwindigkeit auf die Reise nach Amsterdam zu machen, damit Sie längstens gegen St. Johannistag daselbst eintreffen. Der 27. Jun., wo Gott will, ist zu meiner Abfahrt nach Ostindien angesetzt. Finden Sie mich aber nicht mehr, so haben Sie eine versiegelte Schrift, von meiner Hand gestellt, bei dem Bankier, Herrn G.v.B. abzufordern, wornach Sie Ihre Messures nehmen können. Doch ich befürchte, daß Ihre importanten Affären weitläuftiger werden, und wohl gar nicht glücklich laufen möchten, woferne Sie verabsäumeten, mich in Amsterdam auf dem ostindischen Hause, allwo ich täglich anzutreffen und bekannt genung bin, persönlich zu sprechen. Schließlich will Ihnen die Beschleunigung Ihrer Reise zu Ihrer zeitlichen Glückseligkeit nochmals freundlich rekommendieren, Sie der guten Hand Gottes empfehlen, und beharren

Monsieur

votre Valet
Leonhard Wolfgang

P.S. Damit Monsieur Julius in meine Zitation kein Mißtrauen zu setzen Ursach habe, folget hierbei ein Wechselbrief à 150 Spez. Dukaten an Herrn S. in Leipzig gestellet, welche zu Reisekosten aufzunehmen sind.

Es wird vielleicht wenig Mühe kosten, jemanden zu überreden, daß ich nach Durchlesung dieses Briefes eine gute Zeit nicht anders als ein Träumender auf meinem Stuhle sitzengeblieben. Ja! es ist zu versichern, daß diese neue und vor mich so profitable Zeitung fast eben dergleichen Zerrüttung in meinem Gemüte stiftete: als die vorige von dem Unglücke meines Vaters. Doch konnte mich hierbei etwas eher fassen, und mit meinem Verstande ordentlicher zu Rate gehen, derwegen der Schluß in wenigen Stunden dahinaus fiel: mit ehester Post die Reise nach Amsterdam anzutreten. Hierbei fiel mir sogleich der tröstliche Vers ein: Es sind ja Gott sehr schlechte Sachen, etc. welcher mich anreizete, Gott herzlich anzuflehen, daß er meine Jugend in dieser bedenklichen Sache doch ja vor des Satans und der bösen Welt gefährlichen Stricken, List und Tücken gnädiglich bewahren, und lieber in größtes Armut, als Gefahr der Seelen geraten lassen wolle.

Nachdem ich mich solchergestalt mit Gott und meinem Gewissen wohl beraten, blieb es bei dem gefaßten Schlusse, nach Amsterdam zu reisen. Fing derowegen an, alles aufs eiligste darzu zu veranstalten. Bei Herrn S. ließ ich mir die 150 Duk. spez. noch selbigen Tages zahlen, packte meine Sachen ein, bezahlete alle diejenigen, so mir Dienste geleistet hatten, nach meinen wenigen Vermögen reichlich, verdung mich mit meiner Equipage auf die Kasselische oder Holländische Post, und fuhr in Gottes Namen, mit besondern Gemütsvergnügen von Leipzig ab.

Auf dieser Reise begegnete mir nichts Außerordentliches, außer dem daß ich mich resolvierte, teils Mattigkeit, teils Neugierigkeit wegen, die berühmten Seltenheiten in und bei der landgräfl. Hessen-Kasselischen Residenzstadt Kassel zu betrachten, einen Posttag zu verpassen. Nachdem ich aber ziemlich ausgeruhet, und das magnifique Wesen zu admirieren vielfältige Gelegenheit gehabt, verfolgte ich meine vorhabende Reise, und gelangete, noch vor dem mir angesetzten Termine, glücklich in Amsterdam an.

Mein Logis nahm ich auf Rekommendation des Kofferträgers in der Wermutsstraße in Wapen von Ober-Yssel, und fand daselbst vor einen ermüdeten Passagier sehr gute Gelegenheit. Dem ohngeacht vergönnete mir das heftige Verlangen, den Kapitän Wolfgang zu sehen, und ausführlich mit ihm zu sprechen, kaum sieben Stunden Zeit zum Schlafe, weil es an sich selbst kräftig genug war, alle Mattigkeit aus meinen Gliedern zu vertreiben. Folgendes Tages ließ ich mich von müßigen Purschen vor ein gutes Trinkgeld in ein und anderes Schenkhaus, wohin gemeiniglich Seefahrer zu kommen pflegten, begleiten. Ich machte mich mit guter Manier bald an diesen und jenen, um einen Vorbericht von des Kapitän Wolfgangs Person und ganzen Wesen einzuziehen, doch meine Mühe war überall vergebens. Wir hatten binnen drei oder vier Stunden mehr als zwölf bis sechzehn Tee-, Koffee-, Wein- und Brannteweinshäuser durchstrichen, mehr als fünfzig Seefahrer angeredet, und doch niemand angetroffen, der erwähnten Kapitän kennen wollte.

Mein Begleiter fing schon an zu taumeln, weil er von dem Weine, den ich ihm an verschiedenen Orten geben ließ, ziemlich betrunken war, weswegen vors dienlichste hielt, mit demselben den Rückweg nach meinem Quartiere zu suchen. Er ließ sich solches gefallen, kaum aber waren wir hundert Schritte zurückgegangen, als uns ein alter Bootsknecht begegnete, welchem er zurief: »Wohlauf, Bruder! Kannst du Nachricht geben von dem Kapitän Wolfgang? Hier ist ein Trinkgeld zu verdienen.« »Well Bruder«, antwortete der Bootsknecht, »was soll Kapitän Wolfgang? soll ich nicht kennen? soll ich nicht wissen, wo er logiert? habe ich nicht zwei Fahrten mit ihm getan? habe ich nicht noch vor drei Tagen zwei Fl. von ihm geschenkt bekommen?« »Guter Freund!« fiel ich ihm in die Rede, »ist's wahr, daß Ihr den Kapitän Leonhard Wolfgang kennet, so gebet mir weitere Nachricht, ich will – –«

»Mar Dübel«, replizierte der Grobian, »meinet Ihr, daß ich Euch belügen will? so gehet zum Teufel und sucht ihn selber.« Diese mit einer verzweifelt boshaftigen und scheelen Miene begleiteten Worte waren kaum ausgesprochen, als er sich ganz negligent von uns abwandte, und in einen Weinkeller verfügte. Mein Begleiter riet mir nachzugehen, ihm gute Worte und etliche Stüver an Gelde zu geben, auch etwa ein Glas Wein zuzutrinken, mit der Versicherung: er würde mir sodann schon aufs neue und viel höflicher zur Rede stehen. Indem mir nun ein so gar vieles daran gelegen war, überwand ich meinen innerlichen Verdruß, den ich über die grausame Grobheit dieses Menschen geschöpft hatte, und gehorchte meinem halb betrunkenen Ratgeber.

Paul, so hieß der grobe Bootsknecht, hatte kaum einen halben Gulden, nebst einer tüchtigen Kanne Wein und die erste Silbe von einem guten Worte bekommen, als er sogleich der allerhöflichste Klotz von der ganzen Welt zu werden schien. Er küssete meine Hand mit aller Gewalt wohl fünfzig Mal, hatte wider die Gewohnheit dieser Leute seine Mütze stets in Händen, und wollte, alles meines Bittens ohngeacht, sein Haupt in meiner Gegenwart durchaus nicht bedecken. Mein Begleiter trank ihm auf meine Gesundheit fleißig zu, Paul tat noch fleißiger Bescheid, erzählte mir aber dabei alles haarklein, was er von des Kapitän Wolfgangs Person, Leben und Wandel in dem Innersten seines Herzens wußte, und diese Erzählung dauerte über zwei Stunden, worauf er sich erbot, mich sofort in des Kapitäns Logis zu führen, welches nahe an der Börse gelegen sei.

Allein, ich ließ mich verlauten, daß ich meine Visite bei demselben noch etliche Tage aufschieben, und vorhero erstlich von der Reise recht ausruhen wollte. Hierauf bezahlte noch sechs Kannen Wein, den die beiden nassen Brüder getrunken hatten, verehrte dem treuherzigen Paul noch einen Gulden, und begab mich allein wieder auf den Weg nach meinem Quartiere, weil mein allzu stark besoffener Wegweiser gar nicht von der Stelle zu bringen war.

Ich ließ mir von dem Wirte die Mahlzeit auf meiner Kammer vor mich alleine zubereiten, und wiederholte dabei in Gedanken alles, was mir Paul von dem Kapitän Wolfgang erzählet hatte. Hauptsächlich hatte ich angemerkt, daß derselbe ein vortrefflich kluger und tapferer Seemann, anbei zuweilen zwar sehr hitzig, doch aber bald wieder gelassen, gütig und freigebig sei, wie er denn zum öftern nicht allein seine Freunde und Bootsknechte, sondern auch andere ganz Frembde mit seinen größten Schaden und Einbuße aus der Not gerissen. Dem ohngeacht hätten seine Untergebenen vor wenig Jahren unterwegs wider diesen ehrlichen Mann rebelliert, demselben bei nächtlicher Weile Hände und Füße gebunden, und ihn bei einem wüsten Felsen ausgesetzt zurückgelassen. Doch hätte vor einigen Monaten das Glücke den Kapitän wieder gesund zurückgeführet, und zwar mit vielem Geld und Gütern versehen, auf was vor Art er selbiges aber erworben, wußte Paul nicht zu sagen. Im übrigen sei er ein Mann von mittler Statur, wohl gebildet und gewachsen, teutscher Nation, etwas über vierzig Jahr alt, und lutherischer Religion.

Wie ich nun mit allem Fleiß dahin gestrebet, bevor ich mich dem Kapitän zu erkennen gäbe, erstlich bei frembden Leuten sichere Kundschaft wegen seines Zustandes, Wesens, Gemüts- und Lebensart einzuziehen, so konnte mir diese Nachricht als ein Konfortativ meines ohnedem starken Vertrauens nicht anders als höchst angenehm sein. Die Speisen und Bouteille Wein schmeckten mir unter diesen Gedanken vortrefflich wohl, ich machte meinem auf der Post ziemlich zerschüttelten Körper nach der Mahlzeit dennoch eine kleine Motion, hielt aber darauf ein paar Stunden Mittagsruhe.

Gegen Abend ließ ich mich von meinem vorigen Begleiter, der seinen Rausch doch auch schon ausgeschlafen hatte, abermals ausführen, und zwar in ein berühmtes reputierliches Koffeehaus, wo sich unzählige Personen auf verschiedene Arten divertierten. Ich meines Orts sahe mich nach niemanden anders als Seeoffizianten um, war auch so glücklich, einen Tisch anzutreffen, welcher mit sechs Personen von dergleichen Schlage besetzt, unten aber noch Platz genung vor mich vorhanden war.

Ich nahm mir die Freiheit, mich nach gemachten höflichen Kompliment mit meinem Koffeepotgen zu ihnen zu setzen. Ihre gewöhnliche Freiheit verleitete sie gar bald, mich, wiewohl in ganz leutseligen Terminis, zu fragen: wer, und woher ich wäre? was meine Verrichtungen allhier? Ob ich mich lange in Amsterdam aufzuhalten gedächte? wie es mir allhier gefiele? u. dgl. Ich beantwortete alle ihre Fragen nach meinem Gutachten, und zwar mit sittsamer Bescheidenheit, keineswegs aber mit einer sklavischen Submission. Hiernächst drehten sie das Gespräch auf die Beschaffenheit verschiedener Etaten und Örter in Teutschland, da ich ihnen denn auf Befragen, nach meinem besten Wissen, hinlängliche Satisfaktion gab. Auch fielen sie auf die unterschiedlichen Universitäten und Studenten, worbei ihnen ebenfalls zu sattsamer Nachricht nichts schuldig blieb. Weswegen der Vornehmste unter ihnen zu mir sprach: »Monsieur, ich bekenne, daß Ihr mir älter am Verstande als an Jahren vorkommt. Bei Gott, ich halte viel von dergleichen jungen Leuten.«

Ich mochte über diesen unverhofften Spruch etwas rot werden, machte aber ein höflich Kompliment, und antwortete: »Mein Herr! Sie belieben allzu vorteilhaftig von Ihrem Diener zu sprechen, ich kann freilich nicht leugnen, daß ich erstlich vor wenig Wochen in mein zwanzigstes Jahr getreten bin, und ohngeacht mich fast von meiner Kindheit an eifrig auf die Studia gelegt, so weiß ich doch gar zu wohl, daß mir noch allzuviel an Conduite und Wissenschaften mangelt, welches ich aber mit der Zeit durch emsigen Fleiß und den Umgang mit geschickten Leuten zu verbessern trachten werde.«

»Wo Ihr Mittel habt«, setzte ein anderer hinzu, »wäre es schade um Euch: wenn Ihr nicht wenigstens noch zwei oder drei Jahr auf Universitäten zubrächtet, nach diesen Gelegenheit suchtet, die vornehmsten Länder von Europa durchzureisen. Denn eben durch das Reisen erlernet man die Kunst, seine erlangte Wissenschaften hier und dar glücklich anzubringen.« »Eben dieses«, versetzte ich, »ist mein Propos, und obgleich meine eigenen Mittel dabei nicht zulänglich sein möchten, so habe doch das feste Vertrauen zu Gott, daß er etwan hier oder dar gute Gönner erwecken werde, die mir mit gutem Rat und Tat,

um meinen Zweck zu erreichen, an die Hand gehen können.« »Ihr meritiert es sehr wohl«, replizierte der erstere,
»und ich glaube, es wird Euch hinfüro selten daran mangeln.« Hiermit wurde der Diskurs durch ein auf der
Straße entstandenes Lärmen unterbrochen, welches sich
jedoch bald wiederum stillete, die Herrn Seeoffiziers
aber blieben eine kleine Weile ganz stille sitzen. Ich
trank meinen Koffee auch in der Stille, und rauchte eine
Pfeife Kanastertobak, da aber merkte, daß einer von ihnen mich öfters sehr freundlich ansahe, nahm mir die
Kühnheit, ihn zu fragen: Ob sich nicht allhier in Amsterdam ein gewisser Schiffskapitän, namens Leonhard
Wolfgang, aufhielte? »Mir ist« (antwortete er) »dieser
Name nicht bekannt.« »Wie?« (fiel ihm derjenige, welchen ich vor den Vornehmsten hielt, in die Rede) »solltet
Ihr den berühmten Kapitän Wolfgang nicht kennen?«
welches jener sowohl als die andern mit einem Kopf-
schütteln verneineten. »Monsieur«, (redete er zu mir)
»ist Wolfgang etwan Euer Befreundter oder Bekannter?« »Mein Herr«, (versetzte ich) »keins von beiden, sondern ich habe nur unterweges auf der Post mit einem
Passagier gesprochen, der sich vor einen Vetter von ihm
ausgab, und darbei sehr viel Merkwürdiges von seinen
Avanturen erzählete.«

»Messieurs«, (fuhr also der ansehnliche Seemann in
seiner Rede fort) »ich kann Euch versichern, daß selbiger Kapitän ein perfekter Seeoffizier, und dabei recht
starker Avanturier ist, welcher aber doch sehr wenig
Wesens von sich macht, und gar selten etwas von seinen
eigenen Begebenheiten erzählet, es sei denn, daß er bei
außerordentlich guter Laune anzutreffen. Er ist ein spe-
zial Freund von mir, ich kann mich aber deswegen doch
nicht rühmen, viel von seinen Geheimnissen ausge-
forscht zu haben. Bei was vor Gelegenheit er zu seinem

großen Vermögen gekommen? kann ich nicht sagen, denn ich habe ihn vor etliche zwanzig Jahren, da er auf dem Schiffe, der Holländische Löwe genannt, annoch die Feder führete, als einen pauvre diable gekennet, nach diesen hat er den Degen ergriffen, und sich durch seine Bravoure zu dem Posten eines Kapitäns geschwungen. Seine Conduite ist dermaßen angenehm, daß sich jedermann mit ihm in Gesellschaft zu sein wünschet. Vor kurzen hat er sich ein vortrefflich neues Schiff, unter dem Namen, der getreue Paris, ausgerüstet, mit welchem er eine neue Tour auf die barbarischen Küsten und Ostindien zu tun gesonnen, und wie ich glaube, in wenig Tagen absegeln wird. Hat einer oder der andere Lust, ihn vor seiner Abfahrt kennenzulernen, der stelle sich morgenden Vormittag auf dem ostindischen Hause ein, allwo ich notwendiger Affären halber mit ihm zu sprechen habe, und Abrede nehmen werde, an welchem Orte wir uns nachmittags divertieren können.« Hiermit stund der ansehnliche Herr von seiner Stelle auf, um in sein Logis zu gehen, die andern folgten ihm, ich aber blieb, nachdem ich von ihnen höflichen Abschied genommen, noch eine Stunde sitzen, hatte meine eigenen vergnügten Gedanken über das angehörte Gespräch, und ging hernachmals mit meinem abermals ziemlich berauschten Begleiter zurück in mein Logis, allwo mich sogleich niederlegte, und viel sanfter, als sonst gewöhnlich, ruhete.

Folgenden Morgen begab mich in reinlicherer Kleidung in die neue lutherische Kirche, und nach verrichteter Andacht spazierte auf das ostindische Haus zu, da nun im Begriff war, die Kostbarkeiten desselben ganz erstaunend zu betrachten, hörete ich seitwärts an einem etwas erhabenen Orte die Stimme des gestern mir so ansehnlich gewesenen Seeoffiziers zu einem andern folgendes reden: »Mon Frère! sehet dort einen wohl konduisierten jungen Teutschen stehen, welcher nur vor wenig Tagen mit der Post von Leipzig gekommen, und gestrigen Abend in meiner Kompagnie nach Euch gefragt hat, weil er unterwegs einen Eurer Vettern gesprochen.« Es wurde gleich hierauf etliche Mal gepistet, sobald nun vermerkte, daß es mich anginge, machte ich gegen die zwei nebeneinanderstehenden Herren meine Reverenz, sie dankten mir sehr höflich, beurlaubten sich aber sogleich voneinander. Der Unbekannte kam augenblicklich auf mich zu, machte mir ein sehr freundlich Kompliment, und sagte: »Monsieur, wo ich mich nicht irre, werden Sie vielleicht den Kapitän Wolfgang suchen?« »Mon Patron«, (antwortete ich) »ich weiß nicht anders, und bin dieserhalb von Leipzig nach Amsterdam gereiset.« »Um Vergebung«, (fragte er weiter) »wie ist Ihr Name?« (Meine Antwort war) »Ich heiße Eberhard Julius.« Den Augenblick fiel er mir um den Hals, küssete mich auf die Stirn, und sagte: »Mein Sohn, an mir findet Ihr denjenigen, so ihr sucht, nämlich den Kapitän Leonhard Wolfgang. Gott sei gelobet, der meinen Brief und Eure Person die rechten Wege geführet hat, doch habt die Güte, eine kleine Stunde hier zu verziehen, bis ich, nachdem ich meine wichtigen Geschäfte besorgt, wieder anhero komme, und Euch abrufe.« Ich versprach seinem Befehl zu gehorsamen, er aber ging eilends fort, und kam, ehe noch eine Stunde verstrichen, wieder zurück, nahm mich bei der Hand, und sagte: »So kommet denn, mein Sohn, und folget mir in mein Logis, allwo ich Euch ein solches Geheimnis entdecken werde, welches, je unglaublicher es anfänglich scheinen, desto kostbarer vor Euch sein wird.« Die verschiedenen Gemütsbewegungen, so bei dieser Zusammenkunft in mir ganz wunderlich durcheinandergingen, hatten meinen Kopf dermaßen verwirret, daß fast nicht mehr wußte, was ich antworten, oder wie mich stellen wollte, doch unterwegens, da der Kapitän bald mit diesen, bald mit jenen Personen etwas zu schaffen hatte, bekam ich Zeit, mich etwas wieder in Ordnung zu bringen. Sobald wir demnach in seinem Logis eingetreten waren, umarmete er mich aufs neue, und sagte: »Seid mir vielmals willkommen, allerwertester Freund, und nehmet nicht ungütig, wenn ich Euch hinfüro, mein Sohn, nenne, weiln die Zeit lehren soll, daß ich als ein Vater handeln und Euch an einen solchen Ort führen werde, wo Ihr den Grundstein zu Eurer zeitlichen Glückseligkeit finden könnet, welche, wie ich glaube, durch das Unglück Eures Vaters auf schwachen Fuß gesetzt worden. Jedoch, weil ich nicht gesonnen bin, vor eingenommener Mittagsmahlzeit von unsern importanten Affären ausführlich zu Ende zu sprechen, so werdet Ihr Euch belieben lassen, selbe bei mir einzunehmen, inzwischen aber, bis die Speisen zubereitet sind, mir eine kurze Erzählung von Eurem Geschlechte und eigner Auferziehung tun.« Ich weigerte mich im geringsten nicht, seinem Verlangen ein Genügen zu leisten, und fassete zwar alles in möglichste Kürze, brachte aber dennoch länger als eine Stunde damit zu, war auch eben fertig, da die Speisen aufgetragen wurden.

Nachdem wir beiderseits gesättiget, und aufgestanden waren, befahl der Kapitän, Tobak und Pfeifen herzugeben, auch Koffee zurechtezumachen, er aber langete aus seinem Kontor einen dreimal versiegelten Brief, und überreichte mir selben ohne einiges Wortsprechen. Ich sahe nach der Überschrift, und fand dieselbe zu meiner größten Verwunderung also gesetzt:

Dieser im Namen der heiligen Dreifaltigkeit versiegelte Brief soll von niemand anders gebrochen werden, als einem, der den Geschlechtsnamen Julius führet, von dem ao. 1633 unschuldig enthaupteten Stephano Julius NB erweislich abstammet, und aus keuschem Ehebette gezeuget worden.

NB. Der Fluch sehr alter Leute, die da Gott fürchten, tut gottlosen und betrügerischen Leuten Schaden.

Dergleichen Titul und Überschrift eines Briefes war Zeit meines Lebens nicht vor meine Augen kommen, doch weil ich ein gut Gewissen hatte, konnte mich gar bald in den Handel schicken. Der Kapitän Wolfgang sahe mich starr an, ich aber machte eine freudige Miene, und sagte: »Mon Père, es fehlet nichts als Dero gütige Erlaubnis, sonsten hätte ich die Macht und Freiheit, diesen Brief zu erbrechen.« »Erbrechet denselben«, antwortete er, »im Namen der heiligen Dreifaltigkeit.« »Weiln er«, versetzte ich, »im Namen der heiligen Dreifaltigkeit geschrieben und versiegelt worden, und mein Gewissen von allen Betrügereien rein ist, so will ich, doch nicht anders, als auf Dero Befehl, denselben auch im Namen der heiligen Dreifaltigkeit erbrechen. Mit Aussprechung dieser Worte lösete ich das Siegel, und fand den Inhalt also gesetzt:

Mein Enkel.

Anders kann und will ich Euch nicht nennen, und wenn Ihr gleich der mächtigste Fürst in Europa wäret, denn es fragte sich, ob mein glückseliger Charakter dem Eurigen nicht vorzuziehen sei, indem ich ein solcher Souverän bin, dessen Untertanen soviel Liebe als Furcht, und soviel Furcht als Liebe hegen, über dieses an baren Gelde und Jubelen einen solchen Schatz aufzuweisen habe, als ein großer Fürst seinen Etat zu formieren vonnöten hat. Doch was nützet mir das Prahlen, ich lebe vergnügt, und will vergnügt sterben, wenn nur erst das Glück erlebt, einen von denenjenigen, welche meinen Geschlechtsnamen führen, gesehen zu haben. Machet Euch auf, und kommet zu mir, Ihr möget arm oder reich, krumm oder lahm, alt oder jung sein, es gilt mir gleichviel, nur einen Julius von Geschlechte, der gottesfürchtig und ohne Betrug ist, verlange ich zu umarmen, und ihm den größten Teil der mir und den Meinigen unnützlichen Schätze zuzuwenden. Dem Herrn Leonhard Wolfgang könnet Ihr sicher trauen, weil er seine linke Hand auf meine alte Brust gelegt, die rechte aber gegen Gott dem Allmächtigen in die Höhe gereckt, und mir also einen körperlichen Eid geschworen, diejenigen Forderungen, so ich an ihn getan, nach Möglichkeit zu erfüllen. Er wird alles, was ich an Euch zu schreiben Bedenken trage, besser mündlich ausrichten, und eine ziemliche Beschreibung von meinem Zustande machen. Folget ihm in allen, was er Euch befiehlet, seid gesund, und kommet mit ihm bald zu mir. Dat. Felsenburg, den 29. Sept. Anno Christi 1724. Meiner Regierung im 78. und meines Alters im 97. Jahre. (L. S.) Albertus Julius

Ich überlas den Brief wohl fünf bis sechs Mal, konnte mir aber dennoch in meinen Gedanken keinen völligen und richtigen Begriff von der ganzen Sache machen, welches der Kapitän Wolfgang leichtlich merkte, und derowegen zu mir sprach: »Mein Sohn! alles Euer Nachsinnen wird vergebens sein, ehe Ihr die Auflösung dieses Rätsels von mir, in Erzählung der wunderbaren Geschicht Eures Vettern, Albert Julius, vernehmet, setzet Euch demnach nieder und höret mir zu.«

Hiermit fing er an, eine, meines Erachtens, der wunderbarsten Begebenheiten von der Welt zu erzählen, die ich dem geneigten Leser, als die Hauptsache dieses

Buchs am gehörigen Orte ordentlicher und vollständiger vorlegen werde. Voritzo aber will nur melden, daß da der Kapitän über zwei Stunden damit zugebracht, und mich in erstaunendes Vergnügen gesetzt hatte; ich mich auf eine recht sonderlich verpflichtete Art gegen ihn bedankte, in allen Stücken seiner gütigen Vorsorge empfahl, anbei allen kindlichen und schuldigen Gehorsam zu leisten versprach.

Nachdem aber festgestellet war, mit ihm zu Schiffe zu gehen, ließ er meine Sachen aus dem Gasthofe abholen, und behielt mich bei sich in seinem eigenen Logis, er bezeugte eine ganz besondere Freude über einige schriftl. Dokumenta und andere Dinge, welche Zeugnis gaben, daß ich und meine Vorfahren, in richtigen Graden von dem Stephano Julio herstammeten, weil derselbe meines Großvaters Großvater, Johann Balthasar Julius aber, als meines leiblichen Vaters Großvater, der anno 1630 geboren, ein leiblicher Bruder des Alberti Julii, und jüngster Sohn des Stephani gewesen.

Unsere Abfahrt blieb auf den 27. Jun. festgestellet, binnen welcher Zeit ich 200 Stück teutsche, 100 Stück englische Bibeln, 400 Gesang- und Gebet- nebst vielen andern, sowohl geistl. als weltlichen höchst nützlichen Büchern, alle sauber gebunden, kaufen, und zum Mitnehmen einpacken mußte, über dieses mußte noch vor etliche 1 000 Tl. allerhand sowohl künstliche als gemeine Instrumenta, vielerlei Hausrat, etliche Ballen weiß Papier, Dintenpulver, Federn, Bleistifte, nebst mancherlei Kleinigkeiten erhandeln, welches alles, worzu es gebraucht worden, am gehörigen Orte melden will.

Mein werter Kapitän Wolfgang merkte, daß ich nicht gerne müßig ging, überließ mir demnach alle Sorgfalt über diejenigen Punkte, so er nach und nach, wie sie ihm beigefallen waren, auf ein Papier verzeichnet hatte, und zeigte sich die wenigen Stunden, so ihm seine wichtigen Verrichtungen zu Hause zu sein erlaubten, meines verspürten Fleißes und Ordnung wegen, sehr vergnügt.

Am 24. Jun. gleich am Tage Johannis des Täufers, ließ sich, da wir eben mittags zu Tische saßen, ein frembder Mensch bei dem Kapitän melden, dieser ging hinaus denselben abzufertigen, kam aber sogleich wieder zurück ins Zimmer, brachte eine ansehnliche Person in Priesterhabite an der Hand hineingeführet, und nötigte denselben sich bei uns zu Tische zu setzen. Kaum hatte ich den frembden Priester recht ins Gesicht gesehen, als ich ihn vor meinen ehemaligen Informator, Herrn Ernst Gottlieb Schmeltzern erkannte, umarmete, und zu verschiedenen Malen küssete, denn er hatte von meinem zehenten bis ins vierzehnte Jahr, ungemein wohl an mir getan, und mich herzlich geliebet.

Als er mich gleichfalls völlig erkannt und geküsset, gab er seiner Verwunderung, mich allhier anzutreffen, mit Worten zu verstehen. Ich tat, ohne ihm zu antworten, einen Blick auf den Kapitän, und nahm wahr, daß ihm über unser herzliches Bewillkommen, die Augen voll Freudentränen stunden. Er sagte: »setzet Euch, meine Lieben, und speiset, denn wir hernach noch Zeit genung haben miteinander zu sprechen.«

Dem ohngeacht, konnte ich die Zeit nicht erwarten, sondern fragte bald darauf meinen lieben Herrn Schmeltzer, ob er bei den Lutheranern allhier in Amsterdam seine Beförderung gefunden? Er antwortete mit einigem Lächeln: »Nein.« Der Kapitän aber sagte: »Mein Sohn, dieser Herr soll auf dem Schiffe, unser, nach diesem an gehörigem Orte, auch Eurer Vettern und Muhmen, Seelsorger sein. Ich habe die Hoffnung von ihm, daß er nächst göttl. Hülfe daselbst mehr Wunder tun, und sein Amt fruchtbarlicher verrichten werde, als sonsten unter hundert lutherischen Predigern kaum einer.« Und in der Tat hatte ihn der Kapitän in ordentliche Bestallung genommen, auf seine Kosten behörig zum Priester weihen lassen, und in Amsterdam bei uns einzutreffen befohlen, welchem allen er denn auch aufs genauste nachgekommen war.

Indem aber nunmehro fast alles, was der Kapitän entworfen, in behörige Ordnung gebracht war, wandte derselbe die zwei letzteren Tage weiter sonderlich zu nichts an, als seinen guten Freunden die Abschiedsvisiten zu geben, worbei Herr Schmeltzer und ich ihn mehrenteils begleiteten, am 27. Jun. 1725 aber, verließen wir unter dem stärksten Vertrauen auf den Beistand des Allmächtigen, die weltberühmte Stadt Amsterdam, und kamen den 30. dito auf dem Texel an, allwo wir vierzehn Tage verweileten, den 15. Jul. unter Begleitung vieler andern Schiffe unter Segel gingen, und von einem favorablen Winde nach Wunsche fortgetrieben wurden. Nach Mitternacht wurde derselbe etwas stärker, welches zwar niemand von Seeerfahrnen groß achten wollte, jedoch mir, der ich schon ein paar Stündgen geschlummert hatte, kam es schon als einer der größten Stürme vor, weswegen alle meine Courage von mir weichen wollte, jedoch da ich nicht gesonnen, selbige fahren zu lassen, entfuhr mir folgende Tage nacheinander, s.v. alles, was in meinen Magen und Gedärmen vorhanden war. Dem Herrn Schmeltzer und vielen andern, so ebenfalls das erste Mal auf die See kamen, ging es zwar eben nicht anders, allein mir dennoch am allerübelsten, weil ich nicht eher außer dem Bette dauren konnte, bis wir den Kanal völlig passieret waren, dahingegen die andern sich in wenig Tagen wieder gesund und frisch befunden hatten.

Meinem Kapitän war im rechten Ernste bange worden, bei meiner so lange anhaltenden Krankheit, und indem er mir beständig sein herzliches Mitleiden spüren ließ, durfte es an nichts, was zu meinem Besten gereichte, ermangeln; bis meine Gesundheit wiederum völlig hergestellet war, da ich denn sonsten nichts bedaurete, als daß mich nicht imstande befunden hatte, von den französischen und englischen Küsten, im Vorbeifahren etwas in nahen Augenschein zu nehmen.

Nunmehro sahe nichts um mich, als Wasser Himmel und unser Schiff, von den zurückgelegten Ländern aber, nur eine dunkele Schattierung, doch hatte kurz darauf das besondere Vergnügen: bei schönem hellen Wetter, die Küsten von Portugal der Länge nach, zu betrachten.

Eines Tages, da der Kapitän, der Schiffslieutenant Horn, Johann Ferdinand Kramer, ein gar geschickter Chirurgus von 28 bis 29 Jahren, Friedrich Litzberg, ein artiger Mensch von etwa 28 Jahren, der sich vor einen Mathematikum ausgab, und ich, an einem bequemlichen Orte beisammensaßen, und von diesen und jenen diskurierten, sagte der Lieutenant Horn zu dem Kapitän: »Mein Herr, ich glaube Sie könnten uns allerseits kein größeres Vergnügen machen, als wenn Sie sich gefallen ließen, einige, Ihnen auf Dero vielen Reisen gehabte Avanturen zu erzählen, welche gewiß nicht anders, als sonderbar sein können, mich wenigstens würden Sie damit sehr obligieren, woferne es anders, seiten Ihrer, ohne Verdruß geschehen kann.«

Der Kapitän gab lächelnd zur Antwort: »Sie bitten mich um etwas, mein Herr, das ich selbsten an Sie würde gebracht haben, weiln ich gewisser Ursachen wegen schon zwei bis drei Tage darzu disponiert gewesen, will mir also ein geneigtes Gehör von Ihnen ausgebeten haben, und meine Erzählung gleich anfangen, sobald Mons. Plager und Harckert unsere Gesellschaft verstärkt haben.« Litzberg, welchem sowohl, als mir, Zeit und

Weile lang wurde, etwas erzählen zu hören, lief straks fort, beide zu rufen, deren der erste ein Uhrmacher etliche dreißig Jahr alt, der andere ein Posamentierer von etwa dreiundzwanzig Jahren, und beides Leute sehr feinen Ansehens waren. Kaum hatten sich dieselben eingestellet, da sich der Kapitän zwischen uns einsetzte, und die Erzählung seiner Geschichte folgendermaßen anfing.

»Ich bin kein Mann aus vornehmen Geschlechte, sondern eines Posamentiers oder Bortenwürkers Sohn, aus einer mittelmäßigen Stadt, in der Mark Brandenburg, mein Vater hatte zu seinem nicht allzu überflüssigen Vermögen, acht lebendige Kinder, nämlich drei Töchter und fünf Söhne, unter welchen ich der jüngste, ihm auch, weil er schon ziemlich bei Jahren, der liebste war. Meine vier Brüder lerneten, nach ihren Belieben, Handwerke, ich aber, weil ich eine besondere Liebe zu den Büchern zeigte, wurde fleißig zur Schule und Privatinformation gehalten, und brachte es soweit, daß in meinem neunzehnten Jahre auf die Universität nach Frankfurt an der Oder ziehen konnte. Ich wollte Jura, mußte aber, auf expressen Befehl meines Vaters, Medicinam, studieren, ohne Zweifel, weil nicht mehr als zwei allbereit sehr alte Medici, oder deutlicher zu sagen, privilegierte Lieferanten des Todes in unserer Stadt waren, die vielleicht ein mehreres an den Verstorbenen, als glücklich kurierten Patienten verdient haben mochten. Einem solchen dachte mich nun etwa mein Vater mit guter Manier und zwar per Genitivum zu substituieren, weiln er eine einzige Tochter hatte, welche die allerschönste unter den häßlichsten Jungfern, salvo errore calculi, war, und der die dentes sapientiae, oder teutsch zu sagen, die letzten Zähne nur allererst schon vor zwölf bis sechzehn Jahren gewachsen waren.

Ich machte gute Progressen in meinen Studieren, weiln alle Quartale nur 30 Tl. zu vertun bekam, also wenig Debauchen machen durfte, sondern fein zu Hause bleiben und fleißig sein mußte.

Doch mein Zustand auf Universitäten wollte sich zu verbessern Miene machen, denn da ich nach anderthalbjährigen Absein die Pfingstferien bei meinen Eltern zelebrierte, fand ich Gelegenheit, bei meinem, zu hoffen habenden Hrn. Schwiegervater mich dermaßen zu insinuieren, daß er als ein Mann, der in der Stadt etwas zu sprechen hatte, ein jährliches Stipendium von 60 Tl. vor mich herausbrachte, welche ich nebst meinen väterlichen 30 Tl. auf einem Brette bezahlt, in Empfang nahm, und mit viel freudigern Herzen wieder nach Frankfurt eilete, als vor wenig Wochen davon abgereiset war.

Nunmehro meinete ich keine Not zu leiden, führete mich demnach auch einmal als ein rechtschaffener Pursch auf, und gab einen Schmaus vor zwölf bis sechzehn meiner besten Freunde, wurde hierauf von ein und andern wieder zum Schmause invitiert, und lernete recht pursicos leben, das ist, fressen, saufen, speien, schreien, wetzen und dergleichen.

Aber! Aber! meine Schmauserei bekam mir wie dem Hunde das Gras, denn als ich einsmals des Nachts ziemlich besoffen nach Hause ging, und zugleich mein Mütlein, mit dem Degen in der Faust, an den unschuldigen Steinen kühlete, kam mir ohnversehens ein eingebildeter Eisenfresser mit den tröstlichen Worten auf den Hals: ›Bärenhäuter steh!‹ Ich weiß nicht was ich nüchterner Weise getan hätte, wenn ich Gelegenheit gesehen, mit guter Manier zu entwischen, so aber hatte ich mit dem vielen getrunkenen Weine doppelte Courage, eingeschlungen, setzte mich also, weil mir der Paß zu Flucht ohnedem verhauen war, in Positur, gegen meinen Feind offensive zu agieren, und legte denselben, nach kurzen Chargieren, mit einem fatalen Stoße zu Boden. Er rief mit schwacher Stimme: ›Bärenhäuter, du hast dich gehalten als ein resoluter Kerl, mir aber kostet es das Leben, Gott sei meiner armen Seele gnädig.‹

Im Augenblicke schien ich ganz wieder nüchtern zu sein, rufte auch niemanden, der mich nach Hause begleiten sollte, sondern schlich viel hurtiger davon, als der Fuchs vom Hühnerhause. Dennoch war es, ich weiß nicht quo fato, herausgekommen, daß ich der Täter sei; es wurde auch stark nach mir gefragt und gesucht, doch meine besten Freunde hatten mich, nebst allen meinen Sachen, dermaßen künstlich versteckt, daß mich in acht Tagen niemand finden, vielweniger glauben konnte, daß ich noch in loco vorhanden sei. Nach Verfluß solcher ängstlichen acht Tage, wurde ich ebenso künstlich zum Tore hinaus praktizieret, ein anderer guter Freund kam mit einem Wagen hinterdrein, nahm mich unterweges, dem Scheine nach, aus Barmherzigkeit, zu sich auf den Wagen, und brachte meinen zitternden Körper glücklich über die Grenze, an einen solchen Ort, wo ich weiter sonderlich nichts wegen des Nachsetzens zu befürchten hatte. Doch allzu sicher durfte ich eben auch nicht trauen, derowegen praktizierte mich durch allerhand Umwege, endlich nach Wunsche, in die an der Ostsee gelegene Königl. Schwed. Universität Grypswalda, allwo ich in ganz guter Ruhe hätte leben können, wenn mir nur mein unruhiges Gewissen dieselbe vergönnet hätte, denn außer dem, daß ich die schwere Blutschuld auf der Seele hatte, so kam noch die betrübte Nachricht darzu, daß mein Vater, sobald er diesen Streich erfahren, vom Schlage gerühret worden, und wenig Stunden darauf gestorben sei. Meinen Teil der Erbschaft hatten die Gerichten konfisziert, doch schickten mir meine Geschwister aus Kommiseration, jedes zehn Tl. von dem ihrigen, und baten mich um Gottes willen, so weit in die Welt hineinzugehen als ich könnte, damit sie nicht etwa eine noch betrübtere Zeitung, von Abschlagung meines Kopfs bekommen möchten.

Ich hatte, nach Verlauf fast eines halben Jahres, ohnedem keine Lust mehr in Grypswalde zu bleiben, weiln mir nicht sowohl hinlängliche Subsidia als eine wahre Gemütsruhe fehleten, entschloß mich demnach selbige auf der unruhigen See zu suchen, und desfalls zu Schiffe zu gehen. Dieses mein Vorhaben entdeckte ich einem Studiosus Theologiae, der mein sehr guter Freund und Sohn eines starken Handelsmannes in Lübeck war, selbiger rekommendierte mich an seinen Vater, der eben zugegen, und seinen Sohn besuchte, der Kaufmann stellete mich auf die Probe, da er nun merkte, daß ich im Schreiben und Rechnen sauber und expedit, auch sonsten einen ziemlich verschlagenen Kopf hatte, versprach er mir jährlich hundert Tl. Silbermünze, beständige Defrayierung sowohl zu Hause als auf Reisen, und bei gutem Verhalten dann und wann eine extraordinäres ansehnliches Akzidenz.

Diese schöne Gelegenheit ergriff ich mit beiden Händen, reisete mit ihm nach Hause, und insinuierte mich durch unermüdeten Fleiß dermaßen bei ihm, daß er in kurzer Zeit ein starkes Vertrauen auf meine Conduite setzte, und mich mit den wichtigsten Kommissionen in diejenigen Seestädte versendete, wo er seinen vornehmsten Verkehr hatte.

Nachdem ich zwei Jahr bei ihm in Diensten gestanden, wurde mir, da ich nach Amsterdam verschickt war, daselbst eine weit profitablere Kondition angetragen, ich akzeptierte dieselbe, reisete aber erstlich wieder nach Lübeck, forderte von meinem Patron ganz höflich den

Abschied, welcher ungern daran wollte, im Gegenteil mir jährlich mein Salarium um fünfzig Tl. zu verbessern versprach, allein ich hatte mir einmal die Fahrt nach Ostindien in den Kopf gesetzt, und solche war gar nicht herauszubringen. Sobald ich demnach meinen ehrlichen Abschied nebst fünfzig Tl., Geschenke über den Lohn von meinem Patron erhalten, nahm ich von denselben ein recht zärtliches Valet, wobei er mich bat, ihm bei meiner Retour, ich möchte glücklich oder unglücklich gewesen sein, wieder zuzusprechen, und reisete in Gottes Namen nach Amsterdam, allwo ich auf dem Schiffe, der Holländische Löwe genannt, meinen Gedanken nach, den kostbarsten Dienst bekam, weiln jährlich auf 600 holländische Gulden Besoldung sichern Etat machen konnte.

Mein Vermögen, welches ich ohne meines vorigen Patrons Schaden zusammengescharret, belief sich auf 800 holländ. Fl. selbiges legte meistens an lauter solche Waren, womit man sich auf der Reise nach Ostindien öfters zehn- bis zwanzigfachen Profit machen kann, fing also an ein rechter, wiewohl annoch ganz kleiner, Kaufmann zu werden.

Immittelst führte ich mich sowohl auf dem Schiffe, als auch an andern Orten, dermaßen sparsam und heimlich auf, daß ein jeder glauben mußte: ich hätte nicht zehn Fl. in meinem ganzen Leben, an meiner Herzhaftigkeit und freien Wesen aber hatte niemand das Geringste auszusetzen; weil ich mir von keinem, er mochte sein wer er wollte, auf dem Munde trommeln ließ. Auf dem Cap de bonne esperence, allwo wir genötiget waren, etliche Wochen zu verweilen, hatte ich eine verzweifelte Renkontre, und zwar durch folgende Veranlassung. Ich ging eines Tages von dem Kap zum Zeitvertreib etwas tiefer ins Land hinein, um mit meiner mitgenommenen

Flinte ein anständiges Stückgen Wildpret zu schießen, und geriet von ohngefähr an ein, nach dasiger Art ganz zierlich erbautes Lusthaus, so mit feinen Gärten und Weinbergen umgeben war, es schien mir würdig genung zu sein, solches von außen ringsherum zu betrachten, gelangete also an eine halb offenstehende kleine Gartentür, trat hinein und sahe ein gewiß recht schön gebildet, und wohl gekleidetes Frauenzimmer, nach dem Klange einer kleinen Trommel, die ein anderes Frauenzimmer ziemlich taktmäßig spielete, recht zierlich tanzen.

Ich merkte daß sie meiner gewahr wurde, jedennoch ließ sie sich gar nicht stören, sondern tanzte noch eine gute Zeit fort, endlich aber, da sie aufgehöret und einer alten Frauen etwas ins Ohr gesagt hatte; kam die letztere auf mich zu, und sagte auf ziemlich gut Holländisch: ›Wohl mein Herr! Ihr habt ohne gebetene Erlaubnis Euch die Freiheit genommen, meiner gnädigen Frauen im Tanze zuzusehen, derowegen verlangt sie zu wissen, wer Ihr seid, nächst dem, daß Ihr deroselben den Tanz bezahlen sollet.‹ ›Liebe Mutter‹, gab ich zur Antwort, ›vermeldet Eurer gnädigen Frauen meinen untertänigsten Respekt, nächst dem, daß ich ein Unteroffizier von dem hier am Kap liegenden holländischen Schiffen sei, und das Vergnügen, so mir dieselbe mit ihrem zierlichen Tanzen erweckt, herzlich gerne bezahlen will, wenn nur die Forderung mein Vermögen nicht übersteiget.‹

Die Alte hatte ihren Rapport kaum abgestattet als sie mir, auf Befehl der Tänzerin näherzukommen, winkte. Ich gehorsamte, und mußte mit in eine dickbelaubte Hütte von Weinreben eintreten, auch sogleich bei der gnädigen Frau Tänzerin Platz nehmen. Der nicht weniger recht wohlgebildete Tambour, so zum Tanze aufgetrummelt hatte, führte sich von selbsten ab, war also niemand bei uns als die alte Frau, in deren Gegenwart mich die gnädige Tänzerin mit der allerfreundlichsten Miene auf geradebrecht Holländisch anredete, und bat, ich möchte die Gnade haben und ihr selbsten erzählen, wer? woher? was ich sei? und wohin ich zu reisen gedächte, ich beantwortete alles, so wie es mir in die Gedanken kam, weil ich wohl wußte, daß ihr ein wahrhaftes Bekenntnis ebensoviel gelten konnte, als ein erdachtes. Sie redete hierauf etwas weniges mit der Alten, in einer mir unbekannten Sprache, welche etliche Mal mit dem Kopfe nickte und zur Hütte hinausging. Kaum hatte selbige uns den Rücken zugekehret, da die Dame mich sogleich bei der Hand nahm und sagte: ›Mein Herr, die jungen Europäer sind schöne Leute, und Ihr sonderlich seid sehr schön.‹ ›Madame‹, gab ich zur Antwort, ›es beliebt Euch mit Euren Sklaven zu scherzen, denn ich weiß daß aus meinen Ansehen nichts Sonderliches zu machen ist.‹ ›Ja, ja‹, war ihre Gegenrede, ›Ihr seid in Wahrheit sehr schön, ich wünschte im Ernste, daß Ihr mein Sklave wäret, Ihr solltet gewiß keine schlimme Sache bei mir haben. Aber‹, fuhr sie fort, ›sagt mir, wie es kömmt, daß auf diesem Kap lauter alte, übel gebildete, und keine schönen jungen Europäer bleiben?‹ ›Madame‹, versetzte ich, ›wenn nur auf diesem Kap noch mehr so schönes Frauenzimmer wie Ihr seid, anzutreffen wäre, so kann ich Euch versichern, daß auch viel junge Europäer hier bleiben würden.‹ ›Was?‹ fragte sie, ›saget Ihr, daß ich schöne sei, und Euch gefalle?‹ ›Ich müßte‹, war meine Antwort: ›keine gesunde Augen und Verstand haben, wenn ich nicht gestünde, daß mir Eure Schönheit recht im Herzen wohlgefällt.‹ ›Wie kann ich dieses glauben?‹ replizierte sie, ›Ihr sagt, daß ich schöne sei, Euch im Herzen wohlgefalle, und küsset mich nicht einmal? da Ihr doch alleine bei mir seid, und Euch vor niemand zu fürchten habt.‹ Ihre artige lispelnde wiewohl unvollkommene holländis. Sprache kam mir so lieblich, der Inhalt der Rede aber, nebst denen charmanten Mienen, dermaßen entzückend vor, daß anstatt der Antwort mir die Kühnheit nahm, einen feurigen Kuß auf ihre purpurroten und zierlich aufgeworfenen Lippen zu drücken, anstatt dieses zu verwehren, bezahlete sie meinen Kuß, mit zehn bis zwölf andern, weil ich nun nichts schuldig bleiben wollte, wechselten wir eine gute Zeit miteinander ab, bis endlich beide Mäuler ganz ermüdet aufeinander liegen blieben, worbei sie mich so heftig an ihre Brust drückte, daß mir fast der Atem hätte vergehen mögen. Endlich ließ sie mich los, und sahe sich um, ob uns etwa die Alte belauschen möchte, da aber niemand vorhanden war, ergriff sie meine Hand, legte dieselbe auf die, wegen des tief ausgeschnittenen Habits, über halb entblößten Brüste, welche, durch das heftige Auf- und Niedersteigen, die Glut des verliebten Herzens abzukühlen suchten, deren Flammen sich in den kohlpechschwarzen schönen Augen zeigten. Das Küssen wurde aufs neue wiederholet, und ich glaube, daß ich dieses Mal ganz gewiß über das sechste Gebot hingestürzt wäre, so aber war es vor dieses Mal nur gestolpert, weil sich noch zum guten Glücke die Alte von ferne mit Husten hören ließ, dahero wir uns eiligst voneinander trenneten, und so bescheiden dasaßen, als ob wir kein Wasser betrübet hätten.

Die Alte brachte in einem Korbe zwei Bouteillen delikaten Wein, eine Bouteille Limonade, und verschiedene Früchte und Konfitüren, worzu ich mich gar nicht lange nötigen ließ, sondern sowohl als die Dame, welche mir nun noch tausendmal schöner vorkam, mit größten Appetit davon genoß. Solange die Alte zugegen war, redeten wir von ganz indifferenten Sachen, da sie sich aber nur noch auf ein sehr kurzes entfernete, um eine gewisse

Frucht von der andern Seite des Gartens herzuholen, gab mir die Dame mit untermengten feurigen Küssen zu vernehmen: Ich sollte mir morgen, ohngefähr zwei Stunden früher als ich heute gekommen, ein Gewerbe machen, wiederum an dieser Stelle bei ihr zu erscheinen, da sie mir denn eine gewisse Nacht bestimmen wollte, in welcher wir ohne Furcht ganz alleine beisammenbleiben könnten. Weiln mir nun die Alte zu geschwinde auf den Hals kam, mußte die Antwort schuldig bleiben, doch da es mich Zeit zu sein dünkte Abschied zu nehmen, sagte ich noch: ›Madame, Ihr werdet mir das Glück vergönnen, daß morgen nachmittag meine Aufwartung noch einmal bei Euch machen, und vor das heut genossene gütige Traktament einige geringe Raritäten aus Europa präsentieren darf.‹ ›Mein Herr‹, gab sie zur Antwort, ›Eure Visite soll mir lieb sein, aber die Raritäten werde ich nicht anders annehmen, als vor bare Bezahlung. Reiset wohl, Gott sei mit Euch.‹

Hiermit machte ich ein nochmaliges Kompliment, und ging meiner Wege, die Alte begleitete mich fast auf eine halbe Stunde lang, von welcher ich unterweges erfuhr, daß diese Dame eine geborne Prinzessin aus der Insul Java wäre. Der auf dem Kap unter dem holländischen Gouverneur in Diensten stehende Adjutant, namens Signor Canengo, ein Italiener von Geburt, hätte sich bereits in ihrem zwölften Jahre in sie verliebt, da ihn ein Sturm gezwungen, in Java die Ausbesserung seines Schiffs abzuwarten. Er habe die zu ihr tragende heftige Liebe nicht vergessen können, derowegen Gelegenheit gesucht und gefunden, sie vor zwei Jahren im siebzehnten Jahre ihres Alters, auf ganz listige Art von den Ihrigen zu entführen, und auf das Kap zu bringen. Das Lusthaus, worinnen ich sie angetroffen, gehöre, nebst den meisten herumliegenden Weinbergen und Gärten, ihm zu, allwo sie sich die meiste Zeit des Jahres aufhalten müßte, weiln er diese seine liebste Mätresse nicht gern von andern Mannspersonen sehen ließe, und selbige sonderlich verborgen hielte, wenn in frembde europäische Schiffe in dem Kap vor Anker lägen. ›Er weiß zwar wohl‹, setzte die Alte letztlich hinzu, ›daß sie ihm, ohngeachtet er schon ein Herr von sechzig Jahren ist, dennoch allein getreu und beständig ist, jedoch, zu allem Überfluß, hat er mich zur Aufseherin über ihre Ehre bestellet, allein ich habe es heute vor eine Sünde erkannt, wenn man dem armen Kinde allen Umgang mit andern frembden Menschen abschneiden wollte, derowegen habe ich Euch, weil ich weiß, daß mein Herr vor nachts nicht zu Hause kömmt, diesen Mittag zu ihr geführet. Ihr könnet auch morgen um selbige Zeit wieder kommen, aber das sage ich, wo Ihr verliebt in sie seid, so lasset Euch nur auf einmal alle Hoffnung vergehen, denn sie ist die Keuschheit selber, und würde eher sterben, als sich von einer frembden Mannsperson nur ein einzig Mal küssen lassen, da doch dieses bei andern ein geringes ist. Inzwischen seid versichert, daß, wo Ihr meiner Gebieterin etwas Rares aus Europa mitbringen werdet, sie Euch den Wert desselben mit barem Gelde doppelt bezahlen wird, weil sie dessen genung besitzet.‹

Ich sahe unter währenden Reden der lieben Alten beständig ins Gesichte, da aber gemerkt, daß dieselbe im rechten einfältigen Ernste redete, wird ein jeder mutmaßen, was ich dabei gedacht habe, doch meine Antwort war diese: ›Liebe Mutter, glaubt mir sicherlich, daß sich mein Gemüte um Liebessachen wenig, oder soll ich recht reden, gar nichts bekümmert, ich habe Respekt vor diese Dame, bloß wegen ihres ungemeinen Verstandes und großer Höflichkeit, im übrigen verlange ich nichts, als, vor das heutige gütige Traktament, dersoselben morgen ein kleines Andenken zu hinterlassen, und zum Abschiede ihre Hand zu küssen, denn ich glaube schwerlich, daß ich sie und Euch mein Lebtage wieder sehen werde, weil wir vielleicht in wenig Tagen von hier absegeln werden.‹

Unter diesen meinen Reden drückte ich der Alten drei neue spanische Kreuztaler in die Hand, weil sie, wie ich sagte, sich heute meinetwegen so viel Wege gemacht hätte. So verblendet sie aber von dem hellen Glanz dieses Silbers stehenblieb, so hurtig machte ich mich nach genommenen Abschiede vondannen, und langete, nach Zurücklegung zweier kleinen teutschen Meilen, glücklich wieder in meinem Logis an.

Ich mußte, nachdem ich mich in mein Appartement begeben, über die heute gespielte Komödie herzlich lachen, kann aber nicht leugnen, daß ich in die wunderschöne Brünette unbändig verliebt war, denn ich traf bei derselben seltene Schönheit, Klugheit, Einfalt und Liebe, in so artiger Vermischung an, dergleichen ich noch von keinem Frauenzimmer auf der Welt erfahren. Derowegen wollten mir alle Stunden zu Jahren werden, ehe ich mich wieder auf den Weg zu ihr machen konnte. Folgenden Morgen stund ich sehr früh auf, öffnete meinen Kasten, und nahm allerhand Sachen heraus, als: zwei kleine, und einen mittelmäßigen Spiegel, von der neusten Fasson. Einen Sonnenfächel mit güldner Quaste. Eine zinnerne Schnupftobaksdose, in Gestalt einer Taschenuhr. Zwei Gesteck saubere Frauenzimmermesser. Dreierlei artige Scheren, zwanzig Ellen Seidenband, von viererlei Coleur, allerhand von Helfenbein gedresseltes Frauenzimmergeräte, nebst Spiel- und andern Kindersachen, deren mich voritzo nicht mehr erinnern kann.

Alle diese Ware packte ich ordentlich zusammen, begab mich nach Anweisung meiner Taschenuhr, die ich ihr aber zu zeigen nicht willens hatte, zwei Stunden vor dem Mittage auf die Reise, und gelangete ohne Hindernis bei dem Lusthause meiner Prinzessin an. Die drei spanischen Tl. hatten die gute Alte so dienstfertig gemacht: daß sie mir über hundert Schritte vor der Gartentür entgegenkam, mich bei der Hand fassete, und sagte: ›Willkommen mein lieber Herr Landsmann‹, (sie war aber eine Holländerin, und ich ein Brandenburger) ›ach eilet doch, meine Gebieterin hat schon über eine halbe Stunde auf Euren versprochenen Zuspruch gehoffet, und sogar das Tanzen heute bleiben lassen.‹ Ich schenkte ihr zwei große gedruckte Leinwandhalstücher, zwei Paar Strümpfe, ein Messer, einen Löffel und andere Bagatelle, worüber sie vor Freuden fast rasend werden wollte, doch auf mein Zureden, mich eiligst zu ihrer Frau führete.

Dieselbe saß in der Laubhütte, und hatte sich nach ihrer Tracht recht propre geputzt, ich muß auch gestehen, daß sie mich in solchen Aufzuge ungemein charmierte. Die Alte ging fort, ich wollte meine Siebensachen auspacken, da aber meine Schöne sagte, es hätte hiermit noch etwas Zeit, nahm ich ihre Hand und küssete dieselbe. Doch dieses schiene ihr zu verdrießen, weswegen ich sie in meine Arme schloß, und mehr als hundert Mal küssete, wodurch sie wieder völlig aufgeräumt wurde. Ich versuchte dergleichen Kost auch auf ihren, wiewohl harten, jedoch auch zarten Brüsten, da denn nicht viel fehlete, daß sie vor Entzückung in eine würkliche Ohnmacht gesunken wäre, doch ich merkte es beizeiten, und brachte ihre zerstreueten Geister wieder in behörige Ordnung, und zwar kaum vor der Ankunft unserer Alten, welche noch weit köstlichere Erfrischungen brachte als gestern.

Wir genossen dieselben mit Lust, immittelst legte ich

meinen Kram aus, über dessen Seltenheit meine Prinzessin fast erstaunete. Sie konnte sich kaum sattsehen, und kaum satt erfragen, worzu dieses und jenes dienete; da ich ihr aber eines jeden Nutzen und Gebrauch gewiesen, zählete sie mir fünfzig holländische Spez. Dukaten auf den Tisch, welche ich, sollte sie anders nicht zornig werden, mit aller Gewalt in meine Tasche stecken mußte. Die Alte bekam eine Kommission, etwas aus ihren Zimmer zu langen, und war kaum fort, da meine Schöne noch einen Beutel mit hundert Dukaten, nebst einem kostbaren Ringe mit diesen Worten an mich lieferte: ›Nehmet hin, mein Augapfel, dieses kleine Andenken, und liebet mich, so werdet Ihr vor Eurer Abreise von mir noch ein weit mehreres erhalten.‹ Ich mochte mich weigern wie ich wollte, es half nichts, sondern ich mußte, ihren Zorn zu vermeiden, das Geschenk in meine Verwahrung nehmen. Sie zeigte sich dieserhalb höchst vergnügt, machte mir alle ersinnlichen Caressen, und sprach mit einem verliebten Seufzer: ›Saget mir doch, mein Liebster! wo es herkommt, daß Eure Person und Liebe in mir ein solches entzückendes Vergnügen erwekket? Ja ich schwere bei dem heiligen Glauben der Christen und der Tommi, daß meine Seele noch keinen solchen Zucker geschmecket.‹ Ich versicherte sie vollkommen, daß es mit mir gleiche Bewandtnis hätte, welches sich denn auch würklich also befand. Inzwischen weil mir das Wort Tommi in den Ohren hangengeblieben war, fragte ich ganz treuherzig, was sie darunter verstünde? und erfuhr, daß selbiges eine gewisse Sekte sei, worzu sich die Javaner bekenneten, und sich dabei weit höher und heiliger achteten, als andere Mahometaner; mit welchen sie doch sonsten, was die Hauptsätze der Lehre anbelangete, ziemlich einig wären. Ich stutzte in etwas, da in Betrachtung zog, wie ich allem Ansehen nach mit einer Heidin courtoisierte, doch die heftige Liebe, so allbereit meine Sinnen bezaubert hatte, konnte den kleinen Funken des Religionskrupels gar leicht auslöschen, zumalen da durch ferneres Forschen erfuhr: daß sie ungemeine Lust zu dem christlichen Glauben hegte, auch sich herzlich gern gründlich darinnen unterweisen und taufen lassen wollte; allein ihr Liebhaber der Signor Canengo verzögerte dieses von einer Zeit zur andern, hätte auch binnen einem Jahre fast gar nicht mehr daran gedacht, ohngeacht es anfänglich sein ernstlicher Vorsatz gewesen, er auch desfalls viele Mühe angewendet. Nächst diesen klagte sie über ihres Liebhabers wunderliche Conduite, sonderlich aber über seine zwar willigen, doch ohnmächtigen Liebesdienste, und wünschte aus einfältigen treuem Herzen, daß ich bei ihr an seiner Stelle sein möchte. Sobald ich meine Brünette aus diesem Tone reden hörete, war ich gleich bereit, derselben meine sowohl willigen als kräftigen Bedienungen anzutragen, und vermeinete gleich stante pede meinen erwünschten, wiewohl strafbarn Zweck zu erlangen, jedoch die Heidin war in diesem Stücke noch tugendhafter als ich, indem sie sich scheute, dergleichen auf eine so liederliche Art, und an einem solchen Orte, wo es fast so gut als unter freien Himmel war, vorzunehmen, immittelst führeten wir beiderseits starke handgreifliche Diskurse, wobei ich vollends so hitzig verliebt wurde, daß beinahe resolviert war, nach und nach Gewalt zu brauchen, alleine, die nicht weniger erhitzte Brünette wußte mich dennoch mit so artigen Liebkosungen zu bändigen, daß ich endlich Raison annahm; weil sie mir teuer versprach, morgende Nacht in ihrem Schlafgemache alles dasjenige, was ich jetzo verlangete, auf eine weit angenehmere und sicherere Art zu vergönnen. Denn, wie sie vernommen, würde ihr Amant selbige Nacht nicht nach Hause kommen, sondern bei dem Gouverneur bleiben, übrigens wüßte sie alle Anstalten schon so zu machen, daß unser Vergnügen auf keinerlei Weise gestöret werden sollte, ich dürfte mich demnach nur mit andringender Dämmerung getrost vor der Tür ihres Lusthauses einfinden.

Kaum waren wir mit dieser Verabredung fertig, als uns die Zurückkunft der Alten eine andere Stellung anzunehmen nötigte, es wurde auch das Gespräch auf unser europäisches Frauenzimmer gekehrt, deren Manier zu leben, Moden und andere Beschreibungen die Dame mit besonderer Aufmerksamkeit anhörete, zumalen, da die Alte mit ihren Darzwischenreden dieses und jenes bekräftigte, oder wohl noch vergrößerte. Immittelst hatten wir uns in solchen andächtigen Gesprächen dermaßen vertieft, daß an gar nichts anders gedacht wurde, erschraken also desto heftiger, als der Signor Canengo ganz unvermutet zur Laubhütte, und zwar mit funkelnden Augen eintrat. Er sagte anfänglich kein Wort, gab aber der armen Alten eine dermaßen tüchtige Ohrfeige, daß sie zur Tür hinausflog, und sich etliche Mal überpurzelte. Meine schöne Brünette legte sich zu meiner größten Gemütskränkung vor diesen alten Maulesel auf die Erde, und kroch ihm mit niedergeschlagenem Gesichte als ein Hund entgegen. Doch er war so complaisant, sie aufzuheben und zu küssen. Endlich kam die Reihe an mich, er fragte mit einer imperieusen Miene: Wer mich hieher gebracht, und was ich allhier zu suchen hätte? ›Signor‹, gab ich zur Antwort, ›niemand anders, als das Glücke hat mich von ohngefähr hieher geführt, indem ich ausgegangen, ein und andere kurieuse europäische Waren an den Mann zu bringen.‹ ›Und etwa‹, setzte er selbst hinzu, ›andern ihre Mätressen zu verführen?‹ Ich gab ihm mit einer negligenten Miene zur Antwort: daß dieses eben meine Sache nicht sei. Demnach fragte er die Dame, ob sie die auf dem Tische annoch ausgelegten Waren schon bezahlt hätte? Und da diese mit nein geantwortet, griff er in seine Tasche, legte mir sechs Dukaten auf den Tisch, und zwar mit diesen Worten: ›Nehmet diese doppelte Bezahlung, und packet Euch zum Teufel, lasset Euch auch nimmermehr bei dieser Dame wieder antreffen, wo Euch anders Euer Leben lieb ist.‹ ›Signor‹, replizierte ich, ›es ist mir wenig an solchen Bagatellgelde gelegen, Euch zu zeigen, daß ich kein Lumpenhund bin, will ich diese Sachen der Dame geschenkt haben, Euch aber bitte ich, mich etwas höflicher zu traktieren, wo ich nicht gleiches mit gleichem vergelten soll.‹ Er sahe mich trefflich über die Achsel an, die Koller aber lief Fingers dicke auf, er legte die Hand an den Degen, und stieß die heftigsten Schimpfworte gegen mich aus. Meine Courage kriegte hierbei die Sporen, wir zohen fast zu gleicher Zeit vom Leder, und tummelten uns vor der Hütte weidlich miteinander herum, doch mit dem Unterschiede, daß ich ihm mit einem kräftigen Hiebe den rechten Arm lähmete, und deren noch zweie auf dem Schädel versetzte. Ich tat einen Blick nach der Dame, welche in Ohnmacht gesunken war, da ich aber vermerkte, daß Canengo sich absentierte, und in hottentottischer Sprache vielleicht Hülfe schrie, nahm ich meine im Grase verdeckt liegende Flinte, warf noch ein paar Laufkugeln hinein, und eilete durch eine gemachte Öffnung der Palisaden, womit der Garten umsetzt war, des Weges nach meinem Quartiere zu.

Anfangs lief ich ziemlich hurtig, hernachmals aber tat meine ordentlichen Schritte, wurde aber gar bald inne: daß mich zwei Hottentotten, die so geschwinde als Windspiele laufen konnten, verfolgten, der vorderste war kaum so nahe kommen, daß er sich seiner angebornen Geschicklichkeit gegen mich gebrauchen konnte, als er mit seiner Zagaye, welches ein mit Eisen beschlagener, vorn sehr spitziger Wurfspieß ist, nach mir schoß, zu großen Glück aber, indem ich eine hurtige Wendung machte, nur allein meine Rockfalten durchwarf. Weil der Spieß in meinen Kleidern hangen blieb, mochte er glauben, mich getroffen zu haben, blieb derowegen sowohl als ich stillestehen, und sahe sich nach seinen Kameraden um, welcher mit eben dergleichen Gewehr herzueilete. Doch da allbereit wußte, wie akkurat diese Unfläter treffen können, wollte dessen Annäherung nicht erwarten, sondern gab Feuer, und traf beide in einer Linie so glücklich, daß sie zu Boden fielen, und wunderliche Kolleraturen auf dem Erdboden machten. Ich gab meiner Flinte eine frische Ladung und sahe ganz von weiten noch zwei kommen. Ohne Not standzuhalten, wäre ein großer Frevel gewesen, derowegen verfolgte, unter sehr öftern Zurücksehen, den Weg nach meinem Quartiere, gelangete auch, ohne fernern unglücklichen Zufall, eine Stunde vor Abends daselbst an. Ohne Zweifel hatten meine zwei letztern Verfolger, bei dem traurigen Verhängnisse ihrer Vorläufer, einen Ekel geschöpft, mir weiter nachzueilen.

Sobald ich in meinem Quartiere, das ist in einer derer Hütten, welche nicht weit vom Kap, zur Bequemlichkeit der Seefahrenden errichtet sind, arriviret war, kleidete ich mich aus, und ging in meiner Commodité spazieren, setzte mich am Ufer des Caffarischen Meeres zwischen etliche dickbelaubte Sträucher, machte meine heut erworbene Goldbourse auf, und hatte mein besonderes Vergnügen, die schönen gelben Pfennige zu betrachten, indem mir aber die Liebe zu meiner charmanten Brünette dabei in die Gedanken kam, sprach ich: ›Ach du liebes Geld! wieviel schöner wärest du, wenn ich dich nur mit ruhigen Herzen besäße.‹ Ich machte meinen Beutel, nachdem ich das Geld hinein, den saubern Ring aber an meinen Finger gesteckt hatte, wieder zu, stützte den Kopf mit beiden Händen, und sonne nach: ob ich meiner heftigen Liebe ferner nachhängen, und Mittel, selbige völlig zu vergnügen, suchen, oder wegen der damit verknüpften grausamen Gefährlichkeiten ganz und gar davon abstrahieren wollte.

Es wollte schon anfangen Nacht zu werden, da ich mich aus meine tiefen Gedanken zwar in etwas ermuntert, jedoch deswegen noch gar keinen richtigen Schluß gefasset hatte, stund aber auf, um in meinem Logis die Ruhe zu suchen. Ich hatte selbiges noch lange nicht einmal erreicht, da ein Offizier mit sechs Mann von der Garnison gegen mich kamen, und meine Personalität mit Gewalt in die Festung einführeten. Die ganze Nacht hindurch hatte ich eine eigene Schildwacht neben mir sitzen, welche auf meine allergeringsten Movements Achtung gab, und niemanden, weder mit mir zu sprechen, oder an mich zu kommen, erlaubte.

Wer sollte nicht vermeinen, daß ich um der mit dem Adjutanten und den Hottentotten gehabten Handel halber in Arrest kommen wäre, ich zum wenigsten hatte mich dessen in meinem Herzen völlig überredet, jedoch an der Hauptursache weit gefehlet. Denn, kurz zu sagen, folgenden Morgens, in aller Frühe, ließ mich unser Schiffskapitän zu sich bringen, und tat mir, jedoch ohne jemands Beisein, folgende Proposition: ›Mein lieber Monsieur Wolfgang! Ich weiß, daß Ihr ein armer Teufel seid, derowegen mag Euch die Begierde, reich zu werden, verleitet haben, einen Diebstahl zu begehen. Glaubet mir, daß ich etwas von Euch halte, indem ich mehr als zuviel Kommiseration und Liebe vor Euch hege, allein, seid nur auch aufrichtig, und stellet mir den Beutel mit den hundert Dukaten, so dem William van Raac verwichene Nacht entwendet worden, mit freimütiger Bekenntnis, in meine sichern Hände, ich schwöre bei Gott, die Sache auf eine listige Art zu vermänteln, und Euch völlig bei Ehren zu erhalten, weil es schade um Eure Jugend und Geschicklichkeit ist.‹

Ich hätte wegen heftiger Alteration über diese Reden den Augenblick in Ohnmacht sinken mögen. Mein Gewissen war rein, indem ich mit Wahrheit sagen kann, daß zeitlebens vor keinem Laster mehr Abscheu gehabt, als vor der schändlichen Dieberei, dergleichen Verdacht aber ging meiner Seelen gar zu nahe. Sobald mich nun von meiner Verwirrung, die der Kapitän vor eine gewisse Marke meines bösen Gewissens hielt, einigermaßen erholt hatte, war ich bemühet, denselben meiner Unschuld mit den kräftigsten Beteurungen zu versichern, wie ich denn auch würklich nichts davon gehöret oder gesehen hatte, daß dem William van Raac, der ein Kaufmann und unser Reisekompagnon war, Geld gestohlen sei. Allein der Kapitän schiene sich über meine Entschuldigungen zu erzürnen, und sagte: ›Ich hätte nicht vermeinet, Wolfgang, daß Ihr gegen mich so verstockt sein solltet, da Euch doch nicht allein Euer ganzes Wesen, sondern auch Euer selbst eigener Mund zur Genüge verraten hat. Sagt mir, ob Ihr leugnen könnet: daß Ihr gestern am Meerufer in der Einsamkeit das, dem van Raac gestohlene, Geld überzählet, und diese nachdenklichen Worte dabei gebraucht habt: Ach du liebes Geld! wieviel schöner wärest du, wenn ich dich nur mit ruhigen Herzen besitzen könnte.‹ ›Mein Herr‹, gab ich zur Antwort, ›ich rufe nochmals Gott und das ganze himmlische Heer zu Zeugen an, daß mir dieser Diebstahl unrechtmäßigerweise Schuld gegeben wird, dasjenige aber, was Ihr mir itzo zuletzt vorgehalten habt, befindet sich also, ich habe einen Beutel mit 150 Spez. Dukaten bei mir, und gebe denselben zu Eurer sichern Verwahrung, bis meine Unschuld wegen des Diebstahls ans Licht gekommen. Seid aber so gütig, eine besondere Avanture von mir anzuhören, und mich Eures kräftigen Schutzes genießen zu lassen.‹

Hiermit überreichte ich ihm den Beutel mit 150 Dukaten, und erzählte sodann nach der Länge, was ich, als ein junger Amadisritter, seit dreien Tagen vor besondere Zufälle gehabt hatte, welches er alles mit ziemlicher Verwunderung anhörete, und letztlich sagte: ›Ich muß gestehen, daß dieses ein verwirrter Handel ist, und sonderlich wird mir die Affäre wegen des blessierten Adjutanten und der erschossenen Hottentotten ganz gewiß Verdruß machen, allein was den William van Raac anbelanget, so braucht dieses eine fernere Untersuchung, weswegen ich Euch so wenig als noch andere deswegen arrestierte drei Personen in Freiheit setzen kann.‹

Ich war, und mußte auch damit zufrieden sein, inzwischen verdroß mich die schändliche und so schlecht gegründete Diebstahlsbeschuldigung weit grausamer, als die andere Affäre, jedoch zu meinem größten Vergnügen lief gegen Mittag die Zeitung ein, daß William van Raac seinen Beutel mit den hundert Dukaten an einem solchen Orte, wo er ihn in Gedanken selbst hin versteckt hatte, wiedergefunden, und dennoch solches gern verschwiegen hätte, wenn ihn nicht andere dabei ertappt, und sein Gewissen geschärft hätten. Demnach mußten Raac, ich und die drei andern, nachmittags bei dem Hauptmann erscheinen, welcher die Sache beilegen wollte, weil die drei Mitbeschuldigten dem William van Raac den Tod geschworen hatten, es wurde auch glücklich verglichen, denn Raac erbot sich, einem jeden von uns zehn spanische Tl. vor den Schimpf zu geben, nächst dem seine Übereilung kniend abzubitten, welches er auch sogleich in Gegenwart des Kapitäns bewerkstelligte, doch ich vor meine Person wollte meine Großmut sehen lassen, und gab ihm seine zehn Tl. wieder zurück, ließ ihm auch seine Abbitte bei mir nicht kniend, sondern stehend verrichten.

Da also dieser verdrüßliche Handel zu allerseits ziemlichen Vergnügen geschlichtet war, und wir uns in Freiheit von dem Kapitän hinwegbegeben wollten, nötigte mich derselbe, noch etwas bei ihm zu bleiben, bat mit den allerhöflichsten Worten um Verzeihung, daß er auf Angeben eines wunderlichen Menschen fast gezwungen worden, mich solchergestalt zu prostituieren, und versprach mir, in Zukunft desto größere und stärkere Marken seines Estims zu geben, weil er bei dieser Affäre meiner (wie ihm zu reden beliebte) vortrefflichen Conduite erstlich vollkommen überzeugt worden. Er gab mir anbei mit einem freundlichen Lächeln den Beutel, worinnen sich meine 150 Dukaten befanden, wieder zurück, nebst der Nachricht, wie zwar der Gouverneur schon Wissenschaft von einer mit dem Adjutanten vorgefallenen Renkontre erhalten, auch daß die zwei Hottentotten fast tödlich blessiert wären, der Täter sei ihm aber annoch unbekannt, und müßte man nun erstlich erwarten, was weiter passieren würde. Inzwischen gab er mir den getreuen Rat, alle meine Sachen nach und nach heimlich in sein des Kapitäns Logis zu schaffen, auch mich selbst bei ihm verborgen aufzuhalten, bis man fernere Mittel erfände, der zu befürchten habenden Gefahr zu entkommen.

Es wurde noch selbigen Tages, des redlichen Kapitäns Mutmaßungen gemäß, nicht ein geringes Lärmen wegen dieser Affäre, man hatte mich als den Täter dermaßen akkurat beschrieben, daß niemand zweifelte,

Monsieur Wolfgang sei derjenige, welcher den Signor Canengo, als er von ihm bei seiner Mätresse erwischt worden, zuschanden gehauen, zweien Hottentotten tödliche Pillen eingegeben, und welchen der Gouverneur zur exemplarischen Bestrafung per force ausgeliefert haben wollte.

Jedoch der redliche Kapitän vermittelte die Sache dergestalt glücklich, daß wir einige Tage hernach ohne die geringste Hindernis von dem Kap absegeln, und unsere Straße nach Ostindien fortsetzen konnten. Ich weiß ganz gewiß, daß er dem Gouverneur meiner Freiheit und Sicherheit wegen ein ansehnliches Präsent gemacht, allein, er hat gegen mich niemals etwas davon gedacht, vielweniger mir einen Stüver Unkosten abgefordert, im Gegenteil, wie ich ferner erzählen werde, jederzeit die größte Konsideration vor mich gehabt.

Inzwischen führete mir die auf dem Kap gehabte Avanture zu Gemüte, was vor Gefährlichkeiten und üble Suiten daraus entstehen können, wenn man sich durch eine geile Liebesbrunst auf verbotene Wege treiben lässet. Meine bräunlich-schöne Prinzessin klebte mir zwar noch ziemlich am Herzen, da ich sie aber auf der andern Seite als eine Heidin und Hure eines alten Adjutanten betrachtete, verging mir, zugleich mit Wiedererlangung meines gesunden Verstandes, auf einmal der Appetit nach solcher falschen Münze, doch stund ich noch lange nicht in dem Gradu der Heiligkeit, daß ich mein bei ihr erworbenes Geld den Armen ausgeteilet hätte, sondern verwahrete es zum Gebrauch, und wünschete ihr davor viel Vergnügen, bedaurete auch zum öftern der schönen Brünette feine Gestalt, wunderliche Fata, und sonderlich das zu mir getragene gute Gemüte.

William van Raac mochte, nachdem er mich recht kennenlernen, etwas an mir gefunden haben, das ihm gefiele; weswegen er sich öfters bei mir aufhielt, und seinen Zeitvertreib in ein und andern politischen Gesprächen suchte, auch bei Gelegenheit mit besonders guter Manier allerhand Raritäten verehrte. Ich revanchierte mich zwar mit diesen und jenen nicht weniger artigen Sachen, verspürete aber doch, daß er nicht eher ruhete, bis er wieder soviel bei mir angebracht, das den Wert des Meinigen vielfältig überstieg.

Ein gewisser Sergeant auf dem Schiffe, namens David Böckling, mit welchem William vorhero starke Freundschaft gehalten, seit meinem Arrest aber sehr mit ihm zerfallen war, sahe unser öfteres Beisammensitzen mit größtem Verdrusse an, brauchte auch allerhand Ränke, uns zusammenzuhetzen, weil er ein sehr wüster Kopf und eben derjenige war, welcher mich am Meerufer, da ich meine Dukaten gezählet, und oberwähnte Worte gesprochen, beschlichen und verraten hatte, wie mir van Raac nunmehro solches alles offenherzig gestund. Doch alle seine angestifteten Bosheiten waren nicht vermögend unsere Freundschaft zu trennen, sondern es schien als ob dieselbe hierdurch immer mehr befestiget würde, ich aber hatte mir fest vorgesetzt, dem Sergeanten bei erster bequemer Gelegenheit den Kopf zu waschen, doch ich ward dieser Mühe überhoben, weil er, da wir uns eine Zeitlang in Batavia auf der Insel Java aufhalten mußten, daselbst von einem andern erstochen, und ich von dem Kapitän an dessen Stelle als Sergeant gesetzt wurde.

Weiln ich solchergestalt doppelte Gage zoge, konnte schon Etat machen, in wenig Jahren ein ziemlich Kapital zu sammeln. Nächst dem so marchandierte zwar so fleißig, doch nicht so schelmisch als ein Jude, und erwarb damit binnen drei Jahren, ein feines Vermögen. Denn so lange waren wir auf dieser meiner ersten Reise unterweges. Sonsten begegnete mir dabei nichts eben sehr Ungewöhnliches, weswegen auch, um Weitläuftigkeit zu vermeiden, davon weiter nichts gedenken will, als daß wir auf dem Rückwege, um die Gegend der Kanarischen Insuln, von zweien saleeischen Raubschiffen attackieret wurden. Das Gefechte war ungemein hitzig, und stunden wir in größter Gefahr nebst unserer Freiheit, alles Gut, wo nicht gar das Leben zu verlieren. Endlich wendete sich das Blatt, nachdem wir den grimmigsten Widerstand getan, so, daß sie zwar die Flucht, aber dabei unsere reich beladene Barke mitnehmen wollten. Allein da wir ihre Absicht zeitig merkten, und allbereit in Avantage saßen, ward nicht allein ihre Arbeit und Vorhaben zunichte gemacht, sondern das beste Schiff, mit allen dem, was darauf war, erobert.

Wenn mein Naturell so beschaffen wäre, daß ich mich selbst gern lobte, oder loben höret, könnte bei dieser Gelegenheit schon etwas vorbringen, das einen oder den andern überreden sollte: ich wäre ein ganz besonderer tapferer Mann, allein ich versichere, daß ich niemals mehr getan als ein rechtschaffener Soldat, dessen Ehre, Leben und Freiheit, nebst allen bei sich habenden Vermögen, auf der Spitze stehet, bei dergleichen Affären zu tun schuldig ist.

Jedoch man kann unter dem Praetext dieser Schuldigkeit, auch der guten Sache zuweilen zuviel oder zuwenig tun, mein Beispiel zum wenigsten, kann andern eine vernünftige Behutsamkeit erwecken; denn als wir uns an dasjenige Raubschiff, welches wir auch nach diesen glückl. eroberten angehängt, und bloß noch mit dem Degen in der Faust widereinander agierten, hatte sich ein einziger Räuber, auf seinem in letzten Zügen liegenden Schiffe, einen eigenen Kampfplatz erwählet, indem er, durch etliche gegen- und übereinandergesetzte Kasten, seinen Rücken freimachen lassen, und mit seiner Mordsense dergestalt hausete, daß alle von unserm Schiff überspringenden Leute, entweder tot niederfallen, oder sich stark blessiert reterieren mußten.

Ich war unter dem Kapitän mit etwa zwölf Mann von den Unserigen auf dem Vorderteil des feindl. Schiffs beschäftiget, rechtschaffen Posto zu fassen, merkte aber, daß wir mehr Arbeit fanden, als wir bestreiten konnten, indem der einzige Satan unsern Sukkurs recht übermenschlich abzuhalten schien, derowegen drang als ein Blitz durch die Feinde hindurch nahm meinen Vorteil ohngefähr in Obacht, und vermeinte sogleich meinen Pallasch in seinen Gedärmen umzuwenden; allein der Mordbube war überall stark geharnischt und gepanzert, dahero ich nach abgeglitschten Stoße, mich selbst in der größten Lebensgefahr sahe, doch fassete ihn in dieser Angst von ohngefähr in das weit aufgesperrete Maul, riß die rasende Furie zu Boden, suchte am Unterleibe eine Öffnung, und stieß derselben meinen Pallasch so tief in den Ranzen hinein als ich konnte.

Kaum war dieses geschehen, als nacheinander etliche zwanzig und immer mehr von den Unserigen in das feindl. Schiff gesprungen kamen, mich sekundierten, und noch vor völlig erhaltenen Siege, Viktoria! schrien. Doch es verging nicht eine halbe Stunde, so konnten wir dieses Freudenwort mit Recht, und in vollkommener Sicherheit ausrufen, weil wir überhaupt Meister vom Schiffe, und die annoch lebenden Feinde, unsere Sklaven waren. Ich vor meine Person hatte zur ersten Beute einen ziemlichen Hieb über den Kopf, einen über die linke Schulter, und einen Pikenstich in die rechte Hüfte bekommen, darzu hatte der irräsonable Flegel, dem ich doch aus besondern Staatsursachen, ins Maul zu greifen, die Ehre getan, mir die vordersten Gelenke zweier Finger linker Hand, zum Zeitvertreibe abgebissen, und da dieselben, wie man siehet, noch bis dato fehlen, ich dieselben auch auf der Walstatt nirgends finden können; so kann nicht anders glauben, als daß er sie par hazard verschlungen habe.

Ich konnte ihm endlich diese teuer genug bezahlte zwei Bissen noch so ziemlich gönnen, und war nur froh, daß an meinen zeithero gesammleten Schätzen nichts fehlete, über dieses wurde ich noch mit dem größten Ruhm und Ehren fast überhäuft, weiln nicht nur der Kapitän, sondern auch die meisten andern Mitarbeiter und Erfechter dieses Sieges, mir, wegen des einzigen gewagten Streichs, den besten Preis zuerkannten. Mein Gemüte wäre der überflüssigen Lobeserhebungen gern entübriget gewesen, und hätte an dessen Statt viel lieber eine geschwinde Linderung der schmerzenden Leibeswunden angenommen, weil ich, als ein auf beiden Seiten Blessierter, kaum auf dem Rücken liegend, ein wenig rasten konnte, doch ein geschickter Chirurgus, und meine gute Natur brachten es, nächst göttl. Hülfe, soweit, daß ich in wenig Tagen wiederum auf dem obern Schiffsboden herumzuspazieren vermögend war. Der Kapitän, so mir gleich bei meiner ersten Ausflucht entgegenkam, und mich so munter sahe, sagte mit Lachen: ›Monsieur Wolfgang, ich gratuliere zum Ausgange, und versichere, daß nichts als der Degen an Eurer Seite fehlet, uns zu überreden, daß Ihr kein Patient mehr seid.‹ ›Monseigneur‹, gab ich gleichfalls lächelnd zur Antwort, ›wenn es nur daran fehlet, so will ich denselben gleich holen?‹ ›Bemühet Euch nicht‹, versetzte er, ›ich will davor sorgen.‹ Hiermit gab er seinem Diener Befehl, einen Degen vor mich zu langen, dieser brachte einen propren silbernen Degen, nebst dem Gehenke, und ich mußte denselben, meinen Gedanken nach zum Spaß, umgürten. Sobald dieses geschehen, befahl er das Schiffsvolk zusammenzurufen, und da selbiges in seiner gehörigen Ordnung war, sagte er: ›Monsieur Wolfgang: Ihr wisset sowohl als alle Gegenwärtigen, daß in letzterer Aktion unsere beiden Lieutenants geblieben sind, derowegen will Euch, en regard Eures letzthin erwiesenen Heldenmuts, hiermit als Premier-Schiffslieutenant vorgestellet haben, jedoch bis auf Konfirmation unserer Obern, als wovor ich garantiere. Inzwischen weil ich weiß, daß niemand von Gegenwärtigen etwas hierwider einzuwenden haben wird, will auch der erste sein, der Euch zu dieser neuen Charge gratulieret.‹ Hiermit reichte er mir die Hand, ich aber wußte anfänglich nicht wie mir geschahe, doch da ich vermerkte, daß es Ernst war, machte ich das gebräuchliche Gegenkompliment, und ließ mir immerhin belieben Lieutenant zu sein.

Kurz darauf gelangten wir, nebst unserer gemachten Prise, glücklich wieder in Amsterdam an. Ich bekam nicht allein die Konfirmation meiner Charge, sondern über dieses einen unverhofften starken Rekompens, außer meiner zu fordern habenden doppelten Gage, die mir teils die Feder, teils der Degen verschafft hatte. Die, aus meinen mitgebrachten Waren, gelöseten Gelder schlug ich darzu, tat die Hälfte davon, als ein Kapital, in Banko, die andere Hälfte aber wandte zu meinem Unterhalt an, nächst diesen, die Equipage auf eine frische Schiffahrt anzuschaffen.«

Bis hierher war der Kapitän Wolfgang damals in seiner Erzählung kommen, als er, wegen einbrechender Nacht, vor dieses Mal abbrach, und versprach, uns bei erster guter Gelegenheit den übrigen Rest seiner Avanturen wissend zu machen. Es suchte derowegen ein jeder von uns seine gewöhnliche Ruhestelle, hatten aber dieselbe kaum drei Stunden gedrückt, als, wegen eines sich erhebenden Sturmes, alle ermuntert wurden, damit wir uns gegen einen solchen ungestümen Störer unserer Ruhe in behörige Positur setzen könnten. Wir verließen uns zwar auf die besondere Stärke und Festigkeit des getreuen Paridis, als welchen Namen unser Schiff führete; da aber das grausame Wüten des Windes, und die einmal in Raserei gebrachten Wellen, nachdem sie nunmehro zwei Nacht und zwei Tage ohne einzuhalten getobet, auch noch keinen Stillstand machen wollten, im Gegenteil, mit hereinbrechender dritten Nacht, ihre Wut vervielfältigten, ließen wir die Hoffnung zu unserer Lebensrettung gänzlich sinken, bekümmerten uns fast gar nicht mehr, um welche Gegend wir wären, und erwarteten, teils mit zitterenden, teils mit gelassenen Herzen, die erschreckliche Zerscheiterung des Schiffs, und das mehrenteils damit sehr genau verknüpfte jämmerliche Ende unseres Lebens. Allein die Erhaltungskraft des Himmels zeigte sich weit kräftiger, als die Kraft des Windes, und der berstenden Wolken, denn unser Schiff mußte nicht allein ohne besondern Hauptschaden bleiben, sondern auch zu unserer größten Verwunderung wieder auf die rechte Straße geführet werden, ohngeacht es Wind und Wellen bald hier bald dorthin verschlagen hatten; denn etwa zwei Stunden nach Mitternacht legte sich das grausame Brausen, die dicken Wolken zerteilten sich, und bei anbrechenden schönen hellen Tage machten die Bootsleute ein Freudengeschrei, aus Ursachen, weil sie den Pico so unverhofft erblickten, und wir uns ganz nahe an der Insul Teneriffa befanden. Vor meine Person wußte nicht, ob ich mehr Freude oder Erstaunung hegte, da mir diese ungeheure Maschine in die Augen fiel. Der bis in den Himmel reichende entsetzliche Berg schien oben herum ganz weiß, weiln er

Sommers und Winters hindurch mit Schnee bedeckt ist, man konnte den aus seinem Gipfel steigenden Dampf ganz eigentlich observieren, und ich konnte mich an diesem hochmütigen Gegenstande meiner Augen die ganze Zeit nicht satt sehen, bis wir gegen Abend an die Insul anfuhren, um so lange daselbst auszuruhen, bis die zerrissenen und beschädigten Sachen unsers Schiffs wieder ausgebessert wären.

Ich fand ein besonderes Vergnügen: die Raritäten auf dieser Insul zu betrachten, sonderlich aber den Pico, an dessen Fuß eine Art von Bäumen stund, deren Holz in keinem Wasser verfaulen soll. Jedoch die Spitze des Berges mit zu erklettern und dessen Rauchloch, so Kaldera genennet wird, in Augenschein zu nehmen, konnte mich niemand bereden, ohngeachtet es annoch die schönste Jahreszeit dazu sein mochte. Entweder war ich nicht so sehr neugierig, als Cajus Plinius Secundus beim Vesuvio gewesen, oder hatte nicht Lust mich dergleichen Fatalitäten, wie er gehabt, zu exponieren, oder war nicht willens, eine Historiam naturalem aus eigener Erfahrung zu schreiben. Kurz, ich war hierbei entweder zu faul, zu furchtsam, oder zu nachlässig.

Hergegen kann ich nicht leugnen, daß ich mir bei dem Kapitän den Kanarisekt vortrefflich gut schmecken ließ, welcher mir auch besser bekam, als andern der Schwefeldampf auf dem Pico bekommen war, wir nahmen eine gute Quantität dieses berühmten Getränkes, nebst vielem Zucker und andern Delikatessen von dieser Insul mit, und fuhren den 12. Sept. recht vergnügt auf das Cabo Verde zu.

Es war um selbige Zeit ungemein stille See und schönes Wetter, weswegen der Kapitän Wolfgang auf unser heftiges Ansuchen sich gefallen ließ, seine Geschichtserzählung folgendermaßen zu kontinuieren.

»Wo mir recht ist, Messieurs«, fing er an, »so habe letztens gemeldet, wie ich mich in Stand gesetzt, eine neue Reise anzutreten, allein weil die Herrn Generaletaten seit kurzen mit Frankreich und Spanien in würklichen Krieg verwickelt waren, kriegten alle Sachen eine ganz andere Gestalt, ich hielt mich zwar beständig an meinen Wohltäter, nämlich an denjenigen Kapitän, der mich bis hieher glücklich gemacht hatte, konnte aber die Ursache seines Zauderns so wenig, als sein künftiges Vornehmen erraten. Doch endlich brach er los, und eröffnete mir, daß er treffliche Pasporte erhalten, gegen alle Feinde der Republik, als ein Freibeuter zu agieren, weswegen er sich auch allbereit, durch Zuschuß anderer Wagehälse, ein extraordinär schönes Schiff mit allem Zubehör angeschafft hätte, so daß ihm nichts fehlete, als genungsame Leute. Wollte ich nun, setzte er hinzu, als sein Premier-Lieutenant mitreisen, so müßte mich bemühen zum wenigsten zehn bis zwölf Freiwillige aufzutreiben, wo mir dieses aber unmöglich schiene, oder ich etwa keine Lust zu dergleichen Streichen hätte, als die Freibeuter vorzunehmen gemüßiget wären, so wollte er mir zwar bald einen Offiziersdienst auf einem Kriegsschiffe schaffen, allein ob es vor mich ebenso profitable sein möchte, davon wisse er nichts zu sagen. Augenblicklich versicherte ich hierauf den Kapitän, allen Fleiß anzuwenden, mein Glück oder Unglück unter und mit ihm zu suchen, auch mit ihm zu leben und zu sterben. Er schien vergnügt über meine Resolution, ich ging von ihm, und schaffte binnen wenig Tagen anstatt der geforderten zwölfe, dreiundzwanzig vollkommen gute freiwillige Wagehälse, deren die meisten schöne Gelder bei sich führeten. Mein Kapitän küssete mich vor Freuden, da ich ihm dieselben präsentiert hatte, und weil er binnen der Zeit auch nicht müßig gewesen, sondern alles

Benötigte vollends angeschafft, segelten wir fröhlich vondannen.

Wir durften aus Furcht vor den Franzosen, den Kanal nicht passieren, sondern mußten unsere Fahrt um die Britanischen Insuln herum nehmen, und ob der Kapitän schon treffliche Lust hatte den Spaniern auf der Straße nach Amerika, ein und andern Possen zu spielen, so wollte er doch vorhero erstlich genauere Kundschaft einziehen, allein ehe dieses geschahe, taten wir einen herrlichen Zug, an einer französischen nach Irland abgeschickten Fregatte, auf welcher 16 000 Louisdor nebst andern trefflichen Sachen, und etlichen Etatsgefangenen, unsere Beute wurden. Die vornehmsten Gefangenen nebst den Briefschaften, lieferten wir gegen Erlegung einer billigen Diskretion an einen Engelländer aus, der lange Zeit vergeblich auf diese Fregatte gelauret hatte, besetzten dieselbe, nachdem wir die übrigen Gefangenen verteilet, mit etlichen von unsern Leuten, worunter auch ich war, also ein Nebenschiff zu kommandieren hatte, und richteten unsern Kurs, in dem mexikanischen Meere zu kreuzen.

Auf der portugisischen Insel Madera, nahmen wir frisches Wasser ein, und fanden daselbst gleichfalls ein holländisches, doch von den Spaniern sehr übel zugerichtetes Freibeuterschiff, dessen Kapitän nebst den besten Leuten geblieben waren, unter dem übrigen Lumpengesinde aber war eine solche Verwirrung, daß niemand wußte wer Koch oder Keller sein wollte. Wir führeten ihnen ihren elenden Zustand, worinnen sie sich befanden, zu Gemüte, und brachten sie mit guter Art dahin, sich mit uns zu vereinigen, und unter unsers Kapitäns Kommando alles mit zu wagen, halfen also ihr Schiff wieder in vollkommen guten Stand setzen, und segelten voll großer Hoffnung auf die Bermudischen

Insuln zu. Unterweges bemächtigten wir uns eines spanischen Jagdschiffs, welches die Sicherheit der See ausspüren sollte, indem sich die spanische Silberflotte bei der Insul Kuba versammlet, und fast im Begriff war nach Europa zu schiffen. Wir nahmen das Wenige, so nebst den Gefangenen auf dieser Jagd gefunden wurde, auf unsere Schiffe, und bohrten die Jagd zu Grunde, weil sie uns nichts nützen konnte, eileten aber, uns bei Kuba einzufinden, und womöglich von der Silberflotte etwas abzuzwacken. Es vereinigten sich noch zwei holländische und ein englischer Freibeuter mit uns, so daß wir damals sechs wohlausgerüstete Schiffe stark waren, und aus selbigen ingesamt 46 Kanonen, nebst 482 wohlbewehrten Leuten aufzeigen konnten, hiermit konnte man nun schon ein Herz fassen, etwas Wichtiges zu unternehmen, wie wir denn auch in der Tat die Hände nicht in den Schoß legten; sondern die Kubaner, Hispaniolaner, und andere feindliche Insuln stark alarmierten, und alle spanische Handelsschiffe Preis machten, so daß auch der Geringste unter uns, seine desfalls angewandte Mühe reichlich belohnt schätzte, und niemand von Armut oder Mangel zu reden Ursach hatte.

Wir erfuhren demnach, daß das Glück den Wagehälsen öfters am geneigtesten sei. Denen Herrn Spaniern aber war wegen ihrer Silberflotte nicht eben allzuwohl bei der Sache, indem sie sich ohnfehlbar unsere Schiffsarmade weit stärker einbilden mochten, rüsteten derowegen, wie wir gar bald in Erfahrung brachten, zehn bis zwölf leichte Kriegsschiffe aus, um uns, als unangenehme und gefährliche Gäste, entweder, wo nicht gefänglich einzubringen, doch zu zerstreuen. Der Engelsmann als unser bisheriger Kompagnon, mochte entweder zu wenig Herze haben, oder aber sich allbereit reich genung schätzen, derowegen trennete er sich mit seinem

Schiff und Barke, worauf er insgesamt 120 Mann nebst 12 Kanonen hatte, von uns, und war willens sich zwischen Kuba und Hispaniola durchzupraktizieren, von dar, aus gewissen Ursachen nach Virginien zu gehen. Allein man hat uns bald hernach versichert, daß ihn die Spanier ertappt, geplündert und schändlicherweise ermordet haben.

Unsere Kapitäns fanden indessen nicht vor ratsam, einen Angriff von den Spaniern zu erwarten, weil ohnedem unsere Schiffe nicht allein eine baldige Ausbesserung vonnöten hatten, sondern auch viele von unsern Leuten, deren wir doch, seit der Abreise aus Amsterdam, nicht mehr als vierzehn eingebüßet, von den vielen Fatiguen sehr merode waren. Wir stelleten demnach unsere Fahrt auf die unsern Landsleuten zuständige Insul Curaçao, oder wie sie einige nennen, Curassau zu, machten aber unterweges noch ein mit Kakao, Banille, Marmelade, Zucker und Tobak beladenes Schiff, zu angenehmer Beute. Wenig Tage darauf, favorisierte das Glück noch besser, indem ganz von ohngefähr, und ohne vieles Blutvergießen drei Barken mit Perlenaustern, in unsere Hände fielen, womit wir denen Herren Spaniern die Mühe erspareten, selbige ausmachen zu lassen, und dieser Arbeit, bei müßigen Stunden, uns gar im geringsten nicht zu schämen willens waren.

Mit all diesen Reichtümern nun, landeten wir glücklich bei Curaçao an, der Gouverneur daselbst empfing uns, nachdem wir ihm unsere Pasporte gezeiget, auch von ein und andern, richtigen Rapport abgestattet hatten, mit großen Freuden, zumalen da er von uns ein ansehnliches Präsent empfing. Jedoch nachdem unsere Kapitäns die damalige Beschaffenheit der Sachen und der Zeit etwas genauer überlegten, befanden wir auf Einraten des Gouverneurs vor nützlicher, die Insel Bonatry zu unserm Ruheplatz zu erwählen, und unsere Schiffe daselbst auszubessern. Es wurde deswegen aller möglichste Fleiß angewendet, nachhero aber beschlossen, eine rechte Niederlage daselbst aufzurichten, weswegen wir, mit Hülfe der daselbst wohnenden nicht ungeschickten Indianer, anfingen, kleine Häuser zu bauen, auch vor den Anlauf eine gar artige Festung anlegten, und dieselbe nach und nach immer zu verbessern willens waren. Die Indianer erzeigten sich ungemein dienstfertig gegen uns, wir gaben ihnen von dem unserigen, was sie brauchten, und wir entbehren konnten, hergegen waren sie wiederum fleißig das Feld zu bauen, und Mahis, James, Palates, auch guineisch Korn zu zeugen, welches uns trefflich wohl zustatten kam, nächst dem legten sie sich auch mehr als sonsten, auf die ordentliche Haushaltung und Viehzucht, denn es gab daselbst Ochsen, Kühe, Pferde, Schweine, vor allem andern aber Ziegen im Überfluß, so daß nicht nur wir zulängliche Nahrungsmittel hatten, sondern auch unsere Landsleute auf den benachbarten Insuln, mit eingesalzenen Fleische und andern Sachen besorgen konnten. Anbei taten wir manchen Stich in die See, und bereicherten uns nicht allein mit lauter spanischen und französischen Gütern, sondern taten beiden Nationen allen ersinnlichen Schaden und gebranntes Herzeleid an.

Ich vor meine Person, hatte mir einen ziemlichen Schatz an Gold, Silber, Perlen, und andern kostbaren Sachen gesammlet, wovon ich das meiste auf der Insul an unterschiedliche Örter vergrub, wo ich nicht leicht befürchten durfte, daß es ohne meine Anweisung jemand finden würde. Übrigens lebten wir insgesamt so vergnügt auf der Insul, daß es, nachdem wir drei Jahr lang darauf zugebracht, das Ansehen hatte, als sehnete sich kein einziger wieder nach seinem Vaterlande.

Nach so langer Zeit wurde Kundschaft eingebracht, daß die Spanier abermals mit einer reich beladenen Silberflotte zurück nach Europa segeln wollten, also machten wir einen Anschlag, etwas davon zu erhaschen, gingen mit zwei der besten und wohlausgerüsteten Schiffe, auch der resolutesten Mannschaft in See, und laureten um die Gegend der Karibischen Insuln auf dieselbe, brauchten anbei alle möglichste Vorsicht, um nicht entdeckt zu werden. Unsere Bemühung war desfalls so wenig als sonsten vergebens, indem wir eines Morgens sehr frühe, nach vorhero ausgestandenen ziemlichen Sturme, ein von der Flotte verschlagenes spanisches Schiff mit List erhaschten, mit Gewalt eroberten, und an gediegenen Silber, auch anderen Kostbarkeiten mehr darauf antrafen, als wir uns fast hätten einbilden können. Die Flotte hatte aus dem heftigen Donnern des Geschützes, Unrat vermerkt, und erraten, daß eins von ihren Schiffen in Aktion begriffen sei, derowegen auch zwei von ihren Schiffen zum Sukkurs dahingeschickt, allein wir waren mit unserer Prise allbereit zur Richtigkeit gekommen, da wir den Sukkurs noch ganz von ferne erblickten, hielten aber nicht vor ratsam dessen Ankunft zu erwarten, sondern nahmen die Flucht auf recht verwegene Art, bei Porto Ricco hindurch, und gelangeten mit vielen Vergnügen wieder, bei unserer zurückgelassenen Mannschaft, auf der Insel Bonatry an.

Nunmehro waren wir erstlich eifriger als jemals beflissen, nicht allein unsere Wohnungen, Feldbau und Viehzucht, mit Beihülfe der Indianer, in vollkommen bequeme Form zu bringen, sondern avancierten auch in weniger Zeit mit unsern Festungsbau dermaßen, daß wir diese Insul wider alle feindliche Anfälle ungemein sicher machten. Etliche von den Unsern hatten bei Gelegenheit spanische und französische ledige Weibesperso-

nen erwischt, sich mit selbigen verheiratet, und Kinder
gezeuget, dieses erweckte bei vielen andern eben dergleichen Begierde, weswegen sie unsern Kapitän, als
selbst erwählten Gouverneur unserer Insul forcierten,
eine Landung auf Hispaniola zu wagen, weil sich daselbst ungemein schönes, sowohl spanisches als französi-
sches Frauenzimmer befinden sollte.

Ob nun schon der Kapitän dieses Unternehmen anfangs vor allzu verwegen und gefährlich erkannte, so
sahe er sich doch letztlich fast gezwungen, dem eifrigen
Verlangen der verliebten Venusbrüder ein Genüge zu
tun, und zwei Schiffe hierzu auszurüsten, deren eines
ich als Unterhäuptmann kommandierte. Wir liefen aus,
und kamen auf Hispaniola, glücklich an Land. Es erreichten auch die Verliebten ihren erwünschten Zweck,
indem sie etliche dreißig junge Weibspersonen zu Schiffe brachten, ich aber, der ich hiebei die Arrier-Garde
führete, war so unglücklich, von den nachsetzenden Spaniern einen gefährlichen Schuß in die rechte Seite, und
den andern durch die linke Wade zu bekommen, weswegen ich, nebst noch zweien der Unsern, von den Spaniern erhascht, gefangen genommen und zu ihrem Gouverneur gebracht wurde.

Ein großes Glück war es bei unserm Unglück, daß uns
derselbe in der ersten Furie nicht gleich aufhenken ließ,
weil er ein verzweifelt hitziger Mann war. Jedoch wurden wir nach völlig erlangter Gesundheit wenig besser,
ja fast ebenso schlimm als die türkischen Sklaven traktieret. Am allerschlimmsten war dieses: daß ich nicht die
geringste Gelegenheit finden konnte, meinem redlichen
Kapitän Nachricht von meinem wiewohl elenden Leben
zu geben, weil ich versichert war, daß er nichts sparen
würde, mich zu befreien. Nachdem ich aber drei Jahr in
solchen jämmerlichen Zustande hingebracht, erhielt Zei-

tung, daß mein redlicher Kapitän nebst meinen besten Freunden die Insul Bonatry (oder Bon Ayres auch Bon air wie sie andere nennen,) verlassen, und zurück nach Holland gegangen wäre, um sich das rechtmäßige Gouvernement, darüber nebst andern Vollmachten auszubitten. Anbei wurde mir der jetzige Zustand auf selbiger Insul dermaßen schön beschrieben, daß mein sehnliches Verlangen, auf solche wieder zu kommen, als ganz von neuen erwachte, zumalen wenn mich meiner daselbst vergrabenen Schätze erinnerte. Jedoch ich konnte, ohne meine Person und Vermögen in die größte Gefahr zu setzen, nicht erdenken, auf was vor Art ich den Gouverneur etwa einen geschickten Vorschlag wegen meiner Ranzion tun wollte. Mußte also noch zwei Jahr als ein Pferdeknecht in des Gouverneurs Diensten bleiben, ehe sich nur der geringste praktikable Einfall in meinem Gehirne entsponn, wie ich mit guter Manier meine Freiheit erlangen könnte.

Die Not erwecket zuweilen bei den Menschen eine Gemütsneigung, der sie von Natur sonsten sehr wenig ergeben sind. Von mir kann ich mit Wahrheit sagen, daß ich mich, auch in meinen damaligen allerbesten Jahren, um das Frauenzimmer und die Liebe, fast ganz und gar nichts bekümmerte. War auch nichts weniger, als aus der Intention mit nach Hispania gegangen, um etwa eine Frau vor mich daselbst zu holen, sondern nur bloß meine Herzhaftigkeit zu zeigen, und etwas Geld zu gewinnen. Allein itzo, da ich in größter Not stak, und kein sicheres Mittel zu meiner Freiheit zu gelangen sahe, nahm meine Zuflucht endlich zu der Venus, weil mir doch Apollo, Mars und Neptunus, ihre Hülfe gänzlich zu verweigern schienen. Eines Tages da ich des Gouverneurs Tochter, nebst ihren Kammermägdgen, auf ein nahgelegenes Landgut spazierengefahren, und im Garten ganz allein bei der erstern war, setzte sich dieselbe auf eine grüne Bank nieder, und redete mich auf eine freie Art also an: ›Wolfgang! sagt mir doch, was Ihr vor ein Landsmann seid, und warum man Euch niemals so lustig als andere Stallbedienten siehet.‹ Ich stutzte anfänglich über diese Anrede, gab aber bald darauf mit einem tiefgeholten Seufzer zur Antwort: ›Gnädiges Fräulein, ich bin ein Teutscher von Geburt, zwar von mittelmäßigen Herkommen, habe mich aber in holländischen Diensten durch meine Courage, bis zu dem Posten eines Unterhauptmanns geschwungen, und letztens auf dieser Insul das Unglück empfunden, gefährlich blessiert und gefangen zu werden.‹ Hierauf erwiderte sie mit einer niedergeschlagenen und etwas negligent scheinenden Miene: ›Ich hätte Euch zum wenigsten wegen Eurer guten Visage, adelichen Herkommens geschätzt.‹ Stund damit auf, und ging eine gute Zeit in tiefen Gedanken ganz allein vor sich spazieren. Ich machte allerhand Glossen über ihre Reden, und war mir fast leid, daß ich von meinem Stande nicht etwas mehr geprahlet hatte, doch vielleicht (gedachte ich,) gehet es in Zukunft mit guter Manier besser an. Es geschahe auch, denn ehe wir wieder zurückfuhren, nahm sie Gelegenheit, mir mit einer ungemeinen verliebten Miene noch dieses zu sagen: ›Wolfgang! Wo Euch an Eurer Freiheit, Glück und Vergnügen etwas gelegen; so scheuet Euch nicht, mir von Eurem Stande und Wesen nähere Nachricht zu geben, und seid versichert, daß ich Euer Bestes eilig befördern will und kann, absonderlich wo Ihr einige Zärtlichkeit und Liebe vor meine Person heget.‹ Sie wurde bei den letztern Worten feuerrot, sahe sich nach ihren Mägdgen um, und sagte noch zu mir: ›Ihr habt die Erlaubnis mir in einem Briefe Euer ganzes Herz zu offenbaren, und könnet denselben morgen

meinem Mägdgen geben, seid aber redlich und verschwiegen.‹

Man wird mich nicht verdenken, daß ich diese schöne
Gelegenheit meine Freiheit zu erlangen, mit beiden
Händen ergriff. Donna Salome (so hieß das Fräulein,)
war eine wohlgebildete Person von siebzehn bis achtzehn Jahren, und sollte einen, zwar auch noch jungen,
aber einäugigen und sonst überaus häßlichen spanischen wohlhabenden Offizier heiraten, welches ihre
eigene Mutter selbst nicht billigen wollte, aber doch von
dem eigensinnigen Gouverneur darzu gezwungen wurde. Ich könnte diesem nach eine ziemlich weitläuftige
Liebesgeschicht von derselben und mir erzählen, allein
es ist mein Werk nicht. Kurz! Ich schrieb an die Donna
Salome, und machte mich nach ihrem Wunsche selbst
zum Edelmanne, entdeckte meine zu ihr tragende heftige Liebe, und versprach alles, was sie verlangen könnte,
wo sie mich in meine Freiheit setzen wollte.

Wir wurden in wenig Tagen des ganzen Krams einig.
Ich tat ihr einen Eid, sie an einen sichern Ort, und sobald
als möglich, nach Europa zu führen, mich mit ihr ordentlich zu verheiraten, und sie zeitlebens vor meine
rechte Ehegemahlin zu ehren und zu lieben. Hergegen
versprach sie mir, nebst einem Brautschatze von 12 000
Dukaten und andern Kostbarkeiten, einen sichern französischen Schiffer auszumachen, der uns vor gute Bezahlung je ehe je lieber nach der Insel Bon air bringen
sollte.

Unser Anschlag ging glücklich vonstatten, denn sobald wir erlebten, daß der Gouverneur in eigener Person
jene Seite der Insul visitierte, packten wir des Nachts
unsere Sachen auf leichte, darzu erkaufte Pferde, und
jagten von sonst niemand als ihren Mägdgen begleitet,
in etlichen Stunden an dasjenige Ufer, allwo der bestell-

te französische Schiffer unserer mit einem leichten Jagd-
schiffe wartete, uns einnahm, und mit vollen Segeln
nach Bon air zueilete. Daselbst landeten wir ohne einig
auszustehende Gefahr an, man wollte uns zwar anfänglich das Aussteigen nicht vergönnen, jedoch, sobald ich
mich melden ließ, und erkannt wurde, war die Freude
bei einigen guten Freunden und Bekannten unbe-
schreiblich, welche dieselben über mein Leben und
glückliche Wiederkunft bezeigten. Denn man hatte mich
nun seit etlichen Jahren längst vor tot gehalten.

Monsieur van der Baar, mein ganz besonderer
Freund, und ehemaliger Schiffsquartiermeister, war Vizegouverneur daselbst, und ließ mir, vor mich und meine Liebste, sogleich ein fein erbautes Haus einräumen,
nach etlichen Tagen aber, sobald wir uns nur ein wenig
eingerichtet, mußte uns einer von den zwei daselbst befindlichen holländischen Priestern ehelich zusammengeben. Ich ließ auf mehr als fünfzig Personen eine, nach
dasiger Beschaffenheit, recht kostbare Mahlzeit zurichten, vor alle andern aber, auch sogar vor die indianischen Familien, Weißbrot, Fleisch, Wein und ander stark
Getränke austeilen, damit sich nebst mir, jedermann zu
erfreuen einige Ursach haben möchte. Der Vizegouverneur ließ mir zu Ehren, beim Gesundheittrinken, die
Stücken auf den Batterien tapfer abfeuern, damit auch
andere Insulaner hören möchten, daß in selbiger Gegend etwas besonderes vorginge, kurz, wir lebten etliche
Tage, auf meine Kosten rechtschaffen lustig. Meine
nunmehrige Eheliebste, die Donna Salome, war so herzlich vergnügt mit mir, als ich mit ihr, indem ich nun erst
in ihren süßen Umarmungen empfand, was rechtschaffene Liebe sei. Es sollte mancher vermeinen, ich würde
am allerersten nach meinen vergrabenen Schätzen gelaufen sein, allein ich bin wahrhaftig so gelassen gewe-

sen, und habe dieselbe erst acht Tage nach unserer Hochzeit gesucht, auch ohnversehrt glücklich wiedergefunden, und meiner Liebste dieselben in der Stille gezeiget. Sie erstaunete darüber, indem sie mich nimmermehr so reich geschätzt, nunmehro aber merkte, daß sie sich an keinen Bettelmann verheiratet habe, und derowegen vollkommen zufrieden war, ohngeacht ich ihr offenbarete, daß ich kein Edelmann, sondern nur aus bürgerlichen Stande sei.

Vier Monat nach meiner glücklichen Wiederkunft, nachdem wir unsere Haushaltung in vortrefflichen Stand gesetzt, hatte ich die Freude, meinen alten Kapitän zu umarmen, welcher eben aus Holland wieder zurückkam, und nicht allein die Konfirmation über seine Gouverneurcharge, sondern auch weit wichtigere Vollmachten, nebst vielen höchstnötigen Dingen, in drei Schiffen mitbrachte. Er erzählete mir, daß, nach der Versicherung meines Todes, er alsofort mein zurückgelassenes Vermögen durch redliche und teils gegenwärtige Personen taxieren lassen, welches sich auf sechstausend Tl. Wert belaufen, hiervon habe er meinem jüngern Bruder, den er nach Amsterdam zu sich verschrieben, vor ihn und das andere Geschwister 5 000 Tl. gezahlet, eintausend aber vor sich selbst zur Erbschaft, vor die meinetwegen gehabte Mühe, behalten, welche er mir aber nunmehro, da er die Freude hätte, mich wiederzufinden, gedoppelt bezahlen wollte. Allein ich hatte eine solche Freude über seine Redlichkeit, daß ich ihn beschwur, hiervon nichts zu gedenken, indem ich, weil ich vergnügt wäre, mich reich genug zu sein schätze, und wohl wüßte, daß ihm selbst ein noch weit mehreres schuldig sei.

Wir lebten nachhero in der schönsten Einträchtigkeit beisammen, Monsieur van der Baar mußte mit fünfzig

Mannen, und allerhand ihm zugegebenen notdürftigen Sachen, eine andere kleine Insul bevölkern, ich aber wurde an dessen Statt Vizegouverneur, und war fast nicht mehr willens, in Zukunft auf Freibeuterei auszugehen, sondern, bei meiner liebenswürdigen Salome, mein Leben in Ruhe zuzubringen, wie denn dieselbe ihr Verlangen nach Europa gänzlich fahren ließ, und nichts mehr wünschte, als in meiner beständigen Gegenwart lebenslang auf dieser Insul zu bleiben. Allein, o Jammer! mein inniglliches Vergnügen währete nicht lange, denn da meine herzallerliebste Ehefrau im zehenten Monat nach unserer Kopulation durch eine entsetzliche schwere Geburt eine tote Tochter zur Welt gebracht hatte, vermerkte sie bald darauf die Anzeigungen ihres eigenen herannahenden Todes. Sie hatte sich schon seit etlichen Wochen mit den Predigern, der Religion wegen, fast täglich unterredet, und alle unsere Glaubensartikul wohl gefasset, nahm derowegen aus herzlichen Verlangen nach dem heiligen Abendmahle die protestantische Religion an, und starb folgenden Tages sanft und selig.

Ich mag meinen Schmerzen, den ich damals empfunden, in Gegenwart anderer voritzo nicht erneuern, sondern will nur soviel sagen, daß ich fast nicht zu trösten war, und in beständiger Tiefsinnigkeit nirgends Ruhe zu suchen wußte, als auf dem Grabe meiner Liebsten, welches ich mit einem ziemlich wohl ausgearbeiteten Steine bedeckte und mit eigener Hand folgende Zeilen darauf meißelte:

Hier liegt ein schöner Raub, den mir der Tod geraubt,
Nachdem der Freiheitsraub den Liebesraub erlaubt.
Es ist ein selig Weib. Wer raubt ihr diesen Orden?
Doch ich, als Wittber, bin ein Raub des Kummers
                          [worden.

Unten drunter meißelte ich fernere Nachricht von ihrer und meiner Person, nebst der Jahrzahl, ein, um die Kuriosität der Nachkommen zu vergnügen, ich hergegen wußte weiter fast nichts mehr von einigen Vergnügen in der Welt, ward dannenhero schlüssig, wieder nach Europa zu gehen, um zu versuchen, ob ich daselbst, als in der alten Welt, einige Gemütsruhe finden, und meine Schmerzen bei der begrabenen geliebten Urheberin derselben in der neuen Welt zurücklassen könnte. Dieses mein Vorhaben entdeckte ich dem Kapitän, als unsern Gouverneur, welcher mir nicht allein die hierzu benötigten freiwilligen Leute, sondern auch eins der besten Schiffe, mit allen Zubehör versehen, auszulesen, ohne die allergeringste Schwierigkeit, vielmehr mit rechten Freuden, erlaubte. Jedoch mich inständig bat, bald wiederzukommen, zumalen, wenn ich meine Möbeln und Barschaften wohl angelegt hätte.

Ich versprach alles, was er von mir verlangte, und segelte, nachdem er mich mit vielen wichtigen Kommissionen und guten Pasporten versehen, im Namen des Himmels von der mir so lieb gewesenen Insel nach Europa zu, und kam, ohne besondere Hindernis, nach verflossener ordentlicher Zeit glücklich in Amsterdam an.

Binnen zwei Monaten richtete alle mir aufgetragene Kommissionen aus, überließ das Schiff an meines Kapitäns Kompagnons, und gab ihnen zu verstehen, daß erstlich in mein Vaterland reisen, und mich allda resolvieren wollte, ob es weiter mein Werk sein möchte, wieder in See zu gehen oder nicht. Packte nachhero alles mein Vermögen auf, und ging nach Lübeck zu meinem ehemaligen Patrone, der mich mit größten Freuden empfing, in sein Haus auf so lange aufnahm, bis ich einen richtigen Schluß gefasset, wohin mich nunmehro wenden wollte. Da mir aber dieser mein Patron erzählte, daß sein Sohn, mit dem ich ehemals in Grypswalde studieret, nunmehro vor ein paar Jahren einen ansehnlichen Dienst in Danzig bekommen hätte, machte mich auf die Reise, ihn daselbst zu besuchen, nachdem ich vorhero meinem Bruder, der ohne mich der jüngste war, schriftlich zu wissen getan, daß er mich in Danzig antreffen würde.

Derselbe nun hatte sich nicht gesäumet, sondern war noch zwei Tage eher als ich bei dem beschriebenen guten Freunde eingetroffen, indem nun ich auch arrivierte, weiß ich nicht, ob ich bei dem Bruder oder dem Freunde mehr Freude und Liebesbezeugungen antraf, wenigstens stelleten sie sich einander gleich. Nachdem wir uns aber etliche Tage rechtschaffen miteinander ergötzt, schickte ich meinen Bruder mit einem ansehnlichen Stück Geldes nach meinem Vaterlande, und überließ ihn die Sorge, durch einen geschickten Juristen, einen Pardonbrief bei der höchsten Landesobrigkeit vor mich auszuwirken, wegen des in Frankfurt erstochenen Studenten. Weil nun mehrenteils auf der Welt das Geld alles ausmachen kann, so war auch ich in diesem Stück nicht unglücklich, sondern erhielt nach Verlauf etlicher Wochen den verlangten Pardonbrief, und konnte nach genommenen zärtlichen Abschiede von meinem Freunde sicher in meine Geburtsstadt reisen, nachdem ich in Danzig die Zeit ungemein vergnügt zugebracht, und mit den vornehmsten Kauf- und andern Leuten genaue Kund- und Freundschaft gepflogen hatte.

Meine Geschwister, Bluts- und Mutsfreunde empfingen mich mit ganz außerordentlichen Vergnügen, konnte also in den ersten vier Wochen wenig tun, als zu Gaste gehen, nachhero ließ mich zwar bereden, daselbst in Ruhe zu bleiben, zu welchem Ende ich ein schönes Gut kaufen, und eine vorteilhaft Mariage treffen sollte, allein, weil es vielleicht nicht sein sollte, mußte mir eine unverhoffte Verdrüßlichkeit zustoßen, die zwar an sich selbst wenig importierte, allein ich ward auf einmal kapriziös, setzte meinen Kopf auf, resolvierte mich, wieder zur See zu gehen, und reisete, nachdem ich mich über ein Jahr zu Hause aufgehalten, meine Verwandten und Freunde auch reichlich beschenkt, ohne fernern Zeitverlust wieder nach Amsterdam.

Es hielt daselbst nicht schwer, einen neuen Brief vor mich als Kapitän eines Freibeuterschiffs herauszukriegen, zumal da mich selbst equipieren wollte, ich warb Leute an, bekam aber, wie ich nachhero erfahren mußte, zu meinem Unglücke den Abschaum aller Schelmen, Diebe, und des allerliederlichsten Gesindels auf meinem Schiff, mit selbigen wollte ich nun eine neue Tour nach Westindien vornehmen, sobald mich aber nur auf dem großen Atlantischen Meere befand, änderten sie auf Einraten eines erzverruchten Bösewichts, der sich Jean le Grand nennete, und den ich wegen seines guten Ansehens und verstellten rechtschaffenen Wesens, zum nächsten Kommandeur nach mir gemacht hatte, ihre Resolution, und zwungen mich, sie nach Ostindien zu führen. Ihr ungestümes Wesen ging mir zwar sehr im Kopfe herum, jedoch ich mußte klüglich handeln, und mich in die Zeit schicken, da aber ihre Bosheit überhandnahm, und von einigen die verzweifeltesten und liederlichsten Streiche gemacht wurden, ließ ich die Rädelsführer exemplarisch bestrafen, setzte auch hiermit, meines Bedünkens, die übrigen alle in ziemliche Furcht. Immittelst waren wir allbereit die Linie passieret, als uns ein entsetzlicher Sturm von der ostindischen Straße ab – im Gegenteil nach dem brasilischen Meere hin –, wo das mittägliche Amerika liegt, getrieben hatte. Ich brauchte alle meine Beredsamkeit diesen uns von dem Glück gewiesenen Weg zu verfolgen, und versicherte, daß wir in Amerika unser Konto weit besser finden würden, als in Ostindien; allein, meine Leute wollten fast alle anfangen zu rebellieren, und durchaus meinem Kopfe und Willen nicht folgen, weswegen ich ihnen auch zum andern Male nachgab, allein, sie erfuhren es mit Schaden, weil wir in öftern Stürmen beinahe das Leben und alles verloren hätten. Endlich erholeten wir uns auf einer gewissen Insul in etwas, und waren allbereits den Tropicum capricorni passieret, da mir die unruhigsten Köpfe abermals allerhand verfluchte Händel auf dem Schiffe machten. Ich wollte die ehemalige Schärfe gebrauchen, allein, Jean le Grand trat nunmehro öffentlich auf, und sagte: Es wäre keine Manier, Freibeuter also zu traktieren, ich sollte mich moderater aufführen, oder man würde mir etwas anders weisen.

Dieses war genung geredet, mich völlig in Harnisch zu jagen, kaum konnte mich enthalten, ihm die Fuchtel zwischen die Ohren zu legen, doch ließ ihn durch einige annoch Getreuen in Arrest nehmen, und krumm zusammenschließen. Hiermit schien es, als ob alle Streitigkeiten beigelegt wären, indem sich kein einziger mehr regte, allein, es war eine verdammte List, mich, und diejenigen, die es annoch mit mir hielten, recht einzuschläfern. Damit ich es aber nur kurz mache: Einige Nächte hernach machten die Rebellen den Jean le Grand in der Stille von seinen Ketten los, erwähleten ihn zu ihrem Kapitän, mich aber überfielen sie des Nachts im Schlafe, banden meine Hände und Füße mit Stricken, und legten mich auf den untersten Schiffsboden, allwo zu meinem Lebensunterhalte nichts anders bekam als Wasser und Brod. Die Leichtfertigsten unter ihnen hatten beschlossen gehabt, mich über Bord in die See zu werfen, doch diejenigen, so noch etwa einen halben redlichen Blutstropfen im Leibe gehabt, mochten diesen unmenschlichen Verfahren sich eiferig widersetzt haben, endlich aber nach einem abermals überstandenen heftigen Sturme, da das Schiff nahe an einem ungeheuern Felsen auf den Sand getrieben worden, und nach zwei Tagen erstlich wieder flott werden konnte, wurde ich, vermittelst eines kleinen Boots, an dem wüsten Felsen ausgesetzt, und mußte mit tränenden Augen die rebellischen Verräter mit meinem Schiffe und Sachen davonsegeln, mich aber von aller menschlichen Gesellschaft und Hülfe an einen ganz wüsten Orte gänzlich verlassen sehen. Ich ertrug mein unglückliches Verhängnis dennoch mit ziemlicher Gelassenheit, ohngeacht keine Hoffnung zu meiner Erlösung machen konnte, zudem auch nicht mehr als etwa auf drei Tage Proviant von der Barmherzigkeit meiner unbarmherzigen Verräter erhalten hatte, stellete mir derowegen nichts Gewissers, als einen baldigen Tod, vor Augen. Nunmehro fing es mich freilich an zu gereuen, daß ich nicht auf der Insel Bon air bei dem Grabe meiner liebsten Salome, oder doch im Vaterlande, das Ende meines Lebens erwartet, so hätte doch versichert sein können, nicht so schmählich zu sterben, und da ich ja gestorben, ehrlich begraben zu werden; allein es half hier nichts als die liebe Geduld und eine christliche Herzhaftigkeit, dem Tode getrost entgegenzugehen, dessen Vorboten sich in meinem Magen und Gedärme, ja im ganzen Körper nach aufgezehrten Proviant und bereits zweitägigem Fasten deutlich genung spüren ließen.

Die Hitze der Sonnen vermehrete meine Mattigkeit um ein großes, weswegen ich an einen schattigten Ort kroch, allwo ein klares Wasser mit dem größten Ungestüm aus dem Felsen herausgeschossen kam, hiermit, und dann mit einigen halbverdorreten Kräutern und

Wurzeln, die doch sehr sparsam an dem ringsherum ganz steilen Felsen anzutreffen waren, konnte ich mich zum Valetschmause auf der Welt noch in etwas erquikken. Doch unversehens hörete die starke Wasserflut auf einmal auf zu brausen, so, daß in kurzen fast kein einziger Wassertropfen mehr gelaufen kam. Ich wußte vor Verwunderung und Schrecken nicht, was ich hierbei gedenken sollte, brach aber in folgende wehmütige Worte aus: ›So muß denn, armseliger Wolfgang! da der Himmel einmal deinen Untergang zu beschleunigen beschlossen hat, auch die Natur den ordentlichen Lauf des Wassers hemmen, welches vielleicht an diesem Orte niemals geschehen ist, weil die Welt gestanden hat, ach! so bete denn, und stirb.‹ Ich fing also an, mit weinenden Augen, den Himmel um Vergebung meiner Sünden zu bitten, und hatte den festen Vorsatz, in solcher heißen Andacht zu verharren, bis mir der Tod die Augen zudrückte.

Was kann man doch vor ein andächtiger Mensch werden, wenn man erstlich aller menschlichen Hülfe beraubt, und von seinem Gewissen überzeugt ist, daß man der göttlichen Barmherzigkeit nicht würdig sei? Ach! da heißt es wohl recht: Not lernet beten. Doch ich bin ein lebendiger Zeuge, daß man die göttliche Hülfe sodann erstlich rechtschaffen erkennen lerne, wenn uns alle Hoffnung auf die menschliche gänzlich entnommen worden.

Doch weil mich Gott ohnfehlbar zu einem Werkzeuge ausersehen, verschiedenen Personen zu ihrer zeitlichen, noch mehrern aber zu ihrer geistlichen Wohlfahrt behülflich zu sein, so hat er mich auch in meiner damaligen allergrößten Lebensgefahr, und zwar folgender Gestalt, wunderlich erhalten:

Als ich mich nach Zurückbleibung der Wasserflut in

eine Felsenkluft hineingeschmieget, und unter beständigen lauten Seufzen und Beten mit geschlossenen Augen eine baldige Endung meiner Qual wünschte; hörete ich eine Stimme in teutscher Sprache folgende Worte nahe bei mir sprechen: ›Guter Freund, wer seid Ihr? und warum gehabt Ihr Euch so übel?‹ Sobald ich nun die Augen aufschlug, und sechs Männer in ganz besonderer Kleidung mit Schieß- und Seitengewehr vor mir stehen sahe, kam mein auf der Reise nach der Ewigkeit begriffener Geist plötzlich wieder zurücke, ich konnte aber, ich glaube, teils vor Schrecken, teils vor Freude kein einzig Wort antworten, sie redeten mir derowegen weiter zu, erquickten mich mit einem besonders wohlschmeckenden Getränke und etwas Brod, worauf ihnen meine gehabten Fatalitäten kürzlich erzählete, um alle möglichste Hülfe, gegen bevorstehende Gefahr zu verhungern anhielt, und mich anbei erkundigte, wie es möglich wäre, an diesem wüsten Orte solche Leute anzutreffen, die meine Muttersprache redeten? Sie bezeugten durch Gebärden ein besonderes Mitleiden wegen meines gehabten Unglücks, sagten aber: ›Guter Freund, sorget vor nichts, Ihr werdet an diesem wüste und unfruchtbar scheinenden Orte alles finden, was zu Eurer Lebensfristung nötig sein wird, gehet nur mit uns, so soll Euch in dem, was Ihr zu wissen verlanget, vollkommenes Genügen geleistet werden.‹

Ich ließ mich nicht zweimal nötigen, wurde also von ihnen in den Schlund des Wasserfalles hineingeführet, allwo wir etliche Stufen in die Höhe stiegen, hernach als in einem finstern Keller, zuweilen etwas gebückt, immer aufwärts gingen, so, daß mir wegen unterschiedlicher einfallender Gedanken angst und bange werden wollte, indem ich mir die sechs Männer bald als Zauberer, bald als böse, bald als gute Engel vorstellete. Endlich, da sich in diesem düstern Gewölbe das Tageslicht von ferne in etwas zeigte, fassete ich wieder einen Mut, merkte, daß, je höher wir stiegen, je heller es wurde, und endlich kamen wir an einem solchen Orte heraus, wo meine Augen eine der allerschönsten Gegenden von der Welt erblickten. An diesem Ausgange waren auf der Seite etliche in Stein gehauene bequeme Sitze, auf deren einen ich mich niederzulassen und zu ruhen genötiget wurde, wie sich denn meine Führer ebenfalls bei mir niederließen, und fragten: Ob ich furchtsam und müde worden wäre? Ich antwortete: ›Nicht sonderlich.‹ Hatte aber meine Augen beständig nach der schönen Gegend zugewandt, welche mir ein irdisch Paradies zu sein schien. Mittlerweile blies der eine von meinen Begleitern dreimal in ein ziemlich großes Horn, so er an sich hangen hatte, da nun hierauf sechsmal geantwortet worden, ward ich mit Erstaunen gewahr, daß eine gewaltige starke Wasserflut in dem leeren Wassergraben hergeschossen kam, und sich mit gräßlichem Getöse und grausamer Wut in diejenige Öffnung hineinstürzte, wo wir heraufgekommen waren.

Soviel ist's, Messieurs«, sagte hier der Kapitän Wolfgang, »als ich Euch vor diesmal von meiner Lebensgeschicht erzählet haben will, den übrigen Rest werdet Ihr bei bequemerer Gelegenheit ohne Bitten erfahren, geduldet Euch nur, bis es erstlich Zeit darvon ist.« Hiermit nahm er, weil es allbereit ziemlich spät war, Abschied von den andern, mich aber führete er mit in seine Kammer, und sagte: »Merket Ihr nun, mein Sohn, Monsieur Eberhard Julius! daß eben diese Gegend, welche ich itzo als ein irdisches Paradies gerühmet, dasjenige gelobte Land ist, worüber Euer Vetter, Albertus Julius, als ein souveräner Fürst regieret? Ach, betet fleißig, daß uns der Himmel glücklich dahin führet, und wir denselben noch lebendig antreffen, denn den weitesten Teil der Reise haben wir fast zurückgelegt, indem wir in wenig Tagen die Linie passieren werden.« Hierauf wurde noch ein und anderes zwischen mir und ihm verabredet, worauf wir uns beiderseits zur Ruhe legten.

Es traf ein, was der Kapitän sagte, denn fünf Tage hernach kamen wir unter die Linie, allwo doch vor dieses Mal die sonst gewöhnliche exzessive Hitze nicht eben so sonderlich war, indem wir unsere ordentliche Kleidung ertragen, und selbige nicht mit leichten Leinwandkitteln verwechseln durften. Unsere Matrosen hingegen vergaßen bei dieser Gelegenheit ihre wunderlichen Gebräuche wegen des Taufens nicht, sondern machten bei einer lächerlichen Maskerade mit denenjenigen, so die Linie zum ersten Male passierten, und sich nicht mit Gelde lösen wollten, eine ganz verzweifelte Wäsche, ich nebst einigen andern blieb ungehudelt, weiln wir jeder einen Speziestaler erlegten, und dabei angelobten, zeitlebens, so oft wir an diesen Ort kämen, die Zeremonie der Taufe bei den Neulingen zu beobachten.

Die vortrefflich schöne Witterung damaliger Zeit, verschaffte uns, wegen der ungemeinen Windstille, zwar eine sehr langsame, doch angenehme Fahrt, der größte Verdruß war dieser, daß das süße Wasser, so wir auf dem Schiffe führeten, gar stinkend und mit ekeln Würmern angefüllet wurde, welches Ungemach wir solange erdulden mußten, bis uns der Himmel an die Insul St. Helenae führete. Diese Insul ist von gar guten Leuten, englischer Nation, bewohnt, und konnten wir daselbst nicht allein den Mangel des Wassers, sondern auch vieler andern Notwendigkeiten ersetzen, welches uns von Herzen wohlgefiel, ohngeacht wir binnen denen zwölf Tagen, so wir daselbst zubrachten, den Geldbeutel beständig in der Hand haben mußten.

Wenn der Kapitän den wollüstgen Leuten unsers Schiffs hätte zu Gefallen leben wollen, so lägen wir vielleicht annoch bei dieser Insul vor Anker, indem sich auf derselben gewiß recht artig Frauenzimmer antreffen ließ, allein er befand, ehe sich dieselben ruinierten, vor ratsam, abzusegeln, da wir denn am 15. Oktobr. den Tropicum capricorni passierten, allwo die Matrosen zwar wieder eine neue Taufe anstelleten, doch nicht so scharfe Lauge gebrauchten, als unter der Linie.

Wenig Tage hernach fiel ein verdrüßliches Wetter ein, und ob es wohl nicht beständig hintereinander her regnete, so verfinsterte doch ein anhaltender gewaltig dicker Nebel fast die ganze Luft, und konnten wir um Mittagszeit die Sonne sehr selten und trübe durch die Wolken schimmern sehen. Wenn uns der Wind so ungewogen als das Wetter gewesen wäre, hätten wir uns des Übelsten zu befürchten gnugsame Ursach gehabt, doch dessen gewöhnliche Wut blieb in ziemlichen Schranken, obgleich der Regen und Nebel bis in die dritte Woche anhielt.

Endlich zerteilte sich zu unsern allerseits größten Vergnügen sowohl Regen als Nebel, indem sich die Sonne unsern Augen in ihrer schönsten Klarheit, der Himmel aber ohne die geringsten Wolken als ein blaugemaltes Gewölbe zeigte. Und gewißlich diese Allmachtsgeschöpfe erweckten in uns desto größere Verwunderung, weil wir außer denselben sonst nichts sehen konnten als unser Schiff, die offenbare See, und dann und wann einige schwimmende Kräuter. Wir bekamen zwar einige Tage hernach auch verschiedene Seltsamkeiten, nämlich Seekühe, Seekälber und Seelöwen, Delphine, rare Vögel und dergleichen zu Gesichte, aber nichts fiel mir mit mehrern Vergnügen in die Augen, als, da der Kapitän Wolfgang eines Tages sehr frühe mit aufgehender Sonne mir sein Perspektiv gab, und sagte: »Sehet, mein Sohn! dorten von ferne denjenigen Felsen, worauf nächst Gott Eure zeitliche Wohlfahrt gegründet ist.« Ich wußte mich vor Freuden fast nicht zu lassen, als ich diesen vor meine Person so glücklichen Ort nur von ferne erblickte, ohngeacht ich nichts wahrnehmen konnte, als einen ungeheuern aufgetürmten Steinklumpen, welcher auch, je näher wir demselben kamen, desto fürchterlicher schien, doch weil mir der Kapitän ingeheim allbereits eine gar zu schöne Beschreibung darvon gemacht hatte, bedünkten mich alle Stunden Jahre zu werden, ehe wir diesem Trotzer der Winde und stürmenden Meereswellen gegenüber Anker wurfen.

Es war am 12. Novemb. 1725 allbereit nach Untergang der Sonnen, da wir in behöriger Weite vor dem Felsen die Anker sinken ließen, weil sich der Kapitän vor den ihm ganz wohlbekannten Sandbänken hütete. Sobald dieses geschehen, ließ er kurz aufeinander drei Kanonschüsse tun, und bald hernach drei Raketen steigen. Nach Verlauf einer Vierteilsstunde mußten abermals drei Kanonen abgefeuert, und bei jedem zwei Raketen gezündet werden, da denn alsofort von dem Felsen mit dreien Kanonenschüssen geantwortet wurde, worbei zugleich drei Raketen gegen unser Schiff zugeflogen kamen, welches bei denen, so keinen Bescheid von der Sache hatten, eine ungemeine Verwunderung verursachte. Der Kapitän aber ließ noch sechs Schüsse tun, und bis gegen Mitternacht alle Viertelstunden eine Rakete steigen, auch Lustkugeln und Wasserkegel in die See spielen, da denn unsern Raketen allezeit andere von dem Felsen entgegenkamen, um Mitternacht aber von beiden Seiten mit drei Kanonenschüssen beschlossen wurde.

Wir legten uns hierauf mehrenteils zur Ruhe, bis auf

einige, welche von des Kapitäns Generosité überflüssig profitieren wollten, und sich teils bei einem Glase Branntewein, teils bei einer Schale Koffee oder Kanariensekt noch tapfer lustig machten, bis der helle Tag anbrach. Demnach hatten wir schon ausgeschlafen, da diese nassen Brüder noch nicht einmal müde waren. Kapitän Wolfgang ließ, sobald die Sonne aufgegangen war, den Lieutenant Horn nebst allen auf dem Schiffe befindlichen Personen zusammenrufen, trat auf den Oberlof, und tat ohngefähr folgende Rede an die sämtlich Versammleten:

»Messieurs und besonders gute Freunde! Es kann Euch nicht entfallen sein, was ich mit einem jeden ins besondere, hernach auch mit allen insgesamt öffentlich verabredet, da ich Euch teils in meiner Kompagnie zu reisen, teils aber in meine würklichen Dienste aufgenommen habe. Die meisten unter Euch haben mir einen ungezwungenen Eid über gewisse Punkte, die ich ihnen wohl erkläret habe, geschworen, und ich muß Euch allen zum immerwährenden Ruhme nachsagen, daß nicht ein einziger, nur mit der geringsten Gebärde, darwider gehandelt, sondern einer wie der andere, vom Größten bis zum Kleinesten, sich dergestalt gegen mich aufgeführet, wie ich von honetten, rechtschaffenen Leuten gehofft habe. Nunmehro aber, lieben Kinder, ist Zeit und Ort vorhanden, da ich nebst denen, die ich darzu auf- und angenommen, von Euch scheiden will. Nehmet es mir nicht übel, denn es ist vorhero so mit Euch verabredet worden. Sehet, ich stelle Euch hier an meine Statt den Lieutenant Philipp Wilhelm Horn zum Kapitän vor, ich kenne seine treffliche Conduite, Erfahrenheit im Seewesen und andere zu solcher Charge erforderliche Meriten, folget meinem Rate und seinem Anführen in guter Einträchtigkeit, so habt Ihr mit göttl. Hülfe an glücklicher Ausführung Eures Vorhabens nicht zu zweifeln. Ich gehe nun an meinen auserwählten Ort, allwo ich die übrige Zeit meines Lebens, ob Gott will, in stiller Ruhe hinzubringen gedenke. Gott sei mit Euch und mir. Ich wünsche Euch allen, und einem jeden ins besondere tausendfaches Glück und Segen, gedenket meiner allezeit im besten, und seid versichert, daß ich Eure an mir erwiesene Redlichkeit und Treue, allezeit dankbar zu erkennen suchen werde, denn wir können einander in Zukunft dem ohngeacht wohl weiter dienen. Inzwischen da ich mein Schiff nebst allen dem was ihr zur ostindischen Reise nötig habt, an den Kapitän Horn, vermöge eines redlichen Kontrakts überlassen habe, wird hoffentlich niemand scheel sehen, wenn ich diejenigen Möbel so vor mich allein mitgenommen, davon abführe, hernachmals freundlichen Abschied nehme, und Euch ingesamt göttl. Schutz empfehle.«

Man hätte, nachdem der Kapitän Wolfgang diese seine kleine Oration gehalten, nicht meinen sollen, wie niedergeschlagen sich alle und jede, auch die sonst so wilden Bootsknechte bezeugten. Ein jeder wollte der erste sein, ihn mit tränenden Augen zu umarmen, dieser fiel ihm um den Hals, jener küssete ihm die Hände, andere demütigten sich noch tiefer, so daß er selbst weinen und mit guter Manier Gelegenheit suchen mußte, von allen Liebkosungen loszukommen. Er hielt hierauf noch eine kleine Rede an den neuen Kapitän, stellete ihm das Behörige zum Überflusse nochmals vor, ließ allen, die sich auf dem Schiffe befunden, abermals Wein und ander starkes, auch gelinderes und lieblicher Getränke reichen, aus den Kanonen aber tapfer Feuer geben.

Während der Zeit wurden unsere Sachen von dem Schiffe auf Boote gepackt, und nach und nach hinüber an den Felsen geschafft, womit wir zwei vollkommene

Tage zubrachten, ohngeachtet von Morgen bis in die Nacht aller Fleiß angelegt wurde.

Am allerwundersamsten kam es einen jeden vor, daß der Kapitän an einem solchen Felsen bleiben wollte, wo weder Gras, Kraut noch Bäume, vielweniger Menschen zu sehen waren, weswegen sich auch einige nicht enthalten konnten, ihn darum zu befragen. Allein er gab ihnen lächelnd zur Antwort: »Sorget nicht, liebe Kinder, vor mich und die ich bei mir habe, denn ich weiß, daß uns Gott wohl erhalten kann und wird. Wer von Euch in des Kapitän Horns Gesellschaft wieder mit zurückkömmt, soll uns, ob Gott will, wieder zu sehen und zu sprechen kriegen.«

Nachdem also alle Personen und Sachen so am Felsen zurückbleiben sollten, hinübergeschafft waren, lichtete der Kapitän Horn seine Anker, und nahm mit vier Kanonenschüssen von uns Abschied, wir dankten ihm gleichfalls aus vier Kanonen die Herr Kapitän Wolfgang mit an den Felsen zu bringen befohlen hatte, dieses aber war am vergnüglichsten, daß die unsichtbaren Einwohner des Felsens auch kein Pulver spareten, und damit anzeigten, daß sie uns Bewillkommen, jenen aber Glück auf die Reise wünschen wollten.

Kaum hatte sich das Schiff aus unsern Augen verloren, als, indem sich die Sonne bereits zum Untergange geneiget, die sämtlich Zurückgebliebenen ihre begierigen Augen auf den Kapitän Wolfgang worfen, um solchergestalt stillschweigend von ihm zu erfahren, was er nunmehro mit uns anfangen wollte? Es bestunde aber unsere ganze Gesellschaft aus folgenden Personen:

1. Der Kapitän Leonhard Wolfgang, 45 Jahr alt
2. Herr Mag. Gottlieb Schmeltzer, 33 Jahr alt
3. Friedrich Litzberg, ein Literatus, der sich meistens auf die Mathematik legte, etwa 30 Jahr alt

4. Johann Ferdinand Kramer, ein erfahrner Chirurgus, 33 Jahr alt
5. Jeremias Heinrich Plager, ein Uhrmacher und sonst sehr künstlicher Arbeiter, in Metall und anderer Arbeit, seines Alters 34 Jahr
6. Philipp Harckert, ein Posamentierer von 23 Jahren
7. Andreas Klemann, ein Papiermacher, von 36 Jahren
8. Wilhelm Herrlich, ein Drechsler, 32 Jahr alt
9. Peter Morgenthal, ein Kleinschmied, aber dabei sehr künstlicher Eisenarbeiter, 31 Jahr alt
10. Lorenz Wetterling, ein Tuchmacher, 34 Jahr alt
11. Philipp Andreas Krätzer, ein Müller, 36 Jahr alt
12. Jakob Bernhard Lademann, ein Tischler, 35 Jahr
13. Joh. Melchior Garbe, ein Büttner, von 28 Jahren
14. Nikolaus Schreiner, ein Töpfergeselle, von 22 Jahren
15. Ich, Eberhard Julius, damals alt, 19 ½ Jahr.

Was wir an Gerätschaften, Tieren und andern Sachen mit ausgeschifft hatten, wird gehöriges Orts vorkommen, derowegen erinnere nur nochmals das besondere Verlangen so wir allerseits hegten, nicht allein das gelobte Land, darinnen wir wohnen sollten, sondern auch die berühmten guten Leute zu sehen. Kapitän Wolfgang merkte solches mehr als zu wohl, sagte derowegen: wir möchten uns nur diese Nacht noch auf dieser Stätte zu bleiben gefallen lassen, weiln es ohnedem schon späte wäre, der morgende Tag aber sollte der Tag unsers fröhlichen Einzugs sein.

Indem er nun wenig Worte verlieren durfte, uns alle nach seinen Willen zu lenken, setzte sich ein Teil der Unsern bei das angemachte Feuer nieder, dahingegen Herr M. Schmeltzer, ich und noch einige mit dem Kapi-

tän am Fuße des Felsens spazierengingen und den her-
abschießenden Wasserfluß betrachteten, welches gewiß
in dieser hellen Nacht ein besonderes Vergnügen erweckte. Wir hatten uns aber kaum eine halbe Stunde
hieran ergötzt, als unsere zurückgelassenen Leute, nebst
dreien Frembden, die große Fackeln in den Händen trugen, zu uns kamen.

Ermeldte Frembde hatten bei den Unserigen, nach
dem Kapitän Wolfgang gefragt, und waren nicht allein
dessen Anwesenheit berichtet, sondern auch aus Neugierigkeit bis zu uns begleitet worden. Sobald die Frembden
den Kapitän erblickten, warfen sie sogleich ihre Fackeln
zur Erden, und liefen hinzu, selbigen alle drei auf einmal zu umarmen.

Der Kapitän, so die drei Angekommenen sehr wohl
kennete, umarmete und küssete einen nach dem andern,
worauf er nach kurzgefasseten Gruße sogleich fragte:
Ob der Altvater annoch gesund lebte? Sie beantworteten
dieses mit ja, und baten, er möchte doch alsofort nebst
uns allen zu ihm hinaufsteigen. Allein der Kapitän versetzte: »Meine liebsten Freunde! ich will die bei mir habenden Leute nicht zur Nachtszeit in diesen Lustgarten
der Welt führen, sondern erwarten, bis morgen, so Gott
will, die Sonne zu unsern frohen Einzuge leuchtet, und
uns denselben in seiner natürlichen Schönheit zeiget.
Erlaubet uns solches«, fuhr er fort, »und empfanget zu-
vörderst diesen Euren Blutsfreund Eberhard Julium,
welchen ich aus Teutschland mit anhero geführet habe.«

Kaum hatte er diese Worte gesprochen, als sie vor
Freuden in die Höhe sprungen, und einer nach dem
andern mich umfingen und küsseten. Nachdem solchergestalt auch alle unsere Reisegefährten bewillkommet
waren, bat der Kapitän meine frembden Vettern, daß
einer von ihnen hinaufsteigen, dem Altvater seinen Ge-

horsam vermelden, anbei Erlaubnis bitten sollte, daß er morgen frühe, mit Aufgang der Sonnen, nebst vierzehn redlichen Leuten bei ihm einziehen dürfe. Es lief also augenblicklich einer hurtig davon, um diese Kommission auszurichten, die übrigen zwei aber setzten sich nebst uns zum Feuer, ein Glas Kanarisekt zu trinken, und ließen den Kapitän erzählen, wie es uns auf der Reise ergangen sei.

Ich vor meine Person, da in vergangenen zwei Nächten nicht ein Auge zugetan hatte, konnte nunmehro, da ich den Hafen meines Vergnügens erreicht haben sollte, unmöglich mehr wachen, sondern schlief bald ein, ermunterte mich auch nicht eher, bis mich der Kapitän beim Aufgange der Sonnen erweckte. Meine Verwunderung war ungemein, da ich etliche dreißig ansehnliche Männer in frembder doch recht guter Tracht um uns herum sahe, sie umarmeten und küsseten mich alle ordentlich nacheinander, und redeten so feines Hochteutsch, als ob sie geborne Sachsen wären. Der Kapitän hatte indessen das Frühstück besorgt, welches in Koffee, Franzbranntwein, Zuckerbrod und andern Konfitüren bestund. Sobald dieses verzehret war, blieben etwa zwölf Mann bei unsern Sachen, die übrigen aber gingen mit uns nach der Gegend des Flusses, bei welchen wir gestern abend gewesen waren. Ich ersahe mit größter Verwunderung, daß derselbe ganz trocken war, besonn mich aber bald auf des Kapitäns vormalige Erzählung, mittlerweile stiegen wir, aber ohne fernern Umschweif, die von dem klaren Wasser gewaschenen Felsenstufen hinauf, und marschierten in einer langen, jedoch mit vielen Fackeln erleuchteten, Felsenhöhle immer aufwärts, bis wir endlich ingesamt als aus einem tiefen Keller, an das helle Tageslicht heraufkamen.

Nunmehro waren wir einigermaßen überzeugt, daß

uns der Kapitän Wolfgang keine Unwahrheiten vorgeschwatzt hatte, denn man sahe allhier, in einem kleinen
Bezirk, das schönste Lustrevier der Welt, so, daß unsere
Augen eine gute Zeit recht starr offenstehen, der Mund
aber, vor Verwunderung des Gemüts, geschlossenblei-
ben mußte.

Unsern Seelsorger, Herrn M. Schmeltzern, traten vor
Freuden die Tränen in die Augen, er fiel nieder auf die
Knie, um dem Allerhöchsten gebührenden Dank abzustatten, und zwar vor die besondere Gnade, daß uns derselbe ohne den geringsten Schaden und Unfall gesund
anhero geführet hatte. Da er aber sahe daß wir gleiches
Sinnes mit ihm waren, nahm er seine Bibel, verlas den
65. und 84. Psalm Davids, welche beiden Psalmen sich
ungemein schön hieher schickten, betete hierauf einige
kräftige Gebete, und schloß mit dem Liede: Nun danket
alle Gott etc. Unsere Begleiter konnten so gut mitsingen
und beten als wir, woraus sogleich zu mutmaßen war,
daß sie im Christentum nicht unerfahren sein müßten.
Sobald wir aber dem Allmächtigen unser erstes Opfer
auf dieser Insul gebracht, setzten wir die Füße weiter,
nach dem, auf einem grünen Hügel, fast mitten in der
Insul liegenden Hause zu, worinnen Albertus Julius, als
Stammvater und Oberhaupt aller Einwohner, sozusagen, residierte.

Es ist unmöglich dem geneigten Leser auf einmal
alles ausführlich zu beschreiben, was vor Annehmlichkeiten uns um und um in die Augen fielen, derowegen
habe einen kleinen Grundriß der Insul beifügen wollen,
welchen diejenigen, so die Geometrie und Reißkunst
besser als ich verstehen, passieren zu lassen, gebeten werden, denn ich ihn nicht gemacht habe, etwa eine einge-
bildete Geschicklichkeit zu zeigen, sondern nur dem kurieusen Leser eine desto bessere Idee von der ganzen

Landschaft zu machen. Jedoch ich wende mich ohne weitläuftige Entschuldigungen zu meiner Geschichtserzählung, und gebe dem geneigten Leser zu vernehmen: daß wir fast eine Meilwegs lang zwischen einer Allee, von den ansehnlichsten und fruchtbarsten Bäumen, die recht nach der Schnur gesetzt waren, fortgingen, welche sich unten an dem ziemlich hoch erhabenen Hügel endigte, worauf des Alberti Schloß stund. Doch etwa dreißig Schritte lang vor dem Ausgange der Allee, waren die Bäume dermaßen zusammengezogen, daß sie oben ein rechtes europäisches Kirchengewölbe formierten, und anstatt der schönsten Sommerlaube dieneten. Unter dieses ungemein propre und natürlich kostbare Verdeck hatte sich der alte Greis, Albertus Julius, von seiner ordentlichen Behausung herab, uns entgegenbringen lassen, denn er konnte damals wegen eines geschwollenen Fußes nicht gut fortkommen. Ich erstaunete über sein ehrwürdiges Ansehen, und venerablen weißen Bart, der ihm fast bis auf dem Gürtel herabreichte, zu seinen beiden Seiten waren noch fünf ebenfalls sehr alt scheinende Greise, nebst etlichen andern, die zwar etwas jünger, doch auch fünfzig bis sechzig Jahr alt aussahen. Außer der Sommerlaube aber, auf einem schönen grünen und mit lauter Palmen- und Latanbäumen umsetzten Platze, war eine ziemliche Anzahl erwachsener Personen und Kinder, alle recht reputierlich gekleidet, versammlet.

Ich wüßte nicht Worte genung zu ersinnen, wenn ich die zärtliche Bewillkommung, und das innige Vergnügen des Albert Julii und der Seinigen vorstellen sollte. Mich drückte der ehrliche Alte aus getreuem Herzen dermaßen fest an seine Brust, daß ich die Regungen des aufrichtigen Geblüts sattsam spürete, und eine lange Weile in seinen Armen eingeschlossen bleiben mußte. Hierauf stellete er mich als ein Kind zwischen seinen Schoß, und ließ alle Gegenwärtigen, sowohl klein als groß herzurufen, welche mit Freuden kamen und den Bewillkommungskuß auf meinen Mund und Hand drückten. Alle andern Neuangekommenen wurden mit nicht weniger Freude und Aufrichtigkeit empfangen, so daß die ersten Höflichkeitsbezeugungen bis auf den hohen Mittag daureten, worauf wir Einkömmlinge mit dem Albert Julio, und denen fünf Alten, in dem auf dem Hügel liegenden Hause, die Mittagsmahlzeit einnahmen. Wir wurden zwar nicht fürstlich, doch in der Tat auch nicht schlecht traktieret, weiln nebst den vier recht schmackhaften Gerichten, die in Fleisch, Fischen, gebratenen Vögeln, und einem raren Zugemüse bestunden, die delikatesten Weine, so auf dieser Insul gewachsen waren, aufgetragen wurden. Bei Tische wurde sehr wenig geredet, mein alter Vetter Albert Julius aber, dem ich zur Seite sitzen mußte, legte mir stets die allerbesten Bissen vor, und konnte, wie er sagte, vor übermäßiger Freude, itzo nicht den vierten Teil soviel, als gewöhnlich essen. Es war bei diesen Leuten nicht Mode lange zu Tische zu sitzen, derowegen stunden wir nach ordentlicher Ersättigung auf, der Altvater betete nach seiner Gewohnheit, sowohl nach als vor Tische selbst, ich küssete ihm als ein Kind die Hand, er mich aber auf den Mund, nach diesen spazireten wir um das von festen Steinen erbauete Haus, auf dem Hügel herum, allwo wir beinahe das ganze innere Teil der Insul übersehen konnten, und des Merkwürdigsten auf derselben belehret wurden. Von dar ließ sich Albert Julius auf einem Tragsessel in seinen angelegten großen Garten tragen, wohin wir ingesamt nachfolgeten, und uns über dessen annehmliche, nützliche und künstliche Anlegung nicht wenig verwunderten. Denn diesen Garten, der ohngefähr eine vierteils teutsche Meile lang, auch ebenso breit war, hatte er durch einen Kreuzweg in vier gleiche Teile abgeteilet, in dem ersten Quartier nach Osten zu, waren die auserlesensten fruchtbaren Bäume, von mehr als hundert Sorten, das zweite Quartier gegen Süden, hegte vielerlei schöne Weinstöcke, welche teils rote, grüne, blaue, weiße und anders gefärbte extraordinär große Trauben und Beeren trugen. Das dritte Quartier, nach Norden zu, zeigte unzählige Sorten von Blumengewächsen, und in dem vierten Quartiere, dessen Ecke auf Westen stieß, waren die allernützlichsten und delikatesten Küchenkräuter und Wurzeln zu finden.

Wir brachten in diesem kleinen Paradiese, die Nachmittagsstunden ungemein vergnügt zu, und kehreten etwa eine Stunde vor Untergang der Sonnen zurück auf die Albertusburg, speiseten nach der mittäglichen Art, und setzten uns hernachmals vor dem Hause auf artig gemachte grüne Rasenbänke nieder, allwo Kapitän Wolfgang dem Altvater von unserer letzten Reise ein und anderes erzählte, bis uns die hereinbrechende Nacht erinnerte: Betstunde zu halten, und die Ruhe zu suchen.

Ich mußte in einer schönen Kammer, neben des Alberti Zimmer schlafen, welche ungemein sauber möbliert war, und gestehen, daß Zeit meines Lebens noch nicht besser geruhet hatte, als auf dieser Stelle.

Folgenden Morgen wurden durch einen Kanonenschuß alle Einwohner der Insul zum Gottesdienst berufen, da denn Herr M. Schmeltzer eine ziemliche lange Predigt über den 122. Psalm hielte, die übrigen Kirchengebräuche aber alle auf lutherische Art ordentlich in acht nahm. Den Albert Julium sahe man die ganze Predigt über weinen, und zwar vor großen Freuden, weiln ihm der Höchste die Gnade verliehen, noch vor seinem Ende einem Prediger von seiner Religion zuzuhören, ja sogar denselben in seiner Bestellung zu haben. Die übrigen Versammleten waren dermaßen andächtig, daß ich mich nicht erinnern kann, dergleichen jemals in Europa gesehen zu haben.

Nach vollbrachten Gottesdienste, da die Auswärtigen sich alle auf den Weg nach ihren Behausungen gemacht, und wir die Mittagsmahlzeit eingenommen hatten, behielt Albertus Herrn M. Schmeltzer allein bei sich, um mit demselben wegen künftiger Kirchenordnung, und anderer die Religion betreffenden höchstnötigen Anstalten, Unterredung zu pflegen. Monsieur Wolfgang, der itzo durchaus nicht mehr Kapitän heißen wollte, ich, und die andern Neuangekommenen, wollten nunmehro bemühet sein, unsere Packen und übrigen Sachen auf die Insul heraufzuschaffen, welches uns allerdings als ein sehr beschwerlich Stück Arbeit fürkam, allein, zu unserer größten Verwunderung und Freude, fanden wir alle unsere Güter in derjenigen großen Sommerlaube beisammenstehen, wo uns Albertus zuerst bewillkommet hatte. Wir hatten schon gezweifelt, daß wir binnen vier bis fünf Tagen alle Sachen heraufzubringen vermögend sein würden, und sonderlich stelleten wir uns das Aufreißen der großen Packe und Schlagfässer sehr mühsam vor, wußten aber nicht, daß die Einwohner der Insul, an einem verborgenen Orte der hohen Felsen, zwei vortrefflich starke Winden hatten, durch deren Force wohl ein ganzer Frachtwagen auf einmal hätte hinaufgezogen werden können. Mons. Litzberg hatte sich binnen der Zeit die Mühe genommen, unser mitgebrachtes Vieh zu besorgen, so aus vier jungen Pferden, sechs jungen Stükken Rindvieh, sechs Schweinen, sechs Schafen, zwei Bökken, vier Eseln, vier welschen Hühnern, zwei welschen Hähnen, achtzehn gemeinen Hühnern, drei Hähnen, sechs Gänsen, sechs Enten, sechs Paar Tauben, vier Hunden, vier Katzen, drei Paar Kaninchen, und vielerlei Gattungen von Kanari- und andern artigen Vögeln bestund. Er war damit in die nächste Wohnstätte, Albertsraum genannt, gezogen, und hatte bereits die daselbst wohnenden Leute völlig benachrichtiget, was diesem und jenen vor Futter gegeben werden müß- te. Selbige verrichteten auch in Wahrheit diese in Europa so verächtliche Arbeit mit ganz besondern Vergnügen, weiln ihnen dergleichen Tiere Zeit ihres Lebens nicht vor die Augen kommen waren.

Andere, da sie merkten, daß wir unsere Sachen gern vollends hinauf in des Alberti Wohnhaus geschafft haben möchten; brachten sofort ganz bequeme Rollwagen herbei, luden auf, was wir zeigten, spanneten zahmgemachte Affen und Hirsche vor, diese zohen es mit Lust den Hügel hinauf, ließen auch nicht eher ab, bis alles unter des Alberti Dach gebracht war.

Immittelst hatte Mons. Wolfgang noch vor der Abendmahlzeit das Schlagfaß, worinnen die Bibeln und andere Bücher waren, aufgemacht, und präsentierte dem alten Alberto eine in schwarzen Sammet eingebundene Bibel, welche allerorten stark mit Silber beschlagen und auf dem Schnitt verguldet war. Albertus küssete dieselbe, drückte sie an seine Brust und vergoß häufige Freudentränen, da er zumal sahe, daß wir noch einen so starken Vorrat an dergleichen und andern geistl. Büchern hatten, auch hörete, daß wir dieselben bei ersterer Zusammenkunft unter die neun Julischen Familien, (welche dem g. Leser zur Erläuterung dieser Historie, auf besondere, zu Ende dieses Buchs angeheftete Tabellen gebracht worden,) austeilen wollten. Nächst diesem wurden dem Alberto, und denen Alten, noch viele andere köstliche Sachen eingehändiget, die sowohl zur Zierde als besonderer Bequemlichkeit gereichten, worüber alle insgesamt eine verwunderungsvolle Danksagung abstatteten. Folgenden Tages als an einem Sonnabend, mußte ich, auf Mons. Wolfgangs Ersuchen, in einer bequemen Kammer einen vollkommenen Kram, sowohl von allerhand nützlichen Sachen, als Kindereien und Spielwerk auslegen, weiln er selbiges unter die Einwohner der Insul vom Größten bis zum Kleinsten auszuteilen willens war. Mons. Wolfgang aber, ließ indessen die übrigen Dinge, als Viktualien, Instrumenta, Tücher, Leinwand, Kleidergeräte und dergleichen, an solche Orte verschaffen, wo ein jeder vor der Verderbung sicher sein konnte.

Der hierauf einbrechende 25. Sonntag post Trin. wurde frühmorgens bei Aufgang der Sonnen, denen Insulanern zur andächtigen Sabbatsfeier, durch zwei Kanonenschüsse angekündiget. Da sich nun dieselben zwei Stunden hernach ingesamt unter der Albertusburg, auf dem mit Bäumen umsetzten grünen Platze versammlet hatten, fing Herr M. Schmeltzer den Gottesdienst unter freien Himmel an, und predigte über das ordentliche Sonntagsevangelium, vom Greuel der Verwüstung, fast über zwei Stunden lang, ohne sich und seine Zuhörer zu ermüden, als welche letztere alles andere zu vergessen, und nur ihn noch länger zuzuhören begierig schienen. Er hatte ganz ungemeine Meditationes über die wunderbaren Wege Gottes, Kirchen zu bauen, und selbige wiederum zu verwüsten, brachte anbei die Applikation auf den gegenwärtigen Zustand der sämbtlichen Einwohner dieser Insul dermaßen beweglich vor, daß, wenn auch die Hälfte von den Zuhörern die gröbsten Atheisten gewesen wären, dennoch keiner davon ungerührt bleiben können.

Jedwedes von auswärtigen Zuhörern hatte sich, nach vollendeten Gottesdienste, mit benötigten Speisen versorgt, wem es aber ja fehlete, der durfte sich nur bei dem

Altvater auf der Burg melden, als welcher alle nach Notdurft sättigen ließ. Nachmittags wurde abermals ordentlicher Gottesdienst und Katechismusexamen gehalten, welches über vier Stunden lang währete, und hätten, nebst Herrn M. Schmeltzern, wir Einkömmlinge nimmermehr vermeinet dieses Orts Menschen anzutreffen, welche in den Glaubensartikuln so trefflich wohl unterrichtet wären, wie sich doch zu unseren größten Vergnügen sowohl Junge als Alte finden ließen. Da nun auch dieses vorüber war, beredete sich Albertus mit den Ältesten und Vorstehern der neun Stämme, und zeigten ihnen den Platz, wo er gesonnen wäre eine Kirche aufbauen zu lassen. Derselbe wurde nun unten an Fuße des Hügels von Mons. Litzbergen, Lademannen und andern Bauverständigen ordentlich abgesteckt, worauf Albertus sogleich mit eigenen Händen ein Loch in die Erde grub, und den ersten Grundstein an denjenigen Ort legte, wo der Altar sollte zu stehen kommen. Die Ältesten und Vorsteher gelobten hierbei an, gleich morgenden Tag Anstalten zu machen, daß die benötigten Baumaterialien eiligst herbeigeschafft würden, und an fleißigen Arbeitern kein Mangel sein möchte. Worauf sich bei herannahenden Abende jedes nach seiner Wohnstätte begab. Albertus, der sich wegen soviel erlebten Vergnügens ganz zu verjüngern schiene, war diesen Abend absonderlich wohl aufgeräumt, und ließ sich aus dem Freudenbecher unsern mitgebrachten Kanarisekt herzlich wohl schmecken, doch sobald er dessen Kräfte nur in etwas zu spüren begunte, brach er sowohl als wir ab, und sagte: »Meine Kinder, nunmehro hat mich der Höchste beinahe alles erleben lassen, was ich auf dieser Welt in zeitlichen Dingen gewünschet, da aber merke, daß ich noch bei ziemlichen Kräften bin, habe mir vorgenommen die übrige Zeit meines Lebens mit solchen Verrichtungen hinzubringen, die meinen Nachkommen zum zeitlichen und ewigen Besten gereichen, diese Insul aber in den beglücktesten Zustand setzen können.

Demnach bin ich gesonnen, in diesem meinem kleinen Reiche eine Generalvisitation zu halten, und, so Gott will, morgenden Tag damit den Anfang zu machen, Monsieur Wolfgang wird nebst allen Neuangekommenen, mir die Gefälligkeit erzeigen und mitreisen. Wir wollen alle Tage eine Wohnstatt von meinen Abstämmlingen vornehmen, und ihren jetzigen Zustand wohl erwägen, ein jeder mag sein Bedenken von Verbesserung dieser und jener Sachen aufzeichnen, und hernach auf mein Bitten an mich liefern, damit wir ingesamt darüber ratschlagen können. Wir werden in neun aufs längste in vierzehn Tagen damit fertig sein, und hernach mit desto bessern Verstande die Hände an das Werk unserer geistlichen und leiblichen Wohlfahrt legen. Nach unserer Zurückkunft aber, will ich alle Abend nach der Mahlzeit ein Stück von meiner Lebensgeschicht zu erzählen Zeit anwenden, hierauf Betstunde halten, und mich zur Ruhe legen.«

Monsieur Wolfgang nahm diesen Vorschlag sowohl als wir mit größten Vergnügen an, wie denn auch gleich folgenden Morgen mit aufgehender Sonne, nach gehaltener Morgengebetsstunde, Anstalt zum Reisen gemacht wurde. Albertus, Herr M. Schmeltzer, Mons. Wolfgang und ich, saßen beisammen auf einem artigen Wagen, welcher von vier zahmgemachten Hirschen gezogen wurden, unsere übrige Gesellschaft aber folgte mit Lust zu Fuße nach. Der erste und nächste Ort den wir besuchten, war die Wohnstatt, Albertsraum genannt, es lag gleich unter der Albertsburg nach Norden zu, gerade zwischen den zweien gepflanzten Alleen, und bestund aus 21 Feuerstätten, wohlgebaueten Scheunen, Ställen und Gärten, doch hatten die guten Leute außer einer wunderbaren Art von Böcken, Ziegen und zahmgemachten Hirschen, weiter kein ander Vieh. Wir trafen daselbst alles in der schönsten Haushaltungsordnung an, indem die Alten ihre Arbeit auf dem Felde verrichteten, die jungen Kinder aber von den Mittlern gehütet und verpfleget wurden. Nachdem wir die Wohnungen in Augenschein genommen, trieb uns die Neugierigkeit an, das Feld, und die darauf arbeiteten, zu besehen, und fanden das erstere trefflich bestellt, die letzten aber immer noch fleißiger daran bauen. Um Mittagszeit aber wurden wir von ihnen umringet, in ihre Wohnstatt geführet, gespeiset, getränkt, und von dem größten Haufen nach Hause begleitet. Monsieur Wolfgang schenkte dieser Albertinischen Linie zehn Bibeln, zwanzig Gesang- und Gebetbücher, außer den verschiedene nützlichen, auch Spielsachen vor die Kinder, und befahl, daß diejenigen so etwa leer ausgingen, selbsten zu ihm kommen, und das Ihrige abholen möchten.

Nachdem wir nun von diesen Begleitern mit freudigem Danke verlassen worden, und bei Alberto die Abendmahlzeit eingenommen hatten, ließ dieser Altvater sonst niemand, als Herrn Mag. Schmeltzern, Monsieur Wolfgangen und mich, in seiner Stube bleiben, und machte den Anfang zu seiner Geschichtserzählung folgendermaßen:

»Ich Albertus Julius, bin anno 1628 den 8. Januar von meiner Mutter Maria Elisabetha Schlüterin zur Welt geboren worden. Mein Vater, Stephanus Julius, war der unglückseligste Etatsbediente eines gewissen Prinzen in Teutschland, indem er in damaliger heftiger Kriegsunruhe seines Herren Feinden in die Hände fiel, und weil er seinem Fürsten, vielweniger aber seinem Gott ungetreu werden wollte, so wurde ihm unter dem Vorwande, als ob er, in seinen Briefen an den Fürsten, den Respekt gegen andere Potentaten beiseit gesetzt, der Kopf ganz heimlicher und desto mehr unschuldiger Weise vor die Füße gelegt, mithin meine Mutter zu einer armen Wittbe, zwei Kinder aber zu elenden Waisen gemacht. Ich ging dazumal in mein sechstes, mein Bruder Johann Balthasar aber, in sein viertes Jahr, weiln wir aber unsern Vater, der beständig bei dem Prinzen in Campagne gewesen, ohnedem sehr wenig zu Hause gesehen hatten, so war unser Leidwesen, damaliger Kindheit nach, nicht also beschaffen, als es der jämmerlich starke Verlust, den wir nachhero erstlich empfinden lerneten, erforderte, obschon unsere Mutter ihre Wangen Tag und Nacht mit Tränen benetzte.

Meines Vaters Prinzipal, welcher wohl wußte, daß mein Vater ein schlechtes Vermögen würde hinterlassen haben, schickte zwar an meine Mutter 800 Tl. rückständige Besoldung, nebst der Versicherung seiner beständigen Gnade, allein das Kriegsfeuer geriet in volle Flammen, der wohltätige Fürst wurde weit von uns getrieben, der Tod raubte die Mutter, der Feind das übrige blutwenige Vermögen, alle Freunde waren zerstreuet, also wußten ich und mein Bruder sonst kein ander Mittel, als den Bettelstab zu ergreifen.

Wir mußten also beinahe anderthalb Jahr, das Brod vor den Türen suchen, von einem Dorfe und Stadt zur andern wandern, und letzlich fast ganz ohne Kleider einhergehen, bis wir ohnweit Naumburg auf ein Dorf kamen, allwo sich die Priesterfrau über uns erbarmete, ihren Kindern die alten Kleider vom Leibe zog, und uns damit bekleidete, ehe sie noch gefragt, woher, und wes Standes wir wären. Der Priester kam darzu, lobte seiner Frauen Mitleiden und redliche Wohltaten, erhielt aber, auf sein Befragen von mir, zulänglichen Bericht wegen unsers Herkommens, weil ich dazumal schon zehn Jahr alt war, und die betrübte Historie von meinen Eltern ziemlich gut zu erzählen wußte.

Der redliche Geistliche, welcher vielleicht nunmehro schon seit vielen Jahren unter den Seligen, als des Himmels Glanz leuchtet, mochte vielleicht von den damaligen Läuften, und sonderlich von meines Vaters Begebenheiten, mehrere Nachricht haben als wir selbst, schlug derowegen seine Hände und Augen gen Himmel, führete uns arme Waisen in sein Haus, und hielt uns nebst seinen drei Kindern so wohl, als ob wir ihnen gleich wären. Wir waren zwei Jahr bei ihm gewesen, und hatten binnen der Zeit im Christentum, Lesen, Schreiben und andern Studien, unserm Alter nach, ein ziemliches profitieret, worüber er nebst seiner Liebsten eine sonderliche Freude bezeigte, und ausdrücklich sagte: daß er sich unsere Aufnahme niemals gereuen lassen wollte, weiln er augenscheinlich gespüret, daß ihn Gott seit der Zeit, an zeitlichen Gütern weit mehr als sonsten gesegnet hätte; doch da wenig Wochen hernach sein Befreundter, ein Amtmann aus dem Braunschweigischen, diesen meinen bisherigen Pflegevater besuchte, an meinem stillen Wesen einen Gefallen hatte, meine zwölfjährige Person von seinem Vetter ausbat, und versicherte, mich, nebst seinen Söhnen, studieren zu lassen, mithin den mitleidigen Priestersleuten die halbe Last vom Halse nehmen wollte; ließen sich diese bereden, und ich mußte unter Vergießung häufiger Tränen von ihnen und meinem lieben Bruder Abschied nehmen, mit dem Amtmanne aber ins Braunschweigische reisen. Daselbst nun hatte ich die ersten zwei Jahre gute Zeit, und war des Amtmanns Söhnen, die doch alle beide älter als ich, auch im Studieren weit voraus waren, wo nicht vor- doch ganz gleichgekommen. Dem ohngeacht vertrugen sich dieselben sehr wohl mit mir, da aber ihre Mutter starb, und statt derselben eine junge Stiefmutter ins Haus kam, zog zugleich der Uneinigkeitsteufel mit ein. Denn diese Bestie mochte nicht einmal ihre Stiefkinder, viel weniger mich, den sie nur den Bastard und Fündling nennete, gern um sich sehen, stiftete derowegen immerfort Zank und Streit unter uns, worbei ich jederzeit das meiste leiden mußte, ohngeacht ich mich sowohl gegen sie als andere auf alle ersinnliche Art demütigte. Der Informator, welcher es so herzlich wohl mit mir meinete, mußte fort, an dessen Stelle aber schaffte die regierende Domina einen ihr besser anständigen Studenten herbei. Dieser gute Mensch war kaum zwei Wochen da, als wir Schüler merkten, daß er im Lateinischen, Griechischen, Historischen, Geographischen und andern Wissenschaften nicht um ein Haar besser beschlagen war, als die, so von ihm lernen sollten, derowegen klappte der Respekt, welchen er doch im höchsten Grade verlangte, gar schlecht. Ohngeacht aber der gute Herr Präzeptor uns keinen Autorem vorexponieren konnte; so mochte er doch der Frau Amtmännin des Ovidii Libr. de arte amandi desto besser zu erklären wissen, indem beide die Privatstunden dermaßen öffentlich zu halten pflegten, daß ihre freie Aufführung dem Amtmanne endlich selbst Verdacht erwecken mußte.

Der gute Mann erwählete demnach mich zu seinem Vertrauten, nahm eine verstellte Reise vor, kam aber in der Nacht wieder zurück unter das Kammerfenster, wo der Informator nebst seinen Schülern zu schlafen pflegte. Dieser verliebte Venusprofessor stund nach Mitternacht auf, der Frau Amtmännin eine Visite zu geben. Ich, der, ihn zu belauschen, noch kein Auge zugetan hatte, war der verbotenen Zusammenkunft kaum versichert, als ich dem, unter dem Fenster stehenden Amtmanne das abgeredete Zeichen mit Husten und Hinunterwerfung meiner Schlafmütze gab, welcher hierauf nicht gefackelt, sondern sich in aller Stille ins Haus hereinpraktizieret, Licht angeschlagen, und die beiden verliebten Seelen, ich weiß nicht in was vor Positur, ertappet hatte.

Es war ein erbärmlich Geschrei in der Frauen Kammer, so, daß fast alles Hausgesinde herzugelaufen kam, doch da meine Mitschüler, wie die Ratzen, schliefen, wollte ich mich auch nicht melden, konnte aber doch nicht unterlassen, durch das Schlüsselloch zu gucken, da ich gar bald mit Erstaunen sahe, wie die Bedienten den Herrn Präzeptor halbtot aus der nächtlichen Privatschule herausschleppten. Hierauf wurde alles stille, der Amtmann ging in seine Schreibestube, hergegen zeigte sich die Frau Amtmännin mit blutigen Gesichte, verwirrten Haaren, hinkenden Füßen, ein groß Messer in der Hand haltend auf dem Saale, und schrie: ›Wo ist der Schlüssel? Albert muß sterben, dem verfluchten Albert will ich dieses Messer in die Kaldaunen stoßen.‹

Mir wurde grün und gelb vor den Augen, da ich diese höllische Furie also reden hörete, jedoch der Amtmann kam, einen tüchtigen Prügel in der rechten, einen bloßen Degen aber in der linken Hand haltend, und jagte das verteufelte Weib zurück in ihre Kammer. Dem ohngeacht schrie sie doch ohn Unterlaß: ›Albert muß sterben, ja der Bastard Albert muß sterben, ich will ihn entweder selbst ermorden, oder demjenigen hundert Taler geben, wer dem Hunde Gift eingibt.‹

Ich meines Orts gedachte: Sapienti sat! kleidete mich so hurtig an, als Zeit meines Lebens noch nicht geschehen war, und schlich in aller Stille zum Hause hinaus.

Das Glück führete mich blindlings auf eine große Heerstraße, meine Füße aber hielten sich so hurtig, daß ich folgenden Morgen um acht Uhr die Stadt Braunschweig vor mir liegen sahe. Hunger und Durst plagten mich, wegen der getanen starken Reise, ganz ungemein, doch da ich nunmehro auf keinem Dorfe, sondern in Braunschweig einzukehren gesonnen war, tröstete ich meinen Magen immer mit demjenigen 24-Mariengroschen-Stücke, welches mir der Amtmann vor zwei Tagen geschenkt, als ich mit ihm aus Braunschweig gefahren, und dieses vor mich so fatale Spiel verabredet hatte.

Allein, wie erschrak ich nicht, da mir das helle Tageslicht zeigte, daß ich in der Angst unrechte Hosen und anstatt der meinigen des Herrn Präzeptoris seine ergriffen. Wiewohl, es war mir eben nicht um die Hosen, sondern nur um mein schön Stücke Geld zu tun, doch ich fand keine Ursache, den unvorsichtigen Tausch zu bereuen, weil ich in des Präzeptors Hosen beinahe sechs Tl. Silbergeld, und über dieses einen Beutel mit dreißig Spez. Dukaten fand. Demnach klagte ich bei meiner plötzlichen Flucht weiter nichts, als daß mir nicht erlaubt gewesen, von dem ehrlichen Amtmanne, der an mir als ein treuer Vater gehandelt, mündlich dankbarn Abschied zu nehmen. Doch ich tat es schriftlich desto nachdrücklicher, entschuldigte mein Versehen wegen der vertauschten Hosen aufs beste, kaufte mir in Braunschweig die nötigsten Sachen ein, dung mich auf die geschwinde Post, und fuhr nach Bremen, allwo ich von der beschwerlichen und ungewöhnlich weiten Reise sattsam auszuruhen willens hatte.

Warum ich nach Bremen gereiset war? wußte ich mir selbst nicht zu sagen. Außer dem, daß es die erste fortgehende Post war, die mir in Braunschweig aufstieß, und die ich nur deswegen nahm, um weit genung hinwegzukommen, es mochte auch sein wo es hin wollte. Ich schätzte mich in meinen Gedanken weit reicher als den großen Mogul, ließ derowegen meinem Leibe an guten Speisen und Getränke nichts mangeln, schaffte mir ein ziemlich wohlkonditioniertes Kleid, nebst guter Wäsche und andern Zubehör an, behielt aber doch noch etliche vierzig Tl. Zehrungsgeld im Sacke, wovon ich mir so lange zu zehren getrauete, bis mir das Glück wieder eine Gelegenheit zur Ruhe zeigte, denn ich wußte mich selbst nicht zu resolvieren, was ich in Zukunft vor eine Profession oder Lebensart erwählen wollte, da wegen der annoch lichterloh brennenden Kriegesflamme eine verdrüßliche Zeit in der Welt war, zumalen vor einen, von allen Menschen verlassenen, jungen Purschen, der erstlich in sein siebzehntes Jahr ging, und am Soldatenleben den greulichsten Ekel hatte.

Eines Tages ging ich zum Zeitvertreibe vor die Stadt spazieren, und geriet unter vier ansehnliche junge Leute, welche, vermutlich in Betracht meiner guten Kleidung, zierlicher Krausen und Hosenbänder, auch wohl des an der Seite tragenden Degens, sehr viel Achtbarkeit vor meine Person zeigten, und nach langen Herumgehen, mich zu sich in ein Weinhaus nötigten. Ich schätzte mir vor eine besondere Ehre, mit rechtschaffenen Kerlen ein Glas Wein zu trinken, ging derowegen mit, und tat ihnen redlich Bescheid. Sobald aber der Wein die Geister in meinem Gehirne etwas rege gemacht hatte, mochte ich nicht allein mehr von meinem Tun und Wesen reden, als nützlich war, sondern beging auch die grausame Torheit, alles mein Geld, so ich im Leben hatte, herauszuweisen. Einer von den vier redlichen Leuten gab sich hierauf vor den Sohn eines reichen Kaufmanns aus, und versprach mir, unter dem Vorwande einer besondern auf mich geworfenen Liebe, die beste Kondition von der Welt bei einem seiner Anverwandten zu verschaffen, weiln derselbe einen Sohn hätte, dem ich meine Wissenschaften vollends beibringen, und hernach mit ihm auf die Universität nach Leiden reisen sollte, allwo wir beide, zugleich, ohne daß es mich einen Heller kosten würde, die gelehrtesten Leute werden könnten. Er trank mir hierauf Brüderschaft zu, und malete meinen vom Weingeist benebelten Augen vortreffliche Luftschlösser vor, bis ich mich dermaßen aus dem Zirkel gesoffen hatte, daß mein elender Körper der Länge lang zu Boden fiel.

Der hierauffolgende Morgen brachte sodann meine Vernunft in etwas wieder zurücke, indem ich mich ganz allein, auf einer Streu liegend, vermerkte. Nachdem ich aufgestanden, und mich einigermaßen wieder in Ordnung gebracht hatte, meine Taschen aber alle ausgeleeret befand, wurde mir verzweifelt bange. Ich rufte den Wirt, fragte nach meinem Gelde und andern bei mir gehabten Sachen, allein er wollte von nichts wissen, und kurz zu sagen: Es lief nach genauer Untersuchung hinaus, daß ich unter vier Spitzbuben geraten, welche zwar gestern abend die Zeche bezahlt, und wiederzukommen versprochen, doch bis itzo ihr Wort nicht gehalten, und allem Ansehen nach mich beschneuzet hätten.

Also war derjenige Schatz, den ich unverhofft gefunden, auch unverhofft wieder verschwunden, indem ich außer den angeschafften Sachen, die in meinem Quartiere lagen, nicht einen blutigen Heller mehr im Beutel hatte. Ich blieb zwar noch einige Stunden bei dem Weinschenken sitzen, und hoffte auf der Herrn Saufbrüder fröhliche Wiederkunft, allein, mein Warten war vergebens, und da der Wirt gehöret, daß ich kein Geld mehr zu versaufen hatte, gab er mir noch darzu scheele Gesichter, weswegen ich mich eben zum Hinweggehen bereiten wollte, als ein ansehnlicher Kavalier in die Stube trat, und ein Glas Wein forderte. Er sagte mit einer freundlichen Miene, doch schlecht teutschen Worten zu mir: ›Mein Freund, gehet meinetwegen nicht hinweg, denn ich sitze nicht gern allein, sondern spreche lieber mit Leuten.‹ ›Mein Herr!‹ gab ich zur Antwort, ›ich werde an diesem mir unglückseligen Orte nicht länger bleiben können, denn man hat mich gestern abend allhier verführet, einen Rausch zu trinken, nachdem ich nun darüber eingeschlafen, ist mir alles mein Geld, so ich bei mir gehabt, gestohlen worden.‹ ›Bleibet hier‹, widerredete er, ›ich will vor Euch bezahlen, doch erweiset mir den Gefallen, und erzählet umständlicher, was Euch begegnet ist.‹ Weiln ich nun einen starken Durst verspürete, ließ ich mich nicht zweimal nötigen, sondern blieb da, und erzählete dem Kavalier meine ganze Lebensgeschicht von Jugend an, bis auf selbige Stunde. Er bezeigte sich ungemein vergnügt dabei, und belachte nichts mehr als des Präzeptors Liebesavanture, nebst dem wohlgetroffenen Hosentausche. Wein und Konfekt ließ er genung bringen, da er aber merkte, daß ich nicht viel trinken wollte, weiln in dem gestrigen Rausche eine Haare gefunden, welche mir alle die andern auf dem Kopfe verwirret, ja mein ganzes Gemüte in tiefe Trauer gesetzt hatte, sprach er: ›Mein Freund! habt Ihr Lust in meine Dienste zu treten, so will ich Euch jährlich dreißig Dukaten Geld, gute Kleidung, auch Essen und Trinken zur Genüge geben, nebst der Versicherung, daß, wo Ihr Holländisch und Englisch reden und schreiben lernet, Eure Dienste in weiter nichts als Schreiben bestehen sollen.‹

Ich hatte allbereit soviel Höflichkeit und Verstand gefasset, daß ich ihm augenblicklich die Hand küssete, und mich mit Vergnügen zu seinem Knechte anbot, wenn er nur die Gnade haben, und mich ehrlich besorgen wollte, damit ich nicht dürfte betteln gehen. Hierauf nahm er mich sogleich mit in sein Quartier, ließ meine Sachen aus dem Gasthofe holen, und behielt mich in seinen Diensten, ohne daß ich das geringste tun durfte, als mit ihm herumzuspazieren, weiln er außer mir noch vier Bedienten hatte.

Ich konnte nicht erfahren, wer mein Herr sein möchte, bis wir von Bremen ab und in Antwerpen angelanget waren, da ich denn spürete, daß er eines reichen Edelmanns jüngster Sohn sei, der sich bereits etliche Jahr in Engelland aufgehalten hätte. Meine Verrichtungen bei ihm, bestunden anfänglich fast in nichts, als im guten Essen und Trinken, da ich aber binnen sechs Monaten recht gut engell- und holländisch reden und schreiben gelernet, mußte ich diejenigen Briefe abfassen und schreiben, welche mein Herr in seines Herrn Vaters Affären öfters selbst schreiben sollte. Er warf wegen meiner Fähigkeit und besondern Dienstgeflissenheit eine ungemeine Liebe auf mich, erwählete auch, da er gleich im Anfange des Jahrs 1646 abermals nach Engelland reisen mußte, sonsten niemanden als mich zu seinem Reisegefährten. Was aber das nachdenklichste war, so mußte ich, ehe wir auf dem engelländischen Erdreich anlangeten, in Weibeskleider kriechen, und mich stellen, als ob ich meines Herrn Ehefrau wäre. Wir gingen nach London, und logierten daselbst in einem Gasthofe, der das Kastell von Antwerpen genannt war, ich durfte wenig aus dem Hause kommen, hergegen brachte mein Herr fast täglich fremde Mannespersonen mit sich in sein Logis, worbei ich meine Person dermaßen wohl zu spielen wußte, daß jedermann nicht anders vermeinte, als, ich sei meines Herrn junges Eheweib. Zu seiner und meiner Aufwartung aber, hatte er zwei englische Mägdgen und vier Lakaien angenommen, welche uns beide nach Herzenslust bedieneten.

Nachdem ich nun binnen etlichen Wochen aus dem Grunde gelernet hatte, die Person eines Frauenzimmers zu spielen, sagte mein Herr eines Tages zu mir: ›Liebster Julius, ich werde Euch morgenden nachmittag, unter dem Titul meines Eheweibes, in eine gewisse Gesellschaft führen, ich bitte Euch sehr, studieret mit allem Fleiß darauf, wie Ihr mir alle behörige Liebkosungen machen wollet, denn mein ganzes Glück beruhet auf der Komödie, die ich itzo zu spielen genötiget bin, nehmet einmal die Gestalt Eurer Amtmannsfrau an und karessieret mich also, wie jene ihren Mann vor den Leuten, den Präzeptor aber mit verstohlenen Blicken karessieret hat. Seid nochmals versichert, daß an dieser lächerlich scheinenden Sache mein ganzes Glücke und Vergnügen haftet, welches alles ich Euch redlich mit genießen lassen will, sobald nur unsere Sachen zustande gebracht sind. Ich wollte Euch zwar von Herzen gern das ganze Geheimnis offenbaren, allein verzeihet mir, daß es bis auf eine andere Zeit verspare, weil mein Kopf itzo gar zu unruhig ist. Machet aber Eure Dinge zu unserer beider Vergnügen morgendes Tages nur gut.‹

Ich brachte die ganze hierauffolgende Nacht mit lauter Gedanken zu, um zu erraten, was doch immermehr mein Herr mit dergleichen Possen ausrichten wollte; doch weil ich den Endzweck zu ersinnen, unvermögend war, ihm aber versprochen hatte, allen möglichsten Fleiß anzuwenden, nach seinem Gefallen zu leben, machte sich mein Gemüte endlich den geringsten Kummer aus der Sache, und ich schlief ganz geruhig ein.

Folgendes Tages, nachdem ich fast den ganzen Vormittag unter den Händen zweier alter Weiber, die mich recht auf engelländische Art ankleideten, zugebracht hatte, wurden mein Herr und ich auf einen neumodischen Wagen abgeholet, und drei Meilen von der Stadt in ein propres Gartenhaus gefahren. Daselbst war eine vortreffliche Gesellschaft vorhanden, welche nichts beklagte, als daß des Wohltäters Töchter, Jungfer Concordia Plürs, von dem schmerzlichen Kopfweh bei uns zu sein verhindert würde. Hergegen war ihr Vater, als unser Wirt, nebst seiner Frauen, drei übrigen Töchtern und zwei Söhnen zugegen, und machten sich das größte Vergnügen, die ankommenden Gäste zu bewirten. Ich will diejenigen Lustbarkeiten, welche uns diesen und den folgenden Tag gemacht wurden, nicht weitläuftig erwähnen, sondern nur soviel sagen, daß wir mit allerlei Speisen und Getränke, Tanzen, Springen, Spazierengehen und Fahren, auch noch andern Zeitvertreibungen, allerlei Abwechselung machten. Ich merkte, daß die drei anwesenden schönen Töchter unseres Wohltäters von vielen Liebhabern umgeben waren, mein Herr aber bekümmerte sich um keine, sondern hatte mich als seine Scheinfrau mehrenteils an der Seite, liebkoseten einander auch dermaßen, daß ein jeder glauben mußte, wir hielten einander als rechte Eheleute von Herzen wert. Einsmals aber, da mich mein Herr im Tanze vor allen Zuschauern recht herzlich geküsset, und nach vollführten Tanze an ein Fenster geführet hatte, kam ein junger artiger Kaufmann herzu, und sagte zu meinem Liebsten: ›Mein Herr van Leuven, ich verspüre nunmehro, daß Ihr mir die Concordia Plürs mit gutem Recht gönnen könnet, weil Ihr an dieser Eurer Gemahlin einen solchen Schatz gefunden, den Euch vielleicht viele andere Mannespersonen mißgönnen werden.‹ ›Mein liebster Freund‹, antwortete mein Herr, ›ich kann nicht leugnen, daß ich Eure Liebste, die Concordiam, von Grund der Seelen geliebet habe, und sie nur noch vor weniger Zeit ungemein gern zur Gemahlin gehabt hätte, weiln aber unsere beiden Väter, und vielleicht der Himmel selbst nicht in unsere Vermählung einwilligen wollten; so habe nur vor etliche Monaten meinen Sinn geändert, und mich mit dieser Dame verheiratet, bei welcher ich alle diejenigen Tugenden gefunden habe, welche Ihr als Bräutigam vielleicht in wenig Tagen bei der Concordia finden werdet. Ich vor meine Person wünsche zu Eurer Vermählung tausendfaches Vergnügen, und zwar so, wie ich dasselbe mit dieser meiner Liebsten beständig genieße, beklagte aber nichts mehr, als daß mich meine Angelegenheiten so eilig wiederum nach Hause treiben, mithin verhindern, Eurer Hochzeit, als ein fröhlicher Gast, beizuwohnen.‹

Der junge Kaufmann stutzte, und wollte nicht glauben, daß der Herr van Leuven so bald nach Antwerpen zurückkehren müsse, da er aber den Ernst vermerkte, und seinen vermeinten Schwiegervater Plürs, unsern Wohltäter, herzurufte, ging es an ein gewaltiges Nötigen, jedoch der Herr van Leuven blieb nach vielen dargetanen Entschuldigungen bei seinem Vorsatze, morgenden Mittag abzureisen, und nahm schon im voraus von der ganzen Gesellschaft Abschied.

Es war die ganze Landlust auf acht Tage lang angestellet, da aber wir nur den dritten Tag abgewartet hatten, und fort wollten, erboten sich die meisten uns das Geleite zu geben, allein der Herr van Leuven nebst denen hoffnungsvollen Schwiegersöhnen des Herrn Plürs brachten es durch vieles Bitten dahin, daß wir des folgenden Tages beizeiten abreisen durften, ohne von jemand begleitet zu werden, dahero die ganze Gesellschaft ungestört beisammenblieb.

Sobald wir wiederum in London in unsern Quartier angelanget waren, ließ mein Herr einen schnellen Postwagen holen, unsere Sachen in aller Eil aufpacken, und Tag und Nacht auf Douvres zu jagen, allwo wir des andern Abends eintrafen, unsere Sachen auf ein paratliegendes Schiff schafften, und mit guten Winde nach Calais abfuhren.

Vor selbigen Hafen wartete allbereit ein ander Schiff, weswegen wir uns nebst allen unsern Sachen dahinein begaben, das vorige Schiff zurückgehen ließen, und den Weg nach Ostindien erwähleten. Es war allbereit Nacht, da ich in das neue Schiff einstieg, allwo mich der Herr van Leuven bei der Hand fassete, und in eine Kammer führete, worinnen eine ungemein schöne Weibsperson bei einer jungen vierundzwanzigjährigen Mannsperson saß. ›Mein liebster Albert Julius!‹ sagte der Herr van Leuven zu mir, ›nunmehro ist der Hauptaktus von unserer gespielten Komödie zum Ende, sehet, dieses ist Concordia Plürs, das schönste Frauenzimmer, welches Ihr gestern vielmals habt erwähnen hören. Kurz, es ist mein liebster Schatz, dieser bei ihr sitzende Herr ist ihr Bruder, wir reisen nach Ceylon, und hoffen daselbst unser vollkommenes Vergnügen zu finden. Ihr aber, mein lieber Julius, werdet Euch gefallen lassen, an allen unsern Glücks- und Unglücksfällen gleichen Teil zu nehmen, denn wir wollen Euch nicht verlassen, sondern, so Gott will, in Ostindien reich und glücklich machen.‹

Ich küssete dem Herrn van Leuven die Hand, grüßete die nunmehro bekannten Frembden, wünschte Glück zu ihren Vorhaben, und versprach als ein treuer Diener von ihnen zu leben und zu sterben.

Wenige Tage hierauf ließ sich der Herr van Leuven mit mir in größere Vertraulichkeit ein, da ich denn aus seinen Erzählungen umständlich erfuhr, daß seine Sachen folgende Beschaffenheit hatten: der alte Herr van Leuven war unter den Kriegsvölkern der vereinigten Niederländer, seit vielen Jahren, als ein hoher Offizier in Diensten gewesen, und hatte in einer blutigen Aktion

den rechten Arm eingebüßet, weswegen er das Soldaten-
handwerk niedergelegt, und in Antwerpen ein geruhiges Leben zu führen getrachtet; weil er ein Mann, der
große Mittel besaß. Seine drei ältesten Söhne suchten
dem ohngeacht ihr Glück unter den Kriegsfahnen und
auf den Kriegsschiffen der vereinigten Niederländer,
der jüngste aber, als mein gütiger Herr, Karl Franz van
Leuven, blieb bei dem Vater, sollte ein Staatsmann werden, und wurde deswegen in seinen besten Jahren hinüber nach Engelland geschickt, allwo er nicht allein in
allen adelichen Wissenschaften vortrefflich zunahm,
sondern auch seines Vaters engelländisches Negotium
mit ungemeiner Klugheit führete. Hierbei aber verliebt
er sich ganz außerordentlich in die Tochter eines englischen Kaufmanns, Plürs genannt, erweckt durch sein
angenehmes Wesen bei derselben eine gleichmäßige
Liebe. Kurz zu sagen, sie werden vollkommen unter sich
eins, schweren einander ewige Treue zu, und Mons. van
Leuven zweifelt gar nicht im geringsten, sowohl seinen
als der Concordiae Vater dahin zu bereden, daß beide
ihren Willen zur baldigen Eheverbindung geben möchten. Allein, so leicht sie sich anfangs die Sachen auf
beiden Seiten einbilden, so schwer und sauer wird ihnen
nachhero der Fortgang gemacht, denn der alte Herr van
Leuven hatte schon ein reiches adeliches Fräulein vor
seinen jüngsten Sohn ausersehen, wollte denselben auch
durchaus nicht aus dem Ritterstande heiraten lassen,
und der Kaufmann Plürs entschuldigte seine abschlägi-
ge Antwort damit, weil er seine jüngste Tochter, Concordiam, allbereit in der Wiege an eines reichen Wechslers
Sohn versprochen hätte. Da aber dennoch Mons. van
Leuven von der herzlich geliebten Concordia nicht ablassen will, wird er von seinem Herrn Vater zurück nach
Antwerpen berufen. Er gehorsamet zwar, nimmt aber

vorhero richtigen Verlaß mit der Concordia, wie sie ihre Sachen in Zukunft anstellen, und einander öftere schriftliche Nachricht von beiderseits Zustande geben wollen.

Sobald er seinem Herrn Vater die Hand geküsset, wird ihm von selbigem ein starker Verweis, wegen seiner niederträchtigen Liebe, gegeben, mit der Versicherung, daß er ihn nimmermehr vor seinen Sohn erkennen wolle, wenn sich sein Herze nicht der gemeinen Kaufmannstochter entschlüge, im Gegenteil das vorgeschlagene adeliche Fräulein erwählete. Mons. van Leuven will seinen Vater mit allzu starker Hartnäckigkeit nicht betrüben, bequemet sich also zum Scheine, in allen Stücken nach dessen Willen, im Herzen aber tut er einen Schwur, von der Concordia nimmermehr abzulassen.

Inzwischen wird der alte Vater treuherzig gemacht, setzet in des Sohnes verstellten Gehorsam ein völliges Vertrauen, kommittiert ihn in wichtigen Verrichtungen einige Reisen an verschiedene Örter in Teutschland, wobei es denn eben zutraf, daß er mich in Bremen zu sich, von dar aber mit zurück nach Antwerpen nahm. Einige Zeit nach seiner Zurückkunft mußte sich der gute Monsieur van Leuven mit dem widerwärtigen Fräulein, welche zwar sehr reich, aber von Gesichte und Leibesgestalt sehr häßlich war, versprechen, die Vollziehung aber dieses ehelichen Verbindnisses konnte nicht sogleich geschehen, weil sich der Vater gemüßiget sahe, den jungen Herrn van Leuven vorhero nochmals in wichtigen Verrichtungen nach Engelland zu schicken. Er hatte ihm die ernstlichsten Vermahnungen gegeben, sich von der Concordia nicht etwa wieder aufs neue fangen zu lassen, auch den Umgang mit ihren Anverwandten möglichstens zu vermeiden, allein Mons. van Leuven konnte der heftigen Liebe ohnmöglich widerstehen, sondern war

Vorhabens, seine Concordiam heimlich zu entführen. Jedoch in Engelland desfalls niemanden Verdacht zu erwecken, mußte ich mich als ein Frauenzimmer ankleiden, und unschuldigerweise seine Gemahlin heißen.

Sobald wir in London angelanget waren, begab er sich zu seinen getreuen Freunden, in deren Behausung er die Concordiam öfters, doch sehr heimlich, sprechen konnte. Mit ihrem mittelsten Bruder hatte Mons. Leuven eine dermaßen feste Freundschaft gemacht, daß es schiene, als wären sie beide ein Herz und eine Seele, und eben dieser Bruder hatte geschworen, allen möglichsten Fleiß anzuwenden, daß kein anderer Mann, als Karl Franz van Leuven, seine Schwester Concordiam ins Ehebett haben sollte. Wie er denn aus eigenem Triebe sich bemühet, einen Priester zu gewinnen, welcher ohne den geringsten Skrupel die beiden Verliebten, eines gewissen Abends, nämlich am 9. Mart. ao. 1646 ordentlich und ehelich zusammengibt, und zwar in ihrer Basen Hause, in Beisein etlicher Zeugen, wie dieses Priesters eigenhändiges Attestat und beider Verliebten Ehekontrakt, den ich, von sechs Zeugen unterschrieben, annoch in meiner Verwahrung habe, klar beweiset. Sie halten hierauf in eben dieser ihrer Basen Hause ordentlich Beilager, machen sich in allen Stücken zu einer baldigen Flucht bereit, und warten auf nichts, als eine hierzu bequeme Gelegenheit. Der alte Plürs wußte von dieser geheimen Vermählung so wenig als meines Herrn eigener Vater und ich, da ich mich doch, sein vertrautester Bedienter zu sein, rühmen konnte.

Immittelst hatte sich zwar Monsieur van Leuven ganz nicht heimlich in London aufgehalten, sondern sowohl auf der Bourse als andern öffentlichen Orten fast täglich sehen lassen, jedoch alle Gelegenheit vermieden, mit dem Kaufmanne Plürs ins Gespräche zu kommen.

Demnach beginnet es diesem eigensinnigem Kopfe nahezugehen, daß ihm ein so guter Bekannter, von dessen Vater er so manchen Vorteil gezogen, gänzlich aus dem Garne gehen sollte. Gehet ihm derowegen einsmals ganz hurtig zu Leibe, und redet ihn also an: ›Mein Herr van Leuven! Ich bin unglücklich, daß auf so unvermutete Art an Euch einen meiner besten Herrn und Freunde verlieren müssen, aber bedenket doch selbst: meine Tochter hatte ich allbereit versprochen, da Ihr um sie anhieltet, da ich nun allezeit lieber sterben, als mein Wort brechen will, so saget mir doch nur, wie ich Euch, meiner Tochter und mir hätte helfen sollen? Zumalen, da Euer Herr Vater selbsten nicht in solche Heirat willigen wollen. Lasset doch das Vergangene vergessen sein, und verbleibet mein wahrer Freund, der Himmel wird Euch schon mit einer weit schönern und reichern Gemahlin zu versorgen wissen.‹ Mons. Leuven hatte hierauf zur Antwort gegeben: ›Mein wertester Herr Plürs, gedenket an nichts von allen vergangenen, ich bin ein getreuer Freund und Diener von Euch, vor Eurer Tochter, die schöne Concordia, habe ich zwar annoch die größte Achtbarkeit, allein nichts von der auf eine Ehe abzielenden heftigen Liebe mehr, weil ich von dem Glücke allbereits mit einer andern, nicht weniger annehmlichen Gemahlin versorgt bin, die ich auch itzo bei mir in London habe.‹

Plürs hatte vor Verwirrung fast nicht reden können, da er aber von Mons. Leuven einer guten Freundschaft, und daß er im puren Ernste redete, nochmalige Versicherung empfing, umarmete er denselben vor großen Freuden, und bat, seinem Hause die Ehre zu gönnen, nebst seiner Gemahlin bei ihm zu logieren, allein van Leuven dankte vor das gütige Erbieten, mit dem Bedeuten: daß er sich nicht lange in London aufhalten, mithin sein Logis nicht erstlich verändern könne, doch wollte er dem Herrn Plürs ehester Tages, sobald seine Sachen erstlich ein wenig expedieret, in Gesellschaft seiner Gemahlin, die itzo etwas unpaß wäre, eine Visite geben.

Hierbei bleibt es, Plürs aber, der sich bei des van Leuven guten Freunden weiter erkundiget, vernimmt die Bekräftigung dessen, was er von ihm selbst vernommen, mit größten Vergnügen, machet Anstalt uns aufs beste zu bewirten, da mittlerweile Mons. van Leuven, seine Liebste, und ihr Bruder Anton Plürs, auch die beste Anstalt zur schleunigen Flucht, und mit einem Ostindienfahrer das Gedinge machten, der sie auf die Insul Ceylon verschaffen sollte. Indem Mons. van Leuvens Vaters Bruder, ein Gouverneur oder Konsul auf selbiger Insul war, und er sich bei demselben alles kräftigen Schutzes getröstete.

Der 25. Mai war endlich derjenige gewünschte Tag, an welchem Mons. de Leuven nebst mir, seiner Scheingemahlin, auf des Herrn Plürs Vorwerk drei Meilen von London gelegen, abfuhren, und allda acht Tage zu Gaste bleiben sollten. Und eben selbigen Abend wollten auch Anton Plürs, und Concordia, über Douvres nach Calais passieren. Denn Concordia hatte, diese Landlust zu vermeiden, nicht allein heftige Kopfschmerzen vorgeschützt, sondern auch ihren Eltern ins Gesicht gesagt: Sie könne den van Leuven unmöglich vor Augen sehen, sondern bäte, man möchte sich nur, binnen der Zeit, um sie unbekümmert lassen, weil sie, solange die Lust währete, bei ihrer Base in der Stille verbleiben wollte, welches ihr denn endlich zugestanden wurde.

Wie wir hingegen auf dem Vorwerke unsere Zeit hingebracht, ingleichen wie wir allen Leuten unsere Verbündnis glaubend gemacht, auch daß ich mit meinem Herrn, welcher alle seine Dinge schon vorhero in Ordnung gebracht, ohne allen Verdacht abreisete, und beide glücklich bei dem vor Calais wartenden Ostindienfahrer anlangeten, dieses habe allbereit erwähnet; derowegen will nur noch mit wenigen melden, daß Mons. Anton Plürs, gleich abends am 25. Mai, seine Schwester Concordiam, mit guten Vorbewußt ihrer Base und anderer vier Befreundten, entführet und in Mannskleidern glücklich aus dem Lande gebracht hatte. Die guten Freunde stunden zwar in den Gedanken, als sollte Concordia nach Antwerpen geführet werden, allein es befand sich ganz anders, denn van Leuven, Anton und Concordia, hatten eine weit genauere Abrede miteinander genommen. Was man nach der Zeit in London und Antwerpen von uns gedacht und geredet hat, kann ich zwar wohl mutmaßen, aber nicht eigentlich erzählen. Jedoch da wir bei den Kanarischen Insuln, und den Insuln des grünen Vorgebürges glücklich vorbeipassieret waren, also keine so heftige Furcht mehr vor den spanischen Kriegesschiffen hegen durften, bekümmerten sich unsere erfreuten Herzen weiter um nichts, waren lustig und guter Dinge, und hofften in Ceylon den Hafen unseres völligen Vergnügens zu finden.

Allein, meine Lieben!« sagte hier Albertus Julius, »es ist nunmehro Zeit auf dieses Mal abzubrechen, derowegen wollen wir beten, zu Bette gehen, und so Gott will, morgen die Einwohner in Davidsraum besuchen. Nach diesem werde in der Erzählung meiner Lebensgeschicht, und der damit verknüpften Umbstände fortfahren.« Wir dankten unserm lieben Altvater vor seine Bemühung, folgten dessen Befehle, und waren, nach wohlgehaltener Ruhe, des folgenden Morgens mit Aufgang der Sonnen wiederum beisammen. Nachdem die Morgengebetsstunde und ein gutes Frühstück eingenommen war, reiseten wir auf gestrige Art den allerlustigsten Weg in einer Allee bis nach Davidsraum, dieses war eine von den mittelmäßigen Pflanzstädten, indem wir zwölf Wohnhäuser darinnen antrafen, welche alle ziemlich geraumlich gebauet, auch mit schönen Gärten, Scheuern und Ställen versehen waren. Alle Winkel zeugten, daß die Einwohner keine Müßiggänger sein müßten, wie wir denn selbige mehrenteils auf dem wohlbestellten Felde fanden. Doch muß ich allhier nicht vergessen, daß wir allda besondere Schuster in der Arbeit antrafen, welche vor die anderen Insulaner gemeine Schuhe von den Häuten der Meertiere, und dann auch Staatsschuhe von Hirsch und Rehleder machten, und dieselben gegen andere Sachen, die ihnen zu weit entlegen schienen, vertauschten. In dasigem Felde befand sich ein vortreffliches Kalk-, Ton- und Leimengebürge, worüber unser mitgebrachter Töpfer, Nikolaus Schreiner, eine besondere Freude bezeigte, und sogleich um Erlaubnis bat: morgendes Tages den Anfang zu seiner Werkstatt zu machen. Die Grenze selbiger Einwohner setzte der Fluß, der sich, gegen Westen zu, durch den Felsen hindurch ins Meer stürzte. Sonsten hatten sie ihre Waldung mit ihren Nachbarn zu Albertsraum fast in gleichen Teile, anbei aber mußten sie auch mit diesen ihren Grenznachbarn die Last tragen, die Küste und Bucht nach Norden hin, zu bewahren. Dieserwegen war unten am Felsen ein bequemliches Wachthaus erbauet, worinnen sie im Winter Feuer halten und schlafen konnten. Mons. Wolfgang, ich und noch einige andere, waren so curieux, den schmalen Stieg zum Felsen hinaufzuklettern, und fanden auf der Höhe vier metallene mittelmäßige Stücken gepflanzt, und dabei ein artiges Schilderhäusgen auf ein paar Personen in den Felsen gehauen, da man ebenfalls Feuer halten, und ganz wohl auch im Winter darinnen bleiben konnte. Nächst diesen eine ordentliche Zugbrük-

ke nach der verborgenen Treppe zu, von welcher man
herab nach der Sandbank und See steigen konnte, und
selbiger zur Seiten zwei vortreffliche Kloben und Winden, vermittelst welcher man in einem Tage mehr als
tausend Zentner Waren auf und niederlassen konnte.
Der angenehme Prospekt auf die Sandbank, in die offenbare See, und dann linker Hand in die schöne Bucht,
welcher aber einen sehr gefährlichen Eingang hatte, war
ganz ungemein, außer dem, daß man allhier auch die
ganze Insul, als unser kleines Paradies, völlig übersehen
konnte.

Nachdem wir über eine gute Stunde auf solcher
Höhe verweilet, und glücklich wieder herunterkommen
waren, ließ sich unser Altvater, nebst Herr M. Schmeltzern, bei einer kreißenden Frau antreffen, selbige kam
bald darauf mit einer jungen Tochter nieder, und verrichtete Herr Mag. Schmeltzer allhier sogleich seinen
ersten Taufaktum, worbei Mons. Wolfgang, ich und die
nächste Nachbarin Taufpaten abgaben, (selbiges junge
Töchterlein, welches das erste Kind war, so auf dieser
Insul durch Priesters Hand getauft worden, und die Namen Eberhardina Maria empfing, ist auf der untersten
Linie der IX. genealogischen Tabelle mit NB. *** bezeichnet). Wir wurden hierauf von dem Kindtaufenva-
ter mit Wein, weißem Brode, und wohlschmeckenden
Früchten traktieret, reiseten also gegen die Zeit des Un-
tergangs der Sonnen vergnügt zurück auf Albertsburg.

Herr Mag. Schmeltzer war sehr erfreuet, daß er selbiges Tages ein Stück heilige Arbeit gefunden hatte, der
Altvater vergnügte sich herzlich über diese besondere
Gnade Gottes. Mons. Wolfgang aber schickte vor mich
und sich, noch selbigen Abend unserer kleinen Pate zum
Geschenke zwölf Ellen feine Leinewand, vier Ellen Kat-
tun, ein vollgestopftes Küssen von Gänsefedern, nebst

verschiedenen kräftigen Herzstärkungen und andern dienlichen Sachen vor die Wöchnerin, wie denn auch vor die ganze Gemeine das deputierte Geschenk an zehn Bibeln und zwanzig Gesang- und Gebetbüchern ausgegeben wurde. Nachdem wir aber nunmehro unsere Tagesarbeit verrichtet, und die Abendmahlzeit eingenommen hatten, setzte unser Altvater die Erzählung seiner Lebensgeschicht also fort.

»Wir hielten eine dermaßen glückliche Fahrt, dergleichen sich wenig Seefahrer zur selben Zeit, getan zu haben, rühmten. Indem das Vorgebürge der guten Hoffnung sich allbereit von ferne erblicken ließ, ehe wir noch das allergeringste von Regen, Sturm, und Ungewitter erfahren hatten. Der Kapitän des Schiffs machte uns Hoffnung, daß wir aufs längste in drei oder vier Tagen daselbst anländen, und etliche Tage auf dem Lande ausruhen würden. Allein die Rechnung war ohne den Wirt gemacht, und das Verhängnis hatte ganz ein anderes über uns beschlossen, denn folgenden Mittag umzohe sich der Himmel überall mit schwarzen Wolken, die Luft wurde dick und finster, endlich schoß der Regen nicht etwa tropfen-, sondern stromweise auf uns herab, und hielt bis um Mitternacht ohne allen Unterlaß an. Da aber die sehr tief herabhangenden Wolken ihrer wichtigsten Last kaum in etwas entledigt und besänftigt zu sein schienen, erhub sich dargegen ein dermaßen gewaltiger Sturmwind, daß man auch vor dessen entsetzlichen Brausen, wie ich glaube, den Knall einer Kanone nicht würde gehört haben. Diese unsichtbare Gewalt mußte, meines Erachtens, unser Schiff zuweilen in einer Stunde sehr viel Meilen fortführen, zuweilen aber schiene selbes auf einer Stelle zu bleiben, und wurde als ein Kreusel in der See herumgedrehet, hernachmals von den erstaunenswürdigen Wellen bald bis an die Wolken hinan, augenblicklich aber auch herunter in den aufgerissenen Rachen der Tiefe geworfen. Ein frischer, und noch viel heftigerer Regen als der vorige, vereinigte sich noch, zu unserm desto größern Elende, mit dem Sturmwinden, und kurz zu sagen, es hatte das Ansehen, als ob alle Feinde und Verfolger der Seefahrenden unsern Untergang auf die erschrecklichste Art zu befördern beschlossen hätten.

Man sagt sonst: Je länger das Unglück und widerwärtige Schicksal anhalte, je besser man sich darein schicken lerne, jedoch daß dieses damals bei uns eingetroffen, kann ich mich nicht im geringsten erinnern. Im Gegenteil muß bekennen, daß unsere Herzhaftigkeit, nachdem wir zwei Nächte und dritthalben Tag in solcher Angst zugebracht, vollends gänzlich zerfloß, weil die mit Donner und Blitz abermals hereinbrechende Nacht, schlechten Trost und Hoffnung versprach. Concordia und ich waren vermutlich die Allerelendesten unter allen, indem wir währenden Sturms nicht allein keinen Augenblick geschlafen hatten, sondern auch dermaßen matt und taumelnd gemacht waren, daß wir den Kopf ganz und gar nicht mehr in die Höhe halten konnten, und fast das Eingeweide aus dem Leibe brechen mußten. Mons. de Leuven und Anton Plürs konnten von der höchst sauren, und letztlich doch vergeblichen Arbeit auf dem Schiffe, kaum soviel abbrechen, daß sie uns zuweilen auf eine Minute besuchten, wiewohl auch ohnedem nichts vermögend war, uns einige Linderung zu verschaffen, als etliche Stunden Ruhe. Wir höreten auf dem Schiffe, sooft der Sturm nur ein wenig innehielt, ein grausames Lärmen, kehreten uns aber an nichts mehr, weil sich unsere Sinnen schon bereitet hatten, das jämmerliche Ende unseres Lebens mit Geduld abzuwarten. Da aber die erbärmlichen Worte ausgerufen wurden: ›Gott sei uns gnädig, nun sind wir alle des Todes‹, verging sowohl mir als der Concordia der Verstand solchergestalt, daß wir als Ohnmächtige dalagen. Doch habe ich in meiner Schwachheit noch soviel verspüret, daß das Schiff vermutlich an einen harten Felsen zerscheiterte, indem es ein grausames Krachen und Prasseln verursachte, das Hinterteil aber, worinnen wir lagen, mochte sehr tief unter Wasser gekommen sein, weil selbiges unsere Kammer über die Hälfte anfüllete, jedoch alsobald wieder zurücklief, worauf alles in ganz verkehrten Zustande blieb, indem der Fußboden zu einer Seitenwand geworden, und wir beiden Kranken uns in den Winkel der Kammer geworfen, befanden. Weiter weiß ich nicht, wie mir geschehen ist, indem mich entweder eine Ohnmacht oder allzu starker Schlaf überfiel, aus welchem ich mich nicht eher als des andern Tages ermuntern konnte, da sich mein schwacher Körper auf einer Sandbank an der Sonne liegend befand.

Es kam mir als etwas recht Ungewöhnliches vor, da ich die Sonne am aufgeklärten Himmel erblickte, und von deren erwärmenden Strahlen die allerangenehmste Erquickung in meinen Gliedern empfing. Ich richtete mich auf, sahe mich um, und entsetzte mich gewaltig, da ich sonst keinen Menschen, als die Concordia, Mons. van Leuven, und den Schiffskapitän Lemelie, ohnfern von mir schlafend, hinterwärts einen grausamen Felsen, seitwärts das Hinterteil vom zerscheiterten Schiffe, sonsten aber nichts als Sandbänke, Wasser und Himmel sahe. Da aber die Seite, auf welcher ich gelegen, nebst den Kleidern, annoch sehr kalt und naß war, drehete ich selbige gegen die Sonne um, und verfiel aufs neue in einen tiefen Schlaf, aus welchem mich, gegen Untergang der Sonnen, Mons. van Leuven erweckte. Er gab mir einen mäßigen Topf mit Weine, und eine gute Handvoll Konfekt, welches ich noch halb schläferig annahm, und mit großer Begierde in den Magen schickte, maßen nunmehro fast in vier Tagen weder gegessen noch getrunken hatte. Hierauf empfing ich noch einen halben Topf Wein, nebst einem Stück Zwieback, mit der Erinnerung, daß ich mich damit bis morgen behelfen müßte, weiln ein mehreres meiner Gesundheit schädlich sein möchte.

Nachdem ich auch dieses verzehrt, und mich durchaus erwärmt, auch meine Kleider ganz trucken befand, kam ich auf einmal wieder zu Verstande, und bedünkte mich so stark als ein Löwe zu sein. Meine erste Frage war nach unsern übrigen Reisegefährten, weil ich, außer uns vier vorerwähnten, noch niemand mehr sahe. Mußte aber mit größten Leidwesen anhören, daß sie vermutlich ingesamt würden ertrunken sein, wenn sie Gott nicht auf so wunderbare Art als uns, errettet hätte. Denn vor menschlichen Augen war es vergeblich, an eines einzigen Rettung zu gedenken, weiln die Zerscheiterung des Schiffs noch vor Mitternacht geschehen, der Sturm sich erstlich zwei Stunden vor Aufgang der Sonnen gelegt hatte, das Hinterteil des Schiffs aber, worauf wir vier Personen allein geblieben, mit aller Gewalt auf diese Sandbank getrieben war. Ich beklagte sonderlich den ehrlichen Mons. Anton Plürs, der sich bei uns nicht sicher zu sein geschätzt, sondern nebst allzuvielen andern Menschen, einen leichten Nachen erwählt, doch mit allen diesen sein Begräbnis in der Tiefe gefunden. Sonsten berichtete Mons. van Leuven, daß er sowohl mich, als die Concordiam, mit größter Müh auf die Sandbank getragen, weil ihm der eigensinnige und verzweiflungsvolle Kapitän nicht die geringste Handreichung tun wollen.

Dieser wunderliche Kapitän Lemelie saß dorten von ferne, mit unterstützten Haupte, und anstatt, daß er dem

Allmächtigen vor die Fristung seines Lebens danken sollte, fuhren lauter schändliche gottlose Flüche wider das ihm so feindselige Verhängnis aus seinem ruchlosen Munde, wollte sich auch mit nichts trösten lassen, weiln er nunmehro, sowohl seine Ehre, als ganzes Vermögen verloren zu haben, vorgab. Mons. van Leuven und ich verließen den närrischen Kopf, wünschten daß er sich eines Bessern besinnen möchte, und gingen zur Concordia, welche ihr Ehemann in viele von der Sonne erwärmte Tücher und Kleider eingehüllt hatte. Allein wir fanden sie dem ohngeacht, in sehr schlechten Zustande, weil sie sich bis diese Stunde noch nicht erwärmen, auch weder Speise noch Getränke bei sich behalten konnte, sondern vom starken Froste beständig mit den Zähnen klapperte. Ich zog meine Kleider aus, badete durch das Wasser bis an das zerbrochene Schiff, und langete von selbigem etliche Stücken Holz ab, welche ich mit einem darauf gefundenen breiten Degen zersplitterte, und auf dem Kopfe hinüber trug, um auf unserer Sandbank ein Feuer anzumachen, wobei sich Concordia erwärmen könnte. Allein zum Unglück hatte weder der Kapitän Lemelie, noch Mons. Leuvens ein Feuerzeug bei sich. Ich fragte den Kapitän, auf was vor Art wir etwa Feuer bekommen könnten? allein er gab zur Antwort: ›Was Feuer? Ihr habt Ehre genug, wenn Ihr alle drei mit mir krepieret.‹ ›Mein Herr‹, gab ich zur Antwort, ›ich bin vor meine Person so hochmütig nicht.‹ Besann mich aber bald, daß ich in unserer Kajüte ehemals eine Rolle Schwefel hängen sehen, badete derowegen nochmals hinüber in das Schiff, und fand nicht allein diese, sondern auch ein paar wohleingewickelte Pistolen, welche mir nebst dem Schwefel zum schönsten Feuerzeuge dieneten, anstatt des Strohes aber brauchte ich meinen schönen baumwollenen, in lauter Streifen zerrissenen Brustlatz, machte Feuer an, und blies so lange, bis das ziemlich klein gesplitterte Holz in volle Flamme geriet.

Mons. van Leuven war herzlich erfreuet über meinen glücklichen Einfall, und badete noch zweimal mit mir hinüber, um soviel Holz aus dem Schiffsstücke zu brechen, wobei wir uns die ganze Nacht hindurch gemächlich wärmen könnten. Die Witterung war zwar die ganze Nacht hindurch, dermaßen angenehm, als es in Sachsen die besten Sommernächte hindurch zu sein pfleget, allein es war uns nur um unsere frostige Patientin zu tun, welche wir der Länge lang gegen das Feuer legten, und aufs allerbeste besorgten. Der tolle Kapitän kam endlich auch zu uns, eine Pfeife Tobak anzustecken, da ich ihn aber mit seinen Tobakrauchen schraubte, indem er ja zu krepieren willens wäre, ging er stillschweigend mit einer scheelen Miene zurück an seinen vorigen Ort.

Concordia war indessen in einen tiefen Schlaf gefallen und forderte, nachdem sie gegen Morgen erwacht war, einen Trunk frisch Wasser, allein weil ihr solches zu verschaffen unmöglich, beredete Mons. van Leuven dieselbe, ein wenig Wein zu trinken, sie nahm denselben, weil er sehr frisch war, begierig zu sich, befand sich aber in kurzen sehr übel drauf, maßen sie wie eine Kohle glühete, und ihr, ihrem Sagen nach, der Wein das Herze abbrennen wollte. Ihr Eheherr machte ihr die größten Liebkosungen, allein sie schien sich wenig darum zu bekümmern, und fing unverhofft also zu reden an: ›Karl Franz gehet mir aus den Augen, damit ich ruhig sterben kann, die übermäßige Liebe zu Euch hat mich angetrieben das vierte Gebot zu übertreten, und meine Eltern bis in den Tod zu betrüben, es ist eine gerechte Strafe des Himmels, daß ich, auf dieser elenden Stelle, mit meinem Leben davor büßen muß. Gott sei meiner und Eurer Seele gnädig.‹

Kein Donnerschlag hätte Mons. van Leuven erschrecklicher in den Ohren schmettern können, als diese zentnerschweren Worte. Er konnte nichts darauf antworten, stund aber in vollkommener Verzweifelung auf, lief nach dem Meere zu, und hätte sich ganz gewiß ersäuft, wenn ich ihm nicht nachgelaufen, und durch die kräftigsten Reden die mir Gottes Geist eingab, damals sein Leib und Seele gerettet hätte.

Sobald er wieder zurück auf die trockene Sandbank gebracht war, legte ich ihm nur diese Frage vor: Ob er denn sein Leben, welches ihm Gott unter so vielen wunderbarerweise erhalten, nunmehro aus Übereilung dem Teufel, samt seiner Seele hingeben wollte? Hierzu setzte ich noch, daß Concordia wegen übermäßiger Hitze nicht alle Worte so geschickt, wie sonsten, vorbringen könnte, auch vielleicht in wenig Stunden ganz anders reden würde usw. Worauf er sich denn auch eines andern besonn, und mir hoch und teuer zuschwur, sich mit christl. Gedult in alles zu geben, was der Himmel über ihn verhängen wolle. Er bat mich anbei, alleine zur Concordia zu gehen, und dieselbe mit Gelegenheit auf andere Gedanken zu bringen. Ich bat ihn noch einmal, seine Seele, Himmel und Hölle zu bedenken, und begab mich zur Concordia, welche mich bat: Ich möchte doch aus jenem Mantel etwas Regenwasser ausdrücken, und ihr solches zu trinken geben. Ich versicherte ihr solches zu tun, und begehrete nur etwas Gedult von ihr, weil diese Arbeit nicht so hurtig zugehen möchte. Sie versprach, wiewohl in würklicher Phantasie, eine halbe Stunde zu warten. Aber mein Gott! da war weder Mantel noch nichts woraus ein einziger Tropfen Wassers zu drücken gewesen wäre. Derowegen lief ich ohnausgezogen durch die See nach dem Schiffe zu, und fand, zu meinen selbst eigenen größten Freuden, ein zugepichtes Faß mit süßen

147

Wasser, worvon ich ein erträgliches Lägel füllete, aus unserer Kajüte etwas Tee, Zucker und Zimmet zu mir nahm, und so hurtig als möglich wieder zurückeilete. Ohngeacht ich aber kaum eine halbe Stunde ausgeblieben war, sagte doch Concordia, indem ich ihr einen Becher mit frischem Wasser reichte: ›Ihr hättet binnen fünf Stunden keine Tonne Wasser ausdrücken dürfen, wenn Ihr mich nur mit einem Löffel voll hättet erquicken wollen; aber Ihr wollet mir nur das Herze mit Weine brechen, Gott vergebe es Euch.‹ Doch da sie den Becher mit frischem Wasser ausgetrunken hatte, sagte ihr lechzender Mund: ›Habet Dank mein lieber Albert Julius vor Eure Mühe, nun bin ich vollkommen erquickt, deckt mich zu und lasset mich schlafen.‹ Ich gehorsamete ihrem Begehren, machte hinter ihren Rücken ein gelindes Feuer an, welches nicht eher ausgehen durfte, bis die Sonne mit ihren kräftigen Strahlen hoch genung zu stehen kam.

Immittelst da sie wiederum in einen ordentlichen Schlaf verfallen war, rufte ich ihren Eheherrn, der sich wohl 300 Schritt darvon gesetzt hatte, herzu, tröstete denselben, und versicherte, daß mich seiner Liebsten Zustand gänzlich überredete, sie würde nachdem sie nochmals erwacht, sich ungemein besser befinden.

Damals war ich ein unschuldiger, aber doch in der Wahrheit recht glücklicher Prophete. Denn zwei Stunden nach dem Mittage wachte Concordia von sich selbst auf, forderte ein klein wenig Wein, und fragte zugleich, wo ihr Karl Franz wäre? Selbiger trat augenblicklich hervor, und küssete dieselbe kniend mit tränenden Augen. Sie trocknete seine Tränen mit ihrem Halstuche ab, und sprach mit frischer Stimme: ›Weinet nicht mein Schatz, denn ich befinde mich itzo weit besser, Gott wird weiterhelfen.‹

Ich hatte, binnen der Zeit in zweien Töpfen Tee gekocht, weiln aber keine Schalen vorhanden waren, reichte ich ihr selbigen Trank, anstatt des geforderten Weins, in dem Weinbecher hin. Ihr lechzendes Herze fand ein besonderes Labsal daran, Mons. van Leuven aber und ich, schmauseten aus dem einen irdenen Topfe auch mit, und wußten fast vor Freuden nicht was wir tun sollten, da wir die halbtot gewesene Concordia nunmehro wiederum außer Gefahr halten, und bei vollkommenen Verstande sehen konnten.

Lemelie hatte sich binnen der Zeit durch das Wasser auf das zerbrochene Schiff gemacht, wir hofften zwar er würde vor abends wiederum zurückkommen, sahen und höreten aber nichts von ihm, weswegen Mons. van Leuven willens war hinzubaden, nach demselben zu sehen, und etwas Holz mitzubringen, da aber ich versicherte, daß wir auf diese Nacht noch Holz zur Gnüge hätten, ließ er's lieber bleiben, und wartete seine Concordia mit den trefflichsten Liebkosungen ab, bis sie abermals einschlief, worauf wir uns beredeten, wechselsweise bei derselben zu wachen.

Selbige Nacht wurde schon weit vergnügter als die vorige hingebracht, mit aufgehender Sonne aber wurde ich gewahr, daß die See allerhand Packen und Küsten auf die nahegelegenen Sandbänke, und an das große Felsenufer, auch an unsere Sandbank ebenfalls, nebst verschiedenen Waren, einen mittelmäßigen Nachen gespielet hatte. Dieses kleine Fahrzeug hieß wohl recht ein vom Himmel zugeschicktes Glücksschiff, denn mit selbigen konnten wir doch, wie ich sogleich bedachte, an den nahegelegenen Felsen fahren, aus welchen wir einen ganzen Strom des schönsten klaren Wassers schießen sahen.

Sobald demnach Mons. van Leuven aufgewacht, zeigte ich ihme die Merkmale der wunderbaren Vorsehung Gottes, worüber er sowohl als ich, die allergrößte Freude bezeigte. Wir dankten Gott bei unsern Morgengebete auf den Knien davor, und sobald Concordia erwacht, auch nach befundenen guten Zustande, mit etwas Wein und Konfekt gestärkt war, machten wir uns an den Ort, wo das kleine Fahrzeug ganz auf den Sand geschoben lag. Mons. de Leuven erkannte an gewissen Zeichen, daß es eben dasselbe sei, mit welchem sein Schwager Anton Plürs untergangen sei, konnte sich nebst mir hierüber des Weinens nicht enthalten. Allein wir mußten uns über dessen gehabtes Unglück gezwungenerweise trösten, und die Hand an das Werk unserer eigenen Errettung ferner legen, weiln wir zur Zeit eines Sturms, auf dieser niedrigen Sandbank, bei weiten nicht soviel Sicherheit als am Felsen, hoffen durften.

Es kostete nicht wenig Mühe, den so tief im Sande steckenden Nachen heraus ins Wasser zu bringen, da es aber doch endlich angegangen war, banden wir selbiges an eine tief in den Sand gesteckte Stange, machten aus Brettern ein paar Ruder, fuhren, da alles wohl eingerichtet war, nach dem Stücke des zerscheiterten Schiffs, und fanden Lemelie, der sich dermaßen voll Wein gesoffen, daß er alles was er im Magen gehabt, wieder von sich speien müssen, im tiefsten Schlafe liegen.

Mons. van Leuven wollte ihn nicht aufwecken, sondern suchte nebst mir alles, was wir von Viktualien finden konnten, zusammen, packten so viel, als der Nachen tragen mochte, auf, und taten die erste Reise ganz hurtig und glücklich nach dem Ufer des Felsens zu, fanden auch, daß allhier weit bequemlicher und sicherer zu verbleiben wäre, als auf der seichten Sandbank. Sobald der Nachen ausgepackt war, fuhren wir eilig wieder zurück, um unsere kostbareste Ware, nämlich die Concordia dahin zu führen, wiewohl vor ratsam befunden wurde, zugleich noch eine Last von den notdürftigsten Sachen aus dem Schiffe mitzunehmen. Diese andere Fahrt ging nicht weniger glücklich vonstatten, derowegen wurde am Felsen eine bequeme Kluft ausgesucht, darinnen auch zur Zeit des Regens wohl sechs Personen oberwarts bedeckt, ganz geräumlich sitzen konnten. Allhier mußte Concordia bei einem kleinen Feuer sitzenbleiben, wir aber taten noch zwei Fahrten, und holeten immer soviel, als auf dem Nachen fortzubringen war, herüber. Bei der fünften Ladung aber, welche ganz gegen Abend getan wurde, ermunterte sich Lemelie erstlich, und machte große Augen, da er viele Sachen und sonderlich die Viktualien mangeln, uns aber annoch in völliger Arbeit, auszuräumen sahe. Er fragte was das bedeuten sollte? warum wir uns solcher Sachen bemächtigten, die doch nicht allein unser wären, und ob wir etwa als Seeräuber agieren wollten? Befahl auch diese Verwegenheit einzustellen, oder er wolle uns etwas anders weisen. ›Monsieur Lemelie‹, versatzte van Leuven hierauf, ›ich kann nicht anders glauben, als daß Ihr Euren Verstand verloren haben müsset, weil Ihr Euch weder unseres guten Rats noch würklicher Hülfe bedienen wollet. Allein ich bitte Euch sehr, höret auf zu brutalisieren, denn die Zeiten haben sich leider! verändert, Euer Kommando ist zum Ende, es gilt unter uns dreien einer soviel als der andere, die meisten Stimmen gelten, die Viktualien und andern Sachen sind gemeinschaftlich, will der dritte nicht was zwei haben wollen, so mag er elendiglich krepieren. Schweiget mir auch ja von Seeräubern stille, sonsten werde mich genötiget sehen zu zeigen, daß ich ein Kavalier bin, der das Herze hat Euch das Maul zu wischen.‹ Lemelie wollte über diese Reden rasend werden, und augenblicklich vom Leder ziehen, doch van Leuven ließ ihn hierzu nicht kommen, sondern riß den Großprahler als ein Kind zu Boden, und ließ ihm mit der vollen Faust, auf Nase und Maule ziemlich stark zur Ader. Nunmehro hatte es das Ansehen, als ob es dem Lemelie bloß hieran gefehlet hätte, weil er in wenig Minuten wieder zu seinem völligen Verstande kam, sich mit uns, dem Scheine nach, recht brüderlich vertrug, und seine Hände mit an die Arbeit legte; so daß wir noch vor nachts wohlbeladen bei Concordien in der neuen Felsenwohnung anlangeten. Wir bereiteten vor uns insgesamt eine gute Abendmahlzeit, und rechneten aus, daß wenigstens auf vierzehn Tage Proviant vor vier Personen vorhanden sei, binnen welcher Zeit uns die Hoffnung trösten mußte, daß der Himmel doch ein Schiff in diese Gegend, uns in ein gut Land zu führen, senden würde.

Concordia hatte sich diesen ganzen Tag, wie auch die darauffolgende Nacht sehr wohl befunden, folgenden Tag aber, wurde sie abermals vom starken Frost, und darauffolgender Hitze überfallen, worbei sie stark phantasierte, doch gegen Abend ward es wieder gut, also schlossen wir daraus, daß ihre ganze Krankheit in einem gewöhnlichen kalten Fieber bestünde, welche Mutmaßungen auch in soweit zutrafen, da sie selbiges Fieber wohl noch drei Mal, allezeit über den dritten Tag hatte, und sich nachhero mit achtundvierzigstündigen Fasten selbsten kurierete. Immittelst schien Lemelie ein aufrichtiges Mitleiden mit dieser Patientin zu haben, suchte auch bei allen Gelegenheiten sich uns und ihr, aus der Maßen gefällig und dienstfertig zu erzeigen. An denen Tagen, da Concordia wohlauf war, fuhren wir drei Mannspersonen wechselsweise an die Sandbänke, und langeten die daselbst angeländeten Packen und Fässer von dar ab, und schafften selbige vor unsere Felsenherberge. Wir wollten auch das zerstückte Schiff, nach und nach vollends ausladen, jedoch ein nächtlicher mäßiger Sturm war so gütig, uns solcher Mühe zu überheben, maßen er selbiges ganze Stück nebst noch vielen andern Waren, ganz nahe zu unserer Wohnung auf die Sandbank geschoben hatte. Demnach brauchten wir voritzo unsern Nachen so nötig nicht mehr, führeten also denselben in eine Bucht, allwo er vor den Winden und Wellen sicher liegen konnte.

Vierzehn Tage und Nächte verstrichen also, doch wollte sich zur Zeit bei uns noch kein Rettungsschiff einfinden, ohngeacht wir alle Tage fleißig Schildwache hielten, über dieses ein großes weißes Tuch an einer hochaufgerichteten Stange angemacht hatten. Concordia war völlig wieder gesund, doch fand sich nun nicht mehr, als noch etwa auf drei oder vier Tage Proviant, weswegen wir alle Fässer, Packen und Küsten ausräumeten und durchsuchten, allein, ob sich schon ungemein kostbare Sachen darinnen fanden, so war doch sehr wenig dabei, welches die bevorstehende Hungersnot zu vertreiben vermögend war.

Wir armen Menschen sind so wunderlich geartet, daß wir zuweilen aus bloßen Mutwillen solche Sachen vornehmen, von welchen wir doch im voraus wissen, daß dieselben mit tausendfachen Gefährlichkeiten verknüpft sind. Im Gegenteil wenn unser Gemüte zu anderer Zeit nur eine einfache Gefahr vermerkt, die doch ebenso wohl noch nicht einmal gegenwärtig ist, stellen wir uns an, als ob wir schon lange Zeit darinnen gesteckt hätten. Ich will zwar nicht sagen, daß alle Menschen von dergleichen Schlage wären, bei uns vieren aber braucht es keines Zweifels, denn wir hatten, wiewohl nicht alles aus der Erfahrung, jedoch vom Hören und Lesen, daß man auf der Schiffahrt nach Ostindien, die Gefährlichkeiten von Donner, Blitz, Sturmwind, Regen, Hitze,

Frost, Sklaverei, Schiffbruch, Hunger, Durst, Krankheit und Tod zu befürchten habe; doch deren keine einzige konnte den Vorsatz nach Ostindien zu reisen unterbrechen, nunmehro aber, da wir doch schon ein vieles überstanden, noch nicht den geringsten Hunger gelitten, und nur diesen einzigen Feind, binnen etlichen Tagen, zu befürchten hatten, konnten wir uns allerseits im voraus schon dermaßen vor dem Hunger fürchten, daß auch nur das bloße Drandenken unsere Körper auszuhungern vermögend war.

Lemelie tat nichts als essen und trinken, Tobak rauchen, und dann und wann am Felsen herumspazieren, worbei er sich mehrenteils auf eine recht närrische Art mit Pfeifen und Singen hören ließ, vor seine künftige Lebenserhaltung aber, trug er nicht die geringste Sorge. Mons. van Leuven machte bei seiner Liebsten lauter tiefsinnige Kalender, und wenn es nur auf sein Spekulieren ankommen wäre, hätten wir, glaube ich, in einem Tag mehr Brod, Fleisch, Wein und andere Viktualien bekommen, als hundert Mann in einem Jahre kaum aufessen können, oder es sollte uns ohnfehlbar, entweder ein Luft- oder Seeschiff in einem Augenblicke nach Ceylon geführet haben. Ich merkte zwar wohl, daß die guten Leute mit dergleichen Lebensart der bevorstehenden Hungersnot kein Quee vorlegen würden, doch weil ich der jüngste unter ihnen, und auch selbst nicht den geringsten guten Rat zu ersinnen wußte; unterstund ich mich zwar, nicht die Lebensart älterer Leute zu tadeln, wollte aber doch auch nicht so verdüstert bei ihnen sitzen bleiben, kletterte derowegen an den Felsen herum so hoch ich kommen konnte, in beständiger Hoffnung etwas Neues und Guts anzutreffen. Und eben diese meine Hoffnung betrog mich nicht: Denn da ich eine ziemlich hohe Klippe, worauf ich mich ziemlich weit umsehen konnte, erklettert hatte, erblickte ich jenseit des Flusses der sich westwärts aus dem Felsen ins Meer ergoß, auf dem Sande viele Tiere, welche halb einem Hunde und halb einem Fische ähnlich sahen. Ich säumte mich nicht, die Klippe eiligst wieder herunterzuklettern, lief zu Mons. van Leuven, und sagte: ›Monsieur, wenn wir nicht ekel sein wollen, werden wir allhier auch nicht verhungern dürfen, denn ich habe eine große Menge Meertiere entdeckt, welche mit Lust zu schießen, sobald wir nur mit unsern Nachen über den Fluß gesetzt sind.‹ Mons. van Leuven sprang hurtig auf, nahm zwei wohlgeladene Flinten vor mich und sich, und eilete nebst mir zum Nachen, welchen wir losmachten, um die Klippe herumfuhren, und geradezu, quer durch den Fluß hindurch setzen wollten; allein, hier hätte das gemeine Sprichwort: Eilen tut kein gut, besser beobachtet werden sollen; denn als wir mitten in den Strom kamen, und außer zweien kleinen Rudern nichts hatten, womit wir uns helfen konnten, führete die Schnelligkeit desselben den Nachen mit unserer größten Lebensgefahr dermaßen weit in die offenbare See hinein, daß alle Hoffnung verschwand, den geliebten Felsen jemals wiederum zu erreichen.

Jedoch die Barmherzigkeit des Himmels hielt alle Kräfte des Windes und der Wellen gänzlich zurücke, dahero wir endlich nach eingebrochener Nacht jenseit des Flusses an demjenigen Orte anländeten, wo ich die Meertiere gesehen hatte. Wiewohl nun itzo nichts mehr daselbst zu sehen, so waren wir doch froh genung, daß wir unser Leben gerettet hatten, setzten uns bei hellen Mondscheine auf eine kleine Klippe, und beratschlagten, auf was vor Art wiederum zu den Unserigen zu gelangen wäre. Doch weil kein anderer Weg als durch den Fluß, oder durch den vorigen Umschweif zu erfinden, wurde die Wahl bis auf den morgenden Tag verschoben.

Immittelst, da unsere Augen beständig nach der See zu gerichtet waren, merkten wir etwa um Mitternachtszeit, daß etwas Lebendiges aus dem Wasser kam, und auf dem Sande herumwühlete, wie uns denn auch ein oft wiederholtes Blöken versicherte, daß es eine Art von Meertieren sein müsse. Wir begaben uns demnach von der Klippe herab, und gingen ihnen bis auf etwa dreißig Schritt entgegen, sahen aber, daß sie nicht verweigerten, Stand zu halten, weswegen wir, um sie desto gewisser zu fassen, ihnen noch näher auf den Leib gingen, zu gleicher Zeit Feuer gaben, und zwei darvon glücklich erlegten, worauf die übrigen groß und klein ganz langsam wieder in See gingen.

Frühmorgens besahen wir mit anbrechenden Tage unser Wildpret, und fanden selbiges ungemein niedlich, trugen beide Stück in den Nachen, getraueten aber doch nicht, ohne stärkere Bäume und bessere Ruder abzufahren, doch Mons. van Leuvens Liebe zu seiner Concordia überwand alle Schwürigkeiten, und da wir ohnedem alle Stunden, die allhier vorbeistrichen, vor verloren schätzten, befahlen wir uns der Barmherzigkeit des Allmächtigen, setzten beherzt in den Strom, trafen aber doch dieses Mal das Gelenke etwas besser, und kamen nach Verlauf dreier Stunden ohnbeschädiget vor der Felsenherberge an, weil der heutige Umschweif nicht so weit als der gestrige, genommen war.

Concordia hatte die gestrigen Stunden in der größten Bekümmernis zugebracht, nachdem sie wahrgenommen, daß uns die strenge Flut so weit in die See getrieben, doch war sie um Mitternachtszeit durch den Knall unserer zwei Flinten, der sehr vernehmlich gewesen, ziemlich wieder getröstet worden, und hatte die ganze

Nacht mit eifrigen Gebet, um unsere glückliche Zurückkunft, zugebracht, welches denn auch nebst dem unserigen von dem Himmel nach Wunsche erhöret worden.

Lemelie erkannte das mitgebrachte Wildpret sogleich vor ein paar Seekälber, und versicherte, daß deren Fleisch besonders wohlschmeckend wäre, wie wir denn solches, nachdem wir die besten Stücken ausgeschnitten, gebraten, gekocht und gekostet hatten, als eine Wahrheit bekräftigen mußten.

Dieser bishero sehr faul gewesene Mensch ließ sich nunmehro auch in die Gedanken kommen, vor Lebensmittel zu sorgen, indem er aus etlichen aus Brettern geschnitzten Stäbigen zwei Angelruten verfertigte, eine darvon der Concordia schenkte, und derselben zur Lust und Zeitvertreibe bei der Bucht das Fischen lernete. Mons. van Leuven und ich machten uns auch dergleichen, da ich aber sahe, daß Concordia allein geschickt war, nur in einem Tage soviel Fische zu fangen, als wir in etlichen Tagen nicht verzehren konnten, ließ ich diese vergebliche Arbeit bleiben, kletterte hergegen mit der Flinte an den Klippen herum, und schoß etliche Vögel mit ungewöhnlich großen Kröpfen herunter, welche zwar Fleisch genung an sich hatten, jedoch, da wir sie zugerichtet, sehr übel zu essen waren. Hergegen fand ich abends bei Mondschein auf dem Sande etliche Schildkröten, vor deren erstaunlicher Größe ich mich anfänglich scheuete, derowegen Mons. van Leuven und Lemelie herbeirief, welcher letztere sogleich ausrief: ›Abermals ein schönes Wildpret gefunden! Monsieur Albert, Ihr seid recht glücklich.‹

Wir hatten fast alle drei genung zu tun, ehe wir, auf des Lemelies Anweisung, dergleichen wunderbare Kreatur umwenden und auf den Rücken legen konnten. Mit anbrechenden Morgen wurde eine mittelmäßige geschlachtet, Lemelie richtete dieselbe seiner Erfahrung nach appetitlich zu, und wir fanden hieran eine außerordentlich angenehme Speise, an welcher sich sonderlich Concordia fast nicht sattessen konnte. Doch da dieselbe nachhero besondere Lust verspüren ließ, ein Federwildpret zu essen, welches besser als die Kropfvögel schmeckte, gaben wir uns alle drei die größte Müh, auf andere Arten von Vögeln zu lauern, und selbige zu schießen.

Im Klettern war mir leichtlich niemand überlegen, weil ich von Natur gar nicht zum Schwindel geneigt bin, als nun vermerkte, daß sich oben auf den höchsten Spitzen der Felsen, andere Gattunge Vögel hören und sehen ließen; war meine Verwegenheit so groß, daß ich durch allerhand Umwege immer höher von einer Spitze zur andern kletterte, und nicht eher nachließ, bis ich auf den allerhöchsten Gipfel gelangt war, allwo meine Sinnen auf einmal mit dem allergrößten Vergnügen von der Welt erfüllet wurden. Denn es fiel mir durch einen einzigen Blick das ganze Lustrevier dieser Felseninsul in die Augen, welches ringsherum von der Natur mit dergleichen starken Pfeilern und Mauren umgeben, und sozusagen, verborgen gehalten wird. Ich weiß gewiß, daß ich länger als eine Stunde in der größten Entzückung gestanden habe, denn es kam mir nicht anders vor, als wenn ich die schönsten blühenden Bäume, das herumspazierende Wild, und andere Annehmlichkeiten dieser Gegend, nur im bloßen Traume sähe. Doch endlich, wie ich mich vergewissert hatte, daß meine Augen und Gedanken nicht betrogen würden, suchte und fand ich einen ziemlich bequemen Weg, herab in dieses angenehme Tal zu steigen, ausgenommen, daß ich an einem einzigen Orte, von einem Felsen zum andern springen mußte, zwischen welchen beiden ein entsetzlicher Riß und grausam tiefer Abgrund war. Ich erstaunete, sobald ich mich mitten in diesem Paradiese befand, noch mehr, da ich das Wildpret, als Hirsche, Rehe, Affen, Ziegen und andere mir unbekannte Tiere, weit zahmer befand, als bei uns in Europa fast das andere Vieh zu sein pfleget. Ich sahe zwei- oder dreierlei Arten von Geflügel, welches unsern Rebhühnern gleichte, nebst andern etwas größern Federvieh, welches ich damals zwar nicht kannte, nachhero aber erfuhr, daß es Birkhühner wären, weiln aber der letztern wenig waren, schonte dieselben, und gab unter die Rebhühner Feuer, wovon fünf auf dem Platze liegenblieben. Nach getanem Schusse stutzten alle lebendigen Kreaturen gewaltig, gingen und flohen, jedoch ziemlich bedachtsam fort, und verbargen sich in die Wälder, weswegen es mich fast gereuen wollte, daß mich dieser angenehmen Gesellschaft beraubt hatte. Zwar fiel ich auf die Gedanken, es würden sich an deren Statt Menschen bei mir einfinden, allein, da ich binnen sechs Stunden die ganze Gegend ziemlich durchstreift, und sehr wenige und zweifelhafte Merkmale gefunden hatte, daß Menschen allhier anzutreffen, oder sonst dagewesen wären, verging mir diese Hoffnung, als woran mir, wenn ich die rechte Wahrheit bekennen soll, fast gar nicht viel gelegen war. Im Gegenteil hatte allerhand, teils blühende, teils schon Frucht tragende Bäume, Weinstöcke, Gartengewächse von vielerlei Sorten und andere zur Nahrung wohl dienliche Sachen angemerkt, ob mir schon die meisten ganz frembd und unbekannt vorkamen.

Mittlerweile war mir der Tag unter den Händen verschwunden, indem ich wegen allzu vieler Gedanken und Verwunderung, den Stand der Sonnen gar nicht in acht genommen, bis mich der alles bedeckende Schatten versicherte, daß selbige untergegangen sein müsse. Da aber nicht vor ratsam hielt, gegen die Nacht zu, die gefährlichen Wege hinunterzuklettern, entschloß ich mich, in diesem irdischen Paradiese die Nacht über zu verbleiben, und suchte mir zu dem Ende auf einen mit dicken Sträuchern bewachsenen Hügel eine bequeme Lagerstatt aus, langete aus meinen Taschen etliche kleine Stücklein Zwieback, pflückte von einem Baume etliche ziemlich reife Früchte, welche rötlich aussahen, und im Geschmacke denen Morellen gleichkamen, hielt damit meine Abendmahlzeit, trank von dem vorbeirauschenden klaren Bächlein einen süßen Trunk Wasser darzu, befahl mich hierauf Gott, und schlief in dessen Namen gar hurtig ein, weil mich durch das hohe Klettern und viele Herumschweifen selbigen Tag ungemein müde gemacht hatte.

Hierbei mag vor dieses Mal« (sagte der Altvater nunmehro, da es ziemlich späte war) »meine Erzählung ihren Aufhalt haben. Morgen, geliebt es Gott, wollen wir, wo es Euch gefällig, die Einwohner in Stephansraum besuchen, und abends wieder da anfangen, wo ich itzo aufgehöret habe.« Hiermit legten wir uns allerseits nach gehaltener Betstunde zur Ruhe, folgenden Morgen aber ging die Reise abgeredetermaßen auf Stephansraum zu.

Hieselbst waren fünfzehn Wohnhäuser nebst guten Scheuern und Ställen auferbauet, aber zur Zeit nur elf bewohnt. Durch die Pflanzstadt, welche mit den schönsten Gärten umgeben war, lief ein schöner klarer Bach, der aus der großen See, wie auch aus dem Erzgebürge seinen Ursprung hatte, und in welchem zu gewissen Zeiten eine große Menge Goldkörner gesammlet werden konnten, wie uns denn die Einwohner fast mit einem ganzen Hute voll dergleichen, deren die größten in der Form eines Weizenkorns waren, beschenkten, weil sie es als eine artige und gefällige Materie zwar einzusammlen pflegten, doch lange nicht soviel Werks draus machten, als wir Neuangekommenen. Mons. Plager, der einige Tage hernach die Probe auf allerhand Art damit machte, versicherte, daß es so fein, ja fast noch feiner wäre, als in Europa das ungarische Gold. Gegen Westen zu stiegen wir auf die Klippen, allwo uns der Altvater den Ort zeigete, wo vor diesen auf beiden Seiten des Flusses ein ordentlicher und bequemer Eingang zur Insul gewesen, doch hätte nunmehro vor langen Jahren ein unbändig großes Felsenstück denselben verschüttet, nachdem es zerborsten, und plötzlich herabgeschossen wäre, wie er uns denn in den Verfolg seiner Geschichtserzählung desfalls nähere Nachricht zu erteilen versprach. Immittelst war zu verwundern, und lustig anzusehen, wie, dem ohngeacht, der starke Arm des Flusses seinen Ausfall allhier behalten, indem das Wasser mit größter Gewalt, und an vielen Orten etliche Ellen hoch, zwischen dem Gesteine herausstürzte. Ohnfern vom Flusse betrachteten wir das vortreffliche und so höchst nutzbare Salzgebürge, in dessen gemachten Gruben das schönste Sal gemmae oder Steinsalz war, und etwa hundert Schritt von demselben zeigte man uns vier Lachen oder Pfützen, worinnen sich die schärfste Sole zum Salzsieden befand, welche diejenigen Einwohner, so schön Salz verlangten, in Gefäßen an die Sonne setzten, das Wasser abrauchen ließen, und hernach das schönste, reinste Salz aus dem Gefäße herausschabten, gewöhnlicherweise aber brauchten alle nur das feinste vom Steinsalze. Sonsten fand sich in dasigen Feldern ein Weingebürge von sehr guter Art, wie sie uns denn, nebst allerhand guten Speisen, eine starke Probe davon vortrugen, durch den Wald war eine breite Straße gehauen, allwo man von der Albertsburg her, auf das unten am Berge stehende Wachthaus, gegen Westen sehen konnte. Wie denn auch oben in die Felsenecke ein Schilderhaus gehauen war, weil aber der Weg hinauf gar zu unbequem, stiegen wir dieses Mal nicht hinauf, zumalen auch sonsten nichts gegen Westen zu sehen, als ein steiler bis in die offenbare See hinuntersteigender Felsen.

Nachdem wir nun solchermaßen zwei Drittel des Tages hingebracht, und bei guter Zeit zurückgekehret waren, besichtigten wir die Arbeit am Kirchenbau, und befanden daselbst die Zeichen solcher eiferiger Anstalten, dergleichen wir zwar von ihren Willen hoffen, von ihren Kräften aber nimmermehr glauben können. Denn es war nicht allein schon eine ziemliche Quantität Steine, Kalk und Leimen herbeigeschafft, sondern auch der Grund allbereits sehr weit ausgegraben. Unter unsern sonderbaren Freudensbezeugungen über solchen angenehmen Fortgang, rückte die Zeit zur Abendmahlzeit herbei, nach deren Genuß der Altvater in seinem Erzählen folgendermaßen fortfuhr:

»Ich hatte mich, wie ich gestern abend gesagt, auf dieser meiner Insul zur Ruhe gelegt, und zwar auf einem kleinen Hügel, der zwischen Alberts- und Davidsraum befindlich ist, itzo aber ein ganz ander Ansehen hat. Indem die Einwohner nicht allein die Sträucher darauf abgehauen, sondern auch den mehresten Teil davon abgearbeitet haben. Meine Ruhe war dermaßen vergnügt, daß ich mich nicht eher als des andern Morgens, etwa zwei Stunden nach Aufgang der Sonnen, ermuntern konnte. Ich schämete mich vor mir selbst, so lange geschlafen zu haben, stund aber hurtig auf, nahm meine fünf gestern geschossene Rebhühner, schoß unterwegs noch ein junges Reh, und eilete dem Wege zu, welcher mich zu meiner verlassenen Gesellschaft führen sollte.

Mein Rückweg fand sich durch unverdrossenes Suchen weit leichter und sicherer als der gestrige, den ich mit Leib- und Lebensgefahr hinaufgestiegen war, derowegen machte ich mir bei jeder Umkehrung ein gewisses Zeichen, um denselben desto eher wiederzufinden, weil die vielen Absätze der Felsen von Natur einen würklichen Irrgang vorstelleten. Mein junges Reh wurde ziemlich bestäubt, indem ich selbiges wegen seiner Schwere immer hinter mir drein schleppte, die Rebhühner aber hatte mit einem Bande an meinen Hals gehenkt, weil ich die Flinte statt eines Wanderstabs gebrauchte. Endlich kam ich ohn allen Schaden herunter, und traf meine zurückgelassene Gesellschaft, eben bei der Mittagsmahlzeit vor der Felsenherberge an. Monsieur van Leuven und Concordia sprangen, sobald sie mich nur von ferne erblickten, gleich auf, und kamen mir entgegengelaufen. Der erste umarmete und küssete mich, sagte auch: ›Monsieur Albert, der erste Bissen, den wir seit Eurer Abwesenheit gegessen haben, steckt noch in unsern Munde, weil ich und meine Liebste die Zeit Eurer Abwesenheit mit Fasten und größter Betrübnis zugebracht haben. Fraget sie selbst, ob sie nicht seit Mitternachtszeit viele Tränen Eurentwegen vergossen hat?‹ ›Madame‹, gab ich lachend zur Antwort, ›ich will Eure kostbaren Tränen, in Abschlag mit fünf delikaten Rebhühnern und einem jungen Reh bezahlen, aber Monsieur van Leuven, wisset Ihr auch, daß ich das schöne Paradies entdeckt habe, woraus vermutlich Adam und Eva durch den Cherub verjagt worden?‹ ›Monsieur Albert‹, schrie van Leuven, ›habt Ihr etwa das Fieber bekommen? oder phantasiert Ihr auf andere Art?‹ ›Nein, Monsieur‹, widerredete ich, ›bei mir ist weder Fieber noch einige andere Phantasie, sondern lasset mich nur eine gute Mahlzeit nebst einem Glase Wein finden, so werdet Ihr keine Phantasie, sondern eine wahrhaftige Erzählung von allen dem, was mir Gott und das Glücke gewiesen hat, aus meinem Munde hören können.‹

Sie ergriffen beide meine Arme, und führeten mich zu dem sich krank zeigenden Lemelie, welcher aber doch ziemlich wohl von der zugerichteten Schildkröte und Seekalbe essen konnte, auch dem Weinbecher keinen Zug schuldig blieb. Ich meines Teils ersättigte mich nach Notdurft, stattete hernachmals den sämtlichen Anwesenden von meiner getanen Reise den umständlichen Bericht ab, und dieser setzte meine Gefährten in so große Freude als Verwunderung. Mons. van Leuven wollte gleich mit, und das schöne Paradies in meiner Gesellschaft besehen, allein, meine Müdigkeit, Concordias gute Worte und des Lemelie Faulheit, fruchteten soviel, daß wir solches bis morgen anbrechenden Tag aufschoben, immittelst aber desto sehnlicher auf ein vorbeiseglendes Schiff Achtung gaben, welches zwar immer in unsern Gedanken, auf der See aber desto weniger zum Vorschein kommen wollte.

Sobald demnach das angenehme Sonnenlicht abermals aus der See emporgestiegen kam, steckte ein jeder an Lebensmitteln, Pulver, Blei und andern Notdürftigkeiten soviel in seine Säcke, als er sich fortzubringen getrauete. Concordia durfte auch nicht ledig gehen, sondern mußte vor allen andern in der Hand eine scharfe Radehaue mitschleppen. Ich führete nebst meiner Flinte und Ranzen eine Holzaxt, und suchte noch lange Zeit nach einem kleinen Handbeile, womit man dann und wann die verhinderlichen dünnen Sträucher abhauen könnte, weil aber die Handbeile, ich weiß nicht wohin, verlegt waren, und meine drei Gefährten über den langen Verzug ungedultig werden wollten, beschenkte mich Lemelie, um nur desto eher fortzukommen, mit einem artigen, zwei Finger breiten, zweischneidigen und wohlgeschliffenen Stilett, welches man ganz wohl statt eines Handbeils gebrauchen, und hernachmals zur Gegenwehr wider die wilden Tiere, mit dem Griffe in die Mündung des Flintenlaufs stecken konnte. Ich hatte eine besondere Freude über das artige Instrument, dankte dem Lemelie fleißig davor, er aber wußte nicht, daß er hiermit ein solches kaltes Eisen von sich gab, welches ihm in wenig Wochen den Lebensfaden abkürzen würde, wie Ihr in dem Verfolg dieser Geschichte gar bald vernehmen werdet. Doch da wir uns nunmehro völlig ausgerüstet, die Reise nach dem eingebildeten Paradiese anzutreten, ging ich als Wegweiser voraus, Lemelie folgte mir, Concordia ihm, und van Leuven schloß den ganzen Zug. Sie konnten sich allerseits nicht gnugsam über meinen klugen Einfall verwundern, daß ich die Absätze der Felsen, welche uns auf die ungefährlichsten Stege führeten, so wohl gezeichnet hatte, denn sonsten hätte man wohl acht Tage suchen, wo nicht gar Hals und Beine brechen sollen. Es ging zwar immer, je höher wir kamen, je beschwerlicher, sonderlich weil uns Concordiens Furchtsamkeit und Schwindel sehr viel zu schaffen machte, indem wir ihrentwegen hier und dar Stufen einhauen mußten. Doch erreichten wir endlich die alleroberste Höhe glücklich, allein, da es an den Sprung über die Felsenkluft gehen sollte, war aufs neue Not vorhanden, denn Concordia konnte sich aus Furcht, zu kurz zu springen und hinunterzustürzen, unmöglich darzu entschließen, ohngeacht der Platz breit genug zum Ausholen war, derowegen mußten wir dieselbe sitzen lassen, und unten im nächsten Holze einige junge Bäume abhauen, welche wir mit größter Mühe den Felsen wieder hinaufschleppten, Querhölzer darauf nagelten und bunden, also eine ordentliche Brücke über diesen Abgrund schlugen, auf welcher nachhero Concordia,

wiewohl dennoch mit Furcht und Zittern, sich herüber-
führen ließ.

Ich will die ungemeinen Freudensbezeugungen meiner Gefährten, welche dieselben, da sie alles weit angenehmer auf dieser Gegend fanden, als ich ihnen die
Beschreibung gemacht, mit Stillschweigen übergehen,
und ohne unnötige Weitläufigkeit ferner erzählen, daß
wir nunmehro ingesamt anfingen das ganze Land zu
durchstreichen, wobei Mons. van Leuven glücklicher als
ich war, gewisse Merkmale zu fnden, woraus zu schließen, daß sich unfehlbar vernünftige Menschen allhier
aufgehalten hätten, wo selbige ja nicht noch vorhanden
wären. Denn es fand sich jenseit des etwa zwölf bis sechzehn Schritt breiten Flusses an dem Orte, wo itzo Christiansraum angebauet ist, ein mit zugespitzten Pfählen
umsetzter Gartenplatz, in welchen sich annoch die
schönsten Gartengewächse, wiewohl mit vielen Unkraut
verwachsen, zeigten, wie nicht wenige schöne rare Blumen und etliche Stauden von Hülsenfrüchten, Weizen,
Reis und andern Getreide. Weiter hinwärts lagen einige
Scherben von zerbrochenen Gefäßen im Grase, und südwärts auf dem Weingebürge, welches itzo zu Christophs-
und Robertsraum gehöret, fanden sich einige an Pfähle
festgebundene Weinreben, doch war dabei zu mutmaßen, daß das Anbinden schon vor etlichen Jahren müsse
geschehen sein. Hierauf besahen wir die See, aus welcher der sich in zwei Arme teilende Fluß entspringet,
bemerkten, daß selbige nebst dem Flusse recht voll Fischen wimmelte, kehreten aber, weil die Sonne unterge-
hen wollte, und Concordia sehr ermüdet war, zurück auf
vorerwähntes erhabene Weingebürge, und beschlossen,
weil es eine angenehme Witterung war, daselbst über
Nacht auszuruhen. Nachdem wir zu Abends gespeiset
hatten, und das schönste Wild häufig auf der Ebene

herumspazieren sahen, beurteilten wir alles, was uns heutiges Tages zu Gesicht kommen war, und befunden uns darinnen einig, daß schwerlich ein schöner Revier in der Welt anzutreffen wäre. Nur wurde beklagt, daß nicht noch einige Familien zugegen sein, und nebst uns diese fruchtbare Insul besetzen sollten. Lemelie sagte hierbei: ›Ich schwere bei allen Heiligen, daß ich zeitlebens allhier in Ruhe zu bleiben die größte Lust empfinde, es fehlen also nichts als zwei Weiber, vor mich und Mons. Albert, jedoch Monsieur‹, (sagte er zu Mons. van Leuven) ›was sollte es wohl hindern, wenn wir uns bei dergleichen Umständen alle drei mit einer Frau behülfen, fleißig Kinder zeugten und dieselbe sodann auch miteinander verheirateten.‹ Mons. van Leuven schüttelte den Kopf, weswegen Lemelie sagte: ›Ha, Monsieur, man muß in solchen Fällen die Eifersucht, den Eigensinn und den Ekel beiseitesetzen, denn weil wir hiesiges Orts keiner weltlichen Obrigkeit unterworfen sind, auch leichtlich von niemand beunruhigt zu werden fürchten dürfen, so können wir uns Gesetze nach eigenem Gefallen machen, dem Himmel aber wird kein Verdruß erwecket, weil wir ihm zur Dankbarkeit, darvor, daß er uns von allen Menschen abgesondert hat, eine ganz neue Kolonie erzeugen.‹

Monsieur van Leuven schüttelte den Kopf noch weit stärker als vorhero, und gab zur Antwort: ›Mons. Lemelie, Ihr erzürnet den Himmel mit dergleichen sündlichen Reden. Gesetzt aber auch, daß dieses, was Ihr vorgebracht, vor göttlichen und weltlichen Rechten wohl erlaubt wäre, so kann ich Euch doch versichern, daß ich, solange noch adelich Blut in meinen Adern rinnet, meine Concordia mit keinem Menschen auf der Welt teilen werde, weil sie mir und ich ihr allein auf Lebenszeit beständige Treue und Liebe zugeschworen.‹

Concordia vergoß mittlerzeit die bittersten Tränen, schlug die Hände über den Kopf zusammen, und schrie: ›Ach grausames Verhängnis, so hast du mich denn aus dem halb überstandenen Tode an solchen Ort geführet, wo mich die Leute anstatt einer allgemeinen Hure gebrauchen wollen? O Himmel, erbarme dich!‹ Ich vor meine Person hätte vor Jammer bald mit geweinet, legte mich aber vor sie auf die Knie, und sagte: ›Madame, ich bitte Euch um Gottes willen, redet nicht von allen, da Ihr Euch nur über eine Person zu beschweren Ursach habt, denn ich rufe Gott und alle heiligen Engel zu Zeugen an, daß mir niemals dergleichen frevelhafte und höchst sündliche Gedanken ins Herz oder Haupt kommen sind, ja ich schwere noch auf itzo und folgende Zeit, daß ich eher dieses Stilett selbst in meinen Leib stoßen, als Euch den allergeringsten Verdruß erwecken wollte.‹ ›Verzeihet mir, guter Albert‹, war ihre Antwort, ›daß ich unbesonnenerweise mehr als einen Menschen angeklagt habe. Gott weiß, daß ich Euch vor redlich, keusch und tugendhaft halte, aber der Himmel wird alle geilen Frevler strafen, das weiß ich gewiß.‹ Worauf sich aus ihren schönen Augen ein neuer Tränenstrom ergoß, der den Lemelie dahin bewegte, daß er sich voller Trug und List, doch mit verstellter Aufrichtigkeit, auch zu ihren Füßen warf, und folgende Worte vorbrachte: ›Madame, lasset Euch um aller Heiligen willen erbitten, Euer Betrübnis und Tränen zu hemmen, und glaubet mir sicherlich, alle meine Reden sind ein bloßer Scherz gewesen, vor mir sollet Ihr Eure Ehre unbefleckt erhalten, und wenn wir auch hundert Jahr auf dieser Insul allein beisammenbleiben müßten. Monsieur van Leuven, Euer Gemahl, wird die Güte haben, mich wiederum bei Euch auszusöhnen, denn ich bin von Natur etwas frei im Reden, und hätte nimmermehr vermeinet, Euch so gar sehr emp-

findlich zu sehen.‹ Er entschuldigte seinen übel gerate-
nen Scherz also auch bei Mons. van Leuven, und nach
einigen Wortwechselungen wurde unter uns allen ein
vollkommener Friede gestiftet, wiewohl Concordia ihre
besondere Schwermut in vielen nachfolgenden Tagen
noch nicht ablegen konnte.

Wir brachten die auf selbigen streitigen Abend einge-
brochene Nacht in süßer Ruhe hin, und spazierten nach
eingenommenen Frühstück gegen Süden um die See
herum, trafen abermals die schönsten Weinberge und
Metall in sich haltende Steine an, wie nicht weniger die
Salzlachen und Berge, welche Ihr heute nebst mir in
dem Stephansraumer Felde besichtigt habt. Allhier
konnte man nicht durch den Arm des Flusses kommen,
indem derselbe zwar eben nicht breiter, doch viel tiefer
war als der andere, durch welchen wir vorigen Tages
ganz gemächlich hindurchwaden können. Demnach
mußten wir unsern Weg wieder zurück, um die See herum, nach demjenigen Ruheplatze nehmen, wo es sich
verwichene Nacht so sanft geschlafen hatte. Weil es aber
annoch hoch Tag war, beliebten wir etwas weiter zu gehen, setzten also an einem seichten Ort durch den Fluß,
und gelangeten auf gegenwärtigem Hügel, der itzo meine sogenannte Albertsburg und unsere Personen trägt.

Dieser mitten in der Insul liegende Hügel war damals
mit dem allerdicksten, wiewohl nicht gar hohem, Gepü-
sche bewachsen, indem wir nun bemühet waren, eine
bequeme Ruhestätte daselbst auszusuchen, gerieten
Mons. van Leuven, und Concordia von ohngefähr auf
einen schmalen durch das Gesträuche gehauenen Weg,
welcher dieselben in eine der angenehmsten Sommer-
läuben führete. Sie riefen uns beide Zurückgebliebenen
dahin, um dieses angenehme Wunderwerk nebst dessen
Bequemlichkeit mit uns zu teilen, da wir denn sogleich

einstimmig bekennen mußten, daß dieses kein von der Natur, sondern von Menschenhänden gemachtes Werk sein müsse, denn die Zacken waren oben allzu künstlich, als ein Gewölbe zusammengeflochten, so daß, wegen des sehr dick aufeinanderliegenden Laubwerks, kein Tropfen Wasser durchdringen konnte, über dieses gab der Augenschein, daß der Baumeister vor diesen an dreien Seiten rechte Fensterlöcher gelassen, welche aber nunmehro ganz wild verwachsen waren, zu beiden Seiten des Eingangs hingegen, stunden zwei oben abgesägte Bäume, deren im Bogen geschlungene Zweige ein ordentliches Türgewölbe formierten.

Es war in diesem grünen Lustgewölbe mehr Platz, als vier Personen zur Not bedurften, weswegen Mons. van Leuven vorschlug, daß wir sämtlich darinnen schlafen wollten, allein Lemelie war von solcher unerwarteten Höflichkeit, daß er sogleich herausbrach: ›Mons. van Leuven, der Himmel hat Euch beiden Verliebten aus besondern Vorbedacht zuerst in dieses angenehme Quartier geführet, derowegen brauchet Eure Bequemlichkeit alleine darinnen, Mons. Albert wird Euch so wenig als ich darinnen zu stören willens sein, hergegen sich, nebst mir, eine andere gute Schlafstelle suchen.‹ Wie sehr sich nun auch Mons. van Leuven und seine Gemahlin darwider zu setzen schienen, so mußten sie doch endlich uns nachgeben und bewilligen, daß dieses artige Quartier des Nachts vor sie allein, am Tage aber, zu unser aller Bequemlichkeit dienen sollte.

Also ließen wir die beiden alleine, und baueten, etwa dreißig Schritte von dieser, in der Geschwindigkeit eine andere ziemlich bequeme Schlafhütte vor Lemelie und mich, brachten aber selbige in folgenden Tagen erstlich recht zum Stande. Von nun an waren wir eifrigst bemühet, unsere nötigsten Sachen von der Sandbank über das

Felsengebürge herüber auf die Insul zu schaffen, doch diese Arbeit kostete manchen Schweißtropfen, indem wir erstlich viele Stufen einarbeiten mußten, um, mit der tragenden Last recht fußen und fortkommen zu können. Da aber dergleichen Vornehmen wenig förderte, und die Felsen, in einem Tage, nicht wohl mehr als zweimal zu besteigen waren, fiel uns eine etwas leichtere Art ein, worbei zugleich auch ein weit mehreres hinaufgebracht werden konnte. Denn wir machten die annoch beibehaltenen Taue und Stricke von dem Schiffsstücke vollends los, bunden die Sachen in mäßige Packe, legten von einem Absatze zum andern Stangen an, und zohen also die Ballen mit leichter Mühe hinauf, wobei Lemelie seinen Fleiß ganz besonders zeigte. Mittlerweile war Concordia ganz allein auf der Insul, übte sich fleißig im Schießen, denn wir hatten eine gute Quantität unverdorbenes Pulver im Vorrat, fing anbei soviel Fische als wir essen konnten, und ließ uns also an gekochten und gebratenen Speisen niemals Mangel leiden, obschon unser Zwieback gänzlich verzehret war, welchen Mangel wir aber mit der Zeit schon zu ersetzen verhofften, weil wir die wenigen Weizen- oder andern Getreideähren, wohl umzäunt, und vor dem Wilde verwahrt hatten, deren Körner im Fall der Not zu Samen aufzuheben, und selbige zu vervielfältigen, unser hauptsächliches Absehen war.

Der erste Sonntag, den wir, laut Anzeigung der bei uns führenden Kalender, auf dieser Insul erlebten, war uns ein höchst angenehmer erfreulicher Ruhetag, an welchen wir alle gewöhnliche Wochenarbeit liegenließen, und den ganzen Tag mit Beten, Singen und Bibellesen zubrachten, denn Concordia hatte eine englische, und ich eine hochteutsche Bibel, nebst einem Gesang- und Gebetbuche, mit gerettet, welches beides ich auch noch bis auf diesen Tag, gottlob, als ein besonderes Heiligtum aufbehalten habe. Die englischen Bücher aber sollen Euch ehester Tages in Robertsraum gezeiget werden.

Immittelst ist es etwas Nachdenkliches, daß dazumal auf dieser Insul unter uns vier Personen, die drei Hauptsekten des christlichen Glaubens anzutreffen waren, weil Mons. van Leuven, und seine Frau der reformierten, ich Albert Julius, als ein geborner Sachse, der damals sogenannten lutherischen, und Lemelie, als ein Franzose, der römischen Religion des Pabsts beipflichteten. Die beiden Eheleute und ich konnten uns im Beten und Singen ganz schön vereinigen, indem sie beide ziemlich gut teutsch verstunden und redeten; Lemelie aber, der doch fast alle Sprachen, außer den gelehrten Hauptsprachen, verstehen und ziemlich wohl reden konnte, hielt seinen Gottesdienst von uns abgesondert, in selbst erwählter Einsamkeit, worinnen derselbe bestanden, weiß ich nicht, denn solange wir mit ihm umgegangen, hat er wenig Gottgefälliges an sich merken lassen.

Am gedachten Sonntage gegen Abend ging ich unten an der Seite des Hügels nach dem großen See zu, etwas lustwandeln herum, schurrte von ohngefähr auf dem glatten Grase, und fiel in einen mit dünnen Sträuchern verdeckten Graben über vier Ellen tief hinunter, worüber ich anfänglich heftig erschrak, und in einem Abgrund zu sein glaubte, doch da ich mich wieder besonnen, und nicht den geringsten Schaden an meinem Leibe vermerkt, rafften sich meine zittrenden Glieder eilig auf. Im Umkehren aber wurden meine Augen einer finstern Höhle gewahr, welche mit allem Fleiße in den Hügel hineingearbeitet zu sein schiene.

Ich ging bis zum Eintritt derselben getrost hin, da aber nichts als eine dicke Finsternis zu sehen war, über dieses eine übelriechende Dunst mir einen besondern

Ekel verursachte, fing meine Haut an zu schauern, und die Haare begonnten bergauf zu stehen, weswegen ich eiligst umwandte, und mit fliegenden Schritten den Rückweg suchte, auch gar bald wiederum bei Mons. van Leuven und Concordien ankam. Beide hatten sogleich meine blasse Farbe und heftige Veränderung angemerkt, weswegen ich auf ihr Befragen alles erzählte, was mir begegnet war. Doch Mons. van Leuven sagte: ›Mein Freund, Ihr seid zuweilen ein wenig allzu neugierig, wir haben nunmehro, Gott sei Lob, genung gefunden, unser Leben so lange zu erhalten, bis uns der Himmel Gelegenheit zuschickt an unsern erwählten Ort zu kommen, derowegen lasset das unnütze Forschen unterwegen, denn wer weiß ob sich nicht in dieser Höhle die giftigen Tiere aufhalten, welche Euch augenblicklich ums Leben bringen könnten.‹ ›Ihr habt recht, mein Herr‹, gab ich zur Antwort, ›doch dieses Mal ist mein Vorwitz nicht soviel schuld, als das unverhoffte Hinunterfallen, damit auch dergleichen hinfüro niemanden mehr begegnen möge, will ich die Sträucher rundherum abhauen, und alltäglich eine gute Menge Erde abarbeiten, bis diese ekle Gruft vollkommen zugefüllet ist.‹ Mons. van Leuven versprach zu helfen, Concordia reichte mir ein Gläslein von dem noch sehr wenigen Vorrate des Weins, nebst zwei Stücklein herzstärkenden Konfekts, welches beides mich gar bald wiederum erquickte, so daß ich selbigen Abend noch eine starke Mahlzeit halten, und nach verrichteten Abendgebet, mich ganz aufgeräumt neben den Lemelie schlafen legen konnte.

Allein ich habe Zeit meines Lebens keine ängstlichere Nacht als diese gehabt. Denn etwa um Mitternacht, da ich selbst nicht wußte ob ich schlief oder wachte, erschien mir ein langer Mann, dessen weißer Bart fast bis auf die Knie reichte, mit einem langen Kleide von rauchen Tierhäuten angetan, der auch dergleichen Mütze auf dem Haupte, in der Hand aber eine große Lampe mit vier Dachten hatte, dergleichen zuweilen in den Schiffslaternen zu brennen pflegen. Dieses Schreckensbild trat gleich unten zu meinen Füßen, und hielt mir folgenden Sermon, von welchen ich noch bis diese Stunde, wie ich glaube, kein Wort vergessen habe: ›Verwegner Jüngling! was wilstu dich unterstehen diejenige Wohnung zu verschütten, woran ich viele Jahre gearbeitet, ehe sie zu meiner Bequemlichkeit gut genung war. Meinestu etwa das Verhängnis habe dich von ohngefähr in den Graben gestoßen, und vor die Tür meiner Höhle geführet? Nein keineswegs! Denn weil ich mit meinen Händen acht Personen auf dieser Insul aus christlicher Liebe begraben habe, so bistu auserkoren meinem vermoderten Körper eben dergleichen Liebesdienst zu erweisen. Schreite derowegen ohne alle Bekümmernis gleich morgenden Tages zur Sache, und durchsuche diejenige Höhle ohne Scheu, welche du gestern mit Grausen verlassen hast, woferne dir anders deine zeitliche Glückseligkeit lieb ist. Wisse auch, daß der Himmel etwas Besonderes mit dir vorhat. Deine Glückseligkeit aber wird sich nicht eher anheben, bis du zwei besondere Unglücksfälle erlitten, und diesem deinen Schlafgesellen, zur bestimmten Zeit den Lohn seiner Sünden gegeben hast. Merke wohl was ich dir gesagt habe, erfülle mein Begehren, und empfange dieses Zeichen, um zu wissen, daß du nicht geträumet hast.‹

Mit Endigung dieser letzten Worte drückte er mich, der ich im größten Schweiße lag, dermaßen mit einem seiner Finger oben auf meine rechte Hand, daß ich laut an zu schreien fing, worbei auch zugleich Licht und alles verschwand, so, daß ich nun weiter nichts mehr, als den ziemlich hellen Himmel durch die Laubhütte blicken sahe.

Lemelie, der über mein Geschrei auffuhr, war übel zufrieden, daß ich ihm Unruh verursachte, da ich aber aus seinen Reden vermerkt, daß er weder etwas gesehen noch gehöret hätte, ließ ich ihn bei den Gedanken, daß ich einen schweren Traum gehabt, und stellete mich an, als ob ich wieder schlafen wollte, wiewohl ich nachfolgende Zeit bis an hellen Morgen ohne Ruh, mit Überlegung dessen, was mir begegnet war, zubrachte, an meiner Hand aber einen stark mit Blut unterlaufenen Fleck sahe.

Sobald zu mutmaßen, daß Mons. van Leuven aufgestanden, verließ ich ganz sachte meine Lagerstatt, verfügte mich zu ihm, und erzählete, nachdem ich ihn etwas ferne von der Hütte geführet, alles aufrichtig, wie mir es in vergangener Nacht ergangen. Er umarmete mich freundlich, und sagte: ›Mons. Albert, ich lerne immer mehr und mehr erkennen, daß Ihr zwar das Glück, selbiges aber Euch noch weit mehr suchet, derowegen biete ich mich zu Euren Bruder an, und hoffe Ihr werdet mich nicht verschmähen, wir wollen gleich itzo ein gut Präservativ vor die bösen Dünste einnehmen, und die Höhle in Gottes Namen durchsuchen, denn das Zeichen auf Eurer Hand hat mich erstaunend und glaubend gemacht, daß der Verzug nunmehro schädlich sei. Aber Lemelie! Lemelie‹, sagte er weiter, ›macht mir das Herze schwer, sooft ich an seine übeln Gemütsregungen gedenke, wir haben gewiß nicht Ursach uns seiner Gesellschaft zu erfreuen, Gott steure seiner Bosheit, wir wollen ihn zwar mit zu diesem Werke ziehen; allein mein Bruder! verschweiget ihm ja Euer nächtliches Gesichte, und saget: Ihr hättet einen schweren Traum gehabt, welcher Euch schon wieder entfallen sei.‹

Dieser genommenen Abrede kamen wir in allem genau nach, beredeten Concordien, an den Fluß fischen zu gehen, eröffneten dem Lemelie von unserm Vorhaben, soviel als er wissen sollte, und gingen alle drei gerades Wegs nach der unterirdischen Höhle zu, nachdem ich in eine, mit ausgelassenen Seekalbsfett, angefüllte eiserne Pfanne, etliche angebrannte Tochte gelegt, und dieselbe anstatt einer Fackel mitgenommen hatte.

Ich ging voran, Lemelie folgte mir, und Mons. van Leuven ihm nach, sobald wir demnach in die fürchterliche Höhle, welche von meiner starkbrennenden Lampe überall erleuchtet wurde, eingetreten waren, erschien ein starker Vorrat allerhand Hausgeräts von Kupfer, Zinn und Eisenwerk, nebst vielen Packfässern, und zusammengebundenen Ballen, welches alles aber ich nur obenhin betrachtete, und mich rechter Hand nach einer halb offenstehenden Seitentür wandte. Nachdem aber selbige völlig eröffnet hatte, und gerade vor mich hinging, tat der mir folgende Lemelie einen lauten Schrei und sank ohnversehens in Ohnmacht nieder zur Erden. Wollte Gott, seine lasterhafte Seele hätte damals den schändlichen Körper gänzlich verlassen! so aber riß ihn van Leuven gleich zurück an die frische Luft, rieb ihm die Nase und das Gesicht so lange, bis er sich etwas wieder ermunterte, worauf wir ihn allda liegen ließen, und das Gewölbe rechter Hand aufs neue betraten. Hier kam uns nun dasjenige, wovor sich Lemelie so grausam entsetzt hatte, gar bald zu Gesichte. Denn in dem Winkel linker Hand saß ein solcher Mann, dergleichen mir vergangene Nacht erschienen, auf einem in Stein gehauenen Sessel, als ob er schliefe, indem er sein Haupt mit dem einen Arme auf den darbei befindlichen Tisch gestützt, die andere Hand aber auf dem Tische ausgestreckt liegen hatte. Über dem Tische an der Wand hing eine viereckigte Lampe, und auf demselben waren, nebst etlichen Speise- und Trinkgeschirren, zwei große, und eine etwas kleinere Tafel mit Schriften befindlich, welche drei letztern Stücke wir heraus ans Licht trugen, und in der ersten Tafel, die dem Ansehen nach aus einem zinnern Teller geschlagen, und sauber abgeschabt war, folgende lateinische Zeilen eingegraben sehen, und sehr deutlich lesen konnten.«

Mit diesen Worten stund unser Altvater Albertus Julius auf, und langete aus einem Kasten verschiedene Briefschaften, ingleichen die erwähnten drei zinnern Tafeln, welche er bis dahero fleißig aufgehoben hatte, überreichte eine große, nebst der kleinen, an Herrn M. Schmeltzern, und sagte: »Mein Herr! Ihr werdet allhier das Original selbst ansehen, und uns selbiges vorlesen.« Dieser machte sich aus solcher Antiquität eine besondere Freude, und las uns folgendes ab:

Advena!
quisquis es
si mira fata te in meum mirum domicilium
forsitan mirum in modum ducent,
sceleto meo praeter opinionem conspecto,
nimium ne obstupesce,
sed cogita,
te, noxa primorum parentum admissa, iisdem fatis
eidemque mortalitati esse obnoxium.
Quod reliquum est,
reliquias mei corporis ne sine insepultas relinqui;
Mortuus enim me mortuum ipse sepelire non potui.
Christianum, si Christianus vel ad minimum
homo es, decet
honesta exsequiarum justa solvere Christiano,
qui totam per vitam laboravi,

ut in Christum crederem, Christo viverem,
Christo denique morerer.
Pro tuo labore parvo, magnum feres praemium.
Nimirum
Si tibi fortuna, mihi multos per annos negata,
contingit,
ut ad dissociatam hominum societatem iterum
consocieris,
pretiosissimum operae pretium ex hac spelunca
sperare & in spem longae felicitatis tecum auferre
poteris;
Sin vero mecum cogeris
In solitudine solus morti obviam ire
nonnulla memoratu dignissima scripta
quae in mea sella, saxo incisa, jacent recondita,
Tibi fortasse erunt & gaudio & usui.
En!
grato illa accipe animo,
Aura secunda tuae navis vaga vela secundet!
sis me felicior.
quamvis me nunquam adeo infelicem dixerim!
Vale, Avena, vale,
manda rogatus me terrae
Et crede, Deum, quem colui, daturum,
ut bene valeas.

Auf dem kleinen Täflein aber, welches, unsers Altvaters
Aussage nach, halb unter des Verstorbenen rechter
Hand verdeckt gelegen, waren diese Zeilen zu lesen:

Natus sum d. IX. Aug. M CCCC LXXV.
Hanc Insulam attigi d. XIV. Nov. M D XIIII.
Sentio, me, aetate confectum, brevi moriturum
esse, licet

nullo morbo, nullisque doloribus opprimar.
Scriptum
id est d. XXVII Jun. M LC VI.
Vivo quidem, sed morti proximus,
d. XXVIII. XIX. & XXX.
Junii. Adhuc d. I. Jul. II. III. IV.

Nachdem wir über diese sonderbare Antiquität und die sinnreiche Schrift, welche gewiß aus keinem ungelehrten Kopfe geflossen war, noch ein und anderes Gespräch gehalten hatten, gab mir der Altvater Albertus die drei zinnern Tafeln, (wovon die eine eben dasselbe in spanischer Sprache zu vernehmen gab, was wir auf lateinisch gelesen,) nebst den übrigen schriftlichen Urkunden in Verwahrung, mit dem Befehle: Daß ich alles, was lateinisch wäre, bei künftigen müßigen Stunden ins Hochteutsche übersetzen sollte, welches ich auch mit ehesten zu liefern versprach. Worauf er uns nach verrichteten Abendgebet beurlaubte, und sich zur Ruhe legte.

Ich, Eberhard Julius hingegen war nebst Hn. M. Schmeltzern viel zu neugierig, um zu wissen, was die alten Briefschaften in sich hielten, da wir denn in lateinischer Sprache eine Lebensbeschreibung des spanischen Edelmanns Don Cyrillo de Valaro darunter fanden, (welches eben der einhunderteinunddreißigjährige Greis war, dessen Körper damals in der Höhle unter dem Albertshügel gefunden worden,) und bis zu Mitternacht ein Teil derselben, mit größtem Vergnügen, durchlasen. Ich habe dieselbe nachhero so zierlich, als es mir damals möglich, ins Hochteutsche übersetzt, allein um den geneigten Leser in den Geschichten keine allzu große Verwirrung zu verursachen, vor besser gehalten, dieselbe zu Ende des Werks, als einen Anhang beizufügen, weil sie doch hauptsächlich zu der Historie

von dieser Felseninsul mit gehöret. Inzwischen habe
einiger, im Lateinischen vielleicht nicht allzu wohl erfahrner Leser wegen, die auf den zinnern Tafeln einge-
grabene Schrift, teutsch anhero zu setzen, vor billig und
nötig erachtet. Es ist mir aber solche Verdolmetschung,
dem Wortverstande nach, folglich geraten:

Ankommender Freund!
wer du auch bist
Wenn dich vielleicht das wunderliche Schicksal
in diese wunderbare Behausung wunderbarerweise
führen wird,
so erstaune nicht allzusehr über die unvermutete
Erblickung meines Gerippes,
sondern gedenke,
daß du nach dem Fall der ersten Eltern eben dem
Schicksal, und eben der Sterblichkeit
unterworfen bist.
Im übrigen
laß das Überbleibsel meines Leibes nicht
unbegraben liegen,
denn weil ich gestorben bin, habe ich mich
Verstorbenen nicht selbst begraben können.
Einen Christen
wo du anders ein Christ, oder zum wenigsten
ein Mensch bist,
stehet zu
einen Christen ehrlich zur Erde zu bestatten.
Da ich mich in meinem ganzen Leben bestrebt,
daß ich an Christum gläubte, Christo lebte,
und endlich Christo stürbe.
Du wirst vor deine geringe Arbeit eine große
Belohnung erhalten.
Denn wenn dir das Glücke, dasjenige, was es mir

seit vielen Jahren her verweigert hat,
widerfahren lässet,
nämlich, daß du dich wieder zu der abgesonderten
Gesellschaft der Menschen gesellen könntest;
So wirstu dir eine kostbare Belohnung zu
versprechen, und dieselbe aus dieser Höhle
mit hinwegzunehmen haben.
Wenn du aber so, wie ich, gezwungen bist,
in dieser Einsamkeit als ein Einsiedler dem Tode
entgegenzugehen;
so werden doch einige merkwürdige
Schriften,
die in meinem in Stein gehauenen Sessel
verborgen liegen,
dir vielleicht erfreulich und nützlich sein.
Wohlan!
Nimm dieselben mit dankbaren Herzen an,
der gütige Himmel mache dich beglückt,
und zwar glücklicher als mich,
wiewohl ich mich niemals vor recht unglücklich
geschätzt habe.
Lebe wohl ankommender Freund! Lebe wohl,
höre meine Bitte, begrabe mich,
Und glaube, daß Gott, welchem ich gedienet,
geben wird:
Daß du wohl lebest.

Die Zeilen auf der kleinen Tafel, bedeuten in teutscher
Sprache soviel:

Ich bin geboren den 9. Aug. 1475.
Auf diese Insul gekommen, den 14. Nov. 1514.
Ich empfinde, daß ich altershalber in kurzer Zeit
sterben werde, ohngeacht ich weder Krankheit noch

einige Schmerzen empfinde. Dieses habe ich
geschrieben am 27. Jun. 1606.
Ich lebe zwar noch, bin aber dem Tode sehr nahe,
d. 28. 29. und 30. Jun. und noch d. 1. Jul. 2. 3. 4.

Jedoch ich fahre nunmehro in unsern eigenen Geschichten fort, und berichte dem geliebten Leser, daß wir mit Anbruch folgendes Donnerstags, d. 22. Novembr. uns nebst dem Altvater Albert Julio aufmachten, und die Pflanzstätte Jakobsraum besuchten, welche aus neun Wohnhäusern, die mit allem Zubehör wohl versehen waren, bestund.

Wiewohl nun dieses die kleineste Pflanzstadt und schwächste Gemeine war, so befand sich doch bei ihnen alles in der schönsten Haushaltungsordnung, und hatten wir an der Einrichtung und besondern Fleiße, ihrem Verstande nach, nicht das geringste auszusetzen. Sie waren beschäftiget, die Gärten, Saat, Felder, und sonderlich die vortrefflichen Weinstöcke, welche auf dem dasigen Gebürge in großer Menge gepflanzt stunden, wohl zu warten, indem es selbiger Zeit etwa neun oder zehn Wochen vor der gewöhnlichen Weinernte, bei den Feldfrüchten aber fast Erntezeit war. Mons. Litzberg und Plager, untersuchten das Eingeweide des dasigen Gebürges, und fanden verschiedene Arten Steine, welche sehr reichhaltig von Kupfer- und Silbererz zu sein schienen, die sie auch nachhero in der Probe unvergleichlich kostbar befanden. Nachdem wir aber auf der Rückkehr von den Einwohnern mit dem herrlichsten Weine, verschiedenen guten Speisen und Früchten, aufs beste traktiert waren, ihnen, gleich wie allen vorhero besuchten Gemeinen, zehn Bibeln, zwanzig Gesang- und Gebetbücher, auch allerhand andere feine nützliche Sachen, sowohl vor Alte als Junge verehret hatten, kamen wir bei guter Zeit wiederum in der Albertsburg an, besuchten die Arbeiter am Kirchenbau auf eine Stunde, nahmen die Abendmahlzeit ein, worauf unser Altvater, nachdem er das Tischgebet getan, unsere Begierde alsofort gemerkt, sich lächelnd in seinen Stuhl setzte, und die gestern abgebrochene Erzählung also fortsetzte:

»Ich bin, wo mir recht ist, gestern abend dabei geblieben: Da wir die zinnernen Tafeln an das Tageslicht trugen, und die eingegrabenen Schriften ausstudierten. Mons. van Leuven und ich, konnten das Latein, Lemelie aber, der sich von seinem gehabten Schrecken kaum in etwas wieder erholet, das Spanische, welches beides doch einerlei Bedeutung hatte, ganz wohl verstehen. Ich aber kann mit Wahrheit sagen, daß sobald ich nur des letzten Willens, des Verstorbenen Don Cyrillo de Valaro, hieraus völlig versichert war, bei mir im Augenblicke alle annoch übrige Furcht verschwand. ›Meine Herren!‹ sagte ich zu meinen Gefährten, ›wir sind schuldig dasjenige zu erfüllen, was dieser ohnfehlbar selig verstorbene Christ so sehnlich begehret hat, da wir außerdem uns eine stattliche Belohnung zu versprechen haben.‹ Mons. van Leuven war sogleich bereit, Lemelie aber sagte: ›Ich glaube nicht, daß die Belohnung so sonderlich sein wird, denn die Spanier sind gewohnt, wo es möglich ist, auch noch nach ihrem Tode Rotomontaden vorzumachen. Derowegen versichere, daß mich eher und lieber mit zwei Seeräubern herumschlagen, als mit dergleichen Leiche zu tun haben wollte. Jedoch Euch als meinen Gefährten zu Gefallen, will ich mich auch bei dieser häßlichen Arbeit nicht ausschlüßen.‹

Hierauf lief ich fort, langete ein großes Stück alt Segeltuch, nebst einer Hacke und Schaufel, welche zwei letztern Stück ich vor der Höhle liegen ließ, mit dem

Tuche aber begaben wir uns abermals in die unterirdische Höhle. Mons. van Leuven wollten den Körper bei den Schultern, ich aber dessen Schenkel anfassen; allein, kaum hatten wir denselben etwas angeregt, da er auf einmal mit ziemlichem Geprassele in einen Klumpen zerfiel, worüber Lemelie aufs neue dermaßen erschrak, daß er seinen Kopf zwischen die Ohren nahm, und soweit darvonlief, als er laufen konnte. Mons. van Leuven und ich erschraken zwar anfänglich auch in etwas, da wir aber überlegten, daß dieses natürlicherweise nicht anders zugehen, und weder von unserm Versehen noch andern übernatürlichen Ursachen herrühren könnte; lasen und strichen wir die Gebeine und Asche des seligen Mitbruders zusammen auf das ausgebreitete Segeltuch, trugen selbiges auf einen schönen grünen Platz in die Ecke, wo sich der aus dem großen See entspringende Fluß in zwei Arme teilet, machten daselbst ein feines Grab, legten alles ordentlich zusammengebunden hinein, und beschlossen, ihm, nach erlangten fernern Urkunden, mit ehesten eine Gedächtnissäule zu setzen. Ob nun schon der gute van Leuven durch seinen frühzeitigen und bejammerenswürdigen Tod dieses Vorhaben mit auszuführen verhindert wurde, so ist es doch nachhero von mir ins Werk gerichtet worden, indem ich nicht allein dem Don Cyrillo de Valaro, sondern auch dem ehrlichen van Leuven und meiner sel. Ehefrau der Concordia, jedem eine besondere Ehren- dem gottlosen Lemelie aber eine Schandsäule zum Gedächtnis über die Gräber aufgerichtet habe.

Diese Säulen nebst den Grabschriften«, sagte hier Albertus, »sollen Euch, meine Freunde, ehester Tages zu Gesichte kommen, sobald wir auf dem Wege nach Christophsraum begriffen sein werden. Jedoch ich wende mich wieder zur damaligen Geschicht.

Nachdem wir, wie bereits gedacht, dem Don Cyrillo nach seinem Begehren den letzten Liebesdienst erwiesen, seine Gebeine wohl verscharret, und einen kleinen Hügel darüber gemacht hatten, kehreten wir ganz ermüdet zur Concordia, welche uns eine gute Mittagsmahlzeit bereitet hatte. Lemelie kam auch gar bald herzu, und entschuldigte seine Flucht damit, daß er unmöglich mit verfauleten Körpern umgehen könne. Wir lächelten hierzu, da aber Concordia gleichfalls wissen wollte, was wir heute vor eine besondere Arbeit verrichtet hätten, erzählten wir derselben alles umständlich. Sie bezeugte gleich nach der Mahlzeit besondere Lust mit in die Höhle zu gehen, da aber Mons. van Leuven, wegen des annoch darinnen befindlichen übeln Geruchs, ihr davon abriet, und ihre Begierde bis auf ein paar Tage zu hemmen bat; gab sie sich gar bald zufrieden, ging wieder aus aufs Jagen und Fischen, wir drei Mannspersonen aber in die Höhle, weil unsere große Lampe annoch darinnen brannte.

Nunmehro war, nachdem wir, den moderigen Geruch zu vertreiben, etliche Mal ein wenig Pulver angezündet hatten, unsere erste Bemühung, die alten Urkunden, welche in den steinernen Sessel verwahrt liegen sollten, zu suchen. Demnach entdeckten wir im Sitze ein viereckigtes Loch, in welches ein wohlgearbeiteter Deckel eingepasset war, sobald nun derselbe ausgehoben, fanden sich oben auf die in Wachs eingefütterten geschriebenen Sachen, die ich Euch, mein Vetter und Sohn, gestern abend eingehändiget habe, unter denselbigen ein güldener Becher mit unschätzbaren Kleinodien angefüllet, welcher in den schönsten güldenen Münzen vielerlei Gepräges und Forme vergraben stund. Wir gaben uns die Mühe, dieses geraumliche Loch, oder der verborgenen Schatzkasten, ganz auszuräumen, weil wir aber weiter weder Briefschaften noch etwas anders fanden, schütteten wir achtzehn Hüte voll Goldmünze wieder hinein, nahmen den Goldbecher nebst den Briefschaften zu uns, und gingen, um die letztern recht durchzustudieren, hinauf in Mons. van Leuvens grüne Hütte, allwo wir den übrigen Teil des Tages bis in die späte Nacht mit Lesen und Verteutschen zubrachten, und allerhand höchst angenehme Nachrichten fanden, die uns und den künftigen Bewohnern der Insul ganz vortreffliche Vorteile versprechen konnten.

Es war allbereit an dem, daß der Tag anbrechen wollte, da van Leuven und ich, wiewohl noch nicht vom Lesen ermüdet, sondern morgender Arbeit wegen die Ruhe zu suchen vor dienlich hielten; indem Concordia schon schlief, der faule Lemelie aber seit etlichen Stunden von uns zu seiner Schlafstätte gegangen war. Ich nahm derowegen meinen Weg auch dahin, fand aber den Lemelie unterweges, wohl zehn Schritt von unserer Hütte, krumm zusammengezogen liegen, und als einen Wurm winseln. Auf Befragen, was er da mache? fing er entsetzlich an zu fluchen, und endlich zu sagen an: ›Vermaledeiet ist der verdammte Körper, den Ihr diesen Tag begraben habt, denn das verfluchte Scheusal, über welches man ohnfehlbar keine Seelmesse gehalten hat, ist mir vor etlichen Stunden erschienen, und hat meinen Leib erbärmlich zugerichtet.‹ Ich gedachte gleich in meinen Herzen, daß dieses seiner Sünden Schuld sei, indem ich von Jugend auf gehöret, daß man mit verstorbenen Leuten kein Gespötte treiben solle; wollte ihn auch aufrichten, und in unsere Hütte führen, doch weil er dahin durchaus nicht wollte, brachte ich den elenden Menschen endlich mit großer Mühe in Mons. van Leuvens Hütte. Wiewohl ich nicht vergessen hatte, ihn zu bitten, um der Concordia willen, nichts von dem, was ihm begegnet wäre, zu sagen, sondern eine andere Unpäßlichkeit vorzuwenden. Er gehorchte mir in diesem Stücke, und wir schliefen also, ohne die Concordia zu erwecken, diese Nacht in ihrer Hütte.

Lemelie befand sich folgenden Tages todkrank, und ich selber habe noch selbigen Tag fast überall seinen Leib braun und blau, mit Blute unterlaufen, gesehen, doch weil es ihm leid zu sein schien, daß er mir sein Ausgestandenes entdeckt, versicherte ich ihm, selbiges sowohl vor Mons. van Leuven als dessen Gemahlin geheimzuhalten, allein, ich sagte es doch gleich bei erster Gelegenheit meinem besten Freunde.

Wir mußten ihn also diesen und viele folgende Tage unter der Concordia Verpflegung liegen lassen, gingen aber beide zusammen wiederum in die unterirdische Höhle, und fanden, beschehener Anweisung nach, in einem verborgenen Gewölbe über drei Scheffel der auserlesensten und kostbarsten Perlen, nächst diesen einen solchen Schatz an gediegenen Gold- und Silberklumpen, edlen Steinen und andern Kostbarkeiten, worüber wir ganz erstaunend, ja fast versteinert stehen blieben. Über dieses eine große Menge von allerhand vor unsere Personen höchst nötigen Stücken, wenn wir ja allenfalls dem Verhängnisse auf dieser Insul standhalten, und nicht wieder zu anderer menschlicher Gesellschaft gelangen sollten.

Jedoch, was will ich hiervon viel reden, die Kostbarkeiten kann ich Euch, meine Freunde, ja noch alle unverletzt zeigen. Worzu aber die übrigen nützlichen Sachen angewendet worden, davon kann meine und meiner Kinder Haushaltung und nicht vergeblich getane Arbeit ein sattsames Zeugnis abstatten. Ich muß demnach nur eilen, Euch, meine Lieben! den fernern Verlauf der damaligen Zeiten noch kürzlich zu erzählen,

ehe ich auf meine einseitige Geschicht, und die anfänglich betrübte, nachhero aber unter Gottes Fügung wohl
ausgeschlagene Haushaltung komme.

Mittlerweile, da Lemelie krank lage, räumeten Mons.
van Leuven und ich alle Sachen aus dem unterirdischen
Gewölbe herauf ans Tageslicht und an die Luft, damit
wir sehen möchten, was annoch zu gebrauchen wäre
oder nicht; nach diesen reinigten wir die unterirdische
Höhle, die außer der kleinen Schatzkammer aus drei
geraumlichen Kammern bestund, von aller Unsauber-
keit. Ermeldte Schatzkammer aber, die wir dem Lemelie
nicht wollten wissen lassen, wurde von unsern Händen
wohl vermauret, auswendig mit Leimen beschlagen, und
so zugerichtet, daß niemand vermuten konnte, als ob
etwas Verborgenes dahintersteckte. Mons. van Leuven
erwählete das Vorgemach derselben, worinnen auch der
verstorbene Don Cyrillo sein Lebensziel erwartet, zu seinem Schlafgemach, ich nahm vor mich die Kammer dar-
neben, und vor Lemelie wurde die dritte zugerichtet,
alle aber mit Pulver und Schiffpech etliche Tage nacheinander wohl ausgeräuchert, ja sozusagen, gar ausge-
brannt, denn dieser ganze Hügel bestehet aus einem vortrefflichen Sandsteine.

Sobald wir demnach alles in recht gute Ordnung gebracht hatten, wurde Concordia hineingeführet, welche
sich ungemein darüber erfreuete, und sogleich ohne die
geringste Furcht darinnen Haus zu halten versprach.
Wollte also der wunderliche Lemelie nicht oben alleine
schlafen, mußte er sich halb gezwungenerweise nach uns
richten.

Indessen, da er noch immer krank war, schafften
Mons. van Leuven und ich alltäglich noch sehr viele auf
der Sandbank liegende nützliche Sachen auf die Insul,
und kamen öfters nicht eher als mit sinkenden Tage

nach Hause. Da immittelst Lemelie sich kränker stellet als er ist, doch aber soviel Kräfte hat, der Concordia einmal über das andere soviel vorzuschwatzen, um sie dahin zu bewegen, seiner Wollust ein Genüge zu leisten, und an ihrem Ehemanne untreu zu werden.

Concordia weiset ihn anfänglich mit Gottes Wort und andern tugendhaften Regeln zurücke, da er aber eins so wenig als das andere annehmen, und fast gar Gewalt brauchen will, sie auch kaum Gelegenheit, sich seiner zu erwehren, gefunden, und in größten Eifer gesagt, daß sie ehe ihren Ehrenschänder oder sich selbst ermorden, als an ihrem Manne untreu werden, und solange dieser lebte, sich mit einem andern vermischen wollte; wirft er sich zu ihren Füßen, und bittet seiner heftigen Liebe wegen um Verzeihung, verspricht auch, ihr dergleichen nimmermehr wieder zuzumuten, woferne sie nur die einzige Gnade vor ihn haben, und ihrem Manne nichts davon entdecken wollte. Concordia stellet sich besänftiget an, gibt ihm einen nochmaligen scharfen Verweis, und verspricht zwar, ihrem Manne nichts darvon zu sagen, allein, ich selbst mußte noch selbigen Abend ein Zeuge ihrer Ehrlichkeit sein, indem sie bei guter Gelegenheit uns beiden alles, was vorgegangen war, erzählete, und einen Schwur tat, viel lieber mit an die allergefährlichste Arbeit zu gehen, als eine Minute bei dem Lemelie hinfüro alleine zu verbleiben. Mons. van Leuven betrübte sich nicht wenig über die grausame Unart unsers dritten Mannes, und sagte, daß er von Grund des Herzens gern seinen Anteil von dem gefundenen Schatze missen wollte, wenn er nur mit solchen den gottesvergessenen Menschen von der Insul hinwegkaufen könnte. Doch wir beschlossen, ihn ins künftige besser in acht zu nehmen, und bei der Concordia niemals alleine zu lassen.

Immittelst konnte doch Mons. de Leuven seinen deshalb geschöpften Verdruß, wie sehr er sich auch solches angelegen sein ließ, unmöglich gänzlich verbergen, weswegen Lemelie bald vermerkte, daß Concordia ihrem Manne die Treue besser, als ihm ihr Wort zu halten geartet, jedoch er suchte seinen begangenen Fehler aufs neue zu verbessern, denn da er wenig Tage hierauf sich völlig genesen zeigte, war von da an niemand fleißiger, dienstfertiger und höflicher als eben der Lemelie.

Wir hatten aber in des Don Cyrillo schriftlichen Nachrichten unter andern gefunden, daß durch den Ausfall des Flusses gegen Mitternacht zu, unter dem Felsen hindurch, ein ganz bequemer Ausgang von der Insul nach der Sandbank und dem Meere zu, anzutreffen sei. Wenn man vorhero erstlich in den heißen Monaten, da der Fluß am schwächsten liefe, einen Damm gemacht, und dessen Wasser durch den Kanal, welchen Cyrillo nebst seinen Gefährten vor nunmehro 125 Jahren gegraben, in die kleine See zum Ausflusse führete. Dieses nun in Erfahrung zu bringen, sahen wir gegenwärtige Zeit am allerbequemsten, weil uns der seichte Fluß einen Damm hineinzumachen Erlaubnis zu geben schien. Demnach fälleten wir etliche Bäume, zersägten dieselben, und rammelten ziemlich große Plöcke um die Gegend in den Fluß, wo wir die Wahrzeichen des Dammes unserer Vorfahren mit großen Freuden wahrgenommen hatten. Vor die mit allergrößter Müh eingerammelten Plöcke wurden lange Bäume übereinandergelegt, von solcher Dicke, als wir dieselbe fortzuschleppen vermögend waren, und diese mußten die vorgesetzten Rasenstücke nebst dem vorgeschütteten fettem Erdreiche aufhalten. Mit solcher Arbeit brachten wir bis in die vierte Woche zu, binnen welcher Zeit der Damm seine nötige Höhe erreichte, so, daß fast kein Tropfen Wasser hindurchkonnte, hergegen alles durch den Kanal sich in die kleine See ergoß. Lemelie hatte sich bei dieser sauren Arbeit dermaßen fleißig, in übriger Aufführung aber so wohl gehalten, daß wir ingesamt glaubten, sein voriges übeles Leben müsse ihm gereuet, und er von da an einen bessern Vorsatz gefasset haben.

Nunmehro war es an dem, daß wir die große Lampe anzündeten, und uns in eine abermalige Felsenhöhle wagen wollten, welches auch des nächsten Tages früh-morgens geschahe. Concordia wollte allhier nicht alleine zurückebleiben, sondern sich unsers Glücks und Un-glücks durchaus teilhaftig machen, derowegen traten wir unsern Weg in Gottes Namen an, fanden denselben ziemlich bequem zu gehen, obgleich hie und da etliche hohe Stufen befindlich, welchen doch gar mit leichter Müh nachzuhelfen war. Aber, o Himmel! wie groß war unsere Freude, da wir ohne die geringste Gefahr das Ende erreichten, Himmel und See vor uns sehen, und am Ufer des Felsens bei unsern annoch rückständigen Sachen herumspazieren, auch mit vielweniger Müh und Gefahr zurück auf unsere Insul kommen konnten.

Ihr seid, meine lieben Kinder«, fuhr unser Altvater Albertus in seiner Erzählung fort, »selbsten durch diesen Gang in die Insul kommen, derowegen könnet Ihr am besten von dessen Bequemlichkeit und Nutzen urteilen, wenn Ihr zumalen die gefährlichen und beschwerlichen Wege über die Klippen dargegen betrachtet. Uns war dieser gefundene Gang zu damaligen Zeiten wenigstens ungemein tröstlich, da wir in wenig Tagen alles, was annoch auf der Sandbank lag, heraufbrachten, das Hin-terteil des zerscheiterten Schiffs zerschlugen, und nicht den kleinesten Nagel oder Splitter davon zurückließen, so, daß wir weiter außerhalb des Felsens nichts mehr zu suchen wußten, als unsern Nachen oder kleines Boot, und dann und wann einige Schildkröten, Seekälber, nebst andern Meertieren, wovon wir doch weiter fast nichts als die Häute und das Fett zu gebrauchen pflegten.

Solchergestalt wandten wir die fernern Tage auf nichts anders, als, nach und nach immer eine bessere Ordnung in unserer Haushaltung zu stiften, sammleten von allerlei nutzbarn Gewächsen die Samkörner ein, pflegten die Weinstöcke und Obstbäume aufs beste, als worinnen ich bei meinen lieben Pflegevätern, dem Dorfpriester und dem Amtmanne, ziemliche Kunstgriffe und Vorteile abgemerkt. Lebten im übrigen in der Hoffnung künftiger noch besserer Zeiten ganz geruhig und wohl beisammen. Allein, in der Nacht zwischen den achten und neunten Novembr. überfiel uns ein entsetzliches Schrecken. Denn es geschahe ohngefähr um Mitternachtszeit, da wir ingesamt im süßesten Schlafe lagen, ein dermaßen großer Knall in unserer unterirdischen Wohnung, als ob das allerstärkste Stück Geschützes losgebrannt würde, so, daß man die Empfindung hatte, als ob der ganze Hügel erschütterte. Ich sprang von meinem Lager auf, und wollte nach der beiden Eheleute Kammer zueilen, selbige aber kamen mir sogleich im Dunkeln ganz erschrocken entgegen, und eileten, ohne ein Wort zu sprechen, zur Höhle hinaus, da der Schein des Monden fast alles so helle als am Tage machte.

Ich kann nicht leugnen, daß Mons. van Leuven, Concordia und ich vor Furcht, Schrecken und Zittern, kein Glied stillehalten konnten, unsere Furcht aber wurde noch um ein großes vermehrt, da sich, gegen Süden zu, eine weiße lichte Flamme sehen ließ, welche immer ganz sachte fortzohe, und endlich um die Gegend, wo wir des Don Cyrillo Körper begraben hatten, verschwand.

Die Haare stunden uns hierüber zu Berge, doch,

nachdem wir uns binnen einer Stunde in etwas erholet hatten, brach Mons. van Leuven endlich das lange Stillschweigen, indem er sagte: ›Mein Schatz und Mons. Albert! ich weiß, daß Ihr Euch über dieses Nachtschrecken sowohl als ich unterschiedene Gedanken werdet gemacht haben; allein ich glaube, daß der sonst unerhörte Knall von einem Erdbeben herrühret, wobei unser Sandsteinhügel ohnfehlbar einen starken Riß bekommen. Die weiße Flamme aber, so wir gesehen, halte ich vor eine Schwefeldunst, welche sich nach dem Wasser hingezogen hat.‹ Monsieur van Leuven bekam in diesen Meinungen seiten meiner starken Beifall, allein Concordia gab dieses darauf: ›Mein Schatz, der Himmel gebe nur, daß dieses nicht eine Vorbedeutung eines besondern Unglücks ist, denn ich war kurze Zeit vor dem grausamen Knalle durch einen schweren Traum, den ich im Schrecken vergessen habe, ermuntert worden, und lag mit wachenden offenen Augen an Eurer Seite, als eben dergleichen lichte Flamme unsere Kammer mit einer ganz außerordentlichen Helligkeit erleuchtete, und die sonst alle Nacht hindurch brennende große Lampe auslöschte, worauf sogleich der grausame Knall und die heftige Erschütterung zu empfinden war.‹

Über diesen Bericht nun hatte ein jedes seine besondere Gedanken, Mons. van Leuven aber unterbrach dieselben, indem er sich um den Lemelie bekümmerte, und gern wissen mochte, wo sich dieser aufhielte. Meine Mutmaßungen waren, daß er vielleicht noch vor uns, durch den Schrecken, aus der Höhle gejagt worden, und sich etwa hier oder da auf der Insul befände. Allein, nachdem wir den übrigen Teil der Nacht ohne fernern Schlaf hingebracht, und nunmehro das Sonnenlicht mit Freuden wieder emporkommen sahen, kam auch Lemelie unverhofft aus der Höhle herausgegangen.

Dieser bekannte auf unser Befragen sogleich, daß er weder etwas gesehen, noch vielweniger gehöret habe, und verwunderte sich ziemlich, da wir ihm von allen Begebenheiten voriger Nacht ausführliche Nachricht gaben. Wir hielten ihn also vor glücklicher als uns, stunden aber auf, und besichtigten nicht allein die Höhle, sondern auch den ganzen Hügel, fanden jedoch nicht das geringste Versehr, Ritze oder Spalte, sondern alles in unveränderten guten Stande. Lemelie sagte derowegen: ›Glaubet mir sicher, meine Freunde! es ist alles ein pures Gaukelspiel, der im Fegefeuer sitzenden Seele des Don Cyrillo de Valaro. Ach, wie gern wollte ich einem römisch-katholischen Priester hundert Kreuztaler Seelmeßgelder zahlen, um dieselbe daraus zu erlösen, wenn er nur gegenwärtig wäre, und uns in vollkommene Ruhe setzen könnte.‹

Van Leuven und ich hielten nicht vor ratsam, diesem einfältigen Tropfen zu widersprechen, ließen ihn derowegen bei seinen fünf Augen, beschlossen aber dennoch, etliche Nacht in unsern grünen Hütten zu schlafen, bis man sähe, was sich ferner wegen des vermeintlichen Erdbebens zeigen, und die desfalls bei uns entstandene Furcht nach und nach verschwunden sein würde, welches auch dem Lemelie ganz vernünftig vorkam.

Allein der ehrliche van Leuven schlief nur noch zwei Nächte bei seiner liebsten Ehefrauen in der Lauberhütte. Denn am 11. Novembr. ging er, etwa zwei Stunden, nachdem die Sonne aufgegangen war, mit einer Flinte fort, um ein oder zwei große wohlschmeckende Vögel, welche sich gemeiniglich auf den obersten Klippen sehen ließen, herunterzuschießen, die wir selbigen Abend anstatt der Martinsgänse braten und verzehren wollten. Lemelie war etwa eine Stunde vorher ebenfalls darauf ausgegangen, ich aber blieb bei der Concordia, um ihr beim Kochen mit Holzspalten und andern Handreichungen die Arbeit zu erleichtern.

Zwei Stunden über Mittag kam Lemelie mit zwei schönen großen Vogeln zurücke, über welche wir uns sogleich hermachten, und dieselben reinigten. Mittlerweile fragte Lemelie Concordien, wo ihr Mann hingegangen? und erhielt von selbiger zur Antwort, daß er gleichergestalt auf solch Wildpret ausgegangen sei, worbei sie sich erkundigte, ob sie einander nicht angetroffen. Lemelie antwortet mit Nein. Doch habe er auf jener Seite des Gebürges einen Schuß vernommen, woraus er gemutmaßet, daß sich gewiß einer von uns daselbst aufhalten würde.

Concordia machte noch einen Spaß hierbei, indem sie sagte: ›Wenn nun mein Karl Franz kömmt, mag er seine geschossene Martinsgänse bis auf morgen aufheben.‹ Allein, da die Sonne bereits unterging, und unsere beiden Braten zum Speisen tüchtig waren, stellete sich dem ohngeacht unser guter van Leuven noch nicht ein, wir warteten noch ein paar Stunden, da er aber nicht kam, verzehreten wir den einen Vogel mit gutem Appetit, und spareten den andern vor ihn und Concordien. Allein, die Nacht brach endlich auch ein, und van Leuven blieb immer außen. Concordien begunnte das Herz schwer zu werden, indem sie genug zu tun hatte, die Tränen zurückzuhalten, ich aber tröstete sie, so gut ich konnte, und meinete, weil es heller Mondenschein, würde ihr Eheschatz schon noch zurückekommen. Sie aber versetzte: ›Ach, es ist ja wider alle seine gewöhnliche Art, was wird ihm der Mondenschein helfen? Und wie kann er zurückekommen, wenn er vielleicht Unglück genommen hat? Ja, ja‹, fuhr sie fort, ›mein Herze sagt es mir, mein Liebster ist entweder tot, oder dem Tode sehr nahe, denn itzo fällt mir mein Traum auf einmal wieder in die Gedanken, den ich in der Schreckensnacht, seitdem aber gänzlich vergessen gehabt.‹ Diese ihre Worte wurden mit einer gewaltsamen Tränenflut begleitet, Lemelie aber trat auf, und sagte: ›Madame! verfallet doch nicht sogleich auf die ärgsten Gedanken, es kann ihn ja vielleicht eine besonders glückliche Begebenheit, oder Neugierigkeit, etwa hier oder dar aufhalten. Stehet auf, wir wollen ihm alle drei entgegengehen, und zwar um die Gegend, wo ich heute von ferne seinen Schuß gehöret, wir wollen schreien, rufen und schießen, was gilt's? er wird sich bald melden, und uns zum wenigsten mit einem Schuß oder Laut antworten.‹ Concordia weinete dem ohngeacht immer noch heftiger, und sagte: ›Ach, wie kann er schießen oder antworten, wenn er tot ist?‹ Doch da wir beide, ihr ferner zuzureden, nicht unterließen, stund sie endlich auf, und folgte nebst mir dem Lemelie, wo er uns hinführete.

Es wurde die ganze Nacht hindurch an fleißigem Suchen, Schreien und Schießen nichts gesparet, die Sonne ging zwar darüber auf, doch van Leuven wollte mit selbiger dennoch nicht zum Vorscheine kommen. Wir kehreten zurück in unsere Lauberhütten und unterirdische Wohnung, fanden aber nicht die geringste Spur, daß er zeit seines Hinwegseins wiederum dagewesen. Nunmehro begunnte mir auch das Herzblatt zu schießen, Concordia wollte ganz verzweifeln, und Lemelie selbst sagte: Es könne unmöglich richtig zugehen, sondern Mons. van Leuven müßte ohnfehlbar etwa ein Unglück genommen haben. Derohalben fingen wir ingesamt ganz von neuen an, ihn zu suchen, und daß ich es nur kurz mache, am dritten Tage nach seinem letzten Ausgange entdeckten wir mit grausamsten Schrecken seinen entseelten Körper, gegen Süden zu, außerhalb an dem Absatze einer jähen Steinklippe liegen, als von welcher er unserm damaligen Vermuten nach herabgefallen war. Ich fing vor übermäßiger Betrübnis bei diesem jämmerlichen Anblicke überlaut zu schreien und zu heulen an, und raufte mir als ein unsinniger Mensch ganze Hände voll Haare aus dem Kopfe, Concordia, die meine Gebärden nur von ferne sahe, weil sie die hohen Felsen nicht so, wie ich, besteigen konnte, sank augenblicklich in Ohnmacht hin, Lemelie lief geschwind nach frischen Wasser, ich aber blieb als ein halb verzweifelter Mensch ganz sinnlos bei ihr sitzen.

Endlich half doch des Lemelie oft wiederholtes Wassergießen und -sprengen soviel: daß Concordia sich wieder in etwas ermunterte. Allein meine Freunde«, (so unterbrach allhier der Altvater Albertus seine Erzählung in etwas,) »ich befinde mich bis diese Zeit noch nicht im Stande, ohne selbsteigene heftige Gemütsbewegungen, der Concordia schmerzliches Klagen, und mit wenig Worten zu sagen: ihre fast gänzliche Verzweifelung auszudrücken, wiewohl solches ohnedem besser mit dem Verstande zu fassen, als mit Worten auszusprechen ist. Doch ich setzte bei ihrem übermäßigen Jammer, mein eigenes dabei geschöpftes Betrübnis in etwas beiseite, und suchte sie nur erstlich dahin zu bereden, daß sie sich von uns nach der Laubhütte führen ließe. Wiewohl nun in dem ersten Auflauf ihrer Gemütsbewegungen nichts von ihr zu erhalten war, indem sie mit aller Gewalt ihren Karl Franz sehen, oder sich selbsten den Kopf an einem Felsen einstoßen wollte; so ließ sie sich doch endlich durch Vorstellung einiger biblischen Sprüche und anderer Vernunftlehren, dahin bewegen, daß ich und Lemelie, welcher vor verstellter Betrübnis kein Wort reden, doch auch kein Auge naßmachen konnte oder wollte, sie mit sinkendem Tage in die Laubhütte führen durften. Nachdem ich auf ihr sehnliches Bitten versprochen: alle Mühe und Kunst anzuwenden, den verunglückten Körper ihres werten Schatzes heraufzuschaffen.

Ohngeacht aber Concordia und ich in vergangenen Nächten fast wenig oder nichts geschlafen hatten, so konnten wir doch auch diese Nacht, wegen des allzugroßen Jammers, noch keinen Schlaf in unsere Augen kriegen, sondern ich nahm die Bibel und las der Concordia hieraus die kräftigsten Trostpsalmen und Kapitel vor, wodurch ihr vorheriges unruhiges, und zur Verzweifelung geneigtes Gemüte, in merkliche Ruhe gesetzt wurde. Indem sie, obschon das Weinen und Klagen nicht unterließ, dennoch soviel zu vernehmen gab, daß sie allen Fleiß anwenden wollte, sich mit Gedult in ihr klägliches Verhängnis zu schicken, indem freilich gewiß wäre, daß uns ohne Gottes Willen kein Unglück begegnen könne. Ihre damaligen reformierten Glaubensgründe, trugen gewissermaßen ein vieles zu der von mir gewünschten Beruhigung bei, doch nachhero hat sie diese verdächtigen Hülfsmittel besser erkennen, und sich, durch mein Zureden, aus Gottes Wort kräftiger trösten lernen.

Gegen Morgen schlief die bis in den Tod betrübte Concordia etwa ein paar Stunden, ich tat dergleichen, Lemelie aber, der die ganze Nacht hindurch als ein Ratz geschlafen hatte stund auf, wünschte der Concordia zum guten Morgen: Daß sie sich bei einer Sache, die nunmehro unmöglich zu ändern stünde, bald vollkommen trösten, und in ruhigern Zustand setzen möchte, wollte hiermit seine Flinte nehmen und spazierengehen, doch ich hielt ihn auf, und bat: er möchte doch der Concordia die Gefälligkeit erzeigen, und den Körper ihres Liebsten mir heraufbringen helfen, damit wir ihn ehrlich zur Erde bestatten könnten. Allein er entschuldigte sich, und gab zu vernehmen, wie er zwar uns in allen Stücken Gefälligkeit und Hülfe zu leisten schuldig wäre; doch damit möchte man ihn verschonen, weiln uns ja zum voraus bewußt, daß er einen ungewöhnlichen natürlichen Abscheu vor toten Menschen hätte, auch ohngeacht er schon lange Zeit zu Schiffe gedienet, niemals imstande gewesen, einen frischen Toten in die See zu werfen, vielweniger einen solchen anzugreifen, der schon etliche Tage an der Sonne gelegen. Hiermit ging er seine Wege, Concordia aber hub von neuen an, sich aufs allerkläglichste zu gebärden, da ich ihr aber zugeredet, sich zu mäßigen, und mich nur allein machen zu lassen, weil ich weder Gefahr noch Mühe scheuen, sondern ihr, unter Gottes Schutz, den Körper ihres Liebsten in ihre Hände liefern wollte; mußte sie mir erstlich zuschweren, sich zeit meines Abseins selbst kein Leid zuzufügen, sondern gedultig und stille zu sitzen, auch vor mich, wegen bevorstehender Gefahr, fleißig zu beten. Worauf soviel Seile und Stricke als zu ertragen waren, nebst einem Stücke Segeltuch nahm, und nebst Concordien, die eine Holzaxt nebst etwas Speise vor uns beide trug, nach den Felsen hin eilete. Daselbst ließ ich sie unten an einem sichern Orte sitzen, und kletterte nach und nach zur Höhe hinauf, zohe auch die Axt, etliche spitzgemachte Pfähle, und die übrigen Sachen, von einem Absatz zum andern, hinter mir her. An der auswendigen Seite mußte ich mich aber viel größerer Gefahr unterwerfen, weil daselbst die Felsen weit steiler, und an vielen Orten gar nicht zu beklettern waren, weswegen ich an drei Orten in die Felsenritzen Pfähle einschlagen, ein langes Seil dranbinden und mich dreimal acht, zehn, bis zwölf Ellen tief, an selbigen herunterlassen mußte. Solchergestalt gelangete ich endlich zu meines lieben Herrn van Leuvens jämmerlich zerschmetterten Körper, der, weil ihm das

Gesicht sehr mit Blut unterlaufen war, seine vorige Gestalt gänzlich verloren hatte, und allbereit wegen der großen Hitze, einen üblen Geruch von sich gab, jedoch ich hielt mich nicht lange dabei auf, sondern wickelte ihn eiligst in das bei mir habende Tuch, bewunde dasselbe mit Stricken, band ein Seil daran, und zohe diese Last nach und nach hinauf. Zu meinem Glücke hatte ich in die vom Felsen herabhangenden Seile, verschiedener Weite nach, Knoten gebunden, sonst wäre es fast unmöglich gewesen wieder hinaufzukommen, doch der Himmel bewahrete mich in dieser besondern Gefahr vor allem Unfall, und ich gelangte nach etwa sechs oder sieben Stunden Verlauf, ohnbeschadet, doch sehr schwer beladen und ermüdet, wiederum bei Concordien an. Durch vieles Bitten und vernünftige Vorstellungen, erhielt ich endlich soviel von selbiger, daß sie sonst nichts als ihres sel. Ehemannes Gesichte und die Hand, woran er annoch seinen Siegelring stecken hatte, zu sehen begehrte. Sie wusch beides mehr mit Tränen, als mit Wasser aus dem vorbeirinnenden Bächlein ab, und küssete ihn ohngeacht des übeln Aussehens und Geruchs vielfältige Mal, zohe den Ring von seinem Finger, und ließ endlich unter heftigen Jammerklagen geschehen, daß ich den Körper wieder einwickelte, und auf vorige Art umwunde.

Sie half mir denselben bis in unsere unterirdische Höhle tragen, woselbst er, weil ich nicht allein sehr ermüdet, sondern es auch allbereit ziemlich spät war, liegen blieb, und von uns beiden bewacht wurde. Mit anbrechenden Tage machte ich ein Grab neben des Don Cyrillo seinem, worein wir diesen lieben verunglückten Freund, unter Vergießung häufiger Tränen, begruben.

Lemelie, der unserer Arbeit von ferne zugesehen hatte, kam erstlich des folgenden Tages wieder zu uns, und bemühete sich mit Erzählung allerhand lustiger Geschichte, der Concordia Kummer zu vertreiben. Doch dieselbe sagte ihm ins Gesicht: Daß sie lieber mit dergleichen Zeitvertreibe verschonet bleiben möchte, indem ihr Gemüte nicht so leichtsinnig geartet, dergleichen höchst empfindlichen Verlust solchergestalt zu verschmerzen. Derowegen führete er zwar nachhero etwas vernünftigere Reden, doch Concordia, die bishero fast so wenig als nichts geruhet, verfiel darüber in einen tiefen Schlaf, weswegen Lemelie und ich uns gleichfalls in einer andern Ecke der Höhle, zur Ruhe legten. Jedoch es schien, als ob dieser Mensch ganz besondere Anfechtungen hätte, indem er sowohl diese, als viele folgende Nächte, fast keine Stunde nacheinander ruhig liegen konnte. Er fuhr sehr öfters mit ängstlichen Geschrei aus dem Schlafe auf, und wenn ich ihn deswegen befragte, klagte er über sonst nichts, als schwere Träume, wiewohl man ihn nach und nach sehr abgemattet, und fast an allen Gliedern ein starkes Zittern verspürete, jedoch binnen zwei oder drei Wochen erholete er sich ziemlich, so, daß er nebst mir, unserer künftigen Nahrung wegen, sehr fleißig arbeiten konnte.

Bei dem allen aber, lebten wir drei von ganz unterschiedenen Gemütsregungen eingenommene Personen, in einer vollkommenen Verwirrung, da es zumal das gänzliche Ansehen hatte, als ob alle unsere vorige Gedult, ja unser völliges Vergnügen, mit dem van Leuven begraben wäre. Wir saßen öfters etliche Stunden beisammen, ohne ein Wort miteinander zu sprechen, doch schien es als ob immer eines des andern Gedanken aus den Augen lesen wollte, und dennoch hatte niemand das Herze, der andern und dritten Person Herzensmeinung auszufragen. Endlich aber da nach des van Leuvens Beerdigung etwa vier Wochen verlaufen waren, hatte sich

Lemelie bei ersehener Gelegenheit die Freiheit genommen, der Concordia ingeheim folgende Erklärung zu tun: ›Madame!‹ sagt er ohngefähr: ›Ihr und ich haben bishero das unglückliche Verhängnis Eures sel. Ehemannes zur Gnüge betrauret. Was ist nunmehro zu tun? Wir sehen kein ander Mittel, als vielleicht noch lange Zeit unserm Schicksal auf dieser Insul Gehorsam zu leisten. Ihr seid eine Wittbe und darzu hoch schwanger, zu Euren Eltern zurückzukehren, ist so unmöglich als schändlich, einen Mann müsset Ihr haben, der Euch bei Ehren erhält, niemand ist sonsten vor Euch da als ich und Albert, doch weil ich nicht zweifele, daß Ihr mich, als einen Edelmann, diesem jungen Lecker, der zumal nur eine Privatperson ist, vorziehen werdet; so bitte ich um Eures eigenen Bestens willen, mir zu erlauben, daß ich die erledigte Stelle eines Gemahls bei Euch ersetzen darf, so werden wir nicht allein allhier unser Schicksal mit Geduld ertragen, sondern in Zukunft höchst vergnügt leben können, wenn wir das Glück haben, daß uns vielleicht ein Schiff von hier ab, und zu mehrerer menschlicher Gesellschaft führen wird. Albert‹, sagt er ferner, ›wird sich nicht einmal die hochmütigen Gedanken einkommen lassen, unserer beider Verbindung zu widerstreben, derowegen bedenket Euer Bestes in der Kürze, weil ich binnen drei Nächten als Ehemann mit Euch zu Bette zu gehen entschlossen, und zugleich Eure tragende Leibesfrucht, so gut als die meinige zu achten, entschlossen bin.‹

Concordia, die sich aus seinen feurigen Augen, und erhitzten Gemütsbewegungen, nichts Guts prophezeiet, bittet ihn um Gottes Barmherzigkeit willen, ihr wenigstens eine halbjährige Frist zur Trauer- und Bedenkzeit zu verstatten, allein der erhitzte Liebhaber will hiervon nichts wissen, sondern spricht vielmehr mit größter Vermessenheit: Er habe ihre Schönheit ohne würklichen Genuß lange genug vergebens vor Augen gehabt, nunmehro aber, da ihn nichts als der elende Albert daran verhinderlich sein könnte; wäre er nicht gesonnen sich länger Gewalt anzutun, und kurz! wollte sie haben, daß er ihr selbst nicht Gewalt antun sollte, müßte sie sich entschließen, ihn ehe noch drei Nächte verliefen, als seine Ehefrau beizuwohnen. Anbei tut er die vorsichtige Warnung, daß Concordia mir hiervon ja nichts in voraus offenbaren möchte, widrigenfalls er meine Person bald aus dem Wege räumen wolle. Jedoch die angstvolle Concordia stellet sich zwar, als ob sie seinen Drohungen ziemlich nachgäbe, sobald er aber etwas entfernet war, erfuhr ich das ganze Geheimnis. Meine Erstaunung hierüber war unsäglich, doch, ich glaube eine besondere Kraft des Himmels, stärkte mich augenblicklich dermaßen, daß ich ihr den Rat gab, allen seinen Anfällen aufs äußerste zu widerstreben, im übrigen sich auf meinen Beistand gänzlich zu verlassen; weiln ich von nun an fleißig auf sie achthaben, und ehe mich um mein Leben, als sie um ihre Ehre bringen lassen wollte.

Immittelst war Lemelie drei Tage nacheinander lustig und guter Dinge, und ich richtete mich dermaßen nach ihm, daß er in meine Person gar kein böses Vertrauen setzen konnte. Da aber die fatale Nacht hereinbrach, in welcher er sein gottloses Vorhaben vollbringen wollte; befahl er mir auf eine recht herrschaftliche Art, mich nun zur Ruhe zu legen, weiln er nebst mir morgenden Tag eine recht schwere Arbeit vorzunehmen gesonnen sei. Ich erzeigte ihm einen verstellten knechtischen Gehorsam, wodurch er ziemlich sicher gemacht wurde, sich gegen Mitternacht mit Gewalt in der Concordia Kammer eindrange, und mit Gewalt auf ihrem Lager Platz suchen wollte.

Kaum hatten meine aufmerkenden Ohren dieses gehöret, als ich sogleich in aller Stille aufstund, und unter
beiden einen langen Wortstreit anhörete, da aber Lemelie endlich allzu brünstig wurde, und weder der unschuldigen Frucht, noch der kläglich winselnden Mutter schonen, sondern die letztere mit Gewalt notzüchtigen wollte, stieß ich, nachdem dieselbe abgeredtermaßen, Gott
und Menschen um Hülfe anrief, die Tür ein, und suchte
den ruchlosen Bösewicht mit vernünftigen Vorstellungen auf bessere Gedanken zu bringen. Doch der einge-
fleischte Teufel sprang auf, ergriff einen Säbel, und
versetzte mir einen solchen Hieb über den Kopf, daß mir
augenblicklich das Blut über das Gesichte herunterlief.
Ich eilete zurücke in meine Kammer, weiln er mich aber
bis dahin verfolgen, und seinem Vorsatze nach ganz er-
töten wollte, ergriff ich in der Angst meine Flinte mit
dem aufgesteckten Stilett, hielt dieselbe ausgestreckt vor
mich, und mein Mörder, der mir inzwischen noch einen
Hieb in die linke Schulter angebracht hatte, rannte sich
im Finstern selbst dergestalt hinein, daß er das Stilett in
seinem Leibe steckend behielt, und damit zu Boden
stürzte.

Auf sein erschreckliches Brüllen, kam die zitternde
Concordia aus ihrer Kammer mit dem Lichte gegangen,
da wir denn gleich wahrnahmen, wie ihm das Stilett
vorne unter der Brust hinein-, und hinten zum Rücken
wieder herausgegangen war. Dem ohngeacht, suchte er,
nachdem er solches selbst herausgezogen, und in der
linken Hand behalten hatte, mit seinem Säbel, entweder
der Concordia, oder mir einen tödlichen Streich beizu-
bringen. Jedoch ich nahm die Gelegenheit in acht,
machte, indem ich ihm den einen Fuß auf die Kehle
setzte, seine verfluchten Hände wehrlos, und dieselben,
nebst den Füßen, mit Stricken fest zusammen, und ließ

das Aas solchergestalt eine gute Zeit lang zappeln, nicht zweifelnd, daß er sich bald eines andern besinnen würde. Allein es hatte fast das Ansehen, als ob er in eine würkliche Raserei verfallen wäre, denn als mir Concordia meine Wunden so gut sie konnte, verbunden, und das heftige Bluten ziemlich gestillet hatte, stieß er aus seinem verfluchten Rachen die entsetzlichsten Gotteslästerungen, und gegen uns beide die häßlichsten Schandreden aus, rufte anbei unzählige Mal den Satan um Hülfe an, verschwur sich denselben auf ewig mit Leib und Seele zum Eigentume, woferne nur derselbe ihm die Freude machen, und seinen Tod an uns rächen wollte.

Ich hielt ihm hierauf eine ziemlich lange Predigt, malete sein verruchtes Leben mit lebendigen Farben ab, und stellete ihn sein unglückseliges Verhängnis vor Augen, indem er, da er mich zu ermorden getrachtet, sein selbsteigener Mörder worden, ich aber von Gottes Hand erhalten wäre. Concordia tat das ihrige auch mit größten Eifer darbei, verwiese ihn aber letztlich auf wahre Buße und Erkenntnis seiner Sünden, vielleicht, sagte sie, ließe sich die Barmherzigkeit Gottes noch in seiner letzten Todesstunde erweichen, ihm Gnade und Vergebung widerfahren zu lassen. Doch dieser Bösewicht drückte die Augen feste zu, knirschete mit den Zähnen, und kriegte die heftigsten Anfälle von der schweren Not, so daß ihm ein gräßlicher Schaum vor dem Maule stund, worauf er bis zu anbrechenden Tage stille liegenblieb, nachhero aber mit schwacher Stimme etwas zu trinken foderte. Ich gab ihm einen Trunk von unsern besten Getränke, welches der aus den Palmbäumen gelaufene Saft war. Er schluckte denselben begierig hinein, und hub mit matter Stimme zu sagen an: ›Was habt Ihr vor Vergnügen Mons. Albert, mich ferner zu quälen,

da ich nicht die allergeringste Macht habe Euch fernern
Schaden zu tun, erzeiget mir derowegen die Barmherzigkeit, meine Hände und Füße von den schmerzlichen
Banden zu erlösen, ich will Euch sodann ein offenherziges Bekenntnis meiner abscheulichen Missetaten tun,
nach diesem aber werdet Ihr mich meiner Bitte gewäh-
ren, und mir mit einem tödlichem Stoße den wohlver-
dienten Lohn der Bosheit geben, mithin meiner Leibes-
und Gewissensqual ein Ende machen, denn Ihr seid dessen, Eurer Rache wegen wohl berechtigt, ich aber will
solches annoch vor eine besondere Gnade der Menschen
erkennen, weil ich doch bei Gott keine Gnade und Barmherzigkeit zu hoffen habe, sondern gewiß weiß, daß ich
in dem Reiche des Teufels, welchem ich mich schon seit
vielen Jahren ergeben, auf ewig verbleiben werde.‹

Es stunden uns bei diesen seinen letzten Worten die
Haare zu Berge, doch nachdem ich alle, mir verdächtig
vorkommende Sachen, auf die Seite geschafft und versteckt hatte, wurden seine Hände und Füße der beschwerlichen Bande entlediget, und der tödlich verwundete Körper auf eine Matratze gelegt. Er empfand einige
Linderung der Schmerzen, wollte aber seine empfange-
ne Wunde weder anrühren noch besichtigen lassen, hielt
im Gegenteil an die Concordia und mich ohngefähr folgende Rede.

›Wisset‹, sagte er, ›daß ich aus einem der allervor-
nehmsten Geschlechte in Frankreich entsprossen bin,
welches ich, indem es mich als einen rechten Greuel der
Tugenden erzeuget, nicht einmal namhaft machen will.
Ich habe in meinem achtzehnten Jahre meine leibliche
Schwester genotzüchtiget, und nachhero, da es ihr gefiel, in die drei Jahr Blutschande mit derselben getrieben. Zwei Hurenkinder, die binnen der Zeit von ihr kamen, habe ich ermordet, und in Schmelztiegeln als eine

besondere kostbare Massam zu Asche verbrannt. Mein Vater und Mutter entdeckten mit der Zeit unsere abscheuliche Blutschande, ließen sich auch angelegen sein, eine fernere Untersuchung unsers Lebens anzustellen, doch weil ich alles beizeiten erfuhr, wurden sie beide in einer Nacht durch beigebrachtes Gift in die andere Welt geschickt. Hierauf wollten meine Schwester und ich als Eheleute, unter verwechselten Namen, nach Spanien oder Engelland gehen, allein eine andere wollüstige Hure zohe meine gestilleten Begierden vollends von der Schwester ab, und auf sich, weswegen meine um Ehre, Gut und Gewissen betrogene Schwester, sich nebst ihrer dritten von mir tragenden Leibesfrucht selbst ermordete, denen Gerichten aber ein offenherziges Bekenntnis, meiner und ihrer Schand- und Mordtaten, schriftlich hinterließ, ich aber hatte kaum Zeit, mich, nebst meiner neuerwählten Hure, und etlichen kostbaren Sachen, unter verstellter Kleidung und Namen, aus dem Lande zu machen. – – –‹ Hier wollte dem Bösewicht auch seine eigene schändliche Zunge den Dienst versagen, weswegen ich, selbige zu stärken, ihm noch einen Becher Palmensaft reichen mußte, worauf er seine Rede also fortsetzte:

›Ich weiß und merke‹, sagte er, ›daß ich nicht eher sterben kann, bis ich auch den sterblichen Menschen den meisten Teil meiner schändlichen Lebensgeschicht offenbaret habe, wisset demnach, daß ich in Engelland, als wohin ich mit meiner Hure geflüchtet war, nicht allein diese, wegen ihrer Untreue, sondern nebst derselben neunzehn Seelen allein durch Gift hingerichtet habe.

Indessen aber hatte mich doch am englischen Hofe, auf eine ziemliche Stufe der Glückseligkeit gebracht, allein mein Ehrgeiz und ausschweifende Wollust stürzten den auf üblen Grunde ruhenden Bau, meiner zeitlichen

Wohlfahrt gar bald darnieder, so daß ich unter abermals verwechselten Namen und in verstelleter Kleidung, als ein Bootsknecht, sehr arm und elend aus Engelland absegeln mußte.

Ein ganz besonderes Glücke führete mich endlich auf ein holländisches Kaperschiff, und machte nach und nach aus mir einen ziemlich erfahrnen Seemann, allein wie ich mich durch Giftmischen, Meuchelmord, Verräterei und andere Ränke mit der Zeit bis zu dem Posten eines Kapitäns erhoben, ist wegen der kurzen Frist, die ich noch zu leben habe, unmöglich zu erzählen. Der letztere Sturm, dergleichen ich noch niemals, Ihr aber nebst mir ausgestanden, hätte mich beinahe zur Erkenntnis meiner Sünden gebracht, allein der Satan, dem ich mich bereits vor etlichen Jahren mit Leib und Seele verschrieben, hat mich durchaus nicht dahin gelangen lassen, im Gegenteil mein Herze mit immerwährenden Bosheiten angefüllet. – – –‹ Er forderte hierbei nochmals einen Trunk Palmensaft, trank, sahe hierauf die Concordia mit starren Augen an, und sagte: ›Bejammernswürdige Concordia! Nehmet den Himmel zu einem Arzte an, indem ich Eure noch nicht einmal verblutete Herzenswunde von neuen aufreiße, und bekenne: daß ich gleich in der ersten Minute, da Eure Schönheit mir in die Augen gefallen, die verzweifeltesten Anschläge gefasset, Eurer Person und Liebe teilhaftig zu werden. Mehr als acht Mal habe ich noch auf dem Schiffe Gelegenheit gesucht, Euren seligen Gemahl mit Gifte hinzurichten: doch da er ohne Eure Gesellschaft selten gegessen oder getrunken hat, Euer Leben aber, mir allzu kostbar war, sind meine Anstalten jederzeit vergeblich gewesen. Öffentlich habe niemals mit ihm anzubinden getrauet, weil ich wohl gemerkt, daß er mir an Herzhaftigkeit überlegen, und ihn hinterlistiger Weise zu ermorden, wollte auf lange Zeit nicht angehen, da ich befürchten mußte, daß Ihr deswegen einen tödlichen Haß auf mich werfen möchtet. Endlich aber gab mir der Teufel und meine verfluchte Begierde, bei ersehener Gelegenheit die Gedanken ein, Euren seligen Mann von der Klippe herunterzustürzen. – – –‹ Concordia wollte bei Anhörung dieser Beichte ohnmächtig werden, jedoch der wenige Rest einer bei sich habenden, balsamischen Arzenei, stärkte sie, nebst meinem zwar ängstlichen doch kräftigen Zureden, dermaßen, daß sie das Ende dieser jämmerlichen und erschrecklichen Geschicht, mit ziemlicher Gelassenheit vollends abwarten konnte.

Lemelie fuhr demnach im Reden also fort: ›Euer Ehemann, Concordia! kam, indem er ein schönes Morgenlied sang, die Klippe hinaufgestiegen, und erblickte mich seitwärts mit der Flinte im Anschlage liegen. Er erschrak heftig, ohngeacht ich nicht auf ihn, sondern nach einem gegen mir über sitzenden Vogel zielete, dem er mit seiner Ankunft verjagte. Wiewohl mir nun der Teufel gleich in die Ohren blies, diese schöne Gelegenheit, ihn umzubringen, nicht vorbeistreichen zu lassen, so war doch ich noch listiger, als hitzig, warf meine Flinte zur Erden, eilete und umarmete den van Leuven, und sagte: ›Mein edler Freund, ich spüre daß Ihr vielleicht einen bösen Verdacht habt, als ob ich nach Eurem Leben stünde. Allein entweder lasset selbigen fahren, oder erschießet mich auf der Stelle, denn was ist mir mein verdrießliches Leben ohne Eure Freundschaft auf dieser einsamen Insul sonsten nütze.‹ Van Leuven umarmete und küssete mich hierauf gleichfalls, versicherte mich seiner aufrichtigen und getreuen Freundschaft, setzte auch viele gute Vermahnungen hinzu, vermöge deren ich mich in Zukunft tugendhafter und gottesfürchtiger aufführen möchte. Ich schwur ihm alles zu, was er vermutlich gern von mir hören und haben wollte, weswegen wir dem äußerlichen Ansehen nach, auf einmal die allerbesten Freunde wurden, unter den vertraulichsten Gesprächen aber lockte ich ihn unvermerkt auf den obersten Gipfel des Felsens, und zwar unter dem Vorwande, als ob ich ein von ferne kommendes Schiff wahrnähme, da nun der höchst erfreute van Leuven, um selbiges zu sehen, auf die von mir angemerkte gefährlichste Stelle kam, stürzte ich ihn in einem einzigen Stoße, und zwar an einem solchen Orte hinab, daß er augenblicklich zerschmettern mußte. Nachdem ich seines Todes völlig versichert war, ging ich mit Zittern zurücke, weil mir die Worte seines gesungenen Morgenliedes:

Nimmstu mich, Gott in deine Hände,
So muß gewiß mein Lebensende
Den Meinen auch zum Trost gedeihn,
Es mag gleich schnell und kläglich sein.

gar nicht aus den Gedanken fallen wollten, bis der Teufel und meine unzüchtigen Begierden mir von neuen einen Mut und, wegen meines künftigen Verhaltens, ferner Lehren einbliesen. Jedoch‹, sprach er mit seufzender und heiserer Stimme: ›mein gottes- und ehrvergessenes Aufführen kann Euch alles dessen nachdrücklicher und besser überzeugen, als mein beschwerliches Reden. Und Mons. Albert, Euch war der Tod ebenfalls vorlangst geschworen, insoweit Ihr Euch als einen Verhinderer meines Vergnügens angeben, und mir nicht als einem Befehlshaber gehorchen würdet, jedoch das Verhängnis hat ein anders beschlossen, indem Ihr mich wiewohl wider Euren Willen tödlich verwundet habt. Ach machet derowegen meiner zeitlichen Marter ein Ende, rächet Eure Freunde und Euch selbst, und verschaffet mich durch den letzten Todesstich nur bald in das vor meine arme Seele bestimmte Quartier zu allen Teufeln, denn bei Gott ist vor dergleichen Sünder, wie ich bin, weder Gnade noch Barmherzigkeit zu hoffen.‹

Hiermit blieb er stille liegen. Concordia aber und ich setzten allen unseren anderweitigen Jammer beiseite, und suchten des Lemelie Seele durch die trostreichsten Sprüche aus des Teufels Rachen zu reißen. Allein, seine Ohren waren verstopft, und ehe wir uns dessen versahen, stach er sich, mit einem bei sich annoch verborgen gehaltenen Messer, in etlichen Stichen das Herze selbst vollends ab, und blies unter gräßlichen Brüllen seine ohnfehlbar ewig verdammte Seele aus. Concordia und ich wußten vor Furcht, Schrecken und überhäufter Betrübnis nicht, was wir anfänglich reden oder tun sollten, doch, nachdem wir ein paar Stunden vorbeistreichen lassen, und unsere Sinnen wieder in einige Ordnung gebracht hatten, schleppte ich den schändlichen Körper bei den Beinen an seinen Ort, und begrub ihn als ein Vieh, weil er sich im Leben noch viel ärger als ein Vieh aufgeführet hatte.

Das war also eine zwar kurze, doch mehr als erstaunenswürdige Nachricht von dem schändlichen Leben, Tode und Begräbnis eines solchen Menschen, der der Erden eine verfluchte unnütze Last, dem Teufel aber eine desto nützlichere Kreatur gewesen. Welcher Mensch, der nur ein Fünklein Tugend in seiner Seelen heget, wird nicht über dergleichen Abschaum aller Laster erstaunen, und dessen durchteufeltes Gemüte verfluchen? Ich vor meine Person hatte recht vom Glücke zu sagen, daß ich seinen Mordstreichen, noch sozusagen, mit blauen Augen entkommen war, wiewohl ich an meinen empfangenen Wunden, die, wegen der sauren Arbeit bei dem Begräbnisse dieses Höllenbrandes, stark erhitzt wurden, nachhero Angst und Schmerzen genung auszustehen hatte.

Meine annoch einzige Unglücksgefährtin, nämlich die Concordia, traf ich bei meiner Zurückkunft sich fast in Tränen badend an, weil ich nun der einzige Zeuge ihres Jammers war, und desselben Ursprung nur allzuwohl wußte, wegen ihrer besondern Gottesfurcht und anderer Tugenden aber in meiner Seelen ein heftiges Mitleiden über ihr unglückliches Verhängnis hegte, und mein selbsteigenes Teil ziemlich dabei hatte, so war mir um soviel desto leichter, ihr im Klagen und Weinen Gesellschaft zu leisten, also vertieften wir uns dermaßen in unserer Betrübnis, daß wir den ganzen Tag bis zu einbrechender Nacht ohne Essen und Trinken bloß mit Seufzen, Weinen und Klagen hinbrachten. Endlich da mir die vernünftigen Gedanken wiederum einfielen, daß wir mit allzu übermäßiger Betrübnis unser Schicksal weder verbessern noch verschlimmern, die höchste Macht aber dadurch nur noch mehr zum Zorne reizen könnten, suchte ich die Concordia sowohl als mich selbst zur Gedult zu bewegen, und dieses gelunge mir auch insoweit, daß wir einander zusagten: alles unser Bekümmernis dem Himmel anzubefehlen, und mit täglichen fleißigen Gebet und wahrer Gottgelassenheit zu erwarten, was derselbe ferner über uns verhängen würde.

Danach wischeten wir die Tränen aus den Augen, stelleten uns recht herzhaftig an, nahmen Speise und Trank, und suchten, nachdem wir miteinander andächtig gebetet und gesungen, ein jedes seine besondere Ruhestelle, und zwar beide in einer Kammer. Concordia verfiel in einen süßen Schlaf, ich aber konnte wegen meiner heftig schmerzenden Wunden, die in Ermangelung guter Pflaster und Salben nur bloß mit Leinwand bedeckt und umwunden waren, fast kein Auge zutun, doch da ich fast gegen Morgen etwa eine Stunde geschlummert haben mochte, fing Concordia erbärmlich zu winseln und zu wehklagen an, da ich nun vermeinete, daß sie solches wegen eines schweren Traumes etwa im Schlafe täte, und, sie sanfte zu ermuntern, aufstund, richtete sich dieselbe auf einmal in die Höhe, und sagte, indem ihr die größten Tränentropfen von den Wangen herunterrolleten: ›Ach, Monsieur Albert! Ach, nunmehro befinde ich mich auf der höchsten Staffel meines Elendes! Ach Himmel, erbarme dich meines Jammers! Du weißt ja, daß ich die Unzucht und Unkeuschheit zeitlebens von Grund der Seelen gehasset, und die Keuschheit vor mein bestes Kleinod geschätzet. Zwar habe mich durch übermäßige Liebe von meinen sel. Ehemann verleiten lassen, mit ihm aus dem Hause meiner Eltern zu entfliehen, doch du hast mich ja dieserwegen auch hart genug gestraft. Wiewohl, gerechter Himmel, zürne nicht über meine unbesonnenen Worte, ist's noch nicht genung? Nun so strafe mich ferner hier zeitlich, aber nur, nur, nur nicht ewig.‹

Hierauf rang sie die Hände aufs heftigste, der Angstschweiß lief ihr über das ganze Gesichte, ja sie winselte, schrie, und wunde sich auf ihren Lager als ein armer Wurm.

Ich wußte vor Angst, Schrecken und Zittern nicht, was ich reden, oder wie ich mich gebärden sollte, weil nicht anders gedenken konnte, als daß Concordia vielleicht noch vor Tagesanbruch das Zeitliche gesegnen, mithin mich als den allerelendesten Menschen auf dieser Insul allein, ohne andere, als der Tiere Gesellschaft, verlassen würde. Diese kläglichen Vorstellungen, nebst ihren schmerzhaften Bezeigen, rühreten mich dermaßen heftig, daß ich auf Knie und Angesicht zur Erden fiel, und dermaßen eifrig zu Gott schrie, daß es fast das Ansehen hatte, als ob ich den Allrnächtigen mit Gewalt zwingen wollte, sich der Concordia und meiner zu erbarmen.

Immittelst war dieselbe ganz stille worden, weswegen ich voller Furcht und Hoffnung zu Gott aufstund, und besorgte, sie entweder in einer Ohnmacht oder wohl gar tot anzutreffen. Jedoch zu meinem größten Troste, lag sie in ziemlicher Linderung, wiewohl sehr ermattet, da, nahm und drückte meine Hand, legte selbige auf ihre Brust, und sagte unter heftigern Herzklopfen: ›Es ist an dem, Mons. Albert, daß Eure und meine Tugend von der göttlichen Fürsehung auf eine harte Probe gesetzt wird. Wisset demnach, mein einziger Freund und Beistand auf dieser Welt, daß ich in Kindesnöten liege. Auf Euer herzliches Gebet hat mir der Höchste Linderung verschaffet, ich glaube, daß ich bloß um Eurentwillen noch nicht sterben werde. Allein, ich bitte Euch um Gottes Barmherzigkeit willen, lasset Eure Keuschheit, Gottesfurcht und andere Tugenden, bei meinem itzigen Zustande über alle Fleischeslust, unkeusche Gedanken, ja über alle Bemühungen, die ich Euch zu machen, von der Not gezwungen bin, triumphieren. Denn ich bin versichert, daß alle äußerliche Versuchungen, unsern keuschen Seelen keinen Schaden zufügen können, sofern dieselben nur an sich selbst rein von Lastern sind.‹

Hierauf legte ich meine linke Hand auf ihre bekleidete Brust, meine rechte aber reckte ich in die Höhe, und sprach: ›Liebste Concordia, ich schwere hiermit einen würklichen Eid, daß ich zwar Eure schöne Person unter allen Weibspersonen auf der ganzen Welt aufs allerwerteste achte und liebe, auch dieselbe jederzeit hoch zu achten und zu lieben gedenke, wenn ich gleich, mit Gottes Hülfe, wieder unter tausend und mehr andere Weibs- und Mannspersonen kommen sollte; allein

wisset, daß ich Euch nicht im geringsten aus einer wollüstigen Absicht, sondern bloß Eurer Tugenden wegen
liebe, auch alle geile Brunst, dergleichen Lemelie verspüren lassen, aufs heftigste verfluche. Im Gegenteil
verspreche, solange wir beisammen zu leben gezwungen
sind, aus guten Herzen, Euch in allen treulich beizustehen, und sollte ja wider Vermuten in Zukunft bei mir
etwa eine Lust entstehen, mit Eurer Person verehlicht zu
sein, so will ich doch dieselbe, um Euch nicht verdrüßlich zu fallen, beständig unterdrücken, hingegen allen
Fleiß anwenden, Euch mit der Hälfte derjenigen Schätze, die wir in Verwahrung haben, dahin zu verschaffen,
wo es Euch belieben wird, weiln ich lieber zeitlebens
unvergnügt und ehelos leben, als Eurer Ehre und Tugend die geringste Gewalt antun, mir aber in meinem
Gewissen nur den kleinesten Vorwurf verursachen wollte. Verlasset Euch derowegen sicher auf mein Versprechen, worüber ich Gott und alle heiligen Engel zu Zeugen anrufe, fasset einen frischen Mut, und fröhliches
Herze. Gott verleihe Euch eine glückliche Entbindung,
trauet nächst dem auf meinen getreuen Beistand, tut
Eurer Gesundheit mit unnötiger und vielleicht gefährlicher Schamhaftigkeit keinen Schaden, sondern verlasset
Euch auf Euer und meine tugendhafte Keuschheit, welche in dieser äußersten Not unverletzt bleiben soll. Ich
habe das feste Vertrauen, der Himmel werde auch diese
höchste Staffel unseres Elends glücklich übersteigen helfen, und Euch mir zum Trost und Beistande gesund und
vergnügt beim Leben erhalten. Befehlet mir derowegen
nur ohne Scheu, was ich zu Eurem Nutzen etwa tun und
herbeischaffen soll, Gott wird uns, in dieser schweren
Sache ganz unerfahrnen Leuten am besten zu raten wissen.‹

   Diesemnach küssete die keusche Frau aus reiner

Freundschaft meine Hand, versicherte mich, daß sie auf meine Redlichkeit ein vollkommenes Vertrauen setzte, und bat, daß ich außen vor der Kammer ein Feuer anmachen, anbei sowohl kaltes als warmes Wasser bereithalten möchte, weil sie nächst göttlicher Hülfe sich einer baldigen Entbindung vermutete. Ich eilete, soviel mir menschlich und möglich, ihrem Verlangen ein Genügen zu leisten, sobald aber alles in völliger Bereitschaft, und ich wiederum nach meiner Kreißenden sehen wollte, fand ich dieselbe in ganz anderer Verfassung, indem sie allen Vorrat von ihren Betten in der Kammer herumgestreuet, sich mitten in der Kammer auf ein Unterbette gesetzt, die große Lampe darnebengestellet, und ihr neugebornes Töchterlein, in zwei Küssen eingehüllet, vor sich liegen hatte, welches seine jämmerliche Ankunft mit ziemlichen Schreien zu verstehen gab. Ich wurde vor Verwunderung und Freude ganz bestürzt, mußte aber auf Concordiens sehnliches Bitten allhier zum ersten Male das Amt einer Bademutter verrichten, welches mir auch sehr glücklich von der Hand gegangen war, indem ich die kleine, wohlgebildete Kreatur ihrer Mutter ganz rein und schön zurücklieferte.

Mittlerweile war der Tag völlig angebrochen, weswegen ich, nachdem Concordia auf ihr ordentliches Lager gebracht, und sich noch ziemlich bei Kräften befand, ausgehen, ein Stücke Wild schießen, und etliche gute Kräuter zum Zugemüse eintragen wollte, indem unser Speisevorrat fast gänzlich aufgezehrt war. Doch selbige bat mich, noch eine Stunde zu verziehen, und erstlich das Allernötigste, nämlich die heilige Taufe ihres jungen Töchterleins zu besorgen, inmaßen man nicht wüßte, wie bald dergleichen zarte Kreatur vom Tode übereilet werden könnte. Ich konnte diese ihre Sorge selbst nicht anders als vor höchst wichtig erkennen, nachdem wir uns also wegen dieser heiligen und christlichen Handlung hinlänglich unterredet, vertrat ich die Stelle eines Priesters, taufte das Kindlein nach Anweisung der heiligen Schrift, und legte ihm ihrer Mutter Namen Concordia bei.

Hierauf ging ich mit meiner Flinte, wiewohl sehr taumelend, matt und kraftlos, aus, und da mir gleich über unsern gemachten Damme ein ziemlich stark und feister Hirsch begegnete, setzte ich vor dieses Mal meine sonst gewöhnliche Barmherzigkeit beiseite, gab Feuer und traf denselben so glücklich in die Brust hinein, daß er sogleich auf der Stelle liegenblieb. Allein, dieses große Tier trieb mir einen ziemlichen Schweiß aus, ehe ich selbiges an Ort und Stelle bringen konnte. Jedoch da meine Wöchnerin und ich selbst gute Kraftsuppen und andere gesunde Kräuterspeisen höchst vonnöten hatte, mußte mir alle Arbeit leicht werden, und weil ich also kein langes Federlesen machte, sondern alles aufs hurtigste, wiewohl nicht nach den Regeln der Sparsamkeit, einrichtete, war in der Mittagsstunde schon eine gute stärkende Mahlzeit fertig, welche Concordia und ich mit wunderwürdigen und ungewöhnlichen Appetite einnahmen.

Jedoch, meine Freunde«, sagte hier der Altvater Albertus, »ich merke, daß ich mich diesen Abend etwas länger in Erzählung, als sonsten, aufgehalten habe, indem sich meine müden Augen nach dem Schlafe sehnen.« Also brach er ab, mit dem Versprechen, morgendes Tages nach unserer Zurückkunft von Johannisraum fortzufahren, und diesemnach legten wir uns, auf gehaltene Abendandacht, insgesamt, wie er, zur Ruhe.

Die abermals aufgehende und alles erfreuende Sonne gab selbigen Morgen einem jeden das gewöhnliche Zeichen aufzustehen. Sobald wir uns nun versammlet, das Morgengebet verrichtet, und das Frühstück eingenommen hatten, ging die Reise in gewöhnlicher Suite durch den großen Garten über die Brücke des westlichen Flusses, auf Johannisraum zu. Selbige Pflanzstätte bestunde aus zehn Häusern, in welchen allen man wahrnehmen konnte, daß die Eigentumsherrn denen andern, so wir bishero besucht, an guter Wirtschaft nicht das geringste nachgaben. Sie hatten ein besseres Feld, als die in Jakobsraum, jedoch nicht so häufigen Weinwachs, hergegen wegen des naheliegenden großen Sees, den vortrefflichsten Fischfang, herrliche Waldung, Wildpret und Ziegen in starker Menge. Die Bäche daselbst führeten ebenfalls häufige Goldkörner, worvon uns eine starke Quantität geschenkt wurde. Wir machten uns allhier das Vergnügen, in wohlausgearbeiteten Kähnen auf der großen See herumzufahren, und zugleich mit Angeln, auch artigen Netzen, die vom Bast gewisser Bäume gestrickt waren, zu fischen, durchstrichen hierauf den Wald, bestiegen die oberste Höhe des Felsens, und trafen daselbst bei einem wohlgebauten Wachhause zwei Stücken Geschützes an. Etliche Schritt hiervon ersahen wir ein in den Felsen gehauenes großes Kreuze, worein eine zinnerne Platte gefügt war, die folgende Zeilen zu lesen gab:

† † †

Auf dieser unglückseligen Stelle
ist im Jahre Christi 1646
am 11. Novembr.
der fromme Karl Franz van Leuven,
von dem gottlosen Schandbuben Lemelie
meuchelmörderischerweise
zum Felsen hinabgestürzt und
elendiglich zerschmettert worden.

Doch seine Seele
wird ohne Zweifel bei Gott
in Gnaden sein.
† † †

Unser guter Altvater Albertus hatte sich mit großer
Mühe auch an diesen Ort bringen lassen, und zeigete
uns die Stelle, wo er nunmehro vor 79 Jahren und etlichen Tagen den Körper seines Vorwirts, zerschmettert
liegend, angetroffen. Wir mußten erstaunen, da wir die
Gefahr betrachteten, in welche er sich gesetzt, denselben
in die Höhe zu bringen. Voritzo war daselbst ein zwar
sehr enger, doch bequemer Weg bis an die See gemacht,
welchen wir hinunterstiegen, und in der Bucht, südwestwärts, ein ziemlich starkes Fahrzeug antrafen, womit die
Unserigen öfters nach einer kleinern Insul zu fahren
pflegten, indem dieselbe nur etwa zwei Meilen von der
Felseninsul entlegen war, in Umfange aber nicht viel
mehr als fünf- oder sechstehalb teutsche Meilen haben
mochte.

Es wurde beschlossen, daß wir nächstens das Fahrzeug ausbessern, und eine Spazierfahrt nach besagter
kleinen Insul, welche Albertus Klein-Felsenburg benen-
net hatte, vornehmen wollten. Vor diesmal aber nahmen
wir unsern Rückweg durch Johannisraum, reichten den
Einwohnern die gewöhnlichen Geschenke, wurden dagegen von ihnen mit einer vollkommenen guten Mahlzeit bewirtet, die uns, weil die Mittagsmahlzeit nicht ordentlich gehalten worden, trefflich zustatten kam, nahmen hierauf dankbarlichen Abschied, und kamen diesen Abend etwas später als sonsten auf der Albertusburg
an.

Dem ohngeacht, und da zumalen niemand weiter etwas zu speisen verlangete, sondern wir uns mit etlichen

Schalen Koffee, nebst einer Pfeife Tobak zu behelfen beredet, setzte bei solcher Gelegenheit unser Altvater seine Geschichtserzählung dergestalt fort:

»Ich habe gestern gemeldet, wie wir damaligen beiden Patienten die Mahlzeit mit guten Appetit verzehret, jedoch Concordia befand sich sehr übel drauf, indem sie gegen Abend ein würkliches Fieber bekam, da denn der abwechselnde Frost und Hitze die ganze Nacht hindurch währete, weswegen mir von Herzen angst und bange wurde, so daß ich meine eigenen Schmerzen noch lange nicht so heftig, als der Concordiae Zufall empfand.

Von Arzeneien war zwar annoch ein sehr weniges vorhanden, allein wie konnte ich wagen ihr selbiges einzugeben? da ich nicht den geringsten Verstand oder Nachricht hatte, ob ich meiner Patientin damit helfen oder schaden könnte. Gewiß es war ein starkes Versehen von Mons. van Leuven gewesen, daß er sich nicht mit einem bessern Vorrat von Arzeneien versorgt hatte, doch es kann auch sein, daß selbige mit verdorben waren, genung, ich wußte die ganze Nacht nichts zu tun, als auf den Knien bei der Concordia zu sitzen, ihr den kalten Schweiß von Gesicht und Händen zu wischen, dann und wann kühlende Blätter auf ihre Stirn und Arme zu binden, nächst dem den allerhöchsten Arzt um unmittelbare kräftige Hülfe anzuflehen. Gegen Morgen hatte sie zwar, sowohl als ich, etwa drei Stunden Schlaf, allein die vorige Hitze stellete sich vormittags desto heftiger wieder ein. Die arme kleine Concordia fing nunmehro auch, wie ich glaube, vor Hunger und Durst, erbärmlich an zu schreien, verdoppelte also unser Herzeleid auf jämmerliche Art, indem sie von ihrer Mutter nicht einen Tropfen Nahrungssaft erhalten konnte. Es war mir allbereit in die Gedanken kommen, ein paar melkende Ziegen einzufangen, allein auch diese Tiere waren durch das öftere Schießen dermaßen wild worden, daß sie sich allezeit auf zwanzig bis fünfzig Schritt von mir entfernt hielten, also meine dreistündige Mühe vergeblich machten, also traf ich meine beiden Concordien, bei meiner Zurückkunft, in noch weit elendern Zustande an, indem sie vor Mattigkeit kaum noch lechzen konnten. Solchergestalt wußte ich kein ander Mittel, als allen beiden etwas von dem mit reinen Wasser vermischten Palmsafte einzuflößen, indem sie sich nun damit ein wenig erquickten, gab mir der Himmel einen noch glücklichern Einfall. Denn ich lief alsobald wieder fort, und trug ein Körblein voll von der den europäischen Aprikosen oder Morellen gleichförmigen, doch weit größern Frucht ein, schlug die harten Kerne entzwei, und bereitete aus den inwendigen, welche an Annehmlich- und Süßigkeit die süßen Mandeln bei weiten übertreffen, auch noch viel gesünder sein, eine unvergleichlich schöne Milch, sowohl auch ein herrliches Gemüse, mit welchen beiden ich das kleine Würmlein ungemein kräftig stärken und ernähren konnte.

Concordia vergoß teils vor Schmerzen und Jammer, teils vor Freuden, daß sich einige Nahrung vor ihr Kind gefunden, die heißesten Tränen. Sie kostete auf mein Zureden die schöne Milch, und labete sich selbst recht herzlich daran, ich aber, sobald ich dieses merkte: setzte alle unwichtige Arbeit beiseite, und tat weiter fast nichts anders als dergleichen Früchte in großer Menge einzutragen, und Kernen aufzuschlagen, jedoch durfte nicht mehr als auf einen Tag und Nacht Milch zubereiten, weil die übernächtige ihre schmackhafte Kraft allezeit verlor.

Solchergestalt befand sich nun nicht allein das Kind vollkommen befriediget, sondern die Mutter konnte vier

Tage hernach selbiges, zu aller Freude, aus ihrer Brust stillen, und am sechsten Tag frisch und gesund das Bette verlassen, auch, wiewohl wider meinen Rat, allerhand Arbeit mit verrichten. Wir dankten dem Allmächtigen herzlich mit Beten und Singen vor dessen augenscheinliche Hülfe, und meineten nunmehro insoweit außer aller Gefahr zu sein. Allein die Reihe des Krankliegens war nun an mir, denn weil ich meine Hauptwunde nicht so wohl als die auf der Schulter warten können, geriet dieselbe erstlich nach zwölf Tagen dermaßen schlimm, daß mir der Kopf heftig aufschwoll, und die innerliche große Hitze den ganzen Körper aufs grausamste überfiel.

War mein Bezeugen bei Concordiens Unpäßlichkeit ängstlich und sorgfältig gewesen, so muß ich im Gegenteil bekennen, daß ihre Bekümmernis die meinige zu übertreffen schien, indem sie mich besser als sich und ihr Kind selbst pflegte und wartete. Meine Wunden wurden mit ihrer Milch ausgewaschen, und mit darein getauchten Tüchleins bedeckt, mein ganzes Gesichte, Hände und Füße aber belegte sie mit dergleichen Blättern, welche ihr so gute Dienste getan hatten, suchte mich anbei mit den kräftigsten Speisen und Getränken, so nur zu erfinden war, zu erquicken. Allein es wollte binnen zehn Tagen nicht das geringste anschlagen, sondern meine Krankheit schien immer mehr zu-, als abzunehmen, welches Concordia, ohngeacht ich mich stärker stellete, als ich in der Tat war, dennoch merkte, und derowegen vor Herzeleid fast vergehen wollte. Ich bat sie instandig, ihr Betrübnis zu mäßigen, weil ich das feste Vertrauen zu Gott hätte, und fast ganz gewiß versichert wäre, daß er mich nicht so früh würde sterben lassen. Allein sie konnte ihrem Klagen, Seufzen und Tränen, durchaus keinen Einhalt tun, wollte ich also haben, daß sie des Nachts nur etwas ruhen sollte, so mußte mich zwingen, stillezuliegen, und tun als ob ich feste schliefe, obgleich ofters der großen Schmerzen wegen in zweimal 24 Stunden kein rechter Schlaf in meine Augen kam. Da ich aber einsmals gegen Morgen sehr sanft eingeschlummert war, träumte mich, als ob Don Cyrillo de Valaro vor meinem Bette säße, mich mit freundlichen Gebärden bei der rechten Hand anfassete und spräche: ›Ehrlicher Albert! sage mir doch, warum du meine hinterlassenen Schriften zu deinem eigenen Wohlsein nicht besser untersuchest. Gebrauche doch den Saft von diesem Kraut und Wurzel, welches ich dir hiermit im Traume zeige, und welches häufig vor dem Ausgange der Höhle wächset, glaube dabei sicher, daß dich Gott erhalten und deine Wunden heilen wird, im übrigen aber erwäge meine Schriften in Zukunft etwas genauer, weil sie dir und deinen Nachkommen ein herrliches Licht geben.‹

Ich fuhr vor großen Freuden im Schlafe auf, und streckte meine Hand nach der Pflanze aus, welche mir, meinen Gedanken nach, von Don Cyrillo vorgehalten wurde, merkte aber sogleich, daß es ein Traum gewesen. Concordia fragte mit weinenden Augen nach meinem Zustande. Ich bat, sie sollte einen frischen Mut fassen, weil mir Gott bald helfen würde, nahm mir auch kein Bedenken, ihr meinen nachdenklichen Traum völlig zu erzählen. Hierauf wischete sie augenblicklich ihre Tränen ab, und sagte: ›Mein Freund, dieses ist gewiß kein bloßer Traum, sondern ohnfehlbar ein göttliches Gesichte, hier habt Ihr des Don Cyrillo Schriften, durchsuchet dieselben aufs fleißigste, ich will inzwischen hingehen und vielerlei Kräuter abpflücken, findet Ihr dasjenige darunter, welches Ihr im Schlafe gesehen zu haben Euch erinnern könnet, so wollen wir solches in Gottes Namen zu Euerer Arzenei gebrauchen.‹

Mein Zustand war ziemlich erleidlich, nachdem sie mir also des Don Cyrillo Schriften, nebst einer brennenden Lampe vor mein Lager gebracht, und eilig fortgegangen war, fand ich ohne mühsames Suchen diejenigen Blätter, welche van Leuven und ich wenig geachtet, in lateinischer Sprache unter folgenden Titul: ›Verzeichnis, wie, und womit ich die, mir in meinen mühseligen Leben gar öfters zugestoßenen Leibesgebrechen und Schäden geheilet habe.‹ Ich lief dasselbe so hurtig durch, als es meine nicht allzu vollkommene Wissenschaft der lateinischen Sprache zuließ, und fand die Gestalt, Tugend und Nutzbarkeit eines gewissen Wundkrauts, sowohl bei der Gelegenheit, da dem Don Cyrillo ein Stück Holz auf dem Kopf gefallen war, als auch da er sich mit dem Beile eine gefährliche Wunde ins Bein versetzt, nicht weniger bei andern Beschädigungen, dermaßen eigentlich und ausführlich beschrieben, daß fast nicht zweifeln konnte, es müßte eben selbiges Kraut und Wurzel sein, welches er mir im Traume vorgehalten. Unter diesem meinen Nachsinnen, kam Concordia mit einer ganzen Schürze voll Kräuter von verschiedenen Arten und Gestalten herbei, ich erblickte hierunter nach wenigen Herumwerfen gar bald dasjenige, was mir Don Cyrillo sowohl schriftlich bezeichnet, als im Traume vorgehalten hatte. Derowegen richteten wir selbiges nebst der Wurzel nach seiner Vorschrift zu, machten anbei von etwas Wachs, Schiffpech und Hirschunschlitt ein Pflaster, verbanden damit meine Wunden, und legten das zerquetschte Kraut und Wurzel nicht allein auf mein Gesicht, sondern fast über den ganzen Leib, worvon sich die schlimmen Zufälle binnen vier oder fünf Tagen gänzlich verloren, und ich nach Verlauf zweier Wochen vollkommen heil und gesund wurde.

Nunmehro hatte sowohl ich als Concordia recht erkennen lernen, was es vor ein edles Tun um die Gesundheit sei. Als wir derowegen unser Te Deum laudamus abgesungen und gebetet hatten, wurde Rat gehalten, was wir in Zukunft täglich vor Arbeit vornehmen müßten, um unsere kleine Wirtschaft in guten Stand zu setzen, damit wir im Fall der Not sogleich alles, was wir brauchten, bei der Hand haben könnten. Tag und Nacht in der unterirdischen, obzwar sehr bequemen Höhle zu wohnen, wollte Concordien durchaus nicht gefallen, derowegen fing ich an, oben auf dem Hügel, neben der schönen Lauberhütte, ein bequemes Häuslein nebst einer kleinen Küche zu bauen, auch einen kleinen Keller zu graben, in welchen letztern wir unser Getränke, sowohl als das frische Fleisch und andere Sachen, vor der großen Hitze verbergen könnten. Hiernächst machte ich vor die kleine Tochter zum Feierabende, an einem abgelegenen Orte, eine bequeme, wiewohl nicht eben allzu zierliche Wiege, worüber meine Hauswirtin, da ich ihr dieselbe unverhofft brachte, eine ungemeine Freude bezeigte, und dieselbe um den allergrößten Goldklumpen nicht vertauscht hätte, denn das Wiegen gefiel den kleinen Mägdelein dermaßen wohl, daß wir selbst unsere einzige Freude daran sahen.

Unser ganzer Getreidevorrat, welchen wir auf dieser Insul unter den wilden Gewächsen aufgesammlet hatten, bestund etwa in drei Hütten voll europäischen Korns, ein Hut voll Weizen, vier Hütten Gerste, und zwei ziemlich großen Säcken voll Reis, als von welchem letztern wir Mehl stampften, solches durchsiebeten und das Kind damit nähreten, einen Sack Reis aber, nebst dem andern Getreide, zur Aussaat spareten. Über dieses alles, fanden sich auch beinahe zwei Hüte voll Erbsen, sonsten aber nichts von bekannten Früchten, desto mehr aber von unbekannten, deren wir uns zwar nach und nach zur Leibesnahrung, in Ermangelung des Brodes gebrauchen lerneten, doch ihre Namen als Plantains, James, Patates, Bananes und dergleichen mehr, nebst deren bessern und angenehmern Nutzung, erfuhren wir erstlich in vielen Jahren hernach von Robert Hülter, der kleinen Concordia nachherigem Ehemanne.

Inzwischen wandte ich damaliger Zeit, jedes Morgens frühe drei Stunden, und gegen Abend ebensoviel, zu Bestellung meiner Äcker an, und zwar in der Gegend wo voritzo der große Garten ist, weil ich selbigen Platz, wegen seiner Nähe und Sicherheit vor dem Wilde, am geschicktesten darzu hielt. Die übrigen Tagesstunden aber, außer den Mittagsstunden, in der größten Hitze, welche ich zum Lesen und Aufschreiben aller Dinge die uns begegneten, anwandte, machte ich mir andern Zeitvertreib, indem ich einige kleine Plätze stark verzäunete, und die auf listige Art gefangenen Ziegen, nebst andern jungen Wildpret hineinsperrete welches alles Concordia täglich mit größter Lust speisete und tränkte, die milchtragenden Ziegen aber, nach und nach, so zahm machte, daß sie sich ihre Milch gutwillig nehmen ließen, die wir nicht allein an sich selbst zur Speise vor klein und große gebrauchen, sondern auch bald einen ziemlichen Vorrat von Butter und Käse bereiten konnten, indem ich binnen Monatsfrist etliche zwanzig Stück melkende, halb soviel andere, und neun Stück jung Wildpret eingefangen hatte.

Wir ergötzten uns ganz besonders, wenn wir an unsere künftige Saat und Ernte gedachten, weil der Appetit nach ordentlichen Brode ganz ungemein war, gebrauchten aber mittlerweile an dessen Statt öfters die gekochten Wildpretslebern, als worzu wir unsere Käse und Butter vortrefflich genießen konnten.

Solchergestalt wurden die heißesten Sommermonate ziemlich vergnügt hingebracht, ausgenommen, wenn uns die erlittenen Trauerfälle ein betrübtes Zurückdenken erweckten, welches wir aber immer eines dem andern zu Gefallen, soviel möglich, verbargen, um unsere in etwas verharschten Herzenswunden nicht von neuen aufzureißen, mithin das ohnedem einsame Leben zu verbittern, oder solche Leute zu heißen, die wider das Verhängnis und Strafgerichte Gottes murren wollten.

Der gütige Himmel schenkte uns mittler Zeit einen angenehmen Zeitvertreib mit der Weinernte, indem wir ohne die Trauben, deren wir täglich viel verzehreten, wider alles Vermuten ohngefähr 200 Kannen Most ausdrücken, und zwei ziemlich große Säcke voll aufgetrocknete Trauben sammlen konnten, welches gewiß eine herrliche Sache zu unserer Wirtschaft war. Unsere Untertanen, die Affen, schienen hierüber sehr verdrüßlich zu sein, indem sie vielleicht selbst große Liebhaber dieser edlen Frucht waren, hatten auch aus Leichtfertigkeit viel zuschanden gemacht, doch, da ich mit der Flinte etliche Mal blind Feuer gegeben, gerieten sie in ziemlichen Gehorsam und Furcht.

Ich weiß nicht, wie es kommen war, daß Concordia eines Tages einen mittelmäßigen Affen, unter einem Baume liegend, angetroffen, welcher das rechte Hinterbein zerbrochen, und sich jämmerlich gebärdet hatte. Ihr gewöhnliches weichherziges Gemüt treibt sie soweit, daß, ohngeacht dergleichen Tiere ihre Gnade sonsten eben nicht sonderlich hatten, sie diesen Verunglückten allerhand Liebkosungen machet, sein zerbrochenes Bein mit einem Tuche umwindet, ja sogar den armen Patienten in ihren Schoß nimmt, und so lange sitzen bleibt, bis ich darzu kam, und die ganze Begebenheit vernahm. Wir trugen also denselben in unser Wohnhaus, verbunden sein Bein mit Pflastern, Schindeln und Binden, und legten ihn hin auf ein bequemes Lager, deckten auch eins von unsern Hauptküssen über seinen Körper, und gingen wieder an unsere Arbeit. Gegen Mittag aber, da wir zurückkamen, erschrak ich anfänglich einigermaßen, da sich zwei alte Affen, welche ohne Zweifel des Patienten Eltern sein mochten, bei demselben aufhielten. Ich wußte anfänglich nicht, ob ich trauen durfte oder nicht? Doch da sie sich ungemein betrübt und demütig stelleten, nahete ich mich hinzu, strich den Patienten sanft auf das Haupt, sahe nach seinem Beine, und befand, daß er unverrückt liegengeblieben war, weswegen er noch ferner von mir gestreichelt und mit etlichen guten Früchten gespeiset wurde. Die zwei Alten sowohl als der Patient selbst, ließen mich hierauf ihre Dankbarkeit mit Leckung meiner Hände spüren, streichelten auch mit ihren Vorderpfoten meine Kleider und Füße sehr sanfte, und bezeugten sich im übrigen dermaßen untertänig und klug, daß ich fast nichts als den Mangel der Sprache bei ihnen auszusetzen hatte. Concordia kam auch darzu, und hatte nunmehro ein besonderes Vergnügen an der Treuherzigkeit dieser unvernünftigen Tiere, der Kranke streckte seine Pfoten gegen dieselbe aus, so, daß es das Ansehen hatte, als ob er sie willkommen heißen wollte, und da sie sich zu ihm nahete, schmeichelte er ihr mit Leckung der Hände und andern Liebkosungen auf solche verbindliche Art, daß es mit Lust anzusehen war. Die zwei Alten liefen hierauf fort, kamen aber gegen Abend wieder, und brachten uns zum Geschenk zwei große Nüsse mit, deren jede fünf bis sechs Pfund wog, sie zerschlugen dieselben recht behutsam mit Steinen, so, daß die Kernen nicht zerstückt wurden, welche sie uns auf eine recht liebreiche Art präsentierten, und sich erfreuten, da sie aus unsern Gebärden vermerkten, daß wir deren Annehmlichkeit rühmeten. Ob ich nun gleich damals noch nicht wußte, daß diese Früchte Kokosnüsse hießen, sondern es nachhero erst von Robert Hülter erfuhr, so reizte mich doch deren Vortrefflichkeit an, den beiden alten Affen so lange nachzuschleichen, bis ich endlich an den Ort kam, wo in einem kleinen Bezirk etwa fünfzehn bis achtzehn Bäume stunden, die dergleichen Früchte trugen, allein Concordia und ich waren nicht so näschig, alle Nüsse aufzuzehren, sondern steckten dieselben an vielen Orten in die Erde, woher denn kommt, daß nunmehro auf dieser Insul etliche tausend Kokosbäume anzutreffen sind, welches gewiß eine ganz besondere Nutz- und Kostbarkeit ist. Jedoch wiederum auf unsere Affen zu kommen, so muß ich ferner erzählen, daß ohngeacht der Patient binnen fünf oder sechs Wochen völlig gerade und glücklich kuriert war, jedennoch weder derselbe noch die zwei Alten von uns zu weichen begehreten, im Gegenteil noch zwei Junge mitbrachten, mithin diese fünfe sich gänzlich von ihrer andern Kameradschaft absonderten, und also anstelleten, als ob sie würklich bei uns zu Hause gehöreten.

Wir hatten aber von den drei Erwachsenen weder Verdruß noch Schaden, denn alles was wir taten, afften sie nach, wurden uns auch nach und nach ungemein nützlich, indem von ihnen eine ungemeine Menge der vortrefflichsten Früchte eingetragen wurden, sooft wir ihnen nur ordentlich darzu gemachte Säcke anhingen, außerdem trugen sie das von mir kleingespaltene Holz öfters von weiten Orten her zur Küche, wiegten eins um das andere unser Kind, langeten die angehängten Gefäße voll Wasser, in Summa, sie taten ohne den geringsten Verdruß fast alle Arbeit mit, die wir verrichteten, und ihnen zu verrichten lehreten, so, daß uns dieses unser Hausgesinde, welches sich zumalen selbst beköstigte, nicht allein viele Erleichterung in der Arbeit, sondern auch außer derselben mit ihren possierlichen Streichen manche vergnügte Stunde machten. Nur die zwei Jüngsten richteten zuweilen aus Frevel mancherlei Schaden und Unheil an, da wir aber mit der allergrößten Verwunderung merkten, daß sie dieserwegen von den zwei Alten recht ordentlicher Weise mit Gebärden und Schreien gestraft, ja öfters sogar geschlagen wurden, vergriffen wir uns sehr selten an ihnen, wenn es aber ja geschahe, demütigten sich die Jungen wie die zahmen Hunde, bei den Alten aber war dieserwegen nicht der geringste Eifer zu spüren.

Dem allen ohngeacht war doch bei mir immer ein geheimes Mißtrauen gegen dieses sich so getreu anstellende halbvernünftige Gesinde, derowegen bauete ich vor dieselben einen geraumlichen festen Stall mit einer starken Türe, machte vor jedweden Affen eine bequeme Lagerstätte, nebst einem Tische, Bänken, ingleichen allerhand Spielwerk hinein, und verschloß unsere Bedienten in selbigen, nicht allein des Nachts, sondern auch bei Tage, sooft es uns beliebte.

Immittelst da ich vermerkte, daß die Sonne mit ihren hitzigen Strahlen einigermaßen von uns abzuweichen begunnte, und mehr Regenwetter, als bishero, einfiel, bestellete ich mit Concordiens treulicher Hülfe unser Feld, nach des Don Cyrillo schriftlicher Anweisung, aufs allersorgfältigste, und behielt an jeder Sorte des Getreides auf den äußersten Notfall, wenn ja alles ausgesäete verderben sollte, nur etwas weniges zurücke. Vom Reis aber, als wormit ich zwei große Äcker bestellet, behielten wir dennoch beinahe zwei gute Scheffel überlei.

Hierauf hielten wir vor ratsam, uns auf den Winter gefaßt zu machen, derowegen schoß ich einiges Wildpret, und salzten dasselbe, wie auch das ausgeschlachtete Ziegenfleisch ein, wobei uns sowohl die alten als jungen Affen gute Dienste taten, indem sie das in den Stephansraumer Salzbergen ausgehauene Salz auf ihren Rücken bis in unsere unterirdische Höhle tragen mußten. Hiernächst schleppten wir einen großen Haufen Brennholz zusammen, baueten einen Kamin in unserem Wohnhause auf dem Hügel, trugen zu den allbereits eingesammleten Früchten noch viel Kräuter und Wurzeln ein, die teils eingemacht, teils in Sand verscharret wurden, und kurz zu sagen, wir hatten uns dergestalt angeschickt, als ob wir den allerhärtesten Winter in Holland oder andern noch viel kältern Ländern abzuwarten hätten.

Allein, wie befanden sich doch unsere vielen Sorgen, große Bemühungen und furchtsame Vorstellungen, wo nicht gänzlich, doch meistenteils vergeblich? Denn unser Herbst, welcher dem holländischen Sommer beinahe gleichkam, war kaum verstrichen, als ein solcher Winter einfiel, welchen man mit gutem Recht einen warmen und angenehmen Herbst nennen konnte, oftermals fiel zwar ein ziemlicher Nebel und Regenwetter ein, allein von durchdringender Kälte, Schnee oder Eis, spüreten wir so wenig als gar nichts, der grasigte Boden blieb immer grün, und der guten Concordia zusammengetragene große Heuhaufen dieneten zu nichts, als daß wir sie hernach den Affen zum Lustspiele preisgaben, da sie doch nebst vielen aufgetrockneten Baumblättern unserem eingestalleten Viehe zur Winternahrung bestimmt waren. Unsere Saat war nach Herzenslust aufgegangen, und die meisten Bäume veränderten sich fast nicht, diejenigen aber, so ihre Blätter verloren, waren noch nicht einmal völlig entblößet, da sie schon frische Blätter und Blüten austrieben. Solchergestalt wurde es wieder Frühling, da wir noch immer auf den Winter hofften, weswegen wir die Wunderhand Gottes in diesem schönen Revier mit erstaunender Verwunderung erkannten und verehreten.

Es war uns aber in der Tat ein wunderbarer Wechsel gewesen, da wir das heilige Weihnachtsfest fast mitten im Sommer, Ostern im Herbst, wenig Wochen nach der Weinlese, und Pfingsten in dem sogenannten Winter gefeiert hatten. Doch weil ich in meinen Schuljahren etwas weniges in den Landkarten und auf dem Globo gelernet, auch unter Mons. van Leuvens hinterlassenen wenigen Landkarten und Büchern eins fand, welches mir meinen natürlichen Verstand ziemlichermaßen schärfte, so konnte ich mich nicht allein bald in diese Veränderung schicken, sondern auch die Concordia dessen belehren, und meine Tagebücher und Kalender auf viele Jahre in voraus machen, damit wir doch wissen möchten, wie wir uns in die Zeit schicken, und unsern Gottesdienst gleich andern Christen in der weiten Welt anstellen sollten.

Hierbei kann unberühret nicht lassen, daß ich nach der, mit der Concordia genommenen Abrede, gleich in meinen zuerst verfertigten Kalender auf das Jahr 1647 drei besondere Fest-, Bet- und Fasttage anzeichnete, als erstlich den 10. Sept. an welchen wir zusammen in diese schöne Insul eingestiegen waren, und derowegen Gott, vor die sonderbare Lebenserhaltung, sowohl im Sturme als Krankheit und andern Unglücksfällen, den schuldigen Dank abstatten wollten. Zum andern den 11. Novembr. an welchen wir jährlich den erbärmlichen Verlust unsers lieben van Leuvens zu beklagen verbunden. Und drittens den 11. Dez. der Concordiens glücklicher Entbindung, hiernächst der Errettung von des Lemelies Schand- und Mordstreichen, auch unser beiderseits wiedererlangter Gesundheit wegen angestellet war. Diese drei Fest-, Bet- und Fasttage, nebst andern besondern Feiertagen, die ich Gedächtnisses wegen noch ferner hinzugefüget, sind bis aufgegenwärtige Zeit von mir und den Meinen allezeit unverbrüchlich gefeiert worden, und werdet Ihr, meine Lieben, kommenden Dienstag über vierzehn Tage, da der 11. Dez. einfällt, dessen Zeugen sein.

Jedoch«, fuhr unser Altvater Albertus fort, »ich kehre wieder zu den Geschichten des 1647. Jahres, und erinnere mich noch immer, daß wir mit dem neuen Frühjahre, sozusagen, fast von neuen anfingen lebhaft zu werden, da wir uns nämlich der verdrüßlichen Winternot allhier auf dieser Insul entübriget sahen.

Wiewohl nun bei uns nicht der geringste Mangel, weder an Lebensmitteln, noch andern Bedürfnissen und Bequemlichkeiten vorhanden war, so konnte doch ich nicht müßig sitzen, sondern legte einen geraumlichen Küchengarten an, und versetzte verschiedene Pflanzen und Wurzeln hinein, die wir teils aus des Don Cyrillo Beschreibung, teils aus eigener Erfahrung vor die annehmlichsten und nützlichsten befunden hatten, um selbige nach unsern Verlangen gleich bei der Hand zu haben. Hiernächst legte ich mich stark auf das Pfropfen und Fortsetzen junger Bäume, brachte die Weinreben in bessere Ordnung, machte etliche Fischkästen, setzte allerhand Arten von Fischen hinein, um selbige, sooft wir Lust darzu hatten, gleich herauszunehmen, bauete Schuppen und Ställe vor das eingefangene Wildpret und Ziegen, zimmerte Freßtröge, Wasserrinnen und Salzlecken vor selbige Tiere, und mit wenig Worten zu sagen, ich führete mich auf als ein solcher guter Hauswirt, der zeitlebens auf dieser Insul zu verbleiben sich vorgesetzet hätte.

Inzwischen, obgleich bei diesem allen Concordia mir wenig helfen durfte, so saß sie doch in dem Hause niemals müßig, sondern nähete vor sich, die kleine Tochter und mich allerhand nötige Kleidungsstücke, denn wir hatten in denen, auf den Sandbänken angeländeten Ballen, vieles Tuch, Seidenzeug und Leinwand gefunden, so, daß wir vor unsere und wohl noch zwanzig Personen auf Lebenszeit notdürftige Kleider daraus verfertigen konnten. Es war zwar an vielen Tüchern und seidenen Zeugen durch das eingedrungene Seewasser die Farbe ziemlich verändert worden, jedoch weil wir alles in der Sonne zeitlich abgetrucknet hatten, ging ihm an der Haltbarkeit ein weniges ab, und um die Zierlichkeit bekümmerten wir uns noch weniger, weil Concordia das Schlimmste zuerst verarbeitete, und das Beste bis auf künftige Zeiten versparen wollte, wir aber der Mode wegen einander nichts vor übel hielten.

Unsere Saatfelder stunden zu gehöriger Zeit in erwünschter Blüte, so, daß wir unsere besondere Freude daran sahen, allein, die frembden Affen gewöhneten sich stark dahin, rammelten darin herum, und machten vieles zuschanden, da nun unsere Hausaffen merkten, daß mich dieses gewaltig verdroß, indem ich solche Freveler mit Steinen und Prügeln verfolgte, waren sie täglich auf guter Hut, und unterstunden sich, ihre eigenen Anverwandten und Kameraden mit Steinwerfen zu verjagen. Diese wichen zwar anfänglich etliche Mal, kamen aber eines Tages etliche zwanzig stark wieder, und fingen mit unsern getreuen Hausbedienten einen ordentlichen Krieg an. Ich ersahe dieses von ferne, lief geschwinde zurück, und langete aus unserer Wohnung zwei geladene Flinten, kehrete mich etwas näher zum Kampfplatze, und wurde gewahr, daß einer von den unsern, die mit roten Halsbändern gezeichnet waren, stark verwundet zu Boden lag, gab derowegen zweimal aufeinander Feuer, und legte darmit drei Feinde darnieder, weswegen sich die ganze feindliche Partei auf die Flucht begab, meine vier Unbeschädigten siegend zurückkehrten, und den beschädigten Alten mit traurigen Gebärden mir entgegengetragen brachten, der aber, noch ehe wir unsere Wohnung erreichten, an seiner tödlichen Hauptwunde starb.

Es war das Weiblein von den zwei Ältesten, und ich kann nicht sagen, wie sehr der Wittber und die vermutlichen Kinder sich über diesen Todesfall betrübt bezeugten. Ich ging nach unserer Behausung, erzählete der Concordia, was vorgegangen war, und diese ergriff nebst mir ein Werkzeug, um ein Loch zu machen, worein wir die auf dem Heldenbette verstorbene Äffin begraben wollten; allein, wir trafen bei unserer Dahinkunft niemand an, sondern erblickten von ferne, daß die Leiche von den vier Leidtragenden in den Westfluß geworfen wurde, kehreten derowegen zurück, und sahen bald hernach unsere noch übrigen vier Bedienten ganz betrübt in ihren Stall gehen, worinnen sie beinahe zweimal 24 Stunden ohne Essen und Trinken stille liegenblieben, nachhero aber ganz freudig wieder herauskammen, und nachdem sie tapfer gefressen und gesoffen, ihre vorige Arbeit verrichteten. Mich ärgerte diese Begebenheit dermaßen, daß ich alle frembden Affen täglich mit Feuer und Schwert verfolgte, und dieselben binnen Monatsfrist in die Waldung hinter der großen See vertrieb, so, daß sich gar kein einziger mehr in unserer Gegend sehen ließ, mithin konnten wir nebst unsern Hausdienern in guter Ruh leben, wiewohl der alte Wittber sich in wenig Tagen verlor, doch aber nebst einer jungen Gemahlin nach sechs Wochen wiederum bei uns einkehrete, und den lächerlichsten Fleiß anwandte, bis er dieselbe nach und nach in unsere Haushaltung ordentlich gewöhnete, so, daß wir sie mit der Zeit so aufrichtig als die Verstorbene erkannten, und ihr, das besondere Gnadenzeichen eines roten Halsbandes umzulegen, kein Bedenken trugen.

Mittlerzeit war nunmehro ein ganzes Jahr verflossen,

welches wir auf dieser Insul zugebracht, derowegen auch der erste Fest-, Bet- und Fasttag gefeiert wurde, der andere, als unser besonderer Trauertag, lief ebenfalls vorbei, und ich muß gestehen, daß, da wir wenig oder nichts zu arbeiten hatten, unsere Sinnen wegen der erneuerten Betrübnis ganz niedergeschlagen waren. Dieselben, um wiederum in etwas aufzumuntern, ging ich fast täglich mit der Concordia, die ihr Kind im Mantel trug, durch den Felsengang an die See spazieren, wohin wir seit etlichen Monaten nicht gekommen, erblickten aber mit nicht geringer Verwunderung, daß uns die Wellen einen starken Vorrat von allerhand eingepackten Waren und zerscheiterten Schiffsstücken zugeführet hatten. Ich fassete sogleich den Vorsatz, alles auf unsere Insul zu schaffen, allein, da mir ohnverhofft ein in ziemlicher Weite vorbeifahrendes Schiff in die Augen kam, geriet ich auf einmal ganz außer mir selbst, sobald aber mein Geist sich wieder erholte, fing ich an zu schreien, zu schießen, und mit einem Tuche zu winken, trieb auch solche mühsame, wiewohl vergebliche Bemühung so lange, bis sich gegen Abend sowohl das vorbeifahrende Schiff als die Sonne aus unsern Gesichte verlor, da ich denn meines Teils ganz verdrüßlich und betrübt zurückkehrete, in lauter verwirrten Gedanken aber unterweges mit Concordien kein Wort redete, bis wir wieder in unserer Behausung anlangten, allwo sich die fünf Affen als Wächter vor die Tür gelagert hatten.

Concordia bereitete die Abendmahlzeit, wir speiseten, und hielten hierauf zusammen ein Gespräch, in welchem ich vermerkte, daß sich dieselbe wenig oder nichts um das vorbeigefahrne Schiff bekümmerte, auch größere Lust auf dieser Insul zu sterben bezeugte, als sich in den Schutz frembder und vielleicht barbarischer Leute zu begeben. Ich hielte ihr zwar dergleichen Gedanken, als einer furchtsamen und schwachen Weibsperson, die zumalen ihres unglücklichen Schicksals halber einen Ekel gegen fernere Lust gefasset, zugute, aber mit mir hatte es eine ganz andere Beschaffenheit. Und was habe ich eben Ursach, meine damaligen natürlichen Affekten zu verleugnen: Ich war ein junger, starker, und fast zwanzigjähriger Mensch, der Geld, Gold, Edelgesteine und andere Güter im größten Überfluß besaß, also gar wohl eine Frau ernähren konnte, allein, der Concordia hatte ich einen würklichen Eid geschworen, ihr mit Vorstellung meiner verliebten Begierden keinen Verdruß zu erwecken, verspürete über dieses die stärksten Merkmale, daß sie ihren sel. Ehemann noch nach dessen Tode herzlich liebte, auf die kleine Concordia aber zu warten, schien mir gar zu langweilig, obgleich dieselbe ihrer schönen Mutter vollkommenes Ebenbild vorstellete. Wer kann mich also verdenken, daß meine Sehnsucht so heftig nach der Gesellschaft anderer ehrlichen Leute ankerte, um mich unter ihnen in guten Stand zu setzen, und eine tugendhafte Ehegattin auszulesen.

Es verging mir demnach damals fast alle Lust zur Arbeit, verrichtete auch die allernötigste, sozusagen, fast gezwungenerweise, hergegen brachte ich täglich die meisten Stunden auf der Felsenhöhe gegen Norden zu, machte daselbst ein Feuer an, welches bei Tage stark rauchen und des Nachts helle brennen mußte, damit ein oder anderes vorbeifahrendes Schiff bei uns anzuländen gereizet würde, wandte dabei meine Augen beständig auf die offenbare See, und versuchte zum Zeitvertreibe, ob ich auf der von Lemelie hinterlassenen Zither von mir selbst ein oder ander Lied könnte spielen lernen, welches mir denn in weniger Zeit dermaßen glückte, daß ich fast alles, was ich singen, auch zugleich ganz wohlstimmig mitspielen konnte.

Concordia wurde über dergleichen Aufführung ziemlich verwirrt und niedergeschlagen, allein ich konnte meine Sehnsucht unmöglich verbannen, vielweniger über das Herze bringen, derselben meine Gedanken zu offenbaren, also lebten wir beiderseits in einem heimlichen Mißvergnügen und verdeckten Kummer, begegneten aber dennoch einander nach wie vor, mit aller ehrerbietigen, tugendhaften Freundschaft und Dienstgeflissenheit, ohne zu fragen, was uns beiderseits auf dem Herzen läge.

Mittlerweile war die Erntezeit herangerückt, und unser Getreide vollkommen reif worden. Wir machten uns derowegen dran, schnitten es ab, und brachten solches mit Hülfe unserer getreuen Affen, bald in große Haufen. Eben dieselben mußten auch fleißig dreschen helfen, ohngeacht aber viele Zeit verging, ehe wir die reinen Körner in Säcke und Gefäße einschütten konnten, so habe doch nachhero ausgerechnet, daß wir von dieser unserer ersten Aussaat ohngefähr erhalten hatten, 35 Scheffel Reis, 10 bis 11 Scheffel Korn, 3 Scheffel Weizen, 12 bis 14 Scheffel Gersten, und 4 Scheffel Erbsen.

Wie groß nun dieser Segen war, und wie sehr wir uns verbunden sahen, dem, der uns denselben angedeihen lassen, schuldigen Dank abzustatten, so konnte doch meine schwermütige Sehnsucht nach demjenigen was mir einmal im Herzen Wurzel gefasset hatte, dadurch nicht vermindert werden, sondern ich blieb einmal wie das andere tiefsinnig, und Concordiens liebreiche und freundliche, jedoch tugendhafte Reden und Stellungen, machten meinen Zustand allem Ansehen nach nur immer gefährlicher. Doch blieb ich bei dem Vorsatze, ihr den getanen Eid unverbrüchlich zu halten, und ehe zu sterben als meine keusche Liebe gegen ihre schöne Person zu entdecken.

Unterdessen wurde uns zur selbigen Zeit ein grausames Schrecken zugezogen, denn da eines Tages Concordia sowohl als ich nebst den Affen beschäftigt waren, etwas Korn zu stoßen, und eine Probe von Mehl zu machen, ging erstgemeldte in die Wohnung, um nach dem Kinde zu sehen, welches wir in seiner Wiege schlafend verlassen hatten, kam aber bald mit erbärmlichen Geschrei zurückgelaufen und berichtete, daß das Kind nicht mehr vorhanden, sondern aus der Wiege gestohlen sei, indem sie die mit einem hölzernen Schlosse verwahrte Türe eröffnet gefunden, sonsten aber in der Wohnung nichts vermissete, als das Kind und dessen Kleider. Meine Erstaunung war dieserwegen ebenfalls fast unaussprechlich, ich lief selbst mit dahin, und empfand unsern kostbaren Verlust leider mehr als zu wahr. Demnach schlugen wir die Hände über den Köpfen zusammen, und stelleten uns mit einem Worte, nicht anders als verzweifelte Menschen an, heuleten, schrien und riefen das Kind bei seinem Namen, allein da war weder Stimme noch Antwort zu hören, das eifrigste Suchen auf und um den Hügel unserer Wohnung herum war fast drei Stunden lang vergebens, doch endlich, da ich von ferne die Spitze eines großen Heuhaufens sich bewegen sahe, geriet ich plötzlich auf die Gedanken: Ob vielleicht der eine von den jüngsten Affen unser Töchterlein da hinaufgetragen hätte, und fand, nachdem ich auf einer angelegten Leiter hinaufgestiegen, mich nicht betrogen. Denn das Kind und der Affe machten unterdessen, da sie zusammen ein frisches Obst speiseten, allerhand lächerliche Possen. Allein da das verzweifelte Tier meiner gewahr wurde, nahm es das Kind zwischen seine Vorderpfoten, und rutschte mit selbigem auf jener Seite des Haufens herunter, worüber ich Schreckens wegen fast von der Leiter gestürzt wäre, allein es war glücklich abgegangen. Denn da ich mich umsahe, lief der Kinderdieb mit seinem Raube aufs eiligste nach unserer Behausung, hatte, als ich ihn daselbst antraf, das fromme Kind so geschickt aus- als angezogen, selbiges in seine Wiege gelegt, saß auch darbei und wiegte es so ernsthaftig ein, als hätte er kein Wasser betrübt.

Ich wußte teils vor Freuden, teils vor Grimm gegen diesen Freveler nicht gleich was ich machen sollte, mittlerweile aber kam Concordia, so die ganze Komödie ebenfalls von ferne mit angesehen hatte, mit Zittern und Zagen herbei, indem sie nicht anders vermeinte, es würde dem Kinde ein Unglück oder Schaden zugefügt sein, da sie es aber besichtigte, und nicht allein frisch und gesund, sondern über dieses außerordentlich gutes Muts befand, gaben wir uns endlich zufrieden, wiewohl ich aber beschloß, daß dieser allerleichtfertigste Affe seinen Frevel durchaus mit dem Leben büßen sollte, so wollte doch Concordia aus Barmherzigkeit hierein nicht willigen, sondern bat: Daß ich es bei einer harten Leibeszüchtigung bewenden lassen möchte, welches denn auch geschahe, indem ich ihn mit einer großen Rute von oben bis unten dermaßen peitschte, daß er sich in etlichen Tagen nicht rühren konnte, welches soviel fruchtete, daß er in künftigen Zeiten seine freveln Streiche ziemlichermaßen unterließ.

Von nun an schien es, als ob uns die, zwar jederzeit herzlich lieb gewesene kleine Concordia, dennoch um ein merkliches lieber wäre, zumalen da sie anfing allein zu laufen, und verschiedene Worte auf eine angenehme Art herzulallen, ja dieses kleine Kind war öfters vermögend meinen innerlichen Kummer ziemlichermaßen zu unterbrechen, wiewohl nicht gänzlich aufzuheben.

Nachdem wir aber einen ziemlichen Vorrat von Rokken-, Reis und Weizenmehle durchgesiebt und zum Bak-

240

ken tüchtig gemacht, ich auch einen kleinen Backofen erbauet, worinnen auf einmal zehn oder zwölf drei- bis vierpfündige Brode gebacken werden konnten, und Concordia die erste Probe ihrer Bäckerei, zu unserer größten Erquickung und Freude glücklich abgeleget hatte; konnten wir uns an dieser allerbesten Speise, so über Jahr und Tag nunmehro nicht vor unser Maul kommen war, kaum satt sehen und essen.

Dem ohngeacht aber, verfiel ich doch fast ganz von neuen in meine angewöhnte Melancholei, ließ viele Arbeitsstücken liegen, die ich sonsten mit Lust vorzunehmen gewohnt gewesen, nahm an dessen Statt in den Nachmittagsstunden meine Flinte und Zither, und stieg auf die Nordfelsenhöhe, als wohin ich mir einen ganz ungefährlichen Weg gehauen hatte.

Am Heil. Dreikönigstage des 1648ten Jahres, mittags nach verrichteten Gottesdienste, war ich ebenfalls im Begriff dahin zu steigen, Concordia aber, die solches gewahr wurde, sagte lächelnd: ›Mons. Albert, ich sehe daß Ihr spazierengehen wollet, nehmet mir nicht übel, wenn ich Euch bitte, Eure kleine Pflegetochter mitzunehmen, denn ich habe mir eine kleine nötige Arbeit vorgenommen, worbei ich von ihr nicht gern verhindert sein wollte, saget mir aber, wo Ihr gegen Abend anzutreffen seid, damit ich Euch nachfolgen und selbige zurücktragen kann.‹ Ich erfüllete ihr Begehren mit größter Gefälligkeit, nahm meine kleine Schmeichlerin, die so gern bei mir, als ihrer Mutter blieb, auf den Arm, versorgte mich mit einer Flasche Palmensaft, und etwas übriggebliebenen Weihnachtskuchen, hängte meine Zither und Flinte auf den Rücken, und stieg also beladen den Nordfels hinauf. Daselbst gab ich dem Kinde einige Tändeleien zu spielen, stützte einen Arm unter den Kopf, sahe auf die See, und hing den unruhigen Gedanken wegen meines Schicksals ziemlich lange nach. Endlich ergriff ich die Zither und sang etliche Lieder drein, welche ich teils zur Ausschüttung meiner Klagen, teils zur Gemütsberuhigung aufgesetzt hatte. Da aber die kleine Schmeichlerin über dieser Musik sanft eingeschlafen war, legte ich, um selbige nicht zu verstören, die Zither beiseite, zog eine Bleifeder und Papier aus meiner Tasche, und setzte mir ein neues Lied folgenden Inhalts auf:

1.

Ach! Hätt' ich nur kein Schiff erblickt,
So wär ich länger ruhig blieben
Mein Unglück hat es hergeschickt,
Und mir zur Qual zurückgetrieben,
Verhängnis wilstu dich denn eines reichen Armen,
Und freien Sklavens nicht zu rechter Zeit erbarmen?

2.

Soll meiner Jugend beste Kraft
In dieser Einsamkeit ersterben?
Ist das der Keuschheit Eigenschaft?
Will mich die Tugend selbst verderben?
So weiß ich nicht wie man die lasterhaften Seelen
Mit größrer Grausamkeit und Marter sollte quälen.

3.

Ich liebe was und sag' es nicht,
Denn Eid und Tugend heißt mich schweigen,
Mein ganz verdecktes Liebeslicht
Darf seine Flamme gar nicht zeigen,
Dem Himmel selbsten ist mein Lieben nicht zuwider,
Doch Schwur und Treue schlägt den Hoffnungsbau
[darnieder.

4.

Concordia du Wunderbild,
Man lernt an dir die Eintracht kennen,
Doch was in meinem Herzen quillt
Muß ich in Wahrheit Zwietracht nennen,
Ach! ließe mich das Glück mit dir vereinigt leben,
Wir würden nimmermehr in Haß und Zwietracht
                             [schweben.

5.

Doch bleib in deiner stillen Ruh,
Ich suche solche nicht zu stören;
Mein einzigs Wohl und Weh bist du,
Allein ich will der Sehnsucht wehren,
Weil deiner Schönheit Pracht vor mich zu kostbar
                             [scheinet,
Und weil des Schicksals Schluß mein Wünschen glatt
                             [verneinet.

6.

Ich gönne dir ein beßres Glück,
Verknüpft mit noch viel höhern Stande.
Führt uns der Himmel nur zurück
Nach unserm werten Vaterlande,
So wirstu letztlich noch dies harte Schicksal loben,
Ist gleich vor deinen Freund was Schlechters
                             [aufgehoben.

Nachdem aber meine kleine Pflegetochter aufgewacht,
und von mir mit etwas Palmsaft und Kuchen gestärkt
war, bezeigte dieselbe ein unschuldiges Belieben, den
Klang meiner Zither ferner zu hören, derowegen nahm
ich dieselbe wieder auf, studierte eine Melodei auf mein
gemachtes Lied aus, und wiederholte diesen Gesang bin-

nen etlichen Stunden so ofte, bis ich alles fertig auswendig singen und spielen konnte.

Hierauf nahm ich das kleine angenehme Kind in die Arme vor mich, drückte es an meine Brust, küssete dasselbe viele Mal, und sagte im größten Liebesaffekt ohngefähr folgende laute Worte: ›Ach du allerliebster kleiner Engel, wollte doch der Himmel, daß du allbereit noch ein Mandel Jahre zurückgelegt hättest, vielleicht wäre meine heftige Liebe bei dir glücklicher als bei deiner Mutter, aber so lange Zeit zwischen Furcht und Hoffnung zu warten, ist eine würkliche Marter zu nennen. Ach wie vergnügt wollte ich, als ein anderer Adam, meine ganze Lebenszeit in diesem Paradiese zubringen, wenn nur nicht meine besten Jugendjahre, ohne eine geliebte Eva zu umarmen, verrauchen sollten. Gerechter Himmel, warum schenkestu mir nicht auch die Kraft, den von Natur allen Menschen eingepflanzten Trieb zum Ehestande gänzlich zu ersticken, und in diesem Stücke so unempfindlich als van Leuvens Wittbe zu sein? Oder warum lenkestu ihr Herze nicht, sich vor deinen allwissenden Augen mit mir zu verehligen, denn mein Herze kennest du ja, und weißt, daß meine sehnliche Liebe keine geile Brunst, sondern deine heilige Ordnung zum Grunde hat. Ach was vor einer harten Probe unterwirfstu meine Keuschheit und Tugend, indem ich bei einer solchen vollkommen schönen Wittfrau Tag und Nacht unentzündet leben soll. Doch ich habe dir und ihr einen teuren Eid geschworen, welches Gelübde ich denn ehe mit meinem Leben bezahlen, und mich nach und nach von der brennenden Liebesglut ganz verzehren lassen, als selbiges leichtsinnigerweise brechen will.‹

Einige hierbei aus meinen Augen rollende Tränen hemmeten das fernere Reden, die kleine Concordia aber, welche kein Auge von meinem Gesichte verwandt hatte, fing dieserwegen kläglich und bitterlich an zu weinen, also drückte ich selbige aufs neue an meine Brust, küssete den mitleidigen Engel, und stund kurz hernach mein und ihrer Gemütsveränderung wegen auf, um noch ein wenig auf der Felsenhöhe herumzuspazieren. Doch wenig Minuten hierauf kam die dritte Person unserer hiesigen menschlichen Gesellschaft herzu, und fragte auf eine zwar sehr freundliche, doch auch etwas tiefsinnige Art: Wie es uns ginge, und ob wir heute kein Schiff erblickt hätten? Ich fand mich auf diese unvermutete Frage ziemlich betroffen, so daß die Röte mir, wie ich glaube, ziemlich ins Gesichte trat, sagte aber: Daß wir heute so glücklich nicht gewesen wären. ›Mons. Albert!‹ gab Concordia darauf: ›Ich bitte Euch sehr, sehet nicht sooft nach vorbeifahrenden Schiffen, denn selbige werden solchergestalt nur desto länger ausbleiben. Ihr habt seit einem Jahre vieles entdeckt und erfahren, was Ihr kurz vorhero nicht vermeinet habt, bedenket diese schöne Paradiesinsul, bedenket wie wohl uns der Himmel mit Nahrung und Kleidern versorgt, bedenket noch dabei den fast unschätzbaren Schatz, welchen Ihr ohne ängstliches Suchen und ungedultiges Hoffen gefunden. Ist Euch nun von dem Himmel eine noch fernere gewünschte Glückseligkeit zugedacht, so habt doch nebst mir das feste Vertrauen, daß selbige zu seiner Zeit uns unverhofft erfreuen werde.‹

Mein ganzes Herze fand sich durch diese nachdenklichen Reden ganz ungemein gerühret, jedoch war ich nicht vermögend eine einzige Silbe darauf zu antworten, derowegen Concordia das Gespräch auf andere Dinge wendete, und endlich sagte: ›Kommet mein lieber Freund, daß wir noch vor Sonnenuntergang unsere Wohnung erreichen, ich habe einen ganz besonders schönen Fisch gefangen, welcher Euch so gut als mir schmecken wird, denn ich glaube, daß Ihr so starken Appetit als ich zum Essen habt.‹

Ich war froh, daß sie den vorigen ernsthaften Diskurs unterlassen hatte, folgte ihren Willen und zwang mich einigermaßen zu einer aufgeräumtern Stellung. Es war würklich ein ganz besonders rarer Fisch, den sie selbigen Mittag in ihren ausgesteckten Angeln gefangen hatte, dieser wurde nebst zweien Rebhühnern zur Abendmahlzeit aufgetragen, worbei mir denn Concordia, um mich etwas lustiger zu machen, etliche Becher Wein mehr, als sonst gewöhnlich einnötigte, und endlich fragte: ›Habe ich auch recht gemerkt Mons. Albert, daß Ihr übermorgen Euer zwanzigstes Jahr zurücklegen werdet.‹ ›Ja Madame‹, war meine Antwort, ›ich habe schon seit etlichen Tagen daran gedacht.‹ ›Gott gebe‹, versetzte sie, ›daß Eure zukünftige Lebenszeit vergnügter sei, allein darf ich Euch wohl bitten, mir Euren ausführlichen Lebenslauf zu erzählen, denn mein sel. Eheherr hat mir einmals gesagt, daß derselbige teils kläglich, teils lustig anzuhören sei.‹

Ich war hierzu sogleich willig, und vermerkte, daß bei Erwähnung meiner kinderjährigen Unglücksfälle Concordien zum öftern die Augen voller Tränen stunden, doch da ich nachhero die Geschichten von der Amtmannsfrau, der verwechselten Hosen, und den mir gespielten Spitzbubenstreich, mit oft untermengten Scherzreden erzählte, konnte sie sich fast nicht satt lachen. Nachdem ich aber aufs Ende kommen, sagte sie: ›Glaubet mir sicher Mons. Albert, weil Eure Jugendjahre sehr kläglich gewesen, so wird Euch Gott in künftiger Zeit um soviel desto mehr erfreuen, wo Ihr anders fortfahret ihm zu dienen, Euren Beruf fleißig abzuwarten, geduldig zu sein, und Euch der unnötigen und verbotenen Sorgen zu entschlagen.‹ Ich versprach ihrer löblichen Vermahnung eifrigst nachzuleben, wünschte anbei, daß ihre gute Prophezeiung eintreffen möchte, worauf wir unsere Abendbetstunde hielten, und uns zur Ruhe legten.

Weiln mir nun Concordiens vergangenes Tages geführten Reden so christlich als vernünftig vorkamen, beschloß ich, soviel möglich, alle Ungedult zu verbannen, und mit aller Gelassenheit die fernere Hülfe des Himmels zu erwarten. Folgendes Tages arbeitete ich solchergestalt mehr, als seit etlichen Tagen geschehen war, und legte mich von Aushauung etlicher hölzerner Gefäße, ziemlich ermüdet, abermals zur Ruhe, da ich aber am drauffolgenden Morgen, nämlich den 8. Jan. 1648 aus meiner abgesonderten Kammer in die sogenannte Wohnstube kam, fand ich auf dem Tische nebst einem grünen seidenen Schlafrocke, und verschiedenen andern neuen Kleidungsstücken, auch vieler weißer Wäsche, ein zusammengelegtes Papier folgenden Inhalts:

Liebster Herzensfreund!

Ich habe fast alles mitangehöret, was Ihr gestern auf dem Nordfelsen, in Gesellschaft meiner kleinen Tochter, oft wiederholt gesungen und geredet habt. Euer Verlangen ist dem Triebe der Natur, der Vernunft, auch göttl. und menschl. Gesetzen gemäß. Ich hingegen bin eine Wittbe, welcher der Himmel ein Hartes erzeiget hat. Allein ich weiß, daß Glück und Unglück von der Hand des Herrn kömmt, welche ich bei allen Fällen in Demut küsse. Meinem sel. Mann habe ich die geschworne Treu redlich gehalten, dessen Gott und mein Gewissen Zeugnis gibt. Ich habe seinen jämmerlichen Tod nunmehro ein Jahr und zwei Monat aus aufrichtigen Herzen beweint und beklagt, werde auch denselben zeitlebens, sooft ich dran gedenke, schmerzlich beklagen, weil unser Eheband auf Gottes Zulassung durch einen Meuchelmörder vor der Zeit zerrissen worden. Ohngeacht ich aber solchergestalt wieder frei und mein eigen bin, so würde mich doch schwerlich zu einer anderweitigen Ehe entschlossen haben, wenn nicht Eure reine und herzliche Liebe mein Herz aufs neue empfindlich gemacht, und in Erwägung Eurer bisherigen tugendhaften Aufführung dahin gereizet hätte, mich selbst zu Eurer künftigen Gemahlin anzutragen. Es stehet derowegen in Eurem Gefallen, ob wir sogleich morgen an Eurem Geburtstage uns, in Ermangelung eines Priesters und anderer Zeugen, in Gottes und der heil. Engel erbetener Gegenwart selbst zusammentrauen, und hinfüro einander als eheliche Christenleute beiwohnen wollen. Denn weil ich Eurer zu mir tragenden Liebe und Treue völlig versichert bin, so könnet Ihr im Gegenteil vollkommen glauben, daß ich Euch in diesen Stücken nichts schuldig bleiben werde. Eure Frömmigkeit, Tugend und Aufrichtigkeit dienen mir zu Bürgen daß Ihr mir dergleichen selbsteigenen Antrag meiner Person vor keine leichtfertige Geilheit und ärgerliche Brunst auslegen werdet, denn da Ihr aus Übereilung mehr gelobet habt, als Gott und Menschen von Euch forderten, doch aber ehe löblich zu sterben, als solches zu brechen gesonnen waret; habe ich in dieser Einsamkeit, uns beide zu vergnügen, den Ausspruch zu tun mich gezwungen gesehen. Nehmet demnach die von Euch so sehr geliebte Wittbe des sel. van Leuvens, und lebet nach Euren Versprechen fürohin mit derselben nimmermehr in Haß und Zwietracht. Gott sei mit uns allezeit. Nach Verlesung dieses, werdet Ihr mich bei dem Damme des Flusses ziemlich beschämt finden, und ein mehreres mündlich mit mir überlegen können, allwo zugleich den Glückwunsch zu

Eurem Geburtstage abstatten wird, die Euch aufrichtig ergebene

Geschrieben   Concordia van Leuvens.
den 7. Jan.1648

Ich blieb nach Verlesung dieses Briefes dergestalt entzückt stehen, daß ich mich in langer Zeit wegen der unverhofften fröhlichen Nachricht nicht begreifen konnte, wollte auch fast auf die Gedanken geraten, als suchte mich Concordia nur in Versuchung zu führen, da aber ihre bisherige aufrichtige Gemüts- und Lebensart in etwas genauere Betrachtung gezogen hatte, ließ ich allen Zweifel fahren, fassete ein besonders frisch Herze, machte mich auf den Weg, und fand meinen allerangenehmsten Schatz mit ihrer kleinen Tochter, beim Damme im Grase sitzend. Sie stund, sobald sie mich von ferne kommen sahe, auf, mir entgegenzugehen, nachdem ich ihr aber einen glückseligen Morgen gewünschet, erwiderte sie solchen mit einem wohlersonnenen Glückwunsche wegen meines Geburtstages. Ich stattete dieserwegen meine Danksagung ab, und wünschte ihr im Gegenteil, ein beständiges Leibes- und Seelenvergnügen. Da sie sich aber nach diesen auf einen daselbst liegenden Baumschaft gesetzt, und mich, neben ihr Platz zu nehmen, gebeten hatte, brach mein Mund in folgende Worte aus: ›Madame! Eure schönen Hände haben sich gestern bemühet an meine schlechte Person einen Brief zu schreiben, und wo dasjenige, was mich angehet, keine Versuchung, sondern Eures keuschen Herzens aufrichtige Meinung ist, so werde ich heute durch des Himmels und Eure Gnade, zum allerglückseligsten Menschen auf der ganzen Welt gemacht werden. Es würde mir schwerfallen gnungsame Worte zu ersinnen, um damit den unschätzbaren Wert Eurer vollkommen tugendhaften und liebenswürdigsten Person einigermaßen auszudrücken, darum will ich nur sagen: Daß Ihr würdig wäret, eines großen Fürsten Gemahlin zu sein. Was aber bin ich dargegen? Ein schlechter geringer Mensch, der – – –‹

Hier fiel mir Concordia in die Rede, und sagte, indem sie mich sanft auf die Hand schlug: ›Liebster Julius, ich bitte fanget nunmehro nicht erstlich an, viele unnötige Schmeicheleien und ungewöhnliches Wortgepränge zu machen, sondern seid fein aufrichtig wie ich in meinem Schreiben gewesen bin. Eure Tugend, Frömmigkeit und mir geleisteten treuen Dienste, weiß ich mit nichts besser zu vergelten, als wenn ich Euch mich selbst zur Belohnung anbiete, und versichere, daß Eure Person bei mir in höhern Werte stehet, als des größten Fürsten oder andern Herrn, wenn ich auch gleich das Auslesen unter tausenden haben sollte. Ist Euch nun damit gedienet, so erkläret Euch, damit wir uns nachhero fernerer Anstalten wegen vertraulich unterreden, und auf alle etwa bevorstehende Glücks- oder Unglücksfälle gefaßt machen können.‹

Ich nahm hierauf ihre Hand, küssete und schloß dieselbe zwischen meine beiden Hände, konnte aber vor übermäßigen Vergnügen kaum soviel Worte hervorbringen, als nötig waren, sie meiner ewig währenden getreuen Liebe zu versichern, anbei mich gänzlich eigen zu geben, und in allen Stücken nach dero Rat und Willen zu leben. ›Nein mein Schatz!‹ versetzte hierauf Concordia, ›das letztere verlange ich nicht, sondern ich werde Euch nach Gottes Ausspruche jederzeit als meinen Herrn zu ehren und als meinen werten Ehemann beständig zu lieben wissen. Ihr sollet durchaus meinem Rat und Willen keine Folge leisten, insoferne derselbe von Euren, gottlob gesunden, Verstande nicht vor gut und billig erkannt wird, weil ich mich als ein schwaches Werkzeug zuweilen gar leicht übereilen kann.‹

Unter diesen ihren klugen Reden küssete ich zum öftern dero schönen Hände, und nahm mir endlich die Kühnheit, einen feurigen Kuß auf ihre Rosenlippen zu drücken, welchen sie mit einem andern ersetzte. Nachhero stunden wir auf, um zu unsern heutigen Hochzeitsfeste Anstalten zu machen. Ich schlachtete ein jung Reh, eine junge Ziege, schoß ein paar Rebhühner, schaffte Fische herbei, steckte die Braten an die Spieße, welche unsere Affen wenden mußten, setzte das Kochfleisch zum Feuer, und las das beste frische Obst aus, mittlerweile meine Braut, Kuchen, Brod und allerlei Gebackens zurichtete, und unsere Wohnstube aufs herrlichste auszierete, so daß gegen Abend alles in schönster Ordnung war.

Demnach führeten wir, genommener Abrede nach, einander in meine Schlafkammer, allwo auf einen reinlich gedeckten Tische ein Kruzifix stunde, welches wir mit unter des Don Cyrillo Schätzen gefunden hatten. Vor selbigen lag eine aufgeschlagene Bibel. Wir knieten beide vor diesem kleinen Altare nieder, und ich verlas die drei ersten Kapitel aus dem 1. Buch Mose. Hierauf redete ich meine Braut also an: ›Liebste Concordia, ich frage Euch allhier vor dem Angesicht Gottes und seiner heil. Engel, ob Ihr mich Albert Julium zu einem ehelichen Gemahl haben wollet? gleich wie ich Euch zu meiner ehelichen Gemahlin nach göttlicher Ordnung, aus reinem und keuschen Herzen innigst begehre?‹ Concordia antwortete nicht allein mit einem lauten Ja, sondern reichte mir auch ihre rechte Hand, welche ich nach verwechselten Trauringen in die meinige fügte, und also betete: ›Du heiliger wunderbarer Gott, wir glauben ganz gewiß, daß deine Vorsicht an diesem, von aller andern menschlichen Gesellschaft entlegenen Orte, unsere Seelen vereiniget hat, und in dieser Stunde auch die Leiber mit dem heiligen Bande der Ehe zusammenfüget, darum soll unter deinem Schutze nichts als der Tod vermögend sein dieses Band zu brechen, und sollte ja auf dein Zulassen ein oder anderer Unglücksfall die Leiber voneinander scheiden, so sollen doch unsere Seelen in beständiger Treue miteinander vereinigt bleiben.‹ Concordia sprach hierzu: ›Amen.‹ Ich aber schlug das 8. Kap. im Buch Tobiä auf, und betete des jungen Tobiä Gebet vom siebenten bis zu Ende des neunten Verses; wiewohl ich etliche Worte nach unserm Zustande veränderte, auch soviel zusetzte als mir meines Herzens heilige Andacht eingab. Concordia machte aus den Worten der jungen Sara, die im folgenden zehnten Vers stehen, ein schönes herzbrechendes und kräftiges Gebet. Nach diesem beteten wir einstimmig das Vaterunser und den gewöhnlichen Segen der christlichen Kirche über uns, sungen das Lied: Es woll uns Gott genädig sein, etc. küsseten uns etliche Mal, und führeten einander wieder zurück, bereiteten die Mahlzeit, setzten uns mit unserer kleinen Concordia, die unter währenden Trauaktu so stille als ein Lamm gelegen hatte, zu Tische, und nahmen unsere Speisen nebst dem köstlichen Getränke in solcher Vergnüglichkeit ein, als wohl jemals ein Brautpaar in der ganzen Welt getan haben mag.

Es schien, als ob aller vorhero ausgestandener Kummer und Verdruß solchergestalt auf einmal verjagt wäre, wir vereinigten uns von nun an, einander in vollkommener Treue dergestalt hülfliche Hand zu leisten, und unsere Anstalten auf solchen Fuß zu setzen, als ob wir gar keine Hoffnung, von hier hinwegzukommen, hätten, hergegen aus bloßer Lust, zeitlebens auf dieser Insul bleiben, im übrigen alles der Vorsehung des Himmels anbefehlen, und alle ängstlichen Sorgen wegen des Zukünftigen einstellen wollten.

Indem aber die Zeit zum Schlafengehen herbeikam, sagte meine Braut mit liebreichen Gebärden zu mir: ›Mein allerliebster Eheschatz, ich habe heute mit Vergnügen wahrgenommen, daß Ihr in vielen Stücken des jungen Tobiä Sitten nachgefolget seid, derowegen halte vor löblich, züchtig und andächtig, daß wir diesen jungen Eheleuten noch in dem Stücke nachahmen, und die drei ersten Nächte mit Beten zubringen, ehe wir uns ehelich zusammenhalten. Ich glaube ganz gewiß, daß Gott unsern Ehestand um soviel desto mehr segnen und beglückt machen wird.‹

›Ihr redet, mein Engel‹, gab ich zur Antwort, ›als eine vollkommen tugendhafte, gottesfürchtige und keusche Frau, und ich bin Eurer Meinung vollkommen, derowegen geschehe, was Euch und mir gefällig ist.‹ Solchergestalt saßen wir alle drei Nächte beisammen, und vertrieben dieselben mit andächtigen Beten, Singen und Bibellesen, schliefen auch nur des Morgens einige Stunden, in der vierten Nacht aber opferte ich meiner rechtmäßigen Eheliebsten die erste Kraft meiner Jugend, und fand in ihren liebesvollen Umarmungen ein solches entzükkendes Vergnügen, dessen unvergleichliche Vollkommenheit ich mir vor der Zeit nimmermehr vorstellen können.

Wenige Tage hierauf verspürete sie die Zeichen ihrer Schwangerschaft, und die kleine Concordia gewehnete sich von sich selbst, von der Brust gänzlich ab, zu andern Speisen und Getränke. Mittlerweile bescherte uns der Himmel eine abermalige und viel reichere Weinernte als die vorige, denn wir presseten über 500 Kannen Most aus, truckneten bis sechs Scheffel Trauben auf, ohne was von uns und den Affen die ganze Weinlese hindurch gegessen, auch von den frembden diebischen Affen gestohlen und verderbt wurde. Denn dieses lose Gesindel war wiederum so dreuste worden, daß es sich nicht allein scharenweise in unsern Weinbergen und Saatfeldern, sondern sogar ganz nahe um unsere Wohnung herum sehen und spüren ließ. Weil ich aber schon damals drei leichte Stück Geschützes auf die Insul geschafft hatte, pflanzte ich dieselben gegen diejenigen Örter, wo meine Feinde öfters zu zwanzig bis funfzigen beisammen hinzukommen pflegten, und richtete mit oft wiederholten Ladungen von auserlesenen runden Steinen starke Niederlagen an, so, daß zuweilen acht, zehn, zwölf, bis sechzehn Tote und Verwundete auf dem Platze liegenblieben. Am allerwundersamsten kam mir hierbei dieses vor, daß unsere Haus- und Zuchtaffen nicht das allergeringste Mitleiden über das Unglück ihrer Anverwandten, im Gegenteil ein besonderes Vergnügen bezeugten, wenn sie die Verwundeten vollends totschlagen, und die sämtlichen Leichen in den nächsten Fluß tragen konnten. Ich habe solchergestalt und auf noch andere listige Art in den ersten sechs Jahren fast über 500 Affen getötet, und dieselben auf der Insul zu ganz raren Tieren gemacht, wie sie denn auch nachhero von den Meinigen zwar aufs heftigste verfolgt, doch wegen ihrer Possierlichkeit und Nutzung in vielen Stücken nicht gar vertilget worden.

Nach glücklich beigelegten Affenkriege und zu gut gemachter Traubenfrucht, auch abermaliger Bestellung der Weinberge und Saatfelder, war meine tägliche Arbeit, diejenigen Waren, welche uns Wind und See von den in verschiedenen Stürmen zerscheiterten Schiffen zugeführet hatte, durch den hohlen Felsenweg herauf in unsere Verwahrung zu schaffen. Hilf Himmel! was bekamen wir nicht solchergestalt noch vor Reichtümer in unser Gewalt? Gold, Silber, edle Steine, schöne Zeuge, Böckel- und geräuchert Fleisch nebst andern Viktualien war dasjenige, was am wenigsten geachtet wurde, hergegen Koffee, Tee, Schokolade, Gewürze, ausgepichte Kisten mit Zucker, Pech, Schwefel, Öl, Talg, Butter, Pulver, allerhand eisern, zinnern, kupfern und messingen Hausgeräte, dicke und dünne Seile, hölzerne Gefäße u. dgl. ergötzte uns am allermeisten.

Unser Hausgesinde, das nunmehro, da sich der ehemalige Patient auch eine Frau geholet, aus sechs Personen bestund, tat hierbei ungemeine Dienste, und meine liebe Ehefrau brachte in der unterirdischen Höhle alles, was uns nützlich, an gehörigen Ort und Stelle, was aber von dem Seewasser verdorben war, mußten ein paar Affen auf einen darzu gemachten Rollwagen sogleich fortschaffen, und in den nächstgelegenen Fluß werfen. Nach diesem, da eine große Menge zugeschnittener Bretter und Balken von den zertrümmerten Schiffen vorhanden, erweiterte ich unsere Wohnung auf dem Hügel noch um ein großes, bauete auch der Affen Behausung geräumlicher, und brachte, kurz zu sagen, alles in solchen Stand, daß wir bevorstehenden Winter wenig zu schaffen hatten, sondern in vergnügter Ruhe beisammen leben konnten.

Unser Zeitvertreib war im Winter der allervergnügteste von der Welt, denn wenn wir unsers Leibes mit den besten Speisen und Getränke wohl gepflegt, und nach Belieben ein und andere leichte Arbeit getrieben hatten, konnten wir zuweilen etliche Stunden einander in die Arme schließen und mit untermengten Küssen allerhand artige Geschichte erzählen, worüber denn ein jedes seine besondere Meinung eröffnete, so, daß es öfters zu einem starken Wortstreite kam, allein, wir vertrugen uns letztlich immer in der Güte, zumalen, wenn die Sachen ins geheime Kammergerichte gespielet wurden.

Im Frühlinge, nämlich am 19. Oktobr. des Jahres unserer Verehligung, wurde sowohl ich als meine allerliebste Ehegattin nach ausgestandenen vierstündigen ängstlichen Sorgen mit inniglichen Vergnügen überschüttet, indem sie eben in der Mittagsstunde ein Paar kurz aufeinanderfolgende Zwillingssöhne zur Welt brachte. Sie und ich hatten uns zeithero, soviel als erdenklich, darauf geschickt gemacht, derowegen befand sich, unter göttlichen Beistande, meine zarte Schöne bei dieser gedoppelten Kindernot dennoch weit stärker und kräftiger als das erste Mal. Ich gab meinen herzlich geliebten Söhnen gleich in der ersten Stunde die heil. Taufe, und nennete den ersten nach mir, Albertus, den andern aber nach meinem sel. Vater Stephanus, tat anbei alles, was einem getreuen Vater und Ehegatten gegen seine lieben Kinder und werteste Ehegemahlin bei solchen Zustande zu tun oblieget, war im übrigen höchst glücklich und vergnügt, daß sich weder bei der Mutter noch bei den Kindern einige besorgliche Zufälle ereigneten.

Ich kann nicht sagen, wie fröhlich sich die kleine Concordia, so allbereit wohl umherlaufen, und ziemlich vernehmlich plaudern konnte, über die Anwesenheit ihrer kleinen Stiefbrüder anstellete, denn sie war fast gar nicht von ihnen hinwegzubringen, unsere Affen aber machten vor übermäßigen Freuden ein solches wunderliches Geschrei, dergleichen ich von ihnen sonst niemals gehöret, als da sie bei dem ersten Kriege siegend zurückkamen, erzeigten sich nachhero auch dermaßen geschäftig, dienstfertig und liebkosend um uns und die Kinder herum, daß wir ihnen kaum genung zu verrichten geben konnten.«

Soweit war unser Altvater Albertus selbigen Abend in

seiner Erzählung kommen, als er die Zeit beobachtete, sich zur Ruhe zu legen, worinnen wir andern ihm Gesellschaft leisteten. Des darauffolgenden Sonnabends wurde keine Reise vorgenommen, indem Herr Mag. Schmeltzer auf seine Predigt studierte, wir übrigen aber denselben Tag auch nicht müßig, sondern mit Einrichtung allerhand nötiger Sachen zubrachten, und uns des Abends auf die morgende Sabbatsfeier präparierten. Selbiges war der 26. Sonntag p. Trinit. an welchem sich etwa eine Stunde nach geschehenen Kanonenschusse fast alle gesunde Einwohner der Insul unter der Albertsburg versammleten und den Gottesdienst mit eifrigster Andacht abwarteten, worbei Herr Mag. Schmeltzer in einer vortrefflichen Predigt, die, den Frommen erfreuliche, den Gottlosen aber erschröckliche Zukunft Christi zum Gerichte, dermaßen beweglich vorstellete, daß sich Alt und Jung ungemein darüber vergnügten. Nachmittags wurde Katechismusexamen gehalten, in welchen Hr. Mag. Schmeltzer sonderlich den Artikul vom heil. Abendmahl Christi durchnahm, und diejenigen Menschen, welche selbiges zu genießen zwar niemals das Glück gehabt, dennoch von dessen heiliger Würde und Nutzbarkeit dermaßen wohl unterrichtet befand, daß er nach einem gehaltenen weitläuftigen Sermon über diese hochheilige Handelung, denen beiden Gemeinden in Alberts- und Davidsraum ankündigte, wie er sich diese ganze Woche hindurch alle Tage ohngefähr zwei oder drei Stunden vor Untergang der Sonnen, in der Allee auf ihrer Grenzscheidung einstellen wollte, derowegen möchten sich alle diejenigen, welche beiderlei Geschlechts über vierzehn Jahr alt wären, zu ihm versammlen, damit er sie insgesamt und jeden besonders vornehmen, und erforschen könnte, welche mit guten Gewissen künftigen Sonnabend zur Beichte, und Sonntags darauf zum heil.

Abendmahle zu lassen wären, indem es billig, daß man das neue Kirchenjahr mit solcher höchst wichtigen Handlung anfinge. Es entstund hierüber eine allgemeine Freude, zumalen da er versprach, in folgenden Wochen mit den übrigen Gemeinden auf gleiche Art zu verfahren, und immer zwei oder drei auf einmal zu nehmen, bis er sie ingesamt dieser unschätzbaren Glückseligkeit teilhaftig gemacht. Hierauf wurden die anwesenden kleinen Kinder von Mons. Wolfgangen mit allerhand Zuckerwerk und Spielsachen beschenkt, nach einigen wichtigen Unterredungen mit den Stammvätern aber kehrete ein jeder vergnügt in seine Behausung.

Der anbrechende Montag erinnerte unsern Altvater Albertum nebst uns die Reise nach Christophsraum vorzunehmen, als wir derowegen unsern Weg durch den großen Garten genommen, gelangeten wir in der Gegend an, welche derselbe zum Gottesacker und Begräbnis vor die, auf dieser Insul Verstorbenen ausersehen hatte. Er führete uns sofort zu des Don Cyrillo de Valaro aufgerichteten Gedächtnissäule, die unten mit einem runden Mauerwerk umgeben, und woran eine zinnerne Tafel geschlagen war, die folgende Zeilen zu lesen gab:

Hier liegen die Gebeine
eines vermutlich selig verstorbenen Christen
und vornehmen spanischen Edelmanns,
namens
Don Cyrillo de Valaro,
welcher, dessen Urkunden gemäß,
den 9. Aug. 1475 geboren,
auf dem Wege aus Westindien nebst acht andern
Mannspersonen den 14. Nov. 1514 in dieser
Insel angelanget,
in Ermangelung eines tüchtigen Schiffs allhier

bleiben müssen,
seine Gefährten, die ihm in der Sterblichkeit
vorangegangen, ehrlich begraben,
und ihnen endlich
ao. 1606 ohne Zweifel in den ersten Tagen
des Monats Julii gefolget;
nachdem er auf dieser Insel
weder recht vergnügt noch gänzlich unvergnügt
gelebt 92 Jahr,
sein ganzes Alter aber gebracht
über 130 Jahr und 10 Monate.
Den Rest seines entseelten Körpers haben erstlich
nach 40 Jahren gefunden, und auf dieser
Stätte aus christl. Liebe begraben
Karl Franz van Leuven und Albertus Julius.

Von dieser, des Don Cyrillo Gedächtnissäule, stunde etwa vier Schritt ostwärts eine ohngefähr sechs Ellen hohe mit ausgehauenen Steinen aufgeführte Pyramide, auf der eingemauerten großen kupfernen Platte aber folgende Schrift:

Unter diesem Grabmale
erwartet der fröhlichen Auferstehung zum ewigen
Leben
eine Königin dieses Landes,
eine Krone ihres hinterlassenen Mannes,
und eine glückselige Stamm-Mutter
vieler Lebendigen,
nämlich
Concordia, geborne Plürs,
die wegen ihrer Gottesfurcht, seltsamen Tugenden
und wunderbaren Schicksals,
eines unsterblichen Ruhms würdig ist.

Sie ward geboren zu Londen in Engelland
den 4. Apr. 1627
vermählete sich zum ersten Male mit Herrn
Karl Franz van Leuven den 9. Mart. 1646
gebar nach dessen kläglichen Tode, am 11. Dez.
selbigen Jahres, von ihm eine Tochter.
Verknüpfte das durch Mördershand zerrissene
adeliche Eheband nachhero mit
Albert Julio
am 8. Januar 1648
zeugete demselben fünf Söhne, drei lebendige und
eine tote Tochter.
Ersahe also in ihrer ersten, und andern 68jährigen
weniger 11tägigen Ehe 9 lebendige und
ein totes Kind.
87 Kindeskinder, 151 Kindes-Kindeskinder,
und 5 Kindeskinder-Kindeskinder.
Starb auf den allein seligmachenden Glauben an
Christum, ohne Schmerzen, sanft und selig
den 28. Dez. 1715
ihres Alters 88 Jahr, 8 Monat und 2 Wochen.
Und ward von ihrem zurückgelassenen getreuen
Ehemanne und allen Angehörigen unter
tausend Tränen allhier in ihre
Gruft gesenkt.

Gleich neben dieser Pyramide stund an des van Leuvens
Gedächtnissäule diese Schrift:

Bei dieser Gedächtnissäule
hoffet auf die ewige glückselige Vereinigung mit
seiner durch Mördershand
getrenneten Seele
der unglückliche Körper

Herrn Karl Franz van Leuvens,
eines frommen, tugendhaften und tapfern
Edelmanns aus Holland,
der mit seiner herzlich geliebten Gemahlin
Concordia, geb. Plürs,
nach Ceylon zu segeln gedachte,
und nicht bedachte,
wie ungetreu das Meer zuweilen an denjenigen
handele, die sich daraufwagen.
Er entkam zwar dem entsetzlichen Sturme 1646
im Monat Augusto glücklich, und setzte seinen
Fuß den 10. Sept. mit Freuden auf diese Insel,
hätte auch ohnfehlbar dem Verhängnisse
allhier mit ziemlichen Vergnügen
stillegehalten;
allein, sein vermaledeiter Gefährte Lemelie, der
seine gegen die keusche Concordia loderenden
geilen Flammen, nach dessen Tode, gewiß
zu kühlen vermeinte,
stürzte diesen redlichen Kavalier
am Tage Martini 1646
von einem hohen Felsen herab,
der, nach dreien Tagen erbärmlich zerschmettert
gefunden, von seiner schwangern keuschen
Gemahlin und getreuen Diener Alberto Julio auf
diese Stätte begraben, und ihm
gegenwärtiges Denkmal gesetzt worden.

Etwa anderthalb hundert Schritt von diesen drei Ehren-
und Gedächtnissäulen fanden wir, nahe am Ufer des
Westflusses, des Lemelie Schandsäule, um welche herum ein großer Haufen Feldsteine geworfen war, so, daß
wir mit einiger Mühe hinzugelangen, und folgende dar-
angenagelten Zeilen lesen konnten:

Speie aus gegen diese Säule,
mein Leser!
Denn
allhier muß die unschuldige Erde
das tote Aas des vielschuldigen Lemelie
in ihrem Schoße erdulden,
welches im Leben ihr zu einer schändlichen Last
gedienet.
Dieses Mordkindes rechter Name,
auch wo, wenn und von wem es geboren
ist unbekannt.
Doch kurz vor seinem erschrecklichen Ende
hat er bekannt,
daß Vater-, Mutter-, Kinder- und vieler andern
Menschen Mord, Blutschande, Hurerei, Giftmischen,
ja alle ersinnliche Laster sein Handwerk
von Jugend an gewesen.
Karl Franz van Leuvens unschuldig vergossenes
Blut schreiet auf dieser Insul bis an den
jüngsten Tag
Rache über ihn.
Indem aber dasselbe kaum erkaltet war,
hatte sich der Mordhund schon wiederum gerüstet,
eine neue Mordtat an dem armen Albert
Julio zu begehen, weil sich dieser unterstund, seiner
geilbrünstigen Gewalttätigkeit bei der
keuschen Concordia zu widerstehen.
Aber,
da die Bosheit am größten,
war die Strafe am nächsten,
denn das Kind der Finsternis lief in der Finsternis
derselben entgegen,
und wurde
von dem unschuldig Verwundeten

ohne Vorsatz
tödlich, doch schuldig, verwundet.
Dem ohngeacht schien ihm
die Buße und Bekehrung unmöglich,
das Zureden seiner Beleidigten unnützlich,
Gottes Barmherzigkeit unkräftig,
die Verzweifelung aber unvermeidlich,
stach sich derowegen mit seinem Messer selbst das
ruchlose Herz ab.
Und also
starb der Höllenbrand als ein Vieh,
welcher gelebt als ein Vieh,
und wurde allhier eingescharrt als ein Vieh,
den 10. Dezembr. 1646
von
Albert Julio.
Der Herr sei Richter zwischen
uns und dir.

Wir bewunderten hierbei allerseits unsers Altvaters Alberti besondern Fleiß und Geschicklichkeit, brachten noch über eine Stunde zu, die andern Grabstätten, welche alle mit kurzen Schriften bezeichnet waren, zu besehen, und verfolgten hernachmals unsern Weg auf Christophsraum zu. Selbige Pflanzstätte bestund aus vierzehn Wohnhäusern, und führeten die Einwohner gleich den andern allen eine sehr gute Haushaltung, hatten im übrigen fast eben dergleichen Feld-, Weinbergs- und Wassernutzung als die Johannisraumer. Sonsten war allhier die erste Hauptschleuse des Nordflusses, nebst einer wohlgebaueten Brücke, zu betrachten. Im Gartenbau und Erzeugung herrlicher Baumfrüchte schienen sie es fast allen andern zuvorzutun. Nachdem wir aber ihre Feldfrüchte, Weinberge und alles Merkwürdige wohl betrachtet, und bei ihnen eine gute Mittagsmahlzeit eingenommen hatten, kehreten wir bei guter Zeit zurück auf Albertsburg.

Herr Mag. Schmeltzer begab sich von dar, versprochenermaßen, in die Davidsraumer Allee, um seinen heiligen Verrichtungen obzuliegen, wir andern halfen indessen mit größter Lust bei der Grundmauer der Kirche dasjenige verrichten, was zu besserer Fortsetzung dabei vonnöten war. Nach Untergang der Sonnen aber, da Herr Mag. Schmeltzer zurückgekommen war, und die Abendmahlzeit mit uns eingenommen hatte, setzten wir uns in gewöhnlicher Gesellschaft wieder zusammen, und höreten dem Altvater Alberto in Fortsetzung seiner Geschichtserzählung dergestalt zu:

»Meine Lieben«, fing er an, »ich erinnere mich, daß meine letzten Reden das besondere Vergnügen erwähnet haben, welches ich nebst meiner lieben Ehegattin über unsere erstgebornen Zwillinge empfand, und muß nochmals wiederholen, daß selbiges unvergleichlich war, zumal, da meine Liebste, nach redlich ausgehaltenen sechs Wochen, ihre gewöhnliche Hausarbeit frisch und gesund vornehmen konnte. Wir lebten also in dem allerglückseligsten Zustande von der Welt, indem unsere Gemüter nach nichts anders sich sehneten, als nach dem, was wir täglich erlangen und haben konnten, das Verlangen nach unserm Vaterlande aber schien bei uns allen beiden ganz erstorben zu sein, sogar, daß ich mir nicht die allergeringste Mühe mehr gab, nach vorbeifahrenden Schiffen zu sehen. Kam uns gleich die Tagesarbeit öfters etwas sauer an, so konnten wir doch abends und des Nachts desto angenehmer ausruhen, wie sich denn öfters viele Tage und Wochen ereigneten, in welchen wir nicht aus dringender Not, sondern bloß zur Lust arbeiten durften.

Die kleine Concordia fing nunmehro an, da sie vollkommen deutlich, und zwar sowohl teutsch als englisch reden gelernet, das angenehmste und schmeichelhafteste Kind, als eines in der ganzen Welt sein mag, zu werden, weswegen wir täglich viele Stunden zubrachten, mit selbiger zu scherzen, und ihren artigen Kinderstreichen zuzusehen, ja zum öftern uns selbsten als Kinder mit anzustellen genötiget waren.

Allein, meine lieben Freunde!« (sagte hier unser Altvater, indem er ein großes, geschriebenes Buch aus einem Behältnis hervorlangete) »es kommt mir teils unmöglich, teils unnützlich und allzu langweilig vor, wenn ich alle Kleinigkeiten, die nicht besonders merkwürdig sind, vorbringen wollte, derowegen will die Weitläuftigkeiten und dasjenige, worvon Ihr Euch ohnedem schon eine zulängliche Vorstellung machen könnet, vermeiden, mit Beihülfe dieses meines Zeitbuchs aber nur die denkwürdigsten Begebenheiten nachfolgender Tage und Jahre bis auf diese Zeit erzählen.

Demnach kam uns sehr seltsam vor, daß zu Ende des Monats Junii 1649 auf unserer Insel ein ziemlich kalter Winter einfiel, indem wir damals binnen drei Jahren das erste Eis- und Schneeflocken, auch eine ziemliche kalte Luft verspüreten, doch da ich noch im Begriff war, unsere Wohnung gegen dieses Ungemach besser, als sonsten, zu verwahren, wurde es schon wieder gelinde Wetter, und dieser harte Winter hatte in allen kaum sechzehn oder siebzehn Tage gedauret.

Im Jahre 1650 den 16. Mart. beschenkte uns der Himmel wiederum mit einer jungen Tochter, welche in der heil. Taufe den Namen Maria bekam, und im folgenden 1651ten Jahre wurden wir abermals am 14. Dez. mit einem jungen Sohne erfreuet, welcher den Namen Johannes empfing. Dieses Jahr war wegen ungemeiner

Hitze sehr unfruchtbar an Getreide und andern Früchten, gab aber einen vortrefflichen Weinsegen, und weil von vorigen Jahren noch starker Getreidevorrat vorhanden, wußten wir dennoch von keinen Mangel zu sagen.

Das 1652te Jahr schenkte einen desto reichlichern Getreidevorrat, hergegen wenig Wein. Mitten in der Weinlese starben unsere zwei ältesten Affen, binnen wenig Tagen kurz aufeinander, wir bedaureten diese zwei klügsten Tiere, hatten aber doch noch vier Paar zu unserer Bedienung, weil sich die ersten drei Paar stark vermehret, wovon ich aber nur zwei Paar junge Affen leben ließ, und die übrigen heimlich ersäufte, damit die Gesellschaft nicht zu mächtig und mutwillig werden möchte.

Im Jahre 1653 den 13. Mai kam meine werte Ehegattin abermals mit einer gesunden und wohlgestalten Tochter ins Wochenbette, die in der heil. Taufe den Namen Elisabeth empfing. Also hatten wir nunmehro drei Söhne und drei Töchter, welche der fleißigen Mutter Zeitvertreib und Arbeit genung machen konnten. Selbigen Winters fing ich an mit Concordien, Albert und Stephano, täglich etliche Stunden Schule zu halten, indem ich ihnen die Buchstaben vormalete und kennen lehrete, fand auch dieselben so gelehrig, daß sie, mit Ausgang des Winters, schon ziemlich gut teutsch und englisch buchstabieren konnten, außerdem wurden ihnen von der Mutter die nützlichsten Gebeter und Sprüche aus der Bibel gelehret, so daß wir sie mit größten Vergnügen bald teutsch, bald englisch, die Morgen-, Abend- und Tischgebeter, vor dem Tische, konnten beten hören und sehen. Meine liebe Frau durfte mir nunmehro bei der Feld- und andern sauren Arbeit wenig mehr helfen, sondern mußte sich schonen, um die Kinder desto besser und geduldiger zu warten, ich hergegen, ließ es mir mit Beihülfe der Affen, desto angelegener sein, die nötigsten Nahrungsmittel von einer Zeit zur andern zu besorgen.

Am ersten heil. Christtage anno 1655 brachte meine angenehme Eheliebste zum andern Male ein Paar Zwillingssöhne zur Welt, die ich zum Gedächtnis ihres schönen Geburtstages, den ersten Christoph, und den andern Christian taufte, die arme Mutter befand sich hierbei sehr übel, doch die Kraft des Allmächtigen half ihr in etlichen Wochen wiederum zu völliger Gesundheit.

Das 1656te Jahr ließ uns einen ziemlich verdrießlichen Herbst und Winter verspüren, indem der erstere ungemein viel Regen, der letztere aber etwas starke Kälte und vielen Schnee mit sich brachte, es war derowegen sowohl die darauffolgende Ernte, als auch die Weinlese kaum des vierten Teils so reichlich als in vorigen Jahren, und dennoch war vor uns, unsere Kinder, Affen und ander Vieh, alles im Überflusse vorhanden.

Im 1657ten Jahre den 22. Septembr. gebar meine fruchtbare Eheliebste noch eine Tochter, welche Christina genennet wurde, und im 1660ten Jahre befand sich dieselbe zum letzten Male schwangeres Leibes, denn weil sie eines Tages, da wir am Ufer des Flusses hinwandelten, unversehens strauchelte, einen schweren Fall tat, und ohnfehlbar im Flusse ertrunken wäre, woferne ich sie nicht mit selbsteigener Lebensgefahr gerettet hätte; war sie dermaßen erschreckt und innerlich beschädigt worden, daß sie zu unser beiderseits größten Leidwesen am 9. Jul. eine unzeitige tote Tochter zur Welt, nachhero aber über zwei ganzer Jahre zubrachte, ehe die vorige Gesundheit wiederzuerlangen war.

Nach Verlauf selbiger Zeit, befand sich mein werter Eheschatz zwar wiederum bei völligen Kräften, und sahe in ihrem 35ten Jahre noch so schön und frisch aus als eine Jungfrau, hat aber doch niemals wiedrum ins Wochenbette kommen können. Gleichwohl wurden wir darüber nicht ungeduldig, sondern dankten Gott daß sich unsere neun lieben Kinder bei völliger Leibesgesundheit befanden, und in Gottesfurcht und Zucht heranwuchsen, wie ich denn nicht sagen kann, daß wir Ursach gehabt hätten, uns über eins oder anderes zu ärgern, oder die Schärfe zu gebrauchen, sondern muß gestehen, daß sie, bloß auf einen Wink und Wort ihrer Eltern alles taten, was von ihnen verlanget wurde, und eben dieses schrieben wir nicht schlechterdings unserer klugen Auferziehung, sondern einer besondern Gnade Gottes zu.

Meine Stieftochter Concordia, die nunmehro ihre mannbaren Jahre erreichte, war gewiß ein Mägdlein von ausbündiger Schönheit, Tugend, Klugheit und Gottesfurcht, und wußte die Haushaltung dermaßen wohl zu führen, daß ich und ihre Mutter sonderlich eine große Erleichterung unserer dahero gehabten Mühe und Arbeit verspüreten. Selbige meine liebe Ehegattin mußte sich also mit Gewalt gute Tage machen, und ihre Zeit bloß mit der kleinsten Kinder Lehrung und guter Erziehung vertreiben. Meine zwei ältesten Zwillinge hatte ich mit göttlicher Hülfe schon soweit gebracht, daß sie den kleinern Geschwister das Lesen, Schreiben und Beten wiederum beibringen konnten, ich aber informierte selbst alle meine Kinder frühmorgens zwei Stunden, und abends auch so lange. Ihre Mutter lösete mich hierinnen ordentlich ab, die übrige Zeit mußten sie mit nützlicher Arbeit, soviel ihre Kräfte vermochten, hinbringen, das Schießgewehr brauchen lernen, Fische, Vögel, Ziegen und Wildpret einfangen, in Summa, sich in Zeiten so gewöhnen, als ob sie sowohl als wir zeitlebens auf dieser Insul bleiben sollten.

Immittelst erzählten wir Eltern unsern Kindern öfters von der Lebensart der Menschen in unsern Vaterländern und andern Weltteilen, auch von unsern eigenen Geschichten, soviel, als ihnen zu wissen nötig war: spüreten aber niemals, daß nur ein einziges von ihnen Lust bezeigte, selbige Länder oder Örter zu sehen, worüber sich meine Ehefrau herzlich vergnügte, allein ich unterdrückte meinen, seit einiger Zeit wieder aufgewachten Kummer, bis eines Tages unsere ältesten zwei Söhne eiligst gelaufen kamen, und berichteten: Wie daß sich ganz weit in der offenbaren See drei große Schiffe sehen ließen, worauf sich ohnfehlbar Menschen befinden würden. Ihre Mutter gab ihnen zur Antwort: ›Lasset sie fahren meine Kinder, weil wir nicht wissen, ob es gute oder böse Menschen sind.‹ Ich aber wurde von meinen Gemütsbewegungen dergestalt übermeistert, daß mir die Augen voll Tränen liefen, und solches zu verbergen, ging ich stillschweigend in die Kammer, und legte mich mit Seufzen aufs Lager. Meine Concordia folgte mir auf dem Fuße nach, breitete sich über mich und sagte, nachdem sie meinen Mund zum öftern liebreich geküsset hatte. ›Wie ist's, mein liebster Schatz, seid Ihr der glückseligen Lebensart, und Eurer bishero so herzlich geliebten Concordia, vielleicht schon auch gänzlich überdrüssig, weil sich Eure Sehnsucht nach anderer Gesellschaft aufs neue so stark verrät?‹ ›Ihr irret Euch, meine Allerliebste‹, gab ich zur Antwort, ›oder wollet etwa die erste Probe machen, mich zu kränken. Glaubet aber sicherlich, zumal wenn ich Gott zum Zeugen anrufe, daß mir gar nicht in die Gedanken kommen ist, von hier hinweg zu reisen, oder Euch zum Verdruß mich nach anderer Gesellschaft zu sehnen, sondern ich wünsche von Herzen, meine übrige Lebenszeit auf dieser glückseligen Stätte mit Euch in Ruhe und Frieden hinzubringen, zumal da wir das Schwerste nunmehro mit Gottes Hülfe überwunden, und das größte Vergnügen an unsern schönen Kindern, annoch in Hoffnung, vor uns haben. Allein saget mir um Gottes willen, warum sollen wir uns nicht nunmehro, da unsere Kinder ihre mannbaren Jahre zu erreichen beginnen, nach andern Menschen umsehen, glaubet Ihr etwa, Gott werde soleich vier Männer und fünf Weiber vom Himmel herabfallen lassen, um unsere Kinder mit selbigen zu begatten? Oder wollet Ihr, daß dieselben, sobald der natürliche Trieb die Vernunft und Frömmigkeit übermeistert, Blutschande begehen, und einander selbst heiraten sollen? Da sei Gott vor! Ihr aber, mein Schatz, saget mir nun, wie Eure Meinung über meine höchst wichtigen Sorgen ist, ob wir nicht Sünde und Schande von unsern bishero wohlerzogenen Kindern zu befürchten haben? und ob es wohlgetan sei, wenn wir durch ein und andere Nachlässigkeit, Gottes Allmacht ferner versuchen wollen?‹

Meine Concordia fing herzlich an zu weinen, da sie mich in so ungewöhnlichen Eifer reden hörete, jedoch die treue Seele umfassete meinen Hals, und sagte unter hundert Küssen: ›Ihr habt recht, mein allerliebster Mann, und sorget besser und vernünftiger als ich. Verzeihet mir meine Fehler, und glaubet sicherlich, daß ich, dergleichen blutschändlich Ehen zu erlauben, niemals gesinnet gewesen, allein die Furcht vor bösen Menschen, die sich etwa unseres Landes und unserer Güter gelüsten lassen, Euch ermorden, mich und meine Kinder schänden und zu Sklaven machen könnten, hat mich jederzeit angetrieben, zu widerraten, daß wir uns frembden und unbekannten Leuten entdeckten, die vielleicht auch nicht einmal Christen sein möchten. Anbei habe mich beständig darauf verlassen, daß Gott schon von ohngefähr Menschen hersenden würde, die uns etwa abführeten, oder unser Geschlecht vermehren hülfen. Jedoch, mein allerliebster Julius‹, sagte sie weiter, ›ich bekenne, daß Ihr eine stärkere Einsicht habt als ich, darum gehet hin mit unsern Söhnen, und versuchet, ob Ihr die vorbeifahrenden Schiffe anhero rufen könnet, Gott gebe nur, daß es Christen, und redliche Leute sind.‹

Dieses war also der erste und letzte Zwietracht, den ich und meine liebe Ehefrau untereinander hatten, wo es anders ein Zwietracht zu nennen ist. Sobald wir uns nun aber völlig verglichen, lief ich mit meinen Söhnen, weil es noch hoch am Tage war, auf die Spitze des Nordfelsens, schossen unsere Gewehre los, schrien wie törichte Leute, machten Feuer und Rauch auf der Höhe, und trieben solches die ganze Nacht hindurch, allein außer etlichen Stückschüssen höreten wir weiter nichts, sahen auch bei aufgehender Sonne keines von den Schiffen mehr, wohl aber eine stürmische düstere See, woraus ich schloß, daß die Schiffe wegen widerwärtigen Winden unmöglich anländen können, wie gern sie vielleicht auch gewollt hätten.

Ich konnte mich deswegen in etlichen Tagen nicht zufrieden geben, doch meine Ehefrau sprach mich endlich mit diesen Worten zufrieden: ›Bekümmert Euch nicht allzusehr mein werter Albert, der Herr wird's versehen und unsere Sorgen stillen, ehe wir's vielleicht am wenigsten vermuten.‹

Und gewiß, der Himmel ließ auch in diesem Stücke ihre Hoffnung und festes Vertrauen nicht zuschanden werden, denn etwan ein Jahr hernach, da ich am Tage der Reinigung Mariä 1664 mit meiner ganzen Familie nachmittags am Meerufer spazierenging, ersahen wir mit mäßiger Verwunderung: daß nach einem daherigen heftigem Sturme, die schäumenden Wellen, nachdem sie sich gegen andere unbarmherzig erzeiget, uns abermals einige vermutlich gute Waren zugeführet hatten. Zugleich aber fielen uns von ferne zwei Menschen in die Augen, welche auf einen großen Schiffsbalken sitzend, sich anstatt der Ruder mit ihren bloßen Händen äußerst bemüheten, eine, von den vor uns liegenden Sandbänken zu erreichen, und ihr Leben darauf zu erretten. Indem nun ich, nur vor wenig Monaten, das kleine Boot, durch dessen Hülfe ich am allerersten mit Mons. van Leuven bei dieser Felseninsul angelanget war, ausgebessert hatte, so wagte ich nebst meinen beiden ältesten Söhnen, die nunmehro in ihr 16tes Jahr gingen, hineinzutreten, und diesen Notleidenden zu Hülfe zu kommen, welche unserer aber nicht eher gewahr wurden, bis unser Boot von ohngefähr sehr heftig an ihren Balken stieß, so daß der eine aus Mattigkeit herunter ins Wasser fiel. Doch da ihm meine Söhne das Seil, woran wir das Boot zu befestigen pflegten, hinauswurfen, raffte er alle Kräfte zusammen, hielt sich feste daran, und ward also von uns ganz leichtlich ins Boot hereingezogen. Dieses war ein alter fast ganz grau gewordener Mann, der andere aber, dem dergleichen Gefälligkeit von uns erzeigt wurde, schien ein Mann in seinen besten Jahren zu sein.

Man merkte sehr genau, wie die Todesangst auf ihren Gesichtern ganz eigentlich abgemalet war, da sie zumal uns ganz starr ansahen, jedoch nicht ein einziges Wort aussprechen konnten, endlich aber, da wir schon einen ziemlichen Strich auf der Zurückfahrt getan, fragte ich den Alten auf teutsch: Wie er sich befände, allein er schüttelte sein Haupt, und antwortete im Englischen, daß er zwar meine Sprache nicht verstünde, gleichwohl aber merkte, wie es die teutsche Sprache sei. Ich fing hierauf sogleich an, mit ihm englisch zu reden, weswegen er mir augenblicklich die Hände küssete und mich seinen Engel nennete. Meine beiden Söhne klatschten

derowegen in ihre Hände, und fingen ein Freudengeschrei an, gaben sich auch gleich mit dem jungen Manne ins Gespräche, welcher alle beide umarmte und küssete, auch ihnen auf ihre einfältigen Fragen liebreiche
Antwort gab. Doch da ich merkte, daß die beiden Verunglückten vor Mattigkeit kaum die Zunge heben und
die Augen auftun konnten, ließen wir dieselben ungestört, und brachten sie halb schlafend an unsere Felseninsul.

Meine Concordia hatte binnen der Zeit beständig mit
den übrigen Kindern auf den Knien gelegen und Gott
um unsere glückliche Zurückkunft angeruft, weil sie
dem sehr alten und geflickten Boot wenig zugetrauet,
derowegen war alles desto fröhlicher, da wir in Gesellschaft zweier andern Menschen bei ihnen ankamen. Sie
hatte etwas Vorrat von Speisen und Getränke vor unsere
Kinder bei sich, welches den armen Frembdlingen gereicht wurde. Sobald nun selbiges mit größter Begierde
in ihren Magen geschickt war, merkte man wohl, daß sie
herzlich gern weiter mit uns reden wollten, allein da sie
bereits soviel zu verstehen gegeben, wie sie nunmehro
drei Nächte und vier Tage ohne Schlaf und Ruhe in den
Meereswellen zugebracht hätten, konnten wir ihnen
nicht verargen, daß sie uns fast unter den Händen einschliefen, brachten aber doch beide, wiewohl mit großer
Mühe, durch den hohlen Weg hinauf in die Insul.

Daselbst sunken sie als recht ohnmächtige Menschen
ins Gras nieder, und verfielen in den tiefsten Schlaf.
Meine beiden ältesten Söhne mußten bei ihnen sitzenbleiben, ich aber ging mit meiner übrigen Familie nach
Hause, nahm zwei Rollwagen, spannete vor jeden vier
Affen, kehrete damit wieder um, legte die Schlafenden
ohne einzige Empfindung drauf, und brachte dieselben
mit einbrechender Nacht in unsere Behausung auf ein

gutes Lager, welches ihnen mittlerweile meine Hausfrau bereitet hatte. Beide wachten fast zu gleicher Zeit nicht früher auf, als andern Tages ohngefähr ein paar Stunden vor Untergang der Sonnen, und sobald ich dessen vergewissert war, ging ich zu ihnen in die Kammer, legte vor jeden ein gut Kleid nebst weißer Wäsche hin, bat sie möchten solches anlegen, nachhero zu uns herauskommen.

Indessen hatte meine Hausfrau eine köstliche Mahlzeit zubereitet, den besten Wein und ander Getränke zurechtgesetzt, auch sich nebst ihren Kindern ganz sauber angekleidet. Wie demnach unsere Gäste aus der Kammer traten, fanden sie alles in der schönsten Ordnung, und blieben nach verrichteter Begrüßung als ein paar steinerne Bilder stehen. Meine Kinder mußten ihnen das Waschwasser reichen, welches sie annahmen und um Erlaubnis baten, sich vor der Tür zu reinigen. Ich gab ihnen ohne eitle Zeremonien zu verstehen, wie sie allhier, als ohnfehlbar gute christliche Menschen, ihre beliebige Gelegenheit brauchen könnten, weswegen sie sich außerhalb des Hauses, in der freien Luft völlig ermunterten, nachhero wieder zu uns kehreten, da denn der alte ohngefähr sechzigjährige Mann also zu reden anfing: ›O du gütiger Himmel, welch ein schönes Paradies ist dieses? saget uns doch, o Ihr glückseligen Einwohner desselben, ob wir uns unter Engeln oder sterblichen Menschen befinden? denn wir können bis diese Stunde unsere Sinnen noch nicht überzeugen, ob wir noch auf der vorigen Welt leben; oder durch den zeitlichen Tod in eine andere Welt versetzt sind?‹ ›Liebsten Freunde‹, gab ich zur Antwort, ›es ist mehr als zu gewiß, daß wir ebensolche mühselige und sterbliche Menschen sind als Ihr. Vor nunmehro fast achtzehn Jahren, hat ein besonderes Schicksal mich und diese meine werte Ehegattin auf diese Insul geführet, die allhier in Ordnung stehenden neun Kinder aber, sind, binnen solcher Zeit, und in solcher Einsamkeit von uns entsprossen, und außer uns, die wir hier beisammen sind, ist sonst keine menschliche Seele auf der ganzen Insul anzutreffen. Allein‹, fuhr ich fort, ›wir werden Zeit und Gelegenheit genung haben, hiervon weitläuftiger miteinander zu sprechen, derowegen lasset Euch gefallen, unsere Speisen und Getränke zu kosten, damit Eure in dem Meere verlorenen Kräfte desto geschwinder wieder hergestellet werden.‹

Demnach setzten wir uns zu Tische, aßen und trunken ingesamt, mit größtem Appetite nach billigen Vergnügen. Sobald aber das Dankgebet gesprochen war, und der Alte vermerkte, daß sowohl ich als meine Concordia von beiderseits Stande und Wesen gern benachrichtiget sein möchten, vergnügte er unsere Neugierigkeit mit einer weitläuftigen Erzählung, die bis Mitternacht währete. Ich aber will von selbiger nur kürzlich soviel melden, daß er sich Amias Hülter nennete, und vor etlichen Jahren ein Pachtmann verschiedener königlicher Küchengüter in Engelland gewesen war. Sein Gefährte hieß Robert Hülter, und war des Amias leiblichen Bruders Sohn. Ferner vernahmen wir mit Erstaunen, daß die aufrührischen Engelländer im Jahre 1649 den 30. Jan. also zwei Jahr und acht Monat nach unserer Abreise, ihren guten König Karln grausamerweise enthauptet, und daß sich nach diesem einer, namens Oliverius Cromwell, von Geschlecht ein bloßer Edelmann, zum Beschützer des Reichs aufgeworfen hätte, dem anno 1658 sein Sohn, Richard Cromwell, in solcher Würde gefolget, aber auch bald im folgenden Jahr wieder abgesetzt wäre, worauf vor nunmehro fast drei Jahren die Engelländer einen neuen König, nämlich Karln den Andern erwählet, und unter dessen Regierung itzo ziemlich ruhig lebten.

Der gute Amias Hülter, welcher ehedessen bei dem enthaupteten König Karln in großen Gnaden gewesen, ein großes Gut erworben, doch aber niemals geheiratet, war in solcher Unruhe fast um alles das Seinige gekommen, aus dem Lande gejagt worden und hatte kaum soviel gerettet eine kleine Handlung über Meer anzufangen, worbei er nach und nach zwar wiederum ein ziemliches erworben, und dasselbe seinem Bruder Joseph Hülter in Verwahrung gegeben. Dieser sein Bruder aber hatte die reformierte Religion verlassen, sich nach Portugal gewendet, daselbst zum andern Male geheiratet, und sein zeitliches Glück ziemlich gemacht. Allein dessen Sohn Robert war mit seines Vaters Lebensart, und sonderlich mit der Religionsveränderung, nicht allerdings zufrieden gewesen, derowegen annoch in seinen Jünglingsjahren mit seinem Vetter Amias zu Schiffe gegangen, und hatte sich bei demselben in Westindien ein ziemliches an Gold und andern Schätzen gesammlet. Da aber vor einigen Monaten die Versicherung eingelaufen, daß nunmehro, unter der Regierung König Karls des Andern, in Engelland wiederum gute Zeiten wären, hatten sie Brasilien verlassen, und sich auf ein Schiff verdingt, um mit selbigen nach Portugal, von dar aber zurück nach Engelland, als in ihr Vaterland zu reisen, und sich bei dem neuen König zu melden. Allein ihr Vorhaben wird durch das widerwärtige Verhängnis zeitlich unterbrochen, indem ein grausamer Sturm das Schiff von der ordentlichen Straße ab- und an verborgene Klippen führet, allwo es bei nächtlicher Zeit zerscheitert, und seine ganze Ladung an Menschen und Gütern, in die wilden Fluten wirft. In solcher Todesangst ergreifen Amias und Robert denjenigen Balken, von welchen wir sie, nachdem die armen Menschen drei Nächte und vier Tage ein Spiel des Windes und der Wellen gewesen, endlich noch eben zur rechten Zeit zu erlösen das Glück hatten.

Meine Concordia wollte hierauf einige Nachricht von den Ihrigen einziehen, konnte aber nichts weiter erfahren, als daß Amias ihren Vater zwar öfters gesehen, gesprochen, auch ein und andern Geldverkehr mit ihm gehabt, im übrigen aber wußte er von dessen Hauswesen nichts zu melden, außer daß er im 1648ten Jahre noch im guten Stande gelebt hätte. Hergegen wußte Robert, der bishero wenig Worte gemacht, sich noch ganz wohl zu erinnern, daß er zu der Zeit, als er noch ein Knabe von zwölf oder dreizehn Jahren gewesen, vernommen, wie dem Bankier Plürs eine Tochter, namens Concordia, von einem Kavalier entführt worden sei, wo sie aber hin-, oder ob dieselbe wieder zurückgebracht worden, wisse er nicht eigentlich zu sagen.

Wir berichteten ihnen demnach, daß sie allhier eben diese Concordia Plürs vor sich sähen, versprachen aber unsere Geschichte morgendes Tages ausführlicher zu erzählen, und legten uns, nachdem wir die Abendbetstunde in englischer Sprache gehalten, sämtlich zur Ruhe.

Ich nahm mir nebst meiner Hausfrauen von nun an nicht das geringste Bedenken, diesen beiden Gästen und Landsleuten, welchen die Redlichkeit aus den Augen leuchtete, und denen die Gottesfurcht sehr angenehm zu sein schien, alles zu offenbaren, was sich von Jugend an, und sonderlich auf dieser Insul mit uns zugetragen hatte. Nur einzig und allein verschwiegen wir ihnen des Don Cyrillo vermaureten großen Schätze, hatten aber dennoch außer diesem, soviel Reichtümer an Gold, Silber, edlen Steinen und andern Kostbarkeiten aufzuweisen, daß sie darüber erstauneten, und vermeinten: es wäre weder in Engelland, noch sonst wo, ein Kaufmann, oder wohl noch weit größere Standesperson, außer großen Potentaten anzutreffen, die sich bemittelter zeigen könnte als wir. Dem ohngeacht, gab ich ihnen deutlich zu vernehmen, daß ich und meine Hausfrau diese Sachen sehr gering, das Vergnügen aber, auf dieser Insul in Ruhe, ohne Verfolgung, Kummer und Sorgen zu leben, desto höher schätzten, und bäten Gott weiter um keine mehrere Glückseligkeit, als daß er unsern Kindern fromme christliche Ehegatten anhero schicken möchte, die da Lust hätten auf dieser Insul mit ihnen in Ruhe und Friede zu leben, weil dieselbe imstande sei, ihre Einwohner fast mit allem, was zur Leibesnahrung und Notdurft gehörig, reichlich und überflüssig zu versorgen.

Ich vermerkte unter diesen meinen Reden, daß dem jungen Hülter das Geblüte ziemlich ins Angesichte trat, da er zugleich seine Augen recht sehnlich auf meine schöne und tugendvolle Stieftochter warf, jedoch nicht eher als nach etlichen Tagen durch seinen Vetter Amias bei mir und meiner Frauen um selbige anhalten ließ. Da nun ich und dieselbe schon desfalls miteinander geheime Abrede genommen, ließen wir uns die Werbung dieses wohlgebildeten und frommen jungen Mannes gefallen, versprachen ihm binnen vier Wochen unsere Tochter ehelich zuzuführen, doch mit der Bedingung, wenn er mit guten Gewissen schweren könnte und wollte, daß er erstens noch unverheiratet sei. Zweitens unserm Gottesdienste und Glauben sich gleichförmig erzeigen. Drittens friedlich mit seiner Frau und uns leben, und viertens sie wider ihren Willen niemals verlassen, oder von dieser Insul, außer der dringenden Not, hinwegführen, sondern zeitlebens allhier bleiben wolle. Der gute Robert schwur und versprach alles zu erfüllen, was wir von ihm begehreten, und setzte hinzu: Daß dieses schöne Tugendbild, nämlich seine zukünftige Eheliebste, Reizungen im Überflusse besäße, alle Sehnsucht nach andern Ländern, Menschen und Schätzen zu vertreiben. Hierauf wurde das Verlöbnis gehalten, worbei wir alle vor Freuden weineten, absonderlich der alte Amias, welcher hoch beteurete: Daß wir bei unserm Schwiegersohne das allerredlichste Gemüte auf der ganzen Welt angetroffen hätten, welches sich denn auch, Gott sei Dank, nachhero in allen Fällen also eräußert hat.

›Nun beklage ich‹, sagte der alte Amias, ›daß von meinen Lebensjahren nicht etwa dreißig oder wenigstens zwanzig können abgekauft werden, um auch das Glück zu haben, Euer Schwiegersohn zu sein, jedoch weil dieser Wunsch vergeblich ist und ich einmal veraltet bin, so will nur Gott bitten, daß er mich zum Werkzeuge gebrauchen möge: Vor Eure übrigen Kinder Ehegatten anhero zu schaffen. Ich habe‹, verfolgte er, ›keine törichten Einfälle hierzu, will also nur Gott und etwas Zeit zu Hülfe nehmen.‹

Folgende Tage wurde demnach alles zu dem abgeredeten Beilager veranstaltet, und am 14. Mart. 1664 solches ordentlich vollzogen, an welchem Tage ich als Vater und Priester, das verlobte Paar zusammengab. Ihre Ehe ist so vergnügt und glücklich, als fruchtbar gewesen, indem sie in folgenden Jahren vierzehn Kinder, als nämlich fünf Söhne und neun Töchter miteinander gezeuget haben, welches mir und meiner lieben Hausfrau zum stetigen Troste und Lust gereichte, zumal da unser Schwiegersohn aus eigenen Antriebe und herzlicher Liebe gegen uns, seinen eigenen Geschlechtsnamen zurücksetzte, und sich gleich am ersten Hochzeittage Robert Julius nennete.

Wir baueten noch im selbigen Herbst ein neues schönes und räumliches Haus vor die jungen Eheleute, Amias war ihr Hausgenosse, und darbei ein kluger und vortrefflicher Arbeiter, der meine gemachten Anstalten auf der Insul in kurzer Zeit auf weit bessern Fuß bringen half, so, daß wir in erwünschten Vergnügen miteinander leben konnten.

Unser Vorrat an Wein, Getreide, eingesalzenen Fleische, Früchten und andern Lebensmitteln war dermaßen zugewachsen, daß wir fast keine Gefäße, auch keinen Platz in des Don Cyrillo unterirdischen Gewölbern, selbige zu verwahren, weiter finden konnten, dem ohngeacht, säeten und pflanzten wir doch jahraus, jahrein, und speiseten die Affen, deren nunmehro etliche zwanzig zu unsern Diensten waren, von dem Überflusse, hätten aber dennoch im 1666ten Jahre ohne unsern Schaden gar wohl noch hundert andere Menschen ernähren können, da sich aber niemand melden wollte, mußten wir zu unsern größten Leidwesen eine große Menge des besten Getreides liederlich verderben lassen.

Amias erseufzete hierüber öfters, und sagte eines Abends, da wir vor unsern Haustüren die kühlen Abendlüfte zur Erquickung abwarteten: ›Wie wunderbar sind doch die Fügungen des Allmächtigen! Ach wieviel tausend, und abertausend sind doch unter den Christen anzutreffen, die mit ihrer sauern Handarbeit kaum soviel vor sich bringen, daß sie sich nach Vergnügen ersättigen können. Die wenigsten Reichen wollen den Armen von ihrem Überflusse etwas Ansehnliches mitteilen, weil sie sich befürchten, dadurch selbst in Armut zu geraten, und wir Einwohner dieses Paradieses wollten gern unsern Nächsten alles, was wir haben, mitgenießen lassen, so muß es uns aber nur an Leuten fehlen, die etwas von uns verlangen. Allein, mein wertester Julius‹, fuhr er fort, ›stehet es zu verantworten, daß wir allhier auf der faulen Bank liegen, und uns eine kleine Mühe und Gefahr abschrecken lassen, zum wenigsten noch soviel Menschen beiderlei Geschlechts hieher zu verschaffen, als zur Beheiratung Eurer Kinder vonnöten sein, welche ihren mannbaren Alter entgegengehen, und ohne große Sünde und Schande einander nicht selbst eheligen können? Auf derowegen! Lasset uns den beherzten Entschluß fassen, ein Schiff zu bauen, und unter starken Vertrauen zu göttlichem Beistande an das nächstgelegenste Land oder Insul anfahren, wo sich Christen aufhalten, und vor Eure Kinder Männer und Weiber daselbst auszusuchen. Meine Gedanken sind auf die Insul S. Helena gerichtet, allwo sich Portugiesen niedergelassen haben, und wenn ich nebst der Land- und Seekarte, die ich bei Euch gesehen, alle andern Umstände in Betrachtung ziehe, so versichert mich ein geheimer Trieb, daß selbige Insul unsern Wunsch nicht allein erfüllen, sondern auch nicht allzu weit von hier entlegen sein kann.‹

Meine Hausfrau und ich stutzten ziemlich über des Amias etwas allzu gefährlich scheinenden Anschlag, ehe wir ihm gehörig darauf antworten, und gar behutsame Einwürfe machen konnten, da er aber alle dieselben sehr vernünftig widerlegte, und diese Sache immer leichter machte; gab endlich meine Concordia den Ausschlag, indem sie sagte: ›Lieben Freunde, wir wollen uns dieserwegen den Kopf vor der Zeit nicht zerbrechen, versuchet erstlich, wieweit es mit Eurem Schiffbau zu bringen ist, wird dasselbe fertig, und in solchen Zustand gebracht, daß man sich vernunftmäßig daraufwagen, und dergleichen gefährliche Reise vornehmen kann, und der Himmel zeiget uns binnen solcher Zeit keine andere Mittel und Wege, unserer Sorgen loszuwerden, so haben wir

nachhero noch Zeit genug, Rat zu halten, wie es anzufangen, auch wer, und wieviel von uns mitreisen sollen.‹

Nachdem diese Meinung von einem jeden gebilliget
worden, fingen wir gleich des folgendes Tages an, Bäume zu fällen, und nachhero zu behauen, woraus Balken,
Bohlen und Bretter gehauen werden konnten. Auch
wurde dasjenige Holz, welches uns die See von zerscheiterten Schiffen zugeführet hatte, fleißig zusammenge-
sucht, doch ein bald darauf einfallendes Regenwetter
nebst dem nötigen Acker- und Weinbau verursachten,
daß wir den Schiffsbau bis zu gelegener und besserer
Zeit aufschieben mußten.

Im Augustmonat aber anno 1667 da des Roberts Ehefrau allbereit mit der zweiten Tochter ins Wochenbette
gekommen war, setzten unsere fleißigen Hände die
Schiffsarbeit aufs neue eiferig fort, so, daß wir mit den
vornehmsten Holzstücken im April des 1668ten Jahres
nach des Amias Abrisse fast völlig fertig wurden. Dem-
zufolge wurde unter seiner Anweisung auch eine
Schmiederwerkstätte zu bauen angefangen, in welcher
die Nägel und anderes zu Schiffbau gehöriges Eisenwerk geschmiedet und zubereitet werden sollte, hatten
selbige auch allbereit in ziemlich guten Stande, als eines
Tages meine drei jüngsten Söhne, welche bestellet waren, die leichtesten Holzstücke mit Hülfe der Affen ans
Ufer zu schaffen, gelaufen kamen, und berichteten, daß
sich nahe an unserer Insul ein Schiff mit Menschen besetzt sehen ließe; weswegen wir ingesamt zwischen
Furcht und guter Hoffnung hinab zum Meer liefen, und
ersahen, wie bemeldtes Schiff auf eine der vor uns liegenden Sandbänke aufgelaufen war, und nicht weiter
von der Stelle kommen konnte. Zwei darauf befindliche
Männer schienen uns mit ängstlichen Winken zu sich zu
nötigen, derowegen sich Robert mit meinen beiden älte-

sten Söhnen in unser kleines Boot setzte, und zu ihnen hinüberfuhr, ein langes Gespräch hielt, und endlich mit neun fremdden Gästen, als drei Weibs- und sechs Mannspersonen wieder zu uns kam. Allein, diese Elenden schienen allesamt den Toten ähnlicher als den Lebendigen zu sein, wie denn auch nur ein Weibsbild und zwei Männer noch soviel Kräfte hatten, mit uns hinauf in die Insul zu steigen, die übrigen sechs, welche fast nicht auf die matten Füße treten konnten, mußten hinaufgetragen werden.

Der alte hocherfahrene Amias erkannte sogleich, was sie selbsten gestehen mußten, nämlich, daß sie nicht allein vom Hunger, sondern auch durch eine schlimme Seekrankheit, welche der Schaarbock genennet würde, in solchen kläglichen Zustand geraten wären, derowegen wurde ihnen sogleich Roberts Wohnhaus zum Krankenhause eingeräumet, anbei von Stund an zur besten Verpflegung alle Anstalt gemacht.

Wir bekümmerten uns in den ersten Tagen so wenig um ihren Stand und Wesen, als sie sich um das unserige, doch konnte man mehr als zu wohl spüren, wie vergnügt und erkenntlich ihre Herzen wegen der guten Bewirtung wären, dem allen ohngeacht aber sturben sogleich, noch ehe acht Tage verliefen, eine Weibs- und zwei Mannspersonen, und in folgender Woche folgte die dritte Mannsperson; weil das Übel vermutlich allzu stark bei ihnen eingerissen, oder auch wohl keine Maße im Essen und Trinken gehalten war.

Die Toten wurden von uns mit großen Leidwesen ehrlich begraben, und die annoch übrigen sehr schwachen desto fleißiger gepflegt. Amias machte ihnen Arzeneien von unsern annoch grünenden Kräutern und Wurzeln, gab auch keinem auf einmal mehr Speise und Trank, als er vor ratsam hielt, woher es nebst göttlicher

Hülfe endlich kam, daß sich die noch übrigen fünf Gäste binnen wenig Wochen völlig erholeten, und nicht die geringsten Merkmale einer Krankheit mehr verspüreten.

Nun sollte ich zwar, meine Lieben«, sagte hiermit unser Altvater Albertus, »Euch billig noch berichten, wer die Frembdlinge gewesen, und durch was vor ein Schicksal selbige zu uns gekommen wären, allein mich bedünkt, meine Erzählung möchte solchergestalt auf heute allzu lange währen, darum will morgen, so es Gott gefällt, wenn wir von Robertsraum zurückekommen, damit den Anfang machen.« Wir, als seine Zuhörer, waren auch damit vergnügt, und traten folgendes Tages auf gewöhnliche Weise den Weg nach Robertsraum an.

Hieselbst fanden wir die leiblichen Kinder und fernere Abstammlinge von Robert Hülter, und der jüngern Concordia in sechzehn ungemein zierlich erbaueten Wohnhäusern ihre gute Wirtschaft führen, indem sie ein wohlbestalltes Feld um und neben sich, die Weinberge aber mit den Christophsraumern gemeinschaftlich hatten. Der älteste Sohn des Roberts führete uns in seiner sel. Eltern Haus, welches er nach deren Tode in Besitz genommen hatte, und zeigete nicht allein eine alte englische Bibel, Gesang- und Gebetbuch auf, welches von dem ganzen Geschlecht als ein besonderes Heiligtum gehalten wurde, sondern nächst diesem auch allerhand andere kostbare und sehenswürdige Dinge, die der Stammvater Robert zum Andenken seiner Klugheit und Geschicklichkeit denen Nachkommen hinterlassen hatte. Auf der äußersten Felsenhöhe gegen Osten war ein bequemliches Wachthaus erbaut, welches wir nebst denen dreien dabei gepflanzten Stücken Geschützes in Augenschein nahmen, und uns dabei über das viele im Walde herumlaufende Wild sonderlich ergötzten, nachhero in dem Robertischen Stammhause aufs köstlichste bewirtet wurden, doch aber, nachdem diese Gemeine in jedes Haus eine englische Bibel und Gesangbuch, nebst andern gewöhnlichen Geschenken vor die Jugend empfangen hatte, zu rechter Zeit den Rückweg auf Albertsburg antraten.

Mittlerweile, da Herr Mag. Schmeltzer in die Davidsraumer Allee, seine geistlichen Unterrichtungen fortzusetzen, spazieret war, und wir andern mit größter Begierde am Kirchenbau arbeiten halfen, hatte unser Altvater Albertus seine beiden ältesten Söhne, nämlich Albertum und Stephanum, nebst ihren annoch lebenden Eheweibern, ingleichen den David Julius, sonst Rawkin genannt, mit seiner Ehefrau Christina, welche des Altvaters jüngste Tochter war, zu sich beschieden, um die Abendmahlzeit mit uns andern allen einzunehmen, da sich nun selbige nebst Herrn Mag. Schmeltzern eingestellet, und wir sämtlich gespeiset, auch unsere übrige Gesellschafter sich beurlaubt hatten; blieben der Altvater Albertus, dessen Söhne, Albertus und Stephanus, nebst ihren Weibern, David und Christina, Hr. Mag. Schmeltzer, Mons. Wolfgang und ich, also unser zehn Personen beisammen sitzen, da denn unser Altvater also zu reden anfing:

»Ich habe, meine lieben Freunde, gestern abend versprochen, Euch nähern Bericht von denjenigen Personen zu erstatten, die wir im, 1668ten Jahre, als ausgehungerte und kranke Leute aufzunehmen, das Glück hatten, weil aber drei von denselben annoch am Leben, und allhier gegenwärtig sind, als nämlich dieser mein lieber Schwiegersohn, David, und denn meine beiden lieben Schwiegertöchter des Alberti und Stephani Gemahlinnen, so habe vor annehmlicher erachtet, in Eurer Gegenwart selbige zu bitten, daß sie uns ihre Lebensgeschichte selbst erzählen möchten. Ich weiß, meine fromme Tochter«, sagte er hierauf zu des Alberti jun. Gemahlin, »wie die Kräfte Eures vortrefflichen Verstandes, Gedächtnisses und der Wohlredenheit annoch so vollkommen bei Euch anzutreffen sind, als alle andere Tugenden, ohngeacht die Zeit uns alle auf dieser Insul ziemlich verändert hat. Derowegen habt die Güte, diesem meinem Vettern und andern werten Freunden, einen eigenmündlichen Bericht von den Begebenheiten Eurer Jugend abzustatten, damit sie desto mehr Ursach haben, sich über die Wunderhand des Himmels zu verwundern.«

Demnach stund die beinah achtzigjährige Matrone, deren Gesichts- und Leibesgestalt auch in so hohen Alter noch viele Annehmlichkeiten zeigete, von ihrem Stuhle auf, küssete erstlich unsern Altvater, setzte sich, nachdem sie sich gegen die übrigen höflich verneiget, wiederum nieder, und fing ihre Erzählung folgendermaßen an:

»Es ist etwas Schweres, meine Lieben, daß eine Frau von solchen Jahren, als ich bin, annoch von ihrer Jugend reden soll, weil gemeiniglich darbei viele Torheiten vorzukommen pflegen, die einem reifern Verstande verächtlich sind, doch da das menschliche Leben überhaupt ein Zusammenhang vieler Torheiten, wiewohl bei einem mehr als bei dem andern zu nennen ist, will ich mich nicht abschrecken lassen, dem Befehle meines herzlich geliebten Schwiegervaters Gehorsam zu leisten, und die Aufmerksamkeit edler Freunde zu vergnügen, welche mir als einer betagten Frauen nicht verüblen werden, wenn ich nicht alles mehr in behöriger Zierlichkeit und Ordnung vorzubringen geschickt bin.

Mein Name ist Judith van Manders, und bin 1648 eben um selbige Zeit geboren, da die vereinigten Niederländer wegen des allgemeinen Friedensschlusses und ihrer glücklich erlangten Freiheit in größten Freuden begriffen gewesen. Mein Vater war einer der ansehnlichsten und reichsten Männer zu Middelburg in Seeland wohnhaft, der der Republik sowohl als seine Vorfahren gewiß recht wichtige Dienste geleistet hatte, auch dieserwegen zu einem Mitgliede des hohen Rats erwählet worden. Ich wurde, nebst einer ältern Schwester und zweien Brüdern, so erzogen, wie es der Stand und das große Vermögen unserer Eltern erforderte, deren Hauptzweck einzig und allein dieser war, aus ihren Kindern gottesfürchtige und tugendhafte Menschen zu machen. Wie denn auch keines aus der Art schlug, als unser ältester Bruder, der zwar jederzeit von außen einen guten Schein von sich gab, in geheim aber allen Wollüsten und liederlichem Leben oblage. Kaum hatte meine Schwester das sechzehnte und ich mein vierzehntes Jahr erreicht, als sich schon eine ziemliche Anzahl junger vornehmer Leute um unsere Bekanntschaft bewarben, indem meine Schwester Philippine vor eine der schönsten Jungfrauen in Middelburg gehalten wurde, von meiner Gesichtsbildung aber ging die Rede, als ob ich, ohne Ruhm zu melden, nicht allein meine Schwester, sondern auch alles andere Frauenzimmer im Lande an Schönheit übertreffen sollte. Doch schrieb man mir als einen besonders großen Fehler zu, daß ich eines allzu stillen, eigensinnigen, melancholischen, dahero verdrüßlichen Temperaments wäre, dahingegen meine Schwester eine aufgeräumte und muntere Lebensart blicken ließe.

Wiewohl ich mich nun um dergleichen Vorwürfe wenig bekümmerte, so war dennoch gesinnet, dergleichen Aufführung bei ein oder anderer Gelegenheit möglichstens zu verbergen, zumalen wenn mein ältester Bruder William dann und wann frembde Kavaliers in unser

Haus brachte. Solches war wenige Mal geschehen, als ich schon an einem, Jan van Landre genannt, einen eifrigen Liebhaber wahrnahm, dessen ganz besonderer Herzensfreund, Joseph van Zutphen, meine Schwester Philippinam ebenfalls aufs äußerste zu bedienen suchte. Eines Abends, da wir solchergestalt in zulässigen Vergnügen beisammensaßen, und aus einem Glückstopfe, den Joseph van Zutphen mitgebracht hatte, allerhand lächerliche Lose zohen, bekam ich unter andern eines, worauf geschrieben stund: Ich müßte mich von demjenigen, der mich am meisten liebe, zehn Mal küssen lassen. Hierüber entstund unter sechs anwesenden Mannspersonen ein Streit, welcher mir zu entscheiden, anheimgestellet wurde, allein, um viele Weitläuftigkeiten zu vermeiden, sprach ich: ›Meine Herren! Man gibt mir ohnedem Schuld, daß ich eigensinnig und allzu wunderlich sei, derowegen lasset es dabei bewenden, und erlaubet mir, daß ich mein Armband auf den Boden der Kammer werfe, wer nun selbiges am ersten erhaschet, soll nicht allein mich zehn Mal küssen, sondern auch das Armband zum Angedenken behalten.‹

Dieser Vorschlag wurde von allen mit besondern Vergnügen angenommen, Joseph aber erwischte am allergeschwindesten das Armband, welches Jan van Landre, der es an dem äußersten Ende nicht festhalten können, ihm überlassen mußte. Jedoch er wandte sich zu ihm, und sagte mit großer Bescheidenheit: ›Überlasset mir, mein Bruder, nebst diesem Armbande Euer darauf haftendes Recht, wo es Euch gefällig ist, zumal da Ihr allbereits Euer Teil habet, und versichert sein könnet, daß ich dergleichen Kostbarkeit nicht umsonst von Euch zu empfangen begehre.‹ Allein Joseph empfand dieses Ansinnen dermaßen übel, daß er in heftigster Erbitterung gegen seinen Freund also herausfuhr: ›Wer hat Euch die

Briefe vorgelesen, Jan van Landre, da Ihr behaupten wollet, wie ich allbereits mein Teil habe? Und was wollet Ihr mit dergleichen niederträchtigen Zumutungen bei mir gewinnen? Meinet Ihr etwa, daß mein Gemüt so pöbelhaft beschaffen als das Eure? und daß ich eine Kostbarkeit verkaufen soll, die doch weder von Euch noch Eurer ganzen Freundschaft nach ihrem Wert bezahlet werden kann? Verschonet mich derowegen in Zukunft mit solchen törichten Reden, oder man wird Euch zeigen, wer Joseph van Zutphen sei.‹

Indem nun von diesen beiden jungen Stutzern einer soviel Galle und Feuer bei sich führete, als der andere, kam es gar geschwind zum heftigsten Wortstreite, und fehlete wenig, daß sie nicht ihre Degenklingen in unserer Gegenwart gemessen hätten, doch auf Zureden anderer wurde unter ihnen ein Scheinfriede gestiftet, der aber nicht länger währete, bis auf folgenden Morgen, da beide mit erwählten Beiständen vor der Stadt einen Zweikampf unter sich vornahmen, in welchem Joseph von seinem vormaligen Herzensfreunde dem Jan tödlich verwundet auf dem Platze liegenblieb; der Mörder aber seine Flucht nach Frankreich nahm, von wannen er gar bald an mich die verliebtesten Briefe schrieb, und versprach, seine Sachen aufs längste binnen einem halben Jahre dahin zu richten, daß er sich wiederum ohne Gefahr in Middelburg dürfte sehen lassen, wenn er nur sichere Rechnung auf die Eroberung meines Herzens machen könnte.

Allein, bei mir war hinführo weder an die geringste Liebe noch Aussöhnung vor Jan van Landre zu gedenken, und ob ich gleich vor der Zeit seinetwegen mehr Empfindlichkeit als vor Joseph und andre Mannspersonen in mir verspüret, so löschete doch seine eigene mit Blut besudelte Hand und das klägliche Angedenken des meinetwegen jämmerlich Entleibten das kaum angezündete Fünklein der Liebe in meinem Herzen auf einmal völlig aus, mithin vermehrete sich mein angebornes melancholisches Wesen dermaßen, daß meinen Eltern dieserhalb nicht allzu wohl zu Mute wurde, indem sie befürchteten, ich möchte mit der Zeit gar eine Närrin werden.

Meine Schwester Philippine hergegen, schlug ihren erstochenen Liebhaber in wenig Wochen aus dem Sinne, entweder weil sie ihn eben noch nicht stark genug geliebet, oder Lust hatte, dessen Stelle bald mit einem andern ersetzt zu sehen, denn sie war zwar voller Feuer, jedoch in der Liebe sehr behutsam und ekel. Wenige Zeit hernach stellete sich ein mit allen Glücksgaben wohlversehener Liebhaber bei ihr dar, er hatte bei einer Gasterei Gelegenheit genommen, meine Schwester zu unterhalten, sich in sie verliebt, den Zutritt in unser Haus gefunden, ihr Herz fast gänzlich gewonnen, und es war schon soweit gekommen, daß beiderseits Eltern das öffentliche Verlöbnis zwischen diesen Verliebten anstellen wollten, als dieser mein zukünftiger Schwager, vor dem ich mich jederzeit verborgen gehalten hatte, meiner Person eines Tages unverhofft, und zwar in meiner Schwester Zimmer, ansichtig wurde. Ich wäre ihm gerne entwischt, allein, er verrannte mir den Paß, so, daß ich mich recht gezwungen sahe, seine Komplimenten anzuhören und zu beantworten. Aber! welch ein Unglück entstunde nicht hieraus? Denn der törichte Mensch, welcher nicht einmal eine völlige Stunde mit mir umgangen war, veränderte sofort sein ganzes Vorhaben, und wirft alle Liebe, die er bishero einzig und allein zu meiner Schwester getragen hatte, nunmehro auf mich, ließ auch gleich folgendes Tages offenherzig bei den Eltern um meine Person anhalten. Dieses machte eine ziemliche Verwirrung in unserm Hause. Unsere Eltern wollten diese herrliche Partie durchaus nicht fahren lassen, es möchte auch unter ihren beiden Töchtern betreffen, welche es wolle. Meine Schwester stellete sich über ihren ungetreuen Liebhaber halb rasend an, und ohngeacht ich hoch und teuer schwur, einem solchen Wetterhahne nimmermehr die ehlige Hand zu geben, so wollte sich doch dadurch keines von allen Interessenten befriedigen lassen. Meine Schwester hätte mich gern mit den Augen ermordet, die Eltern wandten allen Fleiß an, uns zu versöhnen, und versuchten, bald den wankelmütigen Liebhaber auf vorige Wege zu bringen, bald mich zu bereden, daß ich ihm mein Herz schenken sollte. Allein, es war sowohl eines als das andere vergeblich, indem ich bei meinem einmal getanen Schwure beständig zu verharren beschloß, und wenn es auch mein Leben kosten sollte.

Wie demnach der Wetterhahn sahe, daß bei mir durchaus nichts zu erhalten war, fing er wiederum an, bei meiner Schwester gelinde Saiten aufzuziehen, und diese spielete ihre Person dermaßen schalkhaft, bis er sich aus eigenem Antriebe bequemete, sie auf den Knien um Vergebung seines begangenen Fehlers, und um die vormalige Gegenliebe anzusprechen. Allein, diese vermeinete nunmehro erstlich sich völlige Genugtuung vor ihre beleidigte Ehre zu verschaffen, sagte derowegen, sobald sie ihn von der Erde aufgehoben hatte: ›Mein Herr! ich glaube, daß Ihr mich vor einiger Zeit vollkommen geliebt, auch soviel Merkmale einer herzlichen Gegenliebe von mir empfangen habt, als ein rechtschaffener Mensch von einem honetten Frauenzimmer verlangen kann. Dem ohngeachtet habt Ihr Euer veränderliches Gemüte unmöglich verbergen können. Jedoch es ist vorbei, und es soll Euch seiten meiner alles herzlich vergeben sein. Ich schwere auch zu Gott, daß ich dieserwegen nimmermehr die geringste Feindschaft gegen Eure Person hegen, anbei aber auch nimmermehr Eure Ehegattin werden will, weil die Furcht wegen der zukünftigen Unbeständigkeit sowohl Euch als mir bloß zur beständigen Marter und Qual gereichen würde.‹

Alle Anwesenden stutzten gewaltig hierüber, wandten auch sowohl als der Neuverliebte allen Fleiß und Beredsamkeit an, meine Schwester auf bessern Sinn zu bringen, jedoch es half alles nichts, sondern der unbeständige Liebhaber mußte wohlverdienterweise nunmehro bei beiden Schwestern durch den Korb zu fallen sich belieben lassen.

Solchergestalt nun wurden wir beiden Schwestern wiederum ziemlich einig, wiewohl die Eltern mit unsern eigensinnigen Köpfen nicht allerdings zufrieden waren, indem sich bei uns nicht die geringste Lust zu heiraten, oder wenigstens mit Mannspersonen umzugehen zeigen wollte.

Endlich, da nach erwähnten unglücklichen Heiratstraktaten fast anderthalbes Jahr verstrichen war, fand ein junger, etwa achtundzwanzigjähriger Kavalier allerhand artige Mittel, sich bei meiner Schwester einzuschmeicheln. Er hielt starke Freundschaft mit meinen Brüdern, nennete sich Alexander de la Marck, und war seinem Vorgeben nach von dem Geschlecht des Grafen Lumay de la Marck, der sich vor fast hundert Jahren durch die Eroberung der Stadt Briel in Diensten des Prinzen von Oranien einen unsterblichen Ruhm erworben, und sozusagen, den Grund zur holländischen Republik gelegt hatte. Unsere Eltern waren mit seiner Anwerbung wohl zufrieden, weil er ein wohlgestalter, bescheidener und kluger Mensch war, der sein großes Vermögen bei allen Gelegenheiten sattsam hervorblicken ließ. Doch wollten sie ihm das Jawort nicht eher geben, bis er sich desfalls mit Philippinen völlig verglichen hätte. Ob nun diese gleich ihre Resolution immer von einer Zeit zur andern verschob, so wurde Alexander dennoch nicht verdrüßlich, indem er sich allzuwohl vorstellete, daß es aus keiner andern Ursache geschähe, als seine Beständigkeit auf die Probe zu setzen, und gegenteils wußte ihn Philippine jederzeit mit der holdseligsten, doch ehrbarsten Freundlichkeit zu begegnen, wodurch seine Gedult und langes Warten sehr versüßet zu werden schien.

Meiner Schwester, Brüdern und ihm zu Gefallen, ließ ich mich gar öfters mit bei ihren angestellten Lustbarkeiten finden; doch aber durchaus von keinem Liebhaber ins Netz bringen, ob sich schon viele deswegen ziemliche Mühe gaben. Gallus van Witt, unser ehemaliger Liebster, gesellete sich nach und nach auch wieder zu uns, ließ aber nicht den geringsten Unmut mehr, wegen des empfangenen Korbes, spüren, sondern zeigte ein beständiges freies Wesen, und sagte ausdrücklich, daß, da es ihm im Lieben auf doppelte Art unglücklich ergangen, er nunmehro fest beschlossen hätte, nimmermehr zu heiraten. Meine Schwester wünschte ihm also einsmals, daß er dergleichen Sinnen ändern, hergegen uns alle fein bald auf sein Hochzeitfest zu seiner vollkommen schönen Liebste, einladen möchte. Da er aber hierbei mit dem Kopfe schüttelte, sagte ich: ›So recht Mons. de Witt, nunmehro bin ich Euch vor meine Person desto günstiger, weil Ihr so wenig Lust als ich zum Heiraten bezeiget.‹ Er errötete hierüber und versetzte: ›Mademoiselle, ich wäre glücklich genung, wenn ich nur den geringsten Teil Eurer beider Gewogenheit wiedererlangen könnte, und Euch zum wenigsten als ein Freund oder Bruder lieben dürfte, ob Ihr gleich beiderseits mich zu lieben, und ich gleichfalls das Heiraten überhaupt verredet und verschworen.‹ ›Es wird Euch‹, sagte hierauf Philippine, ›mit solchen Bedingungen jederzeit erlaubt, uns zu lieben und zu küssen.‹

Auf dieses Wort unterstund sich van Witt die Probe mit Küssen zu machen, welches wir ihm als einen Scherz nicht verweigern konnten, nachhero aber führete er sich aber bei allen Gelegenheiten desto bescheidener auf.

Eines Tages brachten de la Marck, und meine Brüder, nicht allein den Gallus de Witt, sondern auch einen unbekannten vornehmen Seefahrer mit sich, der erst neulich von den Bantamischen und Molukkischen Insuln, in Middelburg angelanget war; und wie er sagte, ehester Tage wieder dahin segeln wollte. Mein Vater hatte sowohl als wir andern alle, ein großes Vergnügen, dessen wundersame Zufälle und den glückseligen Zustand selbiger Insuln, die der Republik so vorteilhaftig wären, anzuhören, schien sich auch kein Bedenken zu nehmen, mit der Zeit, einen von seinen Söhnen auf einem Schiffe dahin auszurüsten, worzu denn der jüngere mehr Lust bezeigte, als der ältere. Damit er aber mit diesem erfahrnen Seemanne in desto genauere Kundschaft kommen möchte, wurde derselbe in unserm Hause drei Tage nacheinander aufs beste bewirtet. Nach deren Verlauf bat sich der Seefahrer bei meinem Vater aus: derselbe möchte seinen vier Kindern erlauben, daß sie nebst Alexander de la Marck und Gallus van Witt, auf seinem Schiffe, selbiges zu besehen, einsprechen dürften, allwo er dieselben zur Dankbarkeit vor genossene Ehrenbezeugung so gut als möglich bewirten, und mit einigen ausländischen geringen Sachen beschenken wollte.

Unsere Eltern ließen sich hierzu leichtlich bereden, also wurden wir gleich folgenden Tages um Mittagszeit, von unsern aufgeworfenen Wohltäter abgeholet und auf sein Schiff geführet, wiewohl mein jüngster Bruder, der sich vergangene Nacht etwas übel befunden hatte, zu Hause bleiben mußte. Auf diesem Schiffe fanden wir solche Zubereitungen, deren wir uns nimmermehr versehen hatten, denn die Segel waren alle vom schönsten seidenen Zeuge gemacht, und die Tauen mit vielerlei farbigen Bändern umwunden, Ruder und anderes Holzwerk gemalet und verguldet, und das Schiff inwendig mit den schönsten Tapeten ausgeschlagen, wie denn auch die Bootsleute in solche Liberei gekleidet waren, dergleichen de la Marck und Witt ihren Bedienten zu geben pflegten. Ehe wir uns hierüber sattsam verwundern konnten, wurde die Gesellschaft durch Ankunft noch zweier Damen, und eines wohlgekleideten jungen Menschen verstärkt, welchen mein Bruder William, auf geheimes Befragen, vor einen französischen jungen Edelmann namens Henry de Frontignan, das eine Frauenzimmer aber, vor seine Schwester Margarithe, und die andere vor dessen Liebste, Antonia de Beziers ausgab. Meine Schwester und ich hatten gar kein Ursach, an unsers Bruders Bericht zu zweifeln, ließen uns derowegen gar bald mit diesen schönen Damen ins Gespräche ein, und fanden dieselben sowohl, als den vermeinten französischen Edelmann, von ganz besonderer Klugheit und Beredsamkeit.

Es war angestellet, daß wir auf dem Oberdeck des Schiffes in freier Luft speisen sollten, da aber ein in Seeland nicht ungewöhnlicher Regen einfiel, mußte dieses unter dem Verdeck geschehen. Mein Bruder tat den Vorschlag, was maßen es uns allen zu weit größern Vergnügen gereichen würde, wenn uns unser Wirt bei so guten Winde eine Meile oder etwas weiter in die See, und gegen Abend wieder zurückführen ließe, welches denn niemanden von der Gesellschaft zuwider war, vielmehr empfanden wir sowohl hiebei, als an den herrlichen Traktamenten, wohlklingender Musik, und nachhero an allerhand ehrbaren Lustspielen einen besondern Wohlgefallen. Weil aber unser Wirt, Wetters und Windes wegen alle Schaulöcher hatte zunageln, und bei hellem Tage Wachslichter anzünden lassen, so kunnten wir bei so vielen lustreichen Zeitvertreibungen nicht gewahr werden, ob es Tag oder Nacht sei, bis die Sonne allbereit vor zwei oder drei Stunden untergegangen war. Mir kam es endlich sehr bedenklich vor, daß unsere Mannspersonen einander den Wein ungewöhnlich stark zutranken, auch daß die beiden französischen Damen fast so gut mitsaufen konnten als das Mannsvolk. Derowegen gab ich meiner Schwester einen Wink, welche sogleich folgte, und mit mir auf das Oberdeck hinaufstieg, da wir denn, zu unser beider größten Mißvergnügen, einen schwarzgewölkten Himmel, nebst annoch anhaltenden starken Regen, um unser Schiff herum lauter entsetzlich schäumende Wellen, von ferne aber, den Glanz eines kleinen Lichts gewahr wurden.

Es wurde gleich verabredet unsern Verdruß zu verbergen, derowegen fing meine Schwester, sobald wir wieder zur andern Gesellschaft kamen, nur dieses zu sagen an: ›Hilf Himmel meine Freunde! es ist allbereits Mitternacht. Wenn wollen wir wieder nach Middelburg kommen? und was werden unsere Eltern sagen?‹ ›Gebet Euch zufrieden meine Schwestern‹, antwortete unser Bruder William, ›ich will bei den Eltern alles verantworten, folget nur meinem Beispiele, und lasset Euch von Euren Liebhabern also umarmen, wie ich diesen meinen Herzensschatz umarme.‹ Zu gleicher Zeit nahm er die Margarithe vom Stuhle, und setzte sie auf seinen Schoß, welche alles geduldig litte, und als die ärgste Schandmetze mit sich umgehen ließ. Der vermeinte Edelmann, Henry, tat mit seiner Buhlerin ein gleiches, jedoch Alexander und Gallus scheueten sich dem Ansehen nach noch in etwas, mit uns beiden Schwestern auf eben diese Art zu verfahren, ohngeachtet sie von unsern leiblichen Bruder hierzu trefflich angefrischet wurden.

Philippine und ich erstauneten über dergleichen Anblick, wußten aber noch nicht, ob es ein Scherz heißen sollte, oder ob wir im Ernst verraten oder verkauft wären. Jedennoch verließen wir die unkeusche Gesellschaft, ruften gegenwärtige meine Schwägerin, des edlen Stephani noch itzige Ehegemahlin, damals aber, als unsere getreue Dienerin herbei, und setzten uns, in lauter verwirrten Gedanken, bei einer auf dem Oberlof des Schiffs brennend stehenden Laterne nieder.

Der verfluchte Wohltäter, nämlich unser vermeintlicher Wirt, welcher sich als ein Vieh besoffen hatte, kam hinauf und sagte mit stammlender Zunge: ›Sorget nicht Ihr schönen Kinder! ehe es noch einmal Nacht wird, werdet Ihr in Euren Brautbette liegen.‹ Wir wollten weiter mit ihm reden; allein das überflüssig eingeschlungene Getränke suchte seinen Ausgang bei ihm überall, auf so gewaltsame Art, daß er auf einmal als ein Ochse darniederstürzte, und uns, den gräßlichen Gestank zu vermeiden, eine andere Stelle zu suchen zwunge.

Philippine und ich waren bei dergleichen schändlichen Spektakul fast außer Sinnen gekommen, und fielen in noch stärkere Verzweifelung, als gegenwärtige unsere getreue Sabina plötzlich in die Hände schlug, und mit ängstlichen Seufzen schrie: ›Ach meine liebsten Jungfrauen! Wir sind, allem Ansehen nach, schändlich verraten und verkauft, werden auch ohne ein besonderes Wunderwerk des Himmels, weder Eure Eltern, noch die Stadt Middelburg jemals wieder zu sehen kriegen. Derowegen lasset uns nur den festen Entschluß fassen, lieber unser Leben, als die Keuschheit und Ehre zu verlieren.‹ Auf ferneres Befragen gab sie zu verstehen; daß ein ehrliebender auf diesem Schiffe befindlicher Reisender ihr mit wenig Worten soviel gesagt: daß sie an unsern bevorstehenden Unglücke nicht den geringsten Zweifel tragen könne.

Wie gesagt, wir hätten solchergestalt verzweifeln mögen, und mußten unter uns dreien alle Mittel anwenden, der bevorstehenden Ohnmacht zu entgehen; als ein resoluter Teutscher, namens Simon Heinrich Schimmer, Jakob Larson ein Schwede, und gegenwärtiger David Rawkin ein Engelländer, (welche alle drei nachhero allhier meine werten Schwäger worden sind,) nebst noch zwei andern redlichen Leuten, zu unserm Troste bei uns erschienen. Schimmer führete das Wort in aller Stille, und sagte: ›Glaubet sicherlich, schönsten Kinder, daß Ihr durch Eure eigenen Anverwandten und Liebhaber verraten worden. Zum Unglück haben ich und diese redlichen Leute solches itzo erst vor einer Stunde von einem getreuen Bootsknechte erfahren, da wir schon sehr weit vom festen Lande entfernet sind, sonsten wollten wir Euch gar bald in Freiheit gesetzt haben. Allein nunmehro ist es unmöglich, wir hätten denn das Glück uns in künftigen Tagen einen stärkern Anhang zu verschaffen. Sollte Euch aber immittelst Gewalt angetan werden, so rufet um Hülfe, und seid völlig versichert, daß zum wenigsten wir fünf wehrhaften Leute, ehe unser Leben dransetzen, als Euch schänden lassen wollen.‹

Wir hatten kaum Zeit, drei Worte, zu Bezeugung unserer erkenntlichen Dankbarkeit, gegen diese fünf vom Himmel zugesandten redlichen Leute, vorzubringen; als unser leichtfertiger Bruder, von de la Marck und Witt begleitet, herzukam, uns hinunterzuholen. Witt stolperte über den in seinem Unflat liegenden Wirt her, und balsamierte sich und seine Kleider so, daß er sich als eine Bestie hinwegschleppen lassen mußte, William sank gleichfalls, da er die freie Luft empfand, zu Boden, de la Marck aber war noch bei ziemlichen Verstande, und brachte es durch viele scheinheilige Reden und Liebkosungen endlich dahin, daß Philippine, ich und unsere Sabina, uns endlich betäuben ließen, wieder hinunter in die Kajüte zu steigen.

Aber, o welch ein schändlicher Spektakul fiel uns allhier in die Augen. Der saubere Französische von Adel saß, zwischen den zweien verfluchten Schandhuren, mutternackend vor dem Kamine, und zwar in einer solchen ärgerlichen Stellung, daß wir mit lauten Geschrei zurückfuhren, und uns in einen besondern Winkel mit verhüllten Angesichtern versteckten.

De la Marck kam hinter uns her, und wollte aus der Sache einen Scherz machen, allein Philippine sagte: ›Bleibet uns vom Halse Ihr vermaledeiten Verräter, oder der erste, der uns angreift, soll auf der Stelle mit dem Brodmesser erstochen werden.‹ Weiln nun de la Marck spürete, daß wenig zu tun sei, erwartete er sowohl, als wir, in einem andern Winkel des Tages. Dieser war kaum angebrochen, als wir uns in die Höhe machten und nach dem Lande umsahen, allein es wollte sich unsern begierigen Augen, außer dem Schiffe, sonsten nichts zeigen, als Wasser und Himmel. Die Sonne ging ungemein hell und klar auf, fand alle andern im festen Schlafe liegen, uns drei Elenden aber in schmerzlichen Klagen und heißen Tränen, die wir anderer Menschen Bosheit wegen zu vergießen Ursach hatten.

Kaum hatten die vollen Sauen den Rausch ausgeschlafen, da die ganze ehrbare Zunft zum Vorscheine kam, und uns, mit ihnen Kaffee zu trinken nötigte. Anstatt des Morgengrußes aber, lasen wir unserm gottlosen Bruder ein solches Kapitel, worüber einem etwas weniger ruchlosen Menschen hätten die Haare zu Berge stehen mögen. Doch dieser Schandfleck der Natur verlachte unsern Eifer anfänglich, nahm aber hernach eine etwas ernsthaftere Miene an, und hielt folgende Rede: ›Lieben Schwestern, seid versichert, daß, außer meiner Liebsten Margaritha, mir auf der Welt niemand lieber ist als ihr, und meine drei besten Freunde, nämlich: Gallus, Alexander und Henry. Der erste, welcher dich Judith aufs allerheftigste liebet, ist zur gnüge bekannt. Alexander, ob er gleich bishero sowohl als Henry nur ein armer Schlucker gewesen; hat alle Eigenschaften an sich, Philippinen zu vergnügen, und vor die gute Sabina wird sich auch bald ein braver Kerl finden. Derowegen, lieben Seelen, schicket euch in die Zeit. Nach Middelburg wiederum zu kommen, ist unmöglich, alles aber, was ihr nötig habt, ist auf diesem Schiff vorrätig anzutreffen. Auf der Insul Amboina werden wir unsere zukünftige Lebenszeit ingesamt in größten Vergnügen zubringen können, wenn ihr nur erstlich eure eigensinnigen Köpfe in Ordnung gebracht, und nach unserer Lebensart eingerichtet habt.‹

Nunmehro war mir und meiner Schwester ferner unmöglich, uns einer Ohnmacht zu erwehren, also sanken wir zu Boden, und kamen erstlich etliche Stunden hernach wieder in den Stand, unsere Vernunft zu gebrauchen, da wir uns denn in einer besondern Schiffskammer allein, unter den Händen unserer getreuen Sabina befanden. Diese hatte mittlerweile von den beiden schändlichen Dirnen das ganze Geheimnis, und zwar folgenden Umständen nach, erfahren.

Gallus de Witt, als der Haupturheber unsers Unglücks, hat gleich nach seinem, bei beiden Schwestern umgeschlagenen Liebesglücke, die allervertrauteste Freundschaft mit unserm Bruder William gemacht, und demselben vorgestellet: daß er unmöglich leben könne, er müsse denn eine von dessen Schwestern zur Frau haben, und sollte er auch sein ganzes Vermögen, welches beinahe in zwei Tonnen Goldes bestünde, dransetzen. William versichert ihn seines geneigten Willens hierüber, verspricht sich in allen zu seinen Diensten, und beklagt nur, daß er kein Mittel zu erfinden wisse, seines Herzensfreundes Verlangen zu stillen. Gallus aber, der seit der Zeit beständig, sowohl auf einen gewaltsamen, als listigen Anschlag gesonnen, führet den William zu dem liederlichen Komödiantenvolke, nämlich: Alexandern, Henry, Antonien und Margarithen, da sich denn derselbe sogleich aufs allerheftigste in die letztere verliebt, ja sich ihr und den übrigen schändlichen Verrätern ganz zu eigen ergibt. Alexander wird demnach, als der Ansehnlichste, auf des Gallus Unkosten, in solchen Stand gesetzt, sich als einer der vornehmsten Kavaliers aufzuführen und um Philippinen zu werben, mittlerweile kleiden sie einen alten verunglückten Seeräuber, vor einen erfahrnen Ostindienfahrer an, der unsere Eltern und uns betrügen helfen, ja uns armen einfältigen Kinder in das verfluchte Schiff locken muß, welches Gallus und mein Bruder, zu unserm Raube, so fälschlich mit großen Kosten ausgerüstet hatten, um damit eine Fahrt nach den Molukkischen Insuln vorzunehmen. Der letztere, nämlich mein Bruder, hatte nicht allein den Eltern eine erstaunliche Summe Geldes auf listige Art entwendet, sondern auch Philippinens, und meine Kleinodien und Barschaften, mit auf das Schiff gebracht, damit aber doch ja unsere Eltern ihrer Kinder nicht alle auf einmal beraubt würden, gibt der verteufelte Mensch dem jüngern Bruder, Abends vorhero, unvermerkt ein starkes Brechpulver ein, damit er künftigen Tages bei der Schiffslust nicht erscheinen, und folglich in unserer Entführung keine Verhinderung machen könne.

Bei solchen unerhörten schändlichen Umständen sahen wir also vollkommen, daß vor uns keine Hoffnung übrig war diesem Unglücke zu entgehen, derowegen ergaben wir uns fast gänzlich der Verzweifelung, und wollten uns in der ersten Wut mit den Brodmessern selbst ermorden, doch dem Himmel sei Dank, daß unsere liebste und getreuste Sabina damals weit mehr Verstand als wir besaß, unsere Seelen aus des Satans Klauen zu erretten. Sie wird sich annoch sehr wohl erinnern können, was sie vor Arbeit und Mühe mit uns beiden unglücklichen Schwestern gehabt, und wie sie endlich, da nichts verfangen wollte, in solche heldenmütige Worte ausbrach: ›Fasset ein Herze, meine gebietenden Jungfrauen! Lasset uns abwarten, wer sich unterstehen will uns zu schänden, und solche Teufels erstlich ermorden, hernach wollen wir uns der Barmherzigkeit des Himmels überlassen, die es vielleicht besser fügen wird als wir vermeinen.‹

Kaum hatte sie diese tapfern Worte ausgesprochen, so wurde ein großer Lärmen im Schiffe, und Sabina zohe Nachricht ein, daß ein Seeräuber uns verfolgte, auch vielleicht bald Feuer geben würde. Wir wünschten, daß es ein Franzose oder Engelländer sein, der immerhin unser Schiff erobern, und alle Verräter totschlagen möchte, so hätten wir doch ehe Hoffnung gegen Versprechung einer starken Ranzion, von ihm Ehre und Freiheit zu erhalten. Allein weil der Wind unsern Verrätern günstiger, außerdem auch unser Schiff sehr wohlbestellt, leicht und flüchtig war, so brach die Nacht abermals herein, ehe was weiters vorging.

Wir hatten den ganzen Tag ohne Essen und Trinken zugebracht, ließen uns aber des Nachts von Sabina bereden, etwas zu genießen, und da weder William noch jemand anders, noch zur Zeit das Herz hatte vor unsere Augen zu kommen, so verwahreten wir unsere Kammer aufs beste, und gönneten den von Tränen geschwächten Augen, eine wiewohl sehr ängstliche Ruhe.

Folgendes Tages befanden sich Philippine und Sabina sowohl als ich in erbärmlichen Zustande, denn die gewöhnliche Seekrankheit setzte uns dermaßen heftig zu, daß wir nichts Gewissers als einen baldigen und höchst gewünschten Tod vermuteten. Allein der Himmel hatte selbigen noch nicht über uns verhänget, denn, nachdem wir über fünfzehn Tage im ärgsten Phantasieren, ja völligen Rasen zugebracht; ließ es sich nicht allein zur Besserung an, sondern unsere Gesundheit wurde nachhero, binnen etlichen Wochen, wider unsern Willen, völlig hergestellet.

Zeitwährender unserer Krankheit, hatten sich nicht allein die ehrbaren Damen, sondern auch die übrigen Verräter wegen unserer Bedienung viele Mühe geben wollen, waren aber jederzeit garstig empfangen worden. Indem wir ihnen öfters ins Gesichte gespien, alles, was wir erlangen können, an die Köpfe geworfen, auch allen Fleiß angewendet hatten, ihnen die verhurten Augen auszukratzen. Weswegen sie endlich vor dienlicher erachtet, sich abwesend zu halten, und die Bedienung einer schon ziemlich alten Magd, welche vor Antonien und Margarithen mitgenommen war, zu überlassen. Nachdem aber unsere Gesundheit wiederum gänzlich erlangt, und es eine fast unmögliche Sache war, beständig in der düstern Schiffskammer zu bleiben, begaben wir uns, auf unserer liebsten Sabine öfteres Bitten, auf das Oberteil des Schiffs, um bei damaligen schönen Wetter frische Luft zu schöpfen. Unsere Verräter waren dieses kaum gewahr worden, da die ganze Schar herzukam, zum neuen guten Wohlstande Glück wünschte und hoch beteurete, daß sich unsere Schönheit nach überstandener Krankheit gedoppelt hervortäte. Wir beantworteten aber alles dieses mit lauter verächtlichen Worten und Gebärden, wollten auch durchaus mit ihnen keine Gemeinschaft pflegen, ließen uns aber doch endlich durch alltägliches demütiges und höfliches Zureden bewegen, in ihrer Gesellschaft zu essen und zu trinken, hergegen erzeigten sich unsere standhaften Gemüter desto ergrimmter, wenn etwa Gallus oder Alexander etwas Verliebtes vorbringen wollten.

William unterstund sich, uns dieserwegen den Text zu lesen, und vorzustellen, wie wir am klügsten täten, wenn wir den bisherigen Eigensinn und Widerwillen verbanneten, hergegen unsern Liebhabern gutwillig den Zweck ihres Wunsches erreichen ließen, ehe sie auf verzweifelte, uns vielleicht noch unanständigere Mittel gedächten, denen wir mit aller unserer Macht nicht widerstehen könnten, da zumalen alle Hoffnung zur Flucht, oder anderer Erlösung nunmehro vergebens sei. Allein dieser verfluchte Kuppler wurde mit wenigen, doch dermaßen hitzigen Worten, und Gebärden dergestalt abgewiesen, daß er als ein begossener Hund, wiewohl unter heftigen Drohungen zurückeging, und seinen Absendern eine ganz unangenehme Antwort brachte. Sie kamen hierauf selbst, um ihr Heil nochmals in der Güte, und zwar mit den allerverliebtesten und verpflichtetsten Worten und Beteurungen, zu versuchen, da aber auch dieses Mal ihr schändliches Ansinnen verdammet und verflucht, auch ihnen der verwegne Jungfrauenraub beherzt zu Gemüte geführet und zugeschworen wurde, daß sie in alle Ewigkeit kein Teil an uns überkommen sollten, hatten wir uns abermals auf etliche Wochen Friede geschafft.

Endlich aber wollte die geile Brunst dieser verhurten Schandbuben sich weiter durch nichts unterdrücken lassen, sondern in volle Flammen ausbrechen, denn wir wurden einstens in der Nacht von dreien Schelmen, nämlich Alexander, Gallus und dem Schiffsquartiermeister plötzlich überfallen, die uns nunmehro mit Gewalt ihren vermaledeiten geilen Lüsten aufopfern wollten. Indem wir uns aber dergleichen Bosheit schon vorlängst träumen lassen, hatten sowohl Philippine und Sabina als ich, beständig ein bloßes Taschenmesser unter dem Haupte zurechtegelegt, und selbiges allbereit zur Wehre gefasset, da unsere Kammer in einem Augenblicke aufgestoßen wurde. Alexander warf sich auf meine Schwester, Gallus auf mich, und der Quartiermeister auf die ehrliche Sabinen. Und zwar mit solcher Furie, daß wir augenblicklich zu ersticken vermeinten. Doch aus dieser angestellten schändlichen Komödie, ward gar bald eine blutige Tragödie, denn da wir nur ein wenig Luft schöpften, und das in den Händen verborgene Gewehr anbringen konnten, stießen wir fast zu gleicher Zeit auf die verfluchten Hurenhengste los, so daß unsere Kleider von den schelmischen hitzigen Geblüte ziemlich bespritzt wurden.

Der Quartiermeister blieb nach einem einzigen ausgestoßenen brüllenden Seufzer, stracks tot auf der Stelle liegen, weil ihm die tapfere Sabina, allen Vermuten nach, mit ihrem großen und scharfen Messer das Herz gänzlich durchstoßen hatte. Alexander, den meine Schwester durch den Hals, und Gallus, welchen ich in die linke Bauchseite gefährlich verwundet, wichen taumelnd zurück, wir drei Zitterenden aber, schrien aus vollem Halse Zeter und Mordio.

William und Henry kamen herzugelaufen, und wollten Miene machen, ihrer schelmischen Mitbrüder Blut mit dicken Knütteln an uns zu rächen, zu gleicher Zeit aber erschienen der tapfere Schimmer, Larson, Rawkin und etwa noch vier oder sechs andere redliche Leute, welche bald Stillestand machten, und uns in ihren Schutz nahmen, auch angesichts aller andern teuer schwuren, unsere Ehre bis auf die letzte Minute ihres Lebens zu beschirmen. William und Henry mußten also nicht allein mit ihrem Anhange zu Kreuze kriechen, sondern sich sogar mit ihren Huren aus der besten Schiffskammer herauswerfen lassen, in welche wir eingewiesen, und von Schimmers Anhang tags und nachts hindurch wohl bewahret wurden. Das schändliche Aas des Quartiermeisters wurde als ein Luder ins Meer geworfen, Alexander und Gallus lagen unter den Händen des Schiffsbarbieres, Schimmer aber und sein Anhang spieleten den Meister auf dem Schiffe, und setzten die andern alle in ziemliche Furcht, ja da der alte sogenannte Schiffskapitän, nebst William und Henry, sich von neuen mausig machen wollten, fehlete es nicht viel, daß beide Parteien einander in die Haare geraten wären, ohngeacht niemand sichere Rechnung machen konnte, welches die stärkste wäre.

Solcher Verwirrung ohngeacht wurde die Reise nach Ostindien bei favorablen Winde und Wetter dennoch immer eiferig fortgesetzt, welches uns zwar höchst mißfällig war, doch da wir gezwungenerweise dem Verhängnis stillehalten mußten, richteten sich unsere in etwas ruhigere Sinnen einzig und allein dahin, dessen Ziel zu erraten.

Die um die Gegend des grünen Vorgebürges sehr scharf kreuzenden Seeräuber, verursachten soviel, daß sich die streitigen Parteien des Schiffes auf gewisse

Punkte ziemlich wieder vereinigten, um den gemeinschaftlichen Feinden desto bessern Widerstand zu tun,
worunter aber der Hauptpunkt war, daß man uns drei
Frauenzimmer nicht im geringsten kränken, sondern
mit geziemenden Respekt alle selbst beliebige Freiheit
lassen sollte. Demnach lebten wir in einigen Stücken
ziemlich vergnügt, kamen aber mit keinem Fuße an
Land, ohngeacht schon dreimal unterwegs frisch Wasser
und Viktualien von den herumliegenden Insuln eingenommen worden. Gallus und Alexander, die nach etlichen Wochen von ihren gefährlichen Wunden völlig
hergestellet waren, scheueten sich uns unter Augen zu
treten, William und Henry redeten ebenfalls so wenig,
als ihre Huren mit uns, und kurz zu sagen: Es war eine
recht wunderliche Wirtschaft auf diesem Schiffe, bis uns
ein äthiopischer Seeräuber dermaßen nahe kam, daß
sich die Unserigen genötiget sahen, mit möglichster
Tapferkeit entgegenzugehen.

Es entstunde dannenhero ein heftiges Treffen, worinnen endlich gegen Abend der Mohr überwunden wurde, und sich mit allen, auf seinem Raubschiffe befindlichen, zur Beute übergeben mußte. Hierbei wurden
dreizehn Christensklaven in Freiheit, hergegen neun-
undzwanzig Mohren in unsere Sklaverei gebracht, anbei
verschiedene kostbare Waren und Kleinodien unter die
Siegenden verteilet, welche nicht mehr als fünf Tote
und etwa zwölf oder sechzehn Verwundete zähleten.
Nachhero entstund ein großer Streit, ob das eroberte
Schiff versenkt, oder beibehalten werden sollte. Gallus
und sein Anhang verlangten das Versenken, Schimmer
aber setzte sich mit seiner Partei dermaßen stark darwider, bis er insoweit durchdrunge, daß alles Volk auf die
zwei Schiffe ordentlich geteilet wurde. Also kam Schimmer mit seinem Anhange, worunter auch ich, Philippine

und Sabina begriffen waren, auf das mohrische Schiff, konnte aber dennoch nicht verwehren, daß Gallus und Alexander auf selbigem das Kommando übernahmen, dahingegen William und Henry nebst ihren Schandmetzen auf dem ersten Schiffe blieben, und aus besonderer Güte eine erbeutete Schandhure, die zwar dem Gesichte nach eine weiße Christin, aber ihrer Aufführung nach ein von allen Sünden geschwärztes Luder war, an Alexandern und Gallus zur Nothelferin überließen. Dieser Schandbalg, deren Geilheit unaussprechlich, und die, sowohl mit dem einen als dem andern, das verfluchteste Leben führete, ist nebst uns noch bis hieher auf diese Insul gekommen, doch aber gleich in den ersten Tagen verreckt.

Jedoch behöriger Ordnung wegen, muß in meiner Erzählung melden, daß damals unsere beiden Schiffe ihren Lauf eifrigst nach dem Vorgebürge der guten Hoffnung richteten, aber durch einen lange anhaltenden Sturm davon abgetrieben wurden. Das middelburgische Schiff verlor sich von dem unsern, kam aber am fünften Tage unverhofft wieder zu uns, und zwar bei solcher Zeit, da es schiene, als ob alles Ungewitter vorbei wäre, und das schönste Wetter zum Vorscheine kommen wollte. Wir ruderten ihm mit möglichsten Kräften entgegen, weil unsern Kommandeurs, die, nebst ihren wenigen Getreuen, wenig oder gar nichts von der künstlichen Seefahrt verstunden, an dessen Gesellschaft nur allzuviel gelegen war. Allein, nach meinen Gedanken hatte die Allmachtshand des Allerhöchsten dieses Schiff keiner andern Ursache wegen wieder so nahe zu uns geführet, als, uns allen an demselben ein Zeichen seiner strengen Gerechtigkeit sehen zu lassen, denn wir waren kaum noch eines Büchsenschusses weit voneinander, als es mit einem entsetzlichen Krachen plötzlich zerschmetterte, und teils in die Luft gesprengt, teils stückweise auf dem Wasser auseinandergetrieben wurde, so, daß hiervon auch unser Schiff sich grausamerweise erschütterte, und mit pfeilmäßiger Geschwindigkeit eines Kanonenschusses weit zurückgeschleudert wurde. Dennoch richteten wir unsern Weg wieder nach der unglückseligen Stelle, um vielleicht noch einige im Meere zappelnde Menschen zu erretten, allein, es war hieselbst keine lebendige Seele, auch sonsten nichts als noch einige zerstückte Balken und Bretter anzutreffen.

Was dieser unverhoffte Streich in unsern und der übrigen Gesellschaft Gemütern vor verschiedene Bewegungen mag verursachet haben, ist leichtlich zu erachten. Wir Schwestern beweineten nichts, als unsers in seinen Sünden hingerafften Bruders arme Seele, erkühneten uns aber nicht, über die Strafgerichte des Allerhöchsten Beschwerde zu führen. Wie Alexandern und Gallus zumute war, ließ sich leichtlich schließen, indem sie von selbigem Tage an keine fröhliche Miene mehr machen, auch sich um nichts bekümmern konnten, sondern das Kommando an Mons. Schimmern gutwillig überließen, der, gegen den nochmals entstehenden Sturm, die besten und klügsten Verfassungen machte. Selbiger hielt abermals bis auf den sechsten Tag, und hatte alle unsere Leute dermaßen abgemattet, daß sie wie die Fliegen dahinfielen, und nach gehaltener Ruhe im Essen und Trinken die verlornen Kräfte wieder suchten, obschon kein einziger eigentlich wissen konnte, um welche Gegend der Welt wir uns befänden.

Fünf Wochen liefen wir also in der Irre herum, und hatten binnen der Zeit nicht allein viele Beschädigungen an Schiffe erlitten, sondern auch alle Anker, Mast und besten Segel verloren, und zum allergrößten Unglücke ging mit der sechsten Woche nicht allein das süße Wasser, sondern auch fast aller Proviant zum Ende, doch hatte der ehrliche Schimmer die Vorsicht gebraucht, in unsere Kammer nach und nach heimlich soviel einzutragen, worvon wir und seine Freunde noch einige Wochen länger als die andern gut zu leben hatten; dahingegen Alexander, Gallus und andere allbereit anfangen mußten, Leder und andere noch ekelere Sachen zu ihrer Speise zu suchen.

Endlich mochte ein schändlicher Bube unsere liebe Sabina an einem harten Stück Zwiebacke haben nagen sehen, weswegen sogleich ein Lärmen entstund, so, daß viele behaupten wollten, es müßte noch vor alle Vorrat genug vorhanden sein. Derowegen rotteten sich etliche zusammen, brachen in unsere Kammer ein, und da sie noch vor etwa zehn Personen auf drei Wochen Speise darinnen fanden, wurden wir dieserwegen erbärmlich, ja fast bis auf den Tod von ihnen geprügelt. Mons. Schimmer hatte dieses Lärm nicht so bald vernommen, als er mit seinen Freunden herzukam, und uns aus ihren Händen retten wollte, da aber sogleich einer von seiner Partei darniedergestochen wurde, kam es zu einem solchen entsetzlichen Blutvergießen, daß, wenn ich noch daran denke, mir die Haare zu Berge stehen. Alexander und Gallus, welche sich nunmehro als öffentliche Rädelsführer und abgesagte Feinde darstelleten, auch Schimmern ziemlich ins Haupt verwundet hatten, mußten alle beide von seinen Händen sterben, und da die andern seiner löwenmäßigen Tapferkeit nachahmeten, wurden ihre Feinde binnen einer Stunde meistens vertilget, die übrigen aber baten mit Aufzeigung ihrer blutigen Merkmale um Gnade und Leben.

Es waren nunmehro in allen noch fünfundzwanzig Seelen auf dem Schiffe, worunter fünf Mohren und das schändliche Weibsbild begriffen waren, diese letztere wollte Schimmer durchaus ins Meer werfen, allein auf mein und meiner Schwester Bitten ließ er's bleiben. Aller Speisevorrat wurde unter die Guten und Bösen in zwei gleiche Teile geteilet, ohngeacht sich der Frommen ihrer vierzehn der Bösen aber nur elf befanden, nachdem aber das süße Wasser ausgetrunken war, und wir uns nur mit zubereiteten Seewasser behelfen mußten, riß die schädliche Krankheit, nämlich der Schaarbock, als mit welchen ohnedem schon viele befallen worden, auf einmal dermaßen heftig ein, daß in wenig Tagen von beiden Teilen zehn Personen sturben. Endlich kam die Reihe auch an meine liebe Schwester, welche ich mit bittern Tränen und Sabinens getreuer Hülfe auf ein Brett band, und selbige den wilden Fluten zum Begräbnis übergab. Es folgten ihr kurz darauf noch fünf andere, die teils vom Hunger, teils von der Krankheit hingerafft wurden, und da wir übrigen, nämlich: Ich, Sabina, Schimmer, Larson, Rawkin, Schmerd, Hulst, Farding, und das schändliche Weibsbild, die sich Klara nennete, auch nunmehro weder zu beißen, noch zu brocken hatten, über dieses von erwähnter Krankheit heftig angegriffen waren, erwarteten wir fast täglich die letzte Stunde unseres Lebens. Allein, die sonderbare gnädige Fügung des barmherzigen Himmels führete uns endlich gegen diesen von außen wüste scheinenden Felsen, in der Tat aber unsern werten Errettern in die Hände, welche keinen Augenblick versäumeten, die allerelendesten Leute von der ganzen Welt, nämlich uns, in beglücktern, ja in den allerglückseligsten Stand auf Erden zu versetzen. Schmerd, Hulst und Farding, die drei redlichen und frommen Leute, mußten zwar sowohl als die schandbare Klara, gleich in den ersten Tagen allhier ihren Geist aufgeben, doch wir noch übrigen fünf, wurden durch Gottes Barmherzigkeit und durch die gute

Verpflegung dieser frommen Leute erhalten. Wie nachhero ich meinem liebsten Alberto, der mich auf seinem Rücken in dieses Paradies getragen, und wie diese liebe Sabina ihrem Gemahl Stephano, der ihr eben dergleichen Gütigkeit erwiesen, zuteile worden, auch was sich weiter mit uns damals neu angekommenen Gästen zugetragen, wird vielleicht ein andermal bequemlicher zu erzählen sein, wiewohl ich nicht zweifele, daß es mein lieber Schwiegervater geschickter als ich verrichten wird. Voritzo bitte nur mit meinem guten Willen zufrieden zu sein.«

Also endigte die angenehme Matrone vor dieses Mal ihre Erzählung, weil es allbereits ziemlich späte war. Wir dankten derselben darvor mit einem liebreichen Handkusse, und legten uns hernach sämtlich zur Ruhe, nahmen aber nächstfolgenden Morgen unsere Lustfahrt auf Christiansraum zu. Hieselbst waren nicht mehr als zehn wohl erbauete Feuerstätten, nebst darzu gehörigen Scheuern, Ställen, und ungemein schönen Gartenwerke anzutreffen, anbei die Hauptschleusen des Nordflusses, nebst dem Kanal, der das Wasser zu beliebiger Zeit in die kleine See zu führen, durch Menschenhände ausgegraben war, wohl betrachtenswürdig. Diese Pflanzstadt lag also zwischen den Flüssen ungemein lustig, hatte zwar in ihrem Bezirk keine Weinberge, hergegen sowohl als andere ein vortrefflich wohlbestelltes Feld, Holzung, Wild und herrlichen Fischfang. Vor die gute Aufsicht, und Besorgung wegen der Brücken und Schleusen, mußten ihnen alle andern Einwohner der Insul sonderlich verbunden sein, auch davor einen gewissen Zoll an Weine, Salz und andern Dingen, die sie nicht selbst in der Nähe haben konnten, entrichten.

Wir hielten uns allhier nicht lange auf, sondern reiseten, nachdem wir ihnen das gewöhnliche Geschenke gereicht, und die Mittagsmahlzeit eingenommen hatten, wieder zurück. Abends, zu gewöhnlicher Zeit aber, fing David Rawkin auf Erinnerung des Altvaters denen Versammleten seine Lebensgeschicht folgendermaßen zu erzählen an:

»Ich stamme«, sagte er, »aus einem der vornehmsten Lordsgeschlechte in Engelland her, und bin dennoch im Jahr 1640 von sehr armen Eltern in einer Bauerhütte auf dem Dorfe geboren worden, weiln das Verbrechen meiner Voreltern, sowohl väterlicher als mütterlicher Seite, ihre Nachkommen nicht allein um alles Vermögen, sondern sogar um ihren sonst ehrlichen Geschlechtsnamen gebracht, indem sie denselben aus Not verleugnen, und sich nachhero schlechtweg Rawkins nennen müssen, um nur in einer frembden Provinz ohne Schimpf ruhig, obschon elend, zu leben. Meine Eltern, ob sie gleich unschuldig an allen Übeltaten der Ihrigen gewesen, waren doch durch derselben Fall gänzlich mit niedergeschlagen worden, so, daß sie, einem fürchterlichen Gefängnisse und andern Beschwerlichkeiten zu entgehen, mit ihren besten Sachen die Flucht genommen hatten. Doch, wenn sich das Verhängnis einmal vorgesetzt hat, unglückselige Menschen nachdrücklich zu verfolgen, so müssen sich auch auf der allersichersten Straße ihre Feinde finden lassen. So war es meinen Eltern ergangen, denn da sie allbereit weit genung hinweg, also von ihren Verfolgern sicher zu sein vermeinen, werden die armen Leute des Nachts von einer Rotte Straßenräuber überfallen, und bis aufs bloße Hemde ausgeplündert und fortgejagt, so, daß sie kaum mit anbrechenden Tage eine Mühle antreffen können, in welche sie von der barmherzigen Müllerin aufgenommen und mit etlichen alten Kleidern bedeckt werden. Weiln aber der darzukommende närrische Müller hierüber scheele Augen macht, und sich so wenig durch meiner Eltern gehabtes Unglück, als durch meiner Eltern Schönheit und Zärtlichkeit zum Mitleiden bewegen lässet, müssen sie, nachdem er doch aus besondern Gnaden ihnen ein halbes Brod und zwei Käse gegeben, ihren Stab weitersetzen, werden aber von einer Viehmagd die ihnen die barmherzige Müllerin nachgeschickt, in eine kleine Bauerwohnung des nächstgelegenen Dorfs geführet, anbei wird ihnen eine halbe Guinee an Gelde überreicht, und der Bauersfrau befohlen, diese Gäste auf der Müllerin Unkosten bestens zu bewirten.

Also haben meine armen Eltern allhier Zeit genung gehabt, ihr Unglück zu bejammern, anbei aber dennoch die besondere Vorsorge Gottes und die Gütigkeit der Müllerin zu preisen, welche fromme Frau meine Mutter wenigstens wöchentlich ein paarmal besucht, und unter der Hand wider ihres Mannes Wissen reichlich versorget, weiln sie als eine betagte Frau, die weder Kinder noch andere Erben, als ihren unvernünftigen Mann, dem sie alles zugebracht hatte, sich ein Vergnügen machte, armen Leuten von ihrem Überflusse Gutes zu tun.

In der dritten Woche ihres dasigen Aufenthalts kömmt meine Mutter mit mir ins Wochenbette, die Müllerin nebst andern Bauersleuten werden zu meinen Taufzeugen erwählet, welche erstere die ganze Ausrichtung aus ihren Beutel bezahlet, und meiner Mutter aufs äußerste verbietet, ihr großes Armut niemanden kundzugeben, sondern jedermann zu bereden, ihr Mann, als mein Vater, sei ein von einem unruhigen Bischofe vertriebener Schulmeister.

Dieser Einfall scheinet meinem Vater sehr geschicklich, seinen Stand, Person und ganzes Wesen, allen erforderlichen Umständen nach, zu verbergen, derowegen macht er sich denselben von Stund an wohl zunutze, und passieret auch solchergestalt vor allen Leuten, als ein abgedankter Schulmeister, zumal da er sich eine darzu behörige Kleidung verfertigen lässet. Er schrieb eine sehr feine Hand, derowegen geben ihm die daherum wohnenden Pfarrherren und andere Gelehrten soviel abzuschreiben, daß er das tägliche Brod vor sich, meine Mutter und mich damit kümmerlich verdienen kann, und also der wohltätigen Müllerin nicht allzu beschwerlich fallen darf, die dem ohngeacht nicht unterließ, meine Mutter wöchentlich mit Gelde und andern Bedürfnissen zu versorgen.

Doch etwa ein halbes Jahr nach meiner Geburt legt sich diese Wohltäterin unverhofft aufs Krankenbette nieder, und stirbt, nachdem sie vorhero meine Mutter zu sich kommen lassen, und derselben einen Beutel mit Goldstücken, die sich am Werte höher als vierzig Pfund Sterlings belaufen, zu meiner Erziehung eingehändiget, und ausdrücklich gesagt hatte, daß wir dieses ihres heimlich gesammleten Schatzgeldes würdiger und bedürftiger wären, als ihr ungetreuer Mann, der ein weit mehreres mit Huren durchgebracht, und vielleicht alles, was er durch die Heirat mit ihr erworben, nach ihrem Tode auch bald durchbringen würde.

Mit diesem kleinen Kapitale sehen sich meine Eltern bei ihren damaligen Zustande ziemlich geholfen, und mein Vater läßt sich in den Sinn kommen, seine Frau und Kind aufzupacken, und mit diesem Gelde nach Holland oder Frankreich überzugehen, um daselbst entweder zu Lande oder zur See Kriegsdienste zu suchen, allein, auf inständiges Bitten meiner Mutter, läßt er sich solche löbliche Gedanken vergehen, und dahin bringen, daß er den erledigten Schulmeisterdienst in unsern Dorfe annimmt, der jährlich, alles zusammengerechnet, etwa zehn Pfund Sterlings Einkommens gehabt.

Vier Jahr lang verwaltet mein Vater diesen Dienst in stillen Vergnügen, weil sich sein und meiner Mutter Sinn nun gänzlich in dergleichen Lebensart verliebet. Jedermann ist vollkommen wohl mit ihm zufrieden und bemühet, seinen Fleiß mit außerordentlichen Geschenken zu vergelten, weswegen meine Eltern einen kleinen Anfang zu Erkaufung eines Bauergütgens machen, und ihr bishero zusammengespartes Geld an Ländereien legen wollen, weil aber noch etwas weniges an den bedungenen Kaufgeldern mangelt, siehet sich meine Mutter genötiget, das letzte und beste gehänkelte Goldstück, so sie von der Müllerin bekommen, bei ihrer Nachbarin zu versetzen.

Diese falsche Frau gibt zwar so viele kleine Münze darauf, als meine Mutter begehret, weil sie aber das sehr kennbare Goldstück sehr öfters bei der verstorbenen Müllerin gesehen, über dieses mit dem Müller in verbotener Buhlschaft leben mag, zeiget sie das Goldstück dem Müller, der dasselbe gegen ein ander Pfand von ihr nimmt, zum Oberrichter trägt, meinen Vater und Mutter eines Diebstahls halber anklagt, und es dahin bringt, daß beide zugleich plötzlich, unwissend warum, gefangen und in Ketten und Banden geschlossen werden.

Anfänglich vermeinet mein Vater, seine Feinde am königlichen Hofe würden ihn allhier ausgekundschaft und festegemacht haben, erschrickt aber desto heftiger, als man ihn sowohl als meine Mutter wegen des Diebstahls, den sie bei der verstorbenen Müllerin unternommen haben sollten, zur Rede setzt. Sintemal aber in diesem Stücke beide ein gutes Gewissen haben, und fernere Weitläuftigkeiten zu vermeiden, dem Oberrichter die ganze Sache offenbaren, werden sie zwar nach fernern weitläuftigen Untersuchungen von des Müllers Anklage losgesprochen, jedennoch so lange in gefänglicher Haft behalten, bis sie ihres Standes und Wesens halber gewissere Versicherungen einbrächten, weiln das Vorgeben wegen eines vertriebenen Schulmeisters falsch befunden worden, und der Oberrichter, ich weiß nicht was vor andere verdächtige Personen, in ihrer Haut gesucht.

Mittlerweile lief ich armer sechsjähriger Wurm in der Irre herum, und nährete mich von den Brosamen, die von frembder Leute Tische fielen, hatte zwar öfters Erlaubnis, meine Eltern in ihren Gefängnisse zu besuchen, welche aber, sooft sie mich sahen, die bittersten Tränen vergossen, und vor Jammer hätten vergehen mögen. Da ich nun solchergestalt wenig Freude bei ihnen hatte, kam ich künftig desto sparsamer zu ihnen, gesellete mich hergegen fast täglich zu einem Gänsehirten, bei dem ich das Vergnügen hatte, im Felde herumzulaufen, und mit den mir höchst angenehmen Kreaturen, nämlich den jungen und alten Gänsen, zu spielen, und sie hüten zu helfen, wovor mich der Gänsehirte mit aller Notdurft ziemlich versorgte.

Eines Tages, da sich dieser mein Wohltäter an einen schattigten Ort zur Ruhe gelegt, und mir das Kommando über die Gänse allein überlassen hatte; kam ein Kavalier mit zweien Bedienten geritten, welchen ein großer englischer Hund folgte. Dieser tummelte sich unter meinen Gänsen lustig herum, und biß fast in einem Augenblick fünf oder sechs Stück zu Tode. So klein als ich war, so heftig ergrimmte mein Zorn über diesen Mörder, lief derowegen als ein junger Wüterich auf denselben los, und stieß ihm mit einen bei mir habenden spitzigen Stock dermaßen tief in den Leib hinein, daß er auf der Stelle liegenblieb. Der eine Bediente des Kavaliers kam derowegen schrecklich erbost zurückgeritten, und gab mir mit der Peitsche einen ziemlichen Hieb über die

Lenden, weswegen ich noch ergrimmter wurde, und seinem Pferde etliche blutige Stiche gab.

Hierauf kam sowohl mein Meister als der Kavalier selbst herbei, welcher letztere über die Herzhaftigkeit eines solchen kleinen Knabens, wie ich war, recht erstaunete, zumalen ich denjenigen, der mich geschlagen hatte, noch immer mit grimmigen Gebärden ansahe. Der Kavalier aber ließ sich mit dem Gänsegeneral in ein langes Gespräch ein, und erfuhr von demselben mein und meiner Eltern Zustand. ›Es ist schade‹, sagte hierauf der Kavalier, ›daß dieser Knabe, dessen Gesichtszüge und angeborne Herzhaftigkeit etwas besonderes zeigen, in seiner zarten Jugend verwahrloset werden soll. Wie heißest du, mein Sohn?‹ fragte er mit einer liebreichen Miene, ›David Rawkin‹, gab ich ganz trotzig zur Antwort. Er fragte mich weiter: Ob ich mit ihm reisen, und bei ihm bleiben wollte, denn er wäre ein Edelmann, der nicht ferne von hier sein Schloß hätte, und gesinnet sei, mich in einen weit bessern Stand zu setzen, als worinnen ich mich itzo befände.

Ich besonne mich nicht lange, sondern versprach ihm, ganz gern zu folgen, doch mit dem Bedinge, wenn er mir vor dem bösen Kerl Friede schaffen, und meinen Eltern aus dem Gefängnisse helfen wollte. Er belachte das erstere, und versicherte, daß mir niemand Leid zufügen sollte, wegen meiner Eltern aber wolle er mit dem Oberrichter reden.

Demnach nahm mich derjenige Bediente, welcher mein Feind gewesen, nunmehro mit sehr freundlichen Gebärden hinter sich aufs Pferd, und folgten dem Kavalier, der dem Gänsehirten zwei Hände voll Geld gegeben, und befohlen hatte, meinen Eltern die Hälfte davon zu bringen, und ihnen zu sagen, wo ich geblieben wäre.

Es ist nicht zu beschreiben, mit was vor Gewogenheit ich nicht allein von des Edelmanns Frau und ihren zwei acht- bis zehnjahrigen Kindern, als einem Sohne und einer Tochter, sondern auch von dem ganzen Hausgesinde angenommen wurde, weil mein munteres Wesen allen angenehm war. Man steckte mich sogleich in andere Kleider, und machte in allen Stücken zu meiner Auferziehung den herrlichsten Anfang. Mein Herr nahm mich wenig Tage hernach mit sich zum Oberrichter, und würkte soviel, daß meine Eltern, die derselbe im Gefängnisse fast ganz vergessen zu haben schien, auf neue zum Verhör kamen. Kaum aber hatte mein Herr meinen Vater und Mutter recht in die Augen gefasset, als ihm die Tränen von den Wangen rolleten, und er sich nicht enthalten konnte, vom Stuhle aufzustehen, sie beiderseits zu umarmen.

Mein Vater sahe sich solchergestalt entdeckt, hielt derowegen vor weit schädlicher, sich gegen dem Oberrichter ferner zu verstellen, sondern offenbarete demselben seinen ganzen Stand und Wesen. Mein Edelmann, der sich Eduard Sadby nennete, sagte öffentlich: ›Ich bin in meinem Herzen völlig überzeugt, daß diese armen Leute an dem Laster der beleidigten Majestät, welches ihre Eltern und Freunde begangen haben, unschuldig sind, man verfähret zu scharf, indem man die Strafe der Eltern auch auf die unschuldigen Kinder ausdehnet. Mein Gewissen läßt es unmöglich zu, diese erbarmenswürdigen Standespersonen mit verdammen zu helfen, ohngeacht ihre Vorfahren seit hundert Jahren her meines Geschlechts Todfeinde gewesen sind.‹

Mit allen diesen Vorstellungen aber konnte der ehrliche Eduard nichts mehr ausrichten, als daß meinen Eltern alle ihre verarrestierten Sachen wiedergegeben, und sie in einer, ihrem Stande nach, leidlichern Verwahrung gehalten wurden, weil der Oberrichter zu vernehmen gab, daß er sie, seiner Pflicht gemäß, nicht eher völlig losgeben könne, bis er die ganze Sache nach London berichtet, und von daher Befehl empfangen hätte, was er mit ihnen machen sollte. Hiermit mußten wir vor dieses Mal alle zufrieden sein, ich wurde von ihnen viele hundert Mal geküsset, und mußte mit meinem gütigen Pflegevater wieder auf sein Schloß reisen, der mich von nun an sowohl als seine leiblichen Kinder zu verpflegen Anstalt machte, auch meine Eltern mit hundert Pfund Sterlings, ingleichen mit allerhand standesmäßigen Kleidern und andern Sachen beschenkte.

Allein, das Unglück war noch lange nicht ermüdet, meine armen Eltern zu verfolgen, denn nach etlichen Wochen lief bei dem Oberrichter ein königlicher Befehl ein, welcher also lautete: Daß ohngeacht wider meine Eltern nichts Erhebliches vorhanden wäre, welches sie des Verbrechens ihrer Verwandten, mitschuldig erklären könne, so sollten sie dem ohngeacht, verschiedener Mutmaßungen wegen, in das Staatsgefängnis nach London geliefert werden.

Diesemnach wurden dieselben unvermutet dahin geschafft, und mußten im Tour, obgleich als höchst unschuldig befundene, dennoch ihren Feinden zuliebe, die ihre Güter unter sich geteilet, so lange schwitzen, bis sie etliche Monate nach des Königs Enthauptung, ihre Freiheit nebst der Hoffnung zu ihren Erbgütern, wiederbekamen; allein der Gram und Kummer hatte seit etlichen Jahren beide dermaßen entkräftet, daß sie sich in ihren besten Jahren fast zugleich aufs Krankenbette legten, und binnen drei Tagen einander im Tode folgeten.

Ich hatte vor dem mir höchst schmerzlichen Abschiede noch das Glück, den väterlichen und mütterlichen letzten Segen zu empfangen, ihnen die Augen zuzudrükken, anbei ein Erbe ihres ganzen Vermögens, das sich etwa auf 150 Pfund Sterl. nebst einem großen Sacke voll Hoffnung belief, zu werden.

Eduard ließ meine Eltern standesmäßig zur Erden bestatten, und nahm sich nachhero meiner als ein getreuer Vater an, allein, ich weiß nicht, weswegen er hernach im Jahre 1653 mit dem Protektor Cromwell zerfiel, weswegen er ermordet, und sein Weib und Kinder in ebenso elenden Zustand gesetzt wurden, als der meinige war.

Mit diesem Pfeiler fiel das ganze Gebäude meiner Hoffnung, wiederum in den Stand meiner Voreltern zu kommen, gänzlich darnieder, weil ich als ein dreizehnjähriger Knabe keinen einzigen Freund zu suchen wußte, der sich meiner mit Nachdruck annehmen möchte. Derowegen begab ich mich zu einem Kaufmanne, welchen Eduard meinetwegen 200 Pfund Sterlings auf Wucher gegeben hatte, und verzehrete bei ihm das Interesse. Dieser wollte mich zwar zu seiner Hantierung bereden, weil ich aber durchaus keine Lust darzu hatte, hergegen entweder ein Gelehrter oder ein Soldat werden wollte, mußte er mich einem guten Meister der Sprachen übergeben, bei dem ich mich dergestalt angriff, daß ich binnen Jahresfrist mehr gefasset, als andere, die mich an Jahren weit übertrafen.

Eines Tages, da ich auf denjenigen Platz spazierenging, wo ein neues Regiment Soldaten gemustert werden sollte, fiel mir ein Mann in die Augen, der von allen andern Menschen sonderbar respektieret wurde. Ich fragte einen bei mir stehenden alten Mann: Wer dieser Herr sei? und bekam zur Antwort: daß dieses derjenige Mann sei, welcher der ganzen Nation Freiheit und Glückseligkeit wiederhergestellet hätte, der auch einem jeden Unterdrückten sein rechtes Recht verschaffte.

›Wie heißet er mit Namen?‹ war meine weitere Frage, worauf mir der Alte zur Antwort gab: ›Er heißet Oliverius Cromwell, und ist nunmehro des ganzen Landes Protektor.‹

Ich stund eine kleine Weile in Gedanken, und fragte meinen Alten nochmals: ›Sollte denn dieser Oliverius Cromwell im Ernste so ein redlicher Mann sein?‹

Indem kehrete sich Cromwell selbst gegen mich, und sahe mir starr unter die Augen. Ich sahe ihn nicht weniger starr an, und brach plötzlich mit unerschrockenem Mute in folgende Worte aus: ›Mein Herr, verzeihet mir! ich höre, daß Ihr derjenige Mann sein sollet, der einem jeden, er sei auch wer er sei, sein rechtes Recht verschaffe, derowegen liegt es nur an Euch, dieserwegen eine Probe an mir abzulegen, weil schwerlich ein geborner vornehmer Engelländer härter und unschuldiger gedrückt ist als eben ich.‹

Cromwell ließ seine Bestürzung über meine Freimütigkeit deutlich genug spüren, fassete aber meine Hand, und führete mich abseits, allwo er meinen Namen, Stand und Not auf einmal in kurzen Worten erfuhr. Er sagte weiter nichts darzu als dieses: ›Habt kurze Zeit Geduld, mein Sohn! ich werde nicht ruhen, bis Euch geholfen ist, und damit Ihr glaubet, daß es mein rechter Ernst sei, will ich Euch gleich auf der Stelle ein Zeichen davon geben.‹ Hiermit führete er mich mitten unter einen Trupp Soldaten, nahm einem Fähnrich die Fahne aus der Hand, übergab selbige an mich, machte also auf der Stätte aus mir einen Fähnrich, und aus dem vorigen einen Lieutenant.

Mein monatlicher Sold belief sich zwar nicht höher als auf acht Pfund Sterlings, doch Cromwells Freigebigkeit brachte mir desto mehr ein, so, daß nicht allein keine Not leiden, sondern mich so gut und besser als andere Oberoffiziers aufführen konnte. Immittelst verzögerte sich aber die Wiedereinsetzung in meine Güter dermaßen, bis Cromwell endlich darüber verstarb, sein wunderlicher Sohn Richard verworfen, und der neue König, Karl der Andere, wiederum ins Land gerufen wurde. Bei welcher Gelegenheit sich meine Feinde aufs neue wider mich empöreten, und es dahin brachten, daß ich meine Kriegsbedienung verließ, und mit 400 Pfund Sterl. baren Gelde nach Holland überging, des festen Vorsatzes, mein, mir und meinen Vorfahren so widerwärtiges Vaterland nimmermehr wieder mit einem Fuße zu betreten.

Ich hatte gleich mein zwanzigstes Jahr erreicht, da mich das Glücke nach Holland überbrachte, allwo ich binnen einem halben Jahre viele schöne Städte besahe, doch in keiner derselben einen andern Trost vor mich fand, als mein künftiges Glück oder Unglück auf der See zu suchen. Weil aber meine Sinnen hierzu noch keine vollkommene Lust hatten, so setzte meine Reise nach Teutschland fort, um selbiges als das Herz von ganz Europa wohl zu betrachten. Mein Hauptabsehen aber war entweder unter den kaiserl. oder kurbrandenburgl. Völkern Kriegsdienste zu suchen, jedoch zu meinem größten Verdrusse wurde eben Friede, und mir zu Gefallen wollte keinem einzigen wiederum Lust ankommen, Krieg anzufangen.

Inzwischen passierete mir auf dem Wege durch den berufenen Thüringer Wald, ein verzweifelter Streich, denn als ich eines Abends von einem grausamen Donnerwetter und Platzregen überfallen war, so sahe mich bei hereinbrechender Nacht genötiget, vom Pferde abzusteigen und selbiges zu führen, bis endlich, da ich mich schon weit verirret und etwa gegen Mitternacht mit selbigen meine Ruhe unter einem großen Eichbaume suchen wollte, der Schein eines von ferne brennenden Lichts, durch die Sträucher in meine Augen fiel, der mich bewegte meinen Gaul aufs neue zu beunruhigen, um dieses Licht zu erreichen. Nach Verfließung einer halben Stunde war ich ganz nahe dabei, und fand selbiges in einem Hause, wo alles herrlich und in Freuden zuging, indem ich von außen eine wunderlich schnarrende Musik hörete, und durch das Fenster fünf oder sechs Paar Menschen im Tanze erblickte. Mein vom vielen Regen ziemlich erkälteter Leib, sehnete sich nach einer warmen Stube, derowegen pochte an, bat die herausguckenden Leute um ein Nachtquartier, und wurde von ihnen aufs freundlichste empfangen. Der sich angebende Wirt führete mein Pferd in einen Stall, brachte meinen blauen Mantelsack in die Stube, ließ dieselbe warm machen, daß ich meine nassen Kleider trocknen möchte, und setzte mir einige, eben nicht unappetitliche Speisen für, die mein hungeriger Magen mit größter Begierde zu sich nahm. Nachhero hätte mich zwar gern mit drei anwesenden ansehnlichen Mannspersonen ins Gespräche gegeben, da sie aber weder engel- noch holländisch, vielweniger mein weniges Latein verstehen konnten, und mit zerstückten Teutschen nicht zufrieden sein wollten, legte ich mich auf die Streu nieder, und zwar an die Seite eines Menschen, welchen der Wirt vor einen bettlenden Studenten ausgab, blieb auch bei ihm liegen, ohngeacht mir der gute Wirt nachhero unter dem Vorwande, daß ich allhier voller Ungeziefer werden würde, eine andere Stelle anwiese.

Ich hatte die Torheit begangen, verschiedene Goldstücke aus meinem Beutel sehen zu lassen, jedoch selbige nachhero sowohl als mein übriges Geld um den Leib herum wohl verwahret, meinen Mantelsack unter den Kopf, Pistolen und Degen aber neben mich gelegt. Allein dergleichen Vorsicht war insoweit vergeblich, da ich in einen solch tiefen Schlaf verfalle, der, wo es Gott nicht sonderlich verhütet, mich in den Todesschlaf versenkt hätte. Denn kaum zwei Stunden nach meinem Niederliegen, machten die drei ansehnlichen Mannspersonen, welches in der Tat Spitzbuben waren, einen Anschlag auf mein Leben, hätten mich auch mit leichter Mühe ermorden können, wenn nicht der ehrliche neben mir liegende Studiosus, welches der nunmehro selige Simon Heinrich Schimmer war, im verstellten Schlafe alles angehöret, und mich errettet hätte.

Die Mörder nehmen vorhero einen kurzen Abtritt aus der Stube, derowegen wendet Schimmer allen Fleiß an, mich zu ermuntern, da aber solches unmöglich ist, nimmt er meine zum Häupten liegenden Pistolen und Degen unter seinen Rock, welcher ihm zur Decke dienete, vermerkt aber bald, daß alle drei wieder zurückkommen, und daß einer mit einem großen Messer in der Hand, mir die Kehle abzuschneiden, Miene macht.

Es haben sich kaum ihrer zwei auf die Knie gesetzt, einer nämlich, mir den tödlichen Schnitt zu geben, der andere aber Schimmers Bewegung in Acht zu nehmen, als dieser letztere plötzlich aufspringet, und fast in einem Tempo alle beide zugleich darniederschießet, weil er noch vor meinem Niederliegen wahrgenommen, daß ich die Pistolen ausgezogen und jede mit zwei Kugeln frisch geladen hatte. Indem ich durch diesen gedoppelten Knall plötzlich auffuhr, erblickte ich, daß der dritte Hauptspitzbube von Schimmern mit dem Degen darniedergestochen wurde. Dem ohngeacht hatten sich noch drei Mannes- und Weibspersonen vom Lager erhoben, welche uns mit hölzernen Gewehren darniederzuschlagen vermeineten, allein da ich unter Schimmers Rocke meinen Degen fand und zum Zuge kam, wurde in kurzen reine Arbeit gemacht, so, daß diese sieben Personen elendiglich zugerichtet, auf ihr voriges Lager niederfallen mußten. Am lächerlichsten war dieses bei dem ganzen Streite, daß mich eine Weibsperson, mit einer ziemlich stark angefüllten Katze voll Geld, über den Kopf schlug, so daß mir fast Hören und Sehen vergangen wäre, da aber diese Amazonin durch einen gewaltigen Hieb über den Kopf in Ohnmacht gebracht, hatte ich Zeit genung, mich ihres kostbaren Gewehrs zu bemächtigen, und selbiges in meinem Busen zu verbergen.

Mittlerweile da Schimmer, mit dem von mir geforderten Kraut und Lot, die Pistolen aufs neue pfefferte, kam der Wirt mit noch zwei handfesten Kerln herzu, und fragte: Was es gäbe? Schimmer antwortete: ›Es gibt allhier Schelme und Spitzbuben zu ermorden, und derjenige so die geringste Miene macht uns anzugreifen, soll ihnen im Tode Gesellschaft leisten.‹ Demnach stelleten sich der Wirt nebst seinen Beiständen, als die ehrlichsten Leute von der Welt, schlugen die Hände zusammen und schrien: ›O welch ein Anblick? Was hat uns das Unglück heute vor Gäste zugeführet?‹ Allein Schimmer stellete sich als ein anderer Herkules an, und befahl, daß der Wirt sogleich mein Pferd gesattelt hervorführen sollte, mittlerweile sich seine zwei Beistände als ein paar Hunde vor der Stubentür niederlegen mußten. Wir beide kleideten uns inzwischen völlig an, ließen mein Pferd herausführen, die Tür eröffnen, und durch den Wirt den Mantelsack aufbinden, reiseten also noch vor Tagesanbruch hinweg, und bedachten hernach erstlich, daß der Wirt vor großer Angst nicht einmal die Zehrungskosten gefordert hatte, vor welche ihm allen Ansehen nach drei oder vier Tote, und sechs sehr Verwundete hinterlassen waren.

Wir leiteten das Pferd hinter uns her, und folgeten

Schritt vor Schritt, ohne ein Wort miteinander zu reden, dem gebähnten Wege, auch unwissend, wo uns selbiger hinführete, bis endlich der helle Tag anbrach, der mir dieses Mal mehr als sonsten, mit ganz besonderer Schätzbarkeit in die Augen leuchtete. Doch da ich mein Pferd betrachtete, befand sich's, daß mir der Wirt, statt meines blauen Mantelsacks, einen grünen aufgebunden hatte. Ich gab solches dem redlichen Schimmer, mit dem ich auf dem Wege in Erwägung unserer beiderseits Bestürzung noch kein Wort gesprochen hatte, so gut zu verstehen, als mir die lateinische Sprache aus dem Munde fließen wollte, und dieser war so neugierig als ich, zu wissen, was wir vor Raritäten darinnen antreffen würden. Derowegen führeten wir das Pferd seitwarts ins Gebüsche, packten den Mantelsack ab, und fanden darinnen fünf verguldete silberne Kelche, zwei silberne Oblatenschachteln, vielerlei Beschläge so von Büchern abgebrochen war, nebst andern kostbarn und mit Perlen gestickten Kirchenornaten, ganz zuletzt aber kam uns in einem Bündel zusammengewickelter schwarzer Wäsche, ein lederner Beutel in die Hände, worinnen sich 600 Stück Spezies Dukaten befanden.

Schimmern überfiel bei diesem Funde sowohl als mich, ein grausamer Schrecken, so daß der Angstschweiß über unsere Gesichter lief, und wir beiderseits nicht wußten was mit diesen Mobilien anzufangen sei. Endlich da wir einander lange genung angesehen, sagte mein Gefährte: ›Werter Frembdling, ich merke aus allen Umständen daß Ihr so ein redliches Herze im Leibe habt als ich, derowegen wollen wir Gelegenheit suchen, die, zu Gottes Ehre geweiheten Sachen und Heiligtümer, von uns ab- und an einen solchen Ort zu schaffen, von wannen sie wiederum an ihre Eigentümer geliefert werden können, denn diejenigen, welche vergangene Nacht von uns getötet und verwundet worden, sind ohnfehlbar Kirchendiebe gewesen. Was aber diese 600 Spez. Dukaten anbelanget, so halte darvor daß wir dieselben zur Rekreation vor unsere ausgestandene Gefahr und Mühe wohl behalten können. Saget‹, sprach er, ›mir derowegen Euer Gutachten.‹

Ich gab zu verstehen daß meine Gedanken mit den seinigen vollkommen übereinstimmeten, also packten wir wiederum auf, und setzten unsern Weg so eilig, als es möglich war, weiter fort, da mir denn Schimmer unterweges sagte: Ich sollte mich nur um nichts bekümmern, denn weil ich ohnedem der teutschen Sprache unkundig wäre, wollte er schon alles so einzurichten trachten, daß wir ohne fernere Weitläufigkeit und Gefahr weit genug fortkommen könnten, wohin es uns beliebte.

Es kam uns zwar überaus beschwerlich vor, den ganzen Tag durch den fürchterlichen Wald, und zwar ohne Speise und Trank zu reisen, jedoch endlich mit Untergang der Sonnen erreichten wir einen ziemlich großen Flecken, allwo Schimmer sogleich nach des Priesters Wohnung fragte, und nebst mir, vor derselben halten blieb.

Der ehrwürdige, etwa sechzigjährige Priester kam gar bald vor die Tür, welchen Schimmer in lateinischer Sprache ohngefähr also anredete: ›Mein Herr! Es möchte uns vielleicht vor eine Unhöflichkeit ausgelegt werden, bei Euch um ein Nachtquartier zu bitten, indem wir als ganz frembde Leute in das ordentliche Wirtshaus gehören, allein es zwinget uns eine ganz besondere Begebenheit, in Betrachtung Eures heiligen Amts, bei Euch Rat und Hülfe zu suchen. Derowegen schlaget uns keins von beiden ab, und glaubet gewiß, daß in uns beiden keine Bosheit, sondern zwei redliche Herzen befindlich. Habt Ihr aber dieser Versicherung ohngeacht ein

Mißtrauen, welches man Euch in Erwägung der vielen herumschweifenden Mörder, Spitzbuben und Diebe zugute halten muß, so brauchet zwar alle erdenkliche Vorsicht, lasset Euch aber immittelst erbitten unser Geheimnis anzuhören.‹

Der gute ehrliche Geistliche machte nicht die geringste Einwendung, sondern befahl unser Pferd in den Stall zu führen, uns selbst aber nötigte er sehr treuherzig in seine Stube, allwo wir von seiner Hausfrau, und bereits erwachsenen Kindern, wohl empfangen wurden. Nachdem wir, auf ihr heftiges Bitten, die Abendmahlzeit bei ihnen eingenommen, führete uns der ehrwürdige Pfarrer auf seine Studierstube, und hörete nicht allein die in vergangener Nacht vorgefallene Mordgeschicht mit Erstaunen an, sondern entsetzte sich noch mehr, da wir ihm das auf wunderbare Weise erhaltene Kirchengeschmeide und Geräte aufzeigeten, denn er erkannte sogleich an gewissen Zeichnungen, daß es ohnfehlbar aus der Kirche einer etwa drei Meilen von seinem Dorfe liegenden Stadt sein müsse, und hoffte, desfalls sichere Nachricht von einem vornehmen Beamten selbiger Stadt zu erhalten, welcher morgendes Tages ohnfehlbar zu ihm kommen und mit einer seiner Töchter Verlöbnis halten würde.

Schimmer fragte ihn hierauf, ob wir als ehrliche Leute genung täten, wenn wir alle diese Sachen seiner Verwahrung und Sorge überließen, selbige wiederum an gehörigen Ort zu liefern, uns aber, da wir uns nicht gern in fernere Weitläuftigkeiten verwickelt sähen, auf die weitere Reise machten. Der Priester besonne sich ein wenig, und sagte endlich: Was maßen er derjenige nicht sei, der uns etwa Verdrießlichkeiten in den Weg zu legen oder gar aufzuhalten gesonnen, sondern uns vielmehr auf mögliche Art forthelfen, und die Kirchengüter sobald es tunlich, wieder an ihren gehörigen Ort bringen wollte. ›Allein meine Herren‹, setzte er hinzu, ›da Euch allen beiden die Redlichkeit aus den Augen leuchtet, Eure Begebenheit sehr wichtig, und die Auslieferung solcher kostbaren Sachen höchst rühmlich und merkwürdig ist; warum lasset Ihr Euch einen kleinen Aufenthalt oder wenige Versäumnis abschrecken, Gott zu Ehren und der weltlichen Obrigkeit zum Vergnügen, diese Geschichte öffentlich kundzumachen?‹ Schimmer versetzte hierauf: ›Mein ehrwürdiger Herr! ich nehme mir kein Bedenken, Euch mein ganzes Herz zu offenbaren. Wisset demnach, daß ich aus der Lippischen Grafschaft gebürtig bin, und vor etlichen Jahren auf der berühmten Universität Jena dem Studieren obgelegen habe, im Jahr 1655 aber hatte das Unglück, an einem nicht gar zu weit von hier liegenden fürstlichen Hofe, allwo ich etwas zu suchen hatte, mit einem jungen Kavalier in Händel zu geraten, und denselben im ordentlichen Duell zu erlegen, weswegen ich flüchtig werden, und endlich unter kaiserlichen Kriegsvölkern mit Gewalt Dienste nehmen mußte. Weil mich nun dabei wohl hielt, und über dieses ein ziemlich Stück Geld anzuwenden hatte, gab mir mein Obrister gleich im andern Jahre den besten Unteroffiziersplatz, nebst der Hoffnung, daß, wenn ich fortführe mich wohl zu halten, mir mit ehesten eine Fahne in die Hand gegeben werden sollte. Allein vor etwa vier Monaten, da wir in österreichischen Landen die Winterquartiere genossen, machte mich mein Obrister über alles Vermuten zum Lieutenant bei seiner Leibkompagnie, welches plötzliche Verfahren mir den bittersten Haß aller andern, denen ich solchergestalt vorgezogen worden, über den Hals zohe, und dazumalen ein Lutheraner bin, so wurde zum öftern hinter dem Rücken vor einen verfluchten Ketzer gescholten, der des Obristen Herz ohnfehlbar bezaubert hätte. Mithin verschweren sich etliche, mir bei ehester Gelegenheit das Lebenslicht auszublasen, wollten auch solches einesmals, da ich in ihre Gesellschaft geriet, zu Werke richten, allein das Blatt wendete sich, indem ich noch beizeiten mein Seitengewehr ergriff, zwei darniederstieß, drei sehr stark verwundete, und nachhero ebenfalls sehr verwundet in Arrest kam.

Es wurde mir viel von arkebusieren vorgeschwatzt, derowegen stellete mich, ohngeacht meine Wunden beinahe gänzlich kurieret waren, dennoch immer sehr krank an, bis ich endlich des Nachts Gelegenheit nahm zu entfliehen, meine Kleider bei Regensburg mit einem armen Studioso zu verwechseln, und unter dessen schwarzer Kleidung in ärmlicher Gestalt glücklich durch, und bis in diejenige Mordgrube des Thüringer Waldes zu kommen, allwo ich diesen jungen Engelländer aus seiner Mörder Händen befreien zu helfen das Glück hatte. Sehet also mein werter Herr‹, verfolgte Schimmer seine Rede, ›bei dergleichen Umständen will es sich nicht wohl tun lassen, daß ich mich um hiesige Gegend lange aufhalte, oder meinen Namen kundmache, weil ich gar leicht, den vor fünf Jahren erzürneten Fürsten, der seinen erstochenen Kavalier wohl noch nicht vergessen hat, in die Hände fallen könnte. In Detmold aber, allwo meine Eltern sein, will ich mich finden lassen, und bemühet leben meine Sachen an erwähnten fürstlichen Hofe auszumachen.‹

›Habt Ihr sonsten keine Furcht‹, versetzte hierauf der Priester, ›so will ich Euch bei Gott versichern, daß Ihr um diese Gegend vor dergleichen Gefahr so sicher leben könnet, als in Eurem Vaterlande.‹ Da er auch über dieses versprach, mit seinem zukünftigen Schwiegersohne alles zu unsern weit größern Vorteil und Nutzen einzurichten, beschlossen wir, uns diesem redlichen Manne völlig anzuvertrauen, die 600 Spez. Dukaten aber, bis auf fernern Bescheid, zu verschweigen, als welche ich nebst der im Streit eroberten Geldkatze, in welcher sich vor fast dritthalb hundert teutscher Taler Silbermünze befand, in meine Reittaschen verbarg, und Schimmern versprach, sowohl eins als das andre, redlich mit ihm zu teilen.

Mittlerweile schrieb der Priester die ganze Begebenheit an seinen zukünftigen Eidam, und schickte noch selbige Nacht einen reitenden Boten zu selbigem in die Stadt, von wannen denn der hurtige und redliche Beamte folgenden Morgen bei guter Zeit ankam, und die Kirchengüter, welche nur erstlich vor drei Tagen aus dasiger Stadtkirchen gestohlen worden, mit größten Freuden in Empfang nahm. Schimmer und ich ließen uns sogleich bereden mit ihm, nebst ohngefähr zwanzig wohlbewehrten Bauern zu Pferde, die vortreffliche Herberge im Walde noch einmal zu besuchen, welche wir denn gegen Mitternacht nach vielen Suchen endlich fanden. Jedoch nicht allein der verzweifelte Wirt mit seiner ganzen Familie, sondern auch die andern Galgenvögel waren alle ausgeflogen, bis auf zwei Weibs- und eine Mannsperson, die gefährlich verwundet in der Stube lagen, und von einer steinalten Frau verpflegt wurden. Diese wollte anfänglich von nichts wissen, stellete sich auch gänzlich taub und halb blind an, doch endlich nach scharfen Drohungen zeigete sie einen alten wohlverdeckten Brunnen, aus welchen nicht allein die vier kenntlichen Körper, der von uns erschossenen und erstochenen Spitzbuben, sondern über dieses, noch fünf teils halb, teils gänzlich abgefaulte Menschengerippe gezogen wurden. Im übrigen wurde sowohl von den Verwundeten als auch von der alten Frau bekräftiget, daß der Wirt, nebst den Seinigen und etlichen Gästen, schon gestrigen Vormittags mit Sack und Pack ausgezogen wäre, auch nichts zurückgelassen hätte, als etliche schlechte Stücken Hausgeräte und etwas Lebensmittel vor die Verwundeten, die nicht mit fortzubringen gewesen. Folgendes Tages fanden sich nach genauerer Durchsuchung noch dreizehn im Keller vergrabene menschliche Körper, die ohnfehlbar von diesem höllischen Gastwirte und seinen verteufelten Zunftgenossen ermordet sein mochten, und uns allen ein wehmütiges Klagen über die unmenschliche Verfolgung der Menschen gegen ihre Nebenmenschen auspresseten. Immittelst kamen die, von dem klugen Beamten bestellte zwei Wagens an, auf welche, da sonst weiter allhier nichts zu tun war, die drei Verwundeten, nebst der alten Frau gesetzt, und unter Begleitung zehn handfester Bauern zu Pferde, nach der Stadt zugeschickt wurden.

Der Beamte, welcher, nebst uns und den übrigen, das ganze Haus, Hof und Garten nochmals eifrig durchsucht, und ferner nichts Merkwürdiges angetroffen hatte, war nunmehro auch gesinnet auf den Rückweg zu gedenken, Schimmer aber, der seine in Händen habende Radehaue von ohngefähr auf den Küchenherd warf, und dabei ein besonderes Getöse anmerkte, nahm dieselbe nochmals auf, tat etliche Hiebe hinein, und entdeckte, wider alles Vermuten, einen darein vermaureten Kessel, worinnen sich, da es nachhero überschlagen wurde, 2 000 Tl. Geld, und beinahe ebensoviel Gold und Silberwerk befand. Wir erstauneten alle darüber, und wußten nicht zu begreifen, wie es möglich, daß der Wirt dergleichen kostbaren Schatz im Stich lassen können, mutmaßeten aber, daß er vielleicht beschlossen, denselben auf ein ander Mal abzuholen. Indem trat ein alter Bauer auf, welcher erzählte: Daß vor etliche vierzig Jahren in

Kriegszeiten ebenfalls ein Wirt aus diesem Hause, Mord und Dieberei halber, gerädert worden, der noch auf dem Richtplatze, kurz vor seinem unbußfertigen Ende, versprochen hätte, einen Schatz von mehr als 4 000 Tl. Wert zu entdecken, daferne man ihm das Leben schenken wolle. Allein die Gerichtsherren, welche mehr als zu viel Proben seiner Schelmerei erfahren, hätten nichts anhören wollen, sondern das Urteil an ihm vollziehen lassen. Demnach könne es wohl sein, daß seine Nachkommen hiervon nichts gewußt, und diesen unverhofft gefundenen Schatz also entbehren müssen.

Der hierdurch zuletzt noch ungemein erfreute Beamte teilete selbigen versiegelt in etliche Futtersäcke der Bauren, und hiermit nahmen wir unsern Weg zurück, er in die Stadt, Schimmer und ich, nebst vier Bauern aber, zu unsern guttätigen Pfarrer, der über die fernere Nachricht unserer Geschicht um soviel desto mehr Verwunderung und Bestürzung zeigte.

Wir hatten dem redlichen Beamten versprochen, seiner daselbst zu erwarten, und dieser stellete sich am dritten Tage bei uns ein, brachte vor Schimmern und mich 200 Spez. Dukaten zum Geschenke mit, ingleichen ein ganz Stück Scharlach nebst allem Zubehör der Kleidungen, die uns zwei Schneiders aus der Stadt in der Pfarrwohnung sogleich verfertigen mußten. Mittlerweile protokollierte er unsere nochmalige Aussage wegen dieser Begebenheit, hielt darauf sein Verlöbnis mit des Priesters Tochter, welches Freudenfest wir beiderseits abwarten mußten, nachhero aber, da sich Schimmer ein gutes Pferd erkauft, und unsere übrige Equipage völlig gut eingerichtet war, nahmen wir von dem gutherzigen Priester und den Seinigen dankbarlich Abschied, ließen uns von sechs handfesten, wohlbewaffneten und gut berittenen Bauern zurück durch den Thüringer Wald begleiten, und setzten nachhero unsere Reise ohne fernern Anstoß auf Detmold fort, allwo wir von Schimmers Mutter, die ihren Mann nur etwa vor sechs oder acht Wochen durch den Tod eingebüßet hatte, herzlich wohl empfangen wurden.

Hierselbst teileten wir die, auf unserer Reise wunderbar erworbenen Gelder, ehrlich miteinander und lebten über ein Jahr als getreue Brüder zusammen, binnen welcher Zeit ich dermaßen gut Teutsch lernete, daß fast meine Muttersprache darüber vergaß, wie ich mich denn auch in solcher Zeit zur evangelisch-lutherischen Religion wandte, und den verwirrten englischen Sekten gänzlich absagte.

Schimmers Bruder hatte die väterlichen Güter allbereit angenommen, und ihm etwa 3 000 teutscher Taler herausgegeben, welche dieser zu bürgerlicher Nahrung anlegen, und eine Jungfrau von nicht weniger guten Mitteln erheiraten, mich aber auf gleiche Art mit seiner einzigen schönen Schwester versorgen wollte. Allein zu meinem größten Verdrusse hatte sich dieselbe allbereits mit einem wohlhabenden andern jungen Menschen verplempert, so daß meine zu ihr tragende aufrichtige Liebe vergeblich war, und da vollends meines lieben Schimmers Liebste, etwa drei Wochen vor dem angestellten Hochzeitfeste, durch den Tod hinweggerafft wurde; fasseten wir beiderseits einen ganz andern Schluß, nahmen ein jeder von seinem Vermögen 1 000 Spez. Dukaten, legten die übrigen Gelder in sichere Hände, und begaben uns unter die holländischen Ostindienfahrer, allwo wir auf zwei glücklichen Reisen unser Vermögen ziemlich verstärkten, derowegen auch gesonnen waren, die dritte zu unternehmen, als uns die verzweifelten Verräter, Alexander und Gallus, das Maul mit der Hoffnung eines großen Gewinnstes wässerig machten, und dahin brachten, in ihrer Gesellschaft nach der Insul Amboina zu schiffen.

Was auf dieser Fahrt vorgegangen, hat meine werte Schwägerin, des Alberti II Gemahlin, mit behörigen Umständen erzählet, derowegen will nur noch dieses melden, das Schimmer und ich eine heimliche Liebe auf die beiden tugendhaften Schwestern, nämlich Philippinen und Judith geworfen hatten, ingleichen daß sich Jakob Larson, der unser dritter Mann und besonderer Herzensfreund war, nach Sabinens Besitzung sehnete. Doch keiner von allen dreien hatte das Herze, seinem geliebten Gegenstande die verliebten Flammen zu entdecken, zumalen da ihre Gemüter, durch damalige ängstliche Bekümmernisse, einmal über das andere in die schmerzlichsten Verdrießlichkeiten verfielen. In welchem elenden Zustande denn auch die fromme und keusche Philippine ihr junges Leben kläglich einbüßete, welches Schimmern als ihren ehrerbietigen Liebhaber in geheim tausend Tränen auspressete, indem ihm dieser Todesfall weit heftiger schmerzte, als der plötzliche Abschied seiner ersten Liebste. Ich und Larson hergegen verharreten in dem festen Vorsatze, sobald wir einen sichern Platz auf dem Lande erreicht, unsern beiden Leitsternen die Beschaffenheit und Leidenschaft der Herzen zu offenbaren, und allen Fleiß anzuwenden, ihrer ungezwungenen schätzbaren Gegengunst teilhaftig zu werden.

Dieses geschahe nun sobald wir auf hiesiger Felseninsul unsere Gesundheit völlig wiedererlangt hatten. Der Vortrag wurde nicht allein gutherzig aufgenommen, sondern wir hatten auch beiderseits Hoffnung bei unsern schönen Liebsten glücklich zu werden. Doch Amias und Robert Hülter brachten es durch vernünftige Vorstellungen dahin, das wir insgesamt guter Ordnung wegen unsere Herzen beruhigten, und selbige auf andere Art vertauschten. Also kam meine innigst geliebte middelburgische Judith an Albertum II, Sabina an Stephanum, Jakob Larson bekam zu seinem Teile, weil er der älteste unter uns war, auch die älteste Tochter unsers teuren Altvaters, Schimmer nahm mit größten Vergnügen von dessen Händen die andere, und ich wartete mit innigsten Vergnügen auf meine, ihren zweien Schwestern an Schönheit und Tugend gleichförmige Christina beinahe noch sechs Jahre, weil ihr beständig zarter und kränklicher Zustand unsere Hochzeit etliche Jahr weiter, bis ins 1674te hinaus verschobe. Wie vergnügt wir unsere Zeit beiderseits bis auf diese Stunde zugebracht, ist nicht auszusprechen. Mein Vaterland, oder nur einen einzigen Ort von Europa wiederzusehen, ist niemals mein Wunsch gewesen, derowegen habe mein weniges zurückgelassenes Vermögen, sowohl als Schimmer, gern im Stich gelassen und frembden Leuten gegönnet, bin auch entschlossen, bis an mein Ende dem Himmel unaufhörlichen Dank abzustatten, daß er mich an einen solchen Ort geführet, allwo die Tugenden in ihrer angebornen Schönheit anzutreffen, hergegen die Laster des Landes fast gänzlich verbannet und verwiesen sind.«

Hiermit endigte David Rawkin die Erzählung seiner und seines Freundes Schimmers Lebensgeschicht, welche wir nicht weniger als alles Vorige mit besondern Vergnügen angehöret hatten, und uns deswegen aufs höflichste gegen diesen 85jährigen Greis, der seines hohen Alters ohngeacht noch so frisch und munter, als ein Mann von etwa vierzig Jahren war, aufs höflichste bedankten. Der Altvater aber sagte zu demselben: »Mein werter Sohn, Ihr habt Eure Erzählung voritzo zwar kurz, doch sehr gut getan, jedennoch seid Ihr denen zuletzt angekommenen lieben Freunden den Bericht von Euren zweien ostindischen Reisen annoch schuldig blieben, und weil selbiger viel Merkwürdiges in sich fasset, mögen sie Euch zur andern Zeit darum ersuchen. Was den Jakob Larson anbelanget, so will ich mit wenigen dieses von ihm melden: Er war ein geborner Schwede, und also ebenfalls lutherischer Religion, seines Handwerks ein Schlösser, der in allerhand Eisen- und Stahlarbeit ungemeine Erfahrenheit und Kunst zeigete. In seinem vierundzwanzigsten Jahre hatte ihn die ganz besondere Lust zum Reisen aufs Schiff getrieben, und durch verschiedene Zufälle zum fertigen Seemanne gemacht, Ost- und Westindien hatte derselbe ziemlich durchkrochen, und dabei öfters großen Reichtum erworben, welchen er aber jederzeit gar plötzlich und zwar öfters aufs gefährlichste, nicht selten auch auf lächerliche Art wiederum verloren. Dennoch ist er einmal so standhaft als das andere, auf Besehung frembder Länder und Völker geblieben, und ich glaube, daß er nimmermehr auf dieser Insul standgehalten, wenn ihm nicht meine Tochter, die er als seine Frau sehr heftig liebte, sonderlich aber die bald aufeinanderfolgenden Leibeserben, eine ruhigere Lebensart eingeflößet hätten. Es ist nicht auszusprechen, wie nützlich dieser treffliche Mann mir und allen meinen Kindern gewesen, denn er hat nicht allein Eisen- und Metallsteine allhier erfunden, sondern auch selbiges ausgeschmelzt und auf viele Jahre hinaus nützliche Instrumenten daraus verfertiget, daß wir das Schießpulver zur Not selbst, wiewohl nicht so gar fein als das europäische, machen können, haben wir ebenfalls seiner Geschicklichkeit zu danken, ja noch viel andere Sachen mehr, welche hinfüro den Meinigen Gelegenheit geben werden seines Namens Gedächtnis zu verehren. Er ist nur vor sechs Jahren seiner seligen Frauen im Tode gefolget, und hat den seligen Schimmer etwa um drei Jahre überlebt, der vielleicht auch noch nicht so bald gestorben wäre, wenn er nicht durch einen umgeschlagenen Balken bei dem Gebäude seiner Kinder, so sehr beschädigt und ungesund worden wäre. Jedoch sie sind ohnfehlbar in der ewig seligen Ruhe, welche man ihnen des zeitlichen Lebens wegen nicht mißgönnen muß.

Nunmehro aber meine Lieben«, sagte hierbei unser Altvater, »wird es Zeit sein, daß wir uns sämtlich der Ruhe bedienen, um morgen geliebt es Gott des sel. Schimmers und seiner Nachkommen Wohnstätte in Augenschein zu nehmen.« Demnach folgten wir dessen Rate in diesem Stück desto williger, weil es allbereit Mitternacht war, folgendes Morgens aber, da nach genossener Ruhe und eingenommenen Frühstück, der jüngere Albertus, Stephanus und David mit ihren Gemahlinnen, dieses Mal Abschied von uns nahmen, und wiederum zu den Ihrigen kehreten, setzten wir übrigen nebst dem Altvater die Reise auf Simonsraum fort.

Allda nahmen wir erstlich eine feine Brücke über den Nordfluß in Augenschein, nebst derjenigen Schleuse, welche auf den Notfall gemacht war, wenn etwa die Hauptschleusen in Christiansraum nicht vermögend wären den Lauf des Flusses, welcher zu gewissen Zeiten sehr heftig und schnelle trieb, gnugsamen Widerstand zu tun. Die Pflanzstadt selbst bestunde aus dreizehn Wohnhäusern, worunter aber drei befindlich, die vor junge Anfänger nur kürzlich neu aufgebauet, und noch nicht bezogen waren. Ihr Haushaltungswesen zeigte sich denen übrigen Insulanern, der Nahrhaftigkeit und Akkuratesse wegen, in allen gleichförmig, doch fanden sich außerdem etliche Künstler unter ihnen, welche die artigsten und nützlichsten Geschirre, nebst andern Sachen, von einem vermischten Metall sauber gießen und ausarbeiten, auch die Formen selbst darzu machen konnten, welches der sel. Simon Heinrich Schimmer durch seine eigene Klugheit, und Larsons Beihülfe erfunden und seine Kinder damit belehret hatte. Im übrigen waren alle, in der Baukunst und andern nötigen Hantierungen, nach dasiger Art ungemein wohl erfahren.

Nachdem wir allen Hauswirten daselbst eine kurze Visite gegeben, und ihr ganzes Wesen wohl beobachtet hatten, begleiteten uns die mehresten in den großen Tiergarten, den der Altvater bereits vor langen Jahren in der Nordostecke der Insul angelegt und einiges Wild hineingeschaffet hatte, welches nachhero zu einer solchen Menge gediehen und dermaßen zahm worden, daß man es mit Händen greifen und schlachten konnte, sooft man Lust darzu bekam. Dieser schöne Tiergarten wurde von verschiedenen kleinen Bächlein durchstreift, die aus der kleinen östlichen See gerauschet kamen, und sich in den äußersten Felsenlöchern verloren. Wir nahmen ermeldte kleine See, welche etwa tausend Schritte im Umfange hatte, wohl in Augenschein, passierten über den Ostfluß vermittelst einer verzäunten Brücke, und bemerkten, daß sich selbiger Fluß mit entsetzlichen Getöse in die hohlen Felsenklüfte hineinstürzte, worbei uns gesagt wurde, was maßen er außerhalb nicht als ein Fluß, sondern in unzählige Strudels zerteilt, in Gestalt der allerschönsten Fontäne wiederum zum Vorscheine käme, und sich solchergestalt in die See verlöre. Die andere Seite der See, nach Ostsüden zu, war wegen der vielen starken Bäche, die ihren Ursprung im Walde aus vielen sumpfigten Örtern nahmen, und durch ihren Zusammenfluß die kleine See machten, nicht wohl zu umgehen, derowegen kehreten wir über die Brücke des Ostflusses, durch den Tiergarten zurück nach Simonsraum, wurden von dasigen Einwohnern herrlich gespeiset und getränkt, reichten ihnen die gewöhnlichen Geschenke, und kehreten nachhero zurücke. Herr Mag. Schmeltzer nahm seinen Weg in die Davidsraumer Allee, um daselbst seine Katechismuslehren fortzusetzen, wir aber kehreten zurück und halfen bis zu dessen Zurückkunft am Kirchenbau arbeiten, nahmen nachhero auf der Albertusburg die Abendmahlzeit ein, worauf der Altvater, uns Versammleten den Rest seiner vorgenommenen Lebensgeschicht mitzuteilen, folgendermaßen anhub: »Nunmehro wisset, Ihr meine Geliebten, wer diejenigen Hauptpersonen gewesen sind, die ich im 1668ten Jahre mit Freuden auf meiner Insul ankommen und bleiben sahe. Also befanden wir uns sämtliche Einwohner derselben zwanzig Personen stark, als elf männliches Geschlechts, unter welchen meine beiden jüngsten Zwillinge, Christoph und Christian im dreizehnten Jahre stunden, und denn neun Weibsbilder, worunter meine elfjährige Tochter Christina und Roberts zwei kleinen Töchter, annoch in völliger Unschuld befindlich waren. Unsere zuletzt angekommenen Fremdlinge machten sich zwar ein großes Vergnügen mit an die erforderliche Nahrungsarbeit zu gehen, auch bequemliche Hütten vor sich zu bauen, jedennoch konnten weder ich und die Meinigen, noch Amias und Robert eigentlich klug werden, ob sie gesinnet wären bei uns zu bleiben, oder ihr Glück anderwärts zu suchen. Denn sie brachten nicht allein durch unsere Beihülfe ihr Schiff mit größter Mühe in die Bucht, sondern setzten selbiges binnen kurzer Zeit in segelfertigen Zustand. Endlich, da der ehrliche Schimmer alles genauer überlegt, und von unserer Wirtschaft völlige Kundschaft eingezogen hatte, verliebte er sich in meine Tochter Elisabeth, und brachte seine beiden Gefährten, nämlich Jakob und David dahin, daß sie sich nicht allein auf sein, sondern der übrigen

Frembdlinge Zureden, bewegen ließen, ihre beiden Geliebten an meine ältesten Zwillinge abzutreten, hergegen ihre Herzen auf meine zwei übrigen Töchter zu lenken. Demnach wurden im 1669ten Jahre, Jakob Larson mit Maria, Schimmer mit Elisabeth, mein ältester Sohn mit Judith, und Stephanus mit Sabinen, von mir ehelich zusammengegeben, der gute David aber, dessen zugeteilte Christina noch allzu jung war, geduldete sich noch etliche Jahr, und lebte unter uns als ein unverdrossener redlicher Mann.

Die Lust ein neues Schiff zu bauen war nunmehro sowohl dem Amias, als uns andern allen vergangen, indem das zuletzt angekommene von solcher Güte schiene, mit selbigem eine Reise um die ganze Welt zu unternehmen, jedoch es wurden alle Schätze an Gelde und andern Kostbarkeiten, Waren, Pulver und Geschütze gänzlich ausgeladen und auf die Insul, das Schiff selbst aber an gehörigen Ort in Sicherheit gebracht. Nachhero ergaben wir uns der bequemlichsten Hausarbeit und dem Landbaue dermaßen, und mit solcher Gemächlichkeit, daß wir zwar als gute Hauswirte, aber nicht als eitle Bauch- und Mammonsdiener zu erkennen waren. Das ist soviel gesagt, wir baueten uns mehrere und bequemlichere Wohnungen, bestelleten mehr Felder, Gärten und Weinberge, brachten verschiedene Werkstätten zur Holz-, Stein-, Metall- und Salzzurichtung in behörige Ordnung, trieben aber damit nicht den geringsten Wucher, und hatten solchergestalt gar keines Geldes vonnöten, weil ein jeder mit demjenigen, was er hatte, seinen Nächsten umsonst, und mit Lust zu dienen geflissen war. Im übrigen brachten wir unsere Zeit dermaßen vergnügt zu, daß es keinem einzigen gereuete, von dem Schicksal auf diese Insul verbannet zu sein. Meine liebe Concordia aber und ich waren dennoch wohl die Allervergnügtesten, da wir uns nunmehro über die Einsamkeit zu beschweren keine fernere Ursache hatten, sondern unserer Kinder Familien im besten Wachstum sahen, und zu Ende des 1670ten Jahres allbereit neun Kindeskinder, nämlich sechs Söhne und drei Töchter küssen konnten, ohngeacht wir dazumal kaum die Hälfte der schriftmäßigen menschlichen Jahre überschritten hatten, also gar frühzeitig Großeltern genennet wurden.

Unser dritter Sohn, Johannes, trat damals in sein zwanzigstes Jahr, und ließ in allen seinen Wesen den natürlichen Trieb spüren, daß er sich nach der Lebensart seiner älteren Brüder, das ist, nach einem Ehegemahl, sehnete. Seine Mutter und ich ließen uns dessen Sehnsucht ungemein zu Herzen gehen, wußten ihm aber weder zu raten noch zu helfen, bis sich endlich der alte Amias des schwermütigen Jünglings erbarmete, und die Schiffahrt nach der Heleneninsul von neuem aufs Tapet brachte, sintemal ein tüchtiges Schiff in Bereitschaft lag, welches weiter nichts als behörige Ausrüstung bedurfte. Meine Concordia wollte hierein anfänglich durchaus nicht willigen, doch endlich ließ sie sich durch die triftigsten Vorstellungen der meisten Stimmen sowohl als ich überwinden, und willigte, wiewohl mit tränenden Augen, darein, daß Amias, Robert, Jakob, Simon nebst allen unsern fünf Söhnen zu Schiffe gehen sollten, um vor die drei Jüngsten Weiber zu suchen, wo sie selbige finden könnten. David Rawkin, weil er keine besondere Lust zum Reisen bezeugte, wurde von den andern selbst ersucht, seiner jungen Braut wegen zurückzubleiben, hergegen gaben sich Stephani, Jakobs und Simons Gemahlinnen von freiem Willen an, diese Reise mit zu tun, und bei ihren Männern Gutes und Böses zu erfahren. Roberts und Alberts Weiber aber, die ebenfalls nicht geringe Lust bezeigten, dergleichen Fahrt mit zu wagen, würden genötiget, bei uns zu bleiben, weil sie sich beide hochschwangern Leibes befanden.

Dennoch gingen binnen wenig Tagen alle Anstalten fast noch hurtiger vonstatten, als unsere vorherige Entschließung, und die erwähnten zwölf Personen waren den 14. Januar 1671 überhaupt mit allen fertig in See zu gehen, weil das Schiff mit gnugsamen Lebensmitteln, Gelde, notdürftigen Gütern, Gewehr und dergleichen vollkommen gut ausgerüstet, auch weiter nichts auf demselben mangelte, als etwa noch zweimal so viel Personen.

Jedoch der tapfere Amias, als Kapitän dieses wenigen Schiffsvolks, war dermaßen mutig, daß die übrigen alle mit Freuden auf die Stunde ihrer Abfahrt warteten.

Nachdem also Amias, Robert, Jakob und Simon mir einen teuren Eid geschworen, keine weitern Abenteuern zu suchen, als diejenigen, so unter uns abgeredet waren, im Gegenteil meine Kinder, sobald nur vor dieselben drei anständige Weibspersonen ausgefunden, eiligst wieder zurückzuführen, gingen sie den 16ten Jan. zur Mittagszeit freudig unter Segel, stießen unter unzähligen Glückwünschungen von dieser Insul ab, und wurden von uns Zurückbleibenden mit tränenden Augen und ängstlichen Gebärden soweit begleitet, bis sie sich nach etlichen Stunden samt ihren Schiffe gänzlich aus unserm Gesichte verloren.

Solchergestalt kehreten ich, David, und die beiden Concordien zurück in unsere Behausung, allwo Judith und meine jüngste Tochter Christina, auf die kleinen neun Kinder Achtung zu haben, geblieben waren. Unser erstes war, sogleich sämtlich auf die Knie niederzufallen, und Gott um gnädige Erhaltung der Reisenden wehmütigst anzuflehen, welches nachhero zeit ihrer Abwesenheit alltäglich drei Mal geschahe. David und ich ließen es uns mittlerweile nicht wenig sauer werden, um unsere übrigen Früchte und den Wein völlig einzuernten, auch nachhero soviel Feld wiederum zu bestellen, als in unsern und der wohlgezogenen Affen Vermögen stund. Die drei Weiber aber durften vor nichts sorgen, als die Küche zu bestellen, und die unmündigen Kinder mit Christinens Beihülfe wohl zu verpflegen.

Jedoch weil sich ein jeder leichtlich einbilden kann, daß wir die Hände allerseits nicht werden in Schoß gelegt haben, und ich ohnedem schon viel von unserer gewöhnlichen Arbeit und Haushaltungsart gemeldet, so will voritzo nur erzählen, wie es meinen seefahrenden Kindern ergangen. Selbige hatten bis in die achte Woche vortrefflichen Wind und Wetter gehabt, dennoch müssen die meisten unter ihnen der See den gewöhnlichen Zoll liefern, allein, sie erholen sich desfalls gar zeitig wieder, bis auf die einzige Elisabeth, deren Krankheit dermaßen zunimmt, daß auch von allen an ihren Leben gezweifelt wird. Simon Schimmer hatte seine getreue eheliche Liebe bei dieser kümmerlichen Gelegenheit dermaßen spüren lassen, daß ein jeder von seiner Aufrichtigkeit und Redlichkeit Zeugnis geben können, indem er nicht von ihrer Seite weicht, und den Himmel beständig mit tränenden Augen anflehet, das Schiff an ein Land zu treiben, weil er vermeinet, daß seine Elisabeth ihres Lebens auf dem Lande weit besser als auf der See versichert sein könne. Endlich erhöret Gott dieses eifrige Gebet, und führet sie im Mittel der sechsten Woche an eine kleine flache Insul, bei welcher sie anlanden, jedoch weder Menschen noch Tiere, ausgenommen Schildkröten und etliche Arten von Vögeln und Fischen darauf antreffen. Amias führet das Schiff um soviel desto lieber in einen daselbst befindlichen guten Hafen, weil er und Jakob, als wohlerfahrene Seefahrer, aus verschiedenen natürlichen Merkzeichen, einen bevorstehenden starken Sturm mutmaßen. Befinden sich auch hierinnen nicht im geringsten betrogen, da etwa vierundzwanzig Stunden nach ihrem Aussteigen, als sie sich bereits etliche gute Hütten erbauet haben, ein solches Ungewitter auf der See entstehet, welches leichtlich vermögend gewesen, diesen wenigen und teils schwachen Leuten den Untergang zu befördern. In solcher Sicherheit aber, sehen sie den entsetzlichen Sturm mit ruhigerer Gemächtlichkeit an, und sind nur bemühet, sich vor dem öfters anfallenden Winde und Regen wohl zu verwahren, welcher letztere ihnen doch vielmehr zu einiger Erquickung dienen muß, da selbiges Wasser weit besser und annehmlicher befunden wird, als ihr süßes Wasser auf dem Schiffe. Amias, Robert und Jakob schaffen hingegen in diesem Stücke noch bessern Rat, indem sie an vielen Orten eingraben, und endlich die angenehmsten süßen Wasserbrunnen erfinden. An andern erforderlichen Lebensmitteln aber haben sie nicht den geringsten Mangel, weil sie mit demjenigen, was meine Insul Felsenburg zur Nahrung hervorbringet, auf länger als zwei Jahr wohl versorgt waren.

Nachdem der Sturm dieses Mal vorbei, auch die kranke Elisabeth sich in ziemlich verbesserten Zustande befindet, halten Amias und die übrigen vors ratsamste, wiederum zu Schiffe zu gehen und ein solches Erdreich zu suchen, auf welchem sich Menschen befänden, doch Schimmer, der sich stark darwider setzt, und seine Elisabeth vorhero vollkommen gesund sehen will, erhält endlich durch vieles Bitten soviel, daß sie sämtlich beschließen, wenigstens noch acht Tage auf selbiger wüsten Insul zu verbleiben, ohngeacht dieselbe ein schlechtes Erdreich hätte, welches denen Menschen weiter nichts zum Nutzen darreichte, als einige schlechte Kräuter, aber desto mehr teils hohe, teils dicke Bäume, die zum Schiffbau wohl zu gebrauchen gewesen.

Meine guten Kinder hatten nicht Ursach gehabt, diese ihre Versäumnis zu bereuen, denn ehe noch diese acht Tage vergehen, fällt abermals ein solches Sturmwetter ein, welches das vorige an Grausamkeit noch weit übertrifft, da aber auch dessen viertägige Wut mit einer angenehmen und stillen Witterung verwechselt wird, hören sie eines Morgens früh noch in der Dämmerung ein plötzliches Donnern des groben und kleinen Geschützes auf der See, und zwar, aller Mutmaßungen nach, ganz nahe an ihrer wüsten Insul. Es ist leicht zu glauben, daß ihnen sehr bange um die Herzen müsse gewesen sein, zumalen da sie bei völlig hereinbrechenden Sonnenlichte gewahr werden, daß ein mit holländischen Flaggen bestecktes Schiff von zweien barbarischen Schiffen angefochten und bestritten wird, der Holländer wehret sich dermaßen, daß der eine Barbar gegen Mittag zugrunde sinken muß, nichts desto weniger setzet ihm der letztere so grausam zu, daß bald hernach der Holländer in letzten Zügen zu liegen scheint.

Bei solchen gefährlichen Umständen vermerken Amias, Robert, Jakob und Simon, daß sie nebst den Ihrigen ebenfalls entdeckt und verloren gehen würden, daferne der Holländer das Unglück haben sollte, unten zu liegen, fassen derowegen einen jählingen und verzweifelten Entschluß, begeben sich mit Sack und Pack in ihr mit acht Kanonen besetztes Schiff, schlupfen aus dem kleinen Hafen heraus, gehen dem Barbar in den Rükken, und geben zweimal tüchtig Feuer auf denselben, weswegen dieser in entsetzliches Schrecken gerät, der Holländer aber neuen Mut bekömmt, und seinen Feind mit frischer recht verzweifelter Wut zuleibe gehet. Die Meinigen lösen ihre Kanonen in gemessener Weite noch zweimal kurz aufeinander gegen den Barbar, und helfen es endlich dahin bringen, daß derselbe von dem Holländer nach einem rasenden Gefechte vollends gänzlich überwunden, dessen Schiff aber mit allen darauf befindlichen Gefangenen an die wüste und unbenamte Insul geführet wird.

Der Hauptmann nebst den übrigen Herren des holländischen Schiffs können kaum die Zeit erwarten, bis sie Gelegenheit haben, meinen Kindern, als ihren tapfern Lebensrettern, ihre dankbare Erkenntlichkeit sowohl mit Worten als in der Tat zu bezeugen, erstaunen aber nicht wenig, als sie dieselben in so geringer Anzahl und von so wenigen Kräften antreffen, erkennen derohalben gleich, daß der kühne Vorsatz nebst einer geschickten und glücklich ausgeschlagenen List das Beste bei der Sache getan hätten.

Nichts desto weniger bieten die guten Leute den Meinigen die Hälfte von allen eroberten Gut und Geldern an, weil aber dieselben außer einigen geringen Sachen sonsten kein ander Andenken wegen des Streits und der Holländer Höflichkeit annehmen wollen; werden die letztern in noch weit größere Verwunderung gesetzt, indem sich die ihnen zugeteilte Beute höher als 12 000 Tl. belaufen hatte.

Immittelst, da die Holländer sich genötigt sehen, zu völliger Ausbesserung ihres Schiffs wenigstens vierzehn Tage auf selbiger Insul stillzuliegen, beschließen die Meinigen anfänglich auch, bis zu deren Abfahrt allda zu verharren. Zumalen, da Amias gewahr wird, daß sich verschiedene, teils noch gar junge, teils schon etwas ältere Frauenspersonen unter ihnen befinden. Er sucht sowohl als Robert, Jakob und Simon, mit selbigen ins Gespräch zu kommen; doch der letztere ist am glücklichsten, indem er gleich andern Tags darauf, eine, von ermeldten Weibsbildern, hinter einem dicken Gesträuche in der Einsamkeit höchst betrübt und weinend antrifft. Schimmer erkundigt sich auf besonders höfliche Weise nach der Ursach ihres Betrübnisses, und erfährt sogleich, daß sie eine Wittbe sei, deren Mann vor etwa drei Monaten auf diesem Schiffe auch in einem Streite mit den Seeräubern totgeschossen worden, und die nebst ihrer vierzehnjährigen Stieftochter zwar gern auf dem Kap der guten Hoffnung ihres sel. Mannes hinterlassene Güter zu Gelde machen wollte, allein, sie würde von einem, auf diesem holländischen Schiffe befindlichen Kaufmanne, dermaßen mit Liebe geplagt, daß sie billig zu befürchten hätte, er möchte es mit seinem starken Anhange und Geschenken also listig zu karten trachten, daß sie sich endlich gezwungenerweise an ihm ergeben müsse. Schimmer stellet ihr vor, daß sie als eine annoch sehr junge Frau noch gar füglich zur andern Ehe schreiten, und einen Mann, der sie zumalen heftig liebte, glücklich machen könne; ob auch derselbe ihr eben an Gütern und Vermögen nicht gleich sei. Allein die betrübte Frau spricht: ›Ihr habt recht, mein Herr! ich bin noch nicht veraltert, weil sich mein ganzes Lebensalter wenig Wochen über vierundzwanzig Jahr erstreckt, und ich zeit meines Ehestandes nur zwei Kinder zur Welt gebracht habe. Derowegen würde mich auch nicht weigern, in die andere Ehe zu treten, allein, mein ungestümer Liebhaber ist die allerlasterhafteste Mannsperson von der Welt, der sich nicht scheuen sollte, Mutter, Tochter und Magd auf einmal zu lieben, demnach hat mein Herz einen recht natürlichen Abscheu vor seiner Person, ja ich wollte nicht allein meines sel. Mannes Verlassenschaft, die sich höher als 10 000 Tl. belaufen soll, sondern noch ein mehreres darum willig hergeben, wenn ich entweder in Holland, oder an einem andern

ehrlichen Orte, in ungezwungener Einsamkeit hinzubringen Gelegenheit finden könnte.‹

Schimmer tut hierauf noch verschiedene Fragen an
dieselbe, und da er diese Frau vollkommen also gesinnet
befindet, wie er wünscht, ermahnet er sie, ihr Herz in
Geduld zu fassen, weil ihrem Begehren gar leicht ein
Genügen geleistet werden könne, daferne sie sich seiner
Tugend und guten Rats völlig anvertrauen wolle. Nur
müßte er vorhero erstlich mit einigen seiner Gesellschafter von dieser Sachen reden, damit er etwa morgen um
diese Zeit und auf selbiger Stelle fernere Abrede mit ihr
nehmen könne.

Die tugendhafte Wittbe fängt hierauf gleich an, diesen Mann vor einen ihr von Gott zugeschickten menschlichen Engel zu halten, und wischet mit herzlichen Vertrauen die Tränen aus ihren bekümmerten Augen.
Schimmer verläßt also dieselbe, und begibt sich zu seiner
übrigen Gesellschaft, welcher er diese Begebenheit
gründlich zu Gemüte führet, und erwähnte Wittbe als
ein vollkommenes Bild der Tugend herausstreicht.
Amias bricht solchergestalt auf einmal in diese Worte
aus: ›Erkennet doch, meine Kinder, die besondere Fügung des Himmels, denn ich zweifele nicht, die schöne
Wittbe ist vor unsern Johannem, und ihre Stieftochter
vor Christoph bestimmet, hilft uns nun der Himmel allhier noch zu der dritten Weibsperson vor unsern Christian, so haben wir das Ziel unserer Reise erreicht, und
können mit Vergnügen auf eine fügliche Zurückkehr
denken.‹

Demnach sind sie allerseits nur darauf bedacht, der
jungen Wittbe eine gute Vorstellung von ihrem ganzen
Wesen zu machen, und da dieselbe noch an eben demselben Abend von Marien und Sabinen in ihre Hütte geführet wird, um die annoch etwas kränklich Elisabeth zu

besuchen, kann sich dieselbe nicht genungsam verwundern, daselbst eine solche Gesellschaft anzutreffen, welche ich, als ihr Stammvater, wegen der Wohlgezogenheit, Gottesfurcht und Tugend nicht selbst weitläuftig rühmen mag. ›Ach meine Lieben!‹ ruft die fromme Wittbe aus, ›sagt mir doch, wo ist das Land, aus welchen man auf einmal soviel tugendhafte Leute hinwegreisen lässet? Haben Euch denn etwa die gottlosen Einwohner desselben zum Weichen gezwungen? Denn es ist ja bekannt, daß die böse Welt fast gar keine Frommen mehr, sie mögen auch jung oder alt sein, unter sich leiden will.‹ ›Nein, meine schöne Frau‹, fällt ihr der alte Amias hierbei in die Rede, ›ich versichere, daß wir, die hier vor Euren Augen sitzen, der Tugend wegen noch die geringsten heißen, denn diejenigen, so wir zurückgelassen, sind noch viel vollkommener, und wir leben nur bemühet, ihnen gleich zu werden.‹ Dieses war nun« (sagte hierbei unser Altvater Albertus) »eine starke Schmeichelei, allein, es hatte dem ehrlichen Amias damals also zu reden beliebt, die Dame aber siehet denselben starr an und spricht: ›Mein Herr! Euer ehrwürdiges graues Haupt bringet vielen Respekt zuwege, sonsten wollte sagen, daß ich nicht wüßte, wie ich mit Euch dran wäre, ob Ihr nämlich etwa mit mir scherzen, oder sonsten etwas Einfältiges aus meinen Gedanken locken wolltet?‹

Diese Reden macht sich Amias zunutze, und versetzt dieses darauf: ›Madame! denket von mir was Ihr wollet, nur richtet meine Reden nicht ehe nach der Schärfe, bis ich Euch eine Geschicht erzählet, die gewiß nicht verdrüßlich anzuhören, und dabei die klare Wahrheit ist.‹ Hierauf fängt er an, als einer, der meine und der Meinigen ganze Lebensgeschicht vollkommen inne hatte, alles dasjenige auf dem Nagel herzusagen, was uns passieret ist, und worüber sich die Dame am Ende vor Verwunderung fast nicht zu begreifen weiß. Hiermit aber ist es noch nicht genung, sondern Amias bittet dieselbe, von allen dem, was sie anitzo gehöret, bei ihrer Gesellschaft nichts kundbar zu machen, indem sie gewisser Ursachen wegen, sonst niemanden als ihr alleine, dergleichen Geheimnisse wissen lassen, vielmehr einem jeden bereden wollten, sie hätten auf der Insul St. Helenae ein besonderes Gewerbe auszurichten. Virgilia van Catmers, so nennet sich diese Dame, verspricht nicht allein vollkommene Verschwiegenheit, sondern bittet auch um Gottes willen, sie nebst ihrer Stieftochter, welches ein Kind guter Art sei, mit in dergleichen irdisches Himmelreich (also hatte sie meine Felseninsul genennet) zu nehmen, und derselben einen tugendhaften Mann heiraten zu helfen. ›Ich vor meine Person‹, setzt sie hinzu, ›kann mit Wahrheit sagen, daß ich mein übriges Leben ebenso gern im tugendhaften ledigen Stande, als in der besten Ehe zubringen wollte, weil ich von Jugend an bis auf diese Stunde Trübsal und Angst genug ausgestanden habe, mich also nach einem ruhigern Leben sehne. Meine Stieftochter aber, deren Stiefmutter ich nur seit fünf Jahren bin, und die ich ihres sonderbaren Gehorsams wegen als mein eigen Kind liebe, möchte ich gern wohl versorgt wissen, weil dieselbe, im Fall wir das Kap der guten Hoffnung nicht erreichen sollten, von ihrem väterlichen Erbteile nichts zu hoffen hat, als diejenigen Kostbarkeiten, welche ich bei mir führe, und sich allein an Golde, Silber, Kleinodien und Gelde ohngefähr auf 16 000 Dukaten belaufen, die uns aber noch gar leicht durch Sturm oder Seeräuber geraubt werden können.‹

Amias antwortet hierauf, daß dergleichen zeitliche Güter bei uns in großer Menge anzutreffen wären, doch aber nichts geachtet würden, weil sie auf unserer Insul wenigen oder gar keinen Nutzen schaffen könnten, im übrigen verspricht er binnen zwei Tagen völlige Resolution von sich zu geben, ob er sie nebst ihrer Tochter unter gewissen Bedingungen, ohne Gefahr, und mit guten Gewissen, mit sich führen könne oder nicht, lässet also die ehrliche Virgiliam vor dieses Mal zwischen Furcht und Hoffnung wiederum von der Gesellschaft Abschied nehmen.

Folgende zwei Tage legt er unter der Hand, und zwar auf ganz klügliche Art, genaue Kundschaft auf ihr von Jugend an geführtes Leben und Wandel, und erfähret mit Vergnügen, daß sie ihn in keinem Stücke mit Unwahrheit berichtet habe. Demnach fragt er erstlich den Johannem, ob er die Virgiliam zu seiner Ehefrau beliebte, und sobald dieser sein treuherziges Jawort mit besondern fröhlichen Gemütsbewegungen von sich gegeben, suchte er abermalige Gelegenheit, Virgiliam nebst ihrer Tochter Gertraud in seine Hütten zu locken, welche letztere er als ein recht ungemein wohlgezogenes Kind befindet.

Demnach eröffnet er der tugendhaften Wittbe sein ganzes Herze, wie er nämlich gesonnen sei, sie nebst ihrer Stieftochter mit größten Freuden auf sein Schiff zu nehmen, doch mit diesen beiden Bedingungen, daß sie sich gelieben lassen wolle, den Johannem, welchen er ihr vor die Augen stellet, zum Ehemanne zu nehmen, und dann sich zu bemühen, noch die dritte keusche Weibsperson, die ohnfehlbar in ihrer Aufwärterin Blandina anzutreffen sein würde, mitzuführen. Im übrigen dürfte keines von ihnen vor das Heiratsgut sorgen, weil alles, was ihr Herz begehren könne, bei den Seinigen in Überfluß anzutreffen wäre.

›Meine Herren!‹ versetzt hierauf Virgilia, ›ich merke und verstehe aus allen Umständen nunmehro zur Gnüge, daß es Euch annoch nur an drei Weibspersonen mangelt, Eure übrigen und ledigen Mannspersonen zu beweiben, derowegen sind Euch, sowohl meine Stieftochter, als meine siebzehnjährige Aufwärterin hiermit zugesagt, weil ich gewiß glaube, daß Ihr sonderlich die erstere mit dem Ehestande nicht übereilen werdet. Was meine eigene Person anbetrifft‹, sagt sie ferner, ›so habe ich zwar an gegenwärtigen frommen Menschen, der, wie Ihr sagt, Johannes Julius heißet, und ehrlicher Leute Kind ist, nicht das allergeringste auszusetzen; allein, ich werde keinem Menschen, er sei auch wer er sei, weder mein Wort noch die Hand zur Ehe geben, bis mein Trauerjahr, um meinen seligen Mann, und einen zweijährigen Sohn, der nur wenig Tage vor seinem Vater verstorben, zu Ende gelaufen ist. Nach diesem aber will ich erwarten, wie es der Himmel mit meiner Person fügen wird. Ist es nun bei dergleichen Schlusse Euch anständig, mich, nebst meiner Tochter und Magd, vor deren Ehre ich Bürge bin, heimlich mit hinwegzuführen, so soll Euch vor uns dreien ein Brautschatz von 16 000 Dukaten Wert, binnen wenig Stunden eingeliefert werden.‹

Amias will sowohl, als alle die andern, nicht das geringste von Schätzen wissen, ist aber desto erfreuter, daß er ihrer Personen wegen völlige Versicherung erhalten, nimmt derowegen diesen und den folgenden Tag die sicherste Abrede mit Virgilien, so, daß weder der in sie verliebte Kaufmann, noch jemand anders auf deren vorgesetzte Flucht Verdacht legen kann.

Etliche Tage hernach, da die guten Holländer ihr Schiff, um selbiges desto bequemer auszubessern, auf die Seite gelegt, die kleinen Boote nebst allen andern Sachen aufs Land gezogen, und ihr Pulver zu trocknen, solches an die Sonne gelegt haben; kömmt Amias zu ihnen, und meldet, wie es ihm zu beschwerlich falle, bei diesem guten Wetter und Winde allhier stillezuliegen. Er wolle demnach, in Betrachtung, daß sie wenigstens noch drei bis vier Wochen allhier verharren müßten, seine Reise nach der Insel St. Helenae fortsetzen, seine Sachen daselbst behörig einrichten, nachhero auf dem Rückwege wiederum allhier ansprechen, und nebst den Seinigen in ihrer Gesellschaft mit nach einer ostindischen guten Insul schiffen. Inzwischen wolle er sie, gegen bare Bezahlung, um etwas Pulver und Blei angesprochen haben, als woran es ihm ziemlich mangele.

Die treuherzigen Holländer setzen in seine Reden nicht das geringste Mißtrauen, versprechen einen ganzen Monat auf ihn zu warten, weil erwähnte Insel ohnmöglich über hundert Meilen von dar liegen könne, verehren dem guten Manne vier große Faß Pulver, nebst etlichen Zentnern Blei, wie auch allerhand treffliche europäische Viktualien, welche er mit andern, die auf unserer Insul gewachsen waren, ersetzet, und dabei Gelegenheit nimmt, von diesem und jenen allerhand Sämereien, Fruchtkernen und Blumengewächse auszubitten, gibt anbei zu verstehen, daß er ohnfehlbar des dritten Tages aufbrechen, und unter Segel gehen wollte. Allein der schlaue Fuchs schiffet sich hurtiger ein, als die Holländer vermeinen, und wartet auf sonst nichts, als die drei bestellten Weibspersonen. Da sich nun diese in der andern Nacht mit Sack und Pack einfinden, lichtet er seine Anker und läuft unter guten Winde in die offenbare See, ohne daß es ein einziger von den Holländern gewahr wird. Mit anbrechenden Tage sehen sie die wüste Insul nur noch in etwas von ferne, weswegen Amias zwei Kanonen löset, um von den Holländern ehrlichen Abschied zu nehmen, die ihm vom Lande mit vier Schüssen antworten, woraus er schließet, daß sie ihren kostbaren Verlust noch nicht empfänden, derowegen desto freudiger die Segel aufspannet, und seinen Weg auf Felsenburg richtet.

Die Rückreise war dermaßen bequem und geruhig gewesen, daß sie weiter keine Ursach zu klagen gehabt, als über die um solche Zeit ganz ungewöhnliche Windstille, welche ihnen, da sie nicht vermögend gewesen, der starken Ruderarbeit beständig obzuliegen, eine ziemlich langsame Fahrt verursachet hatte.

Es begegnet ihnen weder Schiff noch etwas anderes Merkwürdiges, auch will sich ihren Augen weder dieses oder jenes Land offenbaren, und da nachhero vollends ein täglicher, heftiger Regen und Nebel einfällt, wird ihr Kummer noch größer, ja die meisten fangen an zu zweifeln, die Ihrigen auf der Felseninsel jemals wieder zu sehen zu kriegen. Doch Amias und Jakob lassen wegen ihrer besondern Wissenschaft und Erfahrenheit im Kompaß, Seekarten und andern zur Schiffahrt gehörigen Instrumenten den Mut nicht sinken, sondern reden den übrigen solange tröstlich zu, bis sie am neunten Mai, in den Mittagsstunden, dieses gelobte Land an seinen von der Natur erbaueten Türmern und Mauern von weiten erkennen. Jakob, der so glücklich ist, solches am ersten wahrzunehmen, brennet abgeredtermaßen, gleich eine Kanone ab, worauf die im Schiff befindlichen fünfzehn Personen sich sogleich versammlen, und zuallererst in einer andächtigen Betstunde dem Höchsten ihr schuldiges Dankopfer bringen.

Es ist ihnen selbiges Tages unmöglich, die Felseninsul zu erreichen, weswegen sie mit hereinbrechender Nacht Anker werfen, um bei der Finsternis nicht etwa auf die herumliegenden verborgenen Klippen und Sandbänke aufzulaufen. Indem aber hiermit erstlich eine, kurz darauf zwei und abermals drei Kanonen von ihnen gelöset wurden, mußte solches, und zwar eben, als wir Insulaner uns zur Ruhe legen wollten, in unsere Ohren schallen. David kam mir demnach in seinem Nachthabit entgegengelaufen, und sagte: ›Mein Herr! wo ich nicht träume, so liegen die Unserigen vor der Insul, denn ich habe das abgeredte Zeichen mit Kanonen vernommen.‹ ›Recht, mein Sohn!‹ gab ich zur Antwort, ›ich und die übrigen haben es auch gehöret.‹ Alsofort machten wir uns beiderseits auf, nahmen etliche Raketen nebst Pulver und Feuer zu uns, liefen auf die Höhe des Nordfelsens, gaben erstlich aus zweien Kanonen Feuer, zündeten hernach zwei Raketen an, und höreten hierauf nicht allein des Schiffs acht Kanonen lösen, sondern sahen auch auf demselben allerhand artige Lustfeuer, welches uns die gewisse Versicherung gab, daß es kein anders als meiner Kinder Schiff sei. Diesem nach verschossen wir, ihnen und uns zur Lust, alles gegenwärtige Pulver und gingen um Mitternachtszeit wieder zurück, stunden aber noch vor Tage wieder auf, verschütteten die Schleuse des Nordflusses, machten also unsere Torfahrt trocken, und gingen hinab an das Meerufer, allwo in kurzen unsere Verreiseten glücklich an Land stiegen, und von mir und David die ersten Bewillkommungsküsse empfingen. Sobald wir nebst ihnen den fürchterlichen hohlen Felsenweg hinaufgestiegen waren, und unsere Insul betraten, kam uns meine Concordia mit der ganzen Familie entgegen, indem sie die neun Enkel auf einen großen Rollwagen gesetzt, und durch die Affen hierher fahren lassen. Nunmehro ging es wieder an ein neues Bewillkommen, jedoch es wurden auf mein Zureden nicht viel Weitläuftigkeiten gemacht, bis wir ingesamt auf diesem Hügel in unsern Wohnungen anlangeten.

Ich will, meine Lieben!« sagte hier unser Altvater, »die Freudenbezeugungen von beiden Teilen, nebst allen andern, was bis zu eingenommener Mittagsmahlzeit vorgegangen, mit Stillschweigen übergehen, und nur dieses berichten: daß mir nachhero die Meinigen einen umständlichen Bericht von ihrer Reise abstatteten, worauf die mit angekommene junge Wittbe ihren wunderbaren Lebenslauf weitläuftig zu erzählen anfing. Da aber ich, meine Lieben!« entschuldigte sich der Altvater, »mich nicht im Stande befinde, selbigen so deutlich zu erzählen, als er von ihrer eigenen Hand beschrieben ist, so will ich denselben hiermit meinem lieben Vetter Eberhard einhändigen, damit er Euch solche Geschicht vorlesen könne.«

Ich Eberhard Julius empfing also, aus des Altvaters Händen, dieses in holländischer Sprache geschriebene Frauenzimmermanuskript, welches ich sofort denen andern in teutscher Sprache also lautend herlas:

Im Jahr Christi 1647 bin ich, von Jugend auf sehr Unglückselige, nunmehro aber da dieses auf der Insul Felsenburg schreibe, sehr, ja vollkommen vergnügte Virgilia van Catmers zur Welt geboren worden. Mein Vater war ein Rechtsgelehrter und Prokurator zu Rotterdam, der wegen seiner besondern Gelehrsamkeit, die Kundschaft der vornehmsten Leute, um ihnen in ihren Streitsachen beizustehen erlangt, und Hoffnung gehabt, mit ehesten eine vornehmere Bedienung zu bekommen. Allein, er wurde eines Abends auf freier Straße meuchelmörderischerweise, mit neun Dolchstichen ums Leben gebracht, und zwar eben um die Zeit, da meine Mutter fünf Tage vorher abermals einer jungen Tochter genesen war. Ich bin damals vier Jahr und sechs Monat alt gewesen, weiß mich aber noch wohl zu erinnern, wie jämmerlich es aussahe: Da der annoch stark blutende Körper meines Vaters, von darzu bestellten Personen besichtiget, und dabei öffentlich gesagt wurde, daß diesen Mord kein anderer Mensch angestellet hätte, als ein gewissenloser reicher Mann, gegen welchen er Tags vorhero einen rechtlichen Prozeß zum Ende gebracht, der mehr als hunderttausend Taler anbetroffen, und worbei mein Vater vor seine Mühe sogleich auf der Stelle zweitausend Taler bekommen hatte.

Vor meine Person war es unglücklich genung zu schätzen, einen treuen Vater solchergestalt zu verlieren, allein das unerforschliche Schicksal hatte noch ein mehreres über mich beschlossen, denn zwölf Tage hernach starb auch meine liebe Mutter, und nahm ihr jüngstgebornes Töchterlein, welches nur vier Stunden vorher verschieden, zugleich mit in das Grab. Indem ich nun die einzige Erbin von meiner Eltern Verlassenschaft war, so fand sich gar bald ein wohlhabender Kaufmann, der meiner Mutter wegen, mein naher Vetter war, und also nebst meinem zu Gelde geschlagenen Erbteile, die Vormundschaft übernahm. Mein Vermögen belief sich etwa auf 18 000 Tl. ohne den Schmuck, Kleiderwerk und schönen Hausrat, den mir meine Mutter in ihrer wohlbestellten Haushaltung zurückgelassen hatte. Allein die Frau meines Pflegevaters war, nebst andern Lastern, dem schändlichen Geize dermaßen ergeben, daß sie meine schönsten Sachen unter ihre drei Töchter verteilete, denen ich bei zunehmenden Jahren als eine Magd aufwarten, und nur zufrieden sein mußte, wenn mich Mutter und Töchter nicht täglich aufs erbärmlichste mit Schlägen traktierten. Wem wollte ich mein Elend klagen, da ich in der ganzen Stadt sonst keinen Anverwandten hatte, frembden Leuten aber durfte mein Herz nicht eröffnen, weil meine Aufrichtigkeit schon öfters übel angekommen war, und von denen vier Furien desto übler belohnet wurde.

Solchergestalt ertrug ich mein Elend bis ins vierzehnte Jahr mit größter Geduld, und wuchs zu aller Leute Verwunderung, und bei schlechter Verpflegung dennoch stark in die Höhe. Meiner Pflegemutter allergrößter Verdruß aber bestund darinne, daß die meisten Leute von meiner Gesichtsbildung, Leibesgestalt und ganzen Wesen mehr Wesens und Rühmens machten als von ihren eigenen Töchtern, welche nicht allein von Natur ziemlich häßlich gebildet, sondern auch einer geilen und leichtfertigen Lebensart gewohnt waren. Ich mußte dieserwegen viele Schmachreden und Verdrießlichkeiten erdulden, war aber bereits dermaßen im Elende abgehärtet, daß mich fast nicht mehr darum bekümmerte.

Mittlerweile bekam ich ohnvermutet einen Liebhaber an dem vornehmsten Handelsdiener meines Pflegevaters, dieses war ein Mensch von etliche zwanzig Jahren, und konnte täglich mit Augen ansehen, wie unbillig und schändlich ich arme Waise, vor mein Geld, welches mein Pflegevater in seinen Nutzen verwendet hatte, traktieret wurde, weiln ihm aber alle Gelegenheit abgeschnitten war, mit mir ein vertrautes Gespräch zu halten, steckte er mir eines Tages einen kleinen Brief in die Hand, worinnen nicht allein sein heftiges Mitleiden wegen meines Zustandes, sondern auch die Ursachen desselben, nebst dem Antrage seiner treuen Liebe befindlich, mit dem Versprechen: Daß, wo ich mich entschließen wollte eine Heirat mit ihm zu treffen; er meine Person ehester Tages aus diesem Jammerstande erlösen, und mir zu meinem väterlichen und mütterlichen Erbteile verhelfen wolle, um welches es ohnedem itzo sehr gefährlich stünde, da mein Pflegevater, allem Ansehen nach, in kurzer Zeit bankerott werden müßte.

Ich armes unschuldiges Kind wußte mir einen schlechten Begriff von allen diesen Vorstellungen zu machen, und war noch darzu so unglücklich, diesen aufrichtigen Brief zu verlieren, ehe ich denselben weder schriftlich noch mündlich beantworten konnte. Meine Pflegemutter hatte denselben gefunden, ließ sich aber nicht das geringste gegen mich merken, außerdem daß ich nicht aus meiner Kammer gehen durfte, und solchergestalt als eine Gefangene leben mußte, wenig Tage hernach aber erfuhr ich, daß man diesen Handelsdiener früh in seinem Bette tot gefunden hätte, und wäre unter allen Umständen nach einem Steckflusse gestorben.

Der Himmel wird am besten wissen, ob dieser redliche Mensch nicht, seiner zu mir tragenden Liebe wegen, von meiner bösen Pflegemutter mit Gift hingerichtet worden, denn wie jung ich auch damals war, so konnte doch leichtlich einsehen, was vor eine ruchlose Lebensart, zumalen in Abwesenheit meines Pflegevaters im Hause vorging. Immittelst traf dennoch ein, was der verstorbene Handelsdiener vorher geweissaget hatte, denn wenig Monate hernach machte sich mein Vetter oder Pflegevater aus dem Staube und überließ seinen Gläubigern ein ziemlich ausgeleertes Nest, dessen Frau aber behielt dennoch ihr Haus nebst andern zu ihm gebrachten Sachen, so daß dieselbe mit ihren Kindern annoch ihr gutes Auskommen haben konnte. Ich vor meine Person mußte zwar bei ihr bleiben, durfte mich aber niemals unterstehen zu fragen, wie es um mein Vermögen stünde, bis endlich ihr ältester Sohn aus Ostindien zurückkam, und sich über das verkehrte Hauswesen seiner Eltern nicht wenig verwunderte. Er mochte von vertrauten Freunden gar bald erfahren haben, daß nicht sowohl seines Vaters Nachlässigkeit als die üble Wirtschaft seiner Mutter und Schwestern an diesem Unglück Schuld habe, derowegen fing er als ein tugendhaftiger und verständiger Mensch gar bald an, ihnen ihr übles Leben

anfänglich ziemlich sanftmütig, hernach aber desto
ernstlicher zu Gemüte zu führen, allein die vier Furien
bissen sich weidlich mit ihm herum, mußten aber doch
zuletzt ziemlich nachgeben, weil sie nicht unrecht vermuten konnten, daß er durch seinen erworbenen Kredit
und großes Gut, ihr verfallenes Glück wiederum herzu-
stellen vermögend sei. Sobald ich dieses merkte, nahm
ich auch keinen fernern Aufschub, diesem redlichen
Manne meine Not zu klagen, und da es sich eben schickte, daß ich ihm eines Tages auf Befehl seiner Mutter ein
Körbgen mit sauberer Wäsche überbringen mußte, gab
solches die beste Gelegenheit ihm meines Herzens Gedanken zu offenbaren. Er schien mir diesen Tag etwas
aufgeräumter und freundlicher als wohl sonsten gewöhnlich, nachdem ich ihm also meinen Gruß angestat-
tet, und die Wäsche eingehändiget hatte, sprach er: ›Es
ist keine gute Anzeigung vor mich, artige Virgilia, da Ihr
das erste Mal auf meiner Stube mit einem Körbgen er-
scheinet, gewiß dieses sollte mich fast abschrecken, Euch
einen Vortrag meiner aufrichtigen und ehrlichen Liebe
zu tun.‹ Ich schlug auf diese Reden meine Augen zur
Erden nieder, aus welchen alsofort die hellen Tränen
fielen, und gab mit gebrochenen ängstlichen Worten so
viel darauf: ›Ach mein Herr! Nehmet Euch nicht vor, mit
einer unglückseligen Person zu scherzen, erbarmet Euch
vielmehr einer armen von aller Welt verlassenen Waise,
die nach ihren ziemlichen Erbteil, nicht einmal fragen
darf, über dieses vor ihr eigen Geld als die geringste
Magd dienen, und wie von Jugend auf, so noch bis diesen Tag, die erbärmlichsten Schläge von Eurer Mutter
und Schwestern erdulden muß.‹ ›Wie? Was hör ich?‹ gab
er mir zur Antwort, ›ich vermeine Euer Geld sei in Banko getan, und die Meinigen berechnen Euch die Zinsen
davon?‹ ›Ach mein Herr!‹ versetzte ich, ›nichts weniger

als dieses, Euer Vater hat das Kapital nebst Zinsen, und allen meinen andern Sachen an sich genommen, wo es aber hingekommen ist, darnach habe ich bis auf diese Stunde noch nicht fragen dürfen, wenn ich nicht die erbärmlichsten Martern erdulden wollen.‹ ›Das sei dem Himmel geklagt!‹ schrie hierauf Ambrosius van Keelen, denn also war sein Name, schlug anbei die Hände über dem Kopfe zusammen, und saß eine lange Zeit auf dem Stuhle in tiefen Gedanken. Ich wußte solchergestalt nicht wie ich mit ihm daran war, fuhr derowegen im Weinen fort, fiel endlich nieder, umfassete seine Knie und sagte: ›Ich bitte Euch um Gottes willen mein Herr, nehmet es nicht übel, daß ich Euch mein Elend geklagt habe, verschaffet nur, daß mir Eure Mutter, auf meine ganz gerechte Forderung, etwa zwei- oder dreihundert Taler zahle, so soll das übrige gänzlich vergessen sein, ich aber will mich alsobald aus ihrem Hause hinwegbegeben und andere Dienste suchen, vielleicht ist der Himmel so gnädig, mir etwa mit der Zeit einen ehrbaren Handwerksmann zuzuführen, der mich zur Ehe nimmt, und auf meine Lebenszeit ernähret, denn ich kann die Tyrannei Eurer Mutter und Schwestern ohnmöglich länger ertragen.‹ Der gute Mensch konnte sich solchergestalt der Tränen selbst nicht enthalten, hub mich aber sehr liebreich von der Erde auf, drückte einen keuschen Kuß auf meine Stirn, und sagte: ›Gebt Euch zufrieden meine Freundin, ich schwere zu Gott! daß mein ganzes Vermögen, bis auf diese wenigen Kleider so ich auf meinem Leibe trage, zu Eurer Beruhigung bereit sein soll, denn ich müßte befürchten, daß Gott, bei sogestalten Sachen, die Mißhandlung meiner Eltern an mir heimsuchte, indessen gehet hin und lasset Euch diesen Tag über, weder gegen meine Mutter noch Geschwister nicht das geringste merken, ich aber will noch vor abends Eures Anliegens wegen mit ihnen sprechen, und gleich morgendes Tages Anstalt machen, daß Ihr standesmäßig gekleidet und gehalten werdet.‹

Ich trocknete demnach meine Augen, ging mit getröstetem Herzen von ihm, er aber besuchte gute Freunde, und nahm noch selbigen Abend Gelegenheit mit seiner Mutter und Schwestern meinetwegen zu sprechen. Wiewohl nun dieselben mich auf sein Begehren, um sein Gespräch nicht mit anzuhören, beiseits geschafft hatten, so habe doch nachhero vernommen, daß er ihnen das Gesetz ungemein scharf geprediget, und sonderlich dieses vorgeworfen hat: Wie es zu verantworten stünde, daß sie meine Gelder durchgebracht, Kleider und Geschmeide unter sich geteilet, und über dieses alles, so jämmerlich gepeiniget hätten? Allein auf solche Art wurde die ganze Hölle auf einmal angezündet, denn nachdem Ambrosius wieder auf seine Stube gegangen, ich aber meinen Henkern nur entgegengetreten war, redete mich die Alte mit funkelnden Augen also an: ›Was hastu verfluchter Findling vor ein geheimes Verständnis mit meinen Sohne? und weswegen willstu mir denselben auf den Hals hetzen?‹ Ich hatte meinen Mund noch nicht einmal zur Rechtfertigung aufgetan, da alle vier Furien über mich herfielen und recht mörderisch mit mir umgingen, denn außerdem, daß mir die Hälfte meiner Haupthaare ausgerauft, das Gesichte zerkratzt, auch Maul und Nase blutrünstig geschlagen wurden, trat mich die Alte etliche Mal dergestalt auf den Unterleib und Magen, daß ich unter ihren Mörderklauen ohnmächtig, ja mehr als halb tot liegenblieb. Eine alte Dienstmagd die dergleichen Mordspiel weder verwehren, noch in die Länge ansehen kann, lauft alsobald und ruft den Ambrosius zu Hülfe. Dieser kömmt nebst seinem Diener eiligst herzu, und findet mich in dem aller-

erbärmlichsten Zustande, läßt derowegen seinem gerechten Eifer den Zügel schießen, und zerprügelt seine
drei leiblichen Schwestern dergestalt, daß sie in vielen
Wochen nicht aus den Betten steigen können, mich halb-
tote Kreatur aber, trägt er auf den Armen in sein eigenes
Bette, lässet nebst einem verständigen Arzte, zwei Wartfrauen holen, machte also zu meiner besten Verpflegung und Kur die herrlichsten Anstalten. Ich erkannte
sein redliches Gemüte mehr als zu wohl, indem er fast
niemals zu meinem Bette nahete, oder sich meines Zustandes erkundigte, daß ihm nicht die hellen Tränen von
den Wangen herabgelaufen wären, sobald er auch merkte daß es mir unmöglich wäre, in diesem vor mich unglückseligen Hause einige Ruhe zu genießen, vielweniger auf meine Genesung zu hoffen, ließ er mich in ein
anderes, nächst dem seinen gelegenes Haus bringen, allwo in dem einsamen Hintergebäude eine schöne Gelegenheit zu meiner desto bessern Verpflegung bereitet
war.

Er ließ es also an nichts fehlen meine Genesung aufs
eiligste zu befördern, und besuchte mich täglich sehr
öfters, allein meine Krankheit schien von Tage zu Tage
gefährlicher zu werden, weilen die Fußtritte meiner alten Pflegemutter eine starke Geschwulst in meinem Unterleibe verursacht hatten, welche mit einem schlimmen
Fieber vergesellschaftet war, so, daß der Medikus nachdem er über drei Monat an mir kurieret hatte, endlich zu
vernehmen gab: es müsse sich irgendwo ein Geschwür
im Leibe angesetzt haben, welches, nachdem es zum
Aufbrechen gediehen, mir entweder einen plötzlichen
Tod, oder baldige Genesung verursachen könnte.

Ambrosius stellete sich hierbei ganz trostlos an, zumalen da ihm sein Kompagnon aus Amsterdam berichtete:
wie die Spanier ein holländisches Schiff angehalten hät-

ten, worauf sich von ihren gemeinschaftlichen Waren allein, noch mehr als 20 000 Tl. Wert befänden, demnach müsse sich Ambrosius in aller Eil dahin begeben, um selbiges Schiff zu lösen, weiln er, nämlich der Kompagnon, wegen eines Beinbruchs ohnmöglich solche Reise antreten könnte.

Er hatte mir dieses kaum eröffnet, da ich ihn umständig bat, um meiner Person wegen dergleichen wichtiges Geschäfte nicht zu verabsäumen, indem ich die stärkste Hoffnung zu Gott hätte, daß mich derselbe binnen der Zeit seines Abwesens, vielleicht gesund herstellen würde, sollte ich aber ja sterben, so bäte mir nichts anders aus, als vorhero die Verfügung zu machen, daß ich ehrlich begraben, und hinkünftig dann und wann seines guten Andenkens gewürdiget würde. ›Ach!‹ sprach er hierauf mit weinenden Augen, ›sterbt Ihr meine allerliebste Virgilia, so stirbt mit Euch alles mein künftiges Vergnügen, denn wisset: Daß ich Eure Person einzig und allein zu meinem Ehegemahl erwählet habe, soferne ich aber Euch verlieren sollte, ist mein Vorsatz, nimmermehr zu heiraten, saget derowegen, ob Ihr nach wiedererlangter Gesundheit meine getreue Liebe mit völliger Gegenliebe belohnen wollet?‹ ›Ich stelle‹, gab ich hierauf zur Antwort, ›meine Ehre, zeitliches Glück und alles was an mir ist, in Eure Hände, glaubet demnach, daß ich als eine arme Waise Euch gänzlich eigen bin, und machet mit mir, was Ihr bei Gott, Eurem guten Gewissen und der ehrbaren Welt verantworten könnet.‹ Über diese Erklärung zeigte sich Ambrosius dermaßen vergnügt, daß er fast kein Wort vorzubringen wußte, jedoch erkühnete er sich einen feurigen Kuß auf meine Lippen zu drücken, und weiln dieses der erste war, den ich meines Wissens von einer Mannsperson auf meinen Mund empfangen, ging es ohne sonderbare Beschämung nicht ab, jedoch nachdem er mir seine beständige Treue aufs heiligste zugeschworen hatte, konnte ich ihm nicht verwehren, dergleichen auf meinen blassen Wangen, Lippen und Händen noch öfter zu wiederholen. Wir brachten also fast einen halben Tag mit den treuherzigsten Gesprächen hin, und endlich gelückte es mir ihn zu bereden, daß er gleich morgendes Tages die Reise nach Spanien vornahm, nachdem er von mir den allerzärtlichsten Abschied genommen, tausend Stück Dukaten zu meiner Verpflegung zurückgelassen, und sonsten meinetwegen die eifrigste Sorgfalt vorgekehret hatte.

Etwa einen Monat nach meines werten Ambrosii Abreise, brach das Geschwür in meinem Leibe, welches sich des Arzts, und meiner eigenen Meinung nach, am Magen und Zwerchfell angesetzt hatte, in der Nacht plötzlich auf, weswegen etliche Tage nacheinander eine erstaunliche Menge Eiter durch den Stuhlgang zum Vorschein kam, hierauf begunnte mein dicker Leib allmählig zu fallen, das Fieber nachzulassen, mithin die Hoffnung, meiner völligen Genesung wegen, immer mehr und mehr zuzunehmen. Allein das Unglück, welches mich von Jugend an so grausam verfolget, hatte sich schon wieder aufs neue gerüstet, mir den allerempfindlichsten Streich zu spielen, denn da ich einst um Mitternacht im süßen Schlummer lag, wurde meine Tür von den Gerichtsdienern plötzlich eröffnet, ich, nebst meiner Wartfrau in das gemeine Stadtgefängnis gebracht, und meiner großen Schwachheit ohngeacht, mit schweren Ketten belegt, ohne zu wissen aus was Ursachen man also grausam mit mir umginge. Gleich folgendes Tages aber erfuhr ich mehr als zu klar, in was vor bösen Verdacht ich arme unschuldige Kreatur gehalten wurde, denn es kamen etliche ansehnliche Männer im Gefängnisse bei mir an, welche, nach weitläuftiger Erkundigung meines Lebens und Wandels, endlich eine rotangestrichene Schachtel herbeibringen ließen, und mich befragten: Ob diese Schachtel mir zugehörete, oder sonsten etwa kenntlich sei? Ich konnte mit guten Gewissen und freien Mute nein darzu sagen, sobald aber dieselbe eröffnet und mir ein halb verfaultes Kind darinnen gezeiget wurde, entsetzte ich mich dergestalt über diesen ekelhaften Anblick, daß mir augenblicklich eine Ohnmacht zustieß. Nachdem man meine entwichenen Geister aber wiederum in einige Ordnung gebracht, wurde ich aufs neue befragt: Ob dieses Kind nicht von mir zur Welt geboren, nachhero ermordet und hinweggeworfen worden? Ich erfüllete das ganze Gemach mit meinem Geschrei, und bezeugte meine Unschuld nicht allein mit heftigen Tränen, sondern auch mit den nachdrücklichsten Reden, allein alles dieses fand keine statt, denn es wurden zwei, mit meiner sel. Mutter Namen bezeichnete Tellertüchlein, zwar als stumme, doch der Richter Meinung nach, allergewisseste Zeugen dargelegt, in welche das Kind gewickelt gewesen, ich aber konnte nicht leugnen, daß unter meinem wenigen weißen Zeuge, eben dergleichen Tellertücher befindlich wären. Es wurde mir über dieses auferlegt mich von zwei Wehmüttern besichtigen zu lassen, da nun nichts anders gedachte, es würde, durch dieses höchst empfindliche Mittel, meine Unschuld völlig an Tag kommen, so mußte doch zu meinem allergrößten Schmerzen erfahren, wie diese ohne allen Scheu bekräftigten, daß ich, allen Umständen nach, vor weniger Zeit ein Kind zur Welt geboren haben müsse. Ich berufte mich hierbei auf meinen bisherigen Arzt sowohl, als auf meine zwei Wartfrauen, allein der Arzt hatte die Schultern gezuckt und bekennet, daß er nicht eigentlich sagen könne, wie es mit mir beschaffen

gewesen, ob er mich gleich auf ein innerliches Magenge-
schwür kurieret hätte, die eine Wartfrau aber zog ihren
Kopf aus der Schlinge und sagte: Sie wisse von meinem
Zustande wenig zu sagen, weil sie zwar öfters bei Tage,
selten aber des Nachts bei mir gewesen wäre, schob hiermit alles auf die andere Wartfrau, die sowohl als ich in
Ketten und Banden lag.

›O du barmherziger Gott!‹ rief ich aus, ›wie kannstu
zugeben, daß sich alle ängstlichen Umstände mit der
Bosheit der Menschen vereinigen müssen, einer höchst
unschuldigen armen Waise Unglück zu befördern. O ihr
Richter‹, schrie ich, ›übereilet Euch nicht zu meinem
Verderben, sondern höret mich an, auf daß Euch Gott
wiederum höre.‹ Hiermit erzählete ich ihnen meinen
von Kindesbeinen an geführten Jammerstand deutlich
genung, allein da es zum Ende kam, hatte ich tauben
Ohren geprediget und sonsten kein ander Lob davon, als
daß ich eine sehr gewitzigte Metze und gute Rednerin
sei, dem allen ohngeacht aber sollte ich mir nur keine
Hoffnung machen sie zu verwirren, sondern nur beizeiten mein Verbrechen in der Güte gestehen, widrigenfalls würde ehester Tage Anstalt zu meiner Tortur gemacht werden. Dieses war der Bescheid, welchen mir die
allzu ernsthaften Inquisiteurs hinterließen, ich armes
von aller Welt verlassenes Mägdlein wußte mir weder zu
helfen noch zu raten, zumalen, da ich von neuen in ein
solches hitziges Fieber verfiel, welches meinen Verstand
bis in die vierte Woche ganz verrückte. Sobald mich aber
durch die gereichten guten Arzeneien nur in etwas wiederum erholet hatte, verhöreten mich die Inquisiteurs
aufs neue, bekamen aber, seiten meiner, keine andere
Erklärung als vormals, weswegen sie mir noch drei Tage
Bedenkzeit gaben, nach deren Verlauf aber in Gesellschaft des Scharfrichters erschienen, der sein peinliches

Werkzeug vor meine Augen legte, und mit grimmigen Gebärden sagte: Daß er mich in kurzer Zeit zur bessern Bekenntnis meiner Bosheiten bringen wolle.

Bei dem Anblicke so gestellter Sachen veränderte sich meine ganze Natur dergestalt, daß ich auf einmal Lust bekam, ehe tausendmal den Tod, als dergleichen Pein zu erleiden, demnach sprach ich mit größter Herzhaftigkeit dieses zu meinen Richtern: ›Wohlan! ich spüre, daß ich meines zeitlichen Glücks, Ehre und Lebens wegen, von Gott und aller Welt verlassen bin, auch der schmählichen Tortur auf keine andere Art entgehen kann, als wenn ich alles dasjenige, was Ihr an mir sucht, eingestehe und verrichtet zu haben auf mich nehme, derowegen verschonet mich nur mit unnötiger Marter, und erfraget von mir was Euch beliebt, so will ich Euch nach Eurem Belieben antworten, es mag mir nun zu meinem zeitlichen Glück und Leben nützlich oder schädlich sein.‹ Hierauf taten sie eine klägliche Ermahnung an mich, Gotte, wie auch der Obrigkeit ein wahrhaftiges Bekenntnis abzustatten, und fingen an, mir mehr als dreißig Fragen vorzulegen, allein sobald ich nur ein oder andere mit guten Gewissen und der Wahrheit nach verneinen, und etwas gewisses zu meiner Entschuldigung vorbringen wollte, wurde alsobald der Scharfrichter mit seinen Marterinstrumenten näherzutreten ermahnet, weswegen ich aus Angst augenblicklich meinen Sinn änderte und so antwortete, wie es meine Inquisiteurs gerne hören und haben wollten. Kurz zu melden, es kam so viel heraus, daß ich das mir unbekannte halb verfaulte Kind von Ambrosio empfangen, zur Welt geboren, selbst ermordet, und solches durch meine Wartfrau in einen Kanal werfen lassen, woran doch in der Tat Ambrosius und die Wartfrau, sowohl als ich vor Gott und allen heiligen Engeln unschudig waren.

Solchergestalt vermeinten nun meine Inquisiteurs ihr Amt an mir rechtschaffenerweise verwaltet zu haben, ließen derowegen das Gerüchte durch die ganze Stadt erschallen, daß ich nunmehro in der Güte ohne alle Marter den Kindermord nebst allen behörigen Umständen solchergestalt bekennet, daß niemand daran zu zweifeln Ursach haben könnte, demnach war nichts mehr übrig als zu bestimmen, auf was vor Art und welchen Tag die arme Virgilia vom Leben zum Tode gebracht werden sollte. Immittelst wurde noch zur Zeit kein Priester oder Seelsorger zu mir gesendet, ohngeacht ich schon etliche Tage darum angehalten hatte. Endlich aber, nachdem noch zwei Wochen verlaufen, stellete sich ein solcher, und zwar ein mir wohl bekannter frommer Prediger bei mir ein. Nach getanem Gruße war seine ernsthafte und erste Frage: Ob ich die berüchtigte junge Rabenmutter und Kindermörderin sei, auch wie ich mich sowohl in meinem Gewissen als wegen der Leibesgesundheit befände. ›Mein Herr!‹ gab ich ihm sehr freimütig zur Antwort, ›in meinem Gewissen befinde ich mich weit besser und gesunder als am Leibe, sonsten kann ich Gott einzig und allein zum Zeugen anrufen, daß ich niemals eine Mutter, weder eines toten noch lebendigen Kindes gewesen bin, vielweniger ein Kind ermordet oder solches zu ermorden zugelassen habe. Ja, ich rufe nochmals Gott zum Zeugen an, daß ich niemals von einem Manne erkannt und also noch eine reine und keusche Jungfrau bin, jedoch das grausame Verfahren meiner Inquisiteurs und die große Furcht vor der Tortur, haben mich gezwungen solche Sachen zu bekennen, von denen mir niemals etwas in die Gedanken kommen ist, und noch bis diese Stunde bin ich entschlossen, lieber mit freudigen Herzen in den Tod zu gehen, als die Tortur auszustehen.‹ Der fromme Mann sahe mir starr in die Augen, als ob er aus selbigen die Bekräftigung meiner Reden vernehmen wollte, und schärfte mir das Gewissen in allen Stücken ungemein, nachdem ich aber bei der ihm getanen Aussage verharrete, und meinen ganzen Lebenslauf erzählet hatte, sprach er: ›Meine Tochter, Eure Rechtshändel müssen, ob Gott will, in kurzen auf andern Fuß kommen, ich spreche Euch zwar keineswegs vor recht, daß Ihr, aus Furcht vor der Tortur, Euch zu einer Kinder- und Selbstmörderin machet, allein es sind noch andere Eurer Einfalt unbewußte Mittel vorhanden Eure Schuld oder Unschuld ans Licht zu bringen.‹ Hierauf setzte er noch einige tröstliche Ermahnungen hinzu, und nahm mit dem Versprechen Abschied, mich längstens in zweien Tagen wiederum zu besuchen.

Allein gleich folgendes Tages erfuhr ich ohnverhofft, daß mich Gott durch zweierlei Hülfsmittel, mit ehesten aus meinem Elende herausreißen würde, denn vors erste war meine Unschuld schon ziemlich ans Tageslicht gekommen, da die alte Dienstmagd meiner Pflegemutter, aus eigenem Gewissenstriebe, der Obrigkeit angezeiget hatte, wie nicht ich, sondern die mittelste Tochter meiner Pflegemutter das gefundene Kind geboren, selbiges, vermittelst einer großen Nadel, ermordet, eingepackt, und hinwegzuwerfen befohlen hätte, und zwar so hätten nicht allein die übrigen zwei Schwestern, sondern auch die Mutter selbst mit Hand angelegt, dieweiln es bei ihnen nicht das erste Mal sei, dergleichen Taten begangen zu haben. Meine andere tröstliche Zeitung war, daß mein bester Freund Ambrosius vor wenig Stunden zurückgekommen, und zu meiner Befreiung die äußersten Mittel anzuwenden, allbereits im Begriff sei.

Er bekam noch selbigen Abends Erlaubnis, mich in meinem Gefängnisse zu besuchen, und wäre beinahe in

Ohnmacht gefallen, da er mich Elende annoch in Ketten und Banden liegen sahe, allein, er hatte doch nach Verlauf einer halben Stunde, sowohl als ich, das Vergnügen, mich von den Banden entlediget, und in ein reputierlicher Gefängnis gebracht zu sehen. Ich will mich nicht aufhalten zu beschreiben, wie jämmerlich und dennoch zärtlich und tröstlich diese unsere Wiederzusammenkunft war, sondern nur melden, daß ich nach zweien Tagen durch seine ernstliche Bemühung in völlige Freiheit gesetzt wurde. Über dieses ließ er es sich sehr viel kosten, wegen meiner Unschuld hinlängliche Erstattung des erlittenen Schimpfs von meinen allzu hitzigen Inquisiteurs zu erhalten, empfing auch sowohl von den geistlichen als weltlichen Gerichten die herrlichsten Ehrenzeugnisse vor seine und meine Person, am allermeisten aber erfreuete er sich über meine in wenig Wochen völlig wiedererlangte Gesundheit.

Nach der Zeit bemühete sich Ambrosius, seine lasterhafte Mutter und schändliche Schwestern, vermittelst einer großen Geldsumme, von der fernern Inquisition zu befreien, zumalen da ich ihnen das mir zugefügte Unrecht von Herzen vergeben hatte, allein, er konnte nichts erhalten, sondern mußte der Gerechtigkeit den Lauf lassen, weil sie nach der Zeit überzeugt wurden, daß dieses schon das dritte Kind sei, welches seine zwei ältesten Schwestern geboren, und mit Beihülfe ihrer Mutter ermordet hätten, weswegen sie auch ihren verdienten Lohn empfingen, indem die Mutter nebst den zwei ältesten mit dem Leben büßen, die jüngste aber in ein Zuchthaus wandern mußte.

Jedoch, ehe noch dieses geschahe, reisete mein Ambrosius mit mir nach Amsterdam, weil er vermutlich dieses traurige Spektakul nicht abwarten wollte, ließ sich aber doch noch in selbigem Jahre mit mir ehelich verbinden, und ich kann nicht anders sagen, als daß ich ein halbes Jahr lang ein recht stilles und vergnügtes Leben mit ihm geführet habe, indem er eine der besten Handlungen mit seinem Kompagnon daselbst anlegte. Allein, weil das Verhängnis einmal beschlossen hatte, daß meiner Jugend Jahre in lauter Betrübnis zugebracht werden sollten, so mußte mein getreuer Ambrosius über Vermuten den gefährlichsten Anfall der roten Ruhr bekommen, welche ihn in siebzehn Tagen dermaßen abmattete, daß er seinen Geist darüber aufgab, und im einunddreißigsten Jahre seines Alters mich zu einer sehr jungen, aber desto betrübtern Wittbe machte. Ich will meinen dieserhalb empfundenen Jammer nicht weitläuftig beschreiben, genung, wenn ich sage, daß mein Herz nichts mehr wünschte, als ihm im Grabe an der Seite zu liegen. Der getreue Ambrosius aber hatte noch vor seinem Ende vor mein zeitliches Glück gesorget, und meine Person sowohl als sein ganzes Vermögen an seinen Kompagnon vermacht, doch mit dem Vorbehalt, daß, wo ich wider Vermuten denselben nicht zum Manne verlangete, er mir überhaupt vor alles 12 000 Tl. auszahlen, und mir meinen freien Willen lassen sollte.

Wilhelm van Catmer, so hieß der Kompagnon meines sel. Ehemannes, war ein Mann von dreiunddreißig Jahren, und nur seit zweien Jahren ein Wittber gewesen, hatte von seiner verstorbenen Frauen eine einzige Tochter, Gertraud genannt, bei sich, die aber, wegen ihrer Kindheit, seinem Hauswesen noch nicht vorstehen konnte, derowegen gab er mir nach verflossenen Trauerjahre sowohl seine aufrichtige Liebe, als den letzten Willen meines sel. Mannes sehr beweglich zu verstehen, und drunge sich endlich durch tägliches Anhalten um meine Gegengunst solchergestalt in mein Herz, daß ich mich entschloß, die Heirat mit ihm einzugehen, weil

er mich hinlänglich überführete, daß sowohl der Witt-
benstand, als eine anderweitige Heirat mit Zurücksetzung seiner Person, vor mich sehr gefährlich sei.

Ich hatte keine Ursach über diesen andern Mann zu
klagen, denn er hat mich nach der Zeit in unsern fünf-
jährigen Ehestande mit keiner Gebärde, vielweniger mit
einem Worte betrübt. Zehen Monat nach unserer Vereheligung kam ich mit einer jungen Tochter ins Kind-
bette, welche aber nach anderthalb Jahren an Masern
starb, doch wurde dieser Verlust bald wiederum ersetzt,
da ich zum andern Male mit einem jungen Sohne nie-
derkam, worüber mein Ehemann eine ungemeine Freude bezeigte, und mir um soviel desto mehr Liebesbezeugungen erwiese. Beinahe zwei Jahr hernach erhielt mein
Wilhelm die betrübte Nachricht, daß sein leiblicher Vater auf dem Kap der guten Hoffnung Todes verblichen
sei, weil nun derselbe in ermeldten Lande vor mehr als
30 000 Taler Wert Güter angebauet und besessen hatte;
als beredete er sich dieserwegen mit einem einzigen Bruder und einer Schwester, fassete auch endlich den
Schluß, selbige Güter in Besitz zu nehmen, und seinem
Geschwister zwei Teile des Werts herauszugeben. Er
fragte zwar vorhero mich um Rat, auch ob ich mich
entschließen könnte, Europam zu verlassen, und in
einem andern Weltteile zu wohnen, beschrieb mir anbei
die Lage und Lebensart in selbigem fernen Lande aus
der maßen angenehm, sobald ich nun merkte, daß ihm
so gar sehr viel daran gelegen wäre, gab ich alsofort
meinen Willen drein, und versprach, in seiner Gesellschaft viel lieber mit ans Ende der Welt zu reisen, als
ohne ihn in Amsterdam zu bleiben. Demnach wurde
aufs eiligste Anstalt zu unserer Reise gemacht, wir machten unsere besten Sachen teils zu Gelde, teils aber ließen
wir selbige in Verwahrung unsers Schwagers, der ein

wohlhabender Jubelier war, und reiseten in Gottes Namen von Amsterdam ab, dem Kap der guten Hoffnung oder vielmehr unserm Unglück entgegen, denn mittlerweile, da wir an den Kanarischen Insuln, uns ein wenig zu erfrischen, angelandet waren, starb unser kleiner Sohn, und wurde auch daselbst zur Erde bestattet. Wenig Tage hierauf wurde die fernere Reise fortgesetzt, und mein Betrübnis vollkommen zu machen, überfielen uns zwei Räuber, mit welchen sich unser Schiff ins Treffen einlassen mußte, auch so glücklich war, selbigen zu entgehen, ich aber sollte doch dabei die Allerunglückseligste sein, indem mein lieber Mann mit einer kleinen Kugel durch den Kopf geschossen wurde, und dieserwegen sein redliches Leben einbüßen mußte.

Der Himmel weiß, ob mein seliger William seinen tödlichen Schuß nicht vielmehr von einem Meuchelmörder als von den Seeräubern bekommen hatte, denn alle Umstände kamen mir dabei sehr verdächtig vor, jedoch, Gott verzeihe es mir, wenn ich den Severin Water in unrechten Verdacht halte.

Dieser Severin Water war ein junger holländischer, sehr frecher, und wollüstiger Kaufmann, und hatte schon öfters in Amsterdam Gelegenheit gesucht, mich zu einem schändlichen Ehebruche zu verführen. Ich hatte ihn schon verschiedene Male gewarnet, meine Tugend mit dergleichen verdammten Ansinnen zu verschonen, oder ich würde mich genötiget finden, solches meinem Manne zu eröffnen, da er aber dennoch nicht nachlassen wollte, bat ich würklich meinen Mann inständig, seine und meine Ehre gegen diesen geilen Bock zu schützen, allein, mein William gab mir zur Antwort: ›Mein Engel, lasset den Hasen laufen, er ist ein wollüstiger Narr, und weil ich mich Eurer Tugend vollkommen versichert halte, so weiß ich auch, daß er zu meinem

Nachteil nichts bei Euch erhalten wird, indessen ist es nicht ratsam, ihn noch zur Zeit zum offenbaren Feinde zu machen, weil ich durch seine Person auf dem Kap der guten Hoffnung einen besonderen wichtigen Vorteil erlangen kann.‹ Und eben in dieser Absicht sahe es auch mein William nicht ungern, daß Severin in seiner Gesellschaft mit dahin reisete. Ich indessen war um soviel desto mehr verdrüßlich, da ich diesen geilen Bock alltäglich vor mir sehen, und mit ihm reden mußte, er führete sich aber bei meines Mannes Leben noch ziemlich vernünftig auf, jedoch gleich etliche Tage nach dessen jämmerlichen Tode, trug er mir sogleich seine eigene schändliche Person zur neuen Heirat an. Ich nahm diese Leichtsinnigkeit sehr übel auf, und bat ihn, mich zum wenigsten auf ein Jahr lang mit dergleichen Antrage zu verschonen, allein er verlachte meine Einfalt, und sagte mit frechen Gebärden: Er frage ja nichts darnach, ich möchte schwanger sein oder nicht, genung, er wolle meine Leibesfrucht vor die seinige erkennen, über dieses wäre man auf den Schiffen der geistlichen Kirchenzensur nicht also unterworfen, als in unsern Vaterlande, und was dergleichen Geschwätzes mehr war, mich zu einer gleichmäßigen schändlichen Leichtsinnigkeit zu bewegen, da ich aber, ohngeacht ich wohl wußte, daß sich nicht die geringsten Zeichen einer Schwangerschaft bei mir äußerten, dennoch einen natürlichen Abscheu sowohl vor der Person als dem ganzen Wesen dieses Wüstlings hatte, so suchte ihn, vermöge der verdrüßlichsten und schimpflichsten Reden, mir vom Halse zu schaffen; allein, der freche Bube kehrete sich an nichts, sondern schwur, ehe sein ganzes Vermögen nebst dem Leben zu verlieren, als mich dem Wittbenstande oder einem andern Manne zu überlassen, sagte mir anbei frei unter die Augen, so lange wolle er noch Gedult haben, bis wir das

Kap der guten Hoffnung erreicht hätten, nach diesem würde sich zeigen, ob er mich mit Güte oder Gewalt ins Ehebette ziehen müsse.

Ich Elende wußte gegen diesen Trotzer nirgends Schutz zu finden, weil er die Befehlshaber des Schiffs sowohl als die meisten andern Leute durch Geschenke und Gaben auf seine Seite gelenkt hatte, solchergestalt wurden meine jämmerlichen Klagen fast von jedermann verlacht, und ich selbst ein Spott der ungehobelten Bootsknechte, indem mir ein jeder vorwarf, meine Keuschheit wäre nur ein verstelltes Wesen, ich wollte nur sehr gebeten sein, würde aber meine Tugend schon wohlfeiler verkaufen, sobald nur ein junger Mann -

Ich scheue mich, an die lasterhaften Reden länger zu gedenken, welche ich mit größter Herzensqual von diesen Unflätern täglich anhören mußte, über dieses klagte mir meine Aufwärterin Blandina mit weinenden Augen, daß ihr Severin schändliche Unzucht zugemutet, und versprochen hätte, sie auf dem Kap der guten Hoffnung nebst mir, als seine Kebsfrau, beizubehalten, allein, sie hatte ihm ins Angesicht gespien, davor aber eine derbe Maulschelle hinnehmen müssen. Meiner zarten und fast noch nicht mannbaren Stieftochter, der Gertraud, hatte der Schandbock ebenfalls seine Geilheit angetragen, und fast Willens gehabt, dieses fromme Kind zu notzüchtigen, der Himmel aber führete mich noch beizeiten dahin, diese Unschuldige zu retten.

Solchergestalt war nun mein Jammerstand abermals auf der höchsten Stufe des Unglücks, die Hülfe des Höchsten aber desto näher. Ich will aber nicht weiter beschreiben, welchergestalt ich nebst meiner Tochter und Aufwärterin von den Kindern und Befreunden des teuren Altvaters Albert Julii aus dieser Angst gerissen und errettet worden, weil ich doch versichert bin, daß selbiger solches alles in seiner Geschichtsbeschreibung sowohl als mein übriges Schicksal, nebst andern mit aufgezeichnet hat, sondern hiermit meine Lebensbeschreibung schließen, und das Urteil darüber andern überlassen. Gott und mein Gewissen überzeugen mich keiner mutwilligen und groben Sünden, wäre ich aber ja eine lasterhafte Weibsperson gewesen, so hätte töricht gehandelt, alles mit solchen Umständen zu beschreiben, woraus vielleicht mancher etwas Schlimmeres von mir mutmaßen könnte.

Dieses war also alles, was ich Eberhard Julius meinen Zuhörern, von der Virgilia eigenen Hand geschrieben, vorlesen konnte, worauf der Altvater seine Erzählung folgendermaßen fortsetzte:

»Unsere allseitige Freude über die gewünschte Wiederkunft der Meinigen war ganz unvergleichlich, zumalen da die mitgekommene junge Wittbe nebst ihrer Tochter und einer nicht weniger artigen Jungfrau bei unserer Lebensart ein vollkommenes Vergnügen bezeugten. Also wurde der bevorstehende Winter sowohl als der darauffolgende Sommer mit lauter Ergötzlichkeit zugebracht. Das Schiff luden meine Kinder aus, und stießen es als eine nicht allzu nötige Sache in die Bucht, weil wir uns nach keinen weitern Handel mit andern Leuten sehneten. Dahingegen erweiterten wir unsere alten Wohnungen, baueten noch etliche neue, versperreten alle Zugänge zu unserer Insul, und setzten die Hauswirtschaften in immer bessern Stand. Amias hatte von einem Holländer ein Glas voll Leinsamen bekommen, von welchen er etwas aussäete, um Flachs zu zeugen, damit die Weiber Spinnwerk bekämen, über dieses war seine größte Freude, daß diejenigen Blumen und andere Gewächse zu ihrer Zeit so schön zum Vorschein kamen, zu welchen er die Samen, Zwiebeln und Kernen von den Holländern erbettelt und mitgebracht hatte. Seiner Vorsicht, guter Wartung und besonderen Klugheit habe ich es einzig und allein zu danken, daß mein großer Garten, zu welchen er im Jahr 1672 den Grund gelegt, in guten Stande ist.

Doch eben in selbigem Jahre, ließ sich die tugendhafte Virgilia van Catmers, und zwar am 8. Jan., nämlich an meinem Geburtstage, mit meinem Sohne Johanne durch meine Hand ehelich zusammengeben, und weil der jüngste Zwilling, Christian, seine ihm zugeteilte Blandina an seinen ältern Bruder Christoph gutwillig überließ, anbei aber mit ruhigem Herzen auf die Gertraud warten wollte, so geschahe dem Christoph und der Blandina, die einander allem Ansehen nach recht herzlich liebten, ein gleiches, so, daß wir abermals zwei Hochzeitfeste zugleich begingen.

Im Jahre 1674 wurden endlich die letzten zwei von meinen leiblichen Kindern vereheliget, nämlich Christian mit Gertraud, und Christina mit David Rawkin, als welcher letztere genungsam Proben seiner treuen und geduldigen Liebe zutage gelegt hatte. Demnach waren alle die Meinigen dermaßen wohl begattet und beraten, daß es, unser aller vernünftigen Meinung nach, unmöglich besser erdacht und ausgesucht werden können, jedoch waren meine Concordia und ich ohnstreitig die Allervergnügtesten zu nennen, denn alle die Unserigen erzeigten uns aus willigen ungezwungenen Herzen den allergenausten Gehorsam, der mit einer zärtlichen Ehrerbietung verknüpft war, wollten auch durchaus nicht geschehen lassen, daß wir uns mit beschwerlicher Arbeit bemühen sollten, sondern suchten alle Gelegenheit, uns derselben zu überheben, von selbst, so, daß eine vollkommene Liebe und Eintracht unter uns allen anzutreffen war. Der Himmel erzeigte sich auch dermaßen gnädig gegen uns von allen andern abgesonderte Menschen, daß wir seine barmherzige Vorsorge in allen Stücken ganz sonderbar verspüren konnten, und nicht die geringste Ursache hatten, über Mangel oder andere dem menschlichen Geschlecht sonst zustoßende betrübte Zufälle zu klagen, hergegen nahmen unsere Familien mit den Jahren dermaßen zu, daß man recht vergnügt überrechnen konnte, wie mit der Zeit aus denselben ein großes Volk entstehen würde.

Im Jahr 1683 aber begegnete uns der erste klägliche Zufall, und zwar solchergestalt: Wir hatten seit etlichen Jahren her, bei müßigen Zeiten, alle diejenigen Örter an den auswendigen Klippen, wo wir nur vermerkten, daß jemand dieselben besteigen, und uns überfallen könnte, durch fleißige Handarbeit und Sprengung mit Pulver, dermaßen zugerichtet, daß auch nicht einmal eine Katze hinaufklettern, und die Höhe erreichen können, hergegen arbeiteten wir zu unserer eigenen Bequemlichkeit vier ziemlich verborgene krumme Gänge, an vier Orten, nämlich: Gegen Norden, Osten, Süden und Westen zu, zwischen den Felsenklippen hinab, die niemand so leicht ausfinden konnte, als wer Bescheid darum wußte, und dieses geschahe aus keiner andern Ursache, als daß wir nicht die Mühe haben wollten, um aller Kleinigkeiten wegen, die etwa zwei oder drei Personen an der See zu verrichten hätten, allezeit die großen und ganz neu gemachten Schleusen auf- und zuzumachen. Jedoch, wie Ihr meine Lieben selbst wahrgenommen habt, verwahreten wir den Aus- und Eingang solcher bequemlichen Wege mit tiefen Abschnitten und andern Verhindernissen, solchergestalt, daß niemanden, ohne die herabgelassenen kleinen Zugbrücken, die doch von eines einzigen Menschen Händen leicht zu regieren sind, weder herüber- noch hinüberzukommen vermögend ist. Indem nun alle Seiten und Ecken durch unermüdeten vieljährigen Fleiß in vollkommen guten Stand gesetzt waren, bis auf noch etwas weniges an der Westseite, allwo, auf des Amias Angeben, noch ein ziemlich Stück Felsen abgesprengt werden sollte, versahe es der redliche Mann hierbei dermaßen schlimm, daß, da er sich nicht weit genung entfernt hatte, sein linkes Bein durch ein großes fliegendes Steinstücke erbärmlich gequetscht und zerschmettert wurde, welcher Schade denn in wenig Tagen diesem redlichen Manne, ohngeacht aller angewandten kräftigen Wundmittel, die auf unserer Insul in großer Menge anzutreffen sind, und die wir sowohl aus des Don Cyrillo Anweisung, als aus eigener Erfahrung ziemlich erkennen gelernet, sein edles Leben, wiewohl im hohen Alter, doch bei gesunden Kräften und frischem Herzen, uns allen aber noch viel zu früh, verkürzte.

Es war wohl kein einziger, ausgenommen die ganz jungen Kinder, auf dieser Insul anzutreffen, der dem guten Robert, als dessen Bruders Sohne, im wehmütigsten Klagen, wegen dieses unverhofften Todes und Unglücksfalles, nicht eifrige Gesellschaft geleistet hätte, Jakob, Simon und David, die alle drei in der Tischlerarbeit die geschicktesten waren, machten ihm einen recht schönen Sarg nach teutscher Art, worein wir den zierlich angekleideten Körper legten, und an denjenigen Ort, welchen ich vorlängst zum Begräbnis der Toten ausersehen, ehrlich zur Erde bestatteten.

Robert, der in damaligem neunzehnten Jahre seines Ehestandes mit der jüngern Concordia allbereit elf Kinder, als drei Söhne und acht Töchter, gezeuget hatte, war nunmehro der erste, der sich von uns trennete, und vor sich und sein Geschlechte eine eigene Pflanzstadt, jenseit des Kanals gegen Osten zu, anlegte, weil uns der

Platz und die Gegend um den Hügel herum, fast zu enge werden wollte. Mein ältester Sohn, Albert, folgte dessen Beispiele mit seiner Judith, sechs Söhnen und zwei Töchtern am ersten, und legte seine Pflanzstadt nordwärts an. Diesem tat Stephanus mit seiner Sabina, vier Söhnen und fünf Töchtern, ein gleiches nach, und zwar im Jahr 1685, da er seine Wohnung jenseit des Westflusses aufschlug. Im folgenden Jahre folgte Jakob und Maria mit drei Söhnen und vier Töchtern, ingleichen Simon mit drei Söhnen und zwei Töchtern, auch Johannes mit der Virgilia, zwei Söhnen und fünf Töchtern.

Ich ersahe meine besondere Freude hieran, und weil sie alle als Brüder einander im Hausbauen und andern Dinge redlich zu Hülfe kamen, so machte auch ich mir die größte Freude daraus, ihnen kräftige Handreichung zu tun. Bei uns auf dem Hügel aber wohnete also niemand mehr, als David und Christina mit drei Söhnen und drei Töchtern, Christoph mit drei Söhnen und vier Töchtern, und letztlich Christian mit zwei Söhnen und einer Tochter, ingesamt, meine Concordia und mich mitgerechnet, vierundzwanzig Seelen, außerhalb des Hügels aber neunundfünfzig Seelen, Summa, im Jahr 1688, da die erstere Hauptverteilung vollendet wurde, aller auf dieser Insul lebenden Menschen, dreiundachtzig. Nämlich neununddreißig Mannes- und vierundvierzig Weibspersonen.

Ich habe Euch aber, meine Lieben, diese Rechnung nur dieserwegen vorgehalten, weil ich eben im 1688ten Jahre mein sechzigstes Lebensjahr, und das vierzigste Jahr meines vergnügt geführten Ehestandes zurückgelegt hatte, auch weil, außer meinem letzten Töchterlein, bis auf selbige Zeit kein einziges noch mehr von meinen Kindern oder Kindeskindern gestorben war, welches doch nachhero ebensowohl unter uns, als unter andern sterblichen Menschenkindern geschahe, wie mein ordentlich geführtes Totenregister solches bezeuget, und auf Begehren zur andern Zeit vorgezeiget werden kann.

Nun sollte zwar auch von meiner Kindeskinder fernerer Verheiratung ordentliche Meldung tun, allein, wem wird sonderlich mit solchen allzu großen Weitläuftigkeiten gedienet sein, zumalen sich ein jeder leichtlich einbilden kann, daß sie sich mit niemand anders als ihrer Väter und Mütter, Brüders- und Schwesterkindern haben vereheligen können, welches, soviel mir wissend, göttlicher Ordnung nicht gänzlich zuwider ist, und worzu mein erster Sohnessohn, Albertus der dritte allhier, anno 1689 mit Roberts ältesten Tochter den Anfang machte, welchen die andern Mannbaren, zu gehöriger Zeit bis auf diesen Tag nachgefolget sind.

Es mag aber«, ließ sich hierauf der Altvater hören, »hiermit auf diesen Abend sein Bewenden haben, doch morgen, geliebt es Gott, und zwar nach verrichteten Morgengebet und eingenommenen Frühstück, da wir ohnedem einen Rasttag machen können, will ich den übrigen Rest meiner Erzählung von denjenigen Merkwürdigkeiten tun, die mir bis auf des Kapitän Wolfgangs Ankunft im Jahr 1721 annoch erzählenswürdig scheinen, und ohngefähr beifallen werden.«

Demnach legten wir uns abermals sämtlich zur Ruhe, da nun dieselbe nebst der von dem Altvater bestimmten Zeit abgewartet war, gab er uns den Beschluß seiner bishero ordentlich auseinandergehenkten Erzählung also zu vernehmen.

»Im Jahr 1692 wandten sich endlich die drei letzten Stämme auch von unserm Hügel, und baueten an selbst erwählten Orten ihre eigene Pflanzstätten vor sich und ihre Nachkommen an, damit aber meine liebe Concor-

dia und ich nicht alleine gelassen würden, schickte uns
ein jeder von den neun Stämmen eins seiner Kinder zur
Bedienung und Gesellschaft zu, also hatten wir fünf
Jünglinge und vier Mägdleins nicht allein zum Zeitvertreibe, sondern auch zu täglichen Lustarbeitern und Kü-
chengehülfen um und neben uns, denn vor Brod und
andere gute Lebensmittel durften wir keine Sorge tragen, weil die Stammväter alles im Überflusse auf den
Hügel schafften. Die Affen machten bei allen diesen
neuen Einrichtungen die liederlichsten Streiche, denn
ob ich gleich dieselben ordentlich als Sklaven meinen
Kindern zugeteilet und ein jeder Stamm die seinigen mit
einem besondern Halsbande gezeichnet hatte, so wollten
sich dieselben anfänglich doch durchaus nicht zerteilen
lassen, sondern versammleten sich gar öfters alle wieder
auf dem Hügel bei meinen zweien alten Affen, die ich
vor mich behalten hatte, bis sie endlich teils mit Schlägen, teils mit guten Worten zum Gehorsam gebracht
wurden.

Im Jahre 1694 fingen meine sämtlichen Kinder an,
gegenwärtiges viereckte schöne Gebäude auf diesem
Hügel vor mich, als ihren Vater und König, zur Residenz aufzubauen, mit welchen sie erstlich nach dreien
Jahren völlig fertig wurden, weswegen ich meine alte
Hütte abreißen und ganz hinwegschaffen ließ, das neue
hergegen bezohe, und es Albertusburg nennete, nachhero habe in selbigem, durch den Hügel hindurch bis in
des Don Cyrillo unterirdische Höhle, eine bequeme
Treppe hauen, den auswendigen Eingang derselben
aber bis auf ein Luftloch vermauren und verschütten
lassen, so daß mir selbige kostbare Höhle nunmehro
zum herrlichsten Kellergewölbe dienet.

Sobald die Burg fertig, wurde der ganze Hügel mit
doppelten Reihen der ansehnlichsten Bäume in der

Rundung umsetzt, ingleichen der Anfang von mir gemacht, zu den beiden Alleen, zwischen welchen Albertsraum mitten inne liegt, und die nunmehro seit etliche zwanzig Jahren zum zierlichsten Stande kommen sind, wie ich denn nebst meiner Concordia manche schöne Stunde mit Spazierengehen darinne zugebracht habe.

Im 1698ten Jahre stieß uns abermals eine der merkwürdigsten Begebenheiten vor. Denn da David Rawkins drei ältesten Söhne eines Tages den Nordsteg hinab an die See gestiegen waren, um das Fett von einem ertöteten Seelöwen auszuschneiden, erblicken sie von ohngefähr ein Schiff, welches auf den Sandbänken vor unsern Felsen gestrandet hatte. Sie laufen geschwind zurück und melden es ihrem Vater, welcher erstlich zu mir kam, um sich Rats zu erholen, ob man, daferne es etwa Notleidende wären, ihnen zu Hülfe kommen möchte? Ich ließ alle wehrhaften Personen auf der Insul zusammenrufen, ihr Gewehr und Waffen ergreifen, und alle Zugänge wohl besetzen, und begab mich mit etlichen in eigener Person auf die Höhe. Von dar ersahen wir nun zwar das gestrandete Schiff sehr eigentlich, wurden aber keines Menschen darauf gewahr, ohngeacht einer um den andern mit des sel. Amias hinterlassenen Perspektiv fleißig Acht hatte, bis der Abend hereinzubrechen begunnte, da wir meisten uns wiederum zurückbegaben, doch aber die ganze Nacht hindurch die Wachten wohl bestellet hielten, indem zu besorgen war, es möchten etwa Seeräuber oder andere Feinde sein, die vorigen Tages unsere jungen Leute von ferne erblickt, derowegen ein Boot mit Mannschaft ausgesetzt hätten, um den Felsen auszukundschaften, mittlerweile sich die übrigen im Schiffe verbergen müßten.

Allein wir wurden weder am andern, dritten, vierten, fünften noch sechsten Tage nichts mehr gewahr als das auf einer Stelle bleibende Schiff, welches weder Masten noch Segel auf sich zeigte. Derowegen fasseten endlich am siebenten Tage David, nebst noch elf andern wohlbewaffneten starken Leuten, das Herze, in unser großes Boot, welches wir nur vor wenig Jahren zu Ausübung unserer Strandgerechtigkeit verfertiget, einzusteigen, und sich dem Schiffe zu nähern.

Nachdem sie selbiges erreicht und betreten, kommen dem David sogleich in einem Winkel zwei Personen vor Augen, welche bei einem toten menschlichen Körper sitzen, mit großen Messern ein Stück nach dem andern von selbigen abschneiden, und solche Stücken als rechte heißhungerige Wölfe eiligst verschlingen. Über diesen gräßlichen Anblick werden alle die Meinigen in nicht geringes Erstaunen gesetzt, jedoch selbiges wird um soviel mehr vergrößert, da einer von diesen Menschenfressern jählings aufspringet, und einen von Davids Söhnen mit seinem großen Messer zu erstechen sucht, doch da dieser Jüngling seinen Feind mit der Flinte, als einen leichten Strohwisch zu Boden rennet, werden endlich alle beide mit leichter Müh überwältiget und gebunden hingelegt.

Hierauf durchsuchen sie weiter alle Kammern, Ecken und Winkel des Schiffs, finden aber weder Menschen, Vieh, noch sonsten etwas, wovor sie sich ferner zu fürchten Ursach hätten. Hergegen an dessen Statt einen unschätzbaren Vorrat an kostbaren Zeug und Gewürzwaren, schönen Tierhäuten, zugerichteten Ledern und andern vortrefflichen Sachen. Über dieses alles trifft David auf die fünftehalb Zentner ungemünzet Gold, vierzehn Zentner Silber, zwei Schlagfässer voll Perlen, und drei Kisten voll gemünztes Gold und Silber an, von dessen Glanze, indem er an seiner Jugend Jahre gedenkt, seine Augen ganz verblendet werden.

Jedoch meine guten Kinder halten sich hierbei nicht lange auf, sondern greifen zu allererst nach den kostbaren Zeug- und Gewürzwaren, tragen soviel davon in das Boot als ihnen möglich ist, nehmen die zwei Gebundenen mit sich, und kamen also, nachdem sie nicht länger als etwa vier Stunden außen gewesen, wieder zurück, und zwar durch den Wasserweg, auf die Insul. Wir vermerkten gar bald an den zweien Gebundenen, daß es rasende Menschen wären, indem sie uns die gräßlichsten Gebärden zeigten, sooft sie jemand ansahe, mit den Zähnen knirscheten, diejenigen Speisen aber, welche ihnen vorgehalten wurden, hurtiger als die Kraniche verschlungen, weswegen zu Albertsraum, ein jeder in eine besondere Kammer gesperret, und mit gebundenen Händen und Füßen aufs Lager gelegt, dabei aber allmählig mit immer mehr und mehr Speise und Trank gestärkt wurde. Allein der schlimmste unter den beiden, reißet folgende Nacht seine Bande an Händen und Füßen entzwei, frisset erstlich allen herumliegenden Speisevorrat auf, erbarmt sich hiernächst über ein Fäßlein, welches mit einer besondern Art von eingemachten Wurzeln angefüllet ist, und frißt selbiges ebenfalls bis auf die Hälfte aus, bricht hernach die Tür entzwei, und läuft dem Nordwalde zu, allwo er folgendes Tages gegen Abend, jämmerlich zerborsten, gefunden, und auf selbiger Stelle begraben wurde. Der andere arme Mensch schien zwar etwas ruhiger zu werden, allein man merkte doch, daß er seines Verstandes nicht mächtig werden konnte, ohngeacht wir ihn drei Tage nacheinander aufs beste verpflegten. Endlich am vierten Tage, da ich nachmittags bei ihm in der Kammer ganz stille saß, kam ihm das Reden auf einmal an, indem er mit schwacher Stimme rief: ›Jesus, Maria, Joseph!‹ Ich fragte ihn erstlich auf teutsch, hernach in holländischer und letztlich in englischer wie auch lateinischer Sprache: Wie ihm zumute wäre, jedoch er redete etliche spanische Worte, welche ich nicht verstund, derowegen meinen Schwiegersohn Robert hereinrufte, der ihn meine Frage in spanischer Sprache erkläret, und zur Antwort erhielt: Es stünde sehr schlecht um ihn und sein Leben. Robert versetzte, weil er Jesum zum Helfer angeruft, werde es nicht schlecht um ihn stehen, er möge sterben oder leben. ›Ich hoffe es mein Freund‹, war seine Antwort, dahero ihn Robert noch ferner tröstete, und bat: wo es seine Kräfte zuließen, uns mit wenig Worten zu berichten: was es mit ihm und dem Schiffe vor eine Beschaffenheit habe? Hierauf sagte der arme Mensch: ›Mein Freund! Das Schiff, ich und alles was darauf ist, gehöret dem Könige von Spanien. Ein heftiger Sturm hat uns von dessen westindischen Flotte getrennet, und zweien Raubschiffen entgegengeführet, denen wir aber durch Tapferkeit und endliche Flucht entgangen sind. Jedoch die fernern Stürme haben uns nicht vergönnet, einen sichern Hafen zu finden, vielweniger den Abgang unserer Lebensmittel zu ersetzen. Unsere Kameraden selbst haben verräterisch gehandelt, denn da sie von ferne Land sehen, und selbiges mit dem übel zugerichteten Schiffe nicht zu erreichen getrauen, werfen sich die Gesunden ins Boot und lassen etliche Kranke, ohne alle Lebensmittel zurücke. Wir wünschten den Tod, da aber selbiger, zu Endigung unserer Marter, sich nicht bei allen auf einmal einstellen wollte, mußten wir uns aus Hunger an die Körper derjenigen machen, welche am ersten sturben, hierüber hat unsere Krankheit dermaßen zugenommen, daß ich vor meine Person selbst nicht gewußt habe, ob ich noch lebte oder allbereits tot wäre.‹

Robert versuchte zwar noch ein und anderes von ihm zu erforschen, da aber des elenden Spaniers Schwachheit allzugroß war, mußten wir uns mit dem Bescheide: Er wolle morgen, wenn er noch lebte, ein mehreres reden, begnügen lassen. Allein nachdem er die ganze Nacht hindurch ziemlich ruhig gelegen, starb er uns, mit anbrechenden Tage, sehr sanft unter den Händen, und wurde seiner mit wenig Worten und Gebärden bezeigten christlichen Andacht wegen, an die Seite unseres Gottesackers begraben. Solchergestalt war niemand näher die auf dem Schiff befindlichen Sachen in Verwahrung zu nehmen, als ich und die Meinigen, und weil wir dem Könige von Spanien auf keinerlei Weise verbunden waren, so hielt ich nicht vor klug gehandelt, meinen Kindern das Strandrecht zu verwehren, welche demnach in wenig Tagen das ganze Schiff, nebst allen darauf befindlichen Sachen, nach und nach stückweise auf die Insul brachten. Ich teilete alle nützliche Waren unter dieselben zu gleichen Teilen aus, bis auf das Gold, Silber, Perlen, Edelgesteine und Geld, welches von mir, um ihnen alle Gelegenheit zum Hoffart, Geiz, Wucher und andern daraus folgenden Lastern zu benehmen, in meinen Keller zu des Don Cyrillo und andern vorhero erbeuteten Schätzen legte, auch dieserwegen von ihnen nicht die geringste scheele Miene empfing.

Der erste Jan. im Jahre Christi 1700 wurde nicht allein als der Neue Jahrestag und Fest der Beschneidung Christi sondern über dieses als ein solcher Tag, an welchen wir ein neues Jahrhundert, und zwar das 18te nach Christi Geburt antraten, recht besonders fröhlich von uns gefeiert, indem wir nicht allein alle unsere Kanonen löseten, deren wir auf dem letztern spanischen Schiffe noch zwölf Stück nebst einem starken Vorrat an Schießpulver überkommen hatten, sondern auch nach zweimaligen verrichteten Gottesdienste, unsere Jugend mit Blumenkränzen ausziereten, und selbige im Reihen herum singen und tanzen ließen. Folgendes Tages ließ ich, vor die junge Mannschaft, von sechzehn Jahren und drüber, die annoch gegenwärtige Vogelstange aufrichten, einen hölzernen Vogel daran henken, wornach sie schießen mußten, da denn diejenigen, welche sich wohl hielten, nebst einem Blumenkranze verschiedene neue Kleidungsstücke, Äxte, Säbel, und dergleichen, derjenige aber so das letzte Stück herabschoß, von meiner Concordia ein ganz neues Kleid, und von mir eine kostbare Flinte zum Lohne bekam. Diese Lust ist nachhero alljährlich einmal um diese Zeit vorgenommen worden.

Am 8. Jan. selbigen Jahres, als an meinen Geburts- und Verehligungstage, beschenkte mich der ehrliche Simon Schimmer mit einem neugemachten artigen Wagen, der von zweien zahmgemachten Hirschen gezogen wurde, also sehr bequem war, mich und meine Concordia von einem Orte zum andern spazierenzuführen. Schimmer hatte diese beiden Hirsche noch ganz jung aus dem Tiergarten genommen, und selbige durch täglichen unverdrossenen Fleiß, dermaßen kirre gewöhnet, daß sie sich regieren ließen wie man wollte. Ihm haben es nachhero meine übrigen Kinder nachgetan, und in wenig Jahren viel dergleichen zahme Tiere auferzogen.

Nun könnte ich zwar noch vieles anführen, als nämlich: von Entdeckung der Insul Klein-Felsenburg. Von Erzeugung des Flachses, und wie unsere Weiber denselben zubereiten, spinnen und wirken lernen. Von allerhand andern Handwerken, die wir mit der Zeit durch öfteres Versuchen ohne Lehrmeisters einander selbst gelehret und zustande bringen helfen. Von allerhand Waren und Gerätschaften, die uns von Zeit zu Zeit durch die Winde und Wellen zugeführet worden. Von meiner neun Stämme Vermehrung und immer besserer Wirtschaftseinrichtung im Acker-, Garten- und Weinbau.

Von meiner eigenen Wirtschaft, Schatz-, Rüst- und Vorratskammer und dergleichen. Allein meine Lieben, weil wir doch länger beisammenbleiben, und Gott mir hoffentlich noch das Leben eine kleine Zeit gönnen wird, so will selbiges bis auf andere Zeiten versparen, damit wir in künftigen Tagen bei dieser und jener Gelegenheit darüber miteinander zu sprechen Ursach finden, vor jetzo aber will damit schließen, wenn ich noch gemeldet habe, was der Tod in dem eingetretenen, 18ten Säkulo vor Hauptpersonen, aus diesem unsern irdischen, in das himmlische Paradies versetzt hat, solches aber sind folgende:

1. Johannes mein dritter leiblicher Sohn, starb 1706, seines Alters 55 Jahr.

2. Maria meine älteste Tochter, starb 1708, ihres Alters 58 Jahr.

3. Elisabeth meine zweite Tochter, starb 1711, ihres Alters 58 Jahr.

4. Virgilia van Catmers, Johannis Gemahl, starb 1713, ihres Alters 66 Jahr.

5. Meine sel. Ehegemahlin Concordia, starb 1715, ihres Alters im 89ten Jahre.

6. Simon Heinrich Julius, sonst Schimmer, starb 1716, seines Alters 84 Jahr.

7. Die jüngere Concordia und 8. Robert Julius, sonst Hülter, sturben binnen sechs Tagen, als treue Eheleute 1718, ihres Alters, sie im 72. und er im 84. Jahre.

9. Jakob Julius, sonst Larson, starb 1719, seines Alters 89 Jahr.

10. Blandina, Christophs Gemahl, starb 1719, ihres Alters 65 Jahr.

11. Gertraud, Christians Gemahl, starb 1723, ihres Alters 66 Jahre.

Nunmehro, mein Herr Wolfgang!« sagte hierauf der Altvater Albertus, indem er sich, wegen Erinnerung seiner verstorbenen Geliebten, mit weinenden Augen zum Kapitän Wolfgang wandte, »werdet Ihr von der Güte sein, und dasjenige anführen, was Ihr binnen der Zeit Eurer ersten Anwesenheit auf dieser Insul angetroffen und verbessert habt.«

Demnach setzte selbiger redliche Mann des Altvaters und seine eigene Geschicht folgendermaßen fort: »Ich habe Euch, meine wertesten Freunde«, (sagte er zu Herrn Mag. Schmeltzern und mir,) »meine Lebensgeschicht, zeitwährender unserer Schiffahrt bis dahin wissend gemacht: Da ich von meinen schelmischen Gefährten an diesen vermeintlichen wüsten Felsen ausgesetzt, nachhero aber von hiesigen frommen Einwohnern erquickt und aufgenommen worden. Diese meine merkwürdige Lebenserhaltung nun, kann ich im geringsten nicht einer ohngefähren Glücksfügung, sondern einzig und allein der sonderbaren barmherzigen Vorsorge Gottes zuschreiben, denn die Einwohner dieser Insul waren damals meines vorbeifahrenden Schiffs so wenig als meiner Aussetzung gewahr worden, wußten also nichts darvon, daß ich elender Mensch vor ihrem Wassertore lag, und verschmachten wollte. Doch eben an demselben Tage, welchen ich damaligen Umständen nach, vor den letzten meines Lebens hielt, regieret Gott, die Herzen sechs ehrlicher Männer aus Simons und Christians Geschlechte, mit ihrem Gewehr nach dem in der Bucht liegenden Boote zu gehen, auf selbigen eine Fahrt nach der Westseite zu tun, und allda auf einige Seelöwen und Seekälber zu lauren. Diese waren also, kurz gesagt, die damaligen Werkzeuge Gottes zu meiner Errettung, indem sie mich erstlich durch den Wasserweg zurück in ihre Behausung führeten, völlig erquickten, und nachhero dem Altvater von meiner Anwesenheit Nachricht gaben. Dieser unvergleichliche Mann, den Gott noch viele Jahre zu meinem und der Seinigen Trost erhalten wolle, hatte kaum das vornehmste von meinen Glücks- und Unglücksfällen angehöret, als er mich sogleich herzlich umarmete, und versprach: Mir meinen erlittenen Schaden dreifach zu ersetzen, weil er solches zu tun wohl imstande sei, und da ich keine Lust auf dieser Insul zu bleiben hätte, würde sich mit der Zeit schon Gelegenheit finden, wieder in mein Vaterland zurückzukommen. Immittelst nahm er mich sogleich mit auf seinen Hügel, gab mir eine eigene wohl zubereitete Kammer ein, zog mich mit an seine Tafel, und versorgte mich also mit den köstlichsten Speisen, Getränke, Kleidern, ja mit allem, was mein Herz verlangen konnte, recht im Überflusse. Ich bin jederzeit ein Feind des Müßiggangs gewesen, derowegen machte mir alltäglich, bald hier bald dar, genung zu schaffen, indem ich nicht allein etliche zwölf- bis sechzehnjährige Knaben auslase, und dieselben in allerhand nützlichen Wissenschaften, welche zwar allhier nicht gänzlich unbekannt, doch ziemlich dunkel und beschwerlich fielen, auf eine weit leichtere Weise unterrichtete, sondern auch den Acker-, Wein- und Gartenbau fleißig besorgen half. Mein Wohltäter bezeugte nicht allein hierüber seinen besondern Wohlgefallen, sondern ich wurde bei weiterer Bekanntschaft von allen Einwohnern, jung und alt, fast auf den Händen getragen, weswegen ein Streit in meinen Herzen entstund: Ob ich bei ereigneter Gelegenheit diese Insul verlassen, oder meine übrige Lebenszeit auf derselben zubringen wollte, als welches letztere alle Einwohner sehnlich wünscheten, allein meine wunderlich herumschweifenden Sinnen konnten zu keinem beständigen Schlusse kommen, sondern ich wankte zwei gan-

zer Jahre lang von einer Seite zur andern, bis endlich im
dritten Jahre folgende Liebesbegebenheit mich zu dem
festen Vorsatze brachte: alles Gut, Ehre und Vergnügen,
was ich etwa noch in Europa zu hoffen haben könnte,
gänzlich aus dem Sinne zu schlagen, und mich allhier
auf Lebenszeit festezusetzen. Der ganze Handel aber
fügte sich also: Der Stammvater Christian hatte eine vortreffliche schöne und tugendhafte Tochter, Sophia genannt, um welche ein junger Geselle, aus dem Jakobischen Geschlecht, sich eifrig bemühete, dieselbe zur Ehe
zu haben, allein da diese Jungfrau denselben, sowohl als
vier andere, die schon vorhero um sie angehalten hatten, höflich zurückwiese, und durchaus in keine Heirat
mit ihm willigen wollte, bat mich der Vater Christian
eines Tages zu Gaste, und trug mir an: Ob ich, als kluger
Frembdling, nicht etwa von seiner Tochter ausforschen
könne und wolle, weswegen sie diesen Junggesellen, der
ihrer so eifrig begehrte, ihre eheliche Hand nicht reichen möchte. Ich nahm diese Kommission willig auf,
begab mich mit guter Manier zu der schönen Sophia,
welche im Garten unter einem grünen schattigen Baume mit der Spindel die zärtesten Flachsfaden spann,
weswegen ich Gelegenheit ergriff mich bei ihr niederzu-
setzen, und ihrer zarten Arbeit zuzusehen, welche ihre
geschickten und saubern Hände gewiß recht anmutig
verrichteten.

Nach ein und andern scherzhaften jedoch tugendhaften Gesprächen, kam ich endlich auf mein Propos,
und fragte etwas ernsthafter: Warum sie denn so eigensinnig im Lieben sei, und denjenigen jungen Gesellen,
welcher sie so heftig liebte, nicht zum Manne haben
wolle. Das artige Kind errötete hierüber, wollte aber
nicht ein Wort antworten, welches ich viel mehr ihrer
Schamhaftigkeit, als einer Blödigkeit des Verstandes zu-

rechnen mußte, indem ich allbereit zur Gnüge verspüret, daß sie einen vortrefflichen Geist und aufgeräumten Sinn hatte. Derowegen setzte noch öfter an, und brachte es endlich durch vieles Bitten dahin, daß sie mir ihr ganzes Herz in folgenden Worten eröffnete: ›Mein Herr!‹ sagte sie, ›ich zweifele nicht im geringsten, daß Ihr von den Meinigen abgeschickt seid, meines Herzens Gedanken auszuforschen, doch weil ich Euch vor einen der redlichsten und tugendhaftesten Leute halte, so will ich mich nicht schämen Euch das zu vertrauen, was ich auch meinem Vater und Geschwister, geschweige denn andern Befreundten, zu eröffnen Scheu getragen habe. Wisset demnach, daß mir unmöglich ist einen Mann zu nehmen, der um so viele Jahre jünger ist als ich, bedenket doch, ich habe allbereit mein zweiunddreißigstes Jahr zurückgelegt, und soll einen jungen Menschen heiraten, der sein zwanzigstes noch nicht einmal erreicht hat. Es ist ja gottlob kein Mangel an Weibspersonen auf dieser Insul, hergegen hat er sowohl als andere noch das Auslesen unter vielen, wird also nicht unverheiratet sterben dürfen, wenn er gleich mich nicht zur Ehe bekömmt, sollte aber ich gleich ohnverheiratet sterben müssen, so wird mir dieses weder im Leben noch im Tode den allergeringsten Verdruß erwecken.‹ Ich verwunderte mich ziemlichermaßen über dieses zweiunddreißigjährigen artigen Frauenzimmers Resolution, und hätte, ihrem Ansehen und ganzen Wesen nach, dieselbe kaum mit guten Gewissen auf zwanzig Jahre geschätzet, doch da ich in ihren Reden einen lautern Ernst verspürete, gab ich ihr vollkommen Recht und fragte nur: Warum sie aber denn allbereit vier andere Liebhaber vor diesem letztern abgewiesen hätte? Worauf sie antwortete: ›Sie sind alle wenigstens zehn bis zwölf Jahr jünger gewesen als ich, derowegen habe unmöglich eine

Heirat mit ihnen treffen können, sondern viel lieber ledig bleiben wollen.‹

Hierauf lenkte ich unser Gespräch, um ihren edlen Verstand ferner zu untersuchen auf andere Sachen, und fand denselben sowohl in geistlichen als weltlichen Sachen dermaßen geschärft, daß ich sozusagen fast darüber erstaunete, und mit innigsten Vergnügen so lange bei ihr sitzen blieb, bis sich unvermerkt die Sonne hinter die hohen Felsenspitzen verlor, weswegen wir beiderseits den Garten verließen, und weil ich im Hause vernahm, daß sich der Vater Christian auf der Schleusenbrücke befände, wünschete ich der schönen Sophie nebst den übrigen eine gute Nacht, und begab mich zu ihm. Indem er mir nun das Geleite bis auf die Albertsburg zu unserm Altvater gab, erzählete ich ihm unterwegens seiner tugendhaften Tochter vernünftiges Bedenken über die angetragene Heirat sowohl als ihren ernstlich gefasseten Schluß, worüber er sich ebenfalls nicht wenig verwunderte, und desfalls erstlich den Altvater um Rat fragen wollte. Derselbe nun tat nach einigen Überlegen diesen Ausspruch: ›Zwinge dein Kind nicht, mein Sohn Christian, denn Sophia ist eine keusche und gottesfürchtige Tochter, deren Eigensinn in diesem Stück unsträflich ist, ich werde ihren Liebhaber Andream anderweit beraten, und versuchen, ob ich Nikolaum, deines sel. Bruder Johannis dritten Sohn, der einige Jahre älter ist, mit der frommen Sophie vereheligen kann.‹

Wir gerieten demnach auf andere Gespräche, allein ich weiß nicht wie es so geschwinde bei mir zuging, daß ich auf einmal ganz tiefsinnig wurde, welches der liebe Altvater sogleich merkte, und sich um meine jählinge Veränderung nicht wenig bekümmerte, doch da ich sonst nichts als einen kleinen Kopfschmerzen vorzuwenden wußte, ließ er mich in Hoffnung baldiger Besserung zu Bette gehen. Allein ich lage lange bis nach Mitternacht, ehe die geringste Lust zum Schlafe in meine Augen kommen wollte, und, nur kurz von der Sache zu reden, ich spürete nichts Richtiges in meinem Herzen, als daß es sich vollkommen in die schöne und tugendhafte Sophie verliebt hätte. Hergegen machten mir des lieben Altvaters gesprochene Worte: ›Ich werde versuchen, ob ich Nikolaum mit der frommen Sophie vereheligen kann‹, den allergrößten Kummer, denn erstlich hatte ich als ein elender Einkömmling noch die größte Ursach zu zweifeln, ob ich der schönen Sophie Gegengunst erlangen, und vors andere schwerlich zu hoffen, daß mich der Altvater seinem Enkel Nikolao vorziehen würde. Nachdem ich mich aber dieserwegen noch eine gute Weile auf meinem Lager herumgeworfen, und meiner neuen Liebe nachgedacht hatte, fassete ich endlich den festen Vorsatz keine Zeit zu versäumen, sondern meinem aufrichtigen Wohltäter mein ganzes Herze, gleich morgen früh zu offenbaren, nachhero, auf dessen redliches Gutachten, selbiges der schönen Sophie ohne alle Weitläuftigkeiten ehrlich anzutragen.

Hierauf ließen sich endlich meine furcht- und hoffnungsvolle Sinnen durch den Schlaf überwältigen, doch die Einbildungskräfte machten ihnen das Vergnügen, die schöne Sophie auch im Traume darzustellen, so, daß sich mein Geist den ganzen übrigen Teil der Nacht hindurch mit derselben unterredete, und sowohl an ihrer äußerlichen schönen Gestalt, als innerlichen vortrefflichen Gemütsgaben ergötzte. Ich wachte gegen Morgen auf, schlief aber unter dem Wunsche, dergleichen Traum öfter zu haben, bald wieder ein, da mir denn vorkam, als ob meine auf der Insul Bonair selig verstorbene Salome, die tugendhafte Sophie in meine Kammer

geführet brächte, und derselben ihren Trauring, den ich
ihr mit in den Sarg gegeben hatte, mit fröhlichen Gebärden überlieferte, hernach zurückeging und Sophien an
meiner Seite stehen ließ. Hierüber erwachte ich zum
andern Male, und weil die Morgenröte bereits durch
mein von durchsichtigen Fischhäuten gemachtes Fenster
schimmerte, stund ich, ohne den Altvater zu erwecken,
sachte auf, spazierete in dessen großen Lustgarten, und
setzte mich auf eine, zwischen den Bäumen gemachte
Rasenbank, verrichtete mein Morgengebet, sung etliche
geistliche Lieder, zohe nach diesen meine Schreibtafel,
die mir nebst andern Kleinigkeiten von meinen Verrätern annoch in Kleidern gelassen worden, hervor, und
schrieb folgendes Lied hinein.

1.
Unverhoffte Liebesnetze
Haben meinen Geist bestrickt.
Das, woran ich mich ergötze,
Hat mein Auge kaum erblickt;
Kaum, ja kaum ein wenig Stunden,
Da der güldnen Freiheit Pracht
Ferner keinen Platz gefunden,
Darum nimmt sie gute Nacht.

2.
Holder Himmel! darf ich fragen:
Willst du mich im Ernst erfreun?
Soll, nach vielen schweren Plagen,
Hier mein ruhigs Eden sein?
O! so macht dein Wunderfügen,
Und die süße Sklaverei,
Mich von allen Mißvergnügen,
Sorgen, Not und Kummer frei.

3.

Nun so fülle, die ich liebe,
Bald mit Glut und Flammen an,
Bringe sie durch reine Triebe
Auf die keusche Liebesbahn,
Und ersetze meinem Herzen,
Was es eh'mals eingebüßt;
Denn so werden dessen Schmerzen
Durch erneute Lust versüßt.

Kaum hatte ich diesen meinen poetischen Einfall zurechte gebracht, als ich ihn unter einer bekannten weltlichen Melodie abzusingen etliche Male probierte, und nicht vermerkte, daß ich an dem lieben Altvater einen aufmerksamen Zuhörer bekommen, bis er mich sanft auf die Schulter klopfte und sagte: ›Ist's möglich mein Freund, daß Ihr in meine Aufrichtigkeit einigen Zweifel setzen und mir Euer Liebesgeheimnis verschweigen könnet, welches doch ohnfehlbar auf einem tugendhaften Grunde ruhet?‹ Ich fand mich solchergestalt nicht wenig betroffen, entschuldigte meine bisherige Verschwiegenheit mit solchen Worten, die der Wahrheit gemäß waren, und offenbarte ihm hierauf mein ganzes Herze. ›Es ist gut, mein Freund‹, versetzte der werte Altvater dargegen, ›Sophia soll Euch nicht vorenthalten werden, allein übereilet Euch nicht, sondern machet vorhero weitere Bekanntschaft mit derselben, untersuchet sowohl ihre als Eure selbst eigene Gemütsneigungen, wann Ihr sodann vor tunlich befindet, Eure Lebenszeit auf dieser Insul miteinander zuzubringen, soll Euch erlaubet sein, mit selbiger in den Stand der Ehe zu treten, doch das sage ich zum voraus: Daß Ihr sowohl, als meine vorigen Schwiegersöhne einen körperlichen Eid schweren müsset, so lange als meine Augen offenstehen, nichts von dieser Insel, vielweniger eines meiner Kinder eigenmächtiger- oder heimlicherweise hinwegzuführen. Nächst diesem‹, war seine fernere Rede, ›hat mir ohnfehlbar der Geist Gottes ein besonderes Vorhaben eingegeben, zu dessen Ausführung mir keine tüchtigere Person von der Welt vorkommen können, als die Eurige.‹ Ich dankte dem lieben Altvater nicht allein vor dessen gütiges Erbieten, sondern versprach auch, was sowohl den Eid, als alles andere beträfe, so er von mir verlangen würde, nach meinem äußersten Vermögen ein völliges Genügen zu leisten. Derselbe aber verlangte vorhero nochmals eine umständliche Erzählung meiner Lebensgeschichte, worinnen ich ihm noch selbigen Tage gehorsamete, und ohngefähr mit erwähnete: Wie ich in einer gewissen berühmten Handelsstadt, unter andern auch mit einem Kaufmanne in Bekanntschaft geraten, der ebenfalls den Zunamen Julius geführet hätte, doch, da ich von dessen Geschlecht und Herkommen keine fernere Nachricht zu geben wußte, erseufzete der liebe Altvater dieserwegen, und wünschte, daß selbiger Kaufmann ein Befreundter von ihm, oder gar ein Abstammling von seinen ohnfehlbar nunmehr sel. Bruder sein möchte; allein, ich konnte, wie bereits gemeldet, hiervon so wenig, als von des Kaufmanns übriger Familie und dessen Zustande Nachricht geben. Derowegen brach endlich der werte Altvater los, und hielt mir in einer weitläuftigen Rede den glücklichen Zustand vor, in welchen er sich nebst den Seinigen auf dieser Insul von Gott gesetzt sähe. Nur dieses einzige beunruhige sein Gewissen, daß nämlich er und die Seinigen ohne Priester sein, mithin des heiligen Abendmahls nebst anderer geistlichen Gaben beraubt leben müßten: Über dieses, da die Anzahl der Weibspersonen auf der Insul stärker sei, als der Männer, so wäre zu wünschen, daß noch einige zum Ehestande tüchtige Handwerker und Künstler anhero gebracht werden könnten, welches dem gemeinen Wesen zum sonderbaren Nutzen, und manchen armen Europäer, der sein Brod nicht wohl finden könnte, zum ruhigen Vergnügen gereichen würde. Und letztlich wünschte der liebe Altvater, vor seinem Ende noch einen seiner Blutsfreunde aus Europa bei sich zu sehen, um demselben einen Teil seines fast unschätzbaren Schatzes zuzuwenden, denn‹, sagte er: ›Was sind diese Glücksgüter mir und den Meinigen auf dieser Insul nütze, da wir mit niemanden in der Welt Handel und Wandel zu treiben gesonnen? Und gesetzt auch, daß dieses in Zukunft geschehen sollte, so trägt diese Insul so viele Reichtümer und Kostbarkeiten in ihrem Schoße, wovor alles dasjenige, was etwas bedürftig sein möchte, vielfältig eingehandelt werden kann. Demnach möchte es wohl sein, daß sich meines Bruders Geschlecht in Europa in solchem Zustande befände, dergleichen Schätze besser als wir zu gebrauchen und anzulegen; warum sollte ich also ihnen nicht gönnen, was uns überflüssig ist und Schaden bringen kann? Oder solche Dinge, die Gott dem Menschen zum löblichen Gebrauch erschaffen, heimtückischer und geizigerweise unter der Erden versteckt behalten?‹

Nachdem er nun noch sehr vieles von diesen Sachen mit mir gesprochen, schloß er endlich mit diesen treuherzigen Worten: Ihr wisset nunmehro, mein redlicher Freund Wolfgang, was mir auf dem Herzen liegt, und Euer eigener guter Verstand wird noch mehr anmerken, was etwa zu Verbesserung unseres Zustandes vonnöten sei, darum saget mir in der Furcht Gottes Eure aufrichtige Meinung: Ob Ihr Euch entschließen wollet, noch eine Reise in Europam zu unternehmen, mein Herz und Gewissen, gemeldten Stücken nach, zu beruhigen, und nach glücklicher Zurückkunft Sophien zu ehligen. An Gelde, Gold, Silber und Kleinodien will ich zwei- bis dreimal hunderttausend Taler Wert zu Reisekosten geben, was sonsten noch darzu erfordert wird, ist notdürftig vorhanden, wegen der Reisegesellschaft und anderer Umstände aber müßten wir erstlich genauere Abrede nehmen, denn mit meinem Willen soll keines von meinen Kindern seinen Fuß auf die europäische Erde setzen.‹ – Ich nahm nicht den geringsten Aufschub, dem lieben Altvater, unter den teuresten Versicherungen meiner Redlichkeit und Treue, alles einzuwilligen, was er von mir verlangte, weil ich mir sogleich die feste Hoffnung machte, Gott würde mich auf dieser Reise, die hauptsächlich seines Diensts und Ehre wegen vorgenommen sei, nicht unglücklich werden lassen. Derowegen wurden David und die andern Stammväter zu Rate gezogen, und endlich beschlossen wir ingesamt, unser leichtes Schiff in guten Stand zu setzen, auf welchen mich David nebst dreißig Mann bis auf die Insul St. Helenae bringen, daselbst aussetzen, und nachhero mit seiner Mannschaft sogleich wieder zurück auf Felsenburg segeln sollte.

Mittlerweile, da fast alle starke Leute keine Zeit noch Mühe spareten, das Schiff nach meinem Angeben auszubessern, und segelfertig zu machen, nahm ich alle Abend Gelegenheit, mich mit der schönen Sophie in Gesprächen zu vergnügen, auch endlich die Kühnheit, derselben mein Herz anzubieten, weil nun der liebe Altvater allbereit die Bahne vor mich gebrochen hatte, konnte mein verliebtes Ansinnen um desto weniger unglücklich sein, sondern, kurz zu sagen, wir vertauschten bei einem öffentlichen Verlöbnisse unsere Herzen mit solcher Zärtlichkeit, die mir auszusprechen unmöglich ist, und verschoben die Vollziehung dieses ehelichen

Bündnisses bis auf meine, in der Hoffnung, glückliche Zurückkunft.

Gegen Michaelistag des verwichenen 1724ten Jahres wurden wir also mit Ausrüstung unseres Schiffs, welches ich die Taube benennete, und demselben holländische Flaggen aufsteckte, vollkommen fertig, es war bereits mit Proviant und allem andern wohl versehen, der gute alte David Julius, der jedoch an Leibes- und Gemüts-kräften es noch manchem jungen Manne zuvortat, hielt sich mit seiner auserlesenen und wohl bewaffneten jungen Mannschaft alltäglich parat, einzusteigen, exerzierte aber dieselben binnen der Zeit auf recht lustige und geschickte Art. Da es demnach nur an meiner Abferti-gung lage, ließ mich der Altvater, weil er eben damals einiges Reißen in Knien hatte, also nicht ausgehen konn-te, vor sein Bette kommen, und führete mir nochmals alles dasjenige, was ich ihm zu leisten versprochen, lieb-reich zu Gemüte, ermahnete mich anbei Gott, ihm und den Seinigen diesen wichtigen und eines ewigen Ruhms würdigen Dienst, redlich und getreu zu erweisen, wel-chen Gott ohnfehlbar zeitlich und ewig vergelten würde. Ich legte hierauf meine linke Hand auf seine Brust, die rechte aber richtete ich zu Gott im Himmel in die Höhe, und schwur einen teuren Eid, nicht allein die mir aufge-tragenen drei Hauptpunkte nach meinem besten Ver-mögen zu besorgen, sondern auch alles andere, was dem gemeinen Wesen zur Verbesserung gereichlich, wohl zu beobachten. Hierauf lieferte er mir denjenigen Brief ein, welchen ich Euch, mein Eberhard Julius, in Amster-dam annoch wohl versiegelt übergeben habe, und wiese mich zugleich in eine Kammer, allwo ich aus einem gro-ßen Packfasse an Geld, Gold und Edelsteinen soviel neh-men möchte, als mir beliebte. Es befanden sich in selbi-gen am Wert mehr denn fünf bis sechs Tonnen Schatzes,

doch ich nahm nicht mehr davon als dreißig runde Stükken gediehenes Goldes, deren ich jedes ohngefähr zehn
Pfund schwer befand, nächst diesen an spanischer Gold-
und Silbermünze 50 000 Tl. Wert, ingleichen an Perlen
und Kleinodien ebenfalls einer halben Tonne Goldes
Wert. Ich brauchte die Vorsicht, die kostbarsten Kleinodien und großen güldnen Münzen sowohl in einen bequemen Gürtel, den ich auf dem bloßen Leibe trug, als
auch in meine Unterkleider zu verwahren, die großen
Goldklumpen aber wurden zerhackt, und in die mit den
allerbesten Rosinen angefülleten Körbe verteilet und
verborgen. Mit den Perlen taten wir ein gleiches, das
gemünzte Geld aber verteilete ich in verschiedene lederne Beutel und verwahrete es also, daß es zur Zeit der Not
gleich bei der Hand sein möchte. Dem Altvater gefielen
zwar meine Anstalten, jedennoch aber war er der Meinung, ich würde mit so wenigen Gütern nicht alles ausrichten können. Doch, da ihm vorstellete, wie es sich
nicht schicken würde, mit mehr als einem Schiffe wieder
zurückzukehren, also ein überflüssiges Geld und Gut
mir nur zur Last und schlimmen Verdacht gereichen
könne; überließ er alles meiner Conduite, und also gingen wir nach genommenen herzlichen Abschiede unter
tausend Glückwünschen der zurückbleibenden Insulaner am zweiten Oktobr. 1724 vergnügt unter Segel, wurden auch durch einen favorablen Wind dermaßen hurtig fortgeführet, daß wir noch vor Untergang der Sonnen Felsenburg aus den Augen verloren.

Unterwegs, nachdem diejenigen, so des Reisens un-
gewohnt, der See den bekannten verdrüßlichen Tribut
abgestattet, und sich völlig erholet hatten, war unser täglicher Zeitvertreib, daß ich meine Gefährten im richtigen Gebrauch des Kompasses, der Seekarten und andern
Vorteilen bei der Schiffsarbeit, immer besser belehrete,

damit sie ihren Rückweg nach Felsenburg desto leichter zu finden, und sich bei ereignenden Sturme oder andern Zufällen eher zu helfen wüßten, ohngeacht sich desfalls bei einigen, und sonderlich bei dem guten alten David, der das Steuerruder beständig besorgte, bereits eine ziemliche Wissenschaft befand.

Solchergestalt erreichten wir, ohne die geringste Gefahr ausgestanden zu haben, die Insul St. Helenae noch eher, als ich fast vermutet hatte, und trafen daselbst etliche zwanzig engell- und holländische Schiffe an, welche teils nach Ostindien reisen, teils aber, als von dar zurückkommende, den Kurs nach ihren Vaterlande nehmen wollten. Hier wollte es nun Kunst heißen, Rede und Antwort zu gestehen, und doch dabei das Geheimnis, woran uns allen so viel gelegen, zu verschweigen, derowegen studierte ich auf allerhand scheinbare Erfindungen, welche mit meinen Gefährten abredete, und hiermit auch so glücklich war, alle diejenigen, so sich um mein Wesen bekümmerten, behörig abzuführen. Von den Holländern traf ich keinen einzigen bekannten Menschen an, hergegen kam mir ein englischer Kapitän unvermutet zu Gesichte, dem ich vor Jahren auf der Fahrt nach Westindien einen kleinen Dienst geleistet hatte, diesem gab ich mich zu erkennen, und wurde von ihm aufs freundlichste empfangen und traktieret. Er judizierte anfangs aus meinem äußerlichen Wesen, daß ich ohnfehlbar unglücklich worden, und in Nöten stäke? Weswegen ich ihm gestund, daß zwar einige unglückliche Begebenheiten mich um mein Schiff, keineswegs aber um das ganze Vermögen gebracht, sondern ich hätte noch soviel gerettet, daß mich imstande befände, eine neue Ausrüstung vorzunehmen, sobald ich nur Amsterdam erreichte. Er wandte demnach einige Mühe an, mich zu bereden, in seiner Gesellschaft mit nach Java zu gehen, und versprach bei dieser Reise großen Profit, auch bald ein Schiffskommando vor mich zu schaffen, allein, ich dankte ihm hiervor, und bat dargegen, mich an einen seiner Landsleute, die in ihr Vaterland reiseten, zu rekommendieren, um meine Person und Sachen vor gute Bezahlung bis dahin zu nehmen, weil ich allbereit soviel wüßte, daß mir meine Landsleute, nämlich die Holländer, diesen Dienst nicht leisten könnten, indem sie sich selbsten schon zu stark überladen hätten. Hierzu war der ehrliche Mann nun gleich bereit, führete mich zu einem nicht weniger redlichen Patrone, mit welchen ich des Handels bald einig wurde, meine Sachen, die in Ballen, Fässer und Körbe eingepackt waren, zu ihm einschiffte, und den Vater David mit den Seinigen, nachdem sie sonst nichts als frisches Wasser eingenommen hatten, wieder zurückschickte, unter dem Vorwande, als hätten die selben noch viele auf der Insul Martin Vas vergrabene und ausgesetzte Waren abzuholen, mit welchen sie nachhero ebenfalls nach Holland segeln und mich daselbst antreffen würden. Allein, wie ich nunmehro vernommen, so haben sie den Rückweg nach Felsenburg so glücklich, als den nach St. Helena, wieder gefunden, auch unterwegs nicht den geringsten Anstoß erlitten. Mir vor meine Person ging es nicht weniger nach Wunsche, denn, nachdem ich nur elf Tage in allen, vor St. Helena, stillegelegen, lichtete der Patron seine Anker, und segelte in Gesellschaft von dreizehn engell- und holländischen Schiffen seine Straße. Der Himmel schien uns recht außerordentlich gewogen zu sein, denn es regte sich nicht die geringste widerwärtige Luft, auch durften wir uns vor feindlichen Anfällen ganz nicht fürchten, indem unser Schiff von den andern bedeckt wurde. Doch, da ich in Kanarien einen bekannten Holländer antraf, der mich um ein billiges mit nach Amsterdam nehmen wollte, über dieses mein Engelländer sich genötiget sahe, um sein Schiff auszubessern, allda in etwas zu verbleiben, so bezahlte ich dem letztern noch ein mehreres, als das Gedinge bis nach Engelland austruge, schiffte mich vieler Ursachen wegen höchst vergnügt bei dem Holländer ein, und kam am 10. Febr. glücklich in Amsterdam an.

Etwas recht Nachdenkliches ist, daß ich gleich in dem ersten Gasthause, worinnen ich abtreten, und meine Sachen hinschaffen wollte, einen von denjenigen Mordbuben antraf, die mich, dem Jean le Grand zu Gefallen, gebunden und an der Insul Felsenburg ausgesetzt hatten. Der Schelm wollte, sobald er mich erkannte, gleich entwischen, weil ihm sein Gewissen überzeugte, daß er den Strick um den Hals verdienet hätte. Derowegen trat ich vor, schlug die Tür zu, und sagte: ›Halt, Kamerad! wir haben einander vor drei Jahren oder etwas drüber gekannt, also müssen wir miteinander sprechen: Wie hält's? Was macht Jean le Grand? hat er viel auf seinen gestohlnen Schiffe erworben?‹ ›Ach, mein Herr!‹ gab dieser Strauchdieb zur Antwort, ›das Schiff und alle, die daraufgewesen, sind vor ihre Untreu sattsam gestraft, denn das erstere ist ohnweit Madagaskar geborsten und versunken, Jean le Grand aber hat nebst allen Leuten elendiglich ersaufen müssen, ja es hat sich niemand retten können, als ich und noch drei andere, die es mit Euch gut gemeinet haben.‹ ›So hast du es‹, versetzte ich, ›auch gut mit mir gemeinet?‹ ›Ach, mein Herr!‹ schrie er, indem er sich zu meinen Füßen warf, ›ist gleich in einem Stücke von mir Bosheit verübt worden, so habe doch ich hauptsächlich hintertreiben helfen, daß man Euch nicht ermordet hat, welches, wie Ihr leichtlich glauben werdet, von dem ganzen Komplott beschlossen war.‹ Ich wußte, daß dieser Kerl zwar ein ziemlicher Bösewicht, jedoch keiner von den allerschlimmsten gewesen war, derowegen, als mir zugleich die Geschicht Josephs und seiner Brüder einfiel, jammerte mich seiner, so, daß ich ihn aufhub und sagte: ›Siehe, du weißt ohnfehlbar, welches dein Lohn sein würde, wenn ich die an mir begangene Bosheit gehöriges Orts anhängig machen wollte; allein, ich vergebe dir alles mit Mund und Herzen, wünsche auch, daß dir Gott alle deine Sünde vergeben möge, so du jemals begangen. Merke das Exempel der Rache Gottes an deinen unglücklichen Mitgesellen, wo du mich anders nicht beleugst, und bessere dich. Mit mir habt ihr's böse zu machen gedacht, aber Gott hat's gut gemacht, denn ich habe voritzo mehr Geld und Güter, als ich jemals gehabt habe.‹ Hiermit zohe ich ein Goldstück, am Wert von zwanzig teutschen Talern, aus meinem Beutel, verehrte ihm dasselbe, und versprach, noch ein mehreres zu tun, wenn er mir diejenigen herbringen könne, welche sich nebst ihm von dem verunglückten Schiffe gerettet hätten. Der neubelebte arme Sünder machte mir also aufs neue die demütigsten und dankbarlichsten Bezeugungen, und versprach, noch vor abends zwei von den erwähnten Personen, nämlich Philipp Wilhelm Horn, und Adam Gorques, zu mir zu bringen, den dritten aber, welches Konrad Bellier gewesen, wisse er nicht mehr anzutreffen, sondern glaubte, daß derselbe mit nach Grönland auf den Walfischfang gegangen sei. Ich hätte nicht vermeinet, daß der Vogel sein Wort halten würde, allein, nachmittags brachte er beide Ersterwähnten in mein Logis, welche denn, sobald sie mich erblickten, mir mit Tränen um den Hals fielen, und ihre besondere Freude über meine Lebenserhaltung nicht genung an den Tag zu legen wußten. Ich hatte ebenfalls nicht geringe Freude, diese ehrlichen Leute zu sehen, weiln gewiß wußte, daß sie nicht in den Rat der Gottlosen eingestimmet hatten, sonderlich machte mir Horns Person ein großes Vergnügen, dessen Klugheit, Erfahrenheit und Courage mir von einigen Jahren her mehr als zu bekannt war. Er hatte sich ohnlängst wiederum in Qualität eines Quartiermeisters engagieret, und zu einer frischen Reise nach Batavia parat gemacht, jedoch, sobald er vernahm, daß ich ebenfalls wiederum ein Schiff ausrüsten, und eine neue Tour nehmen wollte, versprach er, sich gleich morgenden Tag wiederum loszumachen, und bei mir zu bleiben. Ich schenkte diesen letztern zweien, sobald sich der erste liederliche Vogel hinweggemacht, jeden zwanzig Dukaten, Horn aber, der zwei Tage hernach wieder zu mir kam, und berichtete, daß er nunmehro frei und gänzlich zu meinen Diensten stünde, empfing aus meinen Händen noch fünfzig Dukaten zum Angelde, und nahm alle diejenigen Verrichtungen, so ich ihm auftrug, mit Freuden über sich.

Ich heuerte mir ein bequemer und sicherer Quartier, nahm die vor etlichen Jahren in Banko gelegten Gelder zwar nicht zurück, assignierte aber dieselben an mein Geschwister, und tat denselben meine Anwesenheit in Amsterdam zu wissen, meldete doch anbei, daß ich mich nicht lange daselbst aufhalten, sondern ehestens nach Ostindien zurückreisen, und alldorten zeitlebens bleiben würde, weswegen sich niemand zu mir bemühen, sondern ein oder der andere nur schreiben dürfte, wie sich die Meinigen befänden. Mittlerweile mußte mir Horn die Perlen und einige Goldklumpen zu gangbaren Gelde machen, wovor ich ihm die vortrefflichen felsenburgischen Rosinen zur Ergötzlichkeit überließ, aus welchen er sich denn ein ziemlich Stück Geld lösete.

Hierauf sahe ich mich nach einem nagelneuen Schiffe um, und da ich dergleichen angetroffen und bar bezahlet hatte, gab ich ihm den Namen der getreuen Paris,

Horn aber empfing von mir eine Punktation, wie es völlig ausgerüstet, und mit was vor Leuten es besetzt werden sollte. Ob ich nun schon keinen bösen Verdacht auf diesen ehrlichen Menschen hatte, so mußte er doch alle hierzu benötigten Gelder von einem Bankier, der mein vertrauter Herzensfreund von alten Zeiten her war, abfordern, und eben diesen hatte ich auch zum Oberaufseher meiner Angelegenheiten bestellet, bevor ich die Reise, mein Eberhard, nach Eurer Geburtsstadt antrat. Dieselbe nun erreichte ich am verwichenen 6ten Maji. Aber, o Himmel! wie erschrak mein ganzes Herze nicht, da ich auf die erste Frage, nach dem reichen Kaufmann Julius, von meinem Wirte die betrübte Zeitung erfuhr, daß derselbe nur vor wenig Wochen unvermutet bankerott worden, und dem sichersten Vernehmen nach, eine Reise nach Ost- oder Westindien angetreten hätte. Ich kann nicht anders sagen, als daß ein jeder Mensch, der auf mein weiteres Fragen des Gatwirts Relation bekräftigte, auch dieses redlichen Kaufmanns Unglück beklagte, ja die vornehmsten wollten behaupten: Es sei ein großer Fehler und Übereilung von ihm, daß er sich aus dem Staube gemacht, immaßen allen seinen Kreditoren bekannt, daß er kein liederlicher und mutwilliger Bankerotteur sei, dahero würde ein jeder ganz gern mit ihm in die Gelegenheit gesehen, und vielleicht zu seinem Wiederaufkommen etwas beigetragen haben. Allein, was konnten nunmehro diese sonst gar wohl klingenden Reden helfen, der Kaufmann Julius war fort, und ich konnte weiter nichts von seinem ganzen Wesen zu meinem Vorteil erfahren, als daß er einen einzigen Sohn habe, der auf der Universität in Leipzig studiere. Demnach ergriff ich Feder und Dinte, setzte einen Brief an diesen mir so fromm beschriebenen Studiosum auf, um zu versuchen, ob ich der selbst eigenen Reise nach Leipzig überhoben sein, und Euch, mein Eberhard, durch Schriften zu mir locken könnte. Der Himmel ist selbsten mit im Spiele gewesen, darum hat mir's gelungen, ich setzte Euch und allen andern, die ich zu Reisegefährten mitnehmen wollte, einen sehr kurzen Termin, glaubte auch nichts weniger, als so zeitlich von Amsterdam abzusegeln, und dennoch mußte sich alles nach Herzenswunsche schicken. Meiner allergrößten Sorge aber nicht zu vergessen, muß ich melden, daß mich eines Mittags nach der Mahlzeit auf den Weg machte, um dem Seniori des dasigen geistl. Ministerii eine Visite zu geben, und denselben zu bitten, mir einen feinen exemplarischen Menschen zum Schiffsprediger zuzuweisen; weil ich aber den Herrn Senior nicht zu Hause fand, und erstlich folgenden Morgen wieder zu ihm bestellet wurde, nahm ich einen Spaziergang außerhalb der Stadt in einem lustigen Gange vor, allwo ich ohngefähr einen schwarzgekleideten Menschen in tiefen Gedanken vor mir hergehend ersahe. Derowegen verdoppelten sich meine Schritte, so, daß er von mir bald eingeholet wurde. Es ist gegenwärtiger Herr Mag. Schmeltzer, und ohngeacht ich ihn zuvor niemals gesehen, sagte mir doch mein Herze sogleich, daß er ein Theologus sein müßte. Wir grüßeten einander freundlich, und ich nahm mir die Freiheit, ihn zu fragen: Ob er ein Theologus sei. Er bejahete solches, und setzte hinzu, daß er in dieser Stadt zu einer Kondition verschrieben worden, durch einen gehabten Unglücksfall aber zu späte gekommen sei. Hierauf fragte ich weiter: Ob er nicht einen feinen Menschen zuweisen könne, der da Lust habe, als Prediger mit mir zu Schiffe zu gehen. Er verfärbte sich deswegen ungemein, und konnte mir nicht sogleich antworten, endlich aber sagte er ganz bestürzt: ›Mein Herr! Ich kann Ihnen bei Gott versichern, daß ich voritzo allhier keinen einzigen Kandidatum Ministerii Theologici kenne, denn ich habe zwar vor einigen Jahren bei einem hiesigen Kaufmanne, Julius genannt, die Information seines Sohnes gehabt, da aber nach der Zeit mich wiederum an andern Orten aufgehalten, und nunmehro erstlich vor zwei Tagen, wiewohl vergebens, allhier angekommen bin, ist mir unbewußt, was sich anitzo von dergleichen Personen allhier befindet.‹

Ich gewann den werten Herrn Mag. Schmeltzer unter währenden diesen Reden, und zwar wegen der wunderbaren Schickung Gottes, dermaßen lieb, daß ich mich nicht entbrechen konnte, ferner zu fragen: Ob er nicht selbsten Belieben bei sich verspürete, die Station eines Schiffspredigers anzunehmen, zumalen da ich ihm dasjenige, was sonst andere zu genießen hätten, gedoppelt zahlen wollte? Hierauf gab er zur Antwort: ›Gott, der mein Herze kennet, wird mir Zeugnis geben, daß ich nicht um zeitlichen Gewinnstes willen in seinem Weinberge zu dienen suche, weil ich demnach dergleichen Beruf, als itzo an mich gelanget, vor etwas Sonderbares, ja Göttliches erkenne, so will nicht weigern, demselben gehorsame Folge zu leisten, jedoch nicht eher, als bis ich durch ein behöriges Examen darzu tüchtig befunden, und dem heiligen Gebrauche nach zum Priester geweihet worden.‹

Es traten unter diesen Reden mir und ihm die Tränen in die Augen, derowegen reichte ich ihm die Hand, und sagte weiter nichts als dieses: ›Es ist genung, mein Herr! Gott hat Sie und mich beraten, derowegen bitte, nur mit mir in mein Logis zu folgen, allwo wir von dieser Sache umständlicher miteinander sprechen wollen.‹ Sobald wir demnach in selbigem angelanget, nahm ich mir kein Bedenken, ihm einen wahrhaften und hinlänglichen Bericht von dem Zustande der felsenburgischen Einwohner abzustatten, welchen er mit größter Verwunderung anhörete, und beteurete, daß er bei sogestalten Sachen die Reise in besagtes Land desto vergnügter unternehmen, auch sich gar nicht beschweren wollte, wenn er gleich zeitlebens daselbst verbleiben müßte, daferne er nur das Glück hätte, dem dort versammleten Christenhäuflein das Heil ihrer Seelen zu befördern. Hierauf, da er mir eine kurze Erzählung seiner Lebensgeschicht getan, nahm ich Gelegenheit, ihn wegen des Kaufmanns, Franz Martin Julii, und dessen Familie ein und anderes zu befragen, und erfuhr, daß Herr Mag. Schmeltzer von anno 1716 bis 1720 bei demselben als Informator seines Sohns Eberhards und seiner Tochter Julianae Luise in Kondition gewesen wäre, ja er wußte, zu meinem desto größern Vergnügen, mir die ganze Geschicht des im dreißigjährigen Kriege enthaupteten Stephan Julii so zu erzählen, wie ich dieselbe von dem lieben Altvater Alberto in Felsenburg bereits vernommen hatte, und zu erweisen, daß Franz Martin Julius des Stephani echter Enkel im dritten Gliede sei, inmaßen er die ganze Sache von seinem damaligen Patron Franz Martin Julio sehr öfters erzählen hören, und im guten Gedächtnisse erhalten.

Ich entdeckte ihm hierauf treuherzig: wie ich den jungen Eberhard, der sich sichern Vernehmen nach, itzo in Leipzig aufhielte, nur vor wenig Tagen durch Briefe und beigelegten Wechsel zu Reisegeldern, nach Amsterdam in mein Logis zitieret hätte, und zweifelte nicht, daß er sich gegen Johannistag daselbst einfinden würde, wo nicht? so sähe mich genötiget selbst nach Leipzig zu reisen und denselben aufzusuchen. Nachdem wir aber ganz bis in die späte Nacht von meinen wichtigen Affären diskurieret, und Herr Mag. Schmeltzer immer mehr und mehr Ursachen gefunden hatte, die sonderbaren Fügungen des Himmels zu bewundern, auch mir eidlich zusagte: seinen Vorsatz nicht zu ändern, sondern Gottes Ehre und den seligen Nutzen so vieler Seelen zu befördern, mir redlich dahin zu folgen, wohin ich ihn haben wollte; legten wir uns zur Ruhe, und gingen folgenden Tag in aller Frühe miteinander zum Seniori des geistlichen Ministerii. Dieser sehr fromme Mann hatte unsern Vortrag kaum vernommen, als er noch drei von seinen Amtsbrüdern zu sich berufen ließ, und nebst denselben Herrn Mag. Schmeltzern, in meiner Gegenwart vier Stunden lang aufs allerschärfste examinierte, und nach befundener vortrefflicher Gelehrsamkeit, zwei Tage darauf in öffentlicher Kirche ordentlich zum Priester weihete. Ich fand mich bei diesem heiligen Aktu von Freude und Vergnügen über meinen erlangten kostbaren Schatz dermaßen gerührt, daß die hellen Tränen die ganze Zeit über aus meinen Augen liefen, nachdem aber alles vollbracht, zahlete ich an das geistliche Ministerium 200 Spez. Dukaten, in die Kirche und Armenkasse aber eine gleichmäßige Summe, nahm also von denen Herrn Geistlichen, die uns tausendfachen Segen zu unsern Vorhaben und Reise wünschten, herzlichen Abschied.

Herrn Mag. Schmeltzern hätte ich zwar von Herzen gern sogleich mit mir nach Amsterdam genommen, da aber derselbe inständig bat ihm zu vergönnen, vorhero die letzte Reise in sein Vaterland zu tun, um von seinen Anverwandten und guten Freunden völligen Abschied auch seine vortreffliche Bibliothek mitzunehmen, zahlete ich ihm tausend Tl. an Golde, und verabredete die Zeit, wenn und wo er mich in Amsterdam antreffen sollte, so, daß ich noch bis dato Ursach habe vor dessen Akkuratesse dankbar zu sein.

Ich vor meine Person setzte immittelst meine Rückreise nach Amsterdam ganz bequemlich fort, und nahm unterwegs erstlich den Chirurgum Kramern, hernach

Litzbergen, Plagern, Harckert und die übrigen Hand-
werksleute in meine Dienste, gab einem jeden fünf französische Louisdor auf die Hand und sagte ihnen ohne
Scheu, daß ich sie auf eine angenehme fruchtbare Insul
führen wollte, allwo sie sich mit ihrer Handarbeit redlich
nähren, auch da es ihnen beliebig, mit daselbst befindlichen schönen Jungfrauen verheiraten könnten, doch
nahm ich von jedweden einen Eid, diese Sache weder in
Amsterdam, noch bei dem andern Schiffsvolke ruchtbar
zu machen, indem ich nur gewisse auserlesene Leute mit
dahin zu nehmen vorhabens sei. Zwar sind mir ihrer drei
nachhero zu Schelmen worden, nämlich ein Zwillichma-
cher, Schuster und Seifensieder, allein sie mögen diesen
Betrug bei Gott und ihren eigenen Gewissen verantworten, ich aber habe nachhero erwogen, daß ich an dergleichen Betrügern wenig eingebüßet, immaßen unsere Insulaner diese Künste nach Notdurft selbst, obschon nicht
so zierlich und leicht verrichten können.

Am 11. Jun. gelangete ich also mit meinen angenom-
menen Leuten glücklich in Amsterdam an, und hatte
eine besondere Freude, da mein lieber getreuer Horn
und Adam Gorques, unter Aufsicht meines werten
Freundes des Bankiers G.v.B. das Schiff nebst allem Zubehör in völlige, ja bessere Ordnung als ich vermutet,
gebracht hatten. Demnach kauften wir noch das Vieh
und andere Sachen ein, die ich mit anhero zu nehmen
vor höchst nötig hielt. Ein jeder von meinen neuange-
worbenen Künstlern und Handwerkern bekam soviel
Geld, als er zu Anschaffung seines Werkzeugs und andern Bedürfnissen begehrte, und da, zu meinem ganz
besondern Vergnügen, der liebe Eberhard Julius sich
wenig Tage nach meiner Ankunft sich bei mir einfand,
bekam er etliche Tage nacheinander ebenfalls genung
zu tun, die ihm vorgeschriebenen Waren an Büchern

und andern nötigen Stücken einzuhandeln. Endlich am 24. Jun. gelangte die letzte Person, auf die ich allbereit mit Schmerzen zu hoffen anfing, nämlich Herr Mag. Schmeltzer bei mir an, und weil Horn indessen die Zahl der Matrosen und freiwillig Mitreisenden voll geschafft hatte, hielt ich des folgenden Tags Generalmusterung im Schiffe, und fand weiter nicht das geringste zu verbessern, demnach mußten alle Personen im Schiffe verbleiben, und auf meine Ankunft warten, ich aber machte meine Sachen bei der Ostindischen Kompagnie vollends richtig, empfing meine sichern Pässe, Handels- und Freibriefe, und konnte solchergestalt, über alles Verhoffen, um eben dieselbe Zeit von Amsterdam ablaufen, als ich vor etlichen Monaten gewünschet hatte.

Auf der Insul Teneriffa, allwo wir nach ausgestandenen heftigen Sturm unser Schiff auszubessern und uns mit frischen Lebensmitteln zu versehen, einige Tage stillelagen, zohe ich eines Abends meinen Lieutenant Horn auf die Seite, und sagte: ›Höret mein guter Freund, nunmehro ist es Zeit, daß ich mein ganzes Herz offenbare, und Euch zum wohlhabenden Manne mache, daferne Ihr mir vorhero einen leiblichen Eid zu schweren gesonnen, nicht allein dasjenige Geheimnis, welches ich sonsten niemanden als Euch und dem redlichen Gorques anvertrauen will, soviel als nötig, zu verschweigen, sondern auch die billige Forderung, so ich an Euch beide tun werde, zu erfüllen.‹ Horn wurde ziemlich bestürzt, doch auf nochmaliges Ermahnen, daß ich von ihm nichts Sündliches, Unbilliges oder Unmögliches verlangte, schwur er mir einen leiblichen Eid, worauf ich ferner also redete: ›Wisset mein Freund, daß ich nicht willens bin mit nach Ostindien zu gehen, sondern ich werde mich ehester Tages an einem mir gelegenen Orte nebst denen darzu bestimmten Personen und Waren

aussetzen lassen, Euch aber will ich nicht allein das
Schiff, sondern auch alles darzugehörige erb- und eigen-
tümlich schenken, und Eure Person statt meiner zum
Kapitän und Patron denen übrigen vorstellen, weil ich
hierzu laut meiner Pässe und Freibriefe von denen
Häuptern der Ostindischen Kompagnie sattsame Gewalt
und Macht habe. Hergegen verlange ich davor nichts, als
daß Ihr dem Adam Gorques, welcher an Eure Statt Lieutenant werden soll, nicht allein seinen richtigen Sold
zahlet, sondern ihm auch den dritten Teil von demjenigen, was Ihr auf dieser Reise profitieret, abgebet, auf der
Rückreise aber, die Ihr doch ohnfehlbar binnen zwei
oder drittehalb Jahren tun werdet, Euch wiederum
durch etliche Kanonenschüsse an demjenigen Orte meldet, wo ich mich werde aussetzen lassen, im übrigen aber
von meinem Aufenthalt weder in Europa noch sonst
anderswo ruchtbar machet.‹

Der gute Horn wußte mir anfänglich, ohne Zweifel
wegen verschiedener desfalls bei ihm entstandener Gemütsbewegungen, kein Wort zu antworten, jedoch nachdem ich mich noch deutlicher erkläret, und ihm eine
Spezifikation derer Dinge eingehändiget, welche er bei
seiner Rückreise aus Ostindien an mich mitbringen sollte; schwur er nochmals, nicht allein alles, was ich von
ihm begehrte, redlich zu erfüllen, sondern dankte mir
auch dermaßen zärtlich und verbindlich, daß ich keine
Ursache habe, an seiner Treue und Erkenntlichkeit zu
zweifeln. Ich habe auch die Hoffnung, daß ihn Gott
werde glücklicher sein lassen, als den Bösewicht Jean le
Grand, denn solchergestalt werden wir, durch seine Hülfe, alles was wir etwa noch in künftigen Zeiten aus Europa vonnöten haben möchten, gar bequem erlangen können, und uns darbei keiner Hinterlist und Bosheit sonderlich zu befürchten haben.

Wie es mit unserer fernern Reise und glücklichen Ankunft auf dieser angenehmen Insul beschaffen gewesen, ist allbereit bekannt, derowegen will nur von mir noch melden, daß ich nunmehro den Hafen meiner zeitlichen Ruhe und Glückseligkeit erreicht zu haben verhoffe, indem ich den lieben Altvater gesund, alle Einwohner in unverändertem Wohlstande, und meine liebe Sophia getreu und beständig wiedergefunden. Nunmehro aber, weil mir der liebe Altvater, und mein gutes Gewissen, alle glücklich ausgelaufene Anstalten auch selbsten Zeugnis geben, daß ich alles redlich und wohl ausgerichtet habe, werde ein Gelübde tun: außer der äußersten Not und besonders wichtigen Umständen nicht wieder aus dieser Gegend in ein ander Land zu weichen, sondern die übrige Lebenszeit mit meiner lieben Sophie nach Gottes Willen in vergnügter Ruhe hinbringen. Der liebe Altvater inzwischen wird mir hoffentlich gütig erlauben, daß ich künftigen Sonntags nach vollbrachten Gottesdienste mich mit meiner Liebsten durch den Herrn Mag. Schmeltzern ehelich zusammengeben lasse, anbei das Glück habe, der erste zu sein, der auf dieser Insul, christlichem Gebrauche nach, seine Frau von den Händen eines ordinierten Priesters empfängt.« »Tut was Euch gefällig ist, mein werter Herzensfreund und Sohn«, antwortete hierauf der Altvater Albertus, »denn Eure Redlichkeit verdienet, daß Ihr allhier von niemanden Erlaubnis bitten oder Befehle einholen dürfet, weil wir allerseits vollkommen versichert sind, daß Ihr Gott fürchtet, und uns alle herzlich liebet.« Diesem fügte der Altvater annoch seinen kräftigen Segen und sonderbaren Wunsch zu künftigen glücklichen Ehestande bei, nach dessen Vollendung Herr Mag. Schmeltzer und ich, ebenfalls unsere treugesinnten Glückwünsche bei dem Herrn Wolfgang abstatteten, nachhero aber ihm einen scherzhaften Verweis gaben, daß er weder unterwegs, noch zeit unseres Hierseins noch nicht das allergeringste von seinen Liebesangelegenheiten entdeckt, vielweniger uns seine Liebste in Person gezeiget hätte, welches doch billig als etwas Merkwürdiges angeführet werden sollen, da wir am verwichenen Mittwochen die Pflanzstadt Christiansraum und seines Schwiegervaters Wohnung in Augenschein genommen.

Herr Wolfgang lächelte hierüber und sagte: »Es ist, meine wertesten Freunde, aus keiner andern Ursache geschehen, als hernach die Freude unter uns auf einmal desto größer zu machen. Meine Liebste hielt sich an vergangener Mittwochen verborgen, und man hat Euch dieserwegen auch nicht einmal entdeckt, daß die neuerbaute Wohnung, welche wir besahen, zeit meines Abwesens vor mich errichtet worden. Doch diesen Mittag, weil es bereits also bestellet ist, werden wir das Vergnügen haben, meinen Schwiegervater Christian Julium, nebst meiner liebsten Sophie bei der Mahlzeit zu sehen.«

Demnach aber der bisherige Kapitän, Herr Leonhard Wolfgang, solchergestalt seine völlige Erzählung geendiget, mithin die Mittagszeit herangekommen war, stelleten sich Christian Julius und dessen Tochter Sophie bei der Mahlzeit ein, da denn, sowohl Herr Mag. Schmeltzer, als ich, die größte Ursach hatten, der letztern besondere Schönheit und ausnehmenden Verstand zu bewundern, anbei Herrn Wolfgangs getroffene Wahl höchst zu billigen.

Gleich nach eingenommener Mittagsmahlzeit, begleiteten wir ingesamt Herrn Mag. Schmeltzern in die Davidsraumer Allee, um abgeredtermaßen das Glaubensbekenntnis aller derjenigen öffentlich anzuhören, die des morgenden Tages ihre Beichte tun, und folgendes

Tages das heil. Abendmahl empfangen wollten, und vermerkten mit größtem Vergnügen: daß sowohl alt als jung in allen Hauptartikuln und andern zur christlichen Lehre gehörigen Wissenschaften vortrefflich wohl gegründet waren. Als demnach alle und jede ins besondere von Herrn Mag. Schmeltzern aufs schärfste tentieret und examineret worden, welches bis zu Untergang der Sonnen gewähret hatte, konfirmierte er diese seine ersten Beichtkinder durch ein andächtiges Gebet und Auflegung der Hand auf eines jeglichen Haupt, und nach diesen nahmen wir mit ihm den Rückweg nach der Albertsburg.

In der Mittagsstunde des folgenden Tages, als Sonnabends vor dem ersten Adventsonntage, begab sich Herr Mag. Schmeltzer in der schönen Lauberhütte der Davidsraumer Allee, welche unten am Albertshügel, vermittelst Zusammenschließung der dahin gepflanzten Bäume, angelegt war, und erwartete daselbst seine bestellten Beichtkinder. Der Altvater Albertus war der erste, so sich in heiliger Furcht und mit heißen Tränen zu ihm nahete und seine Beichte ablegte, ihm folgten dessen Sohn Albertus II, David Julius, Herr Wolfgang nebst seiner Liebsten Sophie, ich Eberhard Julius und diejenigen so mit uns aus Europa angekommen waren, hernachmals aus den Alberts- und Davidsraumer Gemeinden alle, so vierzehn Jahr alt und drüber waren.

Es daurete dieser heilige Aktus bis in die Nacht, indem sich Herr Mag. Schmeltzer bei einem jeden mit dem Absolvieren sehr lange aufhielt, und sich dermaßen abgemattet hatte, daß wir fast zweifelten, ob er morgen imstande sein würde eine Predigt zu halten. Allein der Himmel stärkte ihn unserm Wunsche nach aufs allerkräftigste, denn als der erste Adventsonntag eingebrochen, und das neue Kirchenjahr mit sechs Kanonenschüssen allen Insulanern angekündiget war, und sich dahero dieselben an gewöhnlicher Stelle versammlet hatten, trat Herr Mag. Schmeltzer auf, und hielt eine ungemein erbauliche Predigt über das gewöhnliche Sonntagsevangelium, so von dem Einzuge des Weltheilandes in die Stadt Jerusalem handelt. Das Exordium generale war genommen aus Ps. 118 V. 24. Dies ist der Tag, den der Herr macht, laßt uns freuen etc. Er redete in der Applikation sowohl von den Ursachen, warum sich die Insulaner freuen sollten, als auch von der geistl. Freude, welche sie über die reine Predigt des Worts Gottes, und andere Mittel des Heils, so ihnen in Zukunft reichlich würden verkündiget und mitgeteilet werden, haben sollten. In dem Exordio speciali, erkläre er die Worte Esaiä K. 62 V. 11. Saget der Tochter Zion etc. Wies in der Applikation, daß die Insulaner auch eine geistliche Tochter Zion wären, zu welchen itzo Christus mit seinem Worte und heil. Sakramenten käme. Darauf stellete er aus dem Evangelio vor:

Die erfreute Tochter Zion,
und zwar:
1) Worüber sich dieselbe freuete? als:
   a) über den Einzug des Ehrenkönigs Jesu Christi
   b) über das Gute, so sie von ihm genießen sollte
      aus den Worten:
      Siehe dein König etc.
2) Wie sich dieselbe freuete? als:
   a) Wahrhaftig
   b) Herzlich

Nachdem er alles vortrefflich wohl ausgelegt, verschiedene erbauliche Gedanken und Ermahnungen angebracht, und die Predigt also beschlossen hatte, wurde das Lied gesungen: Gott sei Dank durch alle Welt etc. Hierauf schritt Herr Magist. Schmeltzer zur Konsekration der auf einer güldenen Schale liegenden Hostien, und des ebenfalls in einem güldenen großen Trinkgeschirr zurechtgesetzten Weins, nahm eine Hostie in seine Hand und sprach: »Mein gekreuzigter Heiland, ich empfange anitzo aus deinen, wiewohl unsichtbaren Händen, deinen wahrhaftigen Leib, und bin versichert, daß du mich, jetzigen Umständen nach, von den gewöhnlichen Zeremonien deiner reinen evangelisch-lutherischen Kirche entbinden, anbei mein dir geweihetes Herze und Sinn betrachten wirst, es gereiche also dein heiliger Leib mir und niemanden zum Gewissensskrupel, sondern stärke und erhalte mich im wahren und reinen Glauben zum ewigen Leben.

Amen!«

Hierauf nahm er die gesegnete Hostie zu sich, und bald darauf sprach er: »Auf eben diesen Glauben und Vertrauen, mein Jesu! empfange ich aus deinen unsichtbaren Händen dein wahrhaftes Blut, welches du am Stamm des Kreuzes vor mich vergossen hast, das stärke und erhalte mich in wahren Glauben zum ewigen Leben. Amen!« Nahm also den gesegneten Wein zu sich, kniete nieder und betete vor sich, teilete hernachmals das heil. Abendmahl allen denenjenigen aus, welche gestriges Tages gebeichtet hatten, und beschloß den vormittäglichen Gottesdienst nach gewöhnlich evangelisch-lutherischer Art.

Nachmittags, nachdem wir die Mahlzeit ingesamt auf morgenländische Art im grünen Grase, bei ausgebreiteten Teppichen sitzend, eingenommen, und uns hierauf eine kleine Bewegung gemacht hatten, wurde zum andern Male Gottesdienst gehalten, und nach Vollbringung dessen Hr. Wolfgang mit Sophien ehelich zusammengegeben, auch ein Paar Zwillinge, aus dem Jakobischen Stamme, getauft, welche Tab. VII bezeichnet sind.

Solchergestalt wurde alles mit dem Lobgesange: Herr Gott dich loben wir etc. beschlossen, Mons. Litzberg und ich gaben, mit Erlaubnis des Altvaters, noch zwölf Mal Feuer aus denen auf dem Albertushügel gepflanzten Kanonen, und nachdem Herr Wolfgang verkündigen lassen, wie er G.G. den 2ten Januar, nächstfolgenden 1726ten Jahres, von wegen seiner Hochzeit, allen Insulanern ein Freudenfest anrichten wollte, kehrete ein jeder, geistlich und leiblich vergnügt, in seine Wohnung.

Herr Mag. Schmeltzer hatte bereits verabredet: Daß die Stephans-, Jakobs- und Johannisraumer Gemeinden, den andern Adventsonntag, die Christophs- und Robertsraumer den dritten, und letztlich die Christians- und Simonsraumer, den vierten Advent zum heil. Abendmahle gehen sollten, daferne sich jede Gemeinde die Woche vorhero behörig versammlen, und die Katechismuslehren also, wie ihre Vorgänger, die Alberts- und Davidsraumer, annehmen wollte. Weil nun alle hierzu eine heiße Begierde gezeiget hatten, wartete der unermüdete Geistliche alltäglich seines Amts getreulich, wir andern aber ließen unsere allerangenehmste Arbeit sein, den Kirchenbau aufs eiferigste zu befördern, worbei der Altvater Albertus beständig zugegen war, und nach seinem Vermögen die Materialien herbeibringen half, auch sich, ohngeacht unserer triftigen Vorstellungen wegen seines hohen Alters, gar nicht davon abwenden ließ.

Eines Morgens, da Herr Mag. Schmeltzer unsere Arbeit besahe, fiel ihm ein: daß wir vergessen hätten einige schriftliche Urkunden, der Nachkommenschaft zum Vergnügen, und der Gewohnheit nach, in den Grundstein einzulegen, da nun der Altvater sich erkläret, daß hieran noch nichts versäumet sei, sondern gar bald noch

ein anderer ausgehöhlter Stein, auf den bereits einge-
senkten gelegt werden könnte, auch sogleich den Seinigen deswegen Befehl erteilete, verfertigte indessen Herr
Magist. Schmeltzer eine Schrift, welche in lateinischer,
teutscher und englischer Sprache abgeschrieben, und
nachhero mit Wachs in den ausgehöhlten Grundstein
eingedruckt wurde. Es wird hoffentlich dem geneigten
Leser nicht zuwider sein, wenn ich dieselbe lateinisch
und teutsch mit beifüge:

Hic lapis
ab Alberto Julio,
Vero veri Dei cultore,
Anno MDCC XXV,
d. XVIII. Novembr.
fundamenti loco positus,
aedem Deo trinuno consecratam,
sanctum coelestium ovium ovile,
inviolabile Sacramentorum, baptismi & sacrae
coenae domicilium,
immotamque verbi divini sedem,
suffulcit ac suffulciet:
Machina quot mundi posthac durabit in annos,
Tot domus haec duret, stet vigeatque Dei!
Semper sana sonent hic dulcis dogmata Christi,
Per quem credenti vita salusque datur!

Teutsch:

Dieser
von Alberto Julio
im Jahr 1725 den 18. November
gelegte Grundstein,
unterstützet und wird unterstützen:

eine dem dreieinigen Gott gewidmete Kirche,
einen heiligen Schafstall christlicher
Schafe,
eine unverletzliche Behausung der Sakramenten
der Taufe und des heil. Abendmahls,
und einen unbeweglichen Sitz des Worts
Gottes.
Solange diese Welt wird unbeweglich stehen
Solange soll dies Haus auch nicht zugrunde gehen!
Was hier gepredigt wird, sei Christi reines Wort,
Wodurch ein Gläubiger, erlangt den Himmelsport!

† † †

Herr Wolfgang bezohe immittelst, mit seiner Liebste,
das in Christiansraum vor dieselben neuerbaute Haus,
ließ aber nicht mehr als die nötigsten von seinen mitgebrachten Mobilien dahin schaffen, und das übrige auf
der geraumlichen Albertusburg in des Altvaters Verwahrung. Unsere mitgebrachten Künstler und Handwerks-
leute bezeugten bei solcher Gelegenheit auch ein Verlangen den Ort zu wissen, wo ein jeder seine Werkstatt
aufschlagen sollte, derowegen wurden Beratschlagungen angestellet, ob es besser sei, vor dieselben eine ganz
neue Pflanzstadt aufzubauen? oder sie in die bereits an-
gebaueten Pflanzstädte einzuteilen? Demnach fiel endlich der Schluß dahin aus, daß, da in Erwägung des vorhabenden Kirchenbaues anitzo keine andere Bauarbeit
vorzunehmen ratsam sei, die Neuangekommenen an solche Orte eingeteilet werden möchten, wie es die Umstände ihrer verschiedenen Professionen erforderten.

Diese Resolution war ihnen sämtlich die allerangenehmste, und weil Herr Wolfgang von dem Altvater
freie Macht bekommen hatte, in diesem Stücke nach
seinem Gutbefinden zu handeln, so wurden die sämt-

lichen neuangekommenen Europäer folgendermaßen
eingeteilet: Mons. Litzberg der Mathematikus bezohe
sein Quartier in Christophsraum bei Herr Wolfgangen.
Der wohlerfahrene Chirurgus Mons. Kramer, in Albertsraum. Mons. Plager, und Peter Morgenthal der Klein-
schmidt, in Jakobsraum. Harckert der Posamentierer
in Robertsraum. Schreiner, der sich bei dem Tone als ein
Töpfer selbst einlogiert hatte, in Davidsraum. Wetterling
der Tuchmacher, in Christophsraum. Kleemann der Pa-
piermüller, in Johannisraum. Herrlich der Drechsler,
und Johann Melchior Garbe der Böttcher, in Simonsraum. Lademann der Tischler, und Philipp Krätzer der
Müller, in Stephansraum.

Solchergestalt blieben Herr Magist. Schmeltzer und
ich Eberhard Julius nur allein bei dem Altvater Alberto
auf dessen sogenannter Albertusburg, welcher annoch
beständig fünf Jünglinge und vier Jungfrauen von seinen Kindeskindern zur Bedienung bei sich hatte. Herr
Mag. Schmeltzer und Herr Wolfgang ermahneten die
abgeteilten Europäer, eine gottesfürchtige und tugendhafte Lebensart unter ihren wohlerzogenen Nachbarn
zu führen, stelleten ihnen dabei vor, daß: Dafern sie
gesinnet wären, auf dieser Insul zu bleiben, sich ein jeder eine freiwillige Ehegattin erwählen könnte. Derjenige aber, welchem diese Lebensart nicht anständig sei,
möchte sich nur aller geilen und boshaften Ausschwei-
fungen gänzlich enthalten, und versichert sein: Daß er
solchergestalt binnen zwei oder drei Jahren nebst einem
Geschenke von 2 000 Tlrn. wieder zurück nach Amsterdam geschafft werden sollte.

Es gelobte einer wie der andere dem Altvater Alberto,
Hrn. Mag. Schmeltzern als ihren Seelsorger, und Herrn
Wolfgangen als ihren leiblichen Versorger, treulich an,
sich gegen Gott und den Nächsten redlich und ehrlich

aufzuführen, seiner Hände Werk, zu Gottes Ehren und dem gemeinschaftl. Wesen, ohne Verdruß zu treiben, übrigens den Altvater Albertum, Hrn. Wolfgangen, und Herrn Magist. Schmeltzern, vor ihre ordentliche Obrigkeit in geistlichen und weltlichen Sachen zu erkennen, und sich bei ein und andern Verbrechen deren Vermahnungen und gehörigen Strafen zu unterwerfen.

Es soll von ihrer künftigen Aufführung, und Vereheligung, im andern Teile dieser felsenburgischen Geschicht, des geneigten Lesers Kuriosität möglichste Satisfaktion empfangen. Voritzo aber habe noch zu melden, daß die sämtlichen Bewohner dieser Insul am 11. Dezembr. dieses ablaufenden 1725ten Jahres, den allbereit vor 78 Jahren, von dem Altvater Alberto angesetzten dritten großen Bet- und Fasttag bis zu Untergang der Sonnen zelebrierten, an welchen Herr Mag. Schmeltzer den 116ten Psalm in zweien Predigten ungemein tröstlich und beweglich auslegte. Die übrigen Stämme gingen an den bestimmten Sonntagen gemachter Ordnung nach, aufs andächtigste zum heil. Abendmahle, nach diesen wurde das eingetretene heil. Christfest erfreulich gefeiert und solchergestalt erreichte damals das 1725te Jahr, zu aller Einwohner herzlichen Vergnügen, vor jetzo aber bei uns der erste Teil der felsenburgl. Geschichtsschreibung sein abgemessenes

ENDE.

ADVERTISSEMENT

Man ist zwar, geneigter Leser, anfänglich willens gewesen diese felsenburgische Geschichte, oder dasjenige, was auf dem Titulblatte versprochen worden, ohne Absatz, en Suite herauszugeben, allein nach fernern reifern Überlegungen hat man sich, en regard ein und anderer Umstände, zu einer Teilung verstehen müssen. Dem Herrn Verleger wäre es zwar weit angenehmer gewesen, wenn er sofort alles auf einmal haben können; jedoch wenn ich nur dieses zu betrachten gebe: Daß des Herrn Eberhard Julii Manuskript sehr konfus aussiehet, indem er zuweilen in Folio, ein ander Mal in Quarto, und wieder ein ander Mal in Oktavo geschrieben, auch viele Marken beigefügt, welche auf fast unzählige Beilagen kleiner Zettel weisen, die hier und anderswo einzuflikken gewesen, so habe den Stylum unmöglich so konzise führen können, als mir anfänglich wohl eingebildet hatte. Im Gegenteil ist mir das Werk unter den Händen unvermerkt, ja fast täglich angewachsen, weswegen ich denn vors dienlichste erachtet, ein kleines Interstitium zu machen. Anderer Vorteile, die sowohl der geneigte Leser, als der Herr Verleger und meine ohnedem niemals müßige Feder hierbei genießen können, voritzo zu geschweigen. Ist dieser erste Teil so glücklich, seinen Lesern einiges Vergnügen zu erwecken und derselben Beifall zu erhalten, so kann dabei versichern, daß der andere Teil, den ersten, an Kuriositäten, wo nicht übertreffen, doch wenigstens nichts nachgeben wird. Denn in selbigem werden nicht allein die teils wunderbaren, teils lächerlichen, teils aber auch merkwürdigen Fata ausführlich vorkommen, welche den letztern felsenburgl. Einkömmlingen von Jugend auf zugestoßen sind, sondern ich will über dieses keinen Fleiß sparen, Mons.

Eberhard Julii Manuskripta ordentlich zusammenzule-
sen, und daraus umständlich zu berichten: In was vor
einen florisanten Zustand die Insul Felsenburg, durch
den Fleiß der neuangekommenen europäischen Künstler und Handwerker, binnen drei folgenden Jahren gesetzt worden; wie Mons. Eberhard Julius seine Rückreise
nach Europa angestellet, seinen Vater wiedergefunden,
selbigen durch seinen kostbaren Schatz in voriges Re-
nommee gesetzt, und endlich in Begleitung seines Vaters, und der aus Schweden zurückverschriebenen
Schwester, die andere Reise nach Felsenburg angetreten
hat.

Hält oft erwähnter Mons. Eberhard Julius seine Pa-
role so treulich, als er versprochen, nach und nach
die fernern Begebenheiten der Felsenburger, entweder
Herrn Bankier G. v. B. in Amsterdam, oder Herrn W. in
Hamburg schriftlich zu übersenden, so kann vielleicht
der dritte Teil dieses vorgenommenen Werks auch noch
wohl zum Vorschein kommen.

Übrigens bitte mir von dem geneigten Leser, vor meine desfalls angewandte Mühe, und wiewohl ganz unvollkommene Schreibart, nochmals ein affektioniertes, wenigstens unpassioniertes Sentiment aus, und beharre

desselben

dienstwilliger

Gisander

GENEALOGISCHE TABELLEN*
über das
ALBERT-JULISCHE GESCHLECHTE,

*Wie solches aus Europa herstammet,
und biß zu Ende des 1725 ten Jahres auf der Insul
Felsenburg fortgeführet, und forn p. 115.
versprochen worden.*

* Schnabel hat seinem Roman zehn Tabellen beigefügt, die
zum Verständnis der Handlung nur wenig beitragen. Deshalb
beschränkt sich diese Ausgabe auf die erste Tabelle – Albert
Julius und seine direkten Nachkommen – und auf die statisti-
sche Zusammenfassung der Inselbevölkerung im Jahre 1725.

Albert II. Stephanus Maria Johann Elisabeth
* 1648 d. 19. Okt. * 1650 * 1651 * 1653

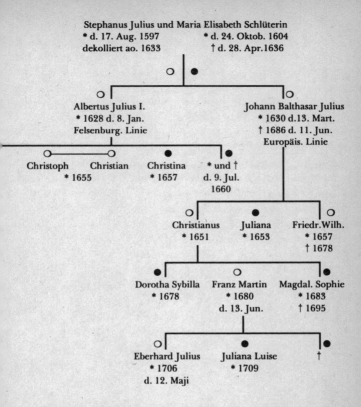

Stephanus Julius und Maria Elisabeth Schlüterin
* d. 17. Aug. 1597   * d. 24. Oktob. 1604
dekolliert ao. 1633   † d. 28. Apr.1636

Albertus Julius I.   Johann Balthasar Julius
* 1628 d. 8. Jan.   * 1630 d.13. Mart.
Felsenburg. Linie   † 1686 d. 11. Jun.
                                       Europäis. Linie

Christoph   Christian   Christina   * und †
* 1655   * 1657   d. 9. Jul.
                                       1660

Christianus   Juliana   Friedr.Wilh.
* 1651   * 1653   * 1657
                          † 1678

Dorotha Sybilla   Franz Martin   Magdal. Sophie
* 1678   * 1680   * 1683
                   d. 13. Jun.   † 1695

Eberhard Julius   Juliana Luise   †
* 1706   * 1709
d. 12. Maji

Summa aller beim Schlusse des 1725sten Jahres auf der Insul Felsenburg lebenden Personen, worzu der Kapitän Wolfgang nebst seinen vierzehn mitgebrachten Europäern ge-
rechnet ist,

                         = 346 Personen
nämlich .... 177 Manns- und
                         169 Weibspersonen
Aller Seelen, die besage der Tabellen zu Alberti I. felsenburgischen Geschlecht, gehören, sowohl tote als lebende = 429.

ANHANG

der Pag. 179. versprochenen
Lebensbeschreibung
des
DON CYRILLO DE VALARO,
aus seinem lateinischen Manuskript
ins Deutsche übersetzt.

D. C. de Valaro

Ich, Don Cyrillo de Valaro, bin im Jahr nach Christi Geburt 1475 den 9. Aug. von meiner Mutter Blanca de Cordua im Feldlager unter einem Gezelt zur Welt gebracht worden. Denn mein Vater Don Dionysio de Valaro, welcher in des neuen kastilianischen Königs Ferdinandi Kriegsdienste, als Obrister über ein Regiment Fußvolk getreten war, hatte meine Mutter mit sich geführet, da er gegen den portugiesischen König Alphonsum mit zu Felde gehen mußte. Dieser Alphonsus hatte sich mit der Johanna Henrici des IV. Königs in Kastilien Tochter, welche doch von jedermann vor ein Bastard gehalten wurde, verlobet, und dieserwegen nicht allein den Titul und Wapen von Kastilien angenommen, mithin unserm Ferdinando die Krone disputierlich gemacht, sondern sich bereits vieler Städte bemächtiget, weilen ihn, sowohl König Ludwig der XI. aus Frankreich, als auch viele Grandes aus Kastilien stark zu sekundieren versprochen. Nachdem aber die Portugiesen im folgenden 1476ten Jahre bei Toro ziemlich geklopft worden, und mein Vater vermerkte: Daß es wegen des vielen Hin- und Hermarschierens nicht wohl getan sei, uns länger bei sich zu behalten, schaffte er meine Mutter und mich zurück nach Madrid, er selbst aber kam nicht ehe wieder zu uns, bis die Portugiesen 1479 bei Albuhera totaliter geschlagen, und zum Frieden gezwungen worden, worbei Alphonsus nicht allein auf Kastilien, sondern auch auf seine Braut renunzierte, Johanna aber, der man jedoch unsern kastilischen Prinzen Johannem, ob seliger gleich noch ein kleines Kind war, zum Ehegemahl versprach, ging aus Verdruß in ein Kloster, weil sie vielleicht gemutmaßet, daß sie nur vexieret würde.

Ich weiß mich, so wahr ich lebe, noch einigermaßen der Freude und des Vergnügens, doch als im Traume, zu erinnern, welches ich als ein vierjähriger Knabe über die glückliche Zurückkunft meines lieben Vaters empfand, allein wir konnten dessen erfreulicher Gegenwart sehr kurze Zeit genießen, denn er mußte wenige Wochen hernach dem Könige, welcher ihn nicht allein zum General bei der Armee, sondern auch zu seinem Geheimbden Etatsminister mit ernennet, bald nach Aragonien folgen, weiln der König, wegen des Absterbens seines höchst sel. Herrn Vaters, in diesem seinen Erbreiche die Regierung gleichfalls antrat. Doch im folgenden Jahre kam mein Vater nebst dem Könige abermals glücklich wieder zurück, und erfreuete dadurch mich und meine Mutter aufs neue, welche ihm mittlerzeit noch einen jungen Sohn geboren hatte.

Er hatte damals angefangen seine Haushaltung nach der schönsten Bequemlichkeit einzurichten, und weil ihm nicht sowohl der Krieg, als des Königs Gnade zu ziemlichen Barschaften verholfen, verschiedene Landgüter angekauft; indem er auf selbigen sein größtes Vergnügen zu empfinden verhoffte. Allein da mein Vater in der besten Ruhe zu sitzen gedachte, nahm der König Anno 1481 einen Zug wider die granadischen Mauros vor, und mein Vater mußte ihm im folgenden 1482ten Jahr 10 000 neugeworbenen Leuten nachfolgen. Also verließ er uns abermals zu unsern größten Mißvergnügen, hatte aber vorhero noch Zeit gehabt, meiner Mutter Einkünfte und das, was zu seiner Kinder standesmäßiger Erziehung erfodert wurde, aufs beste zu besorgen. Im Jahre 1483 war es zwischen den Kastilianern und Mohren, bei Malacca zu einem scharfen Treffen gekommen, worbei die erstern ziemlich gedränget, und mein Vater fast tödlich verwundet worden, doch hatte er sich einigermaßen wieder erholet, und kam bald darauf nach Hause, um sich völlig ausheilen zu lassen.

Der König und die Königin ließen ihm beiderseits das Glück ihres hohen Besuchs genießen, beschenkten ihn auch mit einer starken Summe Geldes, und einem vortrefflichen Landgute, mich aber nahm der König, vor seinen jungen Prinzen Johannem, der noch drei Jahr jünger war als ich, zum Pagen und Spielgesellen mit nach Hofe, und versprach, mich bei ihm auf Lebenszeit zu versorgen. Ob ich nun gleich nur in mein zehentes Jahr ging, so hatte mich doch meine Mutter dermaßen gut erzogen, und durch geschickte Leute erziehen lassen, daß ich mich gleich von der ersten Stunde an, nicht allein bei den königl. Kindern, sondern auch bei dem Könige und der Königin selbst, ungemein beliebt machen konnte. Und da sich eine besondere natürliche Fertigkeit bei mir gezeiget, hatte der König allen Sprach- und Exerzitienmeistern ernstlichen Befehl erteilet, an meine Person sowohl, als an seinen eigenen Sohn, den allerbesten Fleiß zu wenden, welches denn nebst meiner eigenen Lust und Beliebung soviel fruchtete: daß mich ein jeder vor den Geschicktesten unter allen meinen Kameraden halten wollte.

Mittlerweile war mein Vater aufs neue wieder zu Felde gegangen, und hatte, nicht allein wegen seiner Verwundung, an denen Mohren in etlichen Scharmützeln ziemliche Rache geübt, sondern auch vor den König viele Städte und Plätze einnehmen helfen, bei welcher Gelegenheit er auch zu seinem Teile viele Schätze erobert, und dieselben nach Hause geschickt hatte. Allein im Jahr 1491 da die Stadt Granada mit 50 000 Mann zu Fuß, und 12 000 zu Roß angegriffen, und der König Boabdiles zur Übergabe gezwungen wurde, verlor mein getreuer und heldenmütiger Vater sein edles Leben darbei, und zwar im allerletzten Sturme auf den erstiegenen Mauern.

Der König bekam die Briefe von dieser glücklichen Eroberung gleich über der Tafel zu lesen, und rief mit vollen Freuden aus: »Gott und allen Heiligen sei gedankt! Nunmehro ist die Herrschaft der Maurer, welche über siebenhundert Jahr in Spanien gewähret, glücklich zugrunde gerichtet«, derowegen entstunde unter allen, sowohl hohen als niedrigen Bedienten, ein allgemeines Jubilieren, da er aber die Liste von den ertöteten und verwundeten hohen Kriegsbedienten zur Hand nahm, und unter andern lase: Daß Don Dionysio de Valaro, als ein Held mit dem Degen in der Faust, auf der Mauer gestorben sei, vergingen mir auf einmal alle meine fünf Sinne dermaßen, daß ich hinter dem Kronprinzen ohnmächtig zur Erden niedersinken mußte.

Es hatte dem mitleidigen Könige gereuet, daß er sich nicht vorhero nach mir umgesehen, ehe er diese klägliche Zeitung, welche ihm selbst sehr zu Herzen ging, laut verlesen. Jedoch sobald mich die andern Bedienten hinweg- und in mein Bette getragen, auch in etwas wieder erfrischet hatten, besuchte mich nicht allein der Kronprinz mit seiner dreizehnjährigen Schwester Johanna, sondern die Königin selbst mit ihrem vornehmsten Frauenzimmer. Dem ohngeacht konnte ich mein Gemüte, wegen des jämmerlichen Verlusts meines so lieben und getreuen Vaters, nicht sogleich besänftigen, sondern vergoß etliche Tage nacheinander die bittersten Tränen, bis mich endlich der König vor sich kommen ließ und folgendermaßen anredete: »Mein Sohn Cyrillo de Valaro, willstu meiner fernern Gnade genießen, so hemme dein Betrübnis wenigstens dem äußerlichen Scheine nach, und bedenke dieses: daß ich an dem Don

Dionysio de Valaro, wo nicht mehr, doch ebensoviel als du verloren, denn er ist mein getreuer Diener gewesen, der keinem seinesgleichen den Vorzug gelassen, ich aber stelle mich selbst gegen dich an seine Stelle und will dein Versorger sein, hiermit sei dir sein erledigtes Regiment geschenkt, worüber ich dich gleich jetzo zum Obristen bestellen und zum Ritter schlagen will, jedoch sollstu nicht ehe zu Felde gehen, sondern bei meinem Kronprinz bleiben, bis ich euch beide ehestens selbst mit mir nehme.« Ich tat hierauf dem Könige zur Dankbarkeit einen Fußfall, und empfohl mich seiner beständigen Gnade, welcher mir sogleich die Hand darreichte, die ich in Untertänigkeit küssete, und von ihm selbst auf der Stelle zum Ritter geschlagen wurde, worbei ich die ganz besondere Gnade hatte, daß mir die Prinzessin Johanna das Schwert umgürtete, und der Kronprinz den rechten Sporn anlegte.

Solchergestalt wurde mein Schmerzen durch königliche besondere Gnade, und durch vernünftige Vorstellungen, nach und nach mit der Zeit ziemlich gelindert, meine Mutter aber, nebst meinem einzigen Bruder und zweien Schwestern, konnten sich nicht so bald beruhigen, und weil die erstere durchaus nicht wieder heiraten wollte, begab sie sich mit meinem Geschwister aus der Residenzstadt hinweg auf das beste unserer Landgüter, um daselbst ruhig zu leben, und ihre Kinder mit aller Vorsicht zu erziehen.

Immittelst ließ ich mir die Übung in den Waffen, wie auch in den Kriegs- und andern nützlichen Künsten dermaßen angelegen sein, daß sich in meinem achtzehnten Jahre kein einziger Ritter am spanischen Hofe schämen durfte mit mir umzugehen, und da bei damaligen ziemlich ruhigen Zeiten der König vielfältige Ritter- und Lustspiele anstellete, fand ich mich sehr eifrig und flei-

ßig darbei ein, kam auch fast niemals ohne ansehnlichsten Gewinst darvon.

Am Geburtstage der Prinzessin Johanna wurde bei
Hofe ein prächtiges Festin gegeben, und fast die halbe
Nacht mit Tanzen zugebracht, indem aber ich, nach dem
Abschiede aller andern, mich ebenfalls in mein Zimmer
begeben wollte, fand ich auf der Treppe ein kleines
Päcklein, welches in ein seidenes Tüchlein eingewickelt
und mit Goldfaden umwunden war. Ich machte mir kein
Bedenken diese so schlecht verwahrte Sache zu eröffnen, und fand darinnen, etliche Ellen grün mit Gold
durchwürktes Band, nebst dem Bildnisse einer artigen
Schäferin, deren Gesicht auf die Hälfte mit einem grünen Schleier verdeckt war, weil sie vielleicht nicht von
allen und jeden erkannt werden wollte. Über dieses lag
ein kleiner Zettel mit folgenden Zeilen darbei:

Geliebter Ritter!
    Ihr verlanget von mir mein Bildnis nebst einer Libe-
rei, welches beides hiemit aus gewogenen Herzen über-
sende. Seid damit bei morgenden Turnier glücklicher,
als voriges Mal, damit ich Eurentwegen von andern Damen keine Stichelreden anhören darf, sondern das Vergnügen habe, Eure sonst gewöhnliche Geschicklichkeit
mit dem besten Preise belohnt zu sehen. Lebet wohl und
gedenket Eurer   Freundin.

Meine damalige Schalkhaftigkeit widerriet mir denjenigen auszuforschen, dem dieses Paket eigentlich zukom-
men sollte, bewegte mich im Gegenteil diese Liberei,
nebst dem artigen Bildnisse der Schäferin, bei morgenden Lanzenbrechen selbst auf meinem Helme zu führen. Wie gedacht, so gemacht, denn am folgenden Morgen band ich die grüne Liberei nebst dem Bildnisse auf

meinen Helm, legte einen ganz neuen himmelblauen mit goldenen Sternlein beworfenen Harnisch an, und erschien also ganz unerkannt in den Schranken mit meinem Schilde, worinnen ein junger Adler auf einem ertöteten alten Adler mit ausgebreiteten Flügeln sitzend, und nach der Sonne sehend, zur Devise gemalt war. Die aus dem Horatio genommene Beischrift lautete also:

> Non possunt aquilae generare columbam.

Teutsch:

> Es bleibet bei dem alten Glauben,
> Die Adler hecken keine Tauben.

Kaum hatte ich Zeit und Gelegenheit gehabt meine Kräfte an vier Rittern zu probieren, worvon drei wankend gemacht, den vierten aber gänzlich aus dem Sattel gehoben und in den Sand gesetzt, als mir ein unbekannter Schildknabe einen kleinen Zettel einhändigte, auf welchen folgende Zeilen zu lesen waren.

Verwegener Ritter,

Entweder nehmet sogleich dasjenige Bildnis und Liberei, welches Ihr unrechtmäßigerweise auf Eurem Helme führet, herunter, und liefert es durch Überbringer dieses seinem Eigentumsherrn ein, oder seid gewärtig, daß nicht allein Euern bereits ziemlich erworbenen Ruhm nach Kräften verdunkeln, sondern Euch morgen früh auf Leib und Leben ausfodern wird:

> Der Verehrer der schönen Schäferin.

Auf diese trotzige Schrift gab ich dem Schildknaben mündlich zur Antwort: »Sage demjenigen, der dich zu mir geschickt: Woferne er seine Anforderung etwas höf-

licher an mich getan, hätte ich ihm mit Vergnügen will-
fahren wollen. Allein seiner unbesonnenen Drohungen
wegen, wollte ich von heute durchaus meinen eigenen
Willen haben.«

Der Schildknabe ging also fort, und ich hatte die Lust
denjenigen Ritter zu bemerken, welchem er die Antwort
überbrachte. Selbiger, sobald er mich kaum ein wenig
müßig erblickt, kam ganz hochmütig herangetrabet, und
gab mir mit ganz höhnischen Stellungen zu verstehen:
Daß er Belieben habe mit mir ein oder etliche Lanzen zu
brechen. Er trug einen feuerfarbenen silbergestreiften
Harnisch, und führete einen blaßblauen Federstutz auf
seinem Helme, welcher mit schwarz und gelben Bande
umwunden war. In seinem Schilde aber zeigte sich das
Gemälde des Appolinis, der sich einer jungen Nymphe,
Isse genannt, zu Gefallen, in einen Schäfer verstellet, mit
den Beiworten: Similis simili gaudet, als wollte er deutlich dieses zu verstehen geben:

> Isse meine Schäferin
> Macht's, daß ich ein Schäfer bin.

Ich vermerkte sogleich bei Erblickung dieser Devise, daß
der arme Ritter nicht allzuwohl unter dem Helme verwahret sein müsse. Denn wie schlecht reimete sich doch
der feuerfarbene Harnisch nebst dem blaulichen Feder-
stutze, auch gelb und schwarzen Bande zu der schäferi-
schen Liebesgrille? Indem mir aber das fernere Nachsinnen durch meines Gegners Anrennen unterbrochen
wurde, empfing ich ihn mit meiner hurtig eingelegten
Lanze zu ersten Male dermaßen, daß er auf beiden Seiten Bügel los wurde, und sich kaum mit Ergreifung seines Pferdes Mähne im Sattel erhalten konnte. Dem ohngeacht versuchte er das andere Rennen, wurde aber von

444

meinem heftigen Lanzenstoße so gewaltig aus dem Sattel gehoben, daß er halb ohnmächtig vom Platze getragen werden mußte. Solchergestalt war der verliebte feuerfarbene Schäfer vor dieses wohl abgefertiget, und weil ich mich die übrige Zeit gegen andere noch ziemlich hurtig hielt, wurde mir bei Endigung des Turniers von den Kampfrichtern der andere Preis zuerkannt, welches ein vortrefflicher maurischer Säbel war, dessen güldenes Gefäße mit den kostbarsten Edelsteinen prangete. Die Prinzessin Johanna hielt mir denselben mit einer lächelnden Gebärde schon entgegen, da ich noch wohl zwanzig Schritte bis zu ihrem auferbaueten Throne zu tun hatte, indem ich aber auf der untersten Staffel desselben niederkniete, und meinen Helm abnahm, mithin mein bloßes Gesichte zeigte, stutzte nicht allein die Prinzessin nebst ihren andern Frauenzimmer gewaltig, sondern dero liebstes Fräulein, die Donna Eleonora da Sylva, sank gar in einer Ohnmacht darnieder. Die wenigsten mochten wohl erraten können, woher ihr dieser jählinge Zufall kam, und ich selbst wußte nicht, was es eigentlich zu bedeuten hatte, machte mich aber in noch währenden Auflaufe, nachdem ich meinen Gewinst empfangen, ohne von andern Rittern erkannt zu werden, ganz hurtig zurücke.

Zwei Tage hernach wurde mir von vorigen Schildknaben ein Kartell folgendes Inhalts eingehändiget:

Unredlicher Ritter,

So kann man Euch mit größtem Rechte nennen, indem Ihr nicht allein einem andern, der besser ist als Ihr, dasjenige Kleinod listigerweise geraubt, welches er als seinen kostbarsten Schatz geachtet, sondern Euch über dieses frevelhaft unterstanden habt, solches zu seinem Verdruß und Spott öffentlich auf dem Helme zu führen.

Jedoch man muß die Bosheit und den Unverstand solcher Gelbschnäbel beizeiten dämpfen, und Euch lehren, wie Ihr mit würdigen Leuten umgehen müsset. Es ist zwar leichtlich zu erachten, daß Ihr Euch wegen des letztern ohngefähr erlangten Preises beim Lanzenbrechen das Glücke zur Braut bekommen zu haben, einbildet. Allein wo Ihr das Herz habt, morgen mit Aufgang der Sonnen, nebst nur einem einzigen Beistande, auf der großen Wiese zwischen Madrid und Aranjuez zu erscheinen; wird sich die Mühe geben, Euch den Unterschied zwischen einem lustbaren Lanzenbrechen und ernstlichen Schwertkampfe zu lehren, und den kindischen Frevel zu bestrafen

Euer abgesagter Feind.

Der Überbringer dieses, wollte durchaus nicht bekennen, wie sein Herr mit Namen hieße, derowegen gab ihm nur an denselben folgende wenige Zeilen zurück:

Frecher Ritter!
    Woferne Ihr nur halb soviel Verstand und Klugheit, als Prahlerei und Hochmut besäßet, würdet Ihr rechtschaffenen Leuten wenigstens nur etwas glimpflicher zu begegnen wissen. Doch weil ich mich viel lieber mit dem Schwert, als der Feder gegen Euch verantworten, und solchergestalt keine Ursach geben will, mich vor einen zaghaften Schäferkurtisan zu halten, so verspreche morgen die bestimmte Zeit und Ort in Acht zu nehmen, daselbst soll sich zeigen daß mein abgesagter Feind ein Lügner, ich aber sei   Don Cyrillo de Valaro.

Demnach begab ich mich noch selbigen Abend nebst dem Don Alfonso de Cordua, meiner Mutter Bruders Sohne, den ich zum Beistande erwählet hatte, aus Ma-

drid in das allernächst der großen Wiese gelegene Dorf,
allwo wir über Nacht verblieben, und noch vor Aufgang
der Sonnen die große Wiese betraten. Mein Gegner,
den ich an seinen feuerfarbenen Harnisch erkannte, erschien zu bestimmter Zeit, und konnte mich ebenfalls
um soviel desto eher erkennen, weil ich das grüne Band,
nebst dem Bilde der Schäferin, ihm zum Trotz abermals
wieder auf den Helm gebunden hatte. Er gab mir seinen Verdruß und die Geringschätzung meiner Person,
mit den allerhochmütigsten Stellungen zu erkennen, jedoch ich kehrete mich an nichts, sondern fing den verzweifeltesten Schwertkampf mit meinem annoch unbekannten Feinde an, und brachte ihn binnen einer halben Stunde durch verschiedene schwere Verwundun-
gen dahin, daß er abermals halb tot und gänzlich kraftlos zur Erde sinken mußte. Indem ich aber hinzutrat
und seinen Helm öffnete, erkannte ich ihn vor den
Sohn eines königlichen Etatsbedienten, Namens Don
Sebastian de Urrez, der sich auf die Gnade, so der König seinem Vater erzeigte, ungewöhnlich viel einbildete,
sonsten aber mehr mit Geld und Gütern, als adelichen
Tugenden, Tapfer- und Geschicklichkeit hervorzutun
wußte. Mir war bekannt, daß außer einigen, welche seines Vaters Hülfe bedurften, sonst niemand von rechtschaffenen Rittern leicht mit ihm umzugehen pflegte,
derowegen wandte mich mit einer verächtlichen Miene
von ihm hinweg, und sagte zu den Umstehenden: Daß
es mir herzlich leid sei, meinen allerersten ernstlichen
Kampf mit einem Hasenkopfe getan zu haben, weswegen ich wünschen möchte, daß niemand etwas darvon
erführe, setzte mich auch nebst meinem Sekundanten
Don Alfonso, der seinen Gegner ebenfalls sehr blutig
abgespeiset hatte, sogleich zu Pferde, und ritten zurück
nach Madrid.

Der alte Urrez hatte nicht bloß dieses Kampfs, sondern seines Sohnes heftiger Verwundung wegen, alle Mühe angewandt mich bei dem Könige in Ungnade zu setzen, jedoch seinen Zweck nicht erreichen können, denn wenig Tage hernach, da ich in dem königl. Vorgemach aufwartete, rief mich derselbe in sein Zimmer, und gab mir mit wenig Worten zu verstehen: Wie ihm meine Herzhaftigkeit zwar im geringsten nicht mißfiele, allein er sähe lieber, wenn ich mich vor unnötigen Händeln hütete, und vielleicht in kurzen desto tapferer gegen die Feinde des Königs bezeugte. Ob ich nun gleich versprach, mich in allen Stücken nach Ihro Majest. allergnädigsten Befehlen zu richten; so konnte doch nicht unterlassen, bei dem bald darauf angestellten Stiergefechte, sowohl als andere Ritter, einen Wagehals mit abzugeben, dabei denn einen nicht geringen Ruhm erlangete, weil drei unbändige Büffel durch meine Faust erlegt wurden, doch da ich von dem letzten einen ziemlichen Schlag an die rechte Hüfte bekommen hatte, nötigte mich die Geschwulst, nebst dem geronnenen Geblüte, etliche Tage das Bette zu hüten. Binnen selbiger Zeit lief ein Schreiben folgenden Inhalts bei mir ein:

Don Cyrillo de Valaro.

Warum wendet Ihr keinen bessern Fleiß an, Euch wiederum öffentlich frisch und gesund zu zeigen: Denn glaubet sicherlich, man hat zweierlei Ursachen, Eurer Aufführung wegen schwere Rechenschaft zu fordern, erstlich daß Ihr Euch unterstanden, beim letzten Turnier eine frembde Liberei zu führen, und vors andere, daß Ihr kein Bedenken getragen, eben dieselbe beim Stiergefechte leichtsinnigerweise zurückzulassen. Überlegt wohl, auf was vor Art Ihr Euch redlicherweise ver-

antworten wollet, und wisset, daß dennoch mit Euren itzigen schmerzhaften Zustande einiges Mitleiden hat
                                        Donna Eleonora de Sylva.

Ich wußte erstlich nicht zu begreifen, was dieses Fräulein vor Ursach hätte, mich, meiner Aufführung wegen zur Rede zu setzen; bis mir endlich mein Leibdiener aus dem Traume half. Denn dieser hatte von der Donna Eleonora vertrauten Aufwärterin soviel vernommen, daß Don Sebastian de Urrez bei selbigen Fräulein bishero in ziemlich guten Kredit gestanden, nunmehro aber denselben auf einmal gänzlich verloren hätte, indem er sie wahnsinnigerweise einer groben Untreue und Falschheit beschuldigte. Also könnte ich mir leichtlich die Rechnung machen, daß Eleonora, um sich rechtschaffen an ihm zu rächen, mit meiner Person entweder eine scherz- oder ernsthafte Liebesintrige anzuspinnen suchte.
    Diese Mutmaßungen schlugen keineswegs fehl, denn da ich nach völlig erlangter Gesundheit im königlichen Lustgarten zu Buen-Retiro Gelegenheit nahm mit der Eleonora ohne Beisein anderer Leute zu sprechen, wollte sie sich zwar anfänglich ziemlich kaltsinnig und verdrießlich stellen, daß ich mir ohne ihre Erlaubnis die Freiheit genommen, dero Liberei und Bildnis zu führen; jedoch sobald ich nur einige triftige Entschuldigungen nebst der Schmeichelei vorgebracht, wie ich solche Sachen als ein besonderes Heiligtum zu verehren, und keinem Ritter, wer der auch sei, nicht anders als mit Verlust meines Lebens, zurückzugeben gesonnen wäre, fragte sie mit einer etwas gelass'nern Stellung: »Wie aber, wenn ich dasjenige, was Don Sebastian nachlässigerweise verloren, Ihr aber zufälligerweise gefunden, und ohne meine Vergünstigung Euch zugeeignet habt, selbst zurückbegehre?« »So muß ich zwar«, gab ich zur Antwort, »aus

schuldigen Respekt Eurem Befehle und Verlangen ein Genügen leisten, jedoch dabei erkennen, daß Ihr noch grausamer seid als das Glücke selbst, über dessen Verfolgung sich sonsten die Unglückseligen einzig und allein zu beklagen pflegen.« »Es ist nicht zu vermuten«, sagte sie hierauf, »daß Euch hierdurch eine besondere Glückseligkeit zuwachsen würde, wenn gleich dergleichen Kleinigkeiten in Euren Händen blieben.« »Und vielleicht darum«, versetzte ich, »weil Don Sebastian einzig und allein bei Eurer schönen Person glückselig sein und bleiben soll?« Unter diesen Worten trat der Donna Eleonora das Blut ziemlich in die Wangen, so daß sie eine kleine Weile innehielt, endlich aber sagte: »Seid versichert Don Valaro daß Urrez zeit seines Lebens weniger Gunstbezeugungen von mir zu hoffen hat, als der allergeringste Edelmann, denn ob ich mich gleich vor einiger Zeit durch gewisse Personen, die ich nicht nennen will, bereden lassen, vor ihn einige Achtbarkeit, oder wohl gar einige Liebe zu hegen, so ist mir doch nunmehro seine ungeschickte und pöbelhafte Aufführung besser bekannt und zum rechten Ekel und Abscheu worden.« »Ich weiß ihm«, sprach ich darauf, »weder Böses noch Gutes nachzusagen, außer dem, daß ihn wenig rechtschaffene Ritter ihres Umgangs gewürdiget. Allein er ist nicht darum zu verdenken, daß er dergleichen Schmach jederzeit wenig geachtet, indem ihn das Vergnügen, sich von dem allerschönsten Fräulein am ganzen Hofe geliebt zu sehen, dieserhalb sattsam trösten können.«

Donna Eleonora vermerkte vielleicht, daß sie ihre gegen sich selbst rebellierenden Affekten in die Länge nicht würde zwingen können, denn sie mußte sich freilich in ihr Herz hinein schämen, daß selbiges bishero einen solchen übel berüchtigten Ritter offengestanden, der sich bloß mit seinem weibischen Gesichte, oder etwa mit Geschenken und sklavischen Bedienungen bei ihr eingeschmeichelt haben mochte; derowegen sagte sie mit einer etwas verdrießlichen Stimme: »Don Cyrillo, lasset uns von diesem Gespräch abbrechen, denn ich mag den verächtlichen Sebastian de Urrez nicht mehr erwähnen hören, von Euch aber will ich ausbitten, mir die nichtswürdigen Dinge zurückzusenden, damit ich in Verbrennung derselben, zugleich das Angedenken meines abgeschmackten bisherigen Liebhabers vertilgen kann.« »Was soll denn«, versetzte ich, »das unschuldige Band und das artige Bildnis den Frevel eines nichtswürdigen Menschen büßen, gewißlich diese Sachen werden noch in der Asche ihren hohen Wert behalten, indem sie von so schönen Händen gekommen, um aber das verdrießliche Angedenken auszurotten, so erzeiget mir die Gnade und gönnet meinem Herzen die erledigte Stelle in dem Eurigen, glaubet anbei gewiß, daß mein ganzes Wesen sich jederzeit dahin bestreben wird, Eurer unschätzbaren Gegengunst würdiger zu sein als der liederliche Urrez.«

Donna Eleonora mochte sich ohnfehlbar verwundern, daß ich als ein junger achtzehnjähriger Ritter allbereit so dreuste und altklug als der erfahrenste Liebhaber reden konnte, replizierte aber dieses: »Don Cyrillo, Eure besondere Tapfer- und Geschicklichkeit, hat sich zwar zu fast aller Menschen Verwunderung schon sattsam spüren lassen, indem Ihr in scherz- und ernsthaften Kämpfen Menschen und Tiere überwunden, aber mein Herz muß sich dennoch nicht so leicht überwinden lassen, sondern vielmehr der Liebe auf ewig absagen, weil es das erste Mal unglücklich im Wählen gewesen, derowegen verschonet mich in Zukunft mit dergleichen verliebten Anfällen, erfüllet vielmehr mein Begehren mit baldiger Übersendung der verlangten Sachen.«

Ich hätte wider diesen Ausspruch gern noch ein und andere Vorstellungen getan, allein die Ankunft einiger Ritter und Damen verhinderte mich vor dieses Mal. Sobald ich nach diesem allein in meiner Kammer war, merkete mein Verstand mehr als zu deutlich, daß der ganze Mensch von den Annehmlichkeiten der Donna Eleonora bezaubert wäre, ja mein Herze empfand eine dermaßen heftige Liebe gegen dieselbe, daß ich diejenigen Stunden vor die allertraurigsten und verdrießlichsten hielt, welche ich ohne sie zu sehen hinbringen mußte. Derowegen nahm meine Zuflucht zur Feder und schrieb einen der allerverliebtesten Briefe an meinen Leitstern, worinnen ich hauptsächlich bat, nicht allein mich zu ihrem Liebhaber auf- und anzunehmen, sondern auch die Liberei nebst dero Bildnisse zum ersten Zeichen ihrer Gegengunst in meinen Händen zu lassen.

Zwei ganzer Tage lang ließ sie mich hierauf zwischen Furcht und Hoffnung zappeln, bis ich endlich die halb erfreuliche und halb traurige Antwort erhielt: Ich möchte zwar behalten, was ich durch Glück und Tapferkeit mir zugeeignet hätte, doch mit dem Beding: Daß ich solches niemals wiederum öffentlich zeigen, sondern vor jedermann geheimhalten solle. Über dieses sollte mir auch erlaubt sein, sie morgenden Mittag in ihren Zimmer zu sprechen, allein abermals mit der schweren Bedingung: Daß ich kein einziges Wort von Liebessachen vorbrächte.

Dieses letztere machte mir den Kopf dermaßen wüste, daß ich mir weder zu raten noch zu helfen wußte, und an der Eroberung dieses Felsenherzens schon zu zweifeln begunnte, ehe noch ein recht ernstlicher Sturm darauf gewagt war. Allein meine Liebe hatte dermalen mehr Glücke als ich wünschen mögen, denn auf den ersten Besuch, worbei sich mein Gemüte sehr genau nach Eleo-

norens Befehlen richtete, bekam ich die Erlaubnis ihr
täglich nach der Mittagsmahlzeit aufzuwarten, und die
Zeit mit dem Brettspiele zu verkürzen. Da aber meine
ungewöhnliche Blödigkeit nebst ihrem ernstlich wiederholten Befehle das verliebte Vorbringen lange genung
zurückgehalten hatten, gab ich die feurige Eleonora
endlich selbst Gelegenheit, daß ich meine heftigen Seufzer und Klagen kniend vor derselben ausstieß, und mich
selbst zu erstechen drohete, woferne sie meine alleräußerste Liebe nicht mit gewünschter Gegengunst bese-
ligte.

Demnach schiene sie auf einmal anders Sinnes zu
werden, und kurz zu sagen, wir wurden von derselben
Stunde an solche vertraute Freunde miteinander, daß
nichts als die priesterliche Einsegnung fehlte, uns beide
zu dem allervergnügtesten Paare ehelicher Personen zu
machen. Immittelst hielten wir unsere Liebe dennoch
dermaßen heimlich, daß zwar der ganze Hof von unserer sonderbaren Freundschaft zu sagen wußte, die wenigsten aber glaubten, daß unter uns annoch sehr jungen Leuten allbereits ein würkliches Liebesverbündnis
errichtet sei.

Es war niemand vorhanden, der eins oder das andere
zu verhindern trachtete, denn mein einziger Feind Don
Sebastian de Urrez hatte sich, sobald er wieder genesen,
auf die Reise in frembde Länder begeben. Also lebte ich
mit meiner Eleonora über ein Jahr lang im süßesten
Vergnügen, und machte mich anbei dem Könige und
dessen Familie dermaßen beliebt, daß es das Ansehen
hatte, als ob ich dem Glücke gänzlich im Schoße säße.

Mittlerweile da König Karl der VIII. in Frankreich,
im Jahr 1494 den Kriegeszug wider Neapolis vorgenommen hatte, fanden sich verschiedene junge vornehme
neapolitanische Herren am kastilianischen Hofe ein.

Einer von selbigen hatte die Donna Eleonora de Sylva kaum zum ersten Male erblickt, als ihn dero Schönheit noch geschwinder als mich zum verliebten Narren gemacht hatte. Ich vermerkte mehr als zu frühe, daß er sich aufs eifrigste angelegen sein ließ, mich bei ihr aus dem Sattel zu heben, und sich an meine Stelle hineinzuschwingen, jedoch weil ich mich der Treue meiner Geliebten höchst versichert schätzte, über dieses der Höflichkeit wegen einem Fremden etwas nachzusehen verbunden war, ließ sich mein vergnügtes Herze dieserwegen von keinem besondern Kummer anfechten. Allein mit der Zeit begunnte der hoffärtige Neapolitaner meine Höflichkeit vor eine niederträchtige Zaghaftigkeit zu halten, machte sich also immer dreuster und riß eines Tages der Eleonora einen Blumenstrauß aus den Händen, welchen sie mir, indem ich hurtig vorbeiging, darreichen wollte. Ich konnte damals weiter nichts tun, als ihm meinen dieserhalb geschöpften Verdruß mit den Augen zu melden, indem ich dem Könige eiligst nachfolgen mußte, allein noch selbigen Abend kam es unter uns beiden erstlich zu einem höhnischen, bald aber zum schimpflichsten Wortwechsel, so daß ich mich genötigt fand, meinen Mitbuhler kommenden Morgen auf ein paar spitzige Lanzen und wohlgeschliffenes Schwert hinauszufordern. Dieser stellete sich hierüber höchst vergnügt an, und vermeinte mit einem solchen zarten Ritter, der ich zu sein schiene, gar bald fertigzuwerden, ohngeacht der Prahler die Jünglingsjahre selbst noch nicht ganz überlebt hatte. Allein noch vor Mitternacht ließ mir der König durch einen Offizier von der Leibwacht befehlen, bei Verlust aller seiner königl. Gnade und meines zeitlichen Glücks, mich durchaus mit dem Neapolitaner, welches ein vornehmer Prinz unter verdeckten Namen wäre, in keinen Zweikampf einzulassen,

weiln der König unsere nichtswürdige Streitsache ehester Tages sebst beilegen wollte.

Ich hätte hierüber rasend werden mögen, mußte aber
dennoch gehorsamen, weil der Offizier Ordre hatte,
mich bei dem geringsten widerwärtigen Bezeigen sogleich in Verhaft zu nehmen. Eleonora bemühte sich,
sobald ich ihr mein Leid klagte, durch allerhand
Schmeicheleien dasselbe zu vernichten, indem sie mich
ihrer vollkommenen Treue gänzlich versicherte, anbei
aber herzlich bat, ihr nicht zu verargen, daß sie auf der
Königin Befehl, gewisser Staatsursachen wegen, dem
Neapolitaner dann und wann einen Zutritt nebst einigen
geringen Liebesfreiheiten erlauben müßte, inzwischen
würde sich schon mit der Zeit noch Gelegenheit finden,
desfalls Rache an meinem Mitbuhler auszuüben, wie sie
denn nicht zweifelte, daß er sich vor mir fürchte, und
dieserwegen selbst unter der Hand das königl. Verbot
auswürken lassen.

Ich ließ mich endlich, wiewohl mit großer Mühe, in
etwas besänftigen, allein es hatte keinen langen Bestand,
denn da der König die Untersuchung unserer Streitsache verzögerte, und ich dem Neapolitaner allen Zutritt
bei Eleonoren aufs möglichste verhinderte, gerieten wir
unverhofft aufs neue zusammen, da der Neapolitaner
Eleonoren im königlichen Lustgarten an der Hand spa-
zierenführete, und ich ihm vorwarf: Wie er sich dennoch
besser anzustellen wisse, ein Frauenzimmer, als eine
Lanze oder bloßes Schwert an der Hand zu führen. Er
beteurete hierauf hoch, meine frevele Reden sogleich
mit seinem Seitengewehr zu bestrafen, wenn er nicht
befürchtete den Burgfrieden im königl. Garten zu brechen. Allein ich gab mit einem höhnischen Gelächter zu
verstehen: Wie es nur bei ihm stünde, mir durch eine
kleine Pforte auf einen sehr bequemen Fechtplatz zu

folgen, der nur etwa hundert Schritte von dannen sei, und gar nicht zur Burg gehöre.

Alsobald machte der Neapolitaner Eleonoren, die vor Angst an allen Gliedern zitterte, einen Reverenz, und folgte mir auf einen gleichen Platz außerhalb des Gartens, allwo wir augenblicklich vom Leder zohen, um einander etliche blutige Charakters auf die Körper zu zeichnen.

Der erste Hieb geriet mir dermaßen glücklich, daß ich meinem Feinde sogleich die wallenden Adern am Vorderhaupt eröffnete, weil ihm nun solchergestalt das häufig herabfließende Blut die Augen ziemlich verdunkelte, hieb er dermaßen blind auf mich los, daß ich ebenfalls eine kleine Wunde über den rechten Arm bekam, jedoch da er von mir in der Geschwindigkeit noch zwei starke Hiebe empfangen, davon der eine in die Schulter, und der andere in den Hals gedrungen war, sank mein feindseliger Neapolitaner ohnmächtig zu Boden. Ich sahe nach Leuten, die ihn verbinden und hinwegtragen möchten, befand mich aber im Augenblick von der königl. Leibwacht umringet, die mir mein Quartier in demjenigen Turme, wo noch andere Übertreter der königl. Gebote logierten, ohne alle Weitläuftigkeit zeigeten. Hieselbst war mir nicht erlaubt an jemanden zu schreiben, vielweniger einen guten Freund zu sprechen, jedoch wurde mit den köstlichsten Speisen und Getränke zum Überflusse versorgt, und meine geringe Wunde von einem Chirurgo alltäglich zweimal verbunden, welche sich binnen zwölf Tagen zu völliger Heilung schloß.

Eines Abends, da der Chirurgus ohne Beisein der Wacht mich verbunden, und allbereit hinweggegangen war, kam er eiligst wieder zurück und sagte: »Mein Herr! jetzt ist es Zeit, Euch durch eine schleunige Flucht selbst zu befreien, denn außerdem, daß kein einziger Mann von der Wacht vorhanden, so stehen alle Türen Eures Gefängnisses offen, darum eilet und folget mir!« Ich besonne nicht lange, ob etwa dieser Handel mit Fleiß also angestellet wäre oder nicht, sondern warf augenblicklich meine völlige Kleidung über mich, und machte mich nebst dem Chirurgo in größter Geschwindigkeit auf den Weg, beschenkte denselben mit einer Handvoll Goldkronen, und kam ohne einzigen Anstoß in des Don Gonsalvo Ferdinando de Cordua, als meiner Mutter leiblichen Bruders Behausung an, dessen Sohn Don Alphonso mir nicht allein den sichersten heimlichen Aufenthalt versprach, sondern sich zugleich erbot, alles auszuforschen, was von meiner Flucht bei Hofe gesprochen würde.

Da es nun das Ansehen hatte, als ob der König dieserwegen noch heftiger auf mich erbittert worden, indem er meine gehabte Wacht selbst gefangenzusetzen, und mich auf allen Straßen und im ganzen Lande aufzusuchen befohlen; vermerkte ich mehr als zu wohl, daß in Kastilien meines Bleibens nicht sei, ließ mir derowegen von meiner Mutter eine zulängliche Summe Reisegelder übersenden, und praktizierte mich, nach Verlauf etlicher Tage, heimlich durch nach Portugal, allwo ich in dem nächsten Hafen zu Schiffe und nach Engelland überging, um daselbst unter König Henrico VII. der, der gemeinen Sage nach, mit den Schotten und einigen Rebellen Krieg anfangen wollte, mich in den Waffen zu üben. Allein meine Hoffnung betrog mich ziemlichermaßen, indem dieses Kriegsfeuer beizeiten in seiner Asche erstickt wurde. Ich hatte zwar das Glück dem Könige aufzuwarten, und nicht allein seines mächtigen Schutzes, sondern auch künftiger Beförderung vertröstet zu werden, konnte aber leicht erraten, daß das letztere nur leere Worte wären, und weil mir außerdem der englische Hof allzuwenig lebhaft vorkam, so hielt mich nur einige Monate daselbst auf, besahe hierauf die vornehmsten Städte des Reichs, ging nach diesen wiederum zu Schiffe, und reisete durch die Niederlande an den Hof Kaiser Maximiliani, allwo zur selbigen Zeit alles Vergnügen, so sich ein junger Ritter wünschen konnte, im größten Überflusse blühete. Ich erstaunete über die ganz seltsame Schönheit des kaiserlichen Prinzens Philippi, und weiln bald darauf erfuhr, daß derselbe ehestens, mit der kastilianischen Prinzessin Johanna vermählet werden sollte, so preisete ich dieselbe allbereit in meinen Gedanken vor die allerglücklichste Prinzessin, wiewohl mich die hernach folgenden Zeiten und Begebenheiten ganz anders belehreten.

Inzwischen versuchte mein äußerstes, mich in dieses Prinzen Gunst und Gnade zu setzen, weil ich die sichere Rechnung machen konnte, daß mein König mich auf dessen Vorspruch bald wiederum zu Gnaden annehmen würde. Das Glücke war mir hierbei ungemein günstig, indem ich in verschiedenen Ritterspielen sehr kostbare Gewinste, und in Betrachtung meiner Jugend, vor andern großen Ruhm erbeutete. Bei sogestalten Sachen aber fanden sich gar bald einige, die solches mit scheelen Augen ansahen, unter denen sonderlich ein savoyischer Ritter war, der sich besonders tapfer zu sein einbildete, und immer nach und nach Gelegenheit suchte, mit mir im Ernste anzubinden. Er fand dieselbe endlich noch ehe als er vermeinte, wurde aber, in Gegenwart mehr als tausend Personen, fast tödlich verwundet vom Platze getragen, dahingegen ich an meinen drei leichten Wunden nicht einmal das Bette hüten durfte, sondern mich täglich bei Hofe öffentlich zeigen konnte. Wenig Wochen darnach wurde ein Gallier fast mit gleicher Münze von

mir bezahlet, weil er die spanischen Nationen mit ehren-
rührigen Worten und zwar in meinem Beisein angriff.
Doch eben diese beiden Unglückskonsorten hetzten den
dritten Feind auf mich, welches ebenfalls ein Neapolitaner war, der nicht sowohl den Savoyer und Gallier, sondern vielmehr seinen in Madrid verunglückten Landsmann an mir rächen wollte.

Er machte ein ungemeines Wesen von sich, bat unseres Zweikampfs wegen bei dem Kaiser selbst, nicht allein
die Vergünstigung, sondern auch frei und sicher Geleite
aus, insoferne er mich entleibte, welches ihm der Kaiser
zwar anfänglich abschlug, jedoch endlich auf mein un-
tertänigstes Ansuchen zugestunde.

Demnach wurden alle Anstalten zu unserm Mord-
spiele gemacht, welchem der Kaiser nebst dessen ganzer
Hofstatt zusehen wollte. Wir erschienen also beiderseits
zu gehöriger Zeit auf dem bestimmten Platze, mit Wehr,
Waffen und Pferden aus der maßen wohl versehen, brachen unsere Lanzen ohne besondern Vorteil, griffen
hierauf zu Schwertern, worbei ich gleich anfänglich spürete: Daß mein Gegner kein ungeübter Ritter sei, indem
er mir dermaßen heftig zusetzte, daß ich eine ziemliche
Weile nichts zu tun hatte, als seine geschwinden Streiche
abzuwenden. Allein er war sehr stark und ungeschickt,
mattete sich also in einer Viertelstunde also heftig ab,
daß er lieber gesehen, wenn ich ihm erlaubt hätte, etwas
auszuruhen. Jedoch ich mußte mich dieses meines Vor-
teils auch bedienen, zumalen sich an meiner rechten
Hüfte die erste Verwundung zeigte, derowegen fing ich
an, meine besten Kräfte zu gebrauchen, brachte auch die
nachdrücklichsten Streiche auf seiner Sturmhaube an,
worunter mir einer also mißriet, daß seinem Pferde der
Kopf gespalten, und er herunterzufallen genötiget wurde. Ich stieg demnach gleichfalls ab, ließ ihn erstlich

wieder aufstehen, und traten also den Kampf zu Fuße, als ganz von neuen wieder an. Hierbei dreheten wir uns dermaßen oft und wunderlich herum, daß es das Ansehen hatte als ob wir zugleich tanzen und auch fechten müßten, mittlerweile aber drunge allen beiden das Blut ziemlichermaßen aus den zerkerbten Harnischen heraus, jedoch mein Gegner fand sich am meisten entkräftet, weswegen er auf einige Minuten Stillstand begehrte, ich vergönnete ihm selbigen, und schöpfte darbei selbst neue Kräfte, zumalen da ich sahe, daß mir der kaiserl. Prinz ein besonderes Zeichen seiner Gnade sehen ließ. Sobald demnach mein Feind sein Schwert wiederum in die Höhe schwunge, ließ ich mich nicht träge finden, sondern versetzte ihm einen solchen gewaltsamen Hieb in das Haupt, daß er zu taumeln anfing, und als ich den Streich wiederholet, endlich tot zur Erden stürzte. Ich warf mein Schwert zurück, nahete mich hinzu, um durch Abreißung des Helms ihm einige Luft zu schaffen, da aber das Haupt fast bis auf die Augen gespalten war, konnte man gar leicht begreifen, wo die Seele ihre Ausfahrt genommen hatte, derowegen überließ ihn der Besorgung seiner Diener, setzte mich zu Pferde und ritte nach meinem Quartiere, allwo ich meine empfangenen Wunden, deren ich zwei ziemlich tiefe und sechs etwas geringere aufzuweisen hatte, behörig verbinden ließ.

Dieser Glücksstreich brachte mir nicht allein am ganzen kaiserl. Hofe große Achtbarkeit, sondern des kaiserl. Prinzen völlige Gunst zuwege, so daß er mich in die Zahl seiner Leibritter aufnahm, und jährlich mit einer starken Geldpension versahe. Hierbei erhielt ich Erlaubnis, nicht allein die vornehmsten teutschen Fürstenhöfe, sondern auch die Königreiche Böhmen, Ungarn und Polen zu besuchen, worüber mir die Zeit geschwinder hinlief als ich gemeinet hatte, indem ich nicht ehe am

kaiserl. Hofe zurückkam, als da die Prinzessin Marga-
retha unserm kastilianischen Kronprinzen Johanni als
Braut zugeführet werden sollte. Da nun der kaiserl.
Prinz Philippus dieser seiner Schwester das Geleite nach
Kastilien gab, bekam ich bei solcher Gelegenheit mein
geliebtes Vaterland, nebst meiner allerliebsten Eleonora
wieder zu sehen, indem mich König Ferdinandus, auf
Vorbitte der kaiserl. und seiner eigenen Kinder, zu Gnaden annahm, und den ehemals begangenen Fehler gänzlich zu vergessen versprach.

Es ist nicht zu beschreiben, was die Donna Eleonora
vor eine ungewöhnliche Freude bezeigte, da ich den ersten Besuch wiederum bei ihr ablegte, hiernächst wußte
sie mich mit ganz neuen und sonderbaren Liebkosungen
dermaßen zu bestricken, daß meine ziemlich erkaltete
Liebe weit feuriger als jemals zu werden begunnte, und
ob mir gleich meine besten Freunde dero bisherige Aufführung ziemlich verdächtig machten, und mich von ihr
abzuziehen trachteten; indem dieselbe nicht allein mit
dem Neapolitaner, der sich, nach Heilung seiner von
mir empfangenen Wunden, noch über ein Jahr lang in
Madrid aufgehalten, eine allzu genaue Vertraulichkeit
sollte gepflogen, sondern nächst diesem auch allen andern Frembdlingen verdächtige Zugänge erlaubt haben;
so war doch nichts vermögend mich aus ihren Banden zu
reißen, denn sooft ich ihr nur von dergleichen verdrießlichen Dingen etwas erwähnete, wußte sie von ihrer verfolgten Unschuld ein solches Wesen zu machen, und
ihre Keuschheit sowohl mit großen Beteurungen als heißen Tränen dermaßen zu verfechten, daß ich ihr in allen
Stücken völligen Glauben beimessen, und mich glücklich schätzen mußte, wenn sich ihr in Harnisch gebrach-
tes Gemüte durch meine kniende Abbitte und äußersten
Liebesbezeugungen nur wiederum besänftigen ließ.

Da nun solchergestalt alle Wurzeln der Eifersucht von mir ganz frühzeitig abgehauen wurden, und sich unsere Herzen aufs neue vollkommen vereinigt hatten, über dieses meine Person am ganzen Hofe immer in größere Achtbarkeit kam, so bedünkte mich, daß das Mißvergnügen noch weiter von mir entfernet wäre, als der Himmel von der Erde. Nachdem aber die, wegen des Kronprinzens Vermählung, angestelleten Ritterspiele und andere vielfältige Lustbarkeiten zum Ende gebracht, gab mir der König ein neues Regiment Fußvolk, und damit meine Waffen nicht verrosten möchten, schickte er mich nebst noch mehrern gegen die um Granada auf dem Gebürge wohnenden Maurer zu Felde, welche damals allerhand lose Streiche machten, und eine förmliche Empörung versuchen wollten. Dieses war mein allergrößtes Vergnügen, alldieweilen hiermit Gelegenheit hatte meines lieben Vaters frühzeitigen Tod an dieser verfluchten Nation zu rächen, und gewiß, sie haben meinen Grimm sonderlich im 1500ten und folgenden Jahre, da ihre Empörung am heftigsten war, dermaßen empfunden, daß dem Könige nicht gereuen durfte mich dahin geschickt zu haben.

Immittelst war Ferdinandus mit Ludovico XII. Könige in Frankreich, über das Königreich Neapolis, welches sie doch vor kurzer Zeit unter sich geteilet, und den König Friederikum dessen entsetzt hatten, in Streit geraten, und mein Vetter Gonsalvus Ferdinandus de Cordua, der die spanischen Truppen im Neapolitanischen en Chef kommandierte, war im Jahr 1502 so unglücklich gewesen, alles zu verlieren bis auf die einzige Festung Barletta. Demnach schrieb er um schleunigen Sukkurs, und bat den König, unter andern mich, als seiner Schwester Sohn, mit dahin zu senden. Der König willfahrete mir und ihm in diesen Stücke, also ging ich fast zu Ende des Jahres zu ihm über. Ich wurde von meinem Vetter, den ich in vielen Jahren nicht gesehen, ungemein liebreich empfangen, und da ich ihm die erfreuliche Zeitung von den bald nachkommenden frischen Völkern überbracht, wurde er desto erfreuter, und zweifelte im geringsten nicht, die Scharte an denen Franzosen glücklich auszuwetzen, wie er sich denn in seinem hoffnungsvollen Vorsatze nicht betrogen fand, denn wir schlugen die Franzosen im folgenden 1503ten Jahre erstlich bei Cereniola, rückten hierauf vor die Hauptstadt Neapolis, welche glücklich erobert wurde, lieferten ihnen noch eine uns vorteilhafte Schlacht bei dem Flusse Garigliano und brachten, nachdem auch die Festung Cajeta eingenommen war, das ganze Königreich Neapolis, unter Ferdinandi Botmäßigkeit, so daß alle Franzosen mit größten Schimpf daraus vertrieben waren. Im folgenden Jahre wollte zwar König Ludovicus uns mit einer weit stärkern Macht angreifen, allein mein Vetter hatte sich, vermöge seiner besondern Klugheit, in solche Verfassung gesetzt, daß ihm nichts abzugewinnen war. Demnach machten die Franzosen mit unserm Könige Friede und Bündnis, ja weil Ferdinandi Gemahlin Isabella eben in selbigem Jahre gestorben war, nahm derselbe bald hernach eine französische Dame zur neuen Gemahlin, und wollte seinen Schwiegersohn Philippum verhindern, das, durch den Tod des Kronprinzen auf die Prinzessin Johannam gefallene Kastilien in Besitz zu nehmen. Allein Philippus drunge durch, und Ferdinandus mußte nach Aragonien weichen.

Mittlerweile hatte sich mein Vetter Gonsalvus zu Neapolis in großes Ansehen gesetzt, regierte daselbst, jedoch zu Ferdinandi größten Nutzen, als ein würklicher König, indem alle Untertanen Furcht und Liebe vor ihm hegten. Allein sobald Ferdinandus dieses etwas genauer überlegte, entstund der Argwohn bei ihm: Ob vielleicht mein Vetter dahin trachtete, dieses Königreich dem Philippo zuzuschanzen, oder sich wohl gar selbst dessen Krone auf seinen Kopf zu setzen? Derowegen kam er unvermutet in eigener Person nach Neapolis, stellete sich zwar gegen Gonsalvum ungemein gnädig, hielt auch dessen gemachte Reichsanstalten vor genehm, allein dieser verschlagene Mann merkte dennoch, daß des Königs Freundlichkeit nicht von Herzen ginge, dem ohngeacht verließ er sich auf sein gut Gewissen, und reisete, ohne einige Schwürigkeit zu machen, mit dem Könige nach Aragonien, allwo er vor seine treu geleisteten Dienste, mehr Hohn und Spott, als Dank und Ruhm zum Lohne empfing. Meine Person, die Ferdinando ebenfalls verdächtig vorkam, mußte meines Vetters Unfall zugleich mittragen, jedoch da ich in Aragonien außer des Königs Gunst nichts zu suchen, sondern mein väter- und mütterliches Erbteil in Kastilien zu fordern hatte, nahm ich daselbst meinen Abschied, und reisete zu Philippo, bei dessen Gemahlin die Donna Eleonora de Sylva aufs neue in Dienste getreten, und eine von ihren vornehmsten Etatsfräuleins war.

Philippus gab mir sogleich eine Kammerherrensstelle, nebst starken jährlichen Einkünften, also heiratete ich wenig Monate hernach die Donna Eleonora, allein ob sich hiermit gleich ein besonders schöner, weiblicher Körper an den meinigen fügte, so fand ich doch in der genausten Umarmung bei weiten nicht dasjenige Vernügen, wovon die Naturkündiger so vieles Geschrei machen, und beklagte heimlich, daß ich auf dergleichen ungewisse Ergötzlichkeit, mit so vieljähriger Beständigkeit gewartet, und den ehemaligen Zuredungen meiner vertrauten Freunde nicht mehrern Glauben gegeben hatte.

Jedoch ich nahm mir sogleich vor, dergleichen unglückliches Verhängnis mit möglichster Gelassenheit zu verschmerzen, auch meiner Gemahlin den allzu zeitlich gegen sie gefasseten Ekel auf alle Weise zu verbergen, immittelst mein Gemüte nebst eifrigen Dienstleistungen gegen das königliche Haus, mit andern vergönnten Lustbarkeiten zu ergötzen.

Das Glücke aber, welches mir bis in mein dreißigstes Jahr noch so ziemlich günstig geschienen, mochte nunmehro auf einmal beschlossen haben, den Rücken gegen mich zu wenden. Denn mein König und mächtiger Versorger starb im folgenden 1506ten Jahre, die Königin Johanna, welche schon seit einigen Jahren an derjenigen Ehestandskrankheit laborierte, die ich in meinen Adern fühlete, jedoch nicht eben dergleichen Arzenei, als ich, gebrauchen wollte oder konnte, wurde, weil man sogar ihren Verstand verrückt glaubte, vor untüchtig zum Regieren erkannt, derowegen entstunden starke Verwirrungen unter den Großen des Reichs, bis endlich Ferdinandus aus Aragonien kam, und sich mit Zurücksetzung des sechsjährigen Kronprinzens Karoli, die Regierung des kastilianischen Reichs auf Lebenszeit wiederum zueignete.

Ich weiß nicht ob mich mein Eigensinn oder ein allzu schlechtes Vertrauen abhielt, bei diesem meinem alten, und nunmehro recht verneuerten Herrn, um die Bekräftigung meiner Ehrenstelle und damit verknüpfter Besoldung anzuhalten, wie doch viele meinesgleichen taten, zumalen da er sich sehr gnädig gegen mich bezeigte, und selbiges nicht undeutlich selbst zu verstehen gab. Jedoch ich stellete mich in diesen meinen besten Jahren älter, schwächer und kränklicher an als ich war, bat mir also keine andere Gnade aus, als daß mir die Zeit meines Lebens auf meinen väterlichen Landgütern in Ruhe hinzubringen erlaubt sein möchte, welches mir denn auch ohne alle Weitläuftigkeiten zugelassen wurde.

Meine Gemahlin schien hiermit sehr übel zufrieden zu sein, weil sie ohnfehlbar gewisser Ursachen wegen viel lieber bei Hofe geblieben wäre, jedoch, sie sahe sich halb gezwungen, meinem Willen zu folgen, gab sich derowegen danz gedultig drein. Ich fand meine Mutter nebst der jüngsten Schwester auf meinem besten Rittergute, welche die Haushaltung daselbst in schönster Ordnung führeten. Mein jüngster Bruder hatte sowohl als die älteste Schwester eine vorteilhafte und vergnügte Heirat getroffen, und wohneten der erste zwei, und die letztere drei Meilen von uns. Ich verheiratete demnach, gleich in den ersten Tagen meiner Dahinkunft, die jüngste Schwester an einen reichen und qualifizierten Edelmann, der vor etlichen Jahren unter meinem Regiment als Hauptmann gestanden hatte, und unser Grenznachbar war, die Mutter aber behielt ich mit größtem Vergnügen bei mir, allein zu meinem noch größern Schmerzen starb dieselbe ein halbes Jahr darauf plötzlich, nachdem ich ihr die Freude gemacht, nicht allein meinen Schwestern ein mehreres Erbteil auszuzahlen, als sie mit Recht verlangen konnten, sondern auch dem Bruder die Hälfte aller meiner erblichen Rittergüter zu übergeben, als wodurch diese Geschwister bewogen wurden, mich nicht allein als Bruder, sondern als einen Vater zu ehren und zu lieben.

Nunmehr war die Besorgung der Ländereien auf drei nahe beisammengelegenen Rittergütern mein allervergnügtester Zeitvertreib, nächst dem ergötzte mich in Durchlesung der Geschichte, so in unsern und andern Ländern vorgegangen waren, damit mich aber niemand vor einen Geizhals oder Grillenfänger ansehen möchte, so besuchte meine Nachbarn fleißig, und ermangelte nicht, dieselben zum öftern zu mir zu bitten, woher denn kam, daß zum wenigsten alle Monat eine starke Zusammenkunft vieler vornehmer Personen beiderlei Geschlechts bei mir anzutreffen war.

Mit meiner Gemahlin lebte ich ungemein ruhig und verträglich, und ohngeacht wir beiderseits wohl merkten, daß eins gegen das andere etwas besonders müßte auf dem Herzen liegen haben, so wurde doch alle Gelegenheit vermieden, einander zu kränken. Am allermeisten aber mußte bewundern, daß die sonst so lustige Donna Eleonora nunmehro ihren angenehmsten Zeitvertreib in geistlichen Büchern und in dem Umgange mit heiligen Leuten beiderlei Geschlechts suchte, dahero ich immer befürchtete, sie möchte auf die Gedanken geraten, sich von mir zu scheiden, und in ein Kloster zu gehen, wie sie denn sich von freien Stücken gewöhnete, wöchentlich nur zweimal bei mir zu schlafen, worbei ich gleichwohl merkte, daß sie zur selbigen Zeit im Werke der Liebe ganz unersättlich war, dem ohngeacht wollten sich von unserern ehelichen Beiwohnungen gar keine Früchte zeigen, welche ich doch endlich ohne allen Verdruß hätte um mich dulden wollen.

Eines Tages, da ich mit meiner Gemahlin auf dem Felde herum spazierenfuhr, begegnete uns ein Weib, welches nebst einem ohngefähr zwölf bis dreizehnjährigen Knaben, in die nächstgelegene Stadt Weintrauben zu verkaufen tragen wollte. Meine Gemahlin bekam Lust, diese Früchte zu versuchen, derowegen ließ ich stillehalten, um etwas darvon zu kaufen. Mittlerweile sagte meine Gemahlin heimlich zu mir: »Sehet doch, mein Schatz, den wohlgebildeten Knaben an, der vielleicht sehr armer Eltern Kind ist, und sich dennoch wohl besser zu unserm Bedienten schicken sollte, als etliche, die des Brods nicht würdig sind.« »Ich nehme ihn«, versetzte ich, »sogleich zu Eurem Pagen an, soferne es seine Mutter und er selbst zufrieden ist.« Hierüber wurde meine Gemahlin sofort vor Freuden blutrot, sprach auch nicht allein die Mutter, sondern den Knaben selbst um den Dienst an, schloß den ganzen Handel mit wenig Worten, so, daß der Knabe sogleich mit seinem Fruchtkorbe uns auf unser Schloß folgen mußte.

Ich mußte selbst gestehen, daß meine Gemahlin an diesen Knaben, welcher sich Kaspar Palino nennete, keine üble Wahl getroffen hatte, denn sobald er sein rot mit Silber verbrämtes Kleid angezogen, wußte er sich dermaßen geschickt und höflich aufzuführen, daß ich ihn selbst gern um mich leiden mochte, und allen meinen andern Bedienten befahl, diesem Knaben, bei Verlust meiner Gnade, nicht den geringsten Verdruß anzutun, weswegen sich denn meine Gemahlin gegen mich ungemein erkenntlich bezeugte.

Wenige Wochen hernach, da ich mit verschiedenen Gästen und guten Freunden das Mittagsmahl einnahm, entstund ein grausames Lärmen in meinem Hofe, da nun dieserwegen ein jeder an die Fenster lief, wurden wir gewahr, daß meine Jagdhunde eine Bettelfrau, nebst einer etwa neunjährigen Tochter zwar umgerissen, jedoch wenig beschädigt hatten. Meine Gemahlin lief aus mitleidigen Antriebe sogleich hinunter, und ließ die mehr von Schrecken als Schmerzen ohnmächtigen Armen ins Haus tragen und erquicken, kam hernach zurück, und sagte: »Ach mein Schatz! was vor ein wunderschönes Kind ersiehet man an diesem Bettelmägdlein, vergönnet mir, wo Ihr anders die geringste Liebe vor mich habt, daß ich selbiges sowohl als den artigen Kaspar auferziehen mag.«

Ich nahm mir kein Bedenken, ihr solches zu erlauben, denn da in kurzen das Bettelmägdlein dermaßen herausgeputzt wurde, auch sich solchergestalt in den Staat zu schicken wußte, als ob es darzu geboren und auferzogen wäre. Demnach konnte sich die Donna Eleonora alltäglich so vieles Vergnügen mit demselben machen, als ob dieses Mägdlein ihr liebliches Kind sei, außerdem bekümmerte sie sich wenig oder gar nichts um ihre Haushaltungsgeschäfte, sondern wendete die meiste Zeit auf einen strengen Gottesdienst, den sie nebst einer heiligen Frauen oder sogenannten Beata zum öftern in einem verschlossenen Zimmer verrichtete.

Diese Beata lebte sonst gewöhnlich in dem Hospital der heil. Mutter Gottes in Madrid, hatte, meiner Gemahlin Vorgeben nach, einen Prophetengeist, sollte viele Wunder getan haben, und noch tun können, über dieses fast täglicher Erscheinungen der Mutter Gottes, der Engel und anderer Heiligen gewürdiget werden. Sie kam gemeiniglich abends in der Dämmerung mit verhülltem Gesichte, und brachte sehr öfters eine ebenfalls verhüllete junge Weibsperson mit, die sie vor ihre Tochter ausgab. Ein einziges Mal wurde mir vergönnet, ihr bloßes Angesicht zu sehen, da ich denn bei der Alten ein außerordentlich häßliches Gesichte, die Junge aber ziemlich wohlgebildet wahrnahm, jedoch nachhero bekümmerte ich mich fast ganz und gar nicht mehr um ihren Aus- und Eingang, sondern ließ es immerhin geschehen, daß diese Leute, welche ich sowohl als meine Gemahlin vor scheinheilige Narren hielt, öfters etliche Tage und Wochen aneinander in einem verschlossenen Zimmer sich aufgehalten, und mit den köstlichsten Speisen und Getränke versorget wurden. Ich mußte auch nicht ohne Ursach ein Auge zudrücken, weil zu befürchten war, meine Gemahlin möchte dereinst beim Sterbefall ihr großes Vermögen mir entziehen, und ihren Freunden zuwenden.

Solchergestalt lebte nun bis ins vierte Jahr mit der Donna Eleonora, wiewohl nicht sonderlich vergnügt, doch auch nicht gänzlich unvergnügt, bis endlich folgende Begebenheit meine bisherige Gemütsgelassenheit völlig vertrieb, und mein Herz mit lauter Rachbegierde und rasenden Eifer anfüllete: Meiner Gemahlin vertrautes Kammermägdgen Apollonia, wurde von ihren Mitbedienten vor eine Geschwängerte ausgeschrien, und ohngeacht ihr dicker Leib der Sache selbst einen starken Beweistum gab, so verließ sie sich doch beständig aufs Leugnen, bis ich endlich durch erleidliches Gefängnis, die Wahrheit nebst ihrem eigenen Geständnisse, wer Vater zu ihrem Hurkinde sei, zu erforschen Anstalt machen ließ. Dem ohngeacht blieb sie beständig verstockt, allein, am vierten Tage ihrer Gefangenschaft meldete der Kerkermeister in aller Frühe, daß Apollonia vergangene Nacht plötzlich gestorben sei, nachdem sie vorhero Dinte, Feder und Papier gefordert, einen Brief geschrieben, und ihn um aller Heiligen willen gebeten, denselben mit größter Behutsamkeit, damit es meine Gemahlin nicht erführe, an mich zu übergeben. Ich erbrach den Brief mit zitternden Händen, weil mir mein Herz allbereit eine gräßliche Nachricht prophezeite, und fand ohngefähr folgende Worte darinnen:

Gestrenger Herr!

Vernehmet hiermit von einer Sterbenden ein Geheimnis, welches sie bei Verlust ihrer Seligkeit nicht mit ins Grab nehmen kann. Eure Gemahlin, die Donna Eleonora, ist eine der allerlasterhaftesten Weibesbilder auf der ganzen Welt. Ihre Jungfrauschaft hat sie schon, ehe Ihr dieselbe geliebt, dem Don Sebastian de Urrez preisgegeben, und so zu reden, vor einen kostbarn Hauptschmuck verkauft. Mit dem Euch wohlbekannten Neapolitaner hat sie in Eurer Abwesenheit den Knaben Kaspar Palino gezeuget, welcher ihr voritzo als Page aufwartet, und das vermeinte Bettelmägdlein Euphrosine ist ebenfalls ihre leibliche Tochter, die sie zu der Zeit, als Ihr gegen die Maurer zu Felde laget, von ihrem Beichtvater empfangen, und heimlich zur Welt geboren hat. Lasset Eures Verwalters Menellez Frau auf die Folter legen, so wird sie vielleicht bekennen, wie es bei der Geburt und Auferziehung dieser unehelichen Kinder hergegangen. Eure Mutter, die ihr gleich anfänglich zuwider war, habe ich auf ihren Befehl mit einem subtilen Gift aus der Zahl der Lebendigen schaffen müssen, Euch selbst aber, ist eben dergleichen Verhängnis bestimmet, sobald Ihr nur Eure bisherige Gelindigkeit in eine strengere Herrschaft verwandeln werdet. Wie aber ihre Geilheit von Jugend auf ganz unersättlich gewesen, so ist auch die Zahl derjenigen Mannspersonen allerlei Standes, worunter sich öfters sogar die allergeringsten Bedienten gefunden, nicht auszusprechen, die ihre Brunst sowohl bei Tage als Nacht wechselsweise abkühlen müssen, indem sie den öftern Wechsel in diesen Sachen jederzeit von ihr allergrößtes Vergnügen gehalten. Glaubet ja nicht, mein Herr, daß die sogenannte Beata eine heilige Frau sei, denn sie ist in Wahrheit eine der allerliederlichsten Kupplerinnen von ganz Madrid, unter derjenigen Person aber, die vor ihre Tochter ausgegeben wird, ist allezeit ein verkappter Mönch, oder ein anderer junger Mensch versteckt, der Eure Gemahlin, sooft ihr die Lust bei Tage ankömmt, vergnügen, und des Nachts an ihrer Seite liegen muß, und eben dieses ist die sonderbare Andacht, so dieselbe in dem verschlossenen Zimmer verrichtet. Ich fühle, daß mein Ende herannahet, derowegen muß die übrigen Schandtaten unberühret lassen, welche jedoch von des Menellez Frau offenbaret werden können, denn ich muß, die vielleicht noch sehr wenigen Augenblicke meines Lebens, zur Buße und Gebet anwenden, um dadurch von Gott zu erlangen, daß er mich große Sünderin seiner Barmherzigkeit genießen lasse. Was ich aber allhier von Eurer Gemahlin geschrieben habe, will ich in jenem Leben verantworten, und derselben von ganzen Herzen vergeben, daß sie gestern abend die Cornelia zu mir geschickt, die mich nebst meiner Leibesfrucht, vermittelst eines vergifteten Apfels, unvermerkt aus der Welt schaffen sollen, welches ich nicht ehe als eine Stunde nach Genießung desselben empfunden und geglaubet habe. Don Vincentio de Garziano, welcher der Donna Eleonora seit vier Monaten daher von der Beata zum Liebhaber zugeführet worden, hat wider meiner Gebieterin Wissen und Willen seinen Mutwillen auch an mir ausgeübt, und mich mit einer unglückseligen Leibesfrucht belästiget. Vergebet mir, gnädigster Herr, meine Bosheiten und Fehler, so wie ich von Gott Vergebung zu erhalten verhoffe, lasset meinen armseligen Leib in keine ungeweihete Erde begraben, und etliche Seelmessen vor mich und meine Leibesfrucht lesen, damit Ihr in Zukunft von unsern Geistern nicht verunruhiget werdet. Gott, der meine Seele zu trösten nunmehro einen Anfang machet, wird Euch davor nach ausgestandenen Trübsalen und Kümmernissen wiederum zeitlich und ewig zu erfreuen wissen. Ich sterbe mit größten Schmerzen als eine bußfertige Christin und Eure

unwürdige Dienerin

Apollonia.

Erwäge selbst, du! der du dieses liesest, wie mir nach Verlesung dieses Briefes müsse zumute gewesen sein, denn ich weiß weiter nichts zu sagen, als daß ich binnen zwei guten Stunden nicht gewußt habe, ob ich noch auf Erden oder in der Hölle sei, denn mein Gemüte wurde von ganz ungewöhnlichen Bewegungen dermaßen gefoltert und zermartert, daß ich vor Angst und Bangigkeit nicht zu bleiben wußte, jedoch, da aus den vielen Hinundhergehen der Bedienten mutmaßete, daß Eleonora erwacht sein müsse, brachte ich dasselbe in behörige Ordnung, nahm eine verstellte gelassene Gebärde an, und besuchte sie in ihrem Zimmer, ich war würklich selbst der erste, der ihr von dem Tode der Apolloniae die Zeitung brachte, welche sie mit mäßiger Verwunderung anhörte, und darbei sagte: »Der Schandbalg hat sich ohnfehlbar selbst mit Gifte hingerichtet, um des Schimpfs und der Strafe zu entgehen, man muß es untersuchen, und das Aas auf den Schindanger begraben lassen.« Allein, ich gab zur Antwort: »Wir werden besser tun, wenn wir die ganze Sache vertuschen, und vorgeben, daß sie eines natürlichen Todes gestorben sei, damit den Leuten, und sonderlich der heiligen Inquisition, nicht Gelegenheit gegeben wird, vieles Wesen davon zu machen, ich werde den Pater Laurentium zu mir rufen lassen, und ihm eine Summe Geldes geben, daß er nach seiner besondern Klugheit alles unterdrücke, den unglückseligen Körper auf den Kirchhof begraben lasse, und etliche Seelmessen vor denselben lese. Ihr aber, mein Schatz!« sagte ich ferner, »werdet, so es Euch gefällig ist, die Güte haben, und nebst mir immittelst zu einem unserer Nachbarn reisen, und zwar, wohin Euch beliebt, damit unsere Gemüter, nicht etwa dieser verdrüßlichen Begebenheit wegen, einige Unlust an sich nehmen, sondern derselben bei lustiger Gesellschaft steuern können.«

Es schien, als ob ihr diese meine Reden ganz besonders angenehm wären, auf mein ferneres Fragen aber, wohin sie vor dieses Mal hinzureisen beliebte? schlug sie sogleich Don Fabio de Canaria vor, welcher drei Meilen von uns wohnete, keine Gemahlin hatte, sondern sich mit etlichen Huren behalf, sonsten aber ein wohlgestalter, geschickter und kluger Edelmann war. Ich stutzte ein klein wenig über diesen Vorschlag, Eleonora aber, welche solches sogleich merkte, sagte: »Mein Schatz, ich verlange nicht ohne Ursache, diesen übel berüchtigten Edelmann einmal zu besuchen, um welchen es schade ist, daß er in so offenbarer Schande und Lastern lebt, vielleicht aber können wir ihn durch treuherzige Zuredungen auf andern Wege leiten, und dahin bereden, daß er sich eine Gemahlin aussuchet, mithin den Lastern absaget.« »Ihr habt recht«, gab ich zur Antwort, »ja ich glaube, daß niemand auf der Welt, als Ihr, geschickter sein wird, diesen Kavalier zu bekehren, von dessen Lebensart, außer der schändlichen Geilheit, ich sonst sehr viel halte, besinnet Euch derowegen auf gute Vermahnungen, ich will indessen meine nötigsten Geschäfte besorgen, und sodann gleich Anstalt zu unserer Reise machen lassen.« Hierauf ließ ich den Kerkermeister zu mir kommen, und erkaufte ihn mit zweihundert Kronen, wegen des Briefs und Apolloniens weitern Geschichten, zum äußersten Stillschweigen, welches er mir mit einem teuren Eide angelobte. Mit dem Pater Laurentio, der mein Beichtvater und Pfarrer war, wurde durch Geld alles geschlichtet, was des toten Körpers halber zu veranstalten war. Nach diesen befahl meinem allergetreusten Leibdiener, daß er binnen der Zeit unserer Abwesenheit eine kleine schmale Tür aus einem Nebenzimmer in dasjenige Gemach durchbrechen, und mit Brettern wohl verwahren sollte, allwo die Beata nebst ihrer Tochter von meiner Gemahlin gewöhnlich verborgen gehalten wurde, und zwar solchergestalt, daß niemand von dem andern Gesinde etwas davon erführe, auch in dem Gemach selbst an den Tapeten nichts zu merken sein möchte. Mittlerweile erblickte ich durch mein Fenster, daß die Beata nebst ihrer verstellten Tochter durch die Hintertür meines Gartens abgefertiget und fortgeschickt wurden, weswegen ich meinen Leibdiener nochmals alles ordentlich zeigte, und ihn meiner Meinung vollkommen verständigte, nach eingenommener Mittagsmahlzeit aber, mit Eleonoren zu Don Fabio de Canaria reisete.

Nunmehro waren meine Augen weit heller als sonsten, denn ich sahe mehr als zu klärlich, mit was vor feurigen Blicken und geilen Gebärden Eleonora und Fabio einander begegneten, so daß ich leichtlich schließen konnte: wie sie schon vordem müßten eine genauere Bekanntschaft untereinander gepflogen haben, anbei aber wußte mich dermaßen behutsam aufzuführen, daß beide Verliebten nicht das geringste von meinen Gedanken erraten oder merken konnten. Im Gegenteil gab ihnen die schönste Gelegenheit allein zusammenzubleiben, und sich in ihrer verdammten Geilheit zu vergnügen, als womit ich Eleonoren außerordentlich sicher machte, dem Fabio aber ebenfalls die Meinung beibrachte: ich wollte oder könnte vielleicht nicht eifersüchtig werden. Allein dieser Vogel war es eben nicht allein, den ich zu fangen mir vorgenommen hatte. Er hatte noch viele andere Edelleute zu sich einladen lassen, unter denen auch mein Bruder nebst seiner Gemahlin war, diesem vertrauete ich bei einem einsamen Spaziergange im Garten, was mir vor ein schwerer Stein auf dem Herzen läge, welcher denn dieserwegen ebenso heftige Gemütsbewegungen als ich selbst empfand, jedoch wir verstelleten uns nach genommener Abrede aufs beste, und schienen sowohl als alle andern, drei Tage nacheinander rechtschaffen lustig zu sein. Am vierten Tage aber reiseten wir wiederum auseinander, nachdem mein Bruder versprochen, alsofort bei mir zu erscheinen, sobald ich ihm desfalls nur einen Boten gesendet hätte. Zwei Tage nach unserer Heimkunft, kam die verhüllte Beata nebst ihrer vermeinten Tochter in aller Frühe gewandelt, und wurde von Eleonoren mit größtem Vergnügen empfangen. Mein Herz im Leibe entbrannte mit Eifer und Rache, nachdem ich aber die Arbeit meines Leibdieners mit Fleiß betrachtet, und die verborgene Tür nach meinem Sinne vollkommen wohl gemacht befunden, ließ ich meinen Bruder zu mir entbieten, welcher sich denn noch vor abends einstellte. Meine Gemahlin war bei der Abendmahlzeit außerordentlich wohl aufgeräumt, und scherzte wider ihre Gewohnheit sehr lange mit uns, da wir aber nach der Mahlzeit einige Rechnungen durchzugehen vornahmen, sagte sie: »Meine Herren, ich weiß doch, daß Euch meine Gegenwart bei dergleichen ernstlichen Zeitvertreibe beschwerlich fällt, derowegen will mit Eurer gütigen Erlaubnis Abschied nehmen, meine Andacht verrichten, hernach schlafen gehen, weil ich ohnedem heute außerordentlich müde bin.« Wir fertigten sie von beiden Seiten mit unverdächtiger Freundlichkeit ab, blieben noch eine kurze Zeit beisammen sitzen, begaben uns hernach mit zweien Blendlaternen und bloßen Seitengewehren, ganz behutsam und stille in dasjenige Zimmer, wo die neue Tür anzutreffen war, allwo man auch durch die kleinen Löcher, welche sowohl durch die Bretter als Tapeten geschnitten und gestochen waren, alles ganz eigentlich sehen konnte, was in dem, vor heilig gehaltenen Gemache vorging.

Hilf Himmel! Was vor Schande! Was vor ein scheußlicher Anblick! Meine schöne, fromme, keusche, tugendhafte, ja schon halb kanonisierte Gemahlin, Donna Eleonora de Sylva, ging mit einer jungen Mannsperson mutternackend im Zimmer auf und ab spazieren, nicht anders als ob sie den Stand der Unschuld unserer ersten Eltern, bei Verlust ihres Lebens vorzustellen, sich gezwungen sähen. Allein wie kann ich an den Stand der Unschuld gedenken? Und warum sollte ich auch diejenigen sodomitischen Schandstreiche erwähnen, die uns bei diesem wunderbaren Paare in die Augen fielen, die aber auch kein tugendliebender Mensch leichtlich erraten wird, so wenig als ich vorhero geglaubt, daß mir dergleichen nur im Traume vorkommen könne.

Mein Bruder und ich sahen also diesem Schand- und Lasterspiele länger als eine halbe Stunde zu, binnen welcher Zeit ich etliche Mal vornahm die Tür einzustoßen, und diese bestialischen Menschen zu ermorden, allein mein Bruder, der voritzo etwas weniger hitzig als ich war, hielt mich davon ab, mit dem Bedeuten: dergleichen Strafe wäre viel zu gelinde, über dieses so wollten wir doch erwarten, was nach dem saubern Spaziergange würde vorgenommen werden. Wiewohl nun solches leichtlich zu erraten stund, so wurde doch von uns die rechte Zeit, und zwar mit erstaunlicher Gelassenheit abgepasset. Sobald demnach ein jedes von den Schandbälgern einen großen Becher ausgeleeret, der mit einem besonders annehmlichen Getränke, welches die verfluchte Geilheit annoch vermehren sollte, angefüllet gewesen; fielen sie als ganz berauschte Furien, auf das seitwärts stehende Hurenlager, und trieben daselbst solche Unflätereien, deren Angedenken ich gern auf ewig aus meinen Gedanken verbannet wissen möchte. »Nunmehro«, sagte mein Bruder, »haben die Lasterhaften den höchsten Gipfel aller schändlichen Wollüste erstiegen, derowegen kommet mein Bruder! und lasset uns dieselben in den tiefsten Abgrund alles Elendes stürzen, jedoch nehmet Euch sowohl als ich in acht, daß keins von beiden tödlich verwundet werde.« Demnach wurde die kleine Tür in aller Stille aufgemacht, wir traten durch die Tapeten hinein, ohne von ihnen gemerkt zu werden, bis ich den verfluchten geilen Bock beim Haaren ergriff, und aus dem Bette auf den Boden warf. Eleonora tat einen einzigen lauten Schrei, und bliebe hernach auf der Stelle ohnmächtig liegen. Die verteufelte Beata kam im bloßen Hemde mit einem Dolche herzugesprungen, und hätte mich ohnfehlbar getroffen, wo nicht mein Bruder ihr einen solchen heftigen Hieb über den Arm versetzt, wovon derselbe bis auf eine einzige Sehne durchschnitten und gelähmet wurde. Ich gab meinem Leibdiener ein abgeredetes Zeichen, welcher sogleich nebst zwei Knechten in dem Nebenzimmer zum Vorscheine kam, und die zwei verfluchten Frembdlinge, so wir dahinein gestoßen hatten, mit Stricken binden, und in einen sehr tiefen Keller schleppen ließ.

Eleonora lag so lange noch ohne alle Empfindung, bis ihr die getreue Cornelia beinahe dreihundert Streiche mit einer scharfen Geißel auf den wollüstigen nakkenden Leib angebracht hatte, denn diese Magd sahe sich von mir gezwungen, ihrer Frauen dergleichen kräftige Arzenei einzugeben, welche die gewünschte Würkung auch dermaßen tat, daß Eleonora endlich wieder zu sich selbst kam, mir zu Fuße fallen, und mit Tränen um Gnad bitten wollte. Allein meine bisherige Geduld war gänzlich erschöpft, derowegen stieß ich die geile Hündin mit einem Fuße zurücke, befahl der Cornelia ihr ein Hemd überzuwerfen, worauf ich beide in ein leeres wohlverwahrtes Zimmer stieß, und alles hinwegnehmen ließ, womit sie sich etwa selbsten Schaden und Leid hätten zufügen können. Noch in selbiger Stunde wurde des Menellez Frau ebenfalls gefänglich eingezogen, den übrigen Teil der Nacht aber, brachten ich und mein Bruder mit lauter Beratschlagungen hin, auf was vor Art nämlich, die wohl angefangene Sache weiter auszuführen sei. Noch ehe der Tag anbrach, begab ich mich hinunter in das Gefängnis zu des Menellez Frau, welche denn gar bald ohne Folter und Marter alles gestund, was ich von ihr zu wissen begehrte. Hierauf besuchte nebst meinem Bruder die Eleonora, und gab derselben die Abschrift von der Apolloniae Briefe zu lesen, worbei sie etliche Mal sehr tief seufzete, jedoch unseres Zuredens ohngeacht, die äußerste Verstockung zeigte, und durchaus kein Wort antworten wollte. Demnach ließ ich ihren verruchten Liebhaber in seiner Blöße, sowohl als die schändliche Beata herzuführen, da denn der erste auf alle unsere Fragen richtige Antwort gab, und bekannte: daß er Don Vincentio de Garziano hieße, und seit vier oder fünf Monaten daher, mit der Eleonora seine schandbare Lust getrieben hatte, bat anbei, ich möchte in Betrachtung seiner Jugend und vornehmen Geschlechts ihm das Leben schenken. »Es ist mir«, versetzte ich, »mit dem Tode eines solchen liederlichen Menschen, wie du bist, wenig oder nichts geholfen, derowegen sollstu zwar nicht hingerichtet, aber doch also gezeichnet werden, daß die Lust nach frembden Weibern verschwinden, und dein Leben ein täglicher Tod sein soll.« Hiermit gab ich meinem Leibdiener einen Wink, welcher sogleich vier handfeste Knechte hereintreten ließ, die den Vincentio sogleich anpackten, und auf eine Tafel bunden. Dieser merkte bald was ihm widerfahren würde, fing derowegen aufs neue zu bitten und endlich zu drohen an: wie nämlich sein Vater, der ein vornehmer königl. Bedienter und Mitglied der heil. Inquisition sei, dessen Schimpf sattsam rächen könnte, allein es half nichts, sondern meine Knechte verrichteten ihr Amt so, daß er unter kläglichem Geschrei seiner Mannheit beraubt, und nachhero wiederum geheftet wurde. Ich mußte zu meinem allergrößten Verdrusse sehen: Daß Eleonora dieserwegen die bittersten Tränen fallen ließ, um deswillen sie von mir mit dem Fuße dermaßen in die Seite gestoßen wurde, daß sie zum andern Male ohnmächtig darniedersank. Bei mir entstund dieserwegen nicht das geringste Mitleiden, sondern ich verließ sie unter den Händen der Cornelia, der Verschnittene aber mußte nebst der vermaledeiten Kupplerin zurück ins Gefängnis wandern. Nachhero wurde auch die Cornelia vorgenommen, welche sich in allen aufs Leugnen verließ, und vor die Allerunschuldigste angesehen sein wollte, sobald ihr aber nur die Folterbank nebst dem darzu gehörigen Werkzeuge gezeigt wurde, bekannte die liederliche Metze nicht allein, daß sie auf Eleonoras Befehl den vergifteten Apfel zugerichtet, und ihn der Apollonie zu essen eingeschwatzt hätte, sondern offenbarete über dieses noch ein und anderes von ihrer verstorbenen Mitschwester Heimlichkeiten, welches alles aber nur Eleonoren zur Entschuldigung gereichen, und mich zur Barmherzigkeit gegen dieselbe bewegen sollte. Allein dieses war alles vergebens, denn mein Gemüte war dermaßen von Grimm und Rache erfüllet, daß ich nichts mehr suchte als dieselbe rechtmäßigerweise auszuüben. Immittelst, weil ich mich nicht allzusehr übereilen wollte, wurde die übrige Zeit des Tages nebst der darauffolgenden Nacht, teils zu reiflicher Betrachtung meines unglücksel. Verhängnisses, teils aber auch zur benötigten Ruhe angewendet.

Da aber etwa zwei Stunden vor Anbruch des Tages im halben Schlummer lag, erhub sich ein starker Tumult in meinem Hofe, weswegen ich aufsprunge und durchs Fenster ersahe, wie meine Leute mit etlichen frembden Personen zu Pferde, bei Lichte einen blutigen Kampf hielten. Mein Bruder und ich warfen sogleich unsere Harnische über, und eileten den Unsern beizustehen, von denen allbereit zwei hart verwundet auf dem Platze lagen, jedoch sobald wir unsere Schwerter frisch gebrauchten, fasseten meine Leute neuen Mut, daß fünf unbekannte Feinde getötet, und die übrigen sieben verjagt wurden. Indem kam ein Geschrei, daß sich auf der andern Seiten des Schlosses, ein Wagen nebst etlichen Reutern befände, welche Eleonoren und Cornelien, die sich itzo zum Fenster herabließen, hinwegführen wollten. Wir eileten ingesamt mit vollen Sprüngen dahin, und trafen die beiden saubern Weibsbilder allbereit auf der Erden bei dem Wagen an, demnach entstunde daselbst abermals ein starkes Gefechte, worbei drei von meinen Leuten, und acht feindliche ins Gras beißen mußten, jedoch letztlich wurden Wagen und Reuter in die Flucht geschlagen, Eleonora und Cornelia aber blieben in meiner Gewalt und mußten, um besserer Sicherheit willen, sich in ein finsteres Gewölbe verschließen lassen.

Ohnfehlbar hatte Cornelia diesen nächtlichen Überfall angesponnen, indem sie vermutlich Gelegenheit gefunden, etwa eine bekannte getreue Person aus dem Fenster anzurufen, und dieselbe mit einem Briefe sowohl an ihre eigene als Eleonorens Vettern oder Buhler abzusenden, welche dann allerhand Waghälse an sich gezogen, und sie zu erlösen, diesen Krieg mit mir und den Meinigen angefangen hatten, allein ihr Vorteil war sehr schlecht, indem sie dreizehn Tote zurückließen, wiewohl ich von meinen Bedienten und Untertanen auch vier Mann dabei einbüßete. Dieses einzige kam mir hierbei am allerwundersamsten vor, daß derjenige Keller in welchem die Beata und der Verschnittene lagen, erbrochen, beide Gefangene aber nirgends anzutreffen waren, wie ich denn auch nachhero niemals etwas von diesen schändlichen Personen erfahren habe.

Ich ließ alle meine Nachbarn bei den Gedanken, daß mich vergangene Nacht eine Räuberbande angesprenget hätte, denn weil meine Bedienten und Untertanen noch zur Zeit reinen Mund hielten, wußte niemand eigentlich, was sich vor eine verzweifelte Geschicht in meinem Hause zugetragen. Gegen Mitternacht aber lief die grausame Nachricht bei mir ein, daß sich sowohl Eleonora als Cornelia, vermittelst abgerissener Streifen von ihren Hemdern, verzweifelterweise an zwei im Gewölbe befindlichen Haken, selbst erhenkt hätten, auch bereits erstarret und erkaltet wären. Ich kann nicht leugnen, daß mein Gemüte dieserwegen höchst bestürzt wurde, indem ich mir vorstellete: Daß beide mit Leib und Seele zugleich zum Teufel gefahren, indem aber nebst meinem Bruder diesen gräßlichen Zufall beseufzete und beratschlagte, was nunmehro anzufangen sei, meldete sich ein Bote aus Madrid, der sein Pferd zu Tode geritten hatte, mit folgenden Briefe bei mir an:

Mein Vetter!

Es hat mir ein vertrauter Freund vom Hofe ingeheim gesteckt, daß sich entsetzliche Geschichte auf Eurem Schlosse begeben hätten, worüber jedermann, der es hörete, erstaunen müßte. Ihr habt starke Feinde, die dem, Euch ohne dieses schon ungnädigen Könige, solche Sache noch heute abends vortragen und den Befehl auswürken werden, daß der königl. Blutrichter nebst seinen und des heil. Officii Bedienten, vermutlich noch morgen vormittags bei Euch einsprechen müssen. Derowegen bedenket Euer bestes, machet Euch beizeiten aus dem Staube, und glaubet sicherlich, daß man, Ihr möget recht oder unrecht haben, dennoch Euer Gut und

Blut aussaugen wird. Reiset glücklich, führet Eure Sachen in besserer Sicherheit aus, und wisset, daß ich beständig sei

Euer getreuer Freund
Don Alphonso de Cordua.

Nunmehro wollte es Kunst heißen, in meinen verwirrten Angelegenheiten einen vorteilhaften Schluß zu fassen, jedoch da alle Augenblicke kostbarer zu werden schienen, kam mir endlich meines getreuen Vetters Rat am vernünftigsten vor, zumalen da mein Bruder denselben gleichfalls billigte. Also nahm ich einen einzigen getreuen Diener zum Gefährten, ließ zwei der besten Pferde satteln, und soviel Geld und Kleinodien daraufpacken, als sie nebst uns ertragen mochten, begab mich solchergestalt auf die schnellste Reise nach Portugal, nachdem ich nicht allein meinem Bruder mein übriges Geld und Kostbarkeiten mit auf sein Gut zu nehmen anvertrauet, sondern auch, nebst ihm meinem Leibdiener und andern Getreuen, Befehl erteilet, wie sie sich bei diesen und jenen Fällen verhalten sollten. Absonderlich aber sollte mein Bruder des Menellez Frau, wie nicht weniger den Knaben Kaspar Palino, und das Mägdlein Euphrosinen heimlich auf sein Schloß bringen, und dieselben in genauer Verwahrung halten, damit man sie jederzeit als lebendige Zeugen darstellen könne.

Ich gelangete hierauf in wenig Tagen auf dem portugiesischen Gebiete, und zwar bei einem Bekannten von Adel an, der mir auf seinem wohlbefestigten Landgute den sichersten Aufenthalt versprach.

Von dar aus überschrieb ich meine gehabten Unglücksfälle mit allen behörigen Umständen an den König Ferdinandum, und bat mir nichts als einen Frei- und Sicherheitsbrief aus, da ich denn mich ohne Zeitverlust vor dem hohen Gerichte stellen, und meine Sachen nach den Gesetzen des Landes wollte untersuchen und richten lassen. Allein obzwar der König anfänglich nicht ungeneigt gewesen mir dergleichen Brief zu übersenden, so hatten doch der Eleonora und des Vincentio Befreundte, nebst meinen anderweitigen Feinden alles verhindert, und den König dahin beredet: Daß derselbe, nachdem ich, auf dreimal wiederholte Zitation, mich nicht in das Gefängnis des heil. Officii gestellet, vor schuldig strafbar erkläret wurde.

Bei sogestalten Sachen waren alle Vorstellungen, die ich sowohl selbst schriftlich, als durch einige annoch gute Freunde tun ließ, gänzlich vergebens, denn meine Güter hatte der König in Besitz nehmen lassen, und einen Teil von den Einkünften derselben dem heil. Officio anheimgegeben. Ich glaube ganz gewiß, daß des Königs Geiz, nachdem er diese schöne Gelegenheit besser betrachtet, mehr schuld an diesem meinen gänzlichen Ruine gewesen, als die Verfolgung meiner Feinde, ja als die ganze Sache selbst. Mein Bruder wurde ebenfalls nicht übergangen, sondern um eine starke Summe Geldes gestraft, jedoch dieser hat meinetwegen keinen Schaden gelitten, indem ich ihm alles Geld und Gut, so er auf mein Bitten von dem meinigen zu sich genommen, überlassen, und niemals etwas zurückgefordert habe. Also war der König, der sich in der Jugend selbst zu meinen Versorger aufgeworfen hatte, nachhero mein Verderber, welches mich jedoch wenig wundernahm, wenn ich betrachtete, wie dessen unersättlicher Eigennutz nicht allein alle Vornehmsten des Reichs zu Paaren trieb, sondern auch die besten Einkünfte der Ordensritter an sich zohe.

Dem ohngeacht schien es als ob ich noch nicht unglückselig genug wäre, sondern noch ein härter Schicksal am Leibe und Gemüt ertragen sollte, denn es schrieb mir abermals ein vertrauter Freund: Daß Ferdinandus meinen Aufenthalt in Portugal erfahren hätte, und dieserwegen ehestens bei dem Könige Emanuel, um die Auslieferung meiner Person bitten wollte, im Fall nun dieses letztere geschähe, dürfte keinen Zweifel tragen, entweder meinen Kopf zu verlieren, oder wenigstens meine übrige Lebenszeit in dem Turme zu Segovia als ein ewiger Gefangener hinzubringen. Da nun weder dieses noch jenes zu versuchen beliebte, und gleichwohl eines als das andere zu befürchten die größte Ursach hatte, fassete ich den kurzen Schluß: mein verlornes Glück zur See wiederzusuchen, und weil eben damals vor acht oder neun Jahren die Portugiesen in der neuen Welt eine große und treffliche Landschaft entdeckt, und selbige Brasilien genennet hatten, setzte ich mich im Port-Cale zu Schiffe, um selbiges Land selbst in Augenschein zu nehmen, und da es nur in etwas angenehm befände, meine übrige Lebenszeit daselbst zu verbleiben. Allein das Unglück verfolgte mich auch zur See, denn um die Gegend der sogenannten glückseligen Insuln, wurden die portugiesischen Schiffe, deren acht an der Zahl waren, so miteinander segelten, durch einen heftigen Sturmwind zerstreuet, dasjenige aber, worauf ich mich befand, zerscheiterte an einem Felsen, so daß ich mein Leben zu erhalten einen Balken ergreifen, und mich mit selbigen vier Tage nacheinander vom Winde und Wellen mußte herumtreiben lassen. Mein Untergang war sehr nahe jedoch der Himmel hatte eben zu rechter Zeit etliche spanische Schiffe in diese Gegend geführet, welche nebst andern auch mich auffischeten und erquickten.

Es waren dieses die Schiffe des Don Alphons Hojez, und des Don Didaco de Niquesa, welche beide von dem spanischen Könige, als Gouverneurs, und zwar der erste über Karthago, der andere aber über Caragua, in die neu erfundene Welt abgefertiget waren. Unter allen bei sich habenden Leuten war nur ein einziger, der mich, und ich hinwiederum ihn von Person sehr wohl kennete, nämlich: Don Vasco Nunez di Valboa, der unter dem Hojez ein Schiffshauptmann war, dieser erzeigte sich sehr aufrichtig gegen mich, hatte vieles Mitleiden wegen meines unglücklichen Zustandes, und schwur wider meinen Willen, mich niemanden zu entdecken, also blieb ich bei ihm auf seinem Schiffe, allwo er mich, mit Vorbewußt des Hojez, zu seinem Schiffslieutenant machte.

Wir erreichten demnach ohne ferneres Ungemach die Insul Hispaniolam, daselbst rüstete der Gouverneur Hojez, vier große und starke, nebst etlichen kleinen Nebenschiffen aus, auf welchen wir gerades Wegs hinüber nach der Stadt Neu-Karthago zu segelten. Hieselbst publizierte Hojez denen Einwohnern des Landes das königliche Edikt: Wie nämlich dieselben von ihrem bisherigen heidnischen Aberglauben ablassen, von den Spaniern das Christentum nebst guten Sitten und Gebräuchen annehmen, und den König in Kastilien vor ihren Herrn erkennen sollten, widrigenfalls man sie mit Feuer und Schwert verfolgen, und in die strengste Sklaverei hinwegführen wollte.

Allein diese Leute gaben hierauf sehr freimütig zur Antwort: Daß sie sich um des Königs von Kastilien Gnade oder Ungnade gar nichts bekümmerten, nächst diesen möchten sie zwar gern das Vergnügen haben in ihrem Lande mit frembden Völkern umzugehen, und denenselben ihre überflüssigen Reichtümer zuzuwenden, doch müßten sich selbige freundlich, fromm und tugendhaft aufführen. Da aber die Spanier seit ihrer ersten Ankunft etliche Jahre daher nichts als Tyranney, Geiz, Morden, Blutvergießen, Rauben, Stehlen, Sengen und Brennen, nebst andern schändlichen Lastern von sich spüren lassen, nähmen sie sich ein billiges Bedenken, dergleichen verdächtiges Christentum, Sitten und Gebräuche anzunehmen. Demnach möchten wir nur alsofort zurückekehren und ihre Grenzen verlassen, widrigenfalls sie sich genötiget sähen ihre Waffen zu ergreifen, und uns mit Gewalt von dannen zu treiben.

Ich vor meine Person wußte diesen sehr vernunftmäßigen Entschluß nicht im geringsten zu tadeln, zumalen da die gottlose und unchristliche Aufführung meiner Landsleute mehr als zu bekannt worden. Dem ohngeacht ließ der Gouverneur alsobald sein Kriegsvolk an Land steigen, fing aller Orten zu sengen, zu brennen, totzuschlagen und zu verfolgen an, verschonete auch weder jung noch alt, reich noch arm, männ- oder weibliches Geschlechte, sondern es mußte alles ohne Unterschied seiner Tyranney herhalten.

Meine Hände hüteten sich soviel als möglich war, dieses unschuldige Blut vergießen zu helfen, ja ich beklagte von Grunde meiner Seelen, daß mich ein unglückliches Verhängnis eben in dieses jammervolle Land geführet hatte, denn es bedünkte mich unrecht und grausam, auch ganz wider Christi Befehl zu sein, den Heiden auf solche Art das Evangelium zu predigen. Über dieses verdroß mich heimlich, daß der Gouverneur aus purer Bosheit, das königliche Edikt, welches doch eigentlich nur auf die Karaiber oder Menschenfresser zielete, so mutwillig und schändlich mißbrauchte, und nirgends einen Unterschied machte, denn ich kann mit Wahrheit schreiben: daß die Indianer auf dem festen Lande, und einigen andern Insuln, nach dem Lichte der Natur dermaßen ordentlich und tugendhaft lebten, daß mancher Maulchriste dadurch nicht wenig beschämt wurde.

Nachdem aber der Gouverneur Hojez um Karthago herum ziemlich reine Arbeit gemacht, und daselbst ferner keinen Gegenstand seiner Grausamkeit antreffen konnte, begab er sich über die zwölf Meilen weiter ins Land hinein, streifte allerwegen herum, bekriegte etliche indianische Könige, und verhoffte solchergestalt ein große Beute von Gold und Edelgesteinen zu machen, weil ihm etliche gefangene Indianer hierzu die größte Hoffnung gemacht hatten. Allein er fand sich hierinnen gewaltig betrogen, denn da wir uns am allersichersten zu sein dünken ließen, hatte sich der caramairinenser König mit seinem auserlesensten Landvolke in bequeme heimliche Örter versteckt, welcher uns denn dermaßen scharf zusetzte, daß wir gezwungen wurden eiligst die Flucht zu ergreifen und dem Meere zuzueilen nachdem wir des Hojez Obristen Lieutenant Don Juan de la Cossa, nebst vierundsiebzig der tapfersten Leute eingebüßet, als welche von den Indianern jämmerlich zerhackt und gefressen worden, woraus geurteilet wurde, daß die Caramairinenser von den Karaibern oder Menschenfressern herstammeten, und derselben Gebräuche nachlebten, allein ich halte davor, daß es diese sonst ziemlich vernünftigen Menschen damals, mehr aus rasenden Eifer gegen ihre Todfeinde, als des Wohlschmeckens wegen getan haben mögen.

Dieser besondere Unglücksfall verursachte, daß der Gouverneur Hojez in dem Hafen vor Karthago, sehr viel Not und Bekümmernis ausstehen mußte, zumalen da es sowohl an Lebensmitteln als andern höchst nötigen Dingen zu mangeln begunnte. Jedoch zu gutem Glücke traf Don Didaco de Niquesa nebst etlichen Schiffen bei uns ein, welche mit beinahe achthundert guten Kriegsleuten und genugsamen Lebensmitteln beladen waren. Sobald er demnach den Hojez und dessen Gefährten aufs beste wiederum erquicket hatte, wurde beratschlagt, den empfangenen unglücklichen Streich mit zusammengesetzter Macht an den Caramairinensern zu rächen, welches denn auch grausam genung vonstatten ging. Denn wir überfielen bei nächtlicher Weile dasjenige Dorf, bei welchem de la Cossa nebst seinen Gefährten erschlagen worden, zündeten dasselbe ringsherum mit Feuer an, und vertilgeten alles darinnen was nur lebendigen Odem hatte, so daß von der großen Menge Indianer die sich in selbigem versammlet hatten, nicht mehr übrigblieben als sechs Jünglinge, die unsere Gefangene wurden.

Es vermeinete zwar ein jeder, in der Asche dieses abgebrannten Dorfes, so aus mehr als hundert Wohnungen bestanden, einen großen Schatz an Gold und edlen Steinen zu finden, allein das Suchen war vergebens, indem fast nichts als Unflat von verbrannten Körpern und Totenknochen, aber sehr wenig Gold zum Vorscheine kam, weswegen Hojez ganz verdrießlich zurückzohe, und weiter kein Vergnügen empfand, als den Tod des de la Cossa und seiner Gefährten gerochen zu haben.

Wenige Zeit hernach beredeten sich die beiden Gouverneurs nämlich Hojez und Niquesa, daß ein jeder diejenige Landschaft, welche ihm der König zu verwalten übergeben, gnungsam auskundschaften und einnehmen wollte. Hojez brach am ersten auf, die Landschaft Uraba, so ihm nebst dem karthaginensischen Port zustunde, aufzusuchen. Wir landeten erstlich auf einer Insul an, welche nachhero von uns den Namen Fortis erhalten, wurden aber bald gewahr, daß dieselbe von den allerwildesten Kannibalen bewohnet sei, weswegen keine Hoffnung, allhier viel Gold zu finden, vorhanden war. Jedoch fand sich über Vermuten noch etwas von diesem köstlichen Metall, welches wir nebst zweien gefangenen Männern und sieben Weibern mit uns hinwegführeten. Von dar aus segelten wir gerades Weges nach der Landschaft Uraba, durchstreiften dieselbe glücklich, und baueten ostwärts in der Gegend Caribana einen Flecken an, nebst einem wohlbefestigten Schlosse, wohin man sich zur Zeit der feindlichen Empörung und plötzlichen Überfalls sicher zurückziehen und aufhalten könnte. Dem ohngeacht, ließ sich der schon so oft betrogene Hojez abermals betriegen, indem ihn die gefangenen Indianer viel Wesens von einer austräglichen Goldgrube machten, welche bei dem, 12 000 Schritt von unserm Schloß gelegenen Dorfe Tirafi anzutreffen wäre. Wir zogen also dahin, vermeinten die Einwohner plötzlich zu überfallen und alle zu erschlagen, allein selbige empfingen uns mit ihren vergifteten Pfeilen dermaßen beherzt, daß wir mit Zurücklassung etlicher Toten und vieler Verwundeten schimpflich zurückeilen mußten.

Folgendes Tages kamen wir in einem andern Dorfe ebenso übel, ja fast noch schlimmer an, auf dem Rückwege aber begegnete dem Gouverneur Hojez der allerschlimmste und gefährlichste Streich, denn es kam ein kleiner König, dessen Ehefrau von dem Hojez gefangengenommen war, und gab vor, dieselbe mit zwanzig Pfund Goldes auszulösen, wie denn auch acht Indianer bei ihm waren, welche, unserer Meinung nach, das Gold bei sich trügen, allein über alles Vermuten schoß derselbe einen frisch vergifteten Pfeil in des Gouverneurs Hüfte, und wollte sich mit seinen Gefährten auf die Flucht begeben, wurden aber von der Leibwacht ergriffen, und sämtlich in Stücken zerhauen. Jedoch hiermit war dem Gouverneur wenig geholfen, weiln er in Ermangelung kräftiger Arzeneien, die dem Gifte in der

Wunde Widerstand zu tun vermögend, entsetzliche Qual und Schmerzen ausstehen mußte, wie er sich denn seiner Lebenserhaltung wegen, etliche Mal ein glühend Eisenblech auf die Wunde legen ließ, um das Gift herauszubrennen, als welches die allergewisseste und sicherste Kur bei dergleichen Schäden sein sollte, jedennoch dem Hojez nicht zu seiner völligen Gesundheit verhelfen konnte.

Mittlerzeit kam Bernardino de Calavera, mit einem starken Schiffe, das sechzig tapfere Kriegsleute, nebst vielen Lebensmitteln aufgeladen hatte, zu uns, welches beides unsern damaligen gefährlichen und bedürftigen Zustand nicht wenig verbesserte. Da aber auch diese Lebensmittel fast aufgezehrt waren, und das Kriegesvolk nicht den geringsten glücklichen Ausschlag von des Hojez Unternehmungen sahe, fingen sie an, einen würklichen Aufstand zu erregen, welchen zwar Hojez damit zu stillen vermeinte, daß er sie auf die Ankunft des Don Martin Anciso vertröstete, als welchem er befohlen, mit einem Lastschiffe voll Proviant uns hierher zu folgen, jedoch die Kriegsknechte, welche diese Tröstungen, die doch an sich selbst ihre Richtigkeit hatten, in Zweifel zohen, und vor lauter leere Worte hielten, beredeten sich heimlich, zwei Schiffe von den unsern zu entführen, und mit selbigen in die Insul Hispaniolam zu fahren.

Sobald Hojez diese Zusammenverschwerung entdeckt, gedachte er dem Unheil vorzubauen, und tat den Vorschlag, selbst eine Reise nach Hispaniolam anzutreten, bestellete derowegen den Don Franzisco de Pizarro in seiner Abwesenheit zum Obristenlieutenant, mit dem Bedeuten, daß wo er innerhalb fünfzig Tagen nicht wiederum bei uns einträfe, ein jeder die Freiheit haben sollte hinzugehen wohin er wollte.

Seine Hauptabsichten waren, sich in Hispaniola an seiner Wunde bei verständigen Ärzten völlig heilen zu lassen, und dann zu erforschen, was den Don Anciso abgehalten hätte, uns mit dem bestellten Proviant zu folgen. Demnach setzte er sich in das Schiff, welches Bernardino de Calavera heimlich und ohne Erlaubnis des Oberadmirals und anderer Regenten aus Hispaniola entführet hatte, und segelte mit selbigen auf bemeldte Insul zu.

Wir Zurückgebliebenen warteten mit Schmerzen auf dessen Wiederkunft, da aber nicht allein die fünfzig Tage, sondern noch mehr als zweimal soviel verlaufen waren, und wir binnen der Zeit vieles Ungemach, sowohl wegen feindlicher Anfälle, als großer Hungersnot erlitten hatten; teilete sich alles Volk in des Hojez zurückgelassene zwei Schiffe ein, des Willens, ihren Gouverneur selbst in Hispaniola aufzusuchen.

Kaum hatten wir das hohe Meer erreicht, da uns ein entsetzlicher Sturm überfiel, welcher das Schiff, worinnen unsere Mitgesellen saßen, in einem Augenblicke umstürzte und in den Abgrund versenkte, so daß kein einziger zu erretten war. Wir übrigen suchten dergleichen Unglücke zu entgehen, landeten derowegen bei der Insul Fortis, wurden aber von den Pfeilen der wilden Einwohner dermaßen unfreundlich empfangen, daß wir vor unser größtes Glück schätzten, noch beizeiten das Schiff zu erreichen, und von dannen zu segeln.

Indem nun bei solchen kümmerlichen Umständen die Fahrt nach Hispaniola aufs eiligste fortgesetzt wurde, begegnete uns über alles Verhoffen der oberste Gerichtspräsident Don Martin Anciso, welcher nicht allein auf einem Lastschiffe allerhand Nahrungsmittel und Kleidergeräte, sondern auch in einem Nebenschiffe gute Kriegsleute mit sich führete.

Seine Ankunft war uns ungemein tröstlich, jedoch da er nicht glauben wollte, daß wir von unsern Gouverneur Hojez verlassen wären, im Gegenteil uns vor Aufrührer oder abgefallene Leute ansahe, mußten wir uns gefallen lassen, erstlich eine Zeitlang in der Einfahrt des Flusses Boyus zwischen den karthaginensischen Port und der Landschaft Cuchibacoam bei ihm stillezuliegen, hernachmals aber in seiner Begleitung nach der urubanischen Landschaft zurückzusegeln, weil er uns weder zu dem Niquesa noch in Hispaniolam führen wollte, sondern vorgab, er müsse uns alle, kraft seines tragenden Amts und Pflichten, durchaus in des Gouverneurs Hojez Provinz zurückebringen, damit dieselbe nicht ohne Besatzung bliebe.

Demnach richteten wir unsern Lauf dahin, allein es schien als ob das Glück allen unsern Anschlägen zuwider wäre, denn als des Anciso allerbestes Schiff in den etwas engen Hafen einlaufen wollte, ginge selbiges durch Unvorsichtigkeit des Steuermanns zu scheitern, so daß aller Proviant, Kriegsgeräte, Gold, Kleinodien, Pferde und andere Tiere zu Grunde sinken, die Menschen aber sehr kümmerlich ihr Leben retten mußten, welches wir doch ingesamt, wegen Mangel der nötigen Lebensmittel und anderer Bedürfnissen ehestens zu verlieren, fast sichere Rechnung machen konnten.

Endlich, nachdem wir uns etliche Tage mit Wurzeln, Kräutern, auch elenden saueren Baumfrüchten des Hungers erwehret, wurde beschlossen etwas tiefer ins Land hineinzurücken, und viel lieber heldenmütig zu sterben, als so schändlich und verächtlich zu leben, allein da wir kaum vier Meilen Wegs zurückgelegt, begegnete uns eine erstaunliche Menge wohlbewaffneter Indianer, die den tapfern Vorsatz alsobald zernichteten, und uns über Hals und Kopf, mit ihren vergifteten Pfeilen, an das Gestade des Meeres, allwo unsere Schiffe stunden, wieder rückwarts jagten.

Die Bekümmernis über diesen abermaligen Unglücksfall war dennoch nicht so groß als die Freude, so uns von einigen gefangenen Indianern gemacht wurde, welche berichteten, daß oberhalb dieses Meerbusens eine Landschaft läge, die an Früchten und allen notdürftigen Lebensmitteln alles im größten Überflusse hervorbrächte. Don Anciso sahe sich also gezwungen, uns dahin zu führen. Die dasigen Einwohner hielten sich anfänglich ziemlich ruhig, sobald wir aber anfingen in diesem gesegneten Lande Häuser aufzubauen, und unsere Wirtschaft ordentlich einzurichten, brach der König Comaccus mit seinen Untertanen auf, und versuchte, uns frembde Gäste aus dem Lande zu jagen. Es kam solchergestalt zu einem grausamen Treffen, welches einen ganzen Tag hindurch und bis in die späte Nacht währete, jedoch wir erhielten den Sieg, jagten den zerstreueten Feinden allerorten nach, und machten alles, was lebendig angetroffen wurde, aufs grausamste darnieder.

Nunmehro fand sich nicht allein ein starker Überfluß an Brod, Früchten, Wurzeln und andern notwendigen Sachen, sondern über dieses in den Gepüschen und sumpfigten Örtern der Flüsse, über drittehalb tausend Pfund gediehen Gold, nebst Leinwand, Bettdecken, allerlei metallenes, auch irdenes und hölzernes Geschirr und Fässer, welches der König Comaccus unsertwegen dahin verstecken und vergraben lassen. Allhier ließ Don Anciso nachhero eine Stadt und Kirche, welche er Antiqua Darienis nennete, aufbauen, und solches tat er wegen eines Gelübdes, so er der sankta Maria Antiqua die zu Sevillen sonderlich verehret wird, noch vor der Schlacht versprochen hatte. Mittlerzeit ließ Don Anciso unsere zurückgelassenen Leute in zweien Schiffen herbeiholen, unter welchen sich auch mein besonderer Freund, der Hauptmann Don Vasco Nunez di Valboa befand, welcher nunmehro an der, von einem vergifteten Pfeile empfangenen Wunde wiederum völlig hergestellet war. Da es nun wegen der erbeuteten Güter zur behörigen Teilung kommen sollte, und ein jeder vermerkte, wie Don Anciso als ein eigennütziger Geizhals überaus unbillig handelte, indem er sich selbst weit größere Schätze zueignete, als ihm von Rechts wegen zukamen, entstund dieserwegen unter dem Kriegsvolke erstlich ein heimliches Gemurmele, welches hernach zu einem öffentlichen Aufruhr ausschlug, da sich die besten Leute an den Don Valbao henkten, und ihn zu ihren Oberhaupt und Beschützer aufwarfen. Des Don Anciso Anhang gab zwar dem Valboa Schuld: daß er von Natur ein aufrührerischer und unnützer Mensch sei, dessen Regiersucht nur allerlei Unglück anzustiften trachte; allein soviel ich die ganze Zeit meines Umgangs bei ihm gemerkt, war er ein Mann von besonderer Herzhaftigkeit, der sich vor niemanden scheute, und derowegen das Unrecht, so ihm und den Seinigen geschahe, unmöglich verschmerzen konnte, hergegen selbiges auf alle erlaubte Art zu rächen suchte, wiewohl er hierbei niemals den Respekt und Vorteil des Königs in Kastilien aus den Augen setzte.

In diesem Lärmen kam Don Roderiguez Colmenarez mit zweien Schiffen aus Hispaniola zu uns, welche nicht allein mit frischen Kriegsvolk, sondern auch vielen Proviant beladen waren. Dieser vermeinte den Hojez allhier anzutreffen, von dem er erfahren, daß er nebst seinem Volk in großer Angst und Nöten steckte, fand aber alles sehr verwirrt, indem sich Anciso und Valboa um die Oberherrschaft stritten, und jeder seinen besondern Anhang hatte. Um nun einen fernern Streit und endliches

Blutvergießen zu verhüten, schiffte Colmenarez zurück, seinen Vettern Don Didaco de Niquesa herbeizubringen, welcher die streitenden Parteien auseinandersetzen, und das Oberkommando über die andern alle annehmen sollte.

Colmenarez war so glücklich den Niquesa eben zu rechter Zeit anzutreffen, und zwar in der Gegend die von ihm selbst Nomen Dei benamt worden, allwo der arme Niquesa nackend und bloß, nebst seinen Leuten halb tot gehungert, herumirrete. Jedoch nachdem ihn Colmenarez nebst fünfundsiebzig Kastilianern zu Schiffe und auf die rechte Straße gebracht, kam er unverhofft bei uns in Antiqua Darienis an. Hieselbst war er kaum an Land gestiegen, als es lautbar wurde, wie schmählich und schimpflich er sowohl von Anciso als Valboa geredet, und gedrohet, diese beiden nebst andern Hauptleuten, teils ihrer Ämter und Würden zu entsetzen, teils aber um Gold und Geld aufs schärfste zu bestrafen. Allein eben diese Drohungen gereichten zu seinem allergrößten Unglücke, denn es wurden solchergestalt beide Teile gegen ihn erbittert, so daß sie den armen Niquesa nebst seinen Leuten wieder zurück in sein Schiff, und unbarmherzigerweise, ohne Proviant, als einen Hund aus derselbigen Gegend jagten.

Ich habe nach Verfluß einiger Monate etliche von seinen Gefährten auf der zorobarer Landschaft angetroffen, welche mich berichteten, daß er nahe bei dem Flusse, nebst etlichen der Seinen, von den Indianern sei erschlagen und gefressen worden, weswegen sie auch diesen Fluß Rio de los perditos, auf teutsch den Fluß des Verderbens nenneten, und mir einen Baum zeigten, in dessen glatte Rinde diese lateinischen Worte geschnitten waren: Hic misero errore fessus, Didacus Niquesa infelix periit. Zu teutsch: Hier ist der vom elenden Herumschweifen ermüdete, und unglückliche Didacus Niquesa umgekommen.

Jedoch ich erinnere mich, um bei meiner Geschichtserzählung, eine richtige Ordnung zu halten, daß wir nach des Niquesa Vertreibung damals den größten Kummer, Not und Hunger leiden mußten, indem des Colmenarez dahin gebrachter Proviant gar bald aufgezehrt war, so daß wir als wilde Menschen, ja als hungerige Wölfe überall herumliefen, und alles hinwegraubten was nur in den nächstgelegenen Landschaften anzutreffen war.

Endlich nachdem Valboa einen Anhang von mehr als hundertfünfzig der auserlesensten Kriegsleute beisammen hatte, gab er öffentlich zu verstehen, daß er nunmehro, da der Gouverneur Hojez allem Vermuten nach umgekommen, unter keines andern Menschen Kommando stehen wolle, als welcher ein eigen Diploma von dem Könige selbst aufzuweisen hätte. Anciso hingegen trotzete auf sein oberstes Gerichtspräsidentenamt, weiln aber sein Beglaubigungsbrief vielleicht im letztern Schiftbruche mit versunken war, oder er nach vieler anderer Meinung wohl gar keinen gehabt hatte, fand Valboa desto mehr Ursach sich demselben nicht zu unterwerfen, und sobald Anciso sein Ansehen mit Gewalt zu behaupten Miene machte, überfiel ihn Valboa plötzlich, ließ den prahlhaften Geizhals in Ketten und Banden legen, und teilete dessen Gold und Güter der königlichen Kammer zu. Jedoch nachdem ich und andere gute Freunde dem Valboa sein allzu hitziges Verfahren glimpflich vorstelleten, besann er sich bald eines andern, bereuete seine jachzornige Strengigkeit, stellete den Anciso wiederum auf freien Fuß, gab ihm sein Gold und Güter ohne Verzug zurück, und hätte sich ohnfehlbar gänzlich mit Anciso ausgesöhnet, wenn derselbe nicht allzu rachgierig gewesen wäre. Wenig Tage hernach segelte Anciso mit seinen Anhängern von uns hinweg und hinterließ die Drohungen, sich in Kastilien, bei dem Könige selbst, über den Valboa zu beklagen, jedoch dieser letztere kehrete sich an nichts, sondern brachte sein sämtliches Kriegsvolk in behörige Ordnung, setzte ihnen gewisse Befehlshaber, auf deren Treue er sich verlassen konnte, als worunter sich nebst mir auch Don Rodriguez Colmenarez befand, und fing alsobald an sein und unser aller Glück mit rechten Ernste zu suchen.

Coiba war die erste Landschaft, welche von uns angegriffen wurde, und deren König Careta, als er sich mit dem Mangel entschuldigte, Proviant und andere Bedürfnissen herzugeben, mußte sich nebst Weib, Kindern und allem Hofgesinde nach Darien abführen lassen.

Mittlerzeit sahe Valboa sowohl als alle andern vor nötig an, den Valdivia und Zamudio nach Hispaniola zu senden, deren der erstere bei dem Oberadmiral, Don Didaco Kolumbo, und andern Regenten dieser Lande, den Valboa bestens rekommandieren, und um schleunige Beihülfe an Proviant und andern Bedürfnissen bitten sollte, Zamudio aber war befehligt eiligst nach Kastilien zu segeln, und des Valboa mit Anciso gehabten Händel bei dem Könige aufs eifrigste zu verteidigen. Inzwischen wurde der coibanische König Careta wieder auf freien Fuß gestellet, jedoch unter den Bedingungen, daß er nicht allein unser Kriegsvolk nach Möglichkeit mit Speise und Trank versehen, sondern auch dem Valboa in dem Kriegszuge, wider den benachbarten König Poncha, beistehen, und die rechten Wege zeigen sollte.

Indem nun Careta mit diesem seinen ärgsten Feinde Poncha beständig Krieg geführet, und von ihm sehr in die Enge getrieben worden, nahm er diese Gelegenheit sich einmal zu rächen mit Freuden an, zog mit seinen Untertanen, welche mit langen hölzernen Schwertern und sehr spitzigen Wurfspießen bewaffnet waren, stets voraus, um den Poncha unversehens zu überfallen. Allein dieser hatte dennoch unsern Anzug beizeiten ausgekundschaft und dieserwegen die Flucht ergriffen, dem ohngeacht fanden wir daselbst einen starken Vorrat an Lebensmitteln und andern trefflichen Sachen, wie nicht weniger etliche dreißig Pfund feines Goldes.

Nach diesem glücklichen Streiche wurde der König Comogrus überfallen, mit welchen wir aber auf des Königs Caretae Unterhandlung Bündnis und Friede machten. Dieser Comogrus hatte sieben wohlgestalte Söhne, von welchen der älteste ein Mensch von ganz besondern Verstande war, und nicht allein vieles Gold und Kleinodien unter uns austeilete, sondern auch Anschläge gab, wo wir dergleichen köstliche Waren im Überflusse antreffen könnten.

Es ließ sich der König Comogrus mit seiner ganzen Familie zum christlichen Glauben bereden, weswegen er in der Taufe den Namen Carolus empfing, nachdem aber das Bündnis und Freundschaft mit ihm auf solche Art desto fester geschlossen worden, nahmen wir unsern Rückweg nach Antiquam Darienis, allwo der Valdivia zwar wiederum aus Hispaniola angelangt war, jedoch sehr wenig Proviant, hergegen starke Hoffnung mit sich brachte, daß wir ehestens alles Benötigte in desto größerer Menge empfangen sollten.

Das Elend wurde also abermals sehr groß, dazumalen unsere Ernte durch ungewöhnlich starke Wasserfluten verderbt, alle um und neben uns liegende Landschaften aber ausgezehrt waren, derowegen trieb uns die Not mit großer Gefahr in das Mittelland hinein, nachdem wir am 9ten Dezember des Jahr 1511 den Valdivia mit vielen Gold und Schätzen, die vor den König Ferdinandum gesammlet waren, über Hispaniolam nach Spanien zu segeln abgefertiget hatten.

In diesem mittägigen Lande trafen wir etliche Häuser an, aus welchen ein kleiner König Dabaiba genannt, nebst seinen Hofgesinde und Untertanen entflohen war, und wenig Lebensmittel, allein sehr viel Hausgeräte, Waffen, auch etliche Pfund gearbeitetes Gold zurückgelassen hatte. Auf der weiteren Fahrt brachte uns ein gewaltiger Sturm um drei Schiffe, welche mit Volk und allen Geräte zugrunde gingen.

Sobald wir mit Kummer und Not zu Lande kamen, wurde der König Abenamacheius angegriffen, dessen Hoflager in mehr als fünfhundert wohlgebaueten Hütten bestand. Er wollte mit den Seinigen die Flucht nehmen, mußte aber endlich Stand halten, und sich nach einer blutigen Schlacht nebst seinen besten Leuten gefangen geben. Dieser König hatte in der Schlacht einem von unsern Kriegsleuten eine leichte Wunde angebracht, welches dem Lotterbuben dermaßen verdroß, daß er ihm, da er doch schon unser Gefangener war, so schändlich als geschwind einen Arm vom Leibe herunterhieb. Weil aber diese Tat dem Valboa heftig verdroß, wurde dieser Knecht fast bis auf den Tod zerprügelt.

Nach diesem erlangten Siege und herrlicher Beute, führete uns ein nackender Indianer in die große Landschaft des Königs Abibeiba, der seine Residenz auf einem sehr hohen und dicken Baume aufgebauet hatte, indem er wegen öfterer Wassergüsse nicht wohl auf dem Erdboden wohnen konnte. Dieser König wollte sich weder durch Bitten noch durch Drohworte bewegen lassen von diesem hohen Gebäude herabzusteigen, sobald aber die Unsern einen Anfang machten, den Baum umzuhauen, kam er nebst zweien Söhnen herunter, und ließ seine übrigen Hofbedienten in der Höhe zurück. Wir machten Friede und Bündnis mit ihm, und begehrten eine billige Schatzung an Lebensmitteln und Golde geliefert zu haben, indem er nun wegen des letztern seinen sonderlichen Mangel vorgeschützt, gleichwohl aber nur desto heftiger angestrenget wurde etliche Pfund zu verschaffen, versprach er nebst etlichen seiner Leute auszugehen, und uns binnen sechs Tagen mehr zu bringen als wir verlangt hätten. Allein er ist darvongegangen und nachhero niemals wiederum vor unsere Augen gekommen, nachdem wir uns also von ihm betrogen gesehen, wurde aller Vorrat von Speise, Wein und anderen guten Sachen hinweggeraubt, wodurch unsere ermatteten Leiber nicht wenig erquickt und geschickt gemacht wurden, eine fernere mühsame Reise anzutreten.

Mittlerweile hatten sich fünf Könige, nämlich letztgemeldter Abibeiba, Cemachus, Abraibes, dessen Schwager Abenamacheius und Dabaiba zusammen verschworen, uns mit zusammengesetzten Kräften plötzlich zu überfallen und gänzlich zu vertilgen, jedoch zu allem Glücke hatte Valboa eine außerordentlich schöne Jungfrau unter seinen gefangenen Weibsbildern, welche er vor allen andern herzlich liebte, diese hatte solchen Blutrat von ihrem leiblichen Bruder nicht so bald ausgeforschet, als sie von der getreuen Liebe getrieben wurde dem Valboa alle wider ihn gemachten Anschläge zu offenbaren. Dieser teilete sogleich sein Volk in zwei Haufen, er selbst ging nebst mir und etliche siebzig Mann auf die verteileten Haufen der versammleten Indianer los, zerstreuete dieselben und bekam sehr viele von der Könige Bedienten gefangen, die wir mit zurück in unser Lager führeten. Don Colmenarez aber mußte mit vier Schiffen auf den Flecken Tirichi losgehen, allwo er so glücklich war denselben unvermutet zu überfallen, und der Indianer ganze Kriegsrüstung, die daselbst zusammengebracht war zu vernichten, auch eine große Beute an Proviant, Gold, Wein und andern brauchbaren Gerätschaften zu machen. Über dieses hat er allen Aufrührern und Feinden ein entsetzliches Schrecken eingejagt, indem der oberste Feldherr an einen Baum gehenkt und mit Pfeilen durchschossen, nächstdem noch andere indianische Befehlshaber andern zum Beispiele aufs grausamste hingerichtet worden.

Solchergestalt verkehrte sich alle bisherige Gefahr, Unruhe und kümmerliches Leben auf einmal, in lauter Friede, Ruhe, Wollust und Freude, denn da sich nachhero die vornehmsten Aufrüher gutwillig unter des Valboa Gehorsam begaben, ließ er einen allgemeinen Frieden und Vergebung aller vorhergegangenen Widerspenstigkeit halber, ausrufen, sein Volk aber auf so vieles ausgestandenes Ungemach eine Zeitlang der Ruhe genießen.

Hierauf nahmen wir unsern Rückweg nach der urabanischen Landschaft, allwo nach vielen Beratschlagungen endlich beschlossen wurde, daß Don Rodriguez Colmenarez nebst dem Don Juan de Quicedo nach Hispanolam, und von dar zum Könige von Kastilien abgesandt werden sollten, um an beiden Orten ordentlichen Bericht von unsern sieghaften Begebenheiten abzustatten, und die Sachen dahin zu veranstalten, daß wir mit etwa tausend Mann und allen Zubehör, verstärkt, den Zug in die goldreichen Landschaften gegen Mittag sicher unternehmen, und dieselben unter des Königs in Kastilien Botmäßigkeit bringen könnten, denn Valdivia und Zamudio wollten nicht wieder zum Vorscheine kommen, woraus zu schließen war, daß sie etwa auf der See verunglückt sein möchten. Demnach gingen Colmenarez und Quicedo im Oktober 1512 unter Segel, nachdem sie versprochen keine Zeit zu versäumen, sich sobald als nur möglich wiederum auf den urabanischen Küsten einzustellen. Allein da Valboa dieser beider Männer Zurückkunft nunmehro fast elf Monat vergeblich abgewartet, und in Erfahrung brachte, daß Don Pedro de Arias, ehestens als königlicher Gouverneur über die urabanische und angrenzende Landschaften bei uns eintreffen würde, trieb ihn sowohl die allbereits erlangte Ehre, als Verlangen die mittäglichen goldreichen Länder zu erfinden, soweit, daß er mit den Oberhäuptern der Landschaften zu Rate ging, und den gefährlichen Zug dahin mit etwa zweihundert Kriegsleuten vornahm, ohngeacht ihm nicht allein von des Comogri Sohne, sondern auch von den andern indianischen Königen geraten worden, diesen Zug mit nicht weniger als tausend Mann zu wagen, indem er daselbst ungemein streitbare Völker antreffen würde.

Es war der 4te Sept. 1513, da wir mit drei großen und zehn sehr kleinen Schiffen absegelten, und zum ersten Male wiederum bei des coibanischen Königs Caretae Landschaft anländeten. Hieselbst ließ Valboa die Schiffe nebst einer Besatzung zurück, wir aber zogen hundertsiebzig Mann stark fort, und wurden von des Caretae uns zugegebenen Wegweisern in des Ponchae Königreich geführt, welchen wir, nachdem er unsern ehemaligen Zuspruch erwogen, endlich mit großer Mühe zum Freunde und Bundesgenossen bekamen. Nachhero haben wir viele andere Könige, als den Quarequa, Chiapes, Coquera und andere mehr, teils mit Güte und Liebe, teils aber auch mit Gewalt zum Gehorsam gebracht, mittlerweile aber am 18. Oktober desselbigen Jahres das mittägliche Meer erfunden, und um selbige Gegend einen erstaunlichen Schatz an Gold und Edelsteinen zusammengebracht.

Bei so glückseligen Fortgange unseres Vorhabens, bezeigte sich Valboa dermaßen dankbar gegen Gott und seine Gefährten, daß kein einziger Ursach hatte über ihn zu klagen. Eines Tages aber, da er mich an einem einsamen Orte ziemlich betrübt und in Gedanken vertieft antraf, umarmete er mich mit ganz besonderer Freundlichkeit und sagte: »Wie so unvergnügt mein allerbester Herzensfreund, fehlet Euch etwa Gesundheit, so habe ich Ursach Euch zu beklagen, sonsten aber wo Gold, Perlen und edle Steine Euren Kummer zu stillen vermögend sind, stehet Euch von meinem Anteil soviel zu Diensten als Ihr verlanget.« Ich gab ihm hierauf zu verstehen: daß ich an dergleichen Kostbarkeiten selbst allbereit mehr gesammlet, als ich bedürfte, und mich wenigstens fünfmal reicher schätzen könnte als ich vordem in Kastilien gewesen. Allein mein jetziges Mißvergnügen rühre von nichts anders her, als daß ich mich vor der Ankunft meines abgesagten Feindes, des Don Pedro de Arias fürchtete; und indem ich noch zur Zeit von dem Könige Ferdinando keinen Pardonbrief aufzuweisen hätte, würde mir derselbe allen ersinnlichen Tort antun, und wenigstens verhindern, daß ich auch in dieser neuen Welt weder zu Ehren noch zur Ruhe kommen konnte. Valboa fing hierüber an zu lachen und sagte: »Habt Ihr sonst keine Sorge, mein wertester Freund, so entschlaget Euch nur auf einmal aller Grillen, und glaubet sicherlich, daß es nunmehr mit uns allen beiden keine Not habe, denn diejenigen Dienste, so wir dem Könige durch Erfindung des mittägigen Meeres und der goldreichen Länder geleistet haben, werden schon würdig sein, daß er uns alle beide, jedweden mit einem ansehnlichen Gouvernement, in diesen Landschaften begabet, welche binnen wenig Jahren also einzurichten sind, daß wir unsere übrige Lebenszeit vergnügter darinnen zubringen können, als in Kastilien selbst. Es sei Euch«, fuhr er fort, »im Vertrauen gesagt, daß ich in kurzer Zeit selbst eine Reise nach Spanien zu tun willens bin, allda sollen mir Eure Sachen noch mehr angelegen sein, als die meinigen, solchergestalt zweifele auch im geringsten nicht, Euer und mein Glücke zu befestigen.«

Diese wohlklingenden Zuredungen machten mein Gemüte auf einmal höchst vergnügt, so, daß ich den Valboa umarmete, mich vor seine gute Vorsorge im voraus herzlich bedankte, und versprach, zeitlebens sein getreuer Freund und Diener zu verbleiben. Er entdeckte mir hierauf, wie er nur noch willens sei, den mittägigen Meerbusen, welchen er St. Michael genennet hatte, nebst den so reich beschriebenen Perleninsuln auszukundschaften, nachhero aber sogleich die Rückreise nach Uraba anzutreten, welches Vorhaben ich nicht allein vor billig erachtete, sondern auch alles mit ihm zu unternehmen versprach.

Dieser Meerbusen sollte sich, des indianischen Königs Chiapes Aussage nach, hundertsechzig Meilen weit von dem festen Lande bis zu dem äußersten Meeresschlunde erstrecken. Derowegen wurde bald Anstalt gemacht, diese Fahrt anzutreten, und ohngeacht der König Chiapes dieselbe heftig widerriet, indem er angemerkt hatte, daß um diese Zeit zwei bis drei Monate nacheinander die See entsetzlich zu stürmen und zu wüten pflegte, so wollte doch Valboa hiervon im geringsten nicht abstehen, sondern ließ etliche indianische kleine Schifflein zurechtmachen, in welche wir uns mit etliche achtzig der mutigsten Kriegsleute setzten, und von dannen segelten.

Allein, nunmehro hatte das unerforschliche Verhängnis beschlossen, mich vor diesmal nicht allein von dem Valboa, sondern nach etlichen Jahren auch von aller andern menschlichen Gesellschaft abzusondern, denn wenige Tage nach unserer Abfahrt entstund ein entsetzlicher Sturm, welcher die kleinen Schifflein auseinanderjagte, und unter andern auch das meinige, worauf ich nebst neun Kriegsleuten saß, in den Abgrund des Meeres zu versenken drohete. Indem nun kein Mittel zu erfinden war, dem jämmerlichen Verderben zu entgehen, überließen wir uns gänzlich den unbarmherzigen Fluten, und suchten allein bei Gott in jenem Leben Gnade zu erlangen, weil er uns selbige in diesen zeitlichen abzuschlagen schien. Jedoch, nachdem wir noch zwei Tage und Nacht recht wunderbarer Weise bald in die erstaunlichste Höhe, bald aber in grausame Abgründe zwischen Flut und Wellen hin verschlagen und fortgetrieben worden, warfen uns endlich die ergrimmten Wellen auf eine halb überschwemmte Insul, die zwar vor das jämmerliche Ertrinken ziemliche Sicherheit versprach, jedoch wenig fruchtbare Bäume oder andere Lebensmittel zeigte, womit wir bei etwa langweiligen Aufenthalt, unsern Hunger stillen könnten.

Es war das Glück noch einem unserer Fahrzeuge, worauf sich acht von unsern Kriegsleuten nebst zwei Indianern befanden, ebenso günstig gewesen, selbiges sowohl als uns auf diese Insul zu führen, derowegen erfreueten wir uns ungemein, als dieselben zwei Tage hernach zu uns kamen, und ihre glückliche Errettungsart erzähleten.

Wir blieben demnach beisammen, trockneten unser Pulver, betrachteten den wenigen Speisevorrat, brachten alle übrigen Sachen in Ordnung, und fingen hierauf an, die ganze Insul durchzustreifen, worinnen wir doch weder Menschen noch Vieh, wohl aber einige Bäume und Stauden antrafen, welche sehr schlecht nahrhafte Früchte trugen. Demnach mußten wir uns mehrenteils mit Fischen behelfen, welche die beiden Indianer, so sich in unserer Gesellschaft befanden, auf eine weit leichtere und geschwindere Art, als wir, zu fangen wußten. Da aber nach etlichen Tagen das Wasser in etwas zu fallen begunnte, sammleten wir eine große Menge der vortrefflichsten Perlenmuscheln, die das umgerührte Eingeweide des Abgrundes auf diese Insul auszuspeien gezwungen worden. Ich selbst habe an diesem Orte vierunddreißig Stück Perlen von solcher Größe ausgenommen, und mit anhero gebracht, dergleichen ich vorhero noch nie gesehen oder beschreiben hören, doch nach der Zeit habe auf andern Insuln noch mehr dergleichen, ja teils noch weit größere gesammlet, welche derjenige, so diese meine Schrift am ersten zu lesen bekömmt, ohnfehlbar finden wird.

Jedoch meinen damaligen Glücks- und Unglückswechsel zu folgen, ersahe einer von unsern Indianern, der ein ganz ungewöhnlich scharfes Gesichte hatte, südwestwärts eine andere Insul, und weiln wir daselbst einen bessern Speisevorrat anzutreffen verhofften, wurden unsere kleinen Schiffe bei damaligen stillen Wetter, so gut als möglich, zugerichtet, so, daß wir einsteigen, und besagte Insul nach dreien Tagen mit abermaliger größter Lebensgefahr erreichen konnten. Über alles Vermuten trafen wir auch daselbst ein kleines Schiff an, welches das wütende Meer mit elf unserer Mitgesellen dahin geworfen hatte. Die Freuden- und Jammertränen liefen häufig aus unsern Augen, erstenteils wegen dieser glücklichen Zusammenkunft, andernteils darum, weil uns die letztern berichteten, daß Valboa nebst den übrigen ohnmöglich noch am Leben sein könnte, weil sie ingesamt durch den Sturm auf die gefährlichste und fürchterlichste Meereshöhe getrieben worden, allwo weit und breit keine Insuln, wohl aber bei hellen Wetter erschröckliche aus dem Wasser hervorragende Felsen und Klippen zu sehen wären. Im übrigen war diese Insul so wenig als unsere vorige mit Menschen besetzt, jedoch ließen sich etliche vierfüßige Tiere sehen, welche teils den europäischen Füchsen, teils aber den wilden Katzen glichen. Wir nahmen uns kein Bedenken, dieselben zu schießen, und als vortreffliche Leckerbissen zu verzehren, worbei wir eine gewisse Wurzel, die unsere Indianer in ziemlicher Menge fanden, anstatt des Brods gebrauchten. Nächst diesen ließen sich auch etliche Vögel sehen, die wir ebenfalls schossen, und mit größten Appetit verzehreten, anbei das Fleisch der vierfüßigen Tiere dörreten, und auf den Notfall spareten.

Ich konnte meine Gefährten, ohngeacht sie mich einhellig vor ihr Oberhaupt erkläreten, durchaus nicht bereden, die Rückfahrt nach St. Michael vorzunehmen, weil ihnen allezeit ein Grausen ankam, sooft sie an die gefährlichen Klippen und stürmende See gedachten, derowegen fuhren wir immer gerades Weges vor uns von einer kleinen Insul zur andern, bis uns endlich das Glück auf eine ziemlich große führete, die mit Menschen besetzt war. Selbige kamen häufig herzu, und sahen uns Elenden, die wir durch neunzehntägige Schiffahrt ganz kraftlos und ziemlich ausgehungert waren, mit größter Verwunderung zu Lande steigen, machten aber dieserwegen nicht die geringste grimmige Gebärde, sondern hätten uns vielleicht gar als Götter angebetet, wenn unsere zwei Indianer ihnen nicht bedeutet hätten, daß wir arme verirrete Menschen wären, die lauter Liebe und Freundschaft gegen sie bezeugen würden, woferne man uns nur erlaubte, allhier auszuruhen, und unsere hungerige Magen mit einigen Früchten zu befriedigen. Ob nun schon die Einwohner der Unsern Sprache nicht völlig verstunden, sondern das meiste durch Zeichen erraten mußten, so erzeigten sich dieselben doch dermaßen gefällig, daß wir an ihren natürlichen Wesen noch zur Zeit nicht das geringste auszusetzen fanden. Sie brachten uns gedörretes Fleisch und Fische, nebst etlichen aus Wurzelmehl gebackenen Broden herzu, wovor wir die gläsernen und messingenen Knöpfe unter sie teileten, so wir an unsern Kleidern trugen, indem dergleichen schlechte Sachen von ihnen ungemein hoch geschätzt, und mit erstaunlicher Freude angenommen wurden. Gegen Abend kam ihr König, welcher Madan genennet wurde, zu uns, dieser trug einen Schurz von bunten Federn um den Leib, wie auch dergleichen Krone auf dem Haupte, führete einen starken Bogen in der rechte Hand, in der linken aber einen hölzernen Wurfspieß, wie auch einen Köcher mit Pfeilen auf dem Rücken. Ich hatte das Glück, ihm ein höchst angenehmes Geschenk zu überreichen, welches in einem ziemlich großen Taschenmesser, einem Feuerstahl und zweien Flintensteinen bestund, und habe niemals bei einer lebendigen Kreatur größere Verwunderung gespüret, als sich bei diesem Menschen zeigte, sobald er nur den Nutzen und Kraft dieses Werkzeugs erfuhr. Er bekam über dieses noch ein Handbeil von mir, dessen vortreffliche Tugenden ihn vollends dahin bewegten, daß uns alles, was wir nur anzeigen konnten, gereicht und verwilliget wurde. Demnach baueten meine Gefährten ohnfern vom Meerufer etliche Hütten auf, worinnen vier, fünf oder sechs Personen bequemlich beisammen ruhen, und den häufig herzugebrachten Speisevorrat verzehren konnten. Von unsern Schießgewehr wußten sich diese Leute nicht den geringsten Begriff zu machen, ohngeacht unsere Indianer ihnen bedeuteten, daß diese Werkzeuge Donner, Blitz und Feuer hervorbringen, auch sogleich tödliche Wunden machen könnten, da aber einige Tage hernach sich eine ziemliche Menge mittelmäßiger Vögel auf einem Baume sehen ließen, von welchen der König Madan in größester Geschwindigkeit zwei mit einem Pfeile herunterschoß, ergriff ich ihn bei der Hand, nahm meine Flinte, und führete ihn bis auf etliche dreißig Schritt, gegen einen andern Baum, auf welchen sich diese Vögel abermals niedergelassen hatten, und schoß, vermittelst eingeladenen Schrots, auf einmal sechs von diesen Vögeln herunter. Kaum war der Schuß getan, als dieser König nebst allen seinen anwesenden Untertanen plötzlich zu Boden fiel, da sie denn vor Schrecken sich fast in einer halben Stunde nicht wieder erholen konnten. Auf unser freundliches und liebreiches Zureden kamen sie zwar endlich wiederum zu sich selbst, bezeugeten aber nach der Zeit eine mit etwas Furcht vermischte Hochachtung vor uns, zumalen da wir ihnen bei fernerer Bekanntschaft zeigten, wie wir unsere Schwerter gegen böse Leute und Feinde zu entblößen und zu gebrauchen pflegten.

Immittelst hatten wir Gelegenheit, etliche Pfund Gold, das auf eine wunderliche Art zu Hals- und Armbändern, Ringen und Angehenken verarbeitet war, gegen allerhand elende und nichtswürdige Dinge einzutauschen, auch einen starken Vorrat von gedörrten Fleisch, Fischen, Wurzeln und andern nahrhaften Früchten einzusammeln. Nachdem wir aber drei von den allerdicksten Bäumen umgehauen, und in wenig Wochen soviel Schiffe daraus gezimmert, die da weit stärker als die vorigen, auch mit Segeltüchern von geflochtenen Matten und zusammengedreheten Baststricken versehen waren, suchten wir mit guter Gelegenheit von diesen unsern Wohltätern Abschied zu nehmen, und nach dem Furt St. Michael zurückzukehren, allein, da meine Gefährten von den Einwohnern dieser Insul vernahmen, daß weiter in See hinein viel größere bewohnte Insuln anzutreffen wären, worinnen Gold, Edelsteine, und sonderlich die Perlen in größter Menge befindlich, gerieten sie auf die Verwegenheit, dieselben aufzusuchen. Ich setzte mich zwar soviel, als möglich, darwider, indem ich ihnen die größte Gefahr, worein wir uns begäben, sattsam vorstellete, allein, es half nichts, ja es trat alsobald einer auf, welcher mit größter Dreustigkeit sagte: »Don Valaro, bedenket doch, daß Valboa nebst unsern andern Kameraden im Meere begraben worden, also dürfen wir uns auf unsere geringen Kräfte so wenig, als auf die ehemaligen Bündnisse und Freundschaft der indianischen Könige verlassen, welche ohne Zweifel des Valboa Unglück zeitig genung erfahren haben, diesemnach uns Elenden auch bald abschlachten werden. Lasset uns also viel lieber neue Insuln und Menschen aufsuchen, welche von der Grausamkeit und dem Geize unserer Landsleute noch keine Wissenschaft haben, und seid versichert, daß, soferne wir christlich, ja nur menschlich mit ihnen umgehen werden, ein weit größeres Glück und Reichtum vor uns aufgehoben sein kann, als wir in den bisherigen Landschaften empfunden haben. Kommen wir aber ja im Sturme um, oder werden ein Schlachtopfer vieler Menschen, was ist's mehr? Denn wir müssen eben dergleichen Unglücks auf der Rückfahrt nach St. Michael und in den Ländern der falschgesinneten Könige gewärtig sein.«

Ich wußte wider diese ziemlich vernünftige und sehr tapfermütige Rede nicht das geringste einzuwenden, weswegen ich dieses Mal meinen Gefährten nachgab, und alles zur baldigen Abfahrt veranstalten ließ.

Der Abschied von dem König Madan und seinen von Natur recht redlichen Untertanen ging mir wahrhaftig

ungemein nahe, zumalen da dieselben auf die letzte fast
mehr Speisevorrat herzubrachten, als wir in unsern kleinen Schiffe einladen konnten, einer aber von ihnen, der
vom ersten Tage an beständig um mich gewesen war,
fing bitterlich zu weinen an, und bat, sonderlich da er
vernahm, wie ich auf dem Rückwege allhier wiederum
ansprechen wollte, ich möchte ihm vergönnen, daß er
mit uns reisen dürfte, welches ich ihm denn auch mit
größten Vergnügen erlaubte. Er war ein Mensch von
etwa vierundzwanzig Jahren, wohl gewachsen und eines
recht feinen Ansehens, zumalen, da er erstlich etliche
Kleidungsstück auf den Leib bekam, sein Name hieß
Chascal, welchen ich aber nachhero, da er den christlichen Glauben annahm, und von mir die heilige Taufe
empfing, verändert habe.

Solchergestalt fuhren wir mit diesem neuen Wegweiser, der aber wenigen oder gar keinen Verstand von der
Schiffahrt hatte, auf und davon, bekamen zwar in etlichen Wochen nichts als Himmel und Wasser zu sehen,
hatten aber doch wegen des ungemein stillen Wetters
eine recht ruhige Fahrt. Endlich gelangeten wir an etliche kleine Insuln, welche zwar sehr schlecht bevölkert,
auch nicht allzusehr fruchtbar waren, jedoch hatten wir
die Freude, unsere kleinen Schiffe daselbst aufs neue
auszubessern, und mit frischen Lebensmitteln anzufüllen, bis wir endlich etliche, nahe aneinander gelegene
große Insuln erreichten, und das Herz fasseten, auf
einer der größten an Land zu steigen.

Hier schienen die Einwohner nicht so guter Art als
die vorigen zu sein, allein, unsere drei indianischen Gefährten leisteten uns bei ihnen recht vortreffliche Dienste, so, daß wir in wenig Tagen mit ihnen allen recht
gewünschten Umgang pflegen kunnten. Wir erfuhren,
daß diese Leute vor wenig Jahren große Mühe gehabt,

sich einer Art Menschen, die ebenfalls bekleidet gewesen, zu erwehren, indem ihnen selbige die Lebensmittel, Gold, Perlen und edlen Steine mit Gewalt abnehmen und hinwegführen wollen, jedoch, nachdem sie unsere Freund- und Höflichkeit zur Gnüge verspüret, wurde uns nicht allein mit gleichmäßiger Freundlichkeit begegnet, sondern wir hatten Gelegenheit, auf dieser Insul erstaunliche Schätze und Kostbarkeiten einzusammlen, wie wir denn auch die andern nahegelegenen besuchten, und solchergestalt fast mehr zusammenbrachten, als unsere Schiffe zu ertragen vermögend waren.* Meine Leute nahmen sich demnach vor, ein großes Schiff zu bauen, in welchem wir sämtlich beieinanderbleiben, und unsere Güter desto besser fortbringen könnten, ich selbst sahe dieses vor gut an, zumalen wir nicht allein alle Bedürfnisse darzu uns sahen, sondern uns auch der Einwohner redlicher Beihülfe getrösten konnten. Demnach wurden alle Hände an das Werk gelegt, welches in kürzerer Zeit, als ich selbst vermeinte, zum Stande gebracht wurde. Die Einwohner selbiger Insuln fuhren zwar selbsten auch in einer Art von Schiffen, die mit Segeln und Rudern versehen waren, doch verwunderten sie sich ungemein, da das unsere ihnen, auf so sonderbare Art zugerichtet, in die Augen fiel. Wir schenkten ihnen zwei von unsern mit dahin gebrachten Schiffen, nahmen aber das dritte anstatt eines Boots mit uns, wie wir denn auch zwei kleine Nachen verfertigten, um selbige auf der Reise nützlich zu gebrauchen.

Nachdem wir uns also mit allen Notdürftigkeiten wohl beraten hatten, segelten wir endlich von dannen,

---

* Es ist fast zu vermuten, daß der Autor solchergestalt auf die jetzige Zeit so genannten Insulas Salomonis gekommen, jedoch in Erwägung anderer Umstände können auch wohl nur die Peru und Chili gegenübergelegenen Insuln gemeinet sein.

und kamen nach einer langweiligen und beschwerlichen Fahrt an ein festes Land, allwo wir ausstiegen, und uns abermals mit frischen Wasser nebst andern Bedürfnissen versorgen wollten, wurden aber sehr übel empfangen, indem uns gleich andern Tages mehr als dreihundert wilde Leute ohnversehens überfielen, gleich anfänglich drei der Unsern mit Pfeilen erschossen, und noch fünf andere gefährlich verwundeten. Ob nun schon im Gegenteil etliche zwanzig von unsern Feinden auf dem Platze bleiben mußten, so sahen wir uns doch genötiget, aufs eiligste nach unsern Schiffe zurückzukehren, mit welchen wir etliche Meilen an der Küste hinunterfuhren, und endlich abermals auf einer kleinen Insul anländeten, die zwar nicht mit Menschen, aber doch mit vielerlei Arten von Tieren besetzt war, anbei einen starken Vorrat an nützlichen Früchten, Wurzeln und Kräutern zeigte. Allhier hatten wir gute Gelegenheit auszuruhen, bis unsere Verwundeten ziemlich geheilet waren, fuhren hernachmals immer südwärts von einer Insul zur andern, sahen die Küsten des festen Landes linkerseits beständig mit sehnlichen Augen an, wollten uns aber dennoch nicht unterstehen, daselbst anzuländen, weiln an dem Leben eines einzigen Mannes nur allzu viel gelegen war, endlich, nachdem wir viele hundert Meilen an der Landseite hinuntergesegelt, ließ sich die äußerste Spitze desselben beobachten, um welche wir herumfuhren, und nebst einer kalten und verdrüßlichen Witterung vieles Ungemach auszustehen hatten. Es war leichtlich zu mutmaßen, daß allhier ein würkliches Ende des festen Landes der neuen Welt gefunden sei, derowegen machten wir die Rechnung, im Fall uns das Glück bei der Hinauffahrt der andern Seite nicht ungünstiger, als bishero, sein würde, entweder den rechten Weg nach Darien, oder wohl gar nach Europa zu finden, oder doch wenigstens unterwegs Portugiesen anzutreffen, zu welchen wir uns gesellen, und ihres Glücks teilhaftig machen könnten, denn es lehrete uns die Vernunft, daß die von den Portugiesen entdeckten Landschaften ohnfehlbar auf selbiger Seite liegen müßten.

Immittelst war die höchste Not vorhanden, unser Schiff aufs neue auszubessern, und frische Lebensmittel anzuschaffen, derowegen wurde eine Landung gewagt, welche nach überstandener größter Gefahr ein gutes Glücke versprach, daferne wir nicht Ursach gehabt hätten, uns vor feindseligen Menschen und wilden Tieren zu fürchten. Jedoch die allgewaltige Macht des Höchsten, welche aller Menschen Herzen nach Willen regieren kann, war uns dermalen sonderlich geneigt, indem sie uns zu solchen Menschen führete, die, ohngeacht ihrer angebornen Wildigkeit, solche Hochachtung gegen uns hegten, und dermaßen freundlich aufnahmen, daß wir uns nicht genung darüber verwundern konnten, und binnen wenig Tagen alles Mißtrauen gegen dieselben verschwinden ließen. Es war uns allen wenig mehr um Reichtum zu tun, da wir allbereit einen fast unschätzbarn Schatz an lautern Golde, Perlen und Edelgesteinen besaßen, bemüheten uns derowegen nur um solche Dinge, die uns auf der vorhabenden langweiligen Reise nützlich sein könnten, welches wir denn alles in kurzer Zeit gewünscht erlangten.

Die bei uns befindlichen drei redlichen Indianer machten sich das allergrößte Vergnügen, einige wunderbare Meertiere listigerweise einzufangen, deren Fleisch, Fett und sonderlich die Häute, vortrefflich nutzbar waren, denn aus den letztern konnten wir schönes Riemenwerk, wie auch lederne Koller, Schuhe, Mützen und allerlei ander Zeug verfertigen.

Sobald wir demnach nur mit der Ausbesserung und Versorgung des Schiffs fertig, dasselbe auch, wo nur Raum übrig, mit lauter nützlichen Sachen angefüllet hatten, traten wir die Reise auf der andern Landseite an, vermerkten aber gleich anfänglich, daß Wind und Meer allhier nicht so gütig, als bei der vorigen Seite, war. Zwei Wochen aneinander ging es noch ziemlich erträglich, allein, nachhero erhub sich ein sehr heftiger Sturm, der über neun Tage währete, und bei uns allen die größte Verwunderung erweckte, daß wir ihm endlich so glücklich entkamen, ohngeacht unser Schiff sehr beschädiget an eine sehr elende Küste getrieben war, allwo sich auf viele Meilwegs herum, außer etlichen unfruchtbaren Bäumen, nicht das geringste von nützlichen Sachen antreffen ließ.

Etliche von meinen Gefährten streiften dem ohngeacht überall herum, und kamen eines Abends höchst erfreut zurück, weil sie, ihrer Sage nach, ein vortrefflich ausgerüstetes europäisches Schiff, in einer kleinen Bucht liegend, jedoch keinen einzigen lebendigen Menschen darinnen gefunden hätten. Ich ließ mich bereden, unser sehr beschädigtes Schiff dahin zu führen, und fand mit größter Verwunderung daß es die lautere Wahrheit sei. Wir bestiegen dasselbe, und wurden ziemlichen starken Vorrat von Wein, Zwieback, geräucherten Fleische und andern Lebensmitteln darinnen gewahr, ohne was in den andern Ballen und Fässern verwahret war, die noch zur Zeit niemand eröffnen durfte. Tiefer ins Land hinein wollte sich keiner wagen, indem man von den höchsten Felsenspitzen weit und breit sonsten nichts als lauter Wüstenei erblickte, derowegen wurde beschlossen, unser Schiff, so gut als möglich, auszubessern, damit, wenn die Europäer zurückkämen, und uns allenfalls nicht in das ihrige aufnehmen wollten oder könnten, wir dennoch in ihrer Gesellschaft weiter mitsegeln möchten.

Allein, nachdem wir mit allem fertig waren, und einen ganzen Monat lang auf die Zurückkunft der Europäer vergeblich gewartet hatten, machten meine Gefährten die Auslegung, daß dieselben ohnfehlbar sich zu tief ins Land hinein gewagt, und nach und nach ihren Untergang erreicht hätten, weswegen sie vors allerklügste hielten, wenn wir uns das köstliche Schiff nebst seiner ganzen Ladung zueigneten, und mit selbigen davonführen. Ich setzte mich stark wider diesen seeräuberischen Streich, konnte aber nichts ausrichten, indem alle einen Sinn hatten, und alle unsere Sachen in möglichster Eil in das große Schiff einbrachten, wollte ich also nicht alleine an einem wüsten Orte zurückbleiben, so mußte mir gefallen lassen, das gestohlene Schiff zu besteigen, und mit ihnen von dannen zu segeln, konnte auch kaum soviel erbitten, daß sie unser bisheriges Fahrzeug nicht versenkten, sondern selbiges an dessen Stelle stehenließen.

Kaum hatten wir die hohe See erreicht, als sich die Meinigen ihres Diebstahls wegen außer aller Gefahr zu sein schätzten, derowegen alles, was im Schiffe befindlich war, eröffnet, besichtiget, und ein großer Schatz an Golde nebst andern vortrefflichen Kostbarkeiten gefunden wurde. Allein, wir erfuhren leider! allerseits gar bald, daß der Himmel keinen Gefallen an dergleichen Bosheit habe, sondern dieselbe ernstlich zu bestrafen gesinnet sei. Denn bald hernach erhub sich ein abermaliger dermaßen entsetzlicher Sturm, dergleichen wohl leichtlich kein Seefahrer heftiger ausgestanden haben mag. Wir wurden von unserer erwählten Straße ganz seitwärts immer nach Süden zu getrieben, welches an dem erlangten Kompasse, sooft es nur ein klein wenig stille, deutlich zu ersehen war, es half hier weder Arbeit noch Mühe, sondern wir mußten uns gefallen lassen, dem aufgesperreten Rachen der gräßlichen und tödlichen Fluten entgegenzueilen, viele wünschten, durch einen plötzlichen Untergang ihrer Marter bald abzukommen, indem sie weder Tag noch Nacht ruhen konnten, und die letzte klägliche Stunde des Lebens in beständiger Unruhe unter dem schrecklichsten Hinundwiderkollern erwarten mußten. Es währete dieser erste Ansatz des Sturms sechzehn Tage und Nacht hintereinander, ehe wir nur zwei bis drei Stunden ein wenig verschnauben, und das Sonnenlicht auf wenige Minuten betrachten konnten, bald darauf aber meldete sich ein neuer, der nicht weniger grimmig, ja fast noch heftiger als der vorige war, Mast und Segel wurden den erzürnten Wellen zum Opfer überliefert, wobei zugleich zwei von meinen Gefährten über Bord geworfen, und nicht erhalten werden konnten, wie denn auch drei Gequetschte und zwei andere Kranke folgenden Tages ihren Geist aufgaben. Endlich wurde es zwar wiederum vollkommen stille und ruhig auf der See, allein, wir bekamen in etlichen Wochen weder Land noch Sand zu sehen, so, daß unser süßes Wasser nebst dem Proviante, welchen das eingedrungene Seewasser ohnedem schon mehr als über die Hälfte verdorben hatte, völlig zum Ende ging, und wir uns Hungers wegen gezwungen sahen, recht widernatürliche Speisen zu suchen, und das bittersalzige Seewasser zu trinken. Bei so beschaffenen Umständen riß der Hunger, nebst einer schmerzhaften Seuche, in wenig Tagen einen nach dem andern hinweg, so lange, bis ich, die drei Indianer und fünf spanische Kriegsleute noch ziemlich gesund übrigblieben.

Es erhub sich immittelst der dritte Sturm, welchen wir neun Personen, als eine Endschaft unserer Qual, recht mit Freuden ansetzen höreten. Ich kann nicht sagen, ob er so heftig als die vorigen zwei Stürme gewesen, weil ich auf nichts mehr gedachte, als mich nebst meinen Gefährten zum seligen Sterben zuzuschicken, allein eben dieser Sturm mußte ein Mittel unserer damaligen Lebenserhaltung und künftiger herzlicher Buße sein, denn ehe wir uns dessen versahen, wurde unser jämmerlich zugerichtetes Schiff auf eine von denenjenigen Sandbänken geworfen, welche ohnfern von dieser mit Felsen umgebenen Insul zu sehen sind. Wir ließen bei bald darauf erfolgter Windstille unsern Nachen in See, das Schiff aber auf der Sandbank in Ruhe liegen, und fuhren mit größter Lebensgefahr durch die Mündung des westlichen Flusses, welche zur selbigen Zeit durch die herabgestürzten Felsenstücken noch nicht verschüttet war, in diese schöne Insul herein, welche ein jeder vernünftiger Mensch, solange er allhier in Gesellschaft anderer Menschen lebt, und nicht mit andern Vorurteilen behaftet ist, ohnstreitig vor ein irdisches Paradies erkennen wird.

Keiner von uns allen gedachte dran, ob wir allhier Menschenfresser, wilde Tiere oder andere feindselige Dinge antreffen würden, sondern sobald wir den Erdboden betreten, das süße Wasser gekostet und einige fruchttragende Bäume erblickt hatten, fielen sowohl die drei Indianer als wir sechs Christen, auf die Knie nieder und dankten dem allerhöchsten Wesen, daß wir durch desselben Gnaden so wunderbarer, ja fast übernatürlicher Weise erhalten worden. Es war ohngefähr zwei Stunden über Mittag, da wir trostlos gewesenen Menschen zu Lande kamen, hatten derowegen noch Zeit genung unsere hungerigen Magen mit wohlschmeckenden Früchten anzufüllen, und aus den klaren Wasserbächen zu trinken, nach diesen wurden alle fernern Sorgen auf dieses Mal beiseite gesetzt, indem sich ein jeder mit seinem Gewehr am Ufer des Flusses zur Ruhe legte, bis auf meinen getreuen Chascal, welcher die Schildwächterei von freien Stücken über sich nahm, um uns andern vor besorglichen Unglücksfällen zu warnen. Nachdem aber ich etliche Stunden und zwar bis in die späte Nacht hinein geschlafen, wurde der ehrliche Chascal abgelöset, und die Wacht von mir bis zu Aufgang der Sonne gehalten. Hierauf fing ich an, nebst vier der stärksten Leute, einen Teil der Insul durchzustreifen, allein wir fanden nicht die geringsten Spuren von lebendigen Menschen oder reißenden Tieren, an deren Statt aber eine große Menge Wildpret, Ziegen auch Affen von verschiedenen Farben. Dergleichen Fleischwerk nun konnte uns, nebst den überflüssigen herrlichen Kräutern und Wurzeln, die größte Versicherung geben, allhier zum wenigsten nicht Hungers wegen zu verderben, derowegen gingen wir zurück, unsern Gefährten diese fröhliche Botschaft zu hinterbringen, die aber nicht eher als gegen Abend anzutreffen waren, indem sie die nordliche Gegend der Insul ausgekundschaft, und eben dasjenige bekräftigten, was wir ihnen zu sagen wußten. Demnach erlegten wir noch selbigen Abend ein Stück Wild nebst einer Ziege, machten Feuer an und brieten solch schönes Fleisch, da immittelst die drei Indianer die besten Wurzeln ausgruben, und dieselben anstatt des Brods zu rösten und zuzurichten wußten, welches beides wir sodann mit größter Lust verzehreten. In folgenden Tagen bemüheten wir uns sämtlich aufs äußerste, die Sachen aus dem gestrandeten Schiffe herüber auf die Insul zu schaffen, welches nach und nach mit größter Beschwerlichkeit ins Werk gerichtet wurde, indem wir an unser kleines Boot der Länge nach etliche Floßhölzer fügten, welche am Vorderteil etwas spitzig zusammenliefen, hinten und vorne aber mit etlichen darauf befestigten Querbalken versehen waren, und solchergestalt durften wir nicht allein wegen des Umschlagens keine Sorge tragen, sondern konnten auch ohne Gefahr, eine mehr als vierfache Last daraufladen.

Binnen Monatsfrist hatten wir also alle unsere Güter, wie auch das zergliederte untüchtige Schiff auf die Insul gebracht, derowegen fingen wir nunmehro an Hütten zu bauen, und unsere Haushaltung ordentlich einzurichten, worbei der Mangel des rechten Brods uns das einzige Mißvergnügen erweckte, jedoch die Vorsorge des Himmels hatte auch hierinnen Rat geschafft, denn es fanden sich in einer Kiste etliche wohl verwahrte steinerne Flaschen, die mit europäischen Korne, Weizen, Gerste, Reis und Erbsen, auch andern nützlichen Sämereien angefüllet waren, selbige säeten wir halben Teils aus, und ich habe solche edle Früchte von Jahr zu Jahr mit sonderlicher Behutsamkeit fortgepflanzt, so daß sie, wenn Gott will, nicht allein zeit meines Lebens sich vermehren, sondern auch auf dieser Insul nicht gar vergehen werden, nur ist zu befürchten, daß das allzuhäufig anwachsende Wild solche edle Ähren, noch vor ihrer völligen Reife, abfressen, und die selbst eigene Fortpflanzung, welche hiesiges Orts, ganz sonderbar zu bewundern ist, verhindern werde.

Du wirst, mein Leser, dir ohnfehlbar eine wunderliche Vorstellung von meinem Glauben machen, da ich in diesen Paragrapho die Vorsorge des Himmels bewundert, und doch oben beschrieben habe, wie meine Gefährten das Schiff nebst allem dem was drinnen, worunter auch die mit Getreide angefüllten Flaschen gewesen, unredlicherweise an sich gebracht, ja aufrichtig zu reden, gestohlen haben. Wie reimet sich dieses, wirstu sagen, zur Erkenntnis der Vorsorge Gottes? Allein sei zufrieden, wenn ich bei Verlust meiner Seligkeit beteure: daß sowohl ich, als mein getreuer Chascal an diesen Diebsstreiche keinen Gefallen gehabt, vielmehr habe ich mich aus allen Kräften darwider gesetzt, jedoch nichts erlangen können. Ist es Sünde gewesen, daß ich in diesem Schiffe mitten unter den Dieben davongefahren, und mich aus dermaligen augenscheinlichen Verderben gerissen, so weiß ich gewiß, daß mir Gott dieselbe auf meine eifrige Buße und Gebet gnädiglich vergeben hat. Inzwischen muß ich doch vieler Umstände wegen die göttliche Vorsorge hierbei erkennen, die mich nicht allein auf der stürmenden See, sondern auch in der grausamen Hungersnot und schädlichen Seuche erhalten, und auf der Insul mittelbarerweise mit vielem Guten überhäuft. Meine Gefährten sind alle in der Hälfte ihrer Tage gestorben, ausgenommen der einzige Chascal welcher sein Leben ohngefähr bis siebzig Jahr gebracht, ich aber bin allein am längsten überblieben, auf daß ich solches ansagte.

Wir machten uns inzwischen die unverdorbenen Güter, so auf dem gestohlenen Schiffe mitgebracht waren, wohl zunutze, ich selbst bekam meinen guten Teil an Kleiderwerk, Büchern, Papier und andern Gerätschaften davon, tat aber dabei sogleich ein Gelübde, solcher Sachen zehnfachen Wert in ein geistliches Gestifte zu liefern, sobald mich Gott wiederum unter Christenleute führete.

Es fanden sich Weinstöcke in ihrem natürlichen Wachstume, die wir der Kunst nach in weit bessern Stand brachten, und durch dieselben großes Labsal empfingen, auch kamen wir von ohngefähr hinter den künstlichen Vorteil, aus gewissen Bäumen ein vortreffliches Getränke zu zapfen, welches alles ich bei meinen andern Handschriften deutlicher beschrieben habe. Nach einem erleidlichen Winter und angenehmen Frühlinge, wurde im Sommer unser Getreide reif, welches wir wiewohl nur in weniger Menge einernten, jedoch nur die Probe von dem künftig wohlschmeckenden Brode machen konnten, weil das meiste zur neuen Aussaat vor neun Personen nötig war, allein gleich im nächstfolgenden Jahre wurde soviel eingesammlet, daß wir zur Aussaat und dem notdürftigen Lebensunterhalt völlige Genüge hatten.

Mittlerweile war mein Chascal soweit gekommen, daß er nicht allein sehr gut kastilianisch reden, sondern auch von allen christlichen Glaubensartikuln ziemlich Rede und Antwort geben konnte, derowegen nahm ich mir kein Bedenken an diesem abgelegenen Orte einen Apostel abzugeben, und denselben nach Christi Einsetzung zu taufen, worbei alle meine fünf christlichen Gefährten zu Gevattern stunden, er empfing dabei, wegen seiner besondern Treuherzigkeit, den Namen Christian Treuherz. Seine beiden Gefährten befanden sich hierdurch dermaßen gerühret, daß sie gleichmäßigen Unterricht wegen des Christentums von mir verlangten, welchen ich ihnen mit größten Vergnügen gab, und nach Verfluß eines halben Jahres auch beide taufte, da denn der erstere Petrus Gutmann, der andere aber Paulus Himmelfreund genennet wurde.

In nachfolgenden drei oder vier Jahren, befand sich alles bei uns in dermaßen ordentlichen und guten Stande, daß wir nicht die geringste Ursach hatten über appetitliche Lebensmittel oder andern Mangel an unentbehrlichen Bedürfnissen zu klagen, ich glaube auch, meine Gefährten würden sich nimmermehr aus dieser vergnügenden Landschaft hinweggesehnet haben: wenn sie nur Hoffnung zur Handlung mit andern Menschen, und vor allen andern Dingen, Weibsleute, ihr Geschlechte fortzupflanzen, gehabt hätten. Da aber dieses letztere ermangelte, und zu dem erstern sich ganz und gar keine Gelegenheit zeigen wollte, indem sie nun schon einige Jahre vergeblich auf vorbeifahrende Schiffe gewartet hatten, gaben mir meine fünf Landsleute ziemlich trotzig zu verstehen: daß man Anstalt machen müßte ein neues Schiff zu bauen, um damit wiederum eine Fahrt zu andern Christen zu wagen, weil es Gott unmöglich gefallen könnte, dergleichen kostbare Schätze, als wir besäßen, so nachlässigerweise zu verbergen, und sich ohne einzigen heil. Beruf und Trieb selbst in den unehelichen Stand zu verbannen, darbei aber aller christlichen Sakramenten und Kirchengebräuche beraubt zu leben.

Ohngeacht nun ich sehr deutlich merkte, daß es ihnen nicht sowohl um die Religion als um die Weiberliebe zu tun wäre, so nahm mir doch ein Bedenken ihrem Vorhaben zu widerstreben, zumalen da sie meinen vernünftigen Vorstellungen ganz und gar kein Gehör geben wollten. Meine an sie getane Fragen aber waren ohngefähr folgendes Inhalts: »Meine Freunde bedenkt es wohl«, sprach ich,

»1. Wie wollen wir hiesiges Orts ein tüchtiges Schiff bauen können, das uns etliche hundert, ja vielleicht mehr als tausend Meilen von hier hinwegführen und alles Ungemach der See ertragen kann. Wo ist gnugsames Eisenwerk zu Nägeln, Klammern und dergleichen? Wo ist Pech, Werg, Tuch, Strickwerk und anders Dinges mehr, nach Notdurft anzutreffen?

2. Werden wir nicht Gott versuchen, wenn wir uns auf einen übel zugerichteten Schiffe unterstehen einen so fernen Weg anzutreten, und werden wir nicht als Selbstmörder zu achten sein, daferne uns die Gefahr umbringt, worein wir uns mutwillig begeben?

3. Welcher unter uns weiß die Wege, wo wir hin gedenken, und wer kann nur sagen in welchem Teile der Welt wir uns jetzo befinden? auch wieweit die Reise bis nach Europa ist?«

Solche und noch viel mehr dergleichen Fragen die von keinem vernünftig genung beantwortet wurden, dieneten weiter zu nichts, als ihnen Verdruß zu erwekken, und den gefasseten Schluß zu befestigen, derowegen gab ich ihnen in allen Stücken nach, und half den neuen Schiffbau anfangen, welcher langsam und unglücklich genung vonstatten ging, indem der Indianer Paulus von einem umgehauenen Baume plötzlich erschlagen wurde. Dieser war also der erste welcher allhier von mir begraben wurde.

Im dritten Sommer nach angefangener Arbeit war endlich das Schiff soweit fertig, daß wir selbiges in den Fluß, zwischen denen Felsen, allwo es genugsame Tiefe hatte, einlassen konnten. Weiln aber zwei von meinen Landsleuten gefährlich krank darniederzuliegen kamen, wurde die übrige Arbeit, nebst der Einladung der Güter, bis zu ihrer völligen Genesung versparet.

Meine Gefährten bezeigten allerseits die größte Freude über die ihrer Meinung nach wohlgeratene Arbeit, allein ich hatte an dem elenden Werke nur allzuviel auszusetzen, und nahm mir nebst meinem getreuen Christian ein billiges Bedenken uns daraufzuwagen, weil ich bei einer so langwierigen Reise dem Tode entgegenzulaufen, ganz gewisse Rechnung machen konnte.

Indem aber nicht allein große Verdrießlichkeit sondern vielleicht gar Lebensgefahr zu befürchten war, soferne meine Gefährten dergleichen Gedanken merkten, hielt ich darmit an mich, und nahm mir vor auf andere Mittel zu gedenken, wodurch diese unvernünftige Schiffahrt rückgängig gemacht werden könnte. Allein das unerforschliche Verhängnis überhob mich dieser Mühe, denn wenig Tage hierauf, erhub sich ein grausamer Sturm zur See, welchen wir von den hohen Felsenspitzen mit Erstaunen zusahen, jedoch gar bald durch einen ungewöhnlichen heftigen Regen in unsere Hütten getrieben wurden, da aber bei hereinbrechender Nacht ein jeder im Begriff war, sich zur Ruhe zu begeben, wurde die ganze Insul von einem heftigen Erdbeben gewaltig erschüttert, worauf ein dumpfiges Geprassele folgete, welches binnen einer oder zweier Stunden Zeit noch fünf oder sechs Mal zu hören war. Meine Gefährten, ja sogar auch die zwei Kranken kamen gleich bei erster Empfindung desselben eiligst in meine Hütte gelaufen, als ob sie bei mir Schutz suchen wollten, und meineten nicht anders, als müsse das Ende der Welt vorhanden sein, da aber gegen Morgen alles wiederum stille war, und der Sonnen lieblicher Glanz zum Vorscheine kam, verschwand zwar die Furcht vor das Mal, allein unser zusammengesetztes Schrecken war desto größer, da wir die einzige Einfahrt in unsere Insul, nämlich den Auslauf des westlichen Flusses, durch die von beiden Seiten herabgeschossenen Felsen gänzlich verschüttet sahen, so daß das ganze westliche Tal von dem gehemmten Strome unter Wasser gesetzt war.

Dieses Erdbeben geschahe am 18ten Jan. im Jahr Christi 1523 bei eintretender Nacht, und ich hoffe nicht unrecht zu haben, wenn ich solches ein würkliches Erdbeben oder Erschütterung dieser ganzen Insul nenne, weil ich selbiges selbst empfunden, auch nachhero viele Felsenrisse und herabgeschossene Klumpen angemerkt, die vor der Zeit noch nicht dagewesen sind. Der westliche Fluß fand zwar nach wenigen Wochen seinen geraumlichen Auslauf unter dem Felsen hindurch, nachdem er vielleicht die lockere Erde und Sand ausgewaschen und fortgetrieben hatte, und solchergestalt wurde auch das westliche Tal wiederum von der Wasserflut befreiet, jedoch die Hoffnung unserer baldigen Abfahrt war auf einmal gänzlich zerschmettert, indem das neuerbaute Schiff unter den ungeheuern Felsenstücken begraben lag.

Gott pflegt in der Natur dergleichen Wunder- und Schreckwerke selten umsonst zu zeigen. Dieses erkannte ich mehr als zu wohl, wollte solches auch meinen Gefährten in täglichen Gesprächen beibringen, und sie dahin bereden, daß wir ingesamt als heilige Einsiedler unser Leben in dieser angenehmen und fruchtbaren Gegend um wenigstens solange zubringen wollten, bis uns Gott von ohngefähr Schiffe und Christen zuschickte, die uns von dannen führeten. Allein ich predigte tauben Ohren, denn wenige Zeit hernach, da ihnen abermals die Lust ankam ein neues Schiff zu bauen, welches doch in Ermangelung so vieler Materialien ein lächerliches Vornehmen war, machten sie erstlich einen Anschlag, im Mittel der Insul den nördlichen Fluß abzustechen, mithin selbigen durch einen Kanal in die kleine See zu führen, deren Ausfluß sich gegen Osten zu, in das Meer ergießet.

Dieser letztere Anschlag war mir eben nicht mißfällig, weiln ich allem Ansehen nach, leicht glauben konnte, daß durch das nördliche natürliche Felsengewölbe, nach abgeführten Wasserflusse, ohnfehlbar ein bequemer Ausgang nach der See zu finden sein möchte. Derowegen legte meine Hände selbsten mit ans Werk, welches endlich, nach vielen sauern vergossenen Schweiße, im Sommer des 1525ten Jahres zustande gebracht wurde. Wir funden einen nach Notdurft erhöheten und weiten Gang, mußten aber den Fußboden wegen vieler tiefen Klüfte und steiler Abfälle, sehr mühsam mit Sand und Steinen bequemlich ausfüllen und zurichten, bis wir endlich sehr erfreut das Tageslicht und die offenbare See außerhalb der Insul erblicken konnten.

Nach diesem glücklich ausgeschlagenen Vornehmen, sollten aufs eiligste Anstalten zum abermaligen Schiffbau gemacht, und die zugerichteten Bäume durch den neu erfundenen Weg an den auswendigen Fuß des Felsens hinuntergeschafft werden; aber! ehe noch ein einziger Baum darzu behauen war, legten sich die zwei schwächsten von meinen Landsleuten darnieder und starben, weil sie ohnedem sehr ungesundes Leibes waren, und sich noch darzu bishero bei der ungezwungenen Arbeit allzu heftig angegriffen haben mochten. Solchergestalt blieb der neue Schiffbau unterwegs, zumalen da ich und die mir getreuen zwei Indianer keine Hand mit anlegen wollten.

Allein, indem ich aus ganz vernünftigen Ursachen dieses tollkühne Werk gänzlich zu hintertreiben suchte, und mich auf mein gutes Gewissen zu berufen wußte, daß solches aus keiner andern Absicht geschahe, als den Allerhöchsten wegen einer unmittelbaren Erhaltung nicht zu versuchen, noch seiner Gnade zu mißbrauchen, da ich mich aus dem ruhigsten und gesegnetsten Lande nicht in die allersicherste Lebensgefahr stürzen wollte; so konnte doch einem andern ganz abscheulichen Übel nicht vorbauen, als worüber ich in die alleräußerste Bestürzung geriet, und welches einem jeden Christen einen sonderbaren Schauder erwecken wird.

Es meldete mir nämlich mein getreuer Christian, daß meine drei noch übrigen Landsleute seit etlichen Monaten drei Äffinnen an sich gewöhnet hätten, mit welchen sie sehr öfters, sowohl bei Tage als Nacht eine solche schändliche Wollust zu treiben pflegten, die auch diesen ehemaligen Heiden recht ekelhaft und wider die Natur laufend vorkam. Ich ließ mich keine Mühe verdrießen dieser wichtigen Sache, um welcher willen der Höchste die ganze Insul verderben können, recht gewiß zu werden, war auch endlich so glücklich, oder besser zu sagen, unglücklich, alles selbst in Augenschein zu nehmen, und ein lebendiger Zeuge davon zu sein, worbei ich nichts mehr, als verdammte Wollust bestialischer Menschen, nächst dem, die ungewöhnliche Zuneigung solcher vierfüßigen Tiere, über alles dieses aber die besondere Langmut Gottes zu bewundern wußte. Folgendes Tages nahm ich die drei Sodomiten ernstlich vor, und hielt ihnen, wegen ihres begangenen abscheulichen Lasters eine kräftige Gesetzpredigt, führete ihnen anbei den göttlichen Ausspruch zu Gemüte: Wer bei einem Viehe schläft soll des Todes sterben etc. etc. Zwei von ihnen mochten sich ziemlich gerührt befinden, da aber der dritte, als ein junger freveler Mensch, ihnen zusprach, und sich vernehmen ließ, daß ich bei itzigen Umständen mich um ihr Leben und Wandel gar nichts zu bekümmern, vielweniger ihnen etwas zu befehlen hätte, gingen sie alle drei höchst verdrießlich von mir.

Mittlerzeit aber, da ich diese Strafpredigt gehalten, hatten die zwei frommen Indianer Christianus und Petrus, auf meinen Befehl die drei verfluchten Affenhuren glücklich erwürget, sobald nun die bestialischen Liebhaber dieses Spektakul ersahen, schienen sie ganz rasend zu werden, hätten auch meine Indianer ohnfehlbar erschossen, allein zu allem Glücke hatten sie zwar Gewehr, jedoch weder Pulver noch Blei, weiln der wenige Rest desselben in meiner Hütte verwahret lag. In der ersten Hitze machten sie zwar starke Gebärden, einen Krieg mit mir und den Meinigen anzufangen, da ich aber meinen Leuten geladenes Gewehr und Schwerter gab, zogen die schändlichen Buben zurücke, dahero ich ihnen zurief: sie sollten auf guten Glauben herzukommen, und diejenigen Gerätschaften abholen, welche ich ihnen aus Barmherzigkeit schenkte, nachhero aber sich nicht gelüsten lassen, über den Nordfluß, in unser Revier zu kommen, widrigenfalls wir sie als Hunde darniederschießen wollten, weil geschrieben stünde: Du sollst den Bösen von dir tun.

Hierauf kamen sie alle drei, und langeten ohne ein einziges Wort zu sprechen diejenigen Geschirre und andere höchst nötigen Sachen ab, welche ich durch die Indianer entgegensetzen ließ, und verloren sich damit in das östliche Teil der Insul, so daß wir in etlichen Wochen nicht das geringste von ihnen zu sehen bekamen, doch war ich nebst den Meinigen fleißig auf der Hut, damit sie uns nicht etwa bei nächtlicher Zeit überfallen und erschlagen möchten.

Allein hiermit hatte es endlich keine Not, denn ihr böses Gewissen und zaghafte Furchtsamkeit mochte sie zurückhalten, jedoch die Rache folgte ihnen auf dem Fuße nach, denn die Bösewichter mußten kurz hernach einander erschröcklicherweise selbsten aufreiben, und den Lohn ihrer Bosheiten geben, weil sich niemand zum weltlichen Richter über sie aufwerfen wollte.

Eines Tages in aller Frühe, da ich den dritten Teil der Nachtwache hielt, hörete ich etliche Mal nacheinander meinen Namen Don Valaro von ferne laut ausrufen, nahm derowegen mein Gewehr, ging vor die Hütte heraus, und erblickte auf dem gemachten Damme des Nordflusses, einen von den dreien Bösewichten stehen, der mit der rechten Hand ein großes Messer in die Höhe reckte. Sobald er mich ersahe, kam er eilends herzugelaufen, da aber ich mein aufgezogenes Gewehr ihm entgegenhielt, blieb er etwa zwanzig Schritt vor mir stehen und schrie mit lauter Stimme: »Mein Herr! mit diesem Messer habe ich in vergangener Nacht meine Kameraden ermordet, weil sie mit mir um ein junges Affenweib Streit anfingen. Der Weinbeer- und Palmensaft hatte uns rasend voll gemacht, sie sind beide gestorben, ich aber rase noch, sie sind ihrer grausamen Sünden wegen abgestraft, ich aber, der ich noch mehr als sie gesündiget habe, erwarte von Euch einen tödlichen Schuß, damit ich meiner Gewissensangst auf einmal loskomme.«

Ich erstaunete über dergleichen entsetzliche Mordgeschicht, hieß ihm das Messer hinwegwerfen und näherkommen, allein nachdem er gefragt: Ob ich ihn erschießen wolle? und ich ihm zur Antwort gegeben: Daß ich meine Hände nicht mit seinem Blute besudeln, sondern ihn Gottes zeitlichen und ewigen Gerichten überlassen wolle; fassete er das lange Messer in seine beiden Fäuste, und stieß sich selbiges mit solcher Gewalt in die Brust hinein, daß der verzweifelte Körper sogleich zur Erden stürzen und seine schandbare Seele ausblasen mußte. Meine verschiedenen Gemütsbewegungen presseten mir viele Tränen aus den Augen, ohngeacht ich wohl wußte, daß solche lasterhafte Personen derselben nicht wert waren, doch machte ich, mit Hülfe meiner beiden Getreuen, sogleich auf der Stelle ein Loch, und scharrete das Aas hinein. Hierauf durchstreiften wir die östliche Gegend, und fanden endlich nach langem Suchen die Hütte, worinnen die beiden Entleibten beisammen lagen, das teuflische Affenweib saß zwischen beiden inne, und wollte durchaus nicht von dannen weichen, weswegen ich das schändliche Tier gleich auf der Stelle erschoß, und selbiges in eine Steinkluft werfen ließ, die beiden viehisch-menschlichen Körper aber begrub ich vor der Hütte, zerstörete dieselbe, und nahm die nützlichsten Sachen daraus mit zurück in unsere

Haushaltung. Dieses geschahe in der Weinlesezeit im Jahre 1527.

Von nun an führte ich mit meinen beiden getreuen christlichen Indianern die allerordentlichste Lebensart, denn wir beteten täglich etliche Stunden miteinander, die übrige Zeit aber wurde teils mit nötigen Verrichtungen, teils aber in vergnügter Ruhe zugebracht. Ich merkte an keinen von beiden, daß sie sonderliche Lust hätten, wiedrum zu andern Menschen zu gelangen, und noch viel weniger war eine Begierde zum Frauenvolk an ihnen zu spüren, sondern sie lebten in ihrer guten Einfalt schlecht und gerecht. Ich vor meine Person empfand in meinem Herzen den allergrößten Ekel an der Vermischung mit dem weiblichen Geschlechte, und weil mir außerdem der Appetit zu aller weltlichen Ehre, Würde, und den darmit verknüpften Lustbarkeiten vergangen war, so fassete den gänzlichen Schluß, daß, wenn mich ja der Höchste von dieser Insul hinweg, und etwa an andere christliche Örter führen würde, daselbst zu seinen Ehren, vermittelst meiner kostbaren Schätze, ein Kloster aufzubauen, und darinnen meine Lebenszeit in lauter Gottesfurcht zuzubringen.

Im Jahr Christi 1538 starb auch der ehrliche getaufte Christ, Petrus Gutmann, welchen ich nebst dem Christiano herzlich beweinete, und ihn aufs ordentlichste zur Erde bestattete. Er war ohngefähr etliche sechzig Jahr alt worden, und bishero ganz gesunder Natur gewesen, ich glaube aber, daß ihn ein jählinger Trunk, welchen er etwas stark auf die Erhitzung getan, ums Leben brachte, doch mag er auch sein ihm von Gott bestimmtes, ordentliches Lebensziel erreicht haben.

Nach diesem Todesfalle veränderten wir unsere Wohnung, und bezogen den großen Hügel, welcher zwischen den beiden Flüssen fast mitten auf der Insul lieget, allda baueten wir eine geraumliche Hütte, überzogen dieselbe dermaßen stark mit Laubwerk, daß uns weder Wind noch Regen Verdruß antun konnte, und führeten darinnen ein solches geruhiges Leben, dergleichen sich wohl alle Menschen auf der ganzen Welt wünschen möchten.

Wir haben nach der Zeit sehr viel zerscheiterte Schiffsstücken, große Ballen und Packfässer auf den Sandbänken vor unserer Insul anländen sehen, welches alles ich und mein Christian, vermittelst eines neugemachten Floßes, von dannen herüber auf unsere Insul holeten, und darinnen nicht allein noch mehrere kostbare Schätze an Gold, Silber, Perlen, edlen Steinen und allerlei Hausgeräte, sondern auch Kleiderwerk, Betten und andere vortreffliche Sachen fanden, welche letztern unsern Einsiedlerorden von aller Strengigkeit befreieten, indem wir, vermittelst desselben, die Lebensart aufs allerbequemste einrichten konnten.

Neunzehn ganzer Jahre habe ich nach des Petri Tode mit meinem Christiano in dem allerruhigsten Vergnügen gelebt, da es endlich dem Himmel gefiel, auch diesen einzigen getreuen Freund von meiner Seite, ja von dem Herzen hinwegzureißen. Denn im Frühlinge des 1557ten Jahres fing er nach und nach an, eine ungewöhnliche Mattigkeit in allen Gliedern zu empfinden, worzu ein starker Schwindel des Haupts, nebst dem Ekel vor Speise und Trank gesellete, dahero ihm in wenig Wochen alle Kräfte vergingen, bis er endlich am Tage Allerheiligen, nämlich am 1. Novembr. selbigen Jahres früh bei Aufgang der Sonnen, sanft und selig auf das Verdienst Christi verschied, nachdem er seine Seele in Gottes Hände befohlen hatte.

Die Tränen fallen aus meinen Augen, indem ich dieses schreibe, weil dieser Verlust meines lieben Getreuen mir in meinem ganzen Leben am allerschmerzlichsten gewesen. Voritzo, da ich diesen meinen Lebenslauf zum andern Male aufzuzeichnen im Begriff bin, stehe ich in meinem hundertundfünften Jahre, und wünsche nur dieses:

Meine Seele sterbe des Todes der Gerechten, und mein Ende werde wie meines getreuen Christians Ende.

Den werten Körper meines allerbesten Freundes habe ich am Fuße dieses Hügels, gegen Morgen zu, begraben, und sein Grab mit einem großen Steine, worauf ein Kreuz nebst der Jahreszahl seines Ablebens gehauen, bemerkt. Meine Augen sind nachhero in etlichen Wochen niemals trocken von Tränen worden, jedoch, da ich nachhero den Allerhöchsten zum einzigen Freunde erwählte, so wurde auf ganz besondere Art getröstet, und in den Stand gesetzt, mein Verhängnis mit größter Gedult zu ertragen.

Drei Jahr nach meines liebsten Christians Tode, nämlich im Jahr 1560 habe ich angefangen in den Hügel einzuarbeiten, und mir auf die Winterszeit eine bequeme Wohnung zuzurichten. Du! der du dieses liesest, und meinen Bau betrachtest, wirst genungsame Ursache haben, dich über die Unverdrossenheit eines einzelnen Menschen zu verwundern, allein, bedenke auch die Langeweile, so ich gehabt habe. Was sollte ich sonst Nutzbares vornehmen? Zu meinem Ackerbau brauchte ich wenige Tage Mühe, und bekam jederzeit hundertfachen Segen. Ich habe zwar gehofft, von hier hinweggeführet zu werden, und hoffe es noch, allein, es ist mir wenig daran gelegen, wenn meine Hoffnung, wie bishero, vergeblich ist und bleibt.

Den allergrößten Possen haben mir die Affen auf dieser Insul bewiesen, indem sie mir mein Tagebuch, in welches ich alles, was mir seit dem Jahr 1509 bis auf das

Jahr 1580 Merkwürdiges begegnet, richtig aufgezeichnet hatte, schändlicherweise entführet, und in kleine Stücken zerrissen, also habe ich in dieser zweiten Ausfertigung meiner Lebensbeschreibung nicht so ordentlich und gut verfahren können, als ich wohl gewollt, sondern mich einzig und allein auf mein sonst gutes Gedächtnis verlassen müssen, welches doch Alters wegen ziemlich stumpf zu werden beginnet.

Immittelst sind doch meine Augen noch nicht dunkel worden, auch bedünket mich, daß ich an Kräften und übriger Leibesbeschaffenheit noch so stark, frisch und ansehnlich bin, als sonsten ein gesunder, etwa vierzig- bis fünfzigjähriger Mann ist.

In der warmen Sommerszeit habe ich gemeiniglich in der grünen Laubhütte auf dem Hügel gewohnet, zur Regen- und Winterszeit aber, ist mir die ausgehaune Wohnung unter dem Hügel trefflich zustatten gekommen, hieselbst werden auch diejenigen, so vielleicht wohl lange nach meinem Tode etwa auf diese Stelle kommen, ohne besondere Mühe, meine ordentlich verwahrten Schätze und andere nützliche Sachen finden können, wenn ich ihnen offenbare, daß in der kleinsten Kammer gegen Osten, und dann unter meinem steinernen Sessel das Allerkostbarste anzutreffen ist.

Ich beklage nochmals, daß mir die leichtfertigen Affen mein schönes Tagebuch zerrissen, denn wo dieses vorhanden wäre, wollte ich dir, mein zukünftiger Leser, ohnfehlbar noch ein und andere nicht unangenehme Begebenheiten und Nachrichten beschrieben haben. Sei immittelst zufrieden mit diesen wenigen, und wisse, daß ich den Vorsatz habe, solange ich sehen und schreiben kann, nicht müßig zu leben, sondern dich alles dessen, was mir hinfüro noch Sonderbares und Merkwürdiges vorkommen möchte, in andern kleinen Büchleins benachrichtigen werde. Voritzo aber will ich diese Beschreibung, welche ich nicht ohne Ursach auch ins Spanische übersetzt habe, beschließen, und dieselbe beizeiten an ihren gehörigen Ort beilegen, allwo sie vor der Verwesung lange Zeit verwahret sein kann, denn ich weiß nicht, wie bald mich der Tod übereilen, und solchergestalt alle meine Bemühung nebst dem guten Vorsatze, meinen Nachkommen einen Gefallen zu erweisen, gänzlich zernichten möchte. Der Gott, dem ich meine übrige Lebenszeit aufs allereifrigste zu dienen mich verpflichte, erhöre doch, wenn es sein gnädiger Wille, und meiner Seelen Seligkeit nicht schädlich ist, auch in diesem Stücke mein Gebet, und lasse mich nicht plötzlich, sondern in dieser meiner Steinhöhle, entweder auf dem Lager, oder auf meinem Sessel geruhig sterben, damit mein Körper den leichtfertigen Affen und andern Tieren nicht zum Spiele und Scheusal werde, sollte auch demselben etwa die zukünftige Ruhe in der Erde nicht zugedacht sein: wohlan! so sei diese Höhle mir anstatt des Grabes, bis zur fröhlichen Auferstehung aller Toten.

Soviel ist's, was ich Eberhard Julius von des seligen Don Cyrillo de Valaro Lebensbeschreibung aus dem lateinischen Exemplar zu übersetzen gefunden, kömmt es nicht allzu zierlich heraus, so ist doch dem Werke selbst weder Abbruch noch Zusatz geschehen. Es sind noch außer diesem etliche andere Manuskripta, und zwar mehrenteils in spanischer Sprache vorhanden, allein, ich habe bishero unterlassen, dieselben sowohl als die wenigen lateinischen ins Teutsche zu übersetzen, welches jedoch mit der Zeit annoch geschehen kann, denn sein Arzeneibuch, worinnen er den Nutzen und Gebrauch der auf dieser Insul wachsenden Kräuter, Wurzeln und

Früchte abhandelt, auch dabei allerlei Krankheiten und Schäden, die ihm und seinen Gefährten begegnet sind, erzählet, verdienet wohl gelesen zu werden, wie denn auch sein Büchlein vom Acker- und Gartenbau, ingleichen von allerhand nützlichen Regeln wegen der Witterung nicht zu verachten ist.

INHALT

WEITERFÜHRENDE LITERATUR

ALLERDISSEN, ROLF: Die Reise als Flucht. Zu Schnabels
»Insel Felsenburg« und Thümmels »Reise in die mittäglichen Provinzen von Frankreich«. Bern – Frank-
furt/Main 1975

BRUNNER, HORST: Die poetische Insel. Inseln und Insel-
vorstellungen in der deutschen Literatur. Stuttgart
1967

HAAS, ROLAND: Lesend wird sich der Bürger seiner
Welt bewußt. Der Schriftsteller Johann Gottfried
Schnabel und die deutsche Entwicklung des Bürger-
tums in der ersten Hälfte des 18. Jahrhunderts. Bern
– Frankfurt/Main 1977

KNOPF, JAN: Frühzeit des Bürgers. Erfahrene und ver-
leugnete Realität in den Romanen Wickrams, Grim-
melshausens, Schnabels. Stuttgart 1978

SCHMIDT, ARNO: Herrn Schnabels Spur. Vom Gesetz
der Tristaniten. In: Das essayistische Werk zur deutschen Literatur, Bd. 1. Bargfeld – Zürich 1988. Zuerst
erschienen in: A. S.: Dya Na Sore. Gespräche in einer
Bibliothek. Karlsruhe 1958

DIE DEUTSCHEN KLASSIKER

In der gleichen Reihe erscheinen:

Weitere Titel folgen.